夜幕之下

宿命的因果

UNDER THE NIGHT

10

三九音域 著

北京联合出版公司
Beijing United Publishing Co.,Ltd.

那对羽翼的颜色并非炽天使的纯白，也不是恶魔的漆黑，
而是一种神秘的灰白……

像是从灰烬中生长而出的羽翼，死寂、沉默、令人窒息。
路西法从未见过这样的天使。

目录
CONTENTS

第五卷 | 曾经的我们

第八篇 EIGHT
分崩离析 —— 001

第九篇 NINE
神秘圣约 —— 091

第十篇 TEN
王朝重现 —— 143

第十一篇 ELEVEN
长安之乱 —— 197

第十二篇 TWELVE
早悟因果 —— 243

第十三篇 THIRTEEN
宿命佛陀 —— 307

第五卷 曾经的我们

|第八篇|
分崩离析

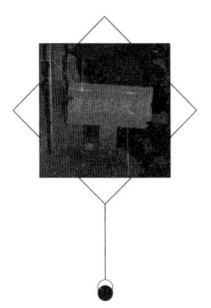

1553

听到这句话,林七夜微微一愣。这句话,让他觉得有些耳熟……林七夜只思索了片刻,便回想起自己是在哪儿听到过,当年他初次捕获黑瞳的时候,黑瞳说他来找林七夜,就是受到某个存在的指引……而那个存在让他转达的话语,似乎与曹渊说的十分相似。"这句话,你是从哪儿听来的吗?"林七夜不解地问道。

曹渊一怔:"没有啊……我就是突然想到,就说了。怎么了?"

"没什么……"

"对了,我们就这么走了?不叫上李毅飞吗?"

"我答应过他,会让他过上普通人的生活。"林七夜回头看了眼上京大学的方向,微微一笑,"他找到了适合他的地方,就让他留下吧。"

"的确,以他的性格和能力,不管在哪里都会很吃香。"曹渊点了点头,"话说回来,我们该怎么上天庭?"

"天庭的位置一直在变动,就连现在是在大夏境内,还是在迷雾中都不清楚……唯一可能知道它位置的,除了大夏众神,就只有左司令。"

"你的意思是……"

林七夜的双眼微微眯起:"我们来上京大学的事情,除了我们几个,就只有左司令知道,但我们刚进大学第一天,就碰到了变化成辅导员的姜太公……大夏神早就知道我们要去上京大学,而提前通知他们的,应该就是左司令。他知道的,可能比我们想象的更多。找不到天庭,就只能先从左司令入手了……"

天庭。

安卿鱼跟在姜子牙身后,穿过灵气氤氲的青石大道,在一座宫殿前停下脚步。

"卿鱼小友，这段时间，你就暂住在这里吧。"姜子牙开口道，"你心中的疑惑，会有人来给你解答的。"

"住在这儿？"安卿鱼看着这座华丽的宫殿，"但是我会把那些米戈吸引过来……"

"放心，这些事情就交给我们，你只要安心休息就好。"见姜子牙这么说，安卿鱼自然也不会拒绝，便带着江洱走进宫殿之中。这座宫殿内部比安卿鱼想象的还要大，除了寝房、会客的大殿之外，后面还有一个长满仙草的庭院，庭院中央矗立着一座典雅的古亭，不知曾经住在这里的，究竟是何方神圣。但此刻，无论是安卿鱼还是江洱，都没有欣赏仙殿风景的兴致。

"卿鱼，他们想做什么？"江洱有些担忧地问道。

"不知道。"安卿鱼摇了摇头，"不过，他们是我大夏的神明，既然这么做，一定有他们的理由……我们既然来了这里，安心待着就好。"安卿鱼的神情平静无比，他在宫殿内转了一圈，便径直走到仙草庭院中央的那座古亭内坐下。古亭里摆着两个石凳、一张石桌，一盘未下完的围棋残局正静静地摆在桌面。安卿鱼低头打量着这盘残局，似乎在思索着什么。"江洱……我的算力好像又恢复了不少。"片刻后，安卿鱼回过神说道。

"真的？"

"嗯，我感觉我的大脑比之前更加清醒。"安卿鱼的双眼微微眯起，"说起来，上一次算力恢复，也是在米戈降临之后……它们每次降临，我的能力就会恢复一点？它们跟我究竟有什么联系？"安卿鱼察觉到了他与米戈之间的古怪联系，再结合之前种种，总觉得在无数繁乱的线索之间，有什么东西已经呼之欲出。"江洱……你之前说，米戈所信奉的是谁？"

江洱一愣："'门之钥'。"

"'门之钥'……"安卿鱼喃喃念着这个名字，眉头越皱越紧。就在这时，一道道光影在对面的石凳上交织，化作一个穿着道袍的微胖身影，出现在安卿鱼和江洱的面前。"胖胖？！"江洱看到那人，惊呼道。安卿鱼下意识地张嘴想说些什么，沉默片刻后，还是双手作揖，恭敬开口："见过灵宝天尊。"

灵宝天尊坐在安卿鱼的对面，神情有些复杂，摆了摆手说道："不必多礼……贫道与另外两位天尊的本体，都还在迷雾中，留在这儿的只是一道残影。临走之前，贫道还希望这道残影别被唤醒……没想到，最后还是走到了这一步。"

"这道残影，是为我留的？"安卿鱼敏锐地捕捉到重点。

"嗯。"灵宝天尊点点头，"我等临行之前，元始便隐约感知到天机变动，所以贫道特地留下此残影……贫道知道你心中定有很多疑问，你且问吧，事到如今，贫道也不会再瞒你什么。"

安卿鱼望着灵宝天尊，沉默许久，缓缓问道："我与'门之钥'……有什么关系？"

"司令，他们来了。"

办公室内，左青放下手中的笔："让他们进来吧。"

办公室的大门打开，林七夜与曹渊并肩走了进来，秘书主动退了出去，顺手将房门锁上。看着面前这两张严肃的面孔，左青无奈地叹了口气："你们想问什么？"

"你知道我们要来？"

"我一听到安卿鱼被接走的消息，就知道你们肯定会来。"左青指了指桌前的两张椅子，"先坐下吧。"

林七夜犹豫片刻后，还是坐了下来，同时开口道："天庭现在在哪儿？还有，姜太公为什么要带走卿鱼？"

"先回答你的第二个问题。"左青不紧不慢地说道，"我知道你们很担心安卿鱼，但对他而言，现在天庭才是最安全的地方……具体的原因，你应该猜得到。"

"……米戈？"

"没错。那些米戈的目标是安卿鱼，它们会不断地穿过时空裂隙，去寻找他的位置，所以，无论安卿鱼留在地球上的哪里，都会非常危险。而天庭有我大夏众神坐镇，足以庇护安卿鱼的安全……现在，天庭已经进入迷雾，只有这样，才能吸引走米戈的注意力，防止它们再降临到人类社会。"

"天庭已经进了迷雾？"林七夜的眉头皱起。若是天庭还在大夏境内，自然是好找，可现在进了迷雾……就有些难办了。

"除了我上面说的米戈，姜太公带走安卿鱼，还有一个重要的原因。"左青深吸一口气，"安卿鱼，不能继续生存在这个世界上了。"

1554

听到这句话，林七夜和曹渊同时一愣。

"你说什么？"林七夜的眉头顿时锁了起来。

"别急，我并不是说大夏神要杀了他。还记得，上次在道舟上，我跟你说的话吗？"左青注视着林七夜的眼睛，缓缓说道，"安卿鱼就是未来王面说的世界的梦魇，这不仅是因为他的立场……更是因为他的身份。安卿鱼，就是'门之钥'。"

林七夜的脑海中，闪过一道晴天霹雳。

"他是克系的三柱神？"曹渊忍不住笑了起来，"这怎么可能？他几年前就跟我们一起执行任务，一路从'池'境走到现在……他怎么可能是克苏鲁的神明？"

"你们先听我说完。"左青摇头继续说道，"安卿鱼是'门之钥'，但只是'门之钥'的一部分……据天尊推测，当年克系第一次入侵地球时，'门之钥'被几位祖神联手击杀，身体破碎成无数真理之门的碎片，陷入永恒的死亡沉眠。'门之钥'就是时空本身，他陷入死亡沉眠后，身体的碎片卷入错乱的时空之中，绝大多数被放逐到了时空的尽头，但也有少数几块，散落在人类所存在的这段时间长河中。这些碎片有的被克系神明找回，比如宙斯用来放逐我们的那颗泡泡，但也有一些并没有被找到……如果我们没猜错的话，安卿鱼便是尚在襁褓之时，与其中一块'门之钥'的碎片融合，成为真理之门的一部分。严格来说，从那一刻起，他就不再是人类，而是真理之门本身。他的'唯一正解'，就是真理之门力量的体现。他继承了'门之钥'的全知全视之力，能够解构世间一切物质与禁墟、神墟，并将它们变成自己的一部分，他解构得越多，力量越强大，掌控的真理之门就越完整……等到他彻底掌控了整个真理之门，成为世间唯一的全知全视的真理，'门之钥'便会从永恒的沉眠中苏醒，届时，他将成为'门之钥'。"

这一段话，直接让林七夜和曹渊同时陷入茫然。林七夜在原地愣了许久，才消化了这段内容，难以置信地开口："就算他是真理之门的碎片……也不代表一定会成长为'门之钥'啊？只要他不继续解构世界不就行了？"

左青无奈地叹了口气："曾经，天尊也是这么想的……未来王面提醒元始天尊之后，他就一直在暗中观察安卿鱼，当他发现安卿鱼灵魂中的真理之门碎片时，就已经推衍出了事情的前因。其实当时最稳妥的方法，就是直接杀了安卿鱼，彻底摧毁那块真理之门的碎片，但天尊心存仁慈，并没有这么做，而是将你们送到了国运海岛。在那里，你们不会与外界接触，不用参加战争，安卿鱼也没法解构更多的物质，也许在那个地方，能够遏制住真理之门的复苏……但等到天尊再次去那座海岛，看到安卿鱼的情况之后，他就知道这个想法不可行。安卿鱼掌控的真理之门已经逐渐成形，就算他不主动解构物质，真理之门也会自动吸取世间规则成长，只是速度比平时慢了一些，既然困住你们也没办法，所以你们冲出岛屿的时候，他也没有出手阻拦。他本想着，等战争结束，再想办法处理真理之门，可没想到安卿鱼主动接引克系的污染，依靠真理之门的力量，逆向推衍出我们的时空位置。这件事听起来简单，但世界上除了安卿鱼，谁也做不到，因为放逐我们的那块碎片就是'门之钥'的一部分……能推算出'门之钥'碎片通向的时空坐标的，只有'门之钥'本身。安卿鱼救下了所有人，但真理之门感受到克系的污染，开始以惊人的速度复苏，天尊迫不得已，在斩下安卿鱼被污染的灵魂的同时，借机在他灵魂深处种下了一道禁咒，希望能用这种方式遏制真理之门的成长……"

"等等！"林七夜像是想到了什么，"你是说……后遗症？"

"没错，安卿鱼这段时间的症状，根本不是灵魂被斩的后遗症……而是天尊留下的禁咒的缘故。"左青长叹了一口气，"天尊的禁咒，确实有效地封印住了真理之门，所以安卿鱼才会没法动用能力，甚至连思维都受到阻碍，为了配合禁咒的效果，我还让李医生给他开了一个特殊的药方，能够抑制他的灵魂自愈。可没想到，真理之门复苏的气息，引来了米戈降临……它们疯狂地想要寻找安卿鱼，因为安卿鱼，就是它们信奉崇拜的真理之神，你有注意到米戈降临之后，都会像是信号塔一样搜寻信号吗?那是它们在与真理之门交流,并用自己的死亡,向真理之门献祭。随着真理之门越来越强,天尊的禁咒已经快压制不住了,所以必须将他接上天庭,并彻底处理掉真理之门。"左青的话音落下,整个办公室陷入一片死寂。

"处理……怎么处理?"曹渊的声音有些沙哑。左青望着二人,没有说话。看到他的神情,林七夜与曹渊的瞳孔微微收缩。既然安卿鱼已经变成了真理之门的一部分,只要将他连带着他的灵魂一起毁灭,就能阻止"门之钥"的复活,这是不用左青多说就能想通的最简单有效的处理方法。曹渊双手重重拍在桌面,整个人猛地站了起来,双眼紧盯着左青:"左司令……他们要对安卿鱼做什么?"

"怎么处理……我也不清楚,但,你们要提前做好心理准备。"左青停顿片刻,神情复杂无比,缓缓说道,"这个世界上,不能再多出一个'门之钥'了……"

"他们要杀了他?"曹渊的呼吸粗重起来,"可他是安卿鱼!!几天前他刚豁出性命,救了整个大夏,难道现在就要杀了他?!"曹渊是亲眼看着安卿鱼将那条手臂移植到身上的,安卿鱼在这个过程中下了怎样的决心,承受着怎样的痛苦,他心中最清楚,自然没法接受这个结果。

"曹渊,你冷静一点。"林七夜站起身,按住曹渊的肩膀,沉声道,"如果大夏神要杀卿鱼,那太公刚刚就可以动手了……也许,他们有别的办法也说不定。"

1555

听到这句话,曹渊的情绪逐渐稳定下来,他深吸一口气,松开了桌面上的手掌。左青无奈地闭上眼睛,继续说道:"你们和安卿鱼的关系,所有人都清楚……正因如此,我向大夏众神提议,让'夜幕'小队在这件事上避嫌。毕竟,如果你们真的做出些什么,导致对安卿鱼的处理失败,'门之钥'回归,那不仅是大夏,整个地球都将生灵涂炭……到时候,'夜幕'就将成为整个世界的罪人。但你们,本该是英雄的,不是吗?"

林七夜对上左青的目光,心中微微一颤。左青看向他们的眼神里,蕴藏着众多复杂的情感——期待、欣慰、无奈、愧疚……这种目光,林七夜在曾经的叶梵眼中也见过。区别在于,当年的叶梵只看到了"夜幕"崛起的一部分,而左青则是亲眼看着他们从一无所有,一步步走到今天。没有人比左青更清楚,"夜幕"为大夏做出了多少贡献,创造出多少奇迹……他就像是"夜幕"的父亲,见证了他们的成长,也正因如此,他不愿意看到这支队伍,最终迎来最坏的结局。"所以,不要去找天庭,不要去做一些蠢事……这是命令。"左青的语气坚定无比。他从抽屉中取出一沓厚厚的文件,摆在林七夜和曹渊的身前,声音温和了些许:"安卿鱼离队,'夜幕'小队暂时就只有你们两个人,不过应该用不了多久,迦蓝就能复苏

-005

回归，到时候你们就是三个人，'夜幕'也不会因为人数过少，被强制解散。这是现役的所有守夜人名册，你们可以先看看，从中挑选一部分精英加入你们，弥补人数上的缺失。"

林七夜沉默地看着身前的守夜人名册，并没有伸出手。不知过了多久，他深吸一口气，缓缓将名册推回了左青的面前："抱歉，左司令……我还没有扩充新成员的打算。"话音落下，林七夜不再多说，直接转身向总司令办公室的大门外走去，曹渊看也没看一眼名册，平静地紧跟其后。"砰——"随着那两道深红色的身影远去，办公室的大门在闷响中关闭，空荡的房间内，左青无奈地闭上双眼，身体靠在椅背上，长叹了一口气……

天庭。

"真理之门……吗……"安卿鱼听完灵宝天尊的解答，眼眸中浮现出苦涩，"所以，只要我活着，就会加快真理之门的复苏，最终变成'门之钥'？"灵宝天尊沉默地点了点头。"但有一点，我还是不太清楚。"安卿鱼停顿片刻，"如果真理之门因我而复苏，那将是我变成'门之钥'，还是'门之钥'借我的身体重生？"

"都不是。"灵宝天尊摇头，"'门之钥'是真理的化身，他是真理的一部分，也是真理之门的镇守者……这么说你可能不太明白，你知道器灵吗？"

"就是那种神器蕴养出的灵性？"

"没错，'门之钥'从某种意义上来说，就是真理之门的器灵，所以他本身并不会死，因为真理永远不会磨灭，消灭他的唯一方法，就是摧毁真理之门本身，从而让'门之钥'这个器灵陷入无限接近死亡的沉眠，当年的祖神们，就是这么做的。而你的存在，却在让真理之门不断自我修复，当它彻底恢复的那一刻，'门之钥'自然就会醒来……严格来说，你们是不同的个体，但你们的命运紧密相连，就像神器与器灵。这么说，你能理解吗？"

安卿鱼点点头："我明白了。"

"那……你们打算做什么？"江洱双唇微抿。

灵宝天尊神色复杂地望着安卿鱼，沉默许久之后，才缓缓开口："最简单直接的方法，就是杀了你，让你神魂俱灭，这么一来真理之门就再无复苏的可能……"听到这句话，江洱的目光一凝，脸色顿时苍白起来。安卿鱼只是平静地点头："这样确实最稳妥，也最划算，只要杀了我，就能阻止一个克系三柱神的复苏。"他的表情没有丝毫变化，仿佛他在说的，并不是自己的死亡，而是一场严谨的科学论证。

"但，我不想这么做。"灵宝天尊缓缓说道，"要阻止真理之门的复苏，关键就是要让它停止对世界的解构，你就像是真理之门的眼睛，只要将你彻底剥离这个世界，它自然也就没法继续恢复。"

"剥离这个世界……这该怎么做？"

"封印你。"灵宝天尊的周身，浮现出淡淡的光晕，交织成无数繁杂的道纹，展示在安卿鱼的身前，"集我大夏众神之力，在你身上布下九万九千九百九十九道封印，封住你的每一寸肌肤与灵魂，再将你沉入天庭灵渊，就可以将你彻底与这个世界隔绝……如此一来，既能保全你的性命，也能阻止'门之钥'的复苏。"

安卿鱼愣了半晌，无奈地笑道："听起来像是某种刑罚……这是要让我承受永恒的孤独？"

"不，封印会封住你的思想与感知，你不会感到任何的时光流逝，无论你被沉入灵渊多久，对你来说都只是一场瞌睡的时间，你将不会感受到孤独在内的任何情绪。"灵宝天尊顿了顿，"安卿鱼，你且放心，只要贫道还活着，就一定会不断地寻找彻底灭绝'门之钥'的方法。总有一天，你会重见天日……不过这个时间可能需要很久，也许是百年、千年，甚至是……万年。"

安卿鱼注视灵宝天尊片刻，微微笑了笑："我相信你，不管你是百里胖胖还是灵宝天尊，我都相信你……但，我还有一个问题。"安卿鱼伸出手，指了指身旁的江洱，"如果我被封印，那她，该怎么办？"

1556

"江洱的遗体，会被放入天庭的灵泉中，那里的灵气能保证她的大脑活性，就算你沉入灵渊，也能保她活下来。"灵宝天尊缓缓说道，"不过……她没法像你一样封印思想，也没法离开灵泉太远。"

安卿鱼的眉头微微皱起："你的意思是，她以后只能被困在天庭了？"他自己被封印进灵渊还好说，可江洱留在天庭，只能在时光的流逝中等待他的归来，那可不仅是几年的时间……对她而言，那将是长达百年、千年的煎熬等待，跟坐牢没什么区别。

"也不一定，我们可以让人定期背着她下界活动，短期应该……"

"我不！"不等灵宝天尊说完，江洱就坚决地开口，"我就在天庭的灵渊旁守着，在你回来之前，我哪儿也不去。"

安卿鱼无奈地看着她，似乎想劝些什么，犹豫片刻后，还是看向了灵宝天尊。

"总之，这就是我们商量之后，得出的最佳解决方案……安卿鱼，你怎么想？"

安卿鱼点头："很合理，动用所有大夏神的力量来布置封印，甚至让我有些受宠若惊……其实，如果杀了我就能替大夏解决一位克系三柱神，我也不会有意见。"

灵宝天尊深深地看了他一眼，眼眸中浮现出愧疚，但还是开口道："既然你同意，那我便让众神开始准备封印了……准备的时间要三四天，贫道本体尚在迷雾，到时候玉帝会主持封印仪式，若是你有什么别的要求，可以直接找他。"

"嗯。"

"对了……还有一件事。"灵宝天尊像是想起了什么,"随着米戈降临,被大夏神击杀,它们生命献祭的力量会不断增强你与真理之门的联系,可能会在你周身产生一些时空扰动,不过应该不会太强。还有,这几天你如果感受到真理之门的呼唤,绝对不要去接触它,否则,元始天尊在你灵魂中留下的压制之力就很难维系。若是冲破了压制,真理之门的恢复速度会更快,到时候事情会很棘手。"

"明白。"

话音落下,灵宝天尊点了点头,身形逐渐在空气中淡去,很快古亭中便只剩下安卿鱼与江洱二人。

安卿鱼望着眼前空荡荡的位置,长叹一口气:"封印吗……"

守夜人总部外。两道身影沿着宽阔的林荫大道,沉默地前行,落叶纷扬地飘落在地面,被踩出轻微的嘎吱声响。

"七夜,接下来怎么办?"不知过了多久,曹渊才缓缓开口,声音有些低沉。林七夜低着头,眉头紧皱,像是在思索……终于,他停下脚步:"按照原计划,我们去天庭。"他的语气比之前更坚定了几分。"左司令不想我们去天庭,是担心我们为了卿鱼,与大夏众神闹僵……他的心情我可以理解,但卿鱼毕竟是'夜幕'的队员,不管他要面对什么,我们都有责任站在他的身边。"

曹渊重重点头:"我听你的。"他迟疑片刻,还是问道,"不过……天庭已经进入了迷雾,我们该怎么去?"

"找到天庭并不难。"林七夜一边说着,一边弯腰随手捡起一根树枝,双眼微微眯起……"只不过,可能要花一些时间。"

一朵筋斗云急速闪过大夏边境,消失在迷雾之中。林七夜随意地找了个方向,便将筋斗云的速度催动到极致,虽然"奇迹"并非次次都有效,但只要多尝试几次,总能定位到天庭的位置。从阿斯加德回来之后,林七夜就再也没进过迷雾,与之前的区别在于,这次的筋斗云上,只有两个人。林七夜一边分心操控着筋斗云,一边将意识潜入脑海中的诸神精神病院中。

"尊敬的英雄王殿下,您该喝药了。"

"怎么回事?这晒的床单上怎么还有这么大一块污渍?后勤部呢?后勤部的人都是干什么吃的?!"

"哎哟,这不是尊敬的圣主吗?来,棋盘和椅子都给您准备好了,我陪您下两局?"

"说了多少次了,不可以在公共区域打闹!老子这才走了几天,你们就要给老子把病院掀翻是不是?!"

……

林七夜刚进病院,一阵阵鸡飞狗跳的喧闹声便从院中传来,听到那熟悉的喊声,他突然一愣,快步走上前去。"李毅飞?!"他看到那张熟悉的面孔,震惊地开口。

"中午好,七夜。"正双手叉腰指点江山的李毅飞看到林七夜,咧嘴一笑,"你看看,我这才走了几天,他们就懈怠成这副模样了……我早晚得给他们点教训。"

林七夜呆呆地看着李毅飞许久,不解地问道:"你不应该在上京大学吗?怎么又回来了?"

"其实吧,大学里也就那样,仔细想了想,我还挺怀念这里的,所以就自己回来了。"李毅飞叹了口气,"果然啊,别人替你打理这座病院,我还是不放心……"林七夜双眸复杂地望着他,心中一阵感动,一时之间不知该说些什么。"别这副表情,我们是兄弟嘛……你让我自己选,我这不是自己选择了回来吗?"李毅飞拍了拍他的肩膀,"对了,有些东西,我想让你看看。"

"什么?"林七夜跟在李毅飞身后,来到了院落中央,一张棋盘正静静地摆在石桌上。"你又跟耶兰得下棋了?"

"是啊,我这不是寻思这么久没见,跟他联络联络感情嘛。"李毅飞停顿片刻,"不过……这次的棋局,有点古怪。"

林七夜的目光落在棋盘上,双眼微微眯起……只见棋盘上的每一个角落,都已经落满了棋子,而且清一色都是黑棋,只有靠着李毅飞这一侧的角落,还有一枚白棋,在满盘黑棋中尤为显眼。

"你们是怎么把棋子下满的?"林七夜不解地问道。

"没下,他老人家抓了一把棋子,一撒就成这样了,完了还对我笑了笑……怎么说呢,反正我感觉不太对劲。"李毅飞挠了挠头。

林七夜凝视着棋盘许久:"耶兰得在哪儿?"

"不知道,下完棋就没注意了,我去帮你找找?"

"好。"

李毅飞转身离开,林七夜则独自在棋盘前坐了下来,看着眼前满盘的黑子,陷入沉思。他究竟想表达什么呢……

不知过了多久,李毅飞匆匆从一旁跑了过来。

"怎么了?这么急?"林七夜疑惑问道。

"不对啊七夜……"李毅飞瞪大了眼睛,"耶兰得不见了!"

"不见了??"听到这句话,林七夜一愣,"什么叫不见了,病院就这么大,他能去哪儿?"

"不知道啊!但我哪里都找过了,还让其他护工帮着一起找,就是没找到啊!"

林七夜的眉头紧锁，下一刻，精神力便覆盖了整个病院，住院楼、护工宿舍、地下牢狱……他仔细地搜过每一个地方，依然没有发现耶兰得的踪迹。"真不见了？"林七夜狐疑地开口。这怎么可能？到现在林七夜见过的奇怪病人不少，但直接在病院里失踪的还是第一次见，按理说，未经他的允许病人应该不会跑出病院才对，那耶兰得究竟去哪儿了？

"……接下来怎么办？"李毅飞有点慌了，怎么自己刚回来，就弄丢一个病人？

林七夜沉思片刻，开口道："别急，先让所有护工散开，搜遍病院的每一个角落，要是发现什么可疑的地方，及时上报……我去问问吉尔伽美什。"

"好！"李毅飞立刻回去调动护工展开搜索，无数身影四下散开，病院的安宁被打破，罕见地喧闹起来。

林七夜径直走到病院二层，敲了敲吉尔伽美什的房门。

"进。"

吉尔伽美什正倚靠在墙边眺望窗外，见林七夜走进来，微微侧头："外面怎么这么吵？"

"耶兰得失踪了。"

"失踪？"吉尔伽美什一愣，不解地开口，"他能到哪儿去？"

"不知道……但我用精神力搜遍了病院，都没找到他。"林七夜道，"你这段时间见过他吗？"

吉尔伽美什仔细想了想："我见过他跟李毅飞下棋。"

"下完棋呢？"

"然后他就往平日经常去的楼顶去了。"林七夜转头看向窗外，从吉尔伽美什病房的这个位置，能看到对面楼层的顶端，林七夜记得，耶兰得没事的时候经常会在那里俯视病院。"本王讨厌那个家伙，因为他每次站在这里，就像是在俯视本王……"吉尔伽美什像是想到了什么，冷哼一声，神情十分不悦。

"那他最近有什么异常吗？"

"异常……"吉尔伽美什思索片刻，"他除了喜欢俯视，最近好像还喜欢抬头看天，这也是本王意外发现的。"

"抬头看天？天上有什么东西吗？"

"不，明明什么也没有。"

林七夜眉头越皱越紧，在吉尔伽美什的描述下，耶兰得的行为越来越奇怪……虽然他本来就很奇怪。林七夜又问了几句，却也没有什么收获，吉尔伽美什毕竟不可能天天站在窗边盯着耶兰得看，看到那个满脸慈祥笑容的老头，只会让他觉得烦躁。见吉尔伽美什这儿也没有更多的信息，林七夜只能暂时离开病院，将这件事交给李毅飞等人处理。

"怎么了？你的脸色好像不太好。"筋斗云上，曹渊见林七夜神情变幻，开口问道,"你要是飞累了,我们可以下去休息一会儿。"

"不用,我没事。"林七夜确认了筋斗云飞行的方向,精神力便开始观察四周,距离他们离开大夏已经过了一个多小时,以筋斗云的速度,他们现在应该到了美洲附近,不过依然没有看到天庭的影子。"看来这次失败了……"林七夜犹豫片刻后,正欲丢树枝,突然像是察觉到了什么,眉头骤然锁起!他猛地转头望向某个方向。与此同时,曹渊也嗅到了一丝不寻常的气息,手掌迅速搭在刀柄末端,警惕地环顾四周,随时准备拔刀。

筋斗云前进方向的虚无中,一个烟霾般的身影缓缓凝聚而出。那是一个浑身笼罩在黑袍中的身影,宽大的帽檐遮住面容,体内没有丝毫的气息流露,宛若幽灵般飘在半空。看到那身影的瞬间,林七夜的瞳孔微微收缩:"27号?"在阿斯加德动乱之时,27号跟司小南一起击杀了洛基,根据他与林七夜的约定,林七夜需要帮他找到一个人……可自从阿斯加德覆灭之后,林七夜就再也没见过他。此刻在这里碰到他,林七夜非常意外。

曹渊眯眼看着那道黑影,浑身的肌肉紧绷,林七夜轻轻摇头:"别紧张,不是敌人。"

"……真的不是敌人吗?我怎么感觉到了杀气?"曹渊忍不住开口道。

两人说话之际,筋斗云在27号身前缓缓停下,林七夜站起身,恭敬开口道:"见过狩祖。"之前林七夜虽然知道27号就是狩祖,但他并不了解"狩祖"这两个字代表着什么,去过祖神殿后,他已经深切体会到了祖神的力量,这可是一群在无数岁月之前正面打崩了克系的先辈!听到这句话,27号兜帽下的眉梢微微上扬,弥散在空中的冰寒杀意一滞。林七夜感受到对方身上的气息,觉得有些不妙,但又不清楚发生了什么,继续开口道:"之前不知狩祖前辈真身,言语间有所冲撞,请前辈谅解。"

27号仔细打量了他几眼,沉声道:"你去过祖神殿了?"

"是。"

27号沉默地注视着他,似乎在思索着什么。"狩祖前辈,这段时间你去哪儿了?不是说要帮你找人吗?"见气氛又莫名地僵住,林七夜主动说道。

27号沉默片刻,兜帽下看向林七夜的双眼微眯:"我去哪儿了?你怎么不说你去哪儿了?我杀完洛基之后去找你,就发现你已经回了大夏,大夏境内有天尊坐镇,我不想与他们正面接触,所以便一直在边境外等待机会……直到今天我在迷雾中感知到你的气息离开边境,才一路追了上来。"27号顿了顿,声音逐渐冰冷起来,"你,不是因为不想履行契约,所以一直躲着我吧?"

感受到27号身上散发出的寒意,林七夜的额角开始渗出冷汗,原来问题出在这儿!他连忙开口解释:"没有……我以为你会跟当时的炽天使一样,直接进大夏来找我……你这么久没出现,我还以为你是有什么事情要做,所以一直在等着。不过，你不是狩祖吗？又不是与大夏敌对的外神，为什么不愿意踏入我大夏边境？"

1558

27号没有回答，他只是沉默地凝视林七夜许久，确认他不像是在撒谎之后，周身的阴寒之气才散去些许。"既然你不是有意拒绝契约，那现在就与我去找人吧。"他淡淡开口。

林七夜一怔，他与曹渊对视一眼，张了张嘴，有些抱歉地开口："狩祖大人，我们现在出境实在是有要事……要不你再多等我几天？"他和曹渊就是为了安卿鱼而出境的，现在安卿鱼在天庭还不知道是什么情况，要是直接被27号拉去找人，不知道多久才能回来。

听到这句话，27号的目光再度冰冷起来。"你……在戏耍我？"灰蒙蒙的迷雾中，那件黑袍无风自动，27号的部分身体化作缕缕烟气，一股凛冽的杀机夹杂在空气中，将林七夜二人包围。

与此同时，一股主神巅峰的威压骤然降临！曹渊的身体微微一震，手掌瞬间用力拔出刀柄，熊熊的黑色火焰交织成衣袍，煞气冲霄！"住手！"林七夜见此，心中"咯噔"一下，双眼染上一抹夜色，黑暗自脚下延伸，一双粗壮的手臂死死抓住曹渊即将飞射出去的身形！他的手掌抓住出鞘的直刀刀柄，将刀身硬生生按了回去！熊熊的煞气火焰涌入鞘中，曹渊眸中的血色逐渐褪去，他转头看向林七夜，似乎有些不解。27号的实力，林七夜可是亲眼见识过的，虽然他已经不是当年的狩祖，但至高境之下绝对是乱杀，要是他真的出手，他们两个还没成神的人类加起来，估计都撑不过三十秒。

"狩祖前辈，这次的事情……"林七夜郑重地开口，但刚说到一半，就愣在了原地。不知何时，27号那原本还在数十米外的身形，已经瞬移到他的眼前，那飘动的黑袍几乎遮蔽他的视野，一双鹰般犀利的眼睛，正死死地盯着他。"暗祖的气息……你的身上，为什么会有他完整的本源？"

"本源？"林七夜低头看了眼脚下的黑暗，"这是暗祖给我的。"

"他给你的？"27号兜帽下的眉头越皱越紧，"那可是连半块守镇石都要斤斤计较的吝啬鬼……他不把你原本的黑夜本源抢回去就不错了，还会主动把自己完整的黑夜本源给你？这怎么可能？"

听到后半句，林七夜的嘴角微微抽搐："其实……他原本是想让我还给他的，不过我没答应，他就改主意了。"

27号皱着眉头，似乎依然不愿相信。沉默片刻后，他伸出一只手，缓缓点向林七夜的眉心。曹渊脸色一沉，手掌迅速地抓向27号的手腕，但林七夜伸手制止了他，微微摇头。虽然林七夜不知道27号想干什么，但如果他想杀自己，根本没必要用这种方式。曹渊见此，默默地又将手放了回去，看向27号的目光满是不善。27号的指尖轻点在林七夜的眉心，他的双眸开始一点点涣散，几秒后，又以惊人的速度凝聚，他猛地松开手掌，看向林七夜的目光满是惊异。

"狩祖前辈，你这是在做什么？"

27号的神情接连变幻，许久之后，默默地将兜帽下拉，遮住双眸，沉声道："没什么，只是看一看，暗祖那家伙有没有对你做些手脚……"

"有吗？"

"没有。"

"狩祖前辈，这次的事情确实比较紧急，而且事关克系，我……"

"没关系，你们先去做该做的事情，既然我已经等了这么多年，再等几天又有何妨？"27号犹豫片刻，还是开口道，"还有，以后不用叫我狩祖前辈……就像以前一样，叫我27号吧。"

林七夜的双眸迅速亮起，立刻点头道："多谢前……多谢谅解，等我做完这件事，一定回来找你。"

"不必了。"27号淡淡开口，"找来找去太过麻烦……既然你要做的事情用不了几天，我跟在你身边便是，就像在阿斯加德那样。"

林七夜一怔，有些纠结地开口："这……"

"你放心，现在我已经不是在阿斯加德受伤的时候，我若是收敛气息藏在你体内，除非是至高境刻意搜寻，否则不可能被发现，不会给你带来麻烦。"

"……好吧。"林七夜最终还是没有拒绝，27号的身形就这么化作一缕烟气，随着林七夜的呼吸消失无踪。曹渊见到这一幕，眼眸中充满了诧异，但他没有多说什么，毕竟现在的林七夜，可谓"隔墙有耳"。完全收敛好气息，林七夜便对着曹渊点点头："继续赶路吧。"他拿起一根木棍，在筋斗云上轻轻一掷……

天庭。

"你还没睡吗？"点点星光之下，一道幽灵白影从宫殿中飘出，江洱的目光落在古亭中的安卿鱼身上，轻声开口道。安卿鱼回过神，无奈地笑了笑："我睡不着。"这几天内，发生了太多事情……即便安卿鱼的心态再好，面对自己的身份与即将发生的事情，也没法保持波澜不惊。江洱轻轻叹了口气，在他身边坐下："其实，你不用想太多……无论封印多久，对你而言只是一场瞌睡，也许只要几年，我们就能消灭地球上的所有克系神明，并找到阻止'门之钥'复苏的办法。"

"哪有那么容易……"安卿鱼苦涩地笑了笑，他还欲说些什么，目光突然一凝，看向身旁。距离他大概两米远处，时空突然剧烈扰动起来，大约拳头大小，桌上的几枚棋子被吸引卷入其中，顷刻间消失无踪。"又有一拨米戈降临了。"安卿鱼叹了口气，"灵宝天尊说得没错……这段时间，我确实感觉有东西隔着时空在呼唤我，应该就是真理之门了。"

"距离我们来这里，才过了一天吧？它们降临的频率似乎更快了。"江洱有些担忧。

"无妨，再多的米戈，也不可能攻破天庭……大夏神准备得应该差不多了，封印的事情，应该就在这两天。"安卿鱼看着那逐渐消散的时空扰动，缓缓说道。

1559

安卿鱼话音落下，转头看向身旁的江洱，神情有些复杂。

"怎么了？"江洱问道。

"我被封印之后，可能有很长的一段时间，都没法像这样和你说话了。"安卿鱼看着江洱的眼睛，"让你一个人清醒着等我……这不公平，也许我可以求玉帝，让他将你也一起封印。"

"天尊不是说了嘛，这个封印要大夏众神联手布置，哪里是说封就能封的……再说，你虽然不能陪着我，但我可以陪你啊！我在灵渊里可以每天都看到你，跟你聊天，其实也没有那么难熬。"江洱浑不在意地开口。安卿鱼张了张嘴，似乎还想劝些什么，江洱站起身，认真地说道："好啦，你别想那么多，我可以照顾好自己！我们的时间还有很多很多，你要是实在过意不去，就等醒了之后再补偿我吧……"

"你想要什么补偿？"

"这……这就要看你了！"江洱撇过头去，脸颊上飞过一抹红晕。

安卿鱼注视江洱许久，笑了笑："我知道了。"

"你知道什么了？"

"到时候，你就知道了。"

江洱佯装恼怒地瞪了安卿鱼一眼，后者假装没看见，悠然躺在轮椅靠背上，仰望着漫天的星光。"你说，七夜他们知道这件事吗？"江洱像是想到了什么，问道。

"现在，应该知道了吧？"安卿鱼有些不确定，"不过从之前姜太公的言语来看，他不希望七夜他们参与这件事，毕竟现在我的身份，可是半个'门之钥'……"

"可惜现在天庭在迷雾里，就算他们想来找我们，也未必能找得到。"

"那可不一定。"安卿鱼微微一笑，"别忘了，我们的队长可是林七夜……我想，他现在可能已经在来这里的路上了。"

"那也许能在封印之前，再见上他们一面？也不错……"

安卿鱼与江洱聊了一会儿，温柔的晚风拂过他的脸颊，似乎有了一丝倦意。安卿鱼将身子挪成一个舒服的姿态，望着漫天的星辰，缓缓闭上双眼。

"你怎么不回屋里睡？"

"屋里太闷了……我想在被封印之前，多感受一下这个世界。"

江洱注视着安卿鱼的睡颜，许久之后，轻轻依偎在他的身边，同样闭上了眼睛。"卿鱼……"

"嗯？"

"等你出来，我们一起去看看洱海，好不好？"

"这算是补偿的一部分吗？"

"当然不算……我是在洱海边长大的，我想带你一起回家看看……不过，如果在洱海边有些浪漫的事情发生的话，也许可以算是补偿的一部分哦。"

听到江洱狡黠的声音，安卿鱼笑了笑："我明白了，你在暗示我。"

"什么暗示？我听不懂……"

江洱吐了下舌头，温和的晚风中夹杂着氤氲的灵气，他们在米戈若隐若现的嘶鸣声中，缓缓沉入梦乡……

"这些东西的数量，真是越来越恐怖了。"南天门外，广成子手持翻天印，俯视着下方宛若浪潮般不断奔涌的米戈，双眼微微眯起。

"垃圾的数量再多，也只是垃圾，全部清理掉便是。"孙悟空站在他身旁，眼眸中燃起两团炽热金芒。他手指在耳畔一抹，一根擎天巨柱急速暴涨，轰然砸落至米戈群中，瞬间将冲在最前面的数十只碾成血雾，后续的米戈依然悍不畏死地向前冲刺，下一刻就被化作山岳的翻天印尽数镇压。

见这一拨降临的米戈全部死亡，广成子手掌一招，将翻天印收了起来。"话说，封印应该准备得差不多了吧？"

"差不多了。"太乙真人点点头，"主要的材料都已经备齐，大概明天下午，就能施展封印。"

"让其他几座天门都警惕些，三位天尊不在，天庭没有至高镇守，别在这时候出什么岔子。"

"是。"

太乙真人的身形化作一道流光，消失在夜空之下，孙悟空将金箍棒塞回耳中，倚靠在南天门的石柱边，眯着眼睛警惕四周。但此刻，整座天庭都没有人意识到，一团无声涌动的黑雾直接越过了众多天门，悄然自天庭内的某座宫殿之内，逸散而出。人影自黑雾中晃过，它仿佛没有实体般，轻飘飘地穿过一面墙壁，来到了种满仙草的庭院之中。隐约的呢喃声自黑雾中传出，它的本体急速扭动，变化出一张诡异的面孔，直勾勾地凝视着古亭中陷入沉睡的安卿鱼。一道拳头大小的空间旋涡，自安卿鱼脚边卷起，将几株仙草吞入其中，片刻后便消失不见。"'门之钥'……真是有趣。"那张面孔的嘴角微微上扬，空洞的眼眸中，浮现出一抹病态的疯狂，"不过，还不够……只是这种程度，远不够取悦我……就让事情变得更有趣一些吧。你欠我一个人情，尤格·索托斯。"

黑雾的呢喃逐渐消散，安卿鱼的手腕旁，一道细小的时空扰动再度出现。就在这时，一抹混沌的黑雾攀上时空裂隙，像是一双大手，将其硬生生撕扯开来，不过片刻的工夫，便化作一道笼罩整座古亭的时空裂隙！那时空裂隙仿佛一张巨嘴，瞬间将古亭、石桌，以及其中的安卿鱼和江洱吞没其中！随着时空裂隙的消失，那悬浮在墙边的黑雾，诡异地轻笑两声，也逐渐淡化在空中……

"铛——"几乎在安卿鱼消失的同时，一道震耳欲聋的钟声，响彻天庭的每一个角落。

"糟了！"守在南天门外的广成子，脸色骤变，猛地转头看向安卿鱼宫殿所在的方向，身形化作一道流光飞驰而去，"猴子，你守在这儿！不能让任何东西逃出天庭！"

孙悟空眉头紧锁，看着夜空下那一道道冲天而起的神力流光，神情凝重起来。宫殿上空的虚无中，一道身着帝袍的高大身影踏空而出，玉帝俯视着下方已然化作废墟的古亭，双眼微微眯起。"时空裂隙？莫非，真理之门失控了？"

1560

"消失了？怎么可能？"广成子紧随着玉帝来到这片庭院之中，目光凝视着中央那片废墟，脸色难看无比。

"是克系的人把他带走了？"一位大夏神从另一处天门的方向赶来，沉声问道。

"你们那边有什么异样吗？"

"除了不断降临的米戈，没有别的东西闯进来过。"

"我们这边也是。"

"能在所有人毫不知情的情况下，越过天庭的防卫……就算是普通的至高也做不到吧？"

"未必是外敌入侵。"一位大夏神落在地面，闭目仔细感受起来，"这里残留着时空扰动的气息，跟米戈身上散发出的一样，应该是无意识间的时空扰动突然增强，将他们两个传送到别的地方去了。"

"他现在无意识引起的时空扰动有这么强？我记得今早还只有蟠桃大小吧？"

"那么多米戈将生命献祭给真理之门，谁知道它恢复到什么地步了。"

"那也不可能增长得这么快……"

"先别吵了。"广成子郑重地开口，"既然不是被克系带走，那他们应该还在地球某处，我们得赶在米戈之前将他们找到。"

西王母从虚无中一步踏出，缓缓开口："'门之钥'产生的时空扰动，只有他自己清楚连接到哪里，地球这么大，想找到他们两个需要大量的时间……"

"那万一在这段时间内，米戈突然降临在他身边怎么办？"

众神陷入沉默。

就在这时，一直皱眉沉思的玉帝双唇轻启，洪亮的声音回荡在所有大夏神的脑海中："请众卿即刻动身，从周围海域向外搜寻，务必在安卿鱼被克系生物带走之前，将他们安全地带回来。"

"是！"

三清不在，玉帝便是天庭主导，他一声令下，大夏众神化作上百道流光，从天庭向不同方向疾驰而出，仿佛一场流星雨划过天际，将夜空照亮如昼。

"姜子牙。"

"在。"

"联系守夜人，让他们也出动人手寻找。"

"是。"

"安卿鱼失踪了？！"总司令办公室内，左青猛地从座位上站起。

"大夏神是这么说的，疑似真理之门暴动，用时空裂隙将他们吞了进去……如今不知道被传送到地球的哪个角落了。"秘书无奈地开口。

左青的眉头紧锁，开始在办公室中徘徊："真理之门暴动？怎么偏偏在这个时候……快，让路无为立刻动身去找安卿鱼！通知其他几位人类战力天花板也出海搜索！"

"明白。"

"还有……"左青顿了顿，"通知王面，让他准备时光回溯，如果这次安卿鱼出了意外，就让他回到过去通知天庭，直接在真理之门暴动的时候出手救下他。"

秘书闵军亮微微一愣："既然这样，为什么不直接让王面出手回溯时间，还要动用这么大阵仗？"

"王面的寿元不多了，每一次改变历史，都会加速他的死亡……'时序暴徒'对大夏太过重要，必须尽可能节省，如果能及时找到安卿鱼，他自然也就不必损耗寿元。"

"好，我这就去。"闵军亮匆匆离开办公室。

一分钟后，路无为挂断电话，坐上电瓶车，戴上头盔，看着手里的外卖订单，无奈地叹了口气："又是个海外订单……"

一抹剑光刹那间划破云霄，精准地落在路无为身边，穿着黑衫、身背剑匣的周平从中走出："找到他，需要多久？"

"这个……不好说，你也知道的，我虽然能找人，但速度一向不快。"路无为拍了拍身下的电瓶车。周平的嘴角微微抽搐，直接放弃了跟在路无为身后的念头，等他坐电瓶车颠到地方，估计这时间自己飞过半块大陆了。一抹剑芒冲入云霄，看着周平离去的背影，路无为默默地将小黄鸭安在头盔上，一点点地向天空飘去。

与此同时，其他人类战力天花板也纷纷进入迷雾，开始搜索安卿鱼的下落。若是以前，安卿鱼绝对不会想到，有一天自己的失踪能惊动整个天庭与大夏，让所有高阶战力倾巢而出地寻找……他也不会想到，这一次的失踪，将会颠覆他的一生。

一片灰蒙的雾气中，安卿鱼缓缓睁开了双眼。他的眼前，还是那座熟悉的古亭，但古亭之外不再是仙气氤氲的天庭庭院，而是一片荒芜的建筑废墟，像是一座百年前沦陷在迷雾中的城市残骸。古亭坐落在一片下凹的碎石坑中，边角像是被某种东西撕裂，在冷风中摇摇欲坠，翻滚的雾气之中，一具黑棺静静地停放在他的身边。安卿鱼看到眼前的景象，直接怔在了原地。

"这是哪儿？"黑棺之中，幽灵态的江洱缓缓飘出，看到周围狼藉的废墟，有些发蒙地问道，"天庭是被毁灭了吗？"

"……不，这里不是天庭。"安卿鱼环顾四周，"从建筑风格和风化的程度来看，应该是迷雾中某座城市的废墟，而且大概率是在非洲附近……"

"我们怎么会在这儿？"

安卿鱼没有回答，他俯身观察了一下古亭边角，有被时空裂隙撕裂的痕迹，眉头微微皱起。"时空扰动……是我自己？"安卿鱼神情有些不解，"可之前扰动的幅度分明没这么大……难道是我在睡着的时候，无意识地将其增强了？"在某一瞬间，安卿鱼也想过是别人主动带走自己的可能，可先不说什么样的存在才能越过天庭的防卫，既然对方的目标是自己，为什么不直接将自己掳走或者杀死，而是随便丢到荒郊野外的一个地方？

在安卿鱼思索的时候，江洱已经在附近飘了一圈，回到安卿鱼的身边："附近都没有别的痕迹，这里已经荒废很久了。"

"当务之急，是赶紧跟大夏神取得联系，我们到了一个这么荒僻的地方，要是米戈在这时候降临就糟了。"安卿鱼的头脑十分清醒，迅速开口道，"江洱，你能连上大夏的信号吗？"

✦

江洱闭上双眼，仔细感知片刻，无奈地摇了摇头。"不行……我的信号强度虽然增强了不少，但还是没法穿透这么厚的迷雾，也不知道纪念会长的像素对讲机，是怎么释放出那么强的信号的。"江洱突破"克莱因"境后，各方面的能力都大幅提升，若是她能将信号穿透迷雾连上大夏，那自然是最好，既然这条路走不通，就只能另寻他法了。

安卿鱼皱眉环顾四周，捡起一块碎石，在地面简单勾画起来。他虽然能大致确定自己在地球的哪一块大陆，但非洲原本的城市并不少，想精确定位到所在地极其困难，至少在他没法动用"唯一正解"的情况下，根本没法做到这一点，只能凭借感觉与隐约的日光照射，大致确定大夏的方向。"这个距离……回大夏已经不现实了。"安卿鱼放下石块，无奈地叹了口气。他们毕竟没有筋斗云，安卿鱼现在坐着轮椅，江洱又没法长时间操控自己的棺材，想徒步走回大夏，不知要多少时间。

"那我们怎么办？"

安卿鱼思索片刻："发现我们失踪后，大夏众神一定会倾尽全力在迷雾里搜寻我们……现在唯一的办法，就是想办法制造一些动静，如果有大夏神来到这附近，立刻就能吸引他们的注意力。江洱，我需要一些材料。"

"明白。"江洱的身形向天空飘去，双手缓缓张开，一个恐怖的磁场急速扩散，下一刻，成千上万的物品从城市废墟中悬空飘起——生锈的钟表、交通工具残骸、封锁的金属箱、腐烂的布料残片等。在江洱的操控下，这些东西如同商品般琳琅满目地挂在半空，安卿鱼的目光扫过它们，迅速点了其中几件东西。

"要这几个就好？能做出来吗？"江洱将这些东西送到安卿鱼面前，疑惑地问道。安卿鱼点点头："如果只是信号弹的话，只要配置出几种特定的氧化剂就行，我再掺入一些精神力，应该能起到不错的效果。"即便安卿鱼没法动用"唯一正解"，不过几分钟的工夫，就制作出了数枚特制信号弹。安卿鱼燃起其中一枚信号弹向天空射出，一抹璀璨的光芒闪耀在迷雾上空，将云层染成刺目的炽白，数十秒之后，便暗淡地跌落在废墟上。

"这样能有效吗？"

"不知道……但这是我们唯一能做的。"安卿鱼看了眼自己的双腿，无奈地叹了口气，"接下来，就只能听天由命了……"

迷雾。

"已经快两天了……还没有找到天庭的位置吗？"曹渊仰躺在筋斗云上，无奈地问道。林七夜揉了揉疲惫的眼角，看着身前笼罩在金色领域的树枝，眼眸中满是不解。"奇怪，是'奇迹'失效了？不应该啊……"林七夜喃喃自语，"也许是天庭在迷雾中移动得太快了，就算不断地推测出它的位置，很快又会变动，根本没法靠这种方式定位。"

"那怎么办？"

林七夜思索片刻，正欲说些什么，一阵狂风突然自远处吹来，将筋斗云前端的树枝吹动，在云层上翻滚几圈后，停在了某个方向。看到这一幕，林七夜微微一愣。"这是……"

"这风吹得，是不是有点太巧了？"曹渊同样看到树枝偏转，狐疑地开口。

林七夜看了眼自己身下的"凡尘神域"，双眼迅速亮起："走！按照这个方向，再试一次！"

林七夜全力催动筋斗云，急速划破长空，消失在天际的尽头。

"已经过去多久了？"废墟中的安卿鱼睁开双眼，沉声问道。

"三个小时。"江洱的声音在他耳畔响起。安卿鱼双唇微抿，再度从手边取出一枚自制的信号弹，将其发射向天空。信号弹在云层之上燃烧，散发出恐怖的光与热，短暂的几十秒后便从天空陨落，最终归于平寂。自从出现在这片废墟之后，安卿鱼每隔一个小时，便发射一枚信号弹，可惜到目前为止都没有什么效果……而随着时间的流逝，安卿鱼心中逐渐焦急。距离上次米戈降临，已经过了好几个小时，以它们不断加快的降临频率来看，下一次降临不会太久。"我们还剩下几枚信号弹？"他问道。

"四枚……需要再做一点吗？"

安卿鱼在原地纠结片刻，摇了摇头："现在的问题已经不是信号弹了，我们能不能撑到那个时候还不好说……你把剩下的四枚都给我，我提前做些准备。"安卿鱼接过半空中的四枚信号弹，正欲做些什么，瞳孔骤然收缩！一股饱胀的痛感充满他的脑海，他双手捂住头，大声喊道："糟了，它们又来了！"江洱的脸色一变，身形飘上天空，远处的废墟各处，一道道时空裂隙逐渐张开，米戈的嘶鸣声从四面八方响起！"快走！"安卿鱼忍住头疼，一只手在轮椅扶手上一摸，两只细轮顿时以惊人的速度旋转起来，带着他的身体向某个方向弹射而出！江洱伸手向下一招，那具厚重的黑棺飘浮起来，呼啸着紧跟在安卿鱼身后。连续经历了几次米戈降临，安卿鱼能察觉到每次的头疼症状也越来越轻，他的灵魂似乎正在适应米戈给他带来的影响。安卿鱼的这辆特制轮椅，速度极快，但他已全速前进了不到十秒，就被迫停下身形。他前方的半空中，数以百计的米戈振动膜翼，密密麻麻地向他席卷而来。

"卿……卿鱼……"江洱指了指头顶，声音有些沙哑。安卿鱼抬头望去，只见天空都已经化作一片粉色的海洋，一只只米戈拥挤在一起，彻底封死了周围所有的去路，像是一张无法摆脱的大网，从天空缓缓降临……"该死……这得有上千只了吧？"安卿鱼的脸色难看无比。一只只米戈从空中降落，停在安卿鱼周围的废墟上，它们振动着薄薄的膜翼，无数嗡鸣声交织在一起，震耳欲聋。狂风卷起地面的碎沙石，这上千只米戈环绕在他的身边，肉瘤表面的触手疯狂蠕动，缓缓贴在地面之上……像是在朝拜它们的王。

1562

安卿鱼坐在轮椅之上，俯视着眼前这上千只匍匐在地的米戈，眉头紧紧皱起。"你们，究竟想做什么？"他轻声低语。这是安卿鱼第二次见到米戈，也是他第一

- 020 -

次正面与它们相遇，他不知道这些怪物能不能听懂人类的语言，但这一刻，他除了尝试与它们交流，也没有别的选择。安卿鱼的话音落下，包围在附近的上千只米戈，同时停止了膜翼的振动，空气突然陷入一片死寂。与此同时，距离安卿鱼最近的那只米戈，双翅高频振动起来，似乎在试图模仿人类的声带，隐约间，能听到一道道古怪的尖锐人声从中传出。它们在现学人类的语言？！这个想法瞬间闪过安卿鱼的脑海，他的心如坠入冰窟般寒冷。这些米戈的智慧，远比所有人想象的要高，人类的语言在它们面前就像是简单的音节拼凑，不过半分钟的工夫，一串词组便晦涩地从膜翼中发出——"带您……回家……重迎……真理……"

"回家？家在哪儿？"安卿鱼反问。

米戈匍匐在地，双翅停止振动，似乎并不想回答这个问题。

"那你们打算如何重迎真理？"

"吾等……信徒……献祭……门……归来……"这次，米戈没有再保持沉默，一个个含混不清的词组夹杂在一起，虽然有些难懂，但安卿鱼还是理解了它的意思。

跟天尊想的一样，这些米戈身为真理的信徒，从"门之钥"的身上分走了一部分真理的力量，同样地，它们以自身的生命为祭品，也能反过来帮助真理之门重组。这几天，它们的每一拨降临，都是这么做的。区别在于，原本它们只能被动地被大夏神或者七夜他们杀害，进行生命献祭，而一旦自己跟它们回去，它们只要进行一次集体自杀，就能在极短的时间内大幅恢复真理之门，"门之钥"的回归也指日可待。安卿鱼的脸色微沉，他沉默片刻，再度问道："如果，我拒绝跟你们走呢？"

"不能……拒绝。"

"嗡嗡嗡——"密密麻麻的膜翼振动声，从四面八方响起，震得安卿鱼耳膜生疼，他环顾这上千米戈，心中最后一丝希望也随之破灭。光凭这个数量，米戈就根本不会给安卿鱼拒绝的机会，就算是抬，它们也会将他抬回去，强行接受生命献祭。"卿鱼……"江洱靠在安卿鱼身侧，与他对视一眼，眼眸中满是决然。她已经做好了拼死一搏的准备。安卿鱼没有回应江洱，他望着周围无穷无尽的米戈之海，神情接连变幻。许久之后，他像是下定了决心，深吸一口气，缓缓开口："我可以跟你们走，但我有个条件。"众多米戈的振翼声停止，等待着安卿鱼的下一句话。安卿鱼指了指身旁的江洱："我可以跟你们回去，放她走。"

江洱一愣，还未来得及说些什么，那只米戈的声音再度响起："可以……人类……不需要……"

安卿鱼转头看向江洱，给了她一个眼神，后者怔了半晌，从这目光中，她察觉到了一丝别的东西……凭借着对安卿鱼的绝对信任，她最终还是点了点头。江洱伸手一招，黑棺迅速飞上天空，在场的众多米戈都没有阻止，等到那具黑棺彻底消失不见，安卿鱼才缓缓开口："好了，我们走吧。"上千只米戈同时振翼而起，

- 021

距离安卿鱼最近的那两只,用修长的节肢扣住轮椅的两侧,拖着他的身体一点点飞上云霄。紧接着,天空之上一道时空裂隙张开,安卿鱼在米戈的带领下,向其迅速逼近。就在他离裂缝还有不到百米之时,安卿鱼的目光一凛,指尖从衣领下钩出一把漆黑的手术刀,闪电般刺入自己的胸膛,然后用力向下一划!一道猩红的血线自安卿鱼体表划开,两边的米戈还没反应过来,他便抓起最后四枚信号弹,一股脑儿地塞入自己的身体!安卿鱼苍白的嘴角溢出鲜血,他抬头看了眼米戈,淡淡笑道:"抱歉,我就算是死……也不可能让'门之钥'回归。"

"轰——"四枚信号弹同时燃起,直接从安卿鱼的体内将他整个人烧成一团炽热的火球,崩碎的血肉雨点般洒落大地,即将进入时空裂隙的所有米戈同时愣在半空。一道尖锐的嘶鸣声疯狂响起!呼啸的狂风中,最大的那块血肉残片飘零坠落,被一具横空而来的黑棺稳稳接住,江洱站在黑棺之上,手指轻划,迅速掉转方向飞驰远去。"嗡嗡嗡——"众多米戈像是察觉到了什么,疯狂般向那具黑棺追去,像是一道咆哮的粉色狂浪,遮蔽了整片天空。疾驰的黑棺之上,那块血肉正在以惊人的速度重生,骨骼、血管、血肉在半空中延伸,勾勒出一个人形,江洱看着这一幕,眼眸中闪过一抹心疼。随着安卿鱼的身体逐渐成形,他低头看了眼自己还没长出皮肤的血色手掌,苦涩地叹了口气:"没想到,这急速再生也会成为一种负担……要是我刚刚死了,'门之钥'就彻底结束了。"

"说什么傻话,你不能死!"江洱一边操控黑棺,一边气恼地说道。

安卿鱼无奈地笑了笑,没有皮肤的面孔看起来血腥无比。安卿鱼心中很清楚,被上千只米戈包围,他跟江洱没有任何逃脱的可能,所以他只能用这种方式让江洱先走,自己再自杀,出其不意地脱离它们的掌控……他知道,一旦自己真的被米戈带走,让"门之钥"复活,对整个地球都将是一场浩劫。在这个关头,他倒是想舍生取义,奈何自己的身体不允许……寻常的方法,根本不能彻底杀死他。

江洱操控黑棺飞行的速度并不慢,勉强能维持跟米戈之间的距离,但随着安卿鱼的身体逐渐恢复,那些米戈也越发疯狂起来,它们的身体表面溢出血色,速度再度拔高一截!江洱的脸色煞白,就在她准备试着不顾一切再度提速的时候,一尊庞大的六翼身影,自云层之下缓缓飘落。"我说哪儿来的这么浓郁的克系气息……原来是'门之钥'?"路西法的嘴角勾起一抹邪恶的笑容。

1563

看到这尊迎面落下的堕天使,安卿鱼的脸色骤然变化。他并没有见过路西法,但对方身后的那六只黑色羽翼,已经表明了对方的身份,最重要的是,那六只黑色羽翼之下的血肉羽翼,竟然同样散发着克系神话的气息!路西法也投靠克系了?路西法本就是至高级别的强者,他的降临对安卿鱼和江洱而言,无疑是一场绝望的灾难,再加上后面翻涌的上千只米戈,他们已然无路可逃。

"不是'门之钥',只是散发着真理之门的气息吗……"路西法端详安卿鱼许久,这才发现了差别,"不过,将你带回去,'黑山羊'应该会很高兴吧?"路西法狞笑着伸出手,抓向半空中的安卿鱼,就在这时,密密麻麻的米戈呼啸着掠过他的身畔,笔直地向路西法的手掌撞去!肉瘤上的触手疯狂扭动,像是在米戈之中传递着某种信息,振翼的嗡鸣声响彻云霄,这上千只米戈像是一道粉色浪潮,直接将路西法淹没其中。正如"乌托邦"古卷中记载的那样,米戈一族不敬任何克系神明,它们唯一信奉的,只有"门之钥"。它们可不管什么"黑山羊"的使者,或者克苏鲁神话的同盟,谁想将"门之钥"从它们身边带走,它们便杀谁!"一群蝼蚁,真是找死?!"路西法随手拍死了一只米戈,眼看着那无穷无尽的粉色浪潮将自己包围,眸中爆发出森然杀意。随着黑色羽翼轻轻扇动,周围的空气急速扭曲,衍化成九只虚无的恶魔,狰狞的巨嘴仿佛要吞没天空,恐怖的吸引力牵引着周围大量的米戈,将它们强行拖入深渊的巨嘴中。九只恶魔嚼动空气,顷刻间将数百只米戈崩成血雾,消散无踪,其余的米戈没有丝毫惧意,依然在悍不畏死地向路西法冲去。

米戈只是"克莱因"级别的克系生物,面对至高神境的路西法,即便数量再多,也根本不是他的对手。但就是这短暂的拖延,让安卿鱼和江洱有了一丝喘息的机会。江洱全力催动黑棺,载着安卿鱼飞掠而出,最后方的数十只米戈掉转方向紧随其后,只要能将安卿鱼带回去,它们无论死伤多少都无所谓,能够成为真理之门的营养,是它们的荣幸。"它们的速度太快了……这样下去不是办法。"安卿鱼轻咳两声,一道道时空扰动在他的周围卷起。随着大量的米戈死亡,安卿鱼能感觉到真理之门与自己的联系正在越发密切,即便他什么都不做,引起的时空扰动都已经有半个人那么高。江洱回头看了一眼,已经有三只米戈即将触碰到黑棺的边缘,她一咬牙,身形腾空飞出!"小心!"安卿鱼见此,当即大喊。江洱幽灵态的身体迎面撞入第一只米戈的体内,操控它的身体,用节肢瞬间捆住了另外一只米戈的头部,振翼飞旋,两者便相互借力,像是陀螺般短暂地落下天空。但与此同时,第三只米戈已经飞到了安卿鱼的眼前!由于灵魂受损,安卿鱼没法移动自己的双腿,坐在棺材上的他在如此近的距离下,几乎没有任何反抗的手段。"砰——"安卿鱼脚下的棺材板突然弹射而起,将他整个人掀落天空,也正是这突如其来的变故,让他惊险地闪开了第三只米戈的抓捕。下一刻,装载着江洱身体的棺身像是大锤般在空中抡动半圈,精准地砸在米戈的头顶,发出沉闷巨响!不过数秒的工夫,江洱便击退了三只米戈,棺材板像是流星般冲向下方,稳稳接住安卿鱼的身体,与随后飞来的棺材连成一体。

"怎么样,没受伤吧?"幽灵江洱飘到安卿鱼面前,担忧地问道。

安卿鱼怔了半晌,忍不住笑道:"用自己棺材攻击的方式,我倒是第一次见……你是什么时候学的？"

"刚踏入'克莱因'境的时候就在思考了啊，我又不能总是当拖油瓶。"江洱吐了吐舌头，"你看，我还是很厉害的吧？！"

"厉……""轰——"安卿鱼话音未落，眼前的一切瞬间撕裂，一道暗红色的粗壮光束洞穿迷雾，将他半边的身体蒸发无踪！毁天灭地的气息淹没了安卿鱼的意识，数十秒后，他的身体再生重组，眼前的景象才再度清晰起来。灰蒙的雾气被撞开巨大的空洞，那暗红色的光柱在空气中逐渐消散，在数十公里外的空洞尽头，一张恶魔面孔张大巨嘴露出獠牙，狰狞冷笑。安卿鱼的余光，看到那逐渐坠落云端的黑棺碎片，瞳孔骤然收缩！刚刚那道暗红色的恶魔光束，不仅撕裂了他的身体，也将他脚下的黑棺搅成了碎片！

"江洱！！"安卿鱼惊呼一声，身形在重力的作用下，不断向下坠落。就在这时，半块满是裂纹的棺材板从下方飞来，稳稳地接住了安卿鱼的身体，幽灵般的江洱飘在他的身前，安慰地轻声开口："我没事……我没事。"

"你的本体呢？！"

"虽然损失了部分身体，但都是早已坏死的肌肉组织，并没伤到大脑。"

听到这儿，安卿鱼终于松了一口气，他的身体受损可以恢复，但江洱的不行，她的存在依托于大脑的磁场，若是她的本体彻底死亡，那江洱离消失也不远了。

就在两人说话之际，一道庞大的阴影遮蔽大地，路西法背着六只羽翼，伫立在云层之上，神情有些诧异。"竟然还有意识……不愧是真理之门。"他伸出手，凌空一抓，数只空气恶魔包围了安卿鱼与江洱，深渊般的巨嘴直接封死了他们所有的退路，路西法伸出一只手，指了指安卿鱼，缓缓开口："你，自己过来。"安卿鱼凝视着路西法，眸中微光闪烁，似乎还在努力思索着破局的可能。路西法见此，双眼微眯，他右手轻抬，一只空气恶魔在手上张开嘴，吐出半具零碎的黑棺："这具尸体，似乎对你很重要？你要是不过来，信不信我现在就捏碎它？"路西法的嘴角勾起一抹阴冷的笑意，淡淡开口。

1564

看到那半具黑棺的瞬间，安卿鱼的心脏猛地抽搐了一下。他沉默地注视路西法许久，还是用双手撑着身体，一点点向前方的恶魔巨嘴挪动。

"你不能去！"幽灵江洱拦在安卿鱼身前，坚决地开口。

"没用的，江洱。"安卿鱼摇了摇头，"就算他不用你的身体逼我，我们也逃不出这里，与其如此，不如让事情简单一些，也许还能有一线生机。"路西法跟他们根本不是一个层次的存在，面对上千只米戈，也许还有靠智力逃脱的可能，但在绝对的力量面前，他们毫无胜算。他只能试着故技重施，或者束手投降。安卿鱼穿过江洱虚无缥缈的身体，双手用力一撑，身形落入空气恶魔的巨嘴之中。他只觉得眼前一花，周围一阵天旋地转，一股强悍的力量便死死锁住他的身形，将其悬空带到了路西法的身前。路西法见安卿鱼如此识时务，嘴角勾起一抹笑意："不错，你倒是聪明。"一道道时空扰动在安卿鱼周身卷起，他皱眉注视着路西法，沉声道："我跟你走，你可以放开她了。"

路西法眉梢一挑，嘴角的笑意越发明显："好啊。"

他的左手手掌松开，那半具黑棺径直向下方坠去，江洱的磁场远程将其托起，正欲飞离路西法的身边，周围的空气骤然扭曲！一张狰狞的恶魔面孔张开巨嘴，狠狠地咬在半具黑棺之上，本就残破不堪的黑棺瞬间爆裂！"嘎吱，嘎吱——"刺耳的撕裂声在空中响起，安卿鱼的瞳孔剧烈收缩，无数黑色的棺材残片混杂着模糊的血肉，被恶魔尽情地咬碎咀嚼，恶魔狰狞的面孔疯狂扭曲，像是在无声地狂笑。不远处的幽灵江洱一震，低头看了眼自己逐渐淡化的身体，双唇微微抿起……

"你找死！！！"恶魔的咀嚼声仿佛将安卿鱼的心撕成碎片，他猛地回头看向路西法，那双一向沉静平和的眼中迸发出前所未有的暴怒！

"我放她走了，是她自己没走掉。"路西法似乎十分享受安卿鱼的痛苦与暴怒，他贪婪地呼吸几口，轻笑着说道，"你不知道，和恶魔做交易，一向都是没有好下场的吗？"路西法的话语刺入安卿鱼的心头，他的双眸通红无比，随着那只空气恶魔彻底吞掉黑棺与江洱的身体，一股前所未有的火焰仿佛要自他胸膛燃起，将他整个人撑爆！似乎察觉到安卿鱼那要将他生吞活剥的目光，路西法眼眸中浮现出戏谑之色，不紧不慢地开口："不用这么看我，你是唤醒'门之钥'的重要道具，我不会杀你……但要是惹恼了我，我会让你生不如死，既然你有再生的能力，应该不难想象我会怎么做。"

路西法随手一挥，一只空气恶魔自安卿鱼身后浮现出来，它一口咬住安卿鱼，尖锐的獠牙像是荆棘般洞穿他的身体，将其死死卡在嘴中，像是一只叼着猎物的恶犬。剧痛充斥着安卿鱼的心神，他的四肢与躯干全都被獠牙洞穿，无法移动丝毫，但他就像是浑然察觉不到疼痛般，怒目瞪着路西法的背影："路西法——！！"猩红的鲜血自安卿鱼的嘴角滑落，他声音沙哑地低吼道。"刺啦——"一颗獠牙洞穿了安卿鱼的肺部，他整个人就像是破风箱般呜呜喘息着，再也说不出任何话语，若是正常人，这种程度的伤势已然死亡，但在安卿鱼的再生能力下，他依然没有生命危险。路西法背着漆黑的羽翼，侧头望了他一眼，淡淡开口道："若是'门之钥'在此，那我也就认了，你不过是真理之门的走狗，地位跟我也没有两样……你一个羸弱的人类，凭什么敢直呼我的名讳？"安卿鱼被钉在恶魔的獠牙之上，一个字都说不出来，他只是死死盯着路西法，视野逐渐被一片血色覆盖。

"卿鱼！！"幽灵江洱见到这一幕，眸中迸发出前所未有的杀意，她浑然不顾路西法身上散发出的强大气息，急速向他的身体撞去。

"弥留的磁场而已……真当我拍不碎你？"路西法见此，双眼微微眯起，他的指尖抬起，凌空向前点去。"咚——"沉闷巨响从空中传出，下一刻，一道丝线般细密的弧形涟漪急速荡开，路西法伸到一半的指尖突然停顿，他猛地回头望去，只见原本叼住安卿鱼身体的空气恶魔，已然化作漫天血雾，一股无法言喻的气息从中弥散而出。就像是一个刚从地底山洞爬出的野人，突然看到一片无垠的星空，那是一种对恢宏与未知的恐慌，在这一刻，他突然有种自己的存在被无限缩小，宛若沙粒的感觉。"真理之门……？"路西法像是想到了什么，脸色顿时有些难看。飘零的漫天血雾之中，一个红影踉跄着站直身形，他背后的时空剧烈扰动，隐约间，一道被迷雾笼罩的门户边角若隐若现，满是血污的面孔之上，安卿鱼的双眼缓缓睁开，一只左眼已然化作死寂的灰色，在看到那只左眼的瞬间，路西法的头部一阵刺痛，仿佛整座太阳系的存在都被压缩在那一道目光之中，疯狂地灌入他的脑海，恐怖的知识与真理险些将他的神智都撕成碎片。

路西法迅速挪开目光，不再直视安卿鱼的眼睛，他眉头紧紧皱起，冷声开口："不过是引动了一角真理之门的力量……你以为，这就能赢我？"

安卿鱼的脸色一片苍白，他没有说话，而是摇摇欲坠地抬起右手，对着路西法凌空一按……刹那间，无数道烦琐的纹路自安卿鱼的掌间，疯狂向周围的虚空扩散，随着掌纹轻旋，一股神秘的力量凭空降临，瞬间包裹住路西法的身体！路西法眉头一皱，正欲有所动作，他眼前的世界便诡异地颠倒错乱起来。若是他看到自己的身体，便会发现此刻的他就像是一块被打乱的魔方，头部被旋转到了左后肩，右腿转到头的位置，一只眼睛转到脚底板，另一只眼睛索性直接缩进了腹中……双手、双脚、六只黑翼、十指、内脏器官……像是有一只无形的大手，将他原有的生理解构重组，在这短短的几秒之内，他便化作一团彻底扭曲怪异的肉球。

1565

"你对我做了什么？！"路西法察觉到异样，愤怒地吼叫起来，但他的声音像是被蒙在鼓里一样……因为他的嘴巴，已经被安卿鱼缝到了盆腔之内。"哕——"安卿鱼掌间的纹路散开，他猛地弯下腰，剧烈地干呕起来。与此同时，他身后的门户虚影逐渐散去，恢宏神秘的气息随之消失，但那只笼罩着灰意的左眼，并没有恢复，而是随着安卿鱼的干呕，流淌出猩红的血泪。江洱操控着一块黑棺残片，急速飞到安卿鱼的身边，接住他的身形，焦急问道："你主动去接触真理之门了？你身体怎么样？"

"咯咯咯……"安卿鱼根本没法回答她的问题，咳嗽得越来越凶，就连意识都有些模糊起来。愤怒的嘶吼声从远处的肉球体内传出,至高境的气息疯狂涌动,无数恶魔的怒吼响彻云霄!路西法的器官虽然被打乱,却并没有受到实质性的伤害,从某种意义上来说,他只是被改变了生理解构,即便被迫变成了肉球,他依然是堕天使。六只凌乱插在身体各处的羽翼疯狂扇动,却连基本的飞行都无法维持,长在大腿内侧的右手猛地抬起,用力一抓,一只只空气恶魔被勾勒而出,蜂拥着冲向前方,似乎要将安卿鱼碎尸万段。

"走……"安卿鱼佝偻着身体,声音沙哑地开口。江洱立刻催动黑棺碎片,载着安卿鱼急速飞掠而出,可还没等他们离开多远,几只空气恶魔便在前方拦住去路。"糟了。"江洱的脸色顿时一白。就在那几只恶魔俯冲而来之际,天空的日光迅速暗淡,一抹夜色像是墨水般自他们头顶晕染开来!看到这片夜空的瞬间,江洱先是一愣,随后脸上浮现出狂喜!"卿鱼!是七夜来了!我们得救了!"

空气恶魔张开巨嘴,尖锐的獠牙啃向半空中的安卿鱼,下一刻,一抹刀芒闪过,巨嘴被瞬间定格在空中。空气恶魔迅速解体,崩碎成一摊摊烂泥落下天空,一个穿着黑袍、戴着宽大兜帽的身影站在半空,兜帽下的目光凝视着路西法,双眼微微眯起:"克系的气息……地狱的生物,竟然也被'黑山羊'污染了?"

"卿鱼,江洱!"林七夜驾着筋斗云,稳稳接住半空中的两人,精神力迅速搜过安卿鱼的身体。他微不可察地一怔。"这个气息……"林七夜喃喃自语。他只是停顿了片刻,立刻摇了摇头,双手将安卿鱼从云上扶起:"卿鱼,你怎么样?"

"咯咯咯……我没事……"安卿鱼虚弱地开口,"但是江洱……"

林七夜抬头看向身前飘浮的江洱,像是想到了什么。

"江洱,你的本体呢?"幽灵江洱张了张嘴,并没有回答,只是默默地低下头去。林七夜的心顿时沉到谷底。

"七夜,狩祖好像有些危险了。"曹渊回头望着远处的战场,沉声开口。林七夜回头望去,只见密密麻麻的空气恶魔已经遍布天空,将那穿着黑袍的身影困住,肉球路西法一只眼睛瞪着27号,闷闷的声音再度响起:"祖神的气息……我知道了,你就是那个从古老时代活下来的狩祖?不,现在应该叫你刺客之神?啧啧……堂堂祖神,居然没落到这种程度吗?"

27号的神情没有丝毫变化,他站在无数空气恶魔的包围之中,像是一只无声的幽灵。一只空气恶魔扑上前,张开巨嘴想撕裂他的身体,在触碰到那身影的瞬间,却轻飘飘地穿过,留在那里的似乎只是一个残影。路西法的眼睛微微收缩,他像是察觉到了什么,猛地挥动身体各处的翅膀,下一刻,一道猩红血光自翅膀根部迸溅!一只黑翼染血,坠落天空。27号手握短刀,不知何时已经站在了路西法的身后,身体的器官被打乱之后,不仅是感知受到影响,由于六只羽翼分散在身体各处胡乱扇动,他甚至没法及时地闪避与转身,以至于猝不及防之际,直接被27号砍下了一只翅膀。"堕天使没落到这种程度,也令人意外。"兜帽下的27

号淡淡开口。27号说过，至高境以下皆是必杀……事实证明，即便当年的狩祖再没落，也拥有寻常神明无法企及的力量，就算面对路西法这位至高堕天使，他也勉强具备一战之力。更何况，这还是在路西法肉身被废了一半的情况下。

路西法的五官被打乱，看不出他的表情，但从那只仅剩的眼球中，可以感受到他的怒火熊熊燃烧，一道黑色的领域瞬间笼罩整片天穹。先是被"门之钥"的走狗变成这副鬼模样，又被古老时期遗留的老怪物斩下一只翅膀，路西法只觉得胸膛都快被气炸了，这一次，他是铁了心要将他们留在这里。

在至高神境的威压之下，林七夜和曹渊的脸色微变。

"狩祖能赢路西法吗？"曹渊担忧地问道。

"狩祖可以，刺客之神……应该不行。"林七夜摇了摇头，"27号没有信仰之力，主神再强也只是主神，就算路西法变成了那副样子，也不是轻易就能被打败的，更何况他还拥有'黑山羊'的力量。"

曹渊的目光扫过四周，大地、天空都有大量的恶魔被勾勒出来，彻底封死了他们的所有去路："逃也逃不出去……这可怎么办？"

林七夜没有说话，只是低着头，不知在想些什么。

与此同时，诸神精神病院。

宽敞的病房之中，吉尔伽美什坐在桌边，端起一只热气腾腾的茶盏，轻轻摇晃起来。今日阳光正好，温度适宜，那个讨厌的老头也不见了，所以吉尔伽美什的心情难得不错，也有了一些闲心思来试着品味病院生活。他将茶盏递到嘴边，抿了一口，长舒一口气。

  吉尔伽美什治疗进度：89%
  吉尔伽美什治疗进度：90%
  吉尔伽美什治疗进度：91%
  吉尔伽……

突然间，吉尔伽美什的眉头微微皱起，不知为何，他总觉得身体有些奇怪。他用余光瞥到窗外，整个人突然一震，只见在窗户对面的高楼顶端，一个熟悉的白袍老人，正带着怪异的笑容，直勾勾地凝视着他……

<h2 style="text-align:center">1566</h2>

"是他？"吉尔伽美什的眉头紧紧皱起。他不是失踪了吗？

吉尔伽美什治疗进度：94%

吉尔伽美什治疗进度：95%

随着他头顶的进度条冲破95%大关，吉尔伽美什突然升起一种奇妙的感觉，他抬头望去，已经能看到病院外林七夜的视角，一片漆黑的夜空之下，无数恶魔正在疯狂逼近。"这是……"吉尔伽美什眯了眯眼，在那画面之外，他清楚地看到了自己的进度条。此时，他的进度条依然在飞速上涨！

吉尔伽美什治疗进度：96%……97%……

经过之前几个病人的离院，吉尔伽美什已经知道了有进度条存在，但此刻他的心中满是疑惑。这进度条，怎么可能蹿得这么快？

……治疗进度：98%……

就在这时，吉尔伽美什像是意识到了什么，猛地站起身，直视着对面楼顶俯瞰他的耶兰得："是你？你在操控我的进度条？你想做什么？"耶兰得微笑着，一言不发。吉尔伽美什冷哼一声，身形直接穿过门户，化作一道流光飞到耶兰得面前，雄浑的神力轰然爆发！他死死盯着耶兰得，沉声道："停下。"

吉尔伽美什治疗进度：99%……

"本王让你停下！"吉尔伽美什怒吼一声，一柄长剑落在手中，闪电般刺向耶兰得的胸膛。"轰——"随着紫色神力冲霄爆发，一道道冲击波再度覆盖病院，所有护工都惊呼着向后退去，不解地看着那座神力汹涌的病院。

"怎么回事？！"李毅飞从房中快步走出。

"是吉吉国王，他又和复读机老头打起来了！"

"该死……你们都躲好了，我去看看！"

李毅飞顶着神力激荡产生的狂风，冲进了那座病院之中，一口气爬楼梯上到顶层。当他从楼梯间走出的时候，顶层的狂风已经逐渐平息，消散的紫色神力之中，耶兰得站在中央，一袭白衣纤尘不染。在他的身前，一道空间裂痕逐渐消散……"耶……圣主殿下，吉尔伽美什呢？"李毅飞见此，不解地问道。

那穿着白袍的老人缓缓转身，慈祥的面孔勾起一抹笑意，不紧不慢地开口道："你做得很好，孩子……"

"嗒——"与此同时，没有人注意到，院落中央的大树之下，棋盘中唯一的白子轻轻一震，竟然一点点地被染成了黑色……一股凉风拂过病院，将满树枝叶吹得沙沙作响，整个棋盘，纯黑如墨。

迷雾。

呼啸的狂风中，一道虚空裂纹骤然碎开，林七夜微微一愣，随后立刻将精神力催动到极致，随时准备出手！但下一刻，那从裂纹中走出的身影，出乎了他的意料。

"吉尔伽美什？！"林七夜看到那穿着灰袍的身影，惊讶地瞪大了眼睛，"你怎么会在这里？"

吉尔伽美什看着林七夜，将手中的长剑放下，无奈地开口："我的治疗进度，到100%了……"

"这怎么可能？"林七夜清楚地记得，他上次去找吉尔伽美什，对方的治疗进度还没到90%……这才过了多久，就能到100%？吉尔伽美什这是偷偷在病院里嗑药了吗？

"是耶兰得，他对我动了手脚。"吉尔伽美什回忆起那张慈祥的面孔，神情有些阴沉。

"他？"林七夜诧异地开口。操纵别人的治疗进度这件事，就连他都做不到，耶兰得只是一个病人，怎么可能拥有如此的力量？

"这么看，当时布拉基突然出院，很可能也跟这家伙有关……"吉尔伽美什皱着眉头，像是在思索着什么。

"轰——"惊天动地的爆鸣声从远处传来，一道披着黑袍的身影在火光中倒飞而出，几只狰狞恶魔紧随着咬向他的身体，却被一缕烟霾绞杀大半。

"糟了，狩祖快撑不住了……"曹渊沉声说道。

吉尔伽美什回头看了眼那只肉球天使，双眼微微眯起。"虽然不知其中缘故，不过本王出来的时机，似乎也是正好……如此，本王便助你一臂之力。"

林七夜的思绪也被战场打断，他的眼眸中浮现出喜色："多谢英雄王。"吉尔伽美什的突然出院，无疑是解了当下林七夜等人的困境，即便吉尔伽美什的实力不到至高，但与27号也不会相差多少，两者联手之下，一切便有了转机。随着吉尔伽美什的身形冲上云霄，霸道的君王神威顷刻间便将几只恶魔碾成碎片，路西法的眼眸一凝，惊异地看向这个方向。"这个气息……"

吉尔伽美什双眸平静无比，他抬手一招，一座银色的宝库轮廓便在上空勾勒而出，至高境的神器威压骤然降临！"王之宝库"在空中旋转，一道异彩突然扫过天空，路西法只觉得空间闪烁，待到再度恢复视野之时，已经来到了一片荒芜的大漠之上！狂风裹挟着沙粒飞舞云霄，远处的大地之上，一座城池的残骸死寂无声。"至高神器的小世界？"看到这一幕，路西法像是想起了什么，眸中闪过一抹怒意，"该死……怎么人手一件至高神器？！"上次被灵宝天尊拿着两件至高神器暴揍的画面，依然历历在目，以至于路西法现在看到至高神器，就有种牙痒痒的感觉。

狂沙飞舞之间，一道披着黑袍的身影缓缓走出，27号俯瞰着下方的世界，似乎也有些诧异。

"本王在此，众器归位。"一个声音宛若奔雷般回荡天际。路西法挥动残破羽翼，转头望去，只见那片古城残骸上空，一个身着华丽王袍的身影踏空走出，在那双泛着淡淡紫意的眼眸注视下，竟然让人不禁生出惧意。吉尔伽美什话音落下的瞬间，一颗颗星辰自宝库的天空接连亮起……

4567

"神器？"路西法的独眼看到天空中接连亮起的星辰，像是想到了什么，诧异地开口，"古老乌鲁克王国的国王，吉尔伽美什？你竟然还活着？"

"你这破天使都活着，本王为何不行？"吉尔伽美什淡淡开口。一把黑色小锤率先划破大漠的天空，粗壮的雷光骤然劈在肉球路西法身体的表面，却只将一截手掌电得焦黑。路西法不屑地瞥了眼手掌，正欲冷笑，天空中一面镜子神器倒映小锤的虚影，瞬间复制了三把一模一样的锤子，四道雷光在空中转向，精准地轰在他暴露体外的血管表面！淋漓的鲜血随着雷光迸发，路西法怒吼一声，下一刻一张大网、一根铁索、一块秘毯接连划过长空，先后包裹住他的身形，主神级的神器波动逸散而出，顶着狂风将其钉在了一座纯银的十字架上。"刺啦——"剑、矛、刀、箭、枪、斧、锤……密密麻麻的兵器飘浮在吉尔伽美什面前，随着他指尖轻点，无数的神芒呼啸而出，像是一场神器之雨，瞬间将被钉在十字架上的路西法淹没其中。接连的爆鸣声响彻大漠，璀璨的神芒好似一团炽热烈阳，在天空中不断膨胀。这些神器虽然大部分都是次神或者主神级，对路西法的作用不大，但如此恐怖的数量堆叠起来，性质就不一样了。一道恶魔怒吼声在火光中响起，淋漓鲜血化作一只恶魔头部轮廓，猛地张开巨嘴，将汹涌的神力吞没其中，一个焦黑的肉球冲破十字架封锁，迎面向城邦上空的王影撞去。

就在这时，虚无中一个烟霾般的身影突然勾勒而出，一抹刀芒精准地斩在肉球飞行路径之上，一只断裂的黑色羽翼在鲜血中坠落云霄。接连失去两只翅膀，分散在路西法各个部位与器官上的残破羽翼，已经无法有效地支撑他飞行，他的冲势瞬间放缓，摇摇晃晃地向大漠坠去！焦黑的肉球某处，路西法的眼眸闪过一道光华，领域急速延伸，苍茫的大漠突然搅动起来，翻滚的流沙之中，上百张狰狞的恶魔面孔急速成形。

"散。"城邦上空，身着王袍的吉尔伽美什一指点出，"终焉王律"打断众多恶魔成形，强行将路西法的神墟压缩到原来一半的面积。路西法眼睛骤然收缩，下一刻，一抹凌厉的刀光猛地刺入体内，在他的身上划出一道两米多长的血口。生理解构被彻底打乱的他，浑身上下都是弱点与要害，就连心脏都直接挂在了膝盖的骨头上，27号的这一刀，直接破坏了他众多的器官。祖神的气息随着刀芒疯狂灌入路西法体内，那两只倒插在喉部与臀部的血肉羽翼，像是遇见了天敌般疯狂扇动，随后接连爆开。前所未有的痛苦充满路西法心神，他嘶吼一声，肉球重重坠落在沙漠之上。

在吉尔伽美什与27号的联手之下，肉球路西法已经溃烂大半，气息迅速衰弱。"很好……这次是我认栽了。"路西法虚弱地扇动着仅剩的翅膀，眼眸中浮现出不甘，"若不是受了真理之门影响……我早晚要将你们碎尸万段。"路西法头顶的虚无中，一只空间恶魔突然浮现，张开巨嘴将肉球吞没，顷刻间便消失无踪。27号双眼一眯，眼眸中的杀意闪过，正欲有所动作，一个声音不紧不慢地从远处传来："不用追，他跑不了的。"吉尔伽美什凌空站在城邦之上，一袭王袍随风轻摆，注视着宝库外的虚空，嘴角微微上扬。

随着一只空间恶魔张开巨嘴，路西法的身形自迷雾中坠落下来。他毕竟是堕天使，即便被真理之门影响，只要他想走，那两个主神再强也不可能杀死他，路西法不知道自身这副状态还可不可逆，现在唯一的办法，就只能找"黑山羊"。同为克系的三柱神，也许那位能处理真理之门造成的伤势也说不定。路西法艰难地挥动肉球各处的翅膀，一点点向着迷雾远处挪动，就在他即将彻底离开这片战场之时，一道沉闷巨响从云层之上传来！"咚——"路西法抬眼看去，瞳孔骤然收缩。金色的光晕荡开厚重云层，一个身着金色帝王袍衣、头戴神冠的男子正伫立在高天之上，他的身旁，站着一位身着缂丝紫纹长袍的美妇，手握一面镜子，正眯眼俯瞰着他。云层重重散开，一道道神影的身形勾勒而出，有的手持镏金红棍，有的手持打神鞭，有的脚踏风火轮，有的手握翻天印……沉闷的战鼓声从云层传出，仿佛锤击着路西法的胸膛，他怔怔地看着头顶数十道神影，一颗心顿时沉到了谷底。

"赶上了。"玉帝用余光瞥到一旁筋斗云上的林七夜等人，神情放松些许。想在这片迷雾中找到安卿鱼，无异于大海捞针，但之前路西法对战上千只米戈的汹涌神力波动，想让人忽视都难。感知到这里的神战气息，分散在世界各地的大夏众神急速向这里会聚，不过此时路西法已经被吉尔伽美什拖进了"王之宝库"，所以只能暂候在外。路西法看着头顶的大夏众神，心中焦急无比，以他现在的状态，断然不是这么多主神的对手！"伟大的森之'黑山羊'，您是母性与生命的象征，您的信徒在此呼唤您……"低沉的声音自路西法的腹腔内传出，一股诡异的气息在他周身急速扩散。

玉帝眉头一皱，平静开口："杀。"神力从云层上爆发，一道道流光冲向海面上的肉球，璀璨的光华瞬间将大海淹没。

"这一次，路西法应该是难逃一死。"筋斗云上，林七夜等人看到这一幕，微微松了口气。曹渊张开口，正欲说些什么，一道惊天动地的爆鸣，突然自大海的另一端传来！下一刻，一道金色的剑芒贯穿宇宙与天空，从那隐约的月影之上，轰然砸入天际的迷雾之中，几乎将整片天空都染成纯金之色。玉帝见此，微微侧头看向远处，喃喃自语："天尊那里，也动手了吗……"

1568

迷雾，另一边。

元始天尊脚踏海浪，一朵朵金花自涌动的浪涛间浮起，将整片海域染成金色。海风拂过鬓角飘扬的发丝，他抬头仰望着那团遮天蔽日的乌云，密密麻麻的触手自云层间探出，蠕动的巨眼在触手末端睁开，直勾勾地盯着海面上的道人，不知在想些什么。"晨南关的旧账，该算一算了……'黑山羊'。"元始天尊淡淡开口。触手乌云在天空中搅动，似乎察觉到了什么，那些蠕动的巨眼疯狂地转动，同时看向所有的方向，与此同时，云层的中央剧烈地滚动起来，仿佛有什么东西即将破出。天光以肉眼可见的速度暗去，悬挂在遥远天穹的月影，突然染上了一层淡淡的红意。"嗖——"一道劲风以乌云为中心爆发，上百公里的海域瞬间陷入死一般的平寂，仿佛有一股无形的压力降临人间，就连一缕浪花都没法自水面翻出，整片海面光滑如镜。一轮红月倒映在海面之上，像是墨渍般迅速晕染，眨眼间便将整片海域染成血色。暴戾、疯狂、诡异……来自世界之外的气息在这片海域疯狂逸散，仅片刻的工夫，曾毁灭了高天原的红月污染再度显现，甚至浓度比之前更甚。这片血色的天地中，天空中的触手乌云缓缓下降，好似坍塌的天穹，一点点地压向元始天尊的头顶，那些触手眼球在天尊的目光中不断放大，与之对比起来，道人的身形甚至不及一颗蠕动眼球的瞳孔大小。"清心，荡魔。"铿锵有力的字眼从另一边传出，第二位天尊踏入血色海域，与此同时，一道淡蓝色的涟漪自海面荡起，瞬间在这片血色汪洋之中扫出一片两三公里大小的纯净之地。灵宝天尊一手握玉如意，一手握金色权杖，淡淡的光晕自体内散发出来，驱散了周围的红月污染。感受到那光晕气息的瞬间，众多触手眼球微微收缩，仿佛是感知到了什么极为厌恶的东西。那是灵宝天尊自祖神殿中带来的地球本源的气息……亦是抵御克系污染的"锚"。一把木剑自东方飞来，猛地悬停在另一侧的海面之上，一个身着黑白道袍的身影瞬息出现，缓缓握住木剑剑柄，凌乱的发丝在风中飞舞，一双眼眸波澜不惊。

大夏第三位天尊，道德天尊。元始、灵宝、道德三位天尊分别站住三角，澎

- 033 -

湃的神力冲霄而起，灵光好似神柱涌入缥缈天际，撑起了这一片混沌的天空。面对这三位天尊的气息，"黑山羊"似乎有些不安，那团乌云压抑地悬浮在海面上空百米，中央不断滚动的云层好似即将分娩的腹部，突然隆起，下一刻，密集的猩红血雨洒落海面！元始天尊眉头一皱，洒落的那些根本不是血雨，而是一只只微小的红色蠕虫，它们伴随着"黑山羊"的呼吸，喷吐在这片海域之上，试图钻入他们的肌肤与七窍。他不知道这是"黑山羊"无意识的应激反应，又或是她在试图污染他们……总之，若是放任这些红色小虫降世，就算他们三人能抵挡污染，世界上其他地方也必将遭难。"阵起！"元始天尊指尖向下一点，一道阵纹便自他的脚下向周围延伸，其余两位天尊也同时抬手，一座庞大的道纹阵法便在海域之上迅速成形！海量的灵气与神力混杂在一起，蒸腾着向天空升去，凡是触碰到这些气息的乌云触手，都开始蜷缩退避，仿佛对其极为厌恶。此刻，若是从月球向下俯瞰，便会发现在太平洋的中央，一只蓝色的恢宏神眼正在缓缓睁开。这是大夏三天尊进入迷雾数日，倾尽心血准备的天庭第一杀阵！

　　三位天尊缓缓闭上双眼，低沉晦涩的道诀回荡在海面之上："道炁荡魔，三煞尘目……目尘阵开！"元始天尊周身的金花涌向天空，随着法诀最后一字落下，三双泛着蓝意的眼睛，骤然睁开！

　　与此同时，那覆盖在太平洋表面的神眼，已然璀璨到了极致！一道惊天神柱自海面的阵眼冲起，顷刻间将那庞大的触手乌云吞没其中，凄厉的嘶鸣声将死寂的海面震得浪涛翻滚，像是沸腾了一般，一抹血色自神柱中央晕染开来。一道又一道余纹晕荡开，就连笼罩在天地间的迷雾都被强行驱散，一抹蓝意贯穿大气层，冲入幽深的宇宙之中，不知延伸到何处。"砰——"一只山岳般粗壮的山羊蹄，突然自巨柱内部蹬碎了一角神芒，涌动的乌云血肉从破口挤出，仿佛下一刻便要逃脱。

　　就在这时，一道冷哼穿越无垠空间，轻飘飘地落至地球表面。随着月球表面那道身影缓缓拔出圣剑，用力向着地球一刺，一抹金色的剑芒贯穿宇宙，精准地轰落在海面之上，将那挤出的一片血肉灼烧殆尽。这是时隔百年以来，炽天使米迦勒第二次在月球隔空对地球出手。只不过，上次他的目标是堕天使路西法，而这次的目标，则是克系的三柱神，森之"黑山羊"。金色与蓝色的海洋淹没大阵，在米迦勒的"凡尘神域"之下，那团触手乌云迅速蜷曲，重新被塞回了那道神眼柱中，令人头皮发麻的诡异嘶吼声响彻云霄。元始、灵宝、道德三位天尊，再加上炽天使米迦勒，这阵容堪称当今地球战力天花板，四神合力之下，"黑山羊"的本体开始以肉眼可见的速度分裂，一团团腐烂的触手与血肉残骸从半空中掉落，将海面染成散发着恶臭的黑色。

　　"抱元守一，敛神入体。"主持目尘阵的元始天尊脚踏金色花海，平静开口，"照此速度，五个时辰后，她便将魂飞魄散。"

　　灵宝、道德二位天尊，各自站稳阵法一角，双眼缓缓闭起……

1569

迷雾。

数十道神芒自深海迸发，猩红血迹晕染海面。广成子手握翻天印，从海面飞出，对着天空中的玉帝与西王母行礼，恭敬开口："此獠已被击杀。"

玉帝俯瞰了深海一眼，微微点头。

"七夜……"筋斗云上，脸色苍白的安卿鱼死死抓住林七夜的手腕。

林七夜当即开口："卿鱼，你先别说话，你身体透支得太严重了……"

安卿鱼双眸逐渐涣散起来，脑部的刺痛让他近乎昏厥，即便如此，他依然紧抓着林七夜的手腕，一字一顿地开口："把江洱……带……回来……"安卿鱼话音未落，便耗尽所有心神，彻底失去意识，倒在他的怀中。"卿鱼！"幽灵江洱见此，脸色苍白地问道："他怎么了？"

"应该是强行联系真理之门，给他精神力带来的压力太大了……"林七夜说到一半，看向江洱的目光便凝重无比，"江洱，你告诉我，刚刚究竟发生了什么？你的本体呢？"江洱张了张嘴，眼眸中浮现出一抹苦涩……

两小时后。天庭。

安卿鱼睫毛轻颤，缓缓睁开眼睛，一张熟悉的面孔迅速映入眼帘。

"卿鱼，你醒了？"曹渊灰暗的眼眸中，浮现出一抹微芒。安卿鱼躺在柔软的水面上，呆呆地望着殿顶许久，终于恢复了一抹神采，他猛地从水面坐了起来："这是哪儿？江洱呢？！"

"别急，你先别急，太公说了，你的身体还太虚弱，不宜有太强的情绪波动……"曹渊稳住他的身体，轻声安慰道。安卿鱼深吸一口气，终于恢复冷静，他环顾四周，发现自己正躺在一座古朴的宫殿内，身下是一个漂着莲叶与荷花的浅水池，在曹渊的身后，还有广成子与太乙真人两位金仙。安卿鱼的余光瞥到身旁，这才发现周围的地面，竟然有一个个一人高的空洞，就连浅水池边缘的石雕，都消失了大半，像是被什么东西啃食过："这是……"

"你在昏迷的时候，不停地产生时空扰动，所以一定要有人陪在身边，防止它将你整个人吞掉，穿越到别的地方。"曹渊解释道。

听到这句话，安卿鱼一愣，眼眸中浮现出一抹深深的懊悔。"江洱呢？"

"她……"曹渊张了张嘴，不知该说些什么。

看到曹渊的神情，安卿鱼的心中"咯噔"一下，他不顾虚弱的身体，直接从浅水池边翻了下来，一滴滴水渍晕染地面，他赤着双足，用尽全身的力气，踉跄向宫殿外跑去。广成子见此，正欲出手拦下他，却被一旁的太乙真人按住肩膀，对着他无声地摇了摇头。

"江洱……江洱！！"安卿鱼冲出宫殿，淅淅沥沥的雨水滑过屋檐，滴落在他的身上，冰凉刺骨。

"卿鱼！你慢点！你现在不要乱跑……"曹渊匆匆从后面跟上来，正欲说些什么，安卿鱼那只灰色的眸子扫过四周，迅速锁定了一座宫殿，狂奔而去。

"……不，一定还有别的办法！"空旷的宫殿内，林七夜披着那件深红的斗篷，站在一具破碎的黑棺残骸前，不断地摇头，"她只是肉身坏了，但她并没有死，为什么没有办法？！"林七夜的咆哮声回荡在宫殿内，玉帝与西王母站在不远处，神情复杂无比。

"事情没有这么简单。"西王母缓缓开口，"她的肉身并不只是坏了……那只恶魔吃掉了她近七成的身体，若是其他地方也就算了，天庭也并不是没有让人重生骨肉的方法，但她唯一拥有活性的大脑已经被撕成碎片，又被路西法那被'黑山羊'污染的血液浸染……她的大脑，已经没有救活的可能了。"

"那抛弃肉身呢？她现在分明就站在这里，为什么就没法将她留下？！"林七夜指着身旁的白裙少女，双眼瞪大。幽灵江洱飘浮在半空中，低头看着自己的脚尖，沉默不语。她的身体，比两个小时前，更加虚无，似乎很快便要彻底消散。

"站在这里的，并非她的灵魂，而是一道拥有自我意识的磁场……这一点，你们应该明白才对。"西王母无奈地说道，"大脑是维持'通灵场'的根源，失去了大脑，她便只是一叶无根浮萍。江洱在她的身体被撕碎的时候，就已经死了，她之所以站在这里，只是因为她的磁场还没消散，你觉得她还活着，也是因为这个磁场拥有自己的意识而已……随着磁场的衰弱，她的意识与存在都会逐渐模糊，直至彻底消失。"

林七夜愣在原地。他的目光落在身旁的江洱身上，后者抿着双唇，一言不发，像个做错事的孩子。"不，越是不可能，越是会发生'奇迹'……我可以试一试！"林七夜倔强地说道，随后快步走上前，将"凡尘神域"笼罩住黑棺残片，精神力狂卷而出。

看到这一幕，西王母长叹一口气："'奇迹'确实厉害，但也并非万能的，更何况这具身体染上了堕天使的血，无论你怎么使用'凡尘神域'，都不会有效的。"

林七夜的目光一凝，彻底陷入沉默。

"滴答——滴答——"轻微的水滴声从殿前传来，林七夜回头望去，只见一个浑身湿漉漉的身影，正虚弱地站在门前，怔怔地看着中央的那具黑棺。"卿鱼……"林七夜张了张嘴，想说些什么，却又什么都说不出口。安卿鱼沉默地看着那具残破的黑棺，迈开脚步，蹒跚地向宫殿内走来……"这是……全部的碎片了吗？"他声音沙哑地开口。

"嗯。"林七夜点头,"我已经把所有能收集到的碎片,都带回来了……"

"卿鱼……"江洱轻声开口,飘到安卿鱼的面前。

安卿鱼停下脚步,他看着那已经半透明的身影,张了张嘴,苍白的脸上挤出一抹笑容:"江洱……你先等等,我会把你修好的……我已经完全恢复了,我可以进行世界上最精密的手术……我一定可以把你修好的。"

1570

林七夜怔怔地看着安卿鱼那张苍白的面孔,一时之间不知如何开口劝慰。只见安卿鱼虚弱地抱起那具残破的黑棺,转身走出宫殿,那只灰色的眼眸看不出丝毫的情绪波动,而另外一只正常的眼睛,却流露出前所未有的悲伤。林七夜、玉帝、西王母,没有人开口叫住他,只是沉默地看他抱着黑棺走入雨中。宫殿外,广成子与太乙真人看到安卿鱼离开,回头看了眼殿内的西王母,后者对着他们微微点头,两人便紧随着跟在安卿鱼身后。等到安卿鱼的身形消失在雨中,西王母才缓缓开口:"那个女孩的生命注定无法挽回,现在最关键的问题,是安卿鱼……你应该感觉到了吧?"

林七夜望着那离去的身影,一言不发。早在迷雾中救下安卿鱼的时候,他就发现,对方的身上已经浸染了极其浓郁的克系气息,那并非一种污染,而是自他灵魂深处透出的庞大气息,甚至超过了林七夜迄今为止见过的所有克系生物。安卿鱼身上人类的气息,已经快彻底消失了……现在的他,更像是从克苏鲁神话中走出的类人形生物。

"他主动接触了真理之门,那只眼睛,也看到了门后的'真理'……那些来自世界之外的知识太庞大了,庞大到足以改变一个人的思想与性格。"

"所以,你们便派了两位金仙看着他?"林七夜回头看向玉帝和西王母,"你们担心他会背叛大夏?"

"天庭,必须做好最坏的打算。"玉帝平静开口。

林七夜沉默半晌,没有再多说什么,迈步向宫殿外走去。就在他即将走出的时候,几个身影从外面走了进来,林七夜抬头望去,微微一怔。左青、周平、陈夫子、路无为、王面、"灵媒"小队……他们几人一直在迷雾中搜寻安卿鱼的下落,此刻听说天庭将安卿鱼带回,便顺路赶了过来。"七夜,你的脸色怎么这么难看?"周平背着黑匣,轻声问道,"出什么事了?怎么只有你和曹渊在这里?其他人呢?"

林七夜看着周平那双满是担忧的眼睛,却不知该说些什么,只能苦涩地摇了摇头:"抱歉……"他加快步伐,消失在宫殿之外。左青看着林七夜离去的背影,像是猜到了什么,回头看向玉帝与西王母二人。"是安卿鱼……?"

绵绵细雨划过灰霾的天空，伫立在殿门外的曹渊见林七夜走出，跟在他的身边，并没有多问，殿内的对话刚刚他在门口听得很清楚……安卿鱼也是一样。两人就这么安静地穿过烟雨蒙蒙的石路，水珠顺着高大恢宏的宫殿屋檐，落在深红色的斗篷之上，染出一片片水渍。不知过了多久，林七夜缓缓停下脚步。石阶下方的不远处，便是一座残破的庭院，此刻一个身影正在庭院间，跪倒在一具残破的黑棺前，用手中丝线与手术器具，一点点将黑棺内零散的碎肉缝合在一起。雨水顺着黑发浸湿衣衫，他背对着林七夜等人，看不清神情，但那握着手术针的右手，控制不住地在颤抖。他的胸膛剧烈起伏，似乎在不断进行深呼吸，调整自己的情绪……

远远望着这一幕，林七夜的双唇微微颤抖，他缓缓闭上眼睛，声音沙哑地开口："曹渊……"

"嗯。"

"我这个队长做得……是不是很糟糕？"曹渊转头看向他，正欲说些什么，林七夜便继续说道，"迦蓝沉睡，拽哥失踪，胖胖离队，卿鱼要被封印，现在连江洱我都没保护好。也许换一个人来当'夜幕'的队长，就不会是这个结果。"

"但这些又不是你造成的。"曹渊摇头道，"你已经尽力了，也许这就是命运的选择……更何况，如果换一个人来当队长，'夜幕'根本就不会存在。曾经我们之所以聚在一起，就是因为你林七夜，不是吗？"林七夜望着雨中那道湿透的身影，没有说话。

"我叫江洱，'江海'的'江'，'洱海'的'洱'……"

"可是，带着尸体上战场，不吉利……"

"这种衣服在这个国家好像很流行，所以我就想试一下，如果不好看的话其实……"

"你啊，就是想太多了，我喜欢你，这不就够了吗？"

"刚踏入'克莱因'境的时候就在思考了啊，我又不能总是当拖油瓶……你看，我还是厉害的吧？！"

"……"

残破的黑棺前，安卿鱼用力眨了眨眼睛，胸膛剧烈起伏，将那副沾满水珠的黑框眼镜从鼻梁上扯下，用力丢到一旁。"咔嗒——"黑框眼镜撞在石头上，镜片裂开数道缺口，缓缓地掉进水洼之中。他用袖口抹过湿润的眼角，通红的眼眸怔怔地看着黑棺中那道血肉模糊的影子，喃喃自语："江洱……我好像，看不清你了……"

"卿鱼。"一道半透明的白裙身影，轻轻飘到他的身前，"不要这样……我们回去好不好？"

"不，我一定有办法救你，我不会让你死的！"安卿鱼不断摇头，"你说过，我们的时间还有很多，我们还有很多事没做……我还没有向你求婚，没有和你一起回家,没有圆满地在一起……你不能就这么死了。"

"卿鱼……"

"你等我先把你的身体缝好,我再想想别的办法……"

"卿鱼!!"江洱大声喊道,安卿鱼手上的动作骤然停顿。江洱双唇微抿,她张开双臂,轻轻抱住安卿鱼的身体:"我的时间……不多了,我不想在最后的时间里,看着你毫无意义地拼凑我的尸体。你已经让我等了很久很久,最后的这段时间,别让我等了,好吗?"

安卿鱼的瞳孔微微收缩。他呆呆地看着江洱,虚无的身体正在以肉眼可见的速度淡去,那双眼眸之中满是恳求。安卿鱼浑浊的眼眸中,终于泛起一抹光芒,他紧咬牙关,猛地从地上站起,拉住江洱虚无的手臂,转身就往庭院外狂奔!

1571

"卿鱼,你要带我去哪儿?"江洱飘浮在安卿鱼身边,不解地问道。

安卿鱼踏过湿漉漉的道路,雨珠从他的脸颊滑落,他双眼紧盯着远方,脸上充满坚决:"去洱海。"

"现在?可是……"

"没有可是。"安卿鱼抹去眼角的泪痕,认真地开口,"西王母说,在你的大脑被恶魔吞噬的那一刻,你就已经死了,我原本不愿意相信,既然你还在我的面前,就说明我也许还有把你救回来的可能。但现在,我明白了……你之所以还在这里,并不是因为希望我去耗费时间挽救你,你的存在,是江洱给我的最后机会……"

"什么机会?"

"弥补遗憾的机会。"安卿鱼转头看向她,"无论未来如何,现在的我们,不该在绝望与煎熬中结束……不是吗?"

江洱一怔,她望着安卿鱼坚决的目光,"嗯"了一声。安卿鱼背着残破的黑棺,飞奔过天庭大道,虚弱的身体粗重喘息着,仿佛下一刻就要跌倒在地,一扇高耸恢宏的大门,在他的眼前迅速放大。就在他即将抵达门前的瞬间,两道身影突然勾勒而出。"卿鱼小友……你想去哪儿?"广成子身着一袭红袍,轻声问道。安卿鱼停下脚步:"洱海。"

"你要去大夏?"广成子与太乙真人对视一眼,神情都有些古怪,"这……"

"二位金仙前辈,我赶时间,烦请让路。"安卿鱼拱了拱手,说道。

"卿鱼小友,我就直说了,你现在不宜下界。"

"为什么?"

广成子语塞,一时之间不知该如何回答,求助地看向太乙真人。太乙真人斟酌了一下措辞:"因为你现在下界,有可能会给大夏带来一定的风险……"

"你们担心我会对大夏不利？"安卿鱼眉头紧锁，"你们觉得，我会伤害大夏？"

"卿鱼小友我们是相信的，但现在的你，未必能控制好自己的力量，不是吗？"

安卿鱼一顿，继续说道："如果你们是担心米戈的话，现在我已经能简单地控制它们的行动了，它们不会像之前一样降临，还有，我身边的时空扰动也可以靠意识控制，不会伤害到别人……"

"卿鱼小友。"太乙真人摇头道，"我们已经失去过你一次了，你现在的状态非常特殊，无论是天庭还是大夏，都不能再冒这个风险……实在抱歉。"

"所以……你们是无论如何，都不会放我离开？"

"……是。"二位金仙的目光坚定无比。

安卿鱼见此，眉头紧紧皱起，气氛突然凝固起来。几道流光接连划过天际，玉帝与西王母的身形自南天门前勾勒而出，左青等人类战力天花板也陆续降临，站在二位金仙身前。他们原本在宫殿内说话，听到南天门这边有动静，便立刻赶了过来。"发生了什么？"左青疑惑地问道。广成子将事情的前因后果说了一遍，众人顿时陷入沉默。大夏众神与众位人类战力天花板，转头看向安卿鱼，感知到后者身上散发出的克系气息，神情复杂无比。正如西王母所说，现在的安卿鱼，根本不算是人类，而是克系生物……放任安卿鱼去大夏，绝对是冒险的行为。安卿鱼的目光在他们的身上一一扫过，这些原本让他感到无比安心的存在，现在却对他心存疑虑，将他拦在南天门内。安卿鱼的心微微一抽，眼眸中浮现出苦涩。"诸位前辈，我是'夜幕'小队的副队长安卿鱼，我不是大夏的敌人……"安卿鱼深吸一口气，恳切地开口道，"我只是想回大夏，送我的爱人最后一程……最多一个小时，我就会回来的。"

众人对视一眼，一时之间也不知如何决策……周平正欲开口，玉帝的声音便低沉响起："抱歉，天庭不能冒这个险。"三清不在，玉帝便是天庭的代言人，他的决定，便是大夏众神的决定，几位想帮安卿鱼开口求情的大夏神，还是陷入沉默。

"卿鱼，我们不去了，好不好？"江洱见此，虚无地握住安卿鱼的手，"只要有你在身边，在哪里都一样。"安卿鱼怔怔地看着拦在南天门前的众多身影，心中第一次对大夏产生了失望。是，真理之门后的世界，确实具备非常大的能量，足以让寻常人失心疯癫，堕入迷惘……安卿鱼见过了，但他凭自己的毅力扛了下来，他很清楚，自己并没有被影响丝毫。即便他的身上，已经沾满了克苏鲁的气息，即便他生理上已经不能算是人类，他也一直都是那个安卿鱼。在安卿鱼的内心深处，他知道他们这么做是对的，他们是在保护大夏，但，被人怀疑、被人防备的感觉……真的很不好受。

安卿鱼看着江洱那已经淡化得有些模糊的面孔，双唇微微抿起，愧疚、不甘、委屈、愤怒……接连涌上心头，他深吸一口气，正欲说些什么，一个声音突然从身后传来。"让他走。"安卿鱼一怔，回头望去，只见蒙蒙的细雨之中，两道披着深红斗篷的身影，正缓缓走来。林七夜从安卿鱼的身旁走过，径直向南天门前的众多大夏神与人类战力天花板走去，神情平静无比。

"林七夜，你应该清楚……"西王母话音未落，林七夜斩钉截铁的声音再度响起！

"我不清楚。"林七夜走到众人身前停下脚步，湿润的发梢披散在额角，那双沉着的眼眸扫过眼前众人，"我只知道，安卿鱼是我的副队长，牺牲的江洱是我的队员……'夜幕'的队员在与外神的交战中，英勇牺牲，我不知道回大夏的疆土去替她送行，有什么错？"

西王母凝视着林七夜，缓缓开口："现在的安卿鱼，太危险了……"

"我会和他一起去。"林七夜顿了顿，"如果在这个过程中，他有什么异动……我身为'夜幕'的队长，会亲手杀了他。"

1572

"真理之门的力量，不是你能抵挡的。"西王母当即摇头，"林七夜，你没法替他担保。"

"那再加上我。"一个声音从众人身后传出，周平背着黑匣，缓缓走到林七夜和安卿鱼的身边。"他们是我的学生，我会对他们负责。"周平认真地开口。

"还有我。"一个身影从一旁的宫殿顶端跃下，扛着镏金红棍，稳稳地落在林七夜身边，"玉帝老儿，别人怕你，我可不怕……林七夜这小子，我是保定了！"孙悟空抬头仰视着空中的玉帝，嘴角勾起一抹笑意。

"别忘了，还有本王。"吉尔伽美什的声音悠悠自林七夜身后响起。

与此同时，一缕烟霾自林七夜的影子中散出，戴着宽大兜帽的黑影，悄然站在林七夜身侧……

短暂的沉默后，披着灰色斗篷的苍老身影，也缓缓走到林七夜这一侧："若是出现意外，我可以挽回。"王面与林七夜对视一眼，"你的心情，我可以理解……换作是我在你的位置，也会做出这个选择。"一道雷光划过，刹那间，那几个披着黑色斗篷的死寂身影，也来到了林七夜身边。王面、吴老狗都是特殊小队的队长，他们也是这个场上，真正能够体会林七夜心情的人。周平、孙悟空、吉尔伽美什、27号、王面、"灵媒"小队……这一刻，那三道披着深红色斗篷身影的背后，不再是空空荡荡。这是林七夜，也是"夜幕"小队，这几年来积累的底蕴。

看到这一幕，左青无奈地叹口气……毫不夸张地说，这些人若是真的出手，就算是天庭来硬的也未必能拦得住他们。安卿鱼和江洱怔怔地看着眼前的一幕，心中升起一股暖意，就在这时，站在最前面的林七夜突然开口："安副队。"

安卿鱼一愣:"在。"

"回家。"林七夜迈开脚步,径直向南天门走去,曹渊紧跟其后,安卿鱼犹豫片刻后,还是一咬牙,跟上了他们的步伐。随着他们逐渐靠近,拦在南天门外的大夏众神与其他人类战力天花板,一时之间也不知如何是好,彼此对视起来,玉帝沉默地注视着这一幕,不知在想些什么。林七夜一边走向最前方的左青,一边将手伸入怀中,取出了一只黑盒。指尖挑开盒盖,一道道闪烁着微光的勋章,暴露在空气之中。三枚个人"星海"勋章、三枚集体"星海"勋章、四枚个人"星辰"勋章、七枚集体"星辰"勋章,以及数枚"星辉"勋章,好似饱含着无上荣耀的璀璨钻石,被林七夜捧在手中。从最开始的风雪韩少云,到沧南大劫,到鄷都之战,到支援姑苏、冥神祭坛、远寻安塔县、"人圈"破灭、守护新兵、击杀须佐之男、上京危机、死守镇国神碑、寻找"约柜"、覆灭阿斯加德、晨南关战役……无数的过往与荣耀,随着林七夜手腕翻动,叮叮当当地落在雨中的石板路上,宛若一条星辰铺开的璀璨之路。在这功勋之路的最前方,那个披着深红色斗篷的身影,缓缓开口:"大夏第五特殊小队'夜幕'……请诸位让道!"这是"夜幕"用数年的时间,用无数次死里逃生的经历,从血与火中换来的,由星光与荣耀铺就的道路,也是林七夜为江洱开辟的……归家之路。低沉的声音在沉寂的南天门前回荡,众人看着那双眸坚定如铁的目光,纷纷为之动容。

随着最后一枚"星海"勋章落下,站在最前方的左青,无奈地叹了口气,侧身向后退了两步。他是守夜人的总司令,这条路对"夜幕"意味着什么,他再清楚不过……林七夜已经做到这一步,他若是再拦在这里,恐怕良心再难安稳。左青的后退,对其他天花板与大夏神而言,也是一种信号,随着林七夜等人的靠近,他们纷纷让开了一条道路,直至南天门外。

在这个过程中,玉帝与西王母也没有开口,只是在沉默中,放任他们离开。就在这时,走在最后方的安卿鱼,在南天门外,突然停下了脚步。他回头,望着天庭的众神,平静开口:"我知道你们在担心什么,从我主动触碰真理之门的那一刻起,我就知道,原本的封印将对我无效……我想,天庭应该有能让我神魂俱灭的方法吧?待我送完她最后一程,便会回天庭赴死,我安卿鱼,不是叛徒。"说完最后一句,安卿鱼便踏上林七夜的筋斗云,呼啸着消失在天边。

南天门外,众多身影陷入沉默。不知过了多久,左青才苦涩地摇了摇头,一边无奈叹息,一边弯腰捡起掉在地上的勋章,用自己的斗篷擦干净水渍,放回了口袋之中,隐约间,能听到他嘀嘀咕咕的声音传出:"这群小家伙……走的是挺帅,还不是得要我来帮你们擦屁股,真是……"

筋斗云上。

"你真的想好了?"林七夜一边驾驶着筋斗云,一边皱眉看向安卿鱼。

"嗯。"从天庭出来之后，安卿鱼整个人都轻松了很多，他点了点头，"我是真理之门，也是唤醒'门之钥'的关键，只有我死了，大夏才真的安全。而且，我现在的样子，你不也看到了吗？"安卿鱼摸了摸自己灰色的眼球，"我……已经不能算是人类了，那个封印自然也没法彻底封住我，与其如此，不如让一切都简单一些。"

"也许，还有别的办法呢？"林七夜再度问道。

"不知道……但我已经没时间了。"安卿鱼看着林七夜的眼睛，"七夜，你会尊重我的选择的，对吗？"

林七夜张了张嘴，停顿许久之后，才神情复杂地开口："我知道了，我不会拦你。"虽然安卿鱼没说，但林七夜心里很清楚，这也许确实是让他做出这个决定的重要因素，但也并非全部……还有一部分原因，则是江洱。若非为了江洱，安卿鱼也未必会选择封印……他这么做，是为了履行与她之间的约定，关于很久很久之后的约定。但现在，一切都失去了意义。"对了，你在真理之门的后面，究竟看到了什么？"

1573

安卿鱼沉默片刻："真理之门的后面，自然便是'真理'……"

"究竟什么是'真理'？"

"世界运转的本质，便是'真理'，小到微观物理，大到天体运转，都是由一个个叠加的'真理'组成的。"安卿鱼指了指身前的虚无，"世界上，为什么会有风？因为风是空气流动的体现；那空气又为什么会流动？主要原因之一便是太阳辐射照在地球表面使地表温度升高，热气流上升，冷气流下降，便会形成空气流动；那热气流为什么会上升？这是因为热气流的密度小，能量高，分子间距较大；为什么热会加大分子间距？这是因为……"

"停停停！"林七夜叫停了这无休止的"为什么"，若有所思地开口，"你想说的是，世界之所以会运转，就是因为无数组合堆叠的'真理'？"

"嗯，人类将自己已经掌握的真理部分，称为'科学'，但这不过是沧海一粟，真理的全貌近乎无穷无尽，就像微观世界，无论如何去探索，都有更小的物质。风的成因所囊括的真理尚且近乎无穷，那整个地球的运转又如何？宇宙的运转又如何？在这世界之外，一切又是如何运转的？"安卿鱼停顿片刻，继续说道，"真正的'真理'，根本没有任何人能完全掌控，这些无尽的知识会撑爆所有生物的认知，这也是为什么，一旦有人窥探到真理之后，便会陷入疯癫，性情大变，甚至直接爆体而亡。神，也不例外。即便如此，'真理'依旧会让很多存在眼红，因为哪怕他们窥探并理解了真理的一角，都会带来极大的增幅，掌握了一部分真理，便能推衍出想要知道的任何事情的走向，过去、现在、未来都在真理的计算之中。因此，在真理的面前并没有时间与空间的概念，时间对它而言只是一个点；同样，只要掌控了真理，就能利用它们的纠缠联系，相隔千里做到自己想做的事情，所以空间的概念也将不复存在。这也是镇守真理之门的'门之钥'被称为时空本身的原因，拥有一部分真理力量的他，可以自由穿梭于任意时空，全知全视。"

听完这段话，林七夜的神情越发凝重起来。"'门之钥'，竟然这么可怕？"

"原本我也不知道，但在我接触真理之门后，就真正体会到了他的权能……这也是我要求天庭直接将我杀死的原因。"安卿鱼平静开口，"若是'门之钥'重现，地球离毁灭便不远了。"

"卿鱼……"飘浮在半空中的江洱听到这句话，虚无的双手轻轻覆在他的手掌上，眼眸中满是不舍。

"不用担心我。"安卿鱼微微笑了笑，"也许，这就是我的宿命……与你同葬，也没什么不好。"安卿鱼的余光看向下方，阴沉的云层之下，一片宝石般的湖泊镶嵌在山与城之间，清晰地倒映着天空。"我们到地方了。"他喃喃自语。

江洱趴在筋斗云边，目光扫过下方的洱海，灰暗的眼眸里绽放出一抹光芒，她指着某处说道："在那儿。"

"你们去吧，我们在附近等着。"林七夜对安卿鱼说道。

安卿鱼"嗯"了一声，虚握住江洱的手腕，从筋斗云上一跃而下。看着那两个径直落向洱海边缘的身影，云上沉默的众人，无奈地叹了口气。

呼啸的狂风吹过安卿鱼耳畔，他指尖轻点，急速下落的身形便迅速停滞，缓缓落在一处浅滩之上。主动接触真理之门后，他已经彻底冲开了天尊在他灵魂深处留下的封印，他身上的一切都回归正常，甚至远超原本的状态。

"终于回来了……"江洱飘在浅滩上，望着眼前清澈似宝石的湖泊，阴郁的神情一扫而空，反而有种释然与兴奋。当最爱的人，跟着她回到这片最热爱的土地，她迫不及待地想把这里的一切美好都分享出来，她想告诉安卿鱼这里的风有多暖，这里的水有多清，她想将这里所有的美好都展现出来……因为这里，埋葬着她的过去。她想将这份美好，变成安卿鱼的回忆，这样一来，每当他想起自己的时候，便像洱海的水一般清澈美好。"你看，漂亮吧？！"江洱飘到洱海边缘，张开双臂说道。

"嗯。"安卿鱼下意识地想摸鼻梁上的镜框，却只碰到自己的鼻子，他的眼镜在天庭便被摔碎了，好在对现在的他而言，眼镜基本没有什么作用，他之所以一直戴着，只是因为习惯。不知是因为没有眼镜，还是因为自己既定的命运，安卿鱼觉得前所未有地轻松，他缓缓扫过眼前的风景，嘴角勾起一抹笑意："真漂亮。"

"这还不是最漂亮的时候，可惜今天天有点阴，要是大晴天的话，就可以看到白云、天空与湖水的渐变……"江洱话音未落，一道低沉的轰鸣从云层之上爆发，仿佛一道雷鸣乍闪。但奇怪的是，这雷声响过之后，天并没有变得更阴沉，积压在城市上空的乌云，像是被人硬生生震开，一道庞大的圆形阳光从云层空洞中洒落，将整个大理都镀上了一层淡金。这突如其来的变天，让远处街道上的行人狐疑地抬头望去，脸上写满了不解……他们在这里生活了这么多年，从来没见过如此诡异的景象。但此刻，洱海边，有两个人同时浮现出笑意。

"看来今天，我们是这座城里最幸运的人。"安卿鱼笑道，"毕竟，连神都站在我们这边。"

"那……我们说的话，他们也能听到吗？"江洱小声问道，"那多不好意思……"

"放心，你说了这句话之后，他们就不会听了。"

"也是。"

安卿鱼牵起江洱虚无的手掌，两人就这么沿着阳光下波光粼粼的洱海畔，不紧不慢地向前走去……

1574

"就是这儿吗？"

"对，就是这儿。"

不知过了多久，安卿鱼与江洱，来到了一座房屋前。这房屋距离洱海边很近，但并非别墅之类，而是一座翻新过的农村自建房，带一个小小的院子，与周边的其他房屋并没有太多差别。安卿鱼走到院子门口，正欲敲门，手突然顿在了空中。他犹豫片刻后，还是尴尬地问道："我见了你爸妈，该说些什么？"

"这是个好问题。"江洱皱着眉头，认真思索起来，"关键是，我这样子也不能直接出现在他们面前，你一个人上门，他们肯定会以为你是骗子……"两人在房屋前，陷入沉思。

"他们好像要出来了。"片刻后，安卿鱼像是感知到了什么，开口道。

"快快快，我先藏起来！"江洱惊呼一声，直接躲入地下，要是二老出来看到他们的女儿变成鬼魂，估计会被吓得当场昏厥。"嘎吱——"几乎同时，院子大门打开，一个五十岁左右的中年男人坐着轮椅，正欲离开，看到门口局促的安卿鱼，微微一愣。正在院子里晾衣服的妇女看到他，眼眸中当即浮现出警惕之色，她快步走上前，仔细打量了安卿鱼一番。"你是谁？来我们家干吗？"她皱眉问道，言语有些凶悍。

安卿鱼看着眼前这二位，张了张嘴，将刚想好的借口咽了回去，也不知是哪里来的勇气，猛地向下深深鞠躬。"伯父伯母好，我是江洱的未婚夫，我是来提亲的。"海风拂过死寂的岸边，江洱的父母同时愣在了门口。足足过了数秒，江洱的父亲猛地瞪大眼睛，推着轮椅一把从门后抽出扫帚，骂骂咧咧地开口："这年头，真是什么样的骗子都有……还提亲？她在部队里连恋爱都没时间谈，你提什么亲？而且她才二十岁！还没到该嫁人的年纪呢！小兔崽子，看我不揍死你！！"他一边骂，一边将扫帚往安卿鱼脚下抡，安卿鱼也不躲，就这么静静地站在原地。

一旁江洱的母亲看不下去了，才匆匆拉住丈夫："哎呀，你说话就说话，打人干吗？我看这孩子也不像是坏人，你让他走吧……"

"不像坏人？你看他这脸上的伤，一看就是跟别人打架打出来的，那个眼睛还、还戴着什么来着？是叫美瞳是吧？哼，跟街上那些混混一模一样！"虽然嘴上咄咄逼人，但他还是放下了手中的扫帚，瞪了安卿鱼一眼："走走走，我告诉你啊，看上我们家小洱可以，想跟她结婚还太早，等你们真到了那个年纪，而且真的有这个想法，一起来家里吃顿饭先，知道吗？"安卿鱼无奈地笑了笑，也不说话，只是默默地对着他们再鞠了一躬。

院子的大门缓缓关闭，随着一声闷响，安卿鱼独自站在门外，叹了口气："抱歉……我们，等不到那个年纪了。"

"你……你真敢这么说啊？明知道会被当成骗子。"江洱的身形从地底飘出。

"当成骗子就当成骗子吧。"安卿鱼耸了耸肩，对着她笑道，"至少，我已经趁机拜过高堂了。"

听到这句话，江洱微微一愣，那张已经有些模糊的面庞，隐约浮现出一抹红晕："好哇，你原来打的是这个主意！"

"你打算怎么跟你父母说……自己要走了这件事？"

"刚刚你跟他们说话的时候，我在屋里留了东西，他们会放心的。"

安卿鱼点了点头，随后像是想起了什么："对了，彩礼我也给过了哦。"

"彩礼？你给了什么彩礼？"

安卿鱼神秘一笑，转身便向洱海边走去。

"你告诉我，给了什么彩礼啊？"

"不告诉你。"

"哎呀你告诉我嘛……安卿鱼！你就告诉我吧……你究竟给了我爸妈什么东西？我没看见啊……"

"不告诉你。"

"……"

黄昏的夕阳下，这一对将死的爱人，在笑声中渐行渐远。

江洱的父亲推着轮椅进屋，院中的母亲看了他一眼，疑惑道："你不是要出去打麻将吗？怎么又回来了？"

"打什么麻将……我要给女儿打个电话。"父亲嘀咕道，"我总有种不太好的预感……"

"她在部队里，你打电话也不会接的。"

"我多打几次就好了，不试试怎么知道。"

江洱的父亲刚拿起电话，一个电话便打了进来，他微微一怔，迅速接通。"喂……是小洱啊！嗐，我正想给你打个电话……哦哦，这样啊……"江洱父亲一边说着，一边点了点头，随后无奈地叹口气，"那你自己注意安全。"

"怎么了？"

"小洱说，他们部队要转移到山里去了，那里没信号，应该不能接到我们的电话……不过她说，逢年过节的时候，会拜托别人给我们发视频。"江洱父亲将手机递出去，"你看，这是她刚发过来的。"

江洱母亲接过手机，便看到满怀活力的江洱正穿着军装，在一座高山之上笑着对他们打招呼，气色看起来非常好。"不能接电话，只能让别人发视频？现在部队还有这规矩？"她狐疑地问道。"哎呀，小洱去的是特殊部队，你又不是不知道。"江洱父亲自然地站起身，端起桌上的热水，轻轻吹了一口，"咱就放宽心吧，小洱这孩子从小到大都不用人管，她自己在山里也能过得很好的。"江洱的母亲眼睛越瞪越大，她盯着丈夫，像是见鬼了一般。"你，你你你……"

"我怎么了？"江洱父亲像是意识到了什么，低头望去，看到自己竟然不借助轮椅站在地面，眼眸中浮现出难以置信之色，"我的腿……好了？奇怪，我的腰也不疼了……这怎么可能？"

"我也感觉自己轻飘飘的……刚晒完衣服，竟然一点都不累？"

"老婆，你怎么年轻了这么多？！"

江洱母亲立刻拿起手机，屏幕中的自己已然大变样，原本蜡黄的肤质变得通透明亮，看起来至少年轻了十岁。"明明几分钟前还不是这样的……"

两人对视一眼，像是想到了什么，猛地拔腿冲出院外。

院外的洱海边，已然空荡一片。

1575

"只靠目光就能改变生理结构？"江洱惊讶地开口，"这么厉害吗？"

"嗯，这就是真理之门的力量……除此之外，我还能做到更多。"安卿鱼俯身从浅滩边捡起一块碎石，在手中轻轻晃动，眨眼间便化作一块土壤，一株嫩芽自土壤中钻出，数秒之间，就生长成了一枝盛开的白色蔷薇。看着这离奇的画面，江洱的嘴巴微微张大。安卿鱼拿起这枝白色的蔷薇，下意识地想将其戴到江洱头上，但指尖只能穿过一片虚无。他的手停顿在空中，眼眸中泛起一抹苦涩："纵是能点石成金，又能怎么样呢……我还是救不了你。"

江洱见此，双唇微微抿起，她轻轻摸着安卿鱼的头，温柔道："我们不是说好要快乐地过完这最后的时光的吗？你说话不算话哦……"

安卿鱼深吸一口气，用力抹去眼角的泪痕，嘴角挤出笑意："没事，我们继续吧……这条路还有很长，你继续跟我说说，你小时候都在这里玩了些什么。"安卿鱼转身便沿着洱海边大步走出，当他接连走了数步，发现江洱并没有跟上来，疑惑地转头："江洱？"

江洱沉默地悬浮在半空，她半透明的眼睛注视着安卿鱼，张了张嘴："卿鱼……我们的路，也许只能走到这里了。"

安卿鱼的瞳孔微微收缩。"你……"

"我的时间，快到了。"江洱缓缓抬起双手，她的身体已经模糊得像一面磨砂的镜子，即便是安卿鱼，也没法看清她的神情。安卿鱼攥着白色蔷薇的手不断颤抖，他的胸膛剧烈起伏，他不断强迫自己冷静下来，但眼眶依然泛起一抹红意。"这样啊……"他喃喃自语，沉默片刻之后，迈步径直向江洱走去。他深吸一口气，用力在白色的蔷薇上一搓，花瓣蜷缩成一团，眨眼间便化作了一枚晶莹洁白的戒指。安卿鱼缓缓下蹲，一条腿跪在地上，他望着眼前逐渐消散的少女，庄重地将那枚戒指捧在掌心，一字一顿地开口："我知道这句话，我早就该说了，但也许在苍山与洱海的见证下，还不算太晚……江洱，你可以嫁给我吗？"

温柔的暖风拂过苍山的云海与洱海的湖畔，这风拂不起少女幽灵的裙摆，却将她的心拂得扰动不已。江洱模糊的面孔微微变幻，不知是在哭，还是在笑，她的指尖轻勾，那枚洁白的戒指艰难地飘起，虚无地套在她的指尖。"好啊。"她轻声道，"那婚礼在什么时候啊，我的新郎？"

"就现在吧。"安卿鱼从地上站起，他笑着挽起江洱的手，两人转过身，面对远处高耸缥缈的苍山，与纯净温柔的洱海，两行泪水滑过他的脸颊，他轻声道："苍山为证，洱海为媒……今日我安卿鱼与江洱结为夫妻，无论生死，心永相随……一拜，天地……"在苍山和洱海的见证下，这两道身影缓缓鞠躬。

片刻后，两人直起身，安卿鱼看着那近乎完全透明的江洱，声音沙哑地开口："高堂呢……我刚刚已经拜过了，我们直接进行下一步，夫妻对拜，好不好？"

"好啊。"江洱的声音传入安卿鱼的耳中，有些飘忽不定，但从语调上听，她似乎在笑，"你听过那个传闻吗？"

"什么传闻？"

"夫妻对拜的时候，哪一方腰弯得更低，就代表哪一方爱得更深哦。"

安卿鱼一愣，轻笑道："那我一定弯得比你要低。"

"那可不一定，我现在可是幽灵，没有韧带的！"江洱吐了吐舌头。

安卿鱼深吸一口气，一字一顿地开口："夫妻……对拜。"

安卿鱼与江洱相对而立，他看着眼前的少女，一点点向下弯腰，直到额头几乎贴到膝盖，他才缓缓起身。"我……"安卿鱼正欲说些什么，突然愣在了原地。蓝天下，洱海边，他的身前已然空荡一片。一枚洁白的戒指掉在浅滩上，静悄悄的，没有发出声音……与她的离开一样。安卿鱼伫立在原地，陷入沉默。"哗——"一道浪潮轻卷过浅滩，将那枚戒指卷起，像是一只手掌，带着她回到了清澈的洱海之中……正如他们之间的爱情，与白色蔷薇的花语——纯净的爱情。满面泪痕的安卿鱼怔怔地看着这一幕，不知过了多久，喃喃自语："我就当你收下了……江洱。"

昏黄的夕阳在下沉，昏暗的夜色浸染大地，孤独的沉寂之中，安卿鱼沉默地转过身，向远处走去。

天庭。
"他们离开多久了？"南天门前，广成子看了眼昏暗的天色，转头问道。
"一个半时辰了。"太乙真人回答。
"那边没发生什么意外吧？"
"派去暗中保护他们的人定时回应，应该是一切正常。"太乙真人望着远处的云海，长叹了一口气，神情有些复杂，"看来，我们真是错怪那孩子了。"
"事关大夏上亿生灵，我们只是在尽我们应尽的职责。"
"还有半个时辰，他们也该回来了。"太乙真人顿了顿，"我们真的要动用那东西吗？"
"他受了真理之门的增幅，极难被杀死，想彻底抹去'门之钥'复苏的可能，让他神魂俱灭，就只有动用诛仙剑阵……好在，这个过程不会有什么痛苦。"

广成子回头望了一眼天庭中央，还欲说些什么，太乙真人的双眼便微微眯起："他们回来了。"

南天门外，昏暗的云海翻卷分开，一朵筋斗云载着众多身影，缓缓停在了南天门上空。三道深红色的身影接连落下，安卿鱼缓步走到大夏众神之前，那双泛红的眼眸，平静得好似深邃的湖泊。"'夜幕'副队长安卿鱼，如约前来赴死……"

1576

这次的下界，并没有出现意外。林七夜带着安卿鱼，在两个时辰之内回到了天庭，正如他们离开前所约定的那样。太乙真人心情复杂地看着这个散发克苏鲁气息的男人："你真的准备好了吗？"
"准备好了。"安卿鱼点头，"尽快开始吧，免得夜长梦多。"
"……跟我们来吧。"
在两位金仙的带领下，众人沿着南天门内的青石大道，径直向天庭的深处走去。这一路上，都没有人再说话，唯有偶尔响起的鹤唳之声自远处传来，随着众人的深入，灵气越发浓郁，不知过了多久，他们在一片没有宫殿坐落的空地之前，停下脚步。这里是凌霄宝殿的后方，也是天庭最核心的部分，白玉般的砖石周围，众多神影已然聚集在一起，见两位金仙带着那三道深红身影走来，彼此交谈的声音顿时减弱。他们的目光聚集在安卿鱼的身上，无奈、惋惜、平静……神情各有不同。在空地的中央，一座宏伟的白色剑塔巍然耸立，上百台阶通往剑塔的顶端，此时，四柄古老的仙剑正悬浮在顶层的半空之中，散发着肃杀恐怖的气息。

"那便是我天庭的杀伐仙阵之一，诛仙剑阵。"广成子缓缓开口，"此剑阵能无视你的快速恢复，瞬间将肉身与灵魂抹杀……也不会给你带来任何的痛苦。"

感受到那四柄仙剑上传来的毁灭气息，林七夜与其他人脸色都是一变，即便他们距离诛仙剑阵还有百余米远，都仿佛被剑锋抵到了咽喉一般，有种生死一线的危机感，这种级别的杀伤力，用来秒杀主神级都绰绰有余。安卿鱼抬着头，双眸中映出四柄仙剑的影子，平静地点点头："我只要走进剑阵，就行了？"

广成子看到他如此平静的神情，微微一怔，许久之后，还是回答："……是。"

"好，那我去了。"安卿鱼没有丝毫的犹豫，径直走到那登上剑塔的台阶之前，迈步向上走去。就在这时，一只手轻轻抓住了他的手腕。安卿鱼回头望去，只见林七夜与曹渊正跟在他的身后，目光复杂无比。

"七夜，你说过会尊重我的选择。"安卿鱼无奈地开口。

"我知道，我不拦你。"林七夜指了指那座高耸的剑塔，"我们，陪你走这最后一程。"

曹渊眼圈通红，重重点头。

安卿鱼沉默许久，脸上浮现出一抹温柔的笑意："也好。"他回过头，继续迈步向上走去，这三道深红色的影子一步步踏过仙剑威压，面不改色地并肩走向死亡的终点。

"唉……"台阶之下，王面长叹了一口气，将头转到一边，不忍再看。

"也许，这就是特殊小队的宿命吧。"吴老狗戴着兜帽，站在王面的身边，轻声开口，"在这个时代，相伴在彼此身边的人……又有几个能走到最后呢？"

左青站在两人身后，凝望着那三个即将登顶的身影，斗篷下的双手紧紧攥起……

"就送到这里吧。"安卿鱼踏上最后一级台阶，站在白色剑塔的顶端，深吸一口气，"接下来的路，该我自己走了……队长。"

林七夜站在他的身边，与他对视许久，才沉重地点了点头。安卿鱼走进剑塔顶层，在那四柄杀气浩荡的仙剑之下，站定身形。"安卿鱼，你可想好了？"伫立在诛仙剑阵之上的玉帝，沉声开口，"这剑阵一旦启动，你便再也没有回头之路了。"

安卿鱼平静点头："嗯。"

玉帝见此，也不再多言，随着他双掌抬起，一道道灵气纹路自四柄仙剑周身急速扩散，瞬间将整座剑塔笼罩其中！无尽的剑芒在安卿鱼头顶汇聚，他的双眼缓缓闭起。"咚——"就在这时，一道沉闷巨响自剑塔内迸发，众人脚下的大地剧烈震颤起来！一道混沌的黑光自塔底爆发，高大的剑塔塔身寸寸崩裂，那抹黑光宛若游龙般盘踞飞旋到安卿鱼身侧，化作一张模糊的诡异面孔。这面孔暴露在空气中的瞬间，所有人的脸色都是一变！

"克系神明的气息？！"陈夫子惊讶开口，"剑塔之下，怎么会有一个克系神？"

"好强的气息波动……甚至不输于'黑山羊'？"左青喃喃自语，他紧盯着那张模糊混沌的面孔，像是想到了什么，双眼微微收缩，"糟了，他是奈亚拉托提普！"

"伏行之'混沌'？就是那个以玩弄人心为乐的克系三柱神？"林七夜的脸色骤然变化。他清楚地记得，在"乌托邦"的档案馆时，纪念对这位三柱神的评价："混沌"最重要的特性之一，便是热衷于欺骗、诱惑人类，并以使人类陷入恐怖与绝望到最终精神失常为最高喜悦。但到目前为止，他们从未听说过任何有关"混沌"的情报，他的存在感在所有人的认知中都是最低的。"混沌"的突然出现，出乎了所有人的意料！随着剑塔的崩碎，那张模糊的面孔瞬间将安卿鱼吞没其中，悬立于剑阵之上的玉帝目光一凝，四柄古老仙剑同时爆发，剑阵顷刻间将那张面孔笼罩其中！恐怖的剑意疯狂撞在那张面孔上，却都只是轻飘飘地透体而过，仿佛它只是一道根本不存在于世间的幻影。

看到这一幕，玉帝的眉头紧紧皱起："不对，他不是'混沌'……这只是'混沌'的一部分身体。"

"一部分身体？"西王母手握昆仑镜，双眼微微眯起，"这是……他的脸？"

"没有本体催动，这一张脸根本不可能独自行动……他的本体一定就在这附近！"玉帝猛地抬头，那双璀璨的眼眸扫过四周，"可是……为什么我们连一丝气息都没有察觉？他究竟在哪儿？？"

"噗——"就在两人说话之际，一道闷哼突然自台阶之上传来，只见林七夜猛地喷出一口鲜血，双瞳瞬间涣散，身体像具失去意识的皮囊般，无力地向下坠去。

"谁？！"林七夜猛地睁开眼眸，澎湃的精神力波动瞬间涌出身体，整个人如临大敌。等他看清眼前的场景，却突然愣在原地。"这里是……诸神精神病院？"林七夜看着周围熟悉的病栋与院子，喃喃自语。林七夜清楚地记得，自己刚刚还站在剑塔的台阶之上，那张"混沌"的面孔突然冲出，摧毁剑塔，吞噬安卿鱼，又被诛仙剑阵困在其中……但下一刻，他就觉得像是有人在他脑后重重一击，意识飘离身体，像是昏迷了一般。等他再醒来的时候，便站在了诸神精神病院中。

"怎么会这样？我分明没有将意识沉进来……"林七夜的眼眸中满是不解。他立刻闭上双眼，想要将意识回归身体，外面的形势非常危急，他不可能在这时候待在病院……但几秒后,当他再度睁开眼睛之时,依然在病院之中。林七夜愣在了原地。他又试了几次,但无论他如何努力,都无法像往常一样回到自己的身体,他的意识就像是被什么东西硬生生地锁在了这座病院之中!林七夜的额角渗出一滴滴汗水,就当他准备再次尝试之时,突然像是意识到什么,眼睛骤然收缩。太安静了,这座病院……太安静了。林七夜每次回到病院,都是热热闹闹的,数百位护工各司其职,交谈声、做菜声、搓衣声、嬉笑声……无论站在哪个角落,都有种热热闹闹的感觉。但这一次,他的耳边死寂一片。

林七夜的目光扫过四周,整座病院都空空荡荡,护工宿舍、走廊,入目之处,一个身影都没有。他的眉头紧紧皱起。不对劲……

"李毅飞!!"林七夜大喊一声,余音在院子的空地上回荡。一秒、两秒、三秒……十秒之后,依然没有任何回应。人都去哪儿了?林七夜立刻将精神力散布到整个病院,无论哪个建筑,都空空荡荡,就连地下牢房都搜过了,数百位护工都像是人间蒸发了般。但厨房案板上的蔬菜、床边掉落一半的被子,以及休闲室还冒着热气的茶盏,都残留着他们存在过的痕迹。林七夜的心顿时沉了下去。就在这时,他像是感知到了什么,突然转头看向院落中央。院落中央的那棵大树之下,一个身影正静静地坐在棋盘边,轻抬着头,望着上空的虚无,像是在注视着什么。

看到那个熟悉慈祥的身影,林七夜悬着的心终于落下了一些,他快步走到棋盘边,急忙问道:"耶兰得前辈,这里究竟出什么事了?"话音刚落,林七夜就有些后悔。面对耶兰得这个复读机大叔,无论说什么,都只能得到一个固定的答案,根本没有用。耶兰得穿着那身白云汇聚成的神圣长袍,凝望着头顶虚无的目光微微偏转,落在了林七夜的身上。那张慈祥的面孔上,勾起一抹灿烂的笑容,平日里耶兰得无论在什么情景下,都是和蔼地微笑,像这样浓郁的笑容,林七夜还是第一次在他的脸上看见。不知为何,这灿烂的笑容在那张苍老面孔上,有种莫名的阴森诡异。"……你猜?"

这两个字落在林七夜的耳中,脑海瞬间闪过一道晴天霹雳!他会说话?他竟然会说话了?!林七夜张了张嘴,正欲说些什么,那坐在棋盘后的白袍老人,突然像是黑泥般融化,翻滚的黑气自他体内涌出,眨眼间交织成一个纯黑的赤身人影!这人影足有三米多高,四肢细得像是竹竿,外形酷似一只直立的四足蟋蟀,粗壮的躯干上长着一颗狭小的头颅,没有五官,没有面容,看起来诡异无比!林七夜的瞳孔剧烈收缩,与此同时,他像是感知到了什么,猛地转头看向二层。二层,左数第六间病房的门牌之上,那原本刻画的书本图样一点点剥落,直至露出其后真实的图样——"?"

林七夜猛地转头看向眼前这纯黑的无脸人:"你究竟是谁?!"

"我?"无脸人的声音尖锐无比,再也不像原本耶兰得的温润、有磁性,从语调上听，像是在嗤笑，"我当然是大慈大悲无私奉献世间最强的西方圣教圣主，耶兰得啊？你不认得我了吗？我尊敬的林七夜院长？还是说，你只认那句话？"无脸人身形一晃，诡异地又化作白袍飘飘、怜悯众生的耶兰得模样，用那低沉的嗓音，慈祥开口，"你做得很好，孩子……哈哈哈哈哈哈……"他顶着耶兰得的外形，恢复了原本尖锐刺耳的声音，讽刺地狂笑起来。

林七夜死死地盯着他，一字一顿地开口："你，是什么时候把他调包的？"

"调包？"

"耶兰得"像是听到了什么好笑的事情，忍不住又笑了起来："我尊敬的林院长，你到现在还以为，那间病房里住着的是耶兰得？那老东西还死撑着在月球上守着封印呢，怎么可能到这里来陪你们玩过家家的游戏？"

听到这句话，林七夜的脸色剧烈变幻。"是你？！你一直伪装成耶兰得，留在这座病院里？！"

他感受到对方身上恐怖的克系神明威压，像是想到了什么："你是'混沌'，奈亚拉托提普？！"

"难为你还听过我的名字。""耶兰得"冷笑起来，"可惜，已经太晚了……"

"嗖——"他的话音未落，天丛云剑的剑芒便划破虚无，急速斩向他的咽喉！林七夜不知道这家伙是怎么混进诸神精神病院的，也不知道他究竟想做什么，但直觉告诉他，自己必须立刻杀死这个家伙！若是在外界，这近乎是不可能的，但这里是诸神精神病院，在这里他便是真正意义上的无敌，手握天丛云剑，掌握好时机，未必不能创造奇迹！看到这抹急速逼近的剑芒，"混沌"的脸上浮现出不屑，他就这么静静地站在原地，任凭那剑芒刺向他的咽喉！"铛——"剑锋点在"混沌"的咽喉，发出金铁交鸣之声，林七夜怔在原地。天丛云剑，竟然没能伤到他半分。随着"混沌"指尖一抬，一股无形巨力撞在林七夜的胸膛，他猛地喷出一口鲜血，倒飞而出！

1578

"轰——"随着一阵巨响，林七夜的身形撞入病院一层，撞碎了数面墙壁之后，倒在了弥漫的烟尘之中。他一只手撑着身体，缓缓从废墟中站起身，看了眼自己身前的血迹，眼眸中浮现出震惊之色！"这怎么可能……"

"对，对对……就是这种表情！迷茫、震惊、不解、惊恐……太美妙了！真是太美妙了！！""混沌"的声音悠悠响起，他迈着步伐，一点点向林七夜靠近，那张"慈祥"的面孔上浮现出诡异的疯狂与狰狞！"林七夜，你真的把自己当成这里的主人了？"林七夜愣在原地。"这座病院本就不属于这个世界，它只是流落到这里的一件物品……你凭什么觉得，自己就是它的主人？凭你在院长室里捡来的白大褂？凭你打开了这些病人的房门？凭你给自己封的'院长'名号？还是凭你是第一个来到这里的人？哦不……严格来说，你也不是第一个来的吧？是那个叫纪念的小女孩？你就不奇怪吗？白大褂，那个女孩也披过；这里的病房，那个女孩也打开过；这里的病人，好几个也都与她交流过……为什么呢？是因为病院先认了她为主，然后又认了你为主吗？别犯傻了，这座病院压根就没有任何主人！任何一个来到这里的人，都可以做到这一切！你之所以能独占病院这么久，不过是因为它被那个女孩藏在了你的脑海里，根本就没有人能触碰到它，也没有人能进来！你不过是一个开荒者，一个将这座病院据为己有的幸运儿！"

"混沌"的话语钻入林七夜的脑海，宛若一道道惊雷，轰然作响。确实……自己与这座病院之间，并没有绝对的联系。在失明的那些年里，这座病院在他脑海中存在了那么久，他甚至都没法打开这里的大门，直到精神力突破了"盏"境，他才进入其中，找到了院长室里的白大褂，发现了纪念留下的信纸。他打开了一扇又一扇的病房门，自发地给其中的病人进行治疗，换取他们的能力……在这个过程中，没有任何迹象能够证明他就是这里的主人。即便是地牢中拘禁的"神秘"魂魄，写的都是"作为被你亲手杀死的神话生物，你拥有决定它命运的权力"，而非"作为这座病院的主人，你拥有决定它命运的权力"。若是用这个思路来想，那很多事情其实都能解释得通，比如为什么治疗进度抵达95%之后，病人就能看到林七夜所看到的画面。这并非视野的共享，而是因为这座病院就在林七夜的脑海中，病人看到的病院外的画面，就是林七夜所看到的。而治疗进度抵达95%之后，他们也即将摆脱"病人"的身份，所以能看到自己头顶的进度条，甚至能与这座病院试着交流。

"不对……就算它不会认主，你应该也伤不了我！你是这里的精神病人！"林七夜皱眉开口。林七夜清楚地记得，在这座病院之中，病人和护工都没法对他造成伤害，倪克斯、梅林、吉尔伽美什……都是如此，这应该是这座病院的保护机制。

"混沌"的嘴角微微上扬，他伸手指了指面前满是黑子的棋盘："这座病院，确实有它的想法，你治疗了这么多病人，有时候它也确实会帮着你……不过别忘了，我跟你不一样！它来自世界之外，我也来自世界之外，更何况，我还是伏行之'混沌'，只要给我足够的时间，我就可以夺得它的一部分权能，甚至让它的意识陷入沉睡……你难道没发现吗？最近，这座病院有什么不一样？"

林七夜像是想到了什么："是你？是你一直在暗中阻止我吸纳新的护工？你在篡改这里的法则？那块棋盘……并不是代表着外界的变化，而是你对这座病院的掌控程度？！"在国运海岛的时候，林七夜就发现自己没法再征收更多的护工，他原以为是这些"神秘"的灵魂本身有问题，现在看来并非如此。

"这盘棋很有意思，不是吗？""混沌"尖锐笑道，"我就这么把我掌控这座病院的进度，摆在你们所有人面前，你们却猜不到它的含义……每次看到你们露出疑惑的表情，都非常有趣！"

"既然你早就藏在第六扇病房门后面，为什么不在我还没踏入病院的那几年，就趁机掌控它？"

听到这个问题，"耶兰得"脸上的表情一僵，随后冷笑不语。林七夜的眼眸中闪过一道微芒，他看了眼二层的房间，像是猜到了什么："我知道了……你是忌惮前面几间病房的病人，对不对？一旦你的动作被他们发现，倪克斯、梅林、布拉基、孙悟空、吉尔伽美什他们绝不会放过你，他们若是联手，你未必有胜算。所以，你只敢暗中出手，甚至还差点被吉尔伽美什发现，直到他们全都离院了，你才敢正大光明地站在这里。"想通了这一点，林七夜的脸色镇定下来，至少眼前的这个家伙，并非算无遗策，毫无弱点。而这个时候，林七夜也基本把事情的前因后果全都串联起来了。"伊登的事情，也是你搞的鬼？"

"呵呵……你知道在这里，想找一个满载着生命能量的灵魂有多难吗？我费了那么多手段才将她的灵魂神不知鬼不觉地吞入腹中，恢复实力，却又被你们用那个破杯子抢走……这笔账，我们还得好好算算。""混沌"冷笑道。

跟林七夜的猜测差不多，布拉基的突然出院，确实是"混沌"做的手脚。在那个时候，布拉基应该与伊登是一体的，不知道他用了什么手段，直接将伊登的灵魂抽离，吞入自己的体内，而没了伊登这第二个灵魂，布拉基自然以100%的治疗进度离开病院。当林七夜回到病院的时候，"混沌"为了避免被察觉，又改变了面板的信息，这才有了伊登的名字消失的那一幕。后来布拉基对着"圣杯"许愿，让伊登归来，那出现在天空之上的怪物不是别人，就是"混沌"的本体！只不过那次之后，"圣杯"也受到了极强的反噬，当场爆裂。

1579

怪不得耶兰得入院这么久，无论他如何努力，都没法推进对方的治疗进度到1%。既然"混沌"与病院都来自世界之外，可以一点点蚕食病院的权能，自然不可能让林七夜治疗他，并从他的身上抽走一些属于克系神明的能力，甚至连同为病人的吉尔伽美什，无论如何攻击，都无法伤到他分毫！因为他已在这座病院的庇护之下！第六位病人，西方圣教圣主耶兰得的存在，就是一场彻头彻尾的骗局！"混沌"利用自己的能力，伪装成慈祥和善的耶兰得，就是为了更好地骗取他们的信任，就连复读机"你做得很好，孩子"，也不过是他为了取悦自己，玩弄林七夜等人设计的谎言！这一刻，林七夜终于深切地意识到，为什么"乌托邦"的古卷中对"混沌"会给出那样的评价。这根本就是一个疯癫的、热衷于玩弄人心的恶魔！

"你的目标是安卿鱼？"林七夜沉声开口。林七夜联想到吉尔伽美什离院前所说的，"耶兰得"最近喜欢抬头看天，也并非看天，而是在掌控了病院的部分权能之后，他在窥探外界的景象！他早就通过林七夜的眼睛，看到了安卿鱼的存在，他不可能放任这个能唤醒"门之钥"的关键人物，就这么在诛仙剑阵下魂飞魄散。那他"失踪"的那几天，也许和安卿鱼的突然消失有关？

　　"那个小子，最多只能算是意外收获。"耶兰得"微笑着，一步步向林七夜走来，那双"和蔼"的眼眸仿佛能够洞穿人心，"我暗中蛰伏了这么多年，谋划的究竟是什么……你应该不难猜到吧，林院长？"

　　林七夜缓缓从废墟中站起，那件染血的白大褂满是尘埃，他紧盯着眼前的"耶兰得"，一字一顿地开口："你的目标……是这座病院？"

　　"你已经占据它太久了，林院长。"耶兰得"的嘴角勾起一抹森然笑意，"这件东西，本就不该属于这个世界，更不该属于你。从今天起，我奈亚拉托提普，便是它的新主人。"

　　林七夜抹去嘴角的血迹，握着天丛云剑剑柄的手骤然攥紧，一抹夜色潮水般狂卷，瞬间将病院的天空与大地都染成漆黑，他的身形瞬间消失。下一刻，"耶兰得"头顶的虚无扭曲，一抹金芒裹挟着恐怖的威能，斩向他的头顶！与此同时，一道无形的领域将两人笼罩其中！"凡尘神域""黑夜本源""终焉王律"，林七夜没有丝毫的留手，同时祭出自己针对克系生物的三大杀招，这也是他目前所能动用的最强实力！在祖神殿吸收"黑夜本源"之后，林七夜虽然还没跨过"心关"，但精神力已不在人类战力天花板级别之下，加上天丛云剑这柄杀伤神器，他的战力已经无限逼近神级。

　　感受到那迎面而来的汹汹杀机，"耶兰得"的双眼微眯，眼睛深处浮现出不屑之色。"铛——"金与黑两道光华自院落中央绽放，像是海浪般疯狂席卷，两人脚下的大地寸寸崩碎，就连护工宿舍，都在这一击的余波中化作碎片。璀璨的光芒逐渐退去，翻滚的尘埃遍布全境，一道旋风自院落中央荡开，幽深的沟壑之中，"耶兰得"身披白云长袍，依然纤尘不染。他用两根手指夹住天丛云剑的剑锋，淡淡开口："看来，你还是不清楚我们之间的差距……就算我不用这座病院庇护，你以为，你有可能伤到我吗？"他指尖轻弹，林七夜手中的天丛云剑瞬间剧烈颤动起来，随后在他的注视之下，从中央断成两截！一股无法言喻的气息通过剑柄，刹那间将其手臂撕碎，林七夜整个人就像是断了线的风筝，轰然砸落到坑洼的大地之上，倒飞出数十米远。

　　天丛云剑，断了？！林七夜咳嗽着站起身，看着手中的断剑，瞳孔剧烈收缩。天丛云剑可是高天原第一杀伐神器，即便在至高神器中，也都是绝对顶尖的存在，竟然就这么被一指弹碎了？！直到这一刻，林七夜才真正体会到……站在他面前的，不是什么主神、至高，而是与全盛时期的"黑山羊""门之钥"齐名的克苏鲁三柱神！现在的林七夜即便已经站在人类的顶点，与他相比，也根本不是一个层次的存在。林七夜正欲有所动作，眼前突然一花，"耶兰得"已然变回了那个高瘦的无脸人，一只手死死地扼住林七夜的咽喉，将其缓缓提至空中。一团团混沌的黑气涌入林七夜的体内，他就像是失去了所有力气，就连精神力都没法调动分毫。

"我在这座病院蛰伏了这么久，一共看上了两件东西：一件，就是这座病院；另一件……你猜是什么？""混沌"尖锐的声音响起，他将林七夜提到三米高的半空，冷笑着继续说道，"还有一件……就是你啊。病院里的病人只是魂体，没有肉身，所以即便离开这里，我的实力也会大打折扣……所以，我需要一具供我在外面行动的肉身。""混沌"上下打量着林七夜，不紧不慢地说道，"虽然只是个蝼蚁般的人类躯体，但经过信仰的洗礼，吃过蟠桃，用起来也算是结实……再加上这座病院的部分权能，我就能发挥出七成的实力。等到我出去彻底消化了这座病院，重获完美躯体，这世界便是我的囊中之物……在此之前，你的躯体，我便征用了。"

"混沌"另一条细长的手臂抬起，一道神秘的黑光覆盖掌间，猛地重击在林七夜的眉心！"咚——"沉闷巨响回荡在天空之上，林七夜只觉得大脑骤然空白，随后便看到自己的后脑勺，正在不断远去……

"灵魂里竟然还种着'锚'……既然如此，你便在我身体里自生自灭吧。"一道模糊的灵体被震得飞出"混沌"手里的躯体，像是风中的塑料袋，不断在半空中胡乱飘舞，随着"混沌"无脸的头部突然张开一个圆形空洞，恐怖的引力直接将那道灵体吞入腹中！吞下林七夜的灵魂，"混沌"轻笑一声，那高大的身躯便像是鬼魅的黑焰，疯狂涌入那具呆滞的肉身之中，一股森然邪意的气息急速蔓延！

1580

"轰——"天庭，剑塔之下。滚烫的黑色气息自林七夜的七窍翻涌而出，化作一道数十米粗的光柱直冲云霄，汇聚在天庭上空的灵气云层瞬间被撕开一道缺口，一股恐怖的克苏鲁神明气息骤然蔓延。这一道光柱中蕴藏的气息，比那吞下安卿鱼的诡异面孔，足足浓郁数十倍！

"七夜？！"这道气息出现的瞬间，在场的所有人同时转头，当看到那个从光柱中一步步走出的身影之时，他们的脸上浮现出前所未有的惊骇之色。

"不会错的，这是'混沌'的气息！"左青怔怔地看着他，"怎么可能……他的身上，怎么会有克系三柱神的气息？"

"他被控制了！估计是'混沌'以某种我们不知道的形式，一直潜藏在他体内。"广成子的目光如炬，一眼就看出林七夜的身体已经失去灵魂，沉声开口道。

"该死……他是什么时候藏在七夜体内的？"陈夫子眉头紧锁。

宽大的黑色兜帽之下，27号眯眼看着黑气缭绕的林七夜，不知在想些什么。

"抢占我学生的身体……找死？！"周平的眸中闪过一抹杀机，二话不说，手掌直接将身后的剑匣拍得粉碎，一柄古朴长剑落在他手中，急速向那缭绕着黑气的身影冲去！

与此同时，两道流光同时从人群中飞出！

"猴子，你闻到了吗？"吉尔伽美什身着王袍，沉声开口。

孙悟空一双眼眸好似燃金，死死盯着林七夜，森然开口："那些黑气之间……夹杂着那个老头的味道？"

"本王看他不爽很久了，他果然有问题！"吉尔伽美什与孙悟空对视一眼，两道无限逼近至高境的神力轰然爆发，一金一紫几乎将整座广场分割成两半，这对在病院中相杀的宿敌，瞬间站了同一战线，呼啸而出！周平、孙悟空、吉尔伽美什，三道身影自三个不同的方向杀向林七夜，浩荡的神威将脚下的浮雕石板震得寸寸崩碎！

"又见面了，两个老朋友……不，应该是病友？""混沌"尖锐的声音自林七夜喉中发出，他冷笑一声，身体急速蠕动起来，刹那间化作一团不规则的扭曲肉球，密密麻麻的尖锐利嘴自肉球上方裂开，下一刻，一道尖锐凄厉的嘶吼，迸发而出！

无形的音浪仿佛一道道屏障，自"混沌"周身横扫开，竟然硬生生震碎了三人的神力攻击，他们的神情骤然一变，黑色的鲜血自双耳流淌出来。急速扩散的音浪卷过天庭，所有主神的眉头都紧紧皱了起来，面容痛苦无比，次神级同时喷出一口鲜血，瞬间失去意识。一只只仙鹤自天庭上空陨落，密密麻麻的裂纹自宫殿围墙弥漫，就连距离天庭还有数公里远的海面，都被挤压出了一个空荡的坑洞！

"是你？！在阿斯加德降临的怪物，竟然是你？！"吉尔伽美什和孙悟空都不是第一次听到这声音，当时在阿斯加德，他们就被这怪物的嘶吼声震得神力溃散，而如今的声音强度，比上一次还要强上数倍！在这道吼声之下，众神都被迫停下了身形，肉球怪物瞬息间又变成了林七夜的模样，他冷笑了一声，一步踏出，直接闪身到诛仙剑阵之前！汹涌的古剑剑气交织，那张飘忽不定的面孔在其中不断飞旋，虽然这些剑气没法伤到它，但它也确实没法挣脱这座大阵。"混沌"抬头看了眼上空的四柄古剑，一条细长、纯黑的手臂从背后延伸而出，直接抓住其中一柄古剑的剑柄，无尽的混沌雾气灌入掌间，直接将其从中间捏断！古剑碎片四下纷飞，诛仙剑阵自动破碎，那张飘忽的面孔急速飞出，一头撞进了林七夜的身体之中！林七夜面孔微微扭曲，很快便恢复原状，他随后一挥，一道身影便自黑气中掉出，踉跄地摔倒在地。

安卿鱼茫然地站起身，环顾四周，看到面前长着一双纯黑手掌的林七夜，突然一愣："七夜？你怎么……"话音未落，安卿鱼那只灰色的眼眸便微微一颤，脸色顿时阴沉下来，"不对，你不是七夜，你究竟是谁？！"

"呵呵呵呵……""混沌"冷笑起来,"你想寻死,可没有这么容易……没有'门之钥',我的计划便行不通了。"

听到这句话,安卿鱼的眼眸中光芒闪烁,他的脑海中飞速闪过无数念头,猛地转过身,一头向剩余的三柄古剑扎去!然而,他的身体尚未跑出两级台阶,便被一条细长的纯黑手臂死死钳住!被扼住咽喉的安卿鱼,双眼一眯,整个头猛地向后扭转一百八十度,灰色的瞳孔剧烈收缩,那条自林七夜背后延伸出的黑色手臂,突然变成一摊软绵绵的烂泥。这突如其来的变化,让"混沌"都微微一愣,自烂泥中脱身的安卿鱼心知自己根本没机会冲到古剑前,索性一咬牙,直接跳向身侧突然卷起的时空扰动。通过对方身上散发的气息,安卿鱼已经基本能猜到对方的身份,无论如何他都不能落入对方的手中,既然没法寻死,就只能靠时空扰动的力量,暂且离开这里。

但就在他的身形即将撞入时空扰动的瞬间,一双手掌突然捏碎扭曲的空间,按在了他的额头之上!"混沌"不知何时,已经站在那片时空扰动之后。"为什么要去寻死?接受真理之门的力量不好吗?难道你不知道,拥有'真理'意味着什么?"在"混沌"的手掌之下,安卿鱼根本没法动用丝毫的力气,只能看着林七夜那张缭绕着黑气的面孔,一点点贴到自己的面前,"啊,我知道了,你还没有看到'真理'的全貌,是吗?你没有看到'我们',也没有看到属于'我们'的未来……你甚至连自己是什么,都完全不清楚,只是在他们的怂恿之下,下意识地排斥'门之钥'。没关系……孩子,只要你看清了全部的'真理',就会明白的。到时候,不用我动强,你,就会跟着我走了……""混沌"嘴角的笑意越发灿烂,他按在安卿鱼额头的手骤然用力,无尽的黑气翻滚着进入安卿鱼的身体之中,下一刻,安卿鱼的双眸剧烈收缩,一道庞大的门户虚影,在他的身后缓缓降临……

4581

"镇——"一道低沉洪亮的声音,自天庭上空传来,一座宝塔洞穿虚无,瞬间出现在"混沌"的上空!与此同时,昆仑镜流光倒转,清晰地将台阶上的"混沌"身形笼罩其中,无形的力量从四面八方挤压过来,将他的身体锁在原地。"混沌"眉头一皱,僵硬地抬头望向天空,只见玉帝与西王母伫立在云层之上,双耳也溢满鲜血,神情凝重无比。随着一道道神力荡漾而出,两件至高神器的威压重叠积压在"混沌"身上,强行拖曳着僵硬的"混沌"身体,一点点在半空中缩小,向宝塔底端飞去!"不过是一群弱小的土著神明……就凭你们,也想拦住我?!""混沌"的身形在半空中急速扭曲,瞬间幻化成一个通体漆黑的高瘦男人,厚重的黄金头饰与颈饰之上,雕刻着密密麻麻的神秘符号,远远望去,像是一位古老的埃及法老。那双纯黑的眼眸扫过四周,极具毁灭性的威压涌现在所有尚且清醒的大夏神明心头，他的嘴角勾起一抹森然笑意，如今的天庭没有至高神坐镇，实力稍弱一些的神明，已经被之前那一声咆哮直接震晕，如今还站在广场上的，只有几位金仙、孙悟空等人，以及为数不多的人类战力天花板。

感受到那具黑色法老身体散发出的恐怖气息，在场的所有人脸色难看无比。

"这家伙是变色龙吗？怎么一会儿一个样？"路无为摘下那被咆哮声震碎的头盔，晃了晃淤积鲜血的耳朵，大声问左青。

"奈亚拉托提普，被称为伏行之'混沌'，就是因为他喜欢扮作各种不同的模样，潜伏在不同的时空之中……也许是传说中的凶恶野兽，也许是数千年前最古老的法老原型，也许是现代某个西装革履的人类精英……他喜欢用这些不同的模样，玩弄欺骗人心，而这些不同的外形，也都代表着他不同的能力。"

左青的一只手紧攥着直刀，汗水已经浸湿手掌，他死死盯着那个古老的黑人法老，沉声道："'混沌'跟只擅长繁衍与污染的'黑山羊'不一样，实力极其恐怖，虽然不知道他恢复了多少，但千万不能掉以轻心！"左青的话音落下，接连数道神光冲上云霄，广成子、太乙真人、玉鼎真人等金仙联手，一道道法宝神器的光辉照亮夜空。

在宝塔与昆仑镜的束缚下，"混沌"平静俯瞰着下方冲来的众神，森然一笑："也好……就先将你们全部杀光吧。"

一片黑暗之中，林七夜的意识像是掉入深海，不断地下沉。空虚与死寂充满着他的心神，他紧闭着双眼，面色苍白，仿佛在做一场恐怖的噩梦。

"唉——"一道无奈的叹息声，回荡在黑暗的深海之中。林七夜下沉的身体突然一顿，悬停在死寂的半空，远处的虚无中，一抹白色逐渐靠近。那是一个六七岁的小男孩，脚踏着一抹白色，悄无声息地向前走来，他注视着眼前颠倒着向下沉沦的林七夜，深邃的双眸中，浮现出一抹无奈之色。"你又来了。"他淡淡开口，"你每次来，都没有什么好事情……"

林七夜头部朝下，悬停在黑暗之中，双眼紧闭，似乎并没有听到小男孩的声音，他的五官痛苦扭曲，已然沉浸在噩梦之中。小男孩见此，双眼微微眯起，一抹微光闪过瞳孔深处："奈亚拉托提普吗……这些脏东西，又开始活跃了？"他喃喃自语，"病院被夺走了？肉身也是？难怪，这次连醒都醒不过来……无所谓了，病院也好，肉身也好，反正都只是外物，我们不需要这些，不是吗？"小男孩轻声开口，像是在与昏迷的林七夜对话，不过双眼紧闭的林七夜，根本没有给出任何回应。小男孩见此，没有再多说什么，眼眸平静地扫过林七夜倒挂的身形，转身便向黑暗深处走去。片刻之后，他突然停下了脚步。"算了。"他摇了摇头，回头又看了眼眉头紧锁的林七夜，"要是你消失了，这次我的治疗也只能中断，难得有这样的成果，功亏一篑未免有些可惜……记住，我只破例这一次，下次无论你是魂飞魄散，还是身死道消，我都不会再出手。大不了，我们就从头再来。"小男孩缓缓抬起一根手指，点在林七夜的眉心。刹那间，这片死寂的黑暗深渊，璀璨如昼！

"轰——"惊天动地的爆响自天空传出，一道道神光陨落天际，重重地砸在天庭群殿之间！恐怖的冲击余波荡开，将周围恢宏大气的仙殿尽数震碎，密密麻麻的碎石与烟尘翻卷而起，大半的天庭已经沦为废墟。被撕成碎片的山河社稷图，宛若漫天飘零的白雪，纷纷扬扬地撒落在废墟之中，几位金仙浑身是血，烂泥般倒在各处，神力波动微弱无比。

"该死，这家伙怎么会这么强？！他也是病人，只有魂体才对。"孙悟空扛着金箍棒，摇摇晃晃地从地上站起，已然化作一只暗红血猴。

"这应该就是我们之前用过的'灵魂承载'……只不过这一次，病院的主动权在'混沌'手中，他强行征用了林七夜的身体，所以能发挥出更多的力量。"吉尔伽美什粗重地喘息着，那满是裂纹的"王之宝库"，在头顶散发着淡淡神晕。

"怎么，这就不行了？"天庭之上，化作黑色法老的"混沌"，冷笑地看着眼前狼狈的玉帝与西王母，那座恢宏的金色宝塔，此刻已经暗淡无光地掉落在废墟之中。

1582

"混沌"脚踏虚无，一步步向倒地的众神走去，遮天蔽日的黑色混沌圆环悬挂在天空之上，散发着令人窒息的恐怖威压。"三清不在，就凭你们……也敢挑战我？""混沌"的目光扫过满目疮痍的大地，冷笑一声，天空那道黑色混沌圆环剧烈扭曲，一只庞大的巨眼在他的上空缓缓睁开。死亡的威压，瞬间萦绕在所有大夏神明的心头。

就在这时，"混沌"像是察觉到了什么，突然停下手中的动作，转头看向台阶之上。耸立在虚无中的真理之门残影逐渐消散，一个身影自台阶上站起，阴冷的寒风吹过深红色的斗篷，一对死寂的灰色瞳孔，映入他的眼帘。无法言语的浩瀚与神秘，突然冲散了萦绕在天庭上空的肃杀，无声之中，灰色的迷雾自那身影脚下翻卷散开。"醒了？""混沌"看着那身影，嘴角勾起一抹笑意，"怎么样，你看清了吗？"

安卿鱼眼帘低垂，脸上没有丝毫表情，片刻后，他淡淡开口："看清了。"

"混沌"嘴角的笑意越发浓郁，他一步踏出，身形直接闪到安卿鱼面前，高大的身躯微微下弯，俯瞰着这个渺小的人类："现在，你还打算去寻死吗？"

"不。"安卿鱼摇了摇头，"我跟你走。"

"混沌"注视着安卿鱼，可即便是极善于观察玩弄人心的他，也没法从这双灰色的眼眸中，读出更多的情绪与思想。不知过了多久，他哈哈大笑起来："对，就该这样，这才是真理之门该有的远见与认知！"他重重地拍了拍安卿鱼的肩膀，正欲带他离开，身形突然一顿，目光又落回了废墟中奄奄一息的大夏众神身上，双眼微微眯起，"走之前，总得先把这些家伙清理掉……真理，你没意见吧？"

被浩瀚神秘气息冲散的杀意，再度于天庭上空聚集，浑身是伤的左青被压在厚重的宫墙之下，满是血污的眼眸，死死盯着台阶最上层的安卿鱼。安卿鱼的目光淡淡扫过天庭废墟，平静开口："随便你。"

"混沌"漆黑的嘴角咧开，露出一排雪亮的白牙，细长的双手缓缓抬起，那只凝视着天庭的巨大眼球，突然泛起一道诡异的乌光！毁天灭地的恐怖气息，化作一道道无形涟漪荡开，死亡的威胁降临在所有人心头！"咔咔——"在那乌光即将迸发之际，一道清脆的崩裂声，从眼球的内部传出！缭绕在空中的恐怖气息突然一滞，密密麻麻的裂纹自眼球中央蔓延，像是一个被从内部敲碎的玻璃制品，一道道微光自裂缝中溢出！"混沌"灿烂的笑容突然凝固。下一刻，一只模糊的手掌猛地从眼球瞳孔处伸出，用力一攥！布满裂纹的庞大眼球，瞬间被碾得支离破碎，无数血肉残块从天空陨落，化作弥散的混沌雾气，消失在半空之中！这道足以瞬息毁灭整座天庭的攻击，在众人的目睹之下，被这只手掌拍碎化解。一个模糊的身影从血肉之雨中缓缓走出，像是一团缥缈脆弱的人形烟雾，很快便要消散于世间，但随着一缕白光自胸膛流转，这身形迅速凝实起来，面容也逐渐清晰。

"林七夜？！"看到那人的瞬间，还具备清醒意识的众人，同时一愣。

"他的肉体被'混沌'占据……那是他的灵魂？"姜子牙望着这一幕，眼眸中满是不解，"他的灵魂被迫脱离身体，应该虚弱无比才对，怎么可能徒手撕碎'混沌'的眼球？"同样的疑惑，也出现在其他人脑海中，他们看到林七夜的肉身被"混沌"占据的时候，就以为林七夜必死无疑，毕竟"混沌"不可能夺了他的身体，还放灵魂一条生路。可眼下的这一幕，超出了所有人的认知。站在台阶之上的安卿鱼，灰色的双眼微微眯起，不知在想些什么。

"这怎么可能？""混沌"眉头紧锁，"你的病院在我的手上，肉身也在我的手上……我掌握着你所有的能力和底牌，没有了它们，你不过就是一个空有境界的普通人……你怎么可能逃得出来？"

天空之上，胸膛白光流转的林七夜，淡淡瞥了他一眼，机械般冰冷的声音回荡在天空之上："异端，需要被清除。"话音落下的瞬间，"混沌"周身的虚无急速扭曲，一道道洁白的法则宛若链条般破空而出，向中央的"混沌"猛烈挤压！"混沌"感受到危险，脸色微微一沉，高大的身形瞬间消失，可即便如此，那些白色链条就像是长了眼睛般，迅速朝某个方向飞去。越来越多的链条自虚无中涌动而出，呼吸间化作一道粗壮的白色洪流，咆哮着涌向那道疾驰黑影！"混沌"的身形再度扭曲，原本的法老形象已然消失不见，浓郁的黑气充满天地，一座山岳般大小的纯黑巨人，重重落在天庭之上。庞大的脚掌顷刻间将数十座宫殿蹍为废墟，翻滚的烟尘淹没天庭，四条粗重的手臂猛地攥住白色洪流，硬生生将其拦在身前。这些涌动的白色链条，在纯黑巨人的掌间扭动，蒸腾的白烟自掌心升起，顷刻间灼烧出了一个大洞。

"法则？这是什么法则？"诧异的声音自"混沌"体内传出，那些白色链条洞穿巨人身体后，开始在他体内急速分散，像是经络般延伸到身体各处。

"崩。"天空中的林七夜，淡淡开口。惊天动地的轰鸣自天空传出，"混沌"的这具巨人身体，顷刻间崩碎成漫天黑气，其中一团宛若流星般划过天际，向天庭之外飞去！"铛——"就在这时，半空中的"混沌"，突然像是撞到一块无形屏障，猛地被震退数步，转身向另一侧飞驰，却又被一道无形屏障挡下！那双漆黑的眼眸闪过一抹诡异微光，他这才看到，几道无限长、无限宽，没有厚度、没有颜色的"平面"，已经交错成一个"井"字，将他的身形困在中央。

1583

随着天空中林七夜的手指轻弹，又有两道"平面"滑到"混沌"的上方与下方，这六道"平面"两两平行，两两垂直，中央被隔断出的透明正方体空间，像是座牢狱般将其封锁其中！

"混沌"悬浮在正方体中央，皱眉环顾四周，最终锁定了远处的林七夜，森然开口："你不是林七夜……你是谁？"同样的话语，不久前林七夜在病院里也问过他……不过十几分钟的时间，两者的角色已经互换。林七夜低头俯瞰着他，丝毫没有回答的意思，只是沉默地抬起手指，朝着正方体中央的"混沌"，遥遥一点。那六道"平面"瞬间汇聚，中央的透明正方体空间像是陨灭的恒星般向中央坍缩，一道璀璨的白光闪耀天际，所有天庭废墟中的身影都被迫闭上眼睛。当他们再度睁眼之时，白光消失的天空之上，一个半径数公里的黑洞正在缓缓压缩……密密麻麻的空间裂纹蛛网般覆盖整片天穹。林七夜俯瞰着那个不断坍缩的黑洞，其中"混沌"的身形已经消失，那对深邃的眼睛微眯："能动用的力量还是太弱了……罢了，不过是些身外之物。"他摇了摇头，流转在胸膛的白光逐渐消散，原本凝实的灵魂，开始肉眼可见地模糊起来……不过片刻的工夫，又变回了缥缈虚弱的正常灵魂。魂体林七夜的双眼闭起，像是断了线的风筝，从天空一点点坠落。

数百公里之外。一团混沌的黑雾，突然自虚无中涌动而出，化作另一个"林七夜"的模样。"混沌"回头望向天庭所在方位，脸色阴沉无比："竟然能调动这方世界的力量……难道那家伙，还藏着我不知道的底牌？"

他在原地思索片刻，还是收回了目光，手掌轻轻摊开，一座微缩的病院模型，

-063-

便暴露在空气之中。他的嘴角微微上扬："无论你有什么底牌，以后没了病院和这副肉身，就算被救回来，也永远只能是个废人……只要拿到了这个东西，也不枉费我蛰伏这么多年。"

"混沌"手掌闭合，那座病院模型消失不见，他正欲离开，像是想到了什么，又回头望去："差点忘了……还有那个家伙。"

天庭。

经过"混沌"与大夏众神的战斗，大片的仙殿都已经沦为废墟，漫天的尘埃之间，一个身影缓缓沿着破碎的石板路向前走去，深红色的斗篷被残火映照得通红。"安……卿鱼。"沙哑的声音从废墟中传出，安卿鱼停下脚步，平静地转头望去。只见破碎的仙殿残骸间，一个身形被高大的断墙压倒在血泊之中，左青浑身被鲜血染红，眼中满是血丝，那柄直刀也倒插在远处。"你，想去哪儿？"他双眼紧盯着安卿鱼，一字一顿地开口。安卿鱼扫了他一眼，淡淡开口："去找'混沌'。"

"……你知道自己在做什么吗？"

"嗯。"安卿鱼的神情平静无比，那双灰色的眼眸仿佛冰山，根本没有丝毫的情绪波动。左青被压在断墙下的手掌，控制不住地紧攥起，他声音沙哑地开口："你在真理之门后面，究竟看到了什么？"

"很多。"

"你……找到复活江洱的方法了？"

安卿鱼眉头微皱，静静地看着他，没有回答。

"除了她，我想不到任何能让你倒戈的理由。"左青沉声说道。

安卿鱼收回目光，缓缓开口："克苏鲁神话的来历，远超你们的想象……在我所看到的亿万条时间线内，人类都没有丝毫的胜算。我只是做出了最正确的选择。"

"投靠克苏鲁，就是你的选择？你这么做，对得起大夏吗？"

"我为大夏做的已经够多了……我不欠大夏什么。"

"那林七夜呢？"安卿鱼向前的脚步微微一顿。"你这么走了，让林七夜怎么办？现在'夜幕'只剩下你们三个人，你走了之后，'夜幕'就只能被强制解散……这支队伍对林七夜而言意味着什么，你应该比谁都清楚。是他在你被所有人怀疑的时候，毫不犹豫地选择信任你；是他用所有的功勋，给你铺出了那条离开的路。如果最后连你都背叛他……他该怎么办？"安卿鱼没有回答，他只是在原地沉默许久，头也不回地向前走去。"安卿鱼！"左青的低吼声从废墟中传出，"今天你若是离开这座天庭，你就不再是'夜幕'的副队长！不再是大夏的守夜人！从今往后，大夏众神，还有我们守夜人，都会追杀你直到天涯海角！"左青的怒吼在死寂的天空回荡，安卿鱼并没有停下的意思，脚下的步伐越来越快！

南天门的轮廓，逐渐在烟尘与火光中显现而出。他突然停下了脚步。跳动的火光将宏伟的南天门映成血色，在那扇大门之下，一个身影静静地伫立在火海废墟之中。那也是一个披着深红斗篷的身影。曹渊一只手搭着腰间直刀的刀柄，双眸中映出满地的火光，他注视着不远处的安卿鱼，干裂的双唇微微张开……"你要去哪儿……安副队长？"曹渊沙哑的声音混杂在噼里啪啦的燃烧声中，两道深红的身影，就这么相对伫立在血色的南天门前。

安卿鱼的灰瞳注视前方，平静开口："你劝不了我的，曹渊。"

曹渊握着刀柄的右手越攥越紧，骨节苍白无比，他深吸一口气："我不打算劝你，你已经认定的事情，没有人能轻易改变……所以，我只能先把你打晕，等七夜醒了，你再当着他的面好好说清楚。"

"你赢不了我的。"

"赢不了，也得试试。"曹渊淡淡开口，"我总不能眼睁睁地看着'夜幕'……分崩离析。""噌——"随着曹渊拔刀出鞘，漆黑的煞气火焰冲天而起！一道狞笑的黑色残影掠过大地，数道煞气席卷的刀芒划破虚无，斩向安卿鱼的身体！

1584

安卿鱼站在原地，那双灰色的眸子精准地锁定了疯魔曹渊的动作，一抹抹奇异的微光自眼眸深处流转，像是在推演着什么。就在第一道煞气刀芒即将触碰到他的瞬间，安卿鱼轻飘飘地侧过身，刀芒擦着胸口飞过，随后他右手轻抬，凌空一扯，周围的时空骤然扭曲，剩余的数十道刀芒都被硬生生搅成碎片！狂风横扫至安卿鱼身后，疯魔曹渊的身形自烟尘中显现而出，鬼魅般一晃，一只包裹在煞气火焰中的手掌便铁钳般抓住安卿鱼的肩膀！月牙般大小的黑色刀芒紧随着闪过，一条鲜血淋漓的手臂，便高高抛至天空。

疯魔曹渊那双猩红的眼睛，死死盯着安卿鱼，一字一顿地沙哑开口："抱歉……我必须……留下你……"安卿鱼看了眼自己空荡的右肩，即便瞬间被断去一臂，他的神情也没有丝毫变化，仿佛被斩下的只是一个假肢。疯魔曹渊并未停手，又是一道刀芒划破虚无，安卿鱼的左臂也随之被斩，一团熊熊的煞气火光在空中迸发，直接将那条断臂灼烧成灰烬。曹渊知道凭安卿鱼的能力，再生手臂不过是几秒钟的事情，在这种关键时刻，自然不会手软。"不用抱歉。"安卿鱼漠然地看着曹渊猩红的双目，"我，也不会留手。"

随着那对灰色的眼眸微微收缩，疯魔曹渊的手掌突然一轻，那柄被他握在掌间的直刀，竟然诡异地化作漫天枯叶，飞散在半空之中。这突如其来的变故，让疯魔曹渊一怔，斩出的煞气刀芒出现断层，下一刻，一只手掌便轻飘飘地按在他的胸膛。"再见了，曹渊。"安卿鱼淡淡开口。

"砰——"淋漓血雾自疯魔曹渊背后爆出，瞬间溅洒至数十米外的宫墙表面，印出一只手掌的轮廓。纷纷扬扬的血珠从空中洒落，那汹涌的漆黑煞气一滞，一点点溃散在血雾之中。曹渊眼眸中的猩红褪去，煞气残火在血中凋零，他怔怔地低头望去，自己的胸膛之上，已经多了一个圆形空洞，透过自己的身体，他甚至能看清身后被鲜血浸染的石砖。"你……"曹渊僵硬地抬起头，看向安卿鱼的目光中，满是难以置信。他……竟然真的动了杀心？！安卿鱼，想杀了自己？！这是曹渊第二次以这种目光看着安卿鱼，第一次是在渔村困境之时，对方直接刺穿了他的心脏，解放黑王来破时间死局……但这一次，不一样。曹渊在那双灰色的眼眸中，没有看到丝毫的愧疚与挣扎，安卿鱼的眼睛像是一潭深邃的死水，不夹杂任何情感。曹渊第一次觉得，眼前的这张面孔前所未有地陌生。难道，真理之门后的那些东西……真的足以瞬间改变一个人吗？

　　曹渊不知道，他也没法再继续思考下去，他的大脑像是失去了活力，意识在疯狂地消退……他的双腿一软，整个人倒在了血泊之中，生机急速流逝。曹渊的双瞳逐渐涣散，在这个角度，他看不到安卿鱼的表情，他的视线中，只有被鲜血浸染的石路，以及那件深红斗篷的一角。他的视野逐渐被黑暗侵占，恍惚之中，一张含笑的面容最后定格在他的脑海。"鲁……梦蕾……"残余细微的气息中，曹渊喃喃自语。最终，他的身体彻底失去生机。"轰——"狂暴的煞气火柱撞破死寂的天庭，直冲灰暗的天穹，半座天庭瞬间化作翻滚的煞气火海！一道极端恐怖暴戾的气息骤然降临！血与火的废墟之中，一道黑色的摩天巨影缓缓站起身形，一个个圆形空洞错落在其关节之上，双臂、肩膀、膝盖、胸膛……一根根黑色的锁链从虚无中延伸，将其死死地固定在原地。而此刻，这七道黑色锁链中，已经有四道都断裂崩碎。"吼吼吼——"狂怒的咆哮响彻云霄，熊熊的黑色火浪层层堆叠，那道摩天巨影缓缓转过头，看向不远处一座尚且屹立的宫殿顶端。安卿鱼站在恢宏的宫殿檐角，淡淡的灰雾在其脚下缭绕，那双瞳孔注视着顶天立地的黑王，不知在想些什么。下一刻，一道影子在其脚下急速扩大！"咚——"山岳般大小的拳头砸入大地，瞬息将宫殿撕成碎片，力量余波横扫，周围的数座宫殿也轰然沦陷。

　　安卿鱼的身形鬼魅般自半空飘出，凌空向下一抓，摩天巨影脚下的大地突然扭动起来，坚硬的石板崩散成沙，顷刻间化作一片半径数公里的旋涡流沙地面，让沉重的摩天巨影不断下陷！在安卿鱼的力量下，这座悬于天空之上的天庭，硬生生地被掏出一个流沙巨坑，直接贯穿了地基，海量的黄沙自迷雾中的天空倾泻而下，宛若一道深黄瀑布。一道摩天巨影在沙间掉落，轰然砸入翻滚的海水之中！漆黑的煞气火海瞬间铺满海面，蒸腾水汽冉冉上升，那道摩天巨影再度站起身，苍白失真的面孔之上，浮现出狰狞怒意！"砰！"只听一声闷响，第五道黑色锁链瞬间崩碎，摩天巨影双手在火海中一抓，一柄流淌着煞气火焰的黑刀握在掌间，朝着半空中安卿鱼的方向，用力一挥！一道贯穿天地的煞气刀芒飞掠而出，大小足足是疯魔曹渊劈出的百倍不止，无垠的海水被刀芒斩开，一道深邃的火渊撕裂天地。安卿鱼的身形顷刻间便被搅碎在刀芒之中。下一刻，一道血珠自海面飞射而出，顷刻间又生长成一个安卿鱼，在彻底打开过真理之门后，他的再生速度已经增幅无数倍，近乎不灭！"还不够。"安卿鱼的灰眸凝视摩天巨影，淡淡开口，"让我看看……你能杀我多少次？"

"吼——"见安卿鱼再生，摩天巨影的怒吼响彻云霄，一道毁天灭地的刀芒再度卷出！

1585

海水沸腾，黑火噬天。一道又一道的煞气刀芒碾碎安卿鱼的身体，他的身体又急速再生，随着第六根黑色锁链断裂，天地间的煞气再度浓郁了一倍！此刻，摩天巨影周身的火焰已经不再是黑色，而是宛若深渊的幽色之火，空气中的迷雾被灼烧出空洞，就连下方的海水，都被浸染得好似黑渊。最后一根拴着摩天巨影的锁链，另一头连接在曹渊尸体上，此刻黑王所释放出的气息，已经足以媲美至高！

"一个人类，真的能在没有法则的条件下，做到这个地步吗？"感受到那扑面而来的凶煞气息，安卿鱼那双沉寂的眼眸，终于有所波动，眉宇间浮现出惊异。早在"夜幕"小队从昆仑回来之后，大夏众神便提醒过他们，若是黑王再度被释放，便会彻底破坏掉最后三根宿命锁……到时，黑王将彻底恢复自由。而如今，安卿鱼却成了亲手促成这件事的人。幽色的火焰在海面翻腾，摩天巨影并没有再追杀安卿鱼，那张苍白的面孔微微低垂，看向自己身上的最后一根锁链……以及，在火海中浮沉的曹渊尸体。其余六根锁链断裂之后，最后一根根本没法压制住黑王的幽火，开始以肉眼可见的速度熔断。"砰！"随着最后一根锁链断裂，曹渊的尸体沉入了黑王的躯干之中，仿佛彻底与他融为一体。与此同时，前所未有的恐怖的煞气，宛若脱困的猛虎，在天地间发出轰鸣咆哮！

没有了宿命锁的限制，黑王具备了随意移动的能力，不再像靶子般只能固定在曹渊尸体的位置，从这一刻起，他彻底恢复自由。那张苍白失真的面容缓缓抬起，锁定了远处的安卿鱼，空洞的眼眸中，流露出令人胆寒的杀意！"你已经杀了我七十四次……接下来，该轮到我了。"

面对那彻底恢复自由的摩天巨影，安卿鱼的脸上却没有丝毫惧色，他咬破自己的指尖，将鲜血涂抹在那对灰瞳之上，勾勒出一道长长的弧线。他的双眼一点点闭起……随着那对灰瞳消失，一道虚幻的门户边角，在他身后的迷雾中急速勾勒而出！感受到那宏大神秘的气息，黑王像是察觉到了什么，苍白的面孔流露出凶悍狂怒的神情，他猛地双手握住那柄幽色长刀，斩开大海，急速朝那道门户撞去！

"等价交换吗……"安卿鱼闭着双眸，眼角的血色纹路，散发着诡异的微光，喃喃自语。他抬起右手，在自己的胸口一点，轻轻向下划去……"那，我的内脏，你拿去吧。"话音落下的瞬间，那道血色纹路骤然明亮起来，安卿鱼猛地喷出一口鲜血，脸色苍白无比！与此同时，一道低沉的嗡鸣自他身后的门户传出，那道顶天立地的模糊门影，竟然缓慢地打开了一条缝隙！隐约的呢喃声自门后传出，天地间的万物骤然停滞，翻腾的海面、流淌的幽火、手握长刀杀气森然的摩天巨影，以及吞入他体内的曹渊尸体，全部被定格在这一刻。朦胧的雾气从门缝飘出，定格在海面之上的黑王，自动向门缝飘去，仿佛他与门之间的空间被急速缩短，直至彻底消失其中！"嘎吱——"随着黑王消失在门后，那道宏伟的门户虚影关闭，缓缓消散在半空中。定格的时间再度流逝，漂浮在海面上的幽色火焰，像是失去了根本，迅速消散无踪，海水重新恢复颜色，贯穿海洋的幽色天渊，最终被海水填平。安卿鱼身形一晃，险些直接栽入海水，脸色苍白如纸。他在原地停留许久，最后看了眼天庭的方向，身形逐渐消失在迷雾之中……

　　数百里外。
　　"混沌"的眉头微微上扬，转头看向身侧的某片虚无，一道时空扰动卷起，安卿鱼的身形从中缓缓走出。看到这一幕，"混沌"轻笑一声："我就知道，你一定会来的……"
　　安卿鱼瞥了他一眼，平静开口："我决定的事情，就不会轻易改变。"
　　"咦？你的身体……""混沌"像是察觉到了什么，目光上下打量着安卿鱼，眼眸中浮现出玩味。
　　"离开天庭的时候，经历了一些战斗，没什么大不了的。"安卿鱼眯眼看着"混沌"，"收起你那恶心的目光，奈亚拉托提普，否则我会向'真理'献上你的双眼。"
　　"呵呵，才刚掌握真理之门的力量，口气倒是不小……""混沌"冷笑一声，"不过，我是不会追究的……毕竟，现在你可是我的队友，队友之间就该和睦共处，你说对吗，安卿鱼副队？"
　　安卿鱼的眼眸微微收缩，森然杀意自体内翻卷而出，他一只手瞬间扼住"混沌"的咽喉，一字一顿地开口："不许叫我那个名字……还有，以后不要用这张脸跟我说话。"
　　顶着林七夜肉身的"混沌"，无奈地耸了耸肩，面孔瞬间变化成一个英俊的黑人男子，咧嘴一笑，露出整齐的大白牙："哦？那这张脸可以吧，我亲爱的'真理'？"
　　安卿鱼松开手掌，不想再与这个疯子多言，冷声开口："走吧，我们该回去了。"
　　"回去？不不不，我们还有一件事要做。"黑人男子转过身，目光看向远处，脸上的笑容越发灿烂。

　　迷雾。目尘阵。三道披着道袍的身影，分别站在大阵的三个角落，光柱之中，那团涌动的血肉乌云正在疯狂扭曲！

"还剩半个时辰。"灵宝天尊捏着道诀,双眼紧盯着"黑山羊"的残躯,缓缓开口。元始天尊与道德天尊微微点头,神力稳定地灌入大阵之中。与四个半时辰前比,光柱内的"黑山羊"本体,已经缩水了九成多,如果说原本是一团浓厚的乌云,现在最多也就半个篮球场大小,气息也微弱无比。

1586

凄厉的嘶吼声中,漫天血雨自"黑山羊"的身体内倾泻而下,那并非雨,而是一只只被大阵抹杀的蠕虫残骸。这些死去的蠕虫堆积在海面之上,化作一道道血色浪潮,大块的血眼与触手从天空脱落,整片海域都化作一个令人作呕的修罗血狱。就在三位天尊的神力璀璨到极致之时,一道时空旋涡自目尘阵中央显现,混沌的黑气化作一只大手,重重砸在那道冲天光柱之上!"咚——"沉闷巨响传出,无形力量瞬间席卷海面,百余米高的海浪圆环状暴起,汹涌地向四面八方奔腾!随着那只手掌砸在光柱表面,一道道细密的裂纹自阵法中央蔓延,三位天尊周围的繁杂阵法瞬间暗淡下去,他们的脸色骤然阴沉下来!那只混沌手掌抵在目尘阵表面,再度一砸,直接强行破开阵法,一把抓住了仅有数米宽的血肉触手,将其拖曳而出!此时的"黑山羊",气息微弱至极,那只触手在半空中虚弱蠕动,仿佛轻轻一捏便会烟消云散。一个英俊的黑人身影,提着"黑山羊"的残躯,从时空旋涡中缓缓走出。

"伏行之'混沌'?"感受到对方身上的气息,元始天尊的眉头紧皱。其余两位天尊的脸色也十分惊异,"混沌"当年被祖神们击败之后,就再也没有出现过,所有人都猜测他或许已经死了,或者逃离了这个世界,可万万没想到,这个失踪了无数岁月的三柱神,竟然在这个关头突然回归!

"混沌"的目光扫过三位天尊,露出一排雪白的牙齿:"真是不错的表情……为了杀死'黑山羊',准备了很久吧?怎么样,功亏一篑的感觉是不是让人很恼火?"三位天尊的表情冷若寒霜,他们双唇微动,似乎在交流着什么,灵宝天尊的双眼微微眯起。"让我猜猜……你们现在觉得,我不是全盛实力,若是拼一把,未必不能把我跟'黑山羊'一起留下?不愧是大夏的天尊,这份魄力与胆气真是让人佩服。"黑人"混沌"伸出手,似乎想给三位天尊鼓掌,发现自己右手还提着"黑山羊",索性直接从胸口又长了一只手出来,跟左手拍在一起,发出清脆悦耳的鼓掌声,笑容灿烂无比。

"嗖——"还未等他再说些什么,一道灿金色的光柱从遥远的月球飞落而下,轰然淹没了"混沌"的身形!澎湃的金色潮汐自海面荡开,炽天使的神力疯狂宣泄,刺穿了"混沌"的身体之后,劈开海面,直入地心而去!这座战场之上,从来就不只有三天尊,远在月球的米迦勒在感受到"混沌"气息之后,便一直在找机会动手,这抹贯穿宇宙的剑芒,便是他给出的信号。这抹剑芒淹没"混沌"的瞬间,三位天尊同时出手!金花、木剑、如意三道流光冲破虚无,径直向那道金色的神力之海飞去,但随着"凡尘神域"的消散,一道顶天立地的虚幻门户,突然出现在海面之上!

看到这门户的瞬间,灵宝天尊的瞳孔剧烈收缩。"这是……"

"真是吓人……"弥散的金光之中,"混沌"站在那道门户下,轻笑道,"我只是来顺手救人,你们却想要我的性命……可惜,就凭这些,还没法留下我们。你说是吧,'真理'?"朦胧的灰雾之中,安卿鱼缓缓走出,那对灰色的眼眸注视着三位天尊,平静地站在"混沌"身侧。

"安、卿、鱼……"灵宝天尊看到这一幕,周身的神力剧烈波动起来,他皱眉看着门户前的安卿鱼,神情复杂无比。愤怒、不解、悲哀、无奈……虽然他们早就预想过这个最坏的结果,但当安卿鱼站在"混沌"身边之时,即便心性已经臻至超然,灵宝也没法控制住自己的情绪。

"故人相见,'真理'你不和他打个招呼吗?""混沌"玩味地看向安卿鱼。

安卿鱼的眼睛一眯,一抹杀意自身后的门户内散发:"你找死?"

"呵呵,开个玩笑。""混沌"耸了耸肩,又看向三位天尊:"对了,你们给了'黑山羊'一份大礼,我也给你们准备了一份……你们回了天庭,自然就知道了。那我们,下次再见。""混沌"对着众人摆了摆手,脸上浮现出爽朗的笑容,一道时空旋涡自两人身后展开,他提着"黑山羊"残躯,一步迈入其中。安卿鱼回头看了眼灵宝天尊的方向,平静地转头,背影逐渐消失在旋涡之中。

三位天尊的脸色阴沉无比。维持目尘阵击杀"黑山羊",已经耗费了他们大量的元气,再面对一个恢复了大半实力的"混沌",将他留下的把握并不高,再加上一个掌控了真理之门的安卿鱼……就算他们拼尽全力出手,也根本不可能留下他们。"真理之门、'黑山羊',都被'混沌'带走……这一下,克系的三柱神也算是凑在了一起。"道德天尊看着空荡的海面,无奈地叹了口气,"事情麻烦了……"

"'黑山羊'已经被目尘阵困至濒死,想恢复原本的力量,至少也要数年,安卿鱼要彻底唤醒'门之钥',也要很长一段时间……现在最关键的问题,是'混沌'。"元始天尊的双眼微微眯起,"那家伙比'黑山羊'更狡猾,更善战,想找机会杀他可不容易。"

灵宝天尊缓缓闭上双眼,再度睁开之时,已经恢复了冷静:"当务之急是先回天庭……有大夏众神在,安卿鱼应该没这么轻易离开,再加上刚刚'混沌'说的礼物……天庭,应该是出大事了。"

三位天尊对视一眼,身形化作三道流光,眨眼间消失在天际。

与此同时,遥远的月球之上,手握金色圣剑的六翼炽天使,皱眉看着地球,脸色凝重无比。"伏行之'混沌'、'黑山羊'、真理之门。"他低下头，望着灰白色的贫瘠大地，隐约间，一抹抹微弱的红意，自地表转瞬即逝，"蠢蠢欲动了吗……"

1587

"喀喀喀……"天庭的废墟中，一个浑身笼罩在黑色斗篷中的身影，双手攥住厚重的宫墙残骸，一把将其掀开。左青剧烈的咳嗽声响起，他抓住一位"灵媒"小队成员的手腕，一点点从血泊中站起。

"你还好吗？"吴老狗被另一位"灵媒"小队的成员背在身上，在一旁虚弱地开口问道。

"……死不了。"左青用一截断木撑着身体，剧烈地喘息着，他的左腿有些变形，应该是在刚才与"混沌"的大战中折断了。他的目光扫过四周，几位"灵媒"小队的成员正散在天庭各处，解救废墟中的人类战力天花板与大夏神。

"这次，倒是多亏你了。"左青苦涩开口。

"不是我，是他们的功劳。"吴老狗的目光扫过这些笼罩在斗篷中的身形，"他们没有生命，也不会受伤，不会感受到疼痛……也只有他们，才能在这种情况下救下我们。"

左青点了点头："刚刚林七夜的灵魂飘落下来了，你找到了吗？"

"还在找，不过应该就在天庭。"

"王面呢？"

"他已经醒了，在那边。"

吴老狗的目光看向某个方向，左青"嗯"了一声，用断木撑着身子，一点点向那里挪去。碎石堆积的坑洞中，一个灰蒙蒙的白发身影正虚弱地坐在一块巨石上，一团血雾从他的身上爆出，又随着时间的逆转，倒流回体内。他似乎察觉到左青的靠近，转头望去。

"你的伤严重吗？"左青问道。

"还好，只是皮外伤……除了有些累，没有别的大碍。"王面声音沙哑地咳嗽了两声，继续开口，"我该回去了？"

左青沉默片刻，"嗯"了一声："'混沌'降临，天庭被毁，众神负伤，安卿鱼叛逃，'黑山羊'那边应该也失败了……这一次的后果太过严重，我们必须改变历史。"

"好。"王面没有丝毫犹豫，"从哪一段时间开始？"

"从林七夜他们回来，诛仙剑阵还未发动的时候开始……不，从安卿鱼失踪、江洱身亡之前开始，也就是他还在天庭的最后一个晚上，你去警告过去的大夏众神和我，看守好安卿鱼，提前封印计划，还有……囚禁林七夜。"左青思索片刻，便给出了答案。

"行，我这就动身。"王面佝偻的身子缓缓站起，双眼闭上片刻，再度睁开，一对头尾相衔的时间圆环，开始在他的眼眸中倒转。时间法则的气息涌现而出！一根根银白色的发丝从头上掉落，王面的脸上再添几道幽深的褶皱，与此同时，他身后的时间剧烈扭曲起来！银白色的光芒乍闪，瞬间将王面的身形吞没其中。王面只觉得眼前一亮，便来到了时间长河之上，他双脚踏着独木舟，刚才发生的所有事件宛若流水般自他身旁流淌而过！安卿鱼杀死曹渊，"混沌"逃离天庭，灵魂状的林七夜自巨眼中钻出，安卿鱼自真理之门前苏醒，"混沌"单挑大夏众神，林七夜昏厥，"夜幕"三人登上石阶……时光在王面那双苍老的眼眸中倒流，他紧紧凝视着时光之河的最前方，似乎在寻找着什么。这一次回溯的时间只有不到两天，与上次直接跨过一年的时间长河相比，消耗的寿元少了很多，但王面心中很清楚，他这次要改变的历史的重要程度，远超上次。如果他成功了，"门之钥"会被永恒封印，"黑山羊"会死在三位天尊手中，"混沌"将会随着林七夜囚禁，直至被抹杀……这次要改变的历史，将会直接影响到整个天庭、克系三位柱神，甚至是整个世界的命运！虽然回溯的时间很短，但他身上承载的因果之力，将达到一个极端恐怖的地步。这一次，王面已经做好了寿元耗尽的准备。终于，王面的目光锁定在时间长河某处，在那条时间线里，安卿鱼和江洱还在天庭深夜闲聊，一切的事情都尚未发生。王面深吸一口气，脚下的独木舟径直向时间长河的那一端漂去。然而，就在他即将抵达的瞬间，更加过去的时间长河之中，一个黑色的身影缓缓走出。"是你？！"王面看到那人，眼眸微微收缩。朦胧的迷雾中，安卿鱼披着黑袍，鬼魅般站在独木舟的前方，宽大的兜帽之下，一对翻滚着灰意的眸子正漠然注视着王面。他的额角有一块伤疤，整个人的气质说不出地阴冷。"你不是刚刚的安卿鱼……"王面双眼微眯，他明显感觉到，眼前这个安卿鱼的气质，跟刚才离开的安卿鱼完全不同。安卿鱼看了眼身下的时间长河，淡淡开口："回去吧。"

"什么？"王面一怔。

"我的时间线，你动不了。"安卿鱼缓缓抬起手掌，脚下安静流逝的时间长河，突然湍急起来，一道道汹涌的浪花与漩涡，出现在王面的独木舟前！王面看到这一幕，瞳孔微微收缩，他的"时序暴徒"虽然可以回溯时间，可以改变历史，但凭他现在的境界，根本没法直接操控如此庞大的时间长河……若是换作柯洛诺斯，倒有可能做到。

"安卿鱼，你不想救江洱了吗？！"王面见此，皱眉喊道。

"我会救她，但不是以这种形式……"安卿鱼的声音平静无比，"我警告过你了，不要试图改变我的时间线，再有下一次，我会亲手将你埋葬在时间之中。"安卿鱼的手掌一挥，恐怖的威压骤然降临，王面脚下的时间长河像是海啸般，卷着他的独木舟急速向后方冲去！王面试图稳住身形，但在安卿鱼的力量面前，根本没有抵抗之力，他身下的独木舟被河水拍得粉碎，一道漩涡涌现在脚下，顷刻间将他的身体吞没其中。就在这时，时间长河另一端的安卿鱼指尖轻弹，一枚白色的棋子跨过时间长河，撞入王面的身体，随着湍急的时间，消失无踪。

1588

　　天庭废墟上空，一道时空裂隙突然破开。灰白色的身影坠落大地，左青等人见到这一幕，先是一怔，随后他立刻用断木撑着身子跌跌撞撞地冲过去。
　　"是王面？？"吴老狗不解地开口，"他不是回去改变历史了吗？为什么从天上掉下来了？"
　　左青眉头紧锁，俯身到王面身边，正欲探查什么，后者便剧烈地咳嗽起来。"喀喀喀……"
　　"王面，你怎么回来了？发生了什么？"
　　"是安……喀喀……安卿鱼。"王面虚弱地从地上坐起，抬头看向天空中那道逐渐闭合的裂隙，"他站在那条时间线的尽头，警告我不能动那条线……然后用时间把我冲回来了。"
　　"安卿鱼？"左青的眉头越皱越紧。安卿鱼是真理之门，他可以动用部分真理的力量，时空自然也囊括在内……也就是说，只要未来的安卿鱼守住时间线，他们就没法再改变这段历史？他究竟在想什么？！左青沉思之际，三道流光自远处飞来，身旁的吴老狗眼前一亮——
　　"是天尊，三位天尊回来了。"
　　天庭上空，三位道人身影勾勒而出，道德天尊看到脚下沦为废墟的天庭，胸膛剧烈起伏起来，森然杀意自眼眸中倾泻而出："天庭……'混沌'这个畜生！"
　　元始天尊皱眉感知片刻，神情微微放松些许："还好，伤亡不多，只是宫殿和一些孕育天材地宝之地被毁了……快救人吧。"
　　元始天尊与道德天尊接连冲下天庭，开始营救倒地的大夏众神与人类战力天花板。灵宝天尊独自站在空中，低头俯瞰着一片狼藉的天庭，双拳控制不住地紧攥起……在迷雾中，"混沌"与安卿鱼是一同出现的，也就是说……眼下天庭的这一幕，安卿鱼也参与其中了？灵宝天尊正欲下场救人，余光突然瞥到某处，眸中浮现出疑惑之色！他的身形化作一道流光，径直落到了天庭空洞周围，零散的黄沙随着风，飘浮在空洞上空，这里原本的地面像是被人硬生生变成黄沙，形成了空洞。"是他……"灵宝天尊喃喃自语。能做到这一步的，只有安卿鱼那足以解构万物的能力！灵宝天尊俯身，从宫殿的废墟中，捡起了一截刀柄，这刀柄他十分熟悉，是守夜人制式直刀上的，但原本的刀身诡异地消失不见。他将这截刀柄翻转，在刀柄底部，两个被人刻上去的字，清晰可见——"曹渊"。

-073

灵宝天尊的瞳孔微微收缩。

"还没找到七夜吗？"周平背着染血的长剑，走到左青身边，担忧地问道。三位天尊回归之后，道德天尊便用丹药将众多重伤濒死的大夏神救了回来，一些伤势不太重的，也基本恢复了行动能力。毁掉的宫殿可以再建，破碎的天庭也可以修复，这些对各有所长的大夏神明而言，并不是什么难事，但奇怪的是，众神与人类战力天花板们搜寻许久，也没有在废墟中找到林七夜的灵魂。左青摇了摇头："没有，不过既然天尊回来了，找到他应该不难……"左青话音未落，元始天尊的声音便穿过虚无，落在他的耳中。"找到了。"左青眼前一亮，用断木撑着身体，快步向元始天尊的方向赶去，周平紧跟身侧。他们来到残破的凌霄宝殿前，只见元始天尊静静地站在废墟中，周围除了碎石之外，空无一物。

"林七夜在哪儿？"

元始天尊没有说话，只是抬头看向凌霄宝殿仅剩的一截殿顶之上，一个模糊的人影正呆呆地站在那儿，望着远方，宛若石雕般一动不动。

"他这是……在做什么？"左青不解。

元始天尊看向林七夜的目光复杂无比，片刻后，才缓缓吐出两个字："'心关'。"

"'心关'？"周平疑惑，"那是什么？"

左青直接无视了周平的疑问，眉头顿时皱了起来："他在突破'心关'？可他不是只有魂体吗？"

"心魂相依，即便失去了肉身，'心关'依旧会存在。"元始天尊解释道，"他的灵魂飘落之后，应该是在殿顶看到了什么，导致'心关'降临……"

左青像是想到了什么，双唇微微抿起。林七夜的"心关"究竟因何而来，他的心里最清楚。安卿鱼的背叛，曹渊之死，这两件事任何一件拎出来，都足以对他的心灵产生极大的冲击，更何况，亲手杀死曹渊的，正是安卿鱼。他本想等林七夜苏醒之后，隐瞒这两件事之间的关系，只说安卿鱼被"混沌"带走，曹渊战死……可他没想到，林七夜的灵魂竟然在凌霄宝殿的殿顶，将一切都看在眼里。身为"夜幕"小队的队长，亲眼看着自己最信任的副队长背叛，杀死曹渊，这对他该有多大的冲击？

"可就算是突破'心关'，应该也只是情绪瞬间的波动，怎么会像这样停滞在原地？"左青不解地问道。

"灵魂被外力强行震出肉身，本就宛若无根浮萍，处在半梦半醒的状态，他能看到外界发生的一切，但意识是模糊的，只能通过内心深处的本能，产生一些应激情绪。寻常人遇到'心关'瓶颈，仅靠一瞬的情绪波动，就足以踏入天花板的境界，但在他这种状态下，并非如此。脆弱模糊的意识，遇上前所未有的强烈情绪波动，会在瞬间摧毁他的理智，像是陷入永恒的噩梦一般，沉沦在'心关'的冲击之中。"

左青愣了半晌："您的意思是……他被困在'心关'里了？"

"没错。"

"那该怎么办？"

元始天尊无奈地摇了摇头："'心关'之劫，只能靠自己度过，也许，这就是他命中注定的劫难吧……我等唯一能做的，只有给他重塑一副肉身，引魂入体。"

"就像当初给我重塑肉身一样？"周平若有所思。

"这么说，天庭应该有合适的肉身？"

元始天尊沉思片刻，无奈地叹了口气，转身向远处走去："贫道，要去取一件东西……"

1589

"鸿蒙灵胎？"灵宝天尊眉头微皱，疑惑地看向不远处的道人，"你要那东西做什么？"

"林七夜需要一副新的肉身。"

灵宝天尊一怔，随后立刻点头："好，跟我来。"

"等等！"眼看着两人刚说了一句话，就要径直走向天庭深处，道德天尊愣了许久，才猛地开口。

"怎么了？"

"这鸿蒙灵胎，跟天庭本源同根而生，也是天庭灵气的源头……自天庭建立之日起，它便存在，你们当真要把这么重要的东西，给林七夜当作肉身？"道德天尊不解地开口，"能当作肉身的东西虽然极少，但也不是只有鸿蒙灵胎一个选择，就比如承载周平灵魂的那柄仙剑，与哪吒的地胎藕灵……若是贫道没记错的话，灵渊中蕴养出的那朵黑茶花，也能化作肉身吧？"

"黑茶花确实可做肉身，但与哪吒的藕灵相似，这类地宝是存在先天上限的，虽然可以轻易突破主神级，但想更进一步，难如登天。"灵宝天尊摇了摇头。

"可即便如此……"

"林七夜的潜力，远不止于此。"元始天尊望着远处殿顶的那道白影，"你们没发现吗？他的灵魂深处，还有比那座病院更加恐怖的东西……这次的事情，是林七夜的劫难，也是他的机遇，若是能给他一副完美的身体，也许在未来，他会给我们一个更大的惊喜。"

"……你猜？"

"……我？我当然是大慈大悲无私奉献世间最强的西方圣教圣主，耶兰得啊！

你不认得我了吗？我尊敬的林七夜院长……"

"……你做得很好，孩子。"

"……记住，我只破例这一次，下次无论你是魂飞魄散，还是身死道消，我都不会再出手。大不了，我们就从头再来。"

"……那林七夜呢……如果最后连你都背叛他……他该怎么办？"

"……你要去哪儿，安副队长？"

"……不用抱歉。我，也不会留手。"

……

支离破碎的画面与声音，疯狂地回旋在林七夜的耳畔。耶兰得扭曲的面孔，小男孩平静的目光，滚滚弥漫的黑色烟气，安卿鱼洞穿曹渊身体的手掌……林七夜感觉自己的脑袋即将炸开，前所未有的撕裂感仿佛要将他撕成两半！

"林七夜……"

"林七夜？听得到我说话吗？"

"醒醒！"

周围的声音急速放大，脑海中的痛感也越来越强，一抹白光在他眼前急速亮起！灵气氤氲的石板之上，林七夜的双眼猛地睁开！他像个即将窒息的濒死者，猛地坐起身，大口大口地喘息着。

"放松，林七夜。"一只手掌轻拍着他的后背，左青的声音温和响起。林七夜呆呆地坐在石板上，神情有些困惑，又有些痛苦，他双手捂住头部，豆大的汗珠自额角滑落，脸上没有丝毫血色。"林七夜，你听得到我说话吗？"

"……"

"林七夜？"看着眼前沉默不动的林七夜，左青眼眸中闪过一抹无奈。

"看来真如天尊说的那样，沉沦在了'心关'之中……"身旁的陈夫子叹了口气，"你打算怎么办？"

左青注视林七夜许久，长叹一口气："专业的事情，还是交给专业的人来处理……我亲自带他去趟斋戒所吧。"

迷雾。

苍白的浪花拍打在高峻的悬崖之上，发出低沉雷鸣，半个血肉模糊的身影，随着翻滚的海浪，被拍到了一片漆黑的礁石之间。一只染血的眼眸，自肉球角落缓缓睁开，注视着黑压压的天空，眼眸中浮现出愤怒与痛苦，一对半截的黑色羽翼只剩下枯骨，随着沙哑的咳嗽声不断颤抖。"该死……该死……这次我要是能活下来，一定要把所有大夏神碎尸万段！！"含混不清的怒吼自残躯中传出，却被周围的浪鸣淹没其中，路西法一边匍匐在礁石上，蠕虫般一点点挪动着身体，一边谩骂道。大夏众神的围剿让他无数次濒临死亡，若非最后自己将身体劈成了两段，一段化作一只与自己一模一样的恶魔，他早就死在了那片海域之中。可即便他用这种手段活了下来，生命也在急速凋零，他依靠着深海洋流漂到这片海域，气息已经衰弱到极点，若是再不治愈伤势，拖也会把自己拖死。"地狱的入口……应该就在这附近才对……"路西法艰难地挪动身子，在礁石中拖出一道猩红血痕。他的目光迫切地在周围寻找着什么，只有回到地狱，依靠地狱本源的力量，才有可能将他从濒死状态救回来。终于，他的目光定格在虚无的某处，灰暗的眼眸中，浮现出一抹光亮。那是他生存下去的希望！

"找到了……"他奋力地挪动身体，一条只剩苍白骸骨的手臂，自血肉中破出，对着眼前的虚无凌空一点。一道涟漪自空中荡开，露出其后层峦堆叠的昏暗世界，阴森冰寒的地狱气息从中涌出，瞬间覆盖整片礁石滩。感受到那熟悉的气息，路西法心中狂喜。"想杀我……可没那么容易……大夏……我会让你们付出代价的……"半截断翅在礁石上用力一拍，血肉模糊的肉球飞入地狱之中，随着地狱入口的逐渐关闭，整片礁石滩再度恢复原状。路西法进入地狱，沿着山岩边界，不断向地狱中心翻滚，他的眼眸中浮现出疑惑之色："好浓郁的血腥气……"路西法一边前进，一边环顾四周，眼眸中的疑惑之色越发浓郁。这地狱……怎么这么安静？在"黑山羊"大人的污染下，这里的恶魔尸体应该全部转化成克系生物才对，这里可是他与奥丁专门为克系准备的神国，怎么现在一丝克系气息都没有嗅到？

路西法疑惑地抬头望去，血色的天空蔓延到漆黑的世界尽头，在那片血色天穹之下，一座高耸的山峰，屹立在地狱的中央。"山？"路西法一怔，"地狱的中心，什么时候有这么高一座山？"随着他逐渐接近地狱中心，那座高山的全貌，逐渐清晰起来……那是一座尸山。密密麻麻的天使与恶魔的尸体，像是垃圾般层层堆积而起，凝固的鲜血与污染的余烬，飘零在尸山周围，在这座山峰的顶端，一个身背六翼的灰色天使身影，在血色中缓缓站起……

1590

看清那六只灰色羽翼的瞬间，路西法的瞳孔微微收缩。六翼天使？！这怎么可能？这个世界上，除了他与米迦勒，怎么可能还有别的天使存活？而且，那对羽翼的颜色并非炽天使的纯白，也不是恶魔的漆黑，而是一种神秘的灰白……像是从灰烬中生长而出的羽翼，死寂，沉默，令人窒息。路西法从未见过这样的天使。就在路西法凝视那六翼天使之时，尸山上的身影，像是察觉到了什么，转头看向这个方位，那双孤寂的眼眸中，泛起一阵涟漪。看到那张面孔的瞬间，路西法的心中微微一颤，一股莫名的惧意，突然涌向心头！路西法不知道这股惧意从何而来，即便是他面对大夏众神围剿的时候，都没有如此惊惧过，那是一种来自身体本能的畏惧，眼前那尊六翼的灰天使，仿佛对他有种天生的压制，仅是站在那儿，就令他浑身不自在。"你是谁？！"路西法知道自己已经被发现了，沉闷的声音响起。那身影站在尸山之上，灰色的羽翼遮天蔽日，他俯瞰着血肉模糊的路西法，眉头微微皱起："地狱已经被我清空了才对……这又是哪里来的爬虫？"

路西法正欲说些什么，突然怔在了原地："清空地狱？"他的目光落在那座高耸的尸山之上，像是想到了什么，"你一个人杀光了所有被污染的恶魔？你是什么人？！"

"'夜幕'小队，沈青竹。"

"'夜幕'？"路西法眉头微皱，"什么东西……"

那身影顿了顿，双眼微微眯起："你的身上，有地狱的气息……你是路西法？不对，怎么还有克系的味道……算了，既然是克系的爬虫，一起清理掉便是。吸收完你身上的地狱之力，我应该也能离开这儿了。"在路西法惊异的目光中，六翼灰天使的手掌缓缓抬起，主神级的威压自他体内宣泄而出，顷刻间覆盖整片血色天穹！感受到沈青竹身上的威压，路西法的瞳孔剧烈收缩，以他如今半死不活的状态，根本不可能是拥有地狱本源的沈青竹的对手，在那对沉寂的眼瞳中，他感受到了一股强烈的死亡威胁。他当即开口道："等等！你我同为地狱中诞生的天使，为什么要自相残杀？！只要我们联手，世界上基本没有……"路西法的话语刚说到一半，那尸山上的天使身影，便将一根手指轻轻抵在唇前，双眼微眯起："嘘——"在这噤声的手势中，一种神秘的韵律自他的指尖流淌，六只遮天蔽日的灰色羽翼，突然像是融化般流淌在贫瘠的黑色大地上，将整个世界浸染成灰色……一股诡异的法则之力悄然降临。路西法的声音戛然而止，他的双唇依然在不断开合，像是在劝说些什么，可这片灰色的世界之内，再也听不到他的声音。灰色的天空、灰色的大地、灰色的尸山、灰色的天使……灰烬般死寂沉闷的颜色，攀上路西法血肉模糊的残躯，像是无数只自寂灭地狱中探出的手掌，死死抠入他的身体，将他也染成灰色。前所未有的剧痛涌入路西法的脑海，他被缝在盆腔内的嘴巴，疯狂地张大，像是在发出极为凄惨痛苦的嘶吼声，但无论他如何呐喊，这片世界都没有丝毫的声音，他就像是被寂静淹没的溺水者，疯狂地在大地之上挣扎，尸山之上，那身影只是平静地注视着这一幕，没有丝毫的情绪波动。他只是沉默地抬起手，对着这片灰色的世界，轻打一个响指。"啪——"突然间，路西法的残躯骤然僵化。一道裂缝自他灰色的躯体中央蔓延，这片寂灭的世界中，终于发出一声轻响……他裂开了。

路西法的瞳孔，死死盯着尸山上的沈青竹，嘴巴上下开合，无声地嘶吼着——寂天使。分裂成两半的路西法，僵硬地再度分裂……他的身体以肉眼可见的速度分裂成细沙大小，消弭在空中，随着一股微风卷起，飘向尸山上的那道身影。灰色的世界潮水般退去，那六只灰色的羽翼重新出现在沈青竹身后，他缓缓闭上双眼，一颗黑晶心脏在他的胸膛之下吸收了所有的路西法化作的灰粒，强有力地跳动着。

"终于彻底融合了……"沈青竹长舒一口气。他的目光扫过这座死寂的地狱，眼眸中浮现出一抹微光，"是时候回去了。"他抬起手掌，对着身前的虚无轻轻一划，一道狭长的黑色门户出现在地狱中，门户的背后便是朦胧迷雾，隐约间，还能听到汹涌的浪涛声。沈青竹站在这道门户之前，神情有些复杂……在这漫长的时光里，他独自留在这里吸收本源，一次又一次地死亡，一次又一次地重生，原本那对漆黑的羽翼，在他的无数次挣扎之中，变化成了这独一无二的灰色。他记不清自己是怎么逐渐恢复意识的，他只记得无数被污染的恶魔，被他毁灭在寂灭的世界之中，他的双手沾满鲜血，那对灰色的羽翼亦是如此。当他彻底清醒之时，地狱已空，尸骸成山。他在生死与杀戮的地狱中徘徊了这么久，竟然有些忘了，外面的世界该是什么样的。沈青竹站在门前，回头望了眼空荡的地狱与血色的尸山，片刻后，缓缓开口："地狱……也该毁灭了。"

那颗黑晶心脏在他的胸膛跳动，发出沉闷声响，随着沈青竹转身步入门后，这片血色的地狱世界，剧烈颤抖起来！山川破碎，群星陨落，那座耸立在地狱中央的尸山，开始化作灰色颗粒消散……这方世界像是一座失去承重柱的危房，大片大片地坍塌，最终轰然泯灭！虚无的世界中，那抹深红色的身影，逐渐消失在门户之后……他的呢喃声，清晰地回荡在寂灭之中。"七夜……我回来了。"

1591

"姓名？"

"……"

"姓名？"

"他叫林七夜。"

"我知道他叫林七夜！"

空荡的会诊室内，李医生瞪了眼身旁的乌泉："我这是在看他的意识是否清醒，他这已经是第二次在我院里当病人了，他叫林七夜，还用你提醒我？"乌泉冷哼一声，将头撇到一边，目光中有些幽怨。李医生重新看向对面座位上一动不动的林七夜，犹豫片刻后，再度开口："既然你不想回答……那我们就跳过前面那部分，林七夜，在灵魂离体昏迷的这段时间，你都看到了什么？"

林七夜低着头，依然一言不发，眼眸有些空洞。看到这一幕，李医生无奈地摇了摇头，从座位上站起身："乌泉，你扶着他，跟我去精神放射科，他需要做一个系统的检查。"

"我为什么要听你的？"

"你自己提出要当我的助理，这些活当然是你干，你要是反悔了，就自己回牢房里关禁闭去。"乌泉长叹一口气,乖乖地站起身,便要伸手去搀扶林七夜。可还没等他的手触碰到林七夜的身体,后者便自己站了起来,跟在李医生的身后,沉默地向精神放射科走去。乌泉愣在原地。"李医生……"乌泉正欲说些什么,李医生回头看到这一幕,双眼微微眯起,对乌泉摇了摇头,示意他不要发出声音。随后,李医生便带着傀儡般行走的林七夜,走进了精神放射科中。

一小时后。

"李医生,他的情况怎么样?"见李医生推着轮椅从病院中走出,等候许久的左青立刻站起身,担忧地问道。

李医生叹了口气:"跟预想的差不多,他的灵魂在最脆弱的离体期间,承受到'心关'的强烈冲击,意识进入模糊状态……他似乎能听到我们说话,也能理解一部分意思,但主观能动性极低。一般人在接受强烈的情绪冲击,比如至亲离世、事业失意的时候,很容易进入精神恍惚的状态,浑浑噩噩,他的情况就跟这个差不多,只不过他原本离体的灵魂,将这种痛苦放大了百倍。"

"那有办法治疗吗?"

"若是纯粹的精神疾病,我倒是有办法,但'心关'是没法靠外力影响的……他能不能迈出那一步,只能看他自己。"

得到这个回答,左青的神情有些失望,但他也做好了心理准备,毕竟连天尊都对林七夜的情况束手无策,归根到底,这是只属于林七夜的"心关",任何人都没法插手。"那这段时间,就让他在这里休养吧。"左青只能接受现实,"如果他的情况有好转,立刻联系我。"

"行。"

李医生和乌泉站在病院前,眼看着左青的飞机嗡鸣着离开斋戒所,消失在天际。李医生低头看了眼轮椅上一言不发的林七夜,无奈地笑了笑:"连续两次来我这里当病人的家伙可不多……也许,你天生就跟精神病院有缘?"

"这听着不像是什么好话。"乌泉幽幽开口。

李医生看了乌泉一眼,缓缓开口:"正好,你刚上任医师助理也没做什么事……这段时间,就由你来负责照看他吧,除了日常的三餐准备、早晚起居,每天再抽五个小时出来陪他散步散心,多跟他说话,这些外部的正向交流也许能让他更快从'心关'的阴影中走出来。"

"我?照顾他?"乌泉皱眉看了眼林七夜。

"你如果不想做也可以,反正斋戒所里能调来当医师助理的人也有的是……"

乌泉听到这句话,纠结片刻后,还是咬牙点头:"好,我做!"

"要做就要做好,要是让我发现你照料得不尽心,从今往后就再也不用到病院这边来了,知道吗?"李医生拍了拍乌泉的肩膀,转身便向病院中走去。空荡的病院前，只剩下林七夜与乌泉两人，后者深吸一口气，还是握住轮椅的把手，推着林七夜一点点向远处走去。

"喂，你真的听不到我说话吗？"明媚的阳光洒落在翠绿的草坪上，露水带着一丝晶莹，乌泉推着轮椅上的林七夜，缓缓向前走去。林七夜低着头，对乌泉的疑问宛若未闻。看到林七夜的反应，乌泉的神情放松些许，无论怎么说，照顾一个没有自我意识的林七夜，总比面对一个清醒的林七夜好太多……他永远忘不了，林七夜亲手抓住他，送进斋戒所的情景。"你的事情，我从左司令跟李医生的对话里听说了。"乌泉一边走，一边喃喃自语，"人嘛，总是脆弱的……你短短一天之内，见证了两位队员的死亡，你的心情我也不是不能理解。当年那场火灾烧死李小艳和钱诚的时候，我跟现在的你差不多，我也不想接受现实，大脑一片空白……但我还是很快就逼自己清醒过来了，你知道为什么吗？"乌泉知道林七夜不会回答，自顾自地继续说道，"因为他们虽然死了，但还有人活着……青竹哥就是我坚持下去的理由，为了他，我必须直面这一切，所以我强迫着自己用'支配皇帝'操控他们的尸体……这是属于我与他的救赎。也许，你也需要一个支撑你走出来的动力……一个救赎。"

乌泉的话音落下，推动的轮椅突然一滞。他疑惑地低头望去，只见一直浑浑噩噩的林七夜，突然伸手握住了轮子，强行让他们停了下来。林七夜穿着新换上的蓝白条纹病号服，怔怔地看着远处，像是雕塑般坐在轮椅上，一动不动。乌泉顺着他的目光看去，眼眸中浮现出疑惑。"不就是一面围墙吗？有什么好看的？"

断崖之上，一堵高大的黑色钢铁墙壁岿然屹立，半轮太阳浮在浩瀚的海面之上，金色的水珠在断崖边破碎溅起，一时之间，竟然分不清是落日，还是朝阳。只顾注视着围墙的乌泉，自然没有注意到，在林七夜那双浑浊的眼眸中，有四个少年身影自那道墙壁顶端，大笑着，迎风跃下……昏黄的夕阳沉入海面，天空逐渐暗淡下来，这终究是夜幕降临前的落日，而非初升朝阳。乌泉转过头，正欲再说些什么，整个人突然愣在原地。消失的残阳之下，林七夜泪流满面。

1592

"你是说，他看着那面墙哭了？"李医生若有所思。

"嗯。"乌泉点了点头，"他就一直在那里看，后来太阳下山了，我想推他回房间休息，但不管我怎么用力，都没法推动他的轮椅……"

"然后呢？"

"……没有然后了，我就跟在他身边，一直在原地从黄昏等到天亮……不过今天天气似乎不太好，云挡住了朝阳，他在那里又等了一个多小时才回去。好几天都是这样。"

听完乌泉的描述，李医生看了眼黑色墙壁的方向，无奈地叹了口气。"怪不得……"

"那里，有什么问题吗？"

"那是他们开始的地方，也许，他只是想再看一次……只不过，天不遂人意。"李医生停顿片刻，"不过，如果这样能让他尽快走出'心关'，也不错。"乌泉汇报完情况，正欲离开，李医生却喊住了他："对了，今天有访客要来探望林七夜，你带他去见见。"

"访客？又是左司令吗？"

"不。"李医生摇了摇头，"是第六预备队。"

"这就是传说中的斋戒所？"斋戒所的大门口，六道身影看着眼前这堵高大的黑色围墙，只觉得一股压迫感迎面而来。

"不是说斋戒所是关押恶性超能者的监狱吗？林教官真的在里面？"苏哲半信半疑地问道。

李真真若有所思："我小时候听绍队长说过，斋戒所里，并不是只有监狱，在它的深处还有一座隐世的精神病院，林教官应该是在那里。"

"林教官……真的疯了？"

"疯什么疯，左司令不是说了吗，那叫'心关'！"苏元狠狠踹了苏哲一脚。

方沫沉默地注视着眼前的斋戒所，许久之后，才缓缓开口："我还是不相信'夜幕'小队就这么没了……也许其中，还有我们不知道的隐情。"

"是啊，安副队那么好的一个人，怎么可能会背叛大夏呢？"

"还有曹渊教官，他明明那么强，怎么会就这么死了，江洱教官也很可爱……"

"我还听说，胖胖教官是灵宝天尊！"

"哪里来的消息，太离谱吧。"

"那不然怎么解释胖胖教官离开？他可是最珍视这支队伍的人！"

"'夜幕'小队……究竟发生了什么？"

就在众人彼此争辩之际，斋戒所的大门缓缓打开，一个十五六岁，穿着黑白条纹囚服的少年，正冷冷地看着他们："你们就是第六预备队？"

方沫迈步上前，伸手说道："没错，我是预备队的临时队长方沫。"

乌泉丝毫没有和他握手的意思，只是打量了他几眼，淡淡道："跟我来吧。"

众人跟在乌泉身后，一边打量着那个瘦小的背影，一边疑惑地悄声低语："奇怪……这孩子看起来也就十五六岁？怎么也穿着囚服？"

"这不是显而易见吗？他也是这里的囚徒。"

"这么小就被关到斋戒所里来了？他犯了什么错？"

"谁知道呢……"

就在这时，一道低沉的声音在苏元耳边响起："这孩子身上的气息，比我们所有人都强，他至少是'克莱因'境。"

"什么？！"众人震惊地看向乌泉，眼眸中满是难以置信。

几分钟后，乌泉缓缓停下了脚步，他指了指远处的草坪，说道："他就在那儿。"

众人顺着他的手指看去，一个熟悉的身影正坐在轮椅上，望着远处的断崖怔怔出神。

"七夜大人！"

"林教官！！"

预备队的众人快步走上前，林七夜却对他们的声音宛若未闻，依然在望着断崖的方向，像是尊雕塑一般。方沫微微一愣，转头问乌泉："这是怎么回事？"

"他被困在'心关'之中，你们说话他能听见，但并不是全都会有反应，基本不会跟你们交流。"

苏哲眨了眨眼，小声道："这症状，怎么跟我那九十多岁的太爷爷一样……啊疼疼疼！！！"他话音未落，苏元就用手在他胳膊上拧了一百八十度，狠狠地瞪了他一眼。

"……我明白了。"方沫望着林七夜，无奈地叹了口气。

微风拂过青葱草坪，将少男少女们的衣衫微微卷起，他们站在林七夜身边，脸上还残余着些许的青涩与稚嫩。方沫沉默片刻后，还是蹲在林七夜的轮椅边，轻声开口："七……林教官，我们听说了你的事情，所以特地跟左司令申请来看你……我们虽然不知道'夜幕'发生了什么，但在我们心里，您永远都是我们的教官，也是我们的领路人。

"这段时间，我们到大夏各地去做任务，还加入了一位新成员，柳俊。"

方沫回头看向人群中的第六人，那是一个跟他们年纪相仿的少年，他立刻走上前，恭敬地对林七夜说道："林七夜前辈，我是方沫他们上一届集训营的学员，久仰您的大名！"林七夜的神情，终于出现了一丝变化，他微微侧头看了柳俊一眼，却没有多说什么。看到这一幕，预备队的众人脸色一喜，尤其是方沫，他见林七夜对他的话有反应，声音又拔高了几度："林教官，还有个好消息！除了越阶击杀这一项，其他的转正条件我们都已经达成，不出意外的话，这一两个月内，我们就能正式成为特殊小队！

"小队的名字我都想好了，就叫'仙庭'！"

"不如'恶魔'。"卢宝柚幽幽开口。

"还是'仙庭'好！"

"'恶魔'。"

"我是队长，我说了算！"

"暂时的而已……"

"……"

随着第六预备队众人的对话,原本沉闷的气氛逐渐活跃起来,乌泉独自坐在远处,看着他们彼此拌嘴笑骂,嘴角不知不觉地微微上扬,神情有些复杂。林七夜转头望着这群阳光下的少男少女,目光柔和些许,不知在想些什么。"噗——"就在这时,卢宝柚的脸色骤然一白,猛地喷出一口鲜血,身形直挺挺地向后倒去。他身后那对断裂的恶魔羽翼,泛起一抹淡淡的微光。

1593

"卢宝柚!!"嬉笑中的预备队众人见此,同时一愣,随后惊呼着伸出手去。然而,有一道身影的速度更快!一抹残影瞬间划过所有人的身前,稳稳地伸手抱住卢宝柚倒下的身躯,直到此时,那股移动带来的劲风才拂过其他人的脸庞,他们看清眼前的身影,眸中浮现出错愕。只见刚刚还在轮椅上发呆的林七夜,竟然直接抱住了卢宝柚,那双沉寂空洞的眼眸中,罕见地浮现出一抹理智的微光。

"卢宝柚!!"方沫立刻冲上前,开始仔细检查他的身体。卢宝柚双眼紧闭,眼皮不断颤动,像是在做一场痛苦的噩梦,一滴滴汗珠自额角滑落,浸湿林七夜的衣角。

"有人偷袭?!!"苏哲猛地转头环顾四周,却没有发现任何敌人。

"不,不对……是他的神墟出现了波动。"一对异瞳自方沫眼眸中浮现,他皱眉凝视着卢宝柚的身体,喃喃自语,"堕天使路西法……死了?"能让代理人的神墟产生如此强烈的波动,只有一种可能,即代理的那位神明死亡。

"路西法死了?那卢宝柚不会直接获得恶魔法则,一步成神吧?!"苏哲像是想到了什么,"那位王面前辈,好像就是这么成神的?"

"情况不一样!若是现在的卢宝柚真的获得了法则,只怕瞬间就被化道崩溃,他还远没到那个地步。"方沫果断摇头。

与此同时,林七夜怀中的卢宝柚,猛地睁开双眼,剧烈地喘息起来。

"你怎么样?"李真真担忧地问道。

"我没事……我只是看到了一些东西。"卢宝柚深吸一口气,眼眸中浮现出一抹微光,像是喜悦,但又夹杂着一丝疑惑,"路西法死了,我隐约看到,他死在了一个灰色的天使手中。"

"那法则呢?"

"路西法的法则和尸体,似乎都被那位天使吞噬了……所以,路西法的灵魂契约也没有生效。"

听到这儿,众人这才放松地叹了口气。路西法死了大快人心,但要是卢宝柚也因此受到牵连,那可就糟了。

"灰色的天使……原来这个世界上，还有灰色的天使吗？"李真真疑惑地喃喃自语。

"不管是谁杀的路西法，都为大夏除了一大祸患。"方沫回想起在战场中遇到的那个梦魇般的身影，心中还有些阴影。他看了眼沉默地站在卢宝柚身后的林七夜，眼眸中浮现出一抹喜色："而且……林教官也有反应，说明他离康复不远了。"

"是啊，林教官刚刚太快了，我根本没看清。"

"别说看清了，我连一丝精神力波动都没感觉到，不愧是林教官。"

众人又试着跟林七夜聊了几句，但后者再也没有别的反应，等到访客时间结束，才无奈地与他告别，离开斋戒所。林七夜坐在轮椅上，望着这些离去的背影，干裂的双唇微微抿起。

"怎么样，这群孩子的成长也很大吧？"一个熟悉的声音自林七夜身后响起，左青披着暗红色的斗篷，从停机坪缓缓走过来。正欲推轮椅送林七夜回去的乌泉见到来人，自觉地向后退了几步，对他的到来并不感到奇怪。自从林七夜住进阳光精神病院后，左青基本隔一天就会来探望林七夜一次，算算时间，今天正好是他来探望的日子。"他们这几天可忙得很，一直在大夏各地辗转，为了抽时间来看你，他们直接把三天的工作量压缩到了一天半，连觉都没睡……你带出来的这群孩子，越来越有特殊小队的样子了。"左青感慨着说道。

左青推着林七夜的轮椅，带着他在空地上闲逛，林七夜低垂着头，那对浑浊的眼眸中，浮现出一缕清明："曹渊……找到了吗？"他沙哑的声音响起，左青的脚步一顿，半响之后，才苦涩地摇了摇头："没有，我们和大夏神找遍了天庭附近的海域，都没找到他的尸体……不过，我们发现了黑王破封的痕迹。"林七夜的眼眸微微一缩，随后再度陷入死一般的沉默。黑王彻底摆脱宿命锁，便意味着曹渊已经死了，归根到底，他只是个关押着黑王的"牢狱"，当犯人破牢而出的那一天，"牢狱"自然也将不复存在。

"还有一件事情……"左青斟酌了一下措辞，还是开口道，"'混沌'与大夏神的那场大战，摧毁了能快速恢复神力的灵泉，不过你放心，诗寇蒂跟迦蓝都没有受伤。坏消息是，失去了灵泉，诗寇蒂没法高频地使用神力，迦蓝的苏醒也会被延迟……好消息是，这一个半月来，迦蓝吞掉的时间已经逼近百年，据诗寇蒂预测，就算没有灵泉，最多再有不到一个月，迦蓝就能自然苏醒了。"听到这句话，林七夜的心突然一震，脸上恢复一丝血色。迦蓝的苏醒已经不再遥远，这对他而言，无疑是个非常好的消息，毕竟，现在的他……只剩迦蓝了。林七夜抬起头，声音沙哑地问道："所以……'夜幕'，已经被强制解散了吗？"

一旦特殊小队的人数少于三人，便会被强制解散，这是守夜人的规定，而如今的"夜幕"，只剩下林七夜一人，即便硬拖着这个规定等到迦蓝回归，他们也只有两个人，依然不符合条件。

"……还没有。"左青摇了摇头,"虽然按照规定,'夜幕'确实应该被强制解散,将番号与资源留给新的特殊小队,不过……你现在的情况特殊,我压住了其他高层的异议,想等你恢复再说。"林七夜目睹了"夜幕"的分崩离析,再加上"心关"的冲击,已经处于极度痛苦,若是这时候再夺走"夜幕"005的番号,宣布强制解散,那未免也太残忍了。

林七夜望着第六预备队离开的方向,那些青涩而充满朝气的面孔,再度浮现在心头……他满是挣扎与痛苦的双眼缓缓闭起,说道:"我听说,守夜人总部有一块刻有历史上所有特殊小队名字的石碑……我能去看看吗?"

1594

大夏边境。

一道灰色的流光划过迷雾之墙,笔直地向大夏的方向飞去。"有外神气息降临!"重建的晨南关中,时刻警戒着迷雾边境的守夜人发现流光,当即拉响警报,开始向临时指挥部汇报情况。随着刺耳的警报声响起,晨南关众人脸色骤变,立刻飞奔向自己的岗位,与此同时,一道强横的神力波动自晨南关内爆发!哪吒脚踏风火轮,手握火尖枪,自海面之上呼啸而起,注视着那道急速逼近的灰色身影,眉头紧锁。自从晨南关大战后,这座边境关隘一直处在静默状态,也没有别的外神入侵,毕竟现在除了克系神,能够对大夏造成威胁的存在已经很少,但为了保险起见,天庭依然在每座关隘中都留下了一位大夏神。"只有一个?"哪吒沉声道。

"没错。"关在自晨南关内飞起,将鸭舌帽的帽檐向下拉了拉,"但是来的是个主神,而且气息非常恐怖,应该是主神中顶尖的那一批。"

"哼,管他是谁。"哪吒挥舞火尖枪,急速向那道灰色流光迎去,那流光中散发出的气息比他更强,甚至已经到了孙猴子那个层次,不过只要在至高之下,哪吒都有信心将人拦住,拖到其他大夏神来临。"何方宵小?!也敢闯我大夏?"一团刺目的火光划破云霄,精准地拦在那灰影面前,哪吒的身形自火焰中走出,杀气森然。他的身前,一个身背六翼的灰色身影,缓缓勾勒而出。看清那人面孔的瞬间,哪吒微微一愣。"是你?"哪吒的记性还算不错,之前昆仑山守碑之战后,他曾带着林七夜的队友上天庭去看他,眼前这个散发着主神气息的灰色天使,就是当时的一个年轻人。

"哪吒前辈。"沈青竹拱了拱手,"我是'夜幕'小队沈青竹,我们见过的。"

"沈青竹???"紧随而来的关在看到他,脸上也浮现出震惊之色!

"你怎么变成……"关在话说到一半,像是想到了什么,"你真的吸收了地狱本源回来了?!"沈青竹刚失踪的那段时间,林七夜等人便拜托大夏众神去寻找他,他的失踪并不是什么秘密,此刻关在看到他背后的那六只翅膀与气息,立刻就想清了前因后果。

"没错。"沈青竹微微点头,"关在前辈,请问,'夜幕'如今在哪里?"

关在与哪吒对视一眼,同时陷入沉默。察觉到两人的神情变化,沈青竹心一沉,脸色凝重些许:"'夜幕'……还好吗?"

"唉……"

守夜人总部。银色的电梯不断下降,随着屏幕上的数字变化到地下七层,厚重的电梯门缓缓打开。左青披着暗红色的斗篷走在最前方,穿着病号服的林七夜紧跟其后,再后面便是满脸幽怨的乌泉。林七夜要来守夜人总部,李医生自然不会拦着,毕竟林七夜有自己想做的事情,这对"心关"很有好处,意味着他在努力一点点走出来……李医生不会轻易离开阳光精神病院,便指派了乌泉贴身照顾林七夜。三人穿过一条昏暗的走廊,随着左青用指纹打开一扇高大的金属门,眼前的空间豁然开朗。这是一座空旷的地下空间,至少打通了六层楼高,在这片空间的正中央,一座高耸的黑色石碑岿然屹立,像是一柄刺入大地的超大型直刀。在地下空间的附近,黑色的楼梯螺旋上升,一直延伸到石碑的最上方,确保石碑上任意方向任意角度的字符都能被看清。看到这座石碑的瞬间,林七夜浑浊的眼睛微微收缩。守夜人总部他来了也不止一次,这里却从来没进过,总部地下一共就七层,其中竟然有六层都是为了容纳这座石碑,他们几人站在这座恢宏的石碑下,宛若蝼蚁般渺小。

乌泉仰头望着这座石碑,脸上也满是震惊。"这上面都是守夜人的名字?"乌泉用手抚摸着石碑的表面,密密麻麻的名字有序雕刻,每一个字大约都有两个大拇指指甲盖大小,工整凌厉,蕴藏锋芒。

"是,也不全是。"左青仰望着这座石碑,缓缓开口,"这座石碑上刻的名字,不仅是守夜人,还有当年的139特别行动组,以及更古老时期的镇邪司成员的名字。汉代时期,冠军侯霍去病建立镇邪司,自东海深渊捞起一块巨石,经友人提议,将镇邪司所有成员的名字镌刻其上,以示不朽……在那之后,朝代更迭,但镇邪司始终存在,直到封建时代落幕,迷雾降临,才转为139特别行动组,再然后,便是守夜人。"左青的指尖划过碑面的一个个名字,神情有些复杂,"迄今为止,这块碑上已经刻下镇邪司成员一万七千九百三十一位,139特别行动组成员九十八位,以及守夜人一万一千零七十九位。"

"等等……不对啊,镇邪司是汉代建立的吧?距今已经两千多年,才一万七千多人?守夜人才一百多年历史,就有一万一千多人?"乌泉皱眉问道。

"古代交通不便,情报闭塞,即便有'神秘'出现,也不会造成太大影响,而且那个时代有大夏众神与天兵天将坐镇,若真有大量'神秘'暴动,他们会出手解决,所以镇邪司历年成员都极少。反观守夜人,虽只有百年历史,但大夏人口

-087-

也急速增长，而且没有大夏神坐镇，守夜人自然要越多越好。"乌泉微微点头。

众人沿着螺旋楼梯走上石碑顶层，在石碑最上方，三个龙飞凤舞的字在灯光下熠熠生辉，虽然是隶书，但依稀能辨认出——"霍去病"。

林七夜顺着霍去病的名字向下看去，第二便是"公羊婉"，随后是"詹玉武""颜仲""姜松青"……这些名字刻在石碑之上，便只是名字，在这个时代已经没有人知道，这些古老的名字背后，蕴藏着怎样沉重恢宏的故事。林七夜的目光从这些名字上挪开，问道："特殊小队的名字在哪里？"

1595

"在另一面。"左青带着两人穿过楼梯，面对着石碑的另一侧，缓缓停下脚步。

001——"黑龙"（1981—1985），队长，李铿锵；副队长，史涧；队员，孔宗勇、左松良、陆培龙……

002——"风华"（1984—1986），队长，冷江萍；副队长……

003——"紫巽"（1985—1990），队长，紫煌……

001——"英灵"（1986—？），队长，霍去病；副队长，公羊婉；队员，聂锦山、李铿锵……

……

003——"凤凰"（2009—？），队长，钟纤、欧常红、麻慧君、封蝉、夏思萌；副队长，姜国铭、葛德庆、宁良、孔伤、曹沙……

005——"蓝雨"（2010—2012），队长，滦平；副队长，吴湘南；队员，……

002——"灵媒"（2015—？），队长，卜离、吴通玄；副队长……

004——"假面"（2012—2023），队长，王面；副队长，孙田屏；队员，李玄、赵薇薇、岳桂……

005——"夜幕"（2022—？），队长，林七夜；副队长，安卿鱼；队员，曹渊、百里胖胖、沈青竹、迦蓝、江洱。

林七夜的目光在这些名字上一一扫过，最终定格在最后一行，眼眸中再度浮现出迷茫与挣扎。乌泉看过这些名单，眼眸中浮现出不解："除了'英灵'和'凤凰'……好像只有'假面'小队存在得最久？其他好像都没超过五年吧。"

"……没有。"左青摇了摇头，苦涩开口，"'英灵'小队超过五年很正常，只要大夏龙脉不死，他们便会一直存在。'假面'可以靠王面回溯时间，避免了很多次死亡，而'凤凰'之所以能坚持到现在，也是因为他们不断在更换、重组队员，大部分特殊小队的队长都不喜欢大幅更换自己的队员，而第一代'凤凰'队长钟纤是个很特别的女人，她秉持的想法，便是大夏不灭，'凤凰'不死！她将自己体内的部分凤凰血脉分给队友，一旦有人死亡，便引进新的队员，并赋予他凤凰之血，拥有极强的愈合力。而在她自己战死后，便将自己的器官全部移植给下一任队长，也包含了凤凰造血的功能……如此循环往复，到目前为止，'凤凰'小队已经更换过五位队长，队员更是换了一批又一批。"

"每一代'凤凰'队长，共用一套器官？"乌泉眉头紧锁，"这不是在亵渎死者吗？"

"这是第一代钟纤队长自己的选择。她之所以这么做，就是希望大夏能有一支永远稳定，而且拥有'凤凰'之力的特殊小队的存在。他们就像一颗永远跳动的心脏，无论遭受怎样致命的打击，都能浴火重生，只要'凤凰'小队在一天，守夜人就永远有特殊小队可用……这是属于她与历代'凤凰'队长的意志。"乌泉望着眼前这座恢宏的石碑，震撼无比。

"如果方沫他们的特殊小队转正，该继承的是哪一个番号？"一直沉默不语的林七夜，突然开口。左青张了张嘴，还是开口道："这一点还不确定，不过……王面一个多月前穿梭时间，救回了'假面'其他小队成员的灵魂，目前天庭正在大规模播种能给魂体当作肉身承载的黑茶花，也许用不了多久，他们便会复活。但'假面'的番号，已经被王面亲手画上句号，就算他们回归，也不再是当年的004号'假面'，而是一支全新的队伍……可'夜幕'的情况不一样……"左青没有再说下去，但林七夜很清楚，"夜幕"跟"假面"完全不是一回事。"假面"是全灭了，但还有复生的可能，可"夜幕"如果想继续存在，除非背叛大夏的安卿鱼主动回归，除非魂死人灭的江洱死而复生，除非被黑王吞没的曹渊复活且反制黑王，除非拽哥越阶彻底吸收地狱本源，依然能维持理智回来……这些条件，任意一条都是天方夜谭，想全部做到……根本是不可能的事情。也许"夜幕"，注定没法回到当初的模样。

"在'人圈'的时候，王面曾说过，特殊小队的宿命注定是悲惨的……我们存在的意义，便是在悲剧的终点来临之前，发挥出自己所有的能量，在一切结束之后，将职责留给更有希望的年轻人。"林七夜的声音沙哑无比。他注视着属于"夜幕"小队的那段信息许久，缓缓闭上双眼，以此来掩盖悲伤与痛苦，他的脑海中，闪过方沫、卢宝柚、苏元、苏哲等人满载着信心与希望的面孔……就和曾经的他们一样。他深吸一口气："'夜幕'的时代已经结束了……就把我们的荣耀与职责，托付给年轻人吧。"

听到这句话，左青微微一愣："你要主动将番号让给第六预备队？林七夜，你想好了吗？"

林七夜没有回答,他只是睁开了那双沉寂的眼眸,缓缓开口:"左司令,能给我支笔吗?我想……亲手给我们的故事,画上一个句号。"

　　左青望着他的眼睛,片刻后,还是叹了口气,挥手让人送来了一支刻碑的刀笔,递到林七夜的手上。林七夜握着笔,走到那行"夜幕"的名单之前,缓缓抬起手臂,向(2022—?)的末端伸去……与此同时,一股玄妙的气息,自林七夜的体内散发而出。"这是……"左青一怔,目光复杂起来,"'心关'?"林七夜的"心关",要破了。他来到这块碑前,就是为了与曾经的"夜幕"做一场告别,将一切留给更富有希望的后辈……正如曾经所有的特殊小队一样,薪火相承。同样地,当他真的去给属于他们的故事画上句号的一刹那,也就意味着他将与过去割裂,伴随着悲伤与痛苦,开始新的历程……舍弃曾经的极致的痛与悲,这,便是他选择的冲"心关"之路。他迈出这一步之后,便将正式踏入人类战力天花板境界,成为人类顶尖的存在。

　　猜到了林七夜的想法,左青只能无奈地叹了口气……这对林七夜而言,确实是唯一的选择。但就在刀笔即将触碰石碑的瞬间,一道汹涌着神力的灰影掠过石碑,一只结实有力的手掌,抓住了林七夜的手腕!"这里还不是我们的终点,队长。"那温和而熟悉的声音在林七夜耳边响起,"至少……有我在,就不是。"听到这声音的瞬间,林七夜的身体猛地一震!他转头看向身旁,那张久违的面孔映入眼帘的瞬间,他就像是被世界抛弃的濒死者,终于在绝望中找到了唯一的依靠,无尽的辛酸与悲哀、委屈,从死气沉沉的内心奔涌而出,化作满盈的泪水,从眼角滑落……他抱住那个男人,双唇颤抖着,念出了那个久违的名字:"拽哥……"

　　下一刻,人类战力天花板的气息,骤然降临。

| 第九篇 |

神秘圣约

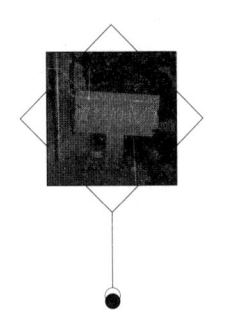

1596

　　林七夜，突破了。目睹了江洱的消失，安卿鱼的背叛，兄弟残杀，曹渊之死……林七夜的心早就死寂一片，他就像是被绝望与痛苦淹没的溺水者，独自在黑暗中沉沦。在外人看来，他只是被"心关"困住，像是个迟钝的病人，但世界上没有第二个人能感受到，在那孤独沉默的目光之下，潜藏着怎样的悲哀。林七夜知道，自己必须迈出那一步，一日不突破"心关"，他便永远是个废人……而他唯一能做的，就是舍弃曾经的一切，将那些痛苦与绝望永远埋在心底，凭借着它们，一步踏入人类战力天花板境界。但当沈青竹出现的那一刻，一切都变了。林七夜原以为，自己已经一无所有……但现在，他有了拽哥，当拽哥站在他身边的那一刹那，便让他积压在心中的所有痛苦融化，就像是黑暗绝望世界中唯一的那缕光，将林七夜从自我否定与挣扎的深渊中拉了回来。正如乌泉说的那样，拽哥曾是他的救赎……现在，也是林七夜的。那是绝望中的一线希望，那是山穷水尽中独一份的柳暗花明，在这前所未有的情绪起落下，挤压在林七夜心头痛苦的"心关"，就像是纸一般脆弱。突破"心关"，也许只要一个人、一句话，简单，但又不可求。

　　"……青竹哥？"乌泉站在一旁，看着那熟悉而陌生的背影，怔怔地自言自语。沈青竹转过身，看到乌泉在这里似乎也非常意外，他愣了半晌，还是拍了拍后者的肩膀："嗯，长高了。"

　　"青竹哥！！！"乌泉看到他的面孔，在原地呆了许久，这才回过神，这个常年板着一副臭脸的少年，疯了般冲到沈青竹的面前，用力地抱住他，"青竹哥！我从孤儿院出来这么久都在找你……这段时间，你都去哪儿了？！"

　　"这个可以慢慢说……你们两个都先松开我，眼泪鼻涕都糊上去了……"沈青竹无奈地看着这一幕，有点想笑，但又下意识板着脸，表情十分僵硬。他转头看向左青，眼神中满是求助，而左青就这么笑呵呵地看着他们，丝毫没有插手的意思。在乌泉撕心裂肺的哭号声中，左青用余光瞥到了什么，他走到一边，将掉在地上的刀笔捡起，轻吹了吹上面的灰尘。左青看了泪流满面的林七夜，无声地笑了笑，默默地将刀笔揣回兜中，独自向外走去。

"所以，杀了路西法的人其实是你？"听完沈青竹的描述，林七夜惊讶地张大了嘴巴，但仔细想想，又觉得很合理。大夏众神围剿路西法之时林七夜就在场，在那种强度的攻击下，路西法还能捡回一条命就已经堪称奇迹，回地狱遇到了刚吸收完本源的拽哥，根本没可能逃走……这么一来，最大的受益者就成了沈青竹。

"若不是吞了他，我也没法这么快完全掌控地狱本源，凭我自己的力量，至少还要半年才能出来。"沈青竹点头道。林七夜笑了笑，随后像是想到了什么，陷入沉思。

"怎么了？"

"没什么，我只是觉得，你回来得实在是太巧了……不，应该说这一切都太巧了。"林七夜半开玩笑地说道，"现在想想，若不是安卿鱼和江洱突然从天庭失踪，被路西法盯上，大夏众神也不会有机会重伤他，若是路西法没有受伤，你的回归又会推迟半年……这么一来，'夜幕'可能真就消失了。这一切，简直就像是掐着点发生的一样，恰到好处。"

"也许，这就是命运吧。"沈青竹顿了顿，脸色逐渐凝重起来，"对了，安卿鱼的事情，我只是路上听关在简单说一下，我不在的这段时间，究竟发生了什么？"

林七夜的眼睛一黯，将这段时间内发生的所有事情都讲述了一遍。沈青竹的眉头越皱越紧。"'真理'的力量，真的能如此彻底地改变一个人吗？"

林七夜沉默片刻，摇了摇头："我……不知道。不过，我现在已经想明白了。"林七夜深吸一口气，继续说道，"既然这些事情已经发生，就不该沉浸在过去，与其懊悔一万次，也不如当面找到安卿鱼，亲自问一问他……"

"如果他真的投靠了克苏鲁呢？"

"那我就亲手杀了他。"林七夜平静开口，"'夜幕'可以有牺牲，但不能有叛徒……任何一个人的背叛，都是对其他所有牺牲者的亵渎。"

沈青竹点点头，没再多说什么。

就在两人说话之际，一个披着暗红斗篷的身影快步从外面走了进来。"林队长，左司令在办公室等您。"来的正是左青的秘书，他伸出一只手，做了个"请"的手势。林七夜微微一愣："左司令找我？他刚刚不还……"林七夜环顾四周，这才发现左青早就没了踪影。"左司令是有要事与您相商，所以特地在办公室等您。"秘书再度开口。林七夜见此，也不再多说，只是跟沈青竹约定了再见的地点，便快步向总司令办公室走去。

"笃笃笃——""进。"

林七夜推门走进办公室，左青正坐在办公椅上，面前摆着一份文件，笑吟吟地看着他。

"有什么事，一定要在这里说吗？"林七夜顺势在他对面坐下，疑惑问道。

左青没有回答，反问道："你的'心关'，彻底突破了？"

"嗯。"

"心中还有迷茫吗？还有哪里不舒服吗？"

"没有……我感觉整个人都前所未有地清醒。"林七夜摇了摇头。突破"心关"后的状态，跟之前是完全不一样的，之前林七夜的精神力已经无限逼近天花板，但毕竟还没捅破那层窗户纸，而现在的他，已经彻底迈出了那一步，无论是精神力总量还是思维的敏捷程度，都增长了一大截。他现在，可是正式的几位人类战力天花板之一。左青见此，满意地点点头，将身前的文件推到林七夜面前，缓缓开口："那么，我想你是时候接受一个新身份了……"

1597

"新身份？"林七夜听到这三个字，脸上满是不解。他接过左青推来的文件，仔细翻了几页，眼眸中浮现出惊讶之色。"委任书？"

"对。"左青点点头，"我想让你当守夜人特殊行动处的处长，守夜人七位高层之一……同时，也是我在担任总司令之前的职位。"

林七夜怔了许久："你是说，让我当守夜人高层？"

"没错。"

"为什么？"

左青不紧不慢地喝了口热茶，缓缓开口道："我想你之前也有所耳闻……我最初接管守夜人的那段时间，手段比较强硬，将原本的七位高层去除到只剩四位。虽然斩去了一些毒瘤，但守夜人的运转也出现了一些小问题，不过我一边提拔新的年轻高层，一边将无人处理的事务分摊到原本的四位高层身上，所以也没出什么大问题。哦对了，跟你很熟的那个绍平歌队长，就是被分摊了工作的高层之一……所以他只能将工作匀给衰罡去做，一直对我颇有微词。总之，斩去了那些毒瘤，再加上新的人员调动，这几年来守夜人也逐渐走上正轨，但七位高层中，特殊行动处处长一职我始终没找到好的人选。我是这个职位出身的，所以我最清楚这个位置有多重要，不光是涵盖'英灵'小队在内的所有特殊小队的调配与组建，还包含了大夏全境除战斗小队之外的后勤、医疗、勘探队伍整合，还有一些不方便透露给其他人知晓的秘密行动任务，底蕴积累……总之，从战略意义上来说，特殊行动处的重要性甚至不亚于总司令。"左青放下手中的茶杯，注视着林七夜的眼睛，"这位处长的人选，我物色了很久……'灵媒'小队的原队长卜离，'假面'现队长王面，都曾是我的候选人。但卜离在晨南关一役中战死；而'灵媒'小队现队长吴通玄在病院中待了太久，并不了解现在的守夜人；王面多次回溯时间，身体老化严重，需要静养休息，也不适合这个职位……现在，论实力，论地位，论条件，都是你林七夜更适合这个位置。"

林七夜作为"夜幕"的队长，本就是特殊小队出身，完全符合这个职位的要求，现在又踏入了人类战力天花板境界，而且如今"夜幕"已经分离，人数不足的情况下，他根本就没法继续履行小队的职责。综合考量，整个守夜人，已经找不出比林七夜更合适的人选。

"这……"林七夜的神情有些犹豫。他总算是知道，为什么左青特地要他来办公室……委任特殊行动处处长，这可是关系到整个守夜人运转的大事！但说实话，他对当守夜人的高层并没有什么兴趣，也许，还是打打杀杀更适合他。左青似乎看透了林七夜的想法，悠悠开口道："我知道你在想什么，放心，这个特殊行动处处长的职位，可不是那种坐办公室指点江山的文职……'特殊行动'这四个字意味着什么，我想你应该清楚。对这个职位来说，硬实力远比处理公文的实力更重要，想坐稳这个位置，你不光要获取所有特殊小队以及普通小队的认可，还要在特殊小队人手不足的时候，亲自出手处理一些顶级机密，或者超高难度的任务。接受这个职位，意味着你将成为掌管守夜人最核心力量的那个存在，如果说我是守夜人明面上的光，那你……就将成为守夜人的暗。"

林七夜思索片刻，还是开口道："这个职位的工作，我大概是理解了……不过，我虽然突破了人类战力天花板境界，但我的所有神墟都被'混沌'夺走，现在的我只是空有人类战力天花板级精神力，没有能够驱动的禁墟或神墟，所能发挥出的力量非常有限……"

听到这儿，左青便轻笑了起来，他放松地靠在椅背上，说道："你小子的潜力，可是经过天尊认证的，就算'混沌'能夺走你的神墟，但有些东西，注定是属于你的……更何况，你没觉得这次醒来之后，身体有哪里不对吗？"

林七夜一愣，仔细看了眼自己的身体，回想起之前在斋戒所中，出手扶住卢宝柚的那一幕："好像身体更轻了些……就算不用精神力，速度也非常快？对了，我的肉身不是被'混沌'夺走了吗？这副身体是哪里来的？"

之前被困在"心关"中的林七夜，根本没工夫去想这个问题，现在他头脑清醒了，才反应过来，疑惑地问道。左青神秘地笑了笑："这副身体可不一般……这么说吧，就算你这辈子都没法动用禁墟、神墟，光凭这副肉身，你就能做到很多事情，明白吗？"左青一边说着，一边又将委任书推到林七夜面前，"我知道你不想孤军奋战,所以我会委任沈青竹当你的副官,未来等到迦蓝复苏,你们要是想重建'夜幕',我也不会拦你……所以,你的回答是?"

守夜人总部外。

沈青竹和乌泉坐在台阶上,等待着林七夜出来。"说吧,我不在的这段时间,你犯什么事了?"沈青竹喝了口矿泉水,平静问道。乌泉身体一震,疑惑地转头看向他。"你外套里面那件,是斋戒所的囚服吧?"沈青竹的双眼微眯,"我们家乌泉厉害了,小小年纪连斋戒所能进……你最好给我老实交代,要是让我察觉到你撒谎,我亲自打断你的腿。"

"我……"乌泉乖乖地低下头,将之前的事说了一遍。

"因为刘老头被打,你就灭了人家满门?"

"他们家的人都是恶棍,参与那场聚会的,都是吃人血馒头起家的,我……"乌泉话音未落,一个身影便缓缓从总部走出。林七夜与沈青竹对视一眼,无奈地笑了笑,从怀中取出一张委任书:"看来,我们这段时间有的忙了。"

1598

大夏某地。

"新的特别行动处处长?!"听到这个名称,夏思萌控制不住地张大嘴巴,"那岂不是说,我们又有新的上司了?!"

"恐怕是这样的。"童晟无奈地点了点头。夏思萌的脸顿时垮了下来。她披着金色的斗篷,像是热锅上的蚂蚁,在一座颇有年份的古寨空地中走来走去:"不行,不行啊……左青那家伙当上了总司令,特别行动处处长一直空缺,我们好不容易才过了几天没上司的无法无……喀喀,自我管理的生活,现在又冒出个上司……那以后,我们岂不是不能自己给自己批假条了?"

童晟的嘴角微微抽搐:"队长,严格来说,以前也不行……"

"是啊队长,以前你都是趁左青不在,自己偷偷溜进办公室盖的章,上次被发现,他还扣了你半年的工资……"一位"凤凰"小队的成员小心翼翼地开口,"以后,咱还是老老实实地打报告吧?"

夏思萌苦恼地拍了拍脸颊:"对了,新处长是谁?"

"原'夜幕'小队队长,新晋人类战力天花板,林七夜。"

夏思萌愣在原地。"林七夜?"她像是联想到了什么,微微点头,"也是,现在能担起这个职位的,也只有他了……"

"队长,这位新来的林处长,性格怎么样?"一位刚加入"凤凰"小队没多久的新成员问道。

"我跟他也只有几面之缘,不算特别了解……不过,他肯定不是那种好说话的人。"夏思萌长叹了口气,在原地郁闷许久,突然又昂起头,愤愤开口,"算了,求人不如求己,与其处处受制于人,不如诸位随我起事!我夏思萌亦可取而代之!"

"凤凰"小队众人的脸上浮现出惊恐——

"队长,不妥啊!"

"是啊队长,人家可是咱们上司,要是被他听到了,以后我们日子可就难过了!"

"再说了,人家可是人类战力天花板,队长你也打不过啊……"

"队长,要不你试试美人计?"

"……"

在"群贤"你一言我一语的劝说下,夏思萌苦着脸,幽幽开口:"哎呀,我就是开个玩笑……大不了我们以后老实报备就是了。"听到这句话,众人终于松了口气。

"对了,按照惯例,新的特殊行动处处长上任,明天我们就要回上京面见开会……队长,我们该动身了。"童晟像是想到了什么,提醒道。

"哦,那赶紧让人准备好飞机!我们连夜就赶过去!让林处长看到我们'凤凰'小队的一片赤诚!"

夏思萌一挥手,豪气干云地开口。一位"凤凰"小队的成员应了一声,转身就快步向远处跑去,等到众人走远,夏思萌才鬼鬼祟祟地凑到童晟耳畔,认真地沉思片刻,小声问道:"童晟,你说……林处长是喜欢软中华,还是黄鹤楼?"

童晟:"……"

"林教官要掌管特殊行动处?!"拥挤的绿皮火车上,方沫六人挤在一张小方桌两侧,听到这个消息,眼前都是一亮。

"那岂不是说,林教官又变成我们的老大了?"苏哲松了一口气,笑道,"果然,还是有林教官罩着我们更踏实……"

"从集训营到特殊小队,林教官一直在带着我们前进,这是个好消息。"

"而且他也突破了'心关',成为人类战力天花板……嘿嘿,以后我们也是有天花板罩着的人了!"

"……"

众人都十分亢奋,这种感觉就像是小学时候最爱戴的老师,突然宣布要跟他们一起上到大学,甚至还包毕业分配……给人一种前所未有的踏实感。但就在众人欢喜聊天之际,方沫坐在窗边怔怔地看着外面,像是有心事。"你怎么了?"李真真坐在他对面,疑惑问道。

"……没什么。"方沫摇了摇头,"我只是在想,七夜大人去担任特别行动处的处长,是因为'夜幕'已经解散了吗?如果是这样……那算不算我们,抢走了原本属于他们的番号?"

听到这句话,众人顿时安静了下来,面面相觑。

"番号的事情,也许明天的会议上会提,现在胡思乱想也没用。"柳俊提醒道,"我们该动身去上京了。"

"对对对……我们还是预备队,没有专用的飞机,从这儿去上京只能转绿皮火车……"

"但我们才刚起步啊,距离下一站还有一个多小时呢!"

"不管了,去找个没人的地方跳车!明天是七夜大人第一次以上司的身份给我们开会,绝对不能迟到!"

"好!"

大夏边境。

"林七夜吗……"呼啸的寒风中,八道身影伫立在钢铁外墙的边缘,黑色的斗篷在风中猎猎作响。吴老狗将手机放回口袋,兜帽下的嘴角勾起一抹笑意。"该去趟上京了。"他指尖轻抬,八根钢铁巨柱自天空划落,重重地砸在大地之上,粗壮的雷霆游走在巨柱之间,散发着恐怖的毁灭之意。八道身影一跃而起,乘坐巨柱掠过云霄,顷刻间消失无踪。

上京市,郊区。无人的荒山之间,两道身影在一片空地前相对而立,乌泉攀上最近的一处高峰,静静地低头俯瞰那两道身影。

"七夜,你确定吗?"沈青竹将手中的烟头掐灭,郑重开口。

"嗯。"林七夜平静点头,"你攻过来吧,我需要测试一下这副身体的强度。"

沈青竹"嗯"了一声,将烟头踩在脚下,随着那对眼睛微微眯起,六只庞大的灰色羽翼张开,恐怖的主神级气息骤然降临!"好强……"山峰顶端,乌泉感知到沈青竹身上散发的气息,眼眸收缩。"嗖——"一道灰色残影瞬间掠过大地,下一刻,惊天动地的轰鸣声自山谷间传出,烟尘四下纷飞!待到烟尘逐渐散去,两道身影自朦胧间勾勒而出,林七夜脚步沉稳,一只手稳稳攥住了沈青竹的拳头,眼眸中流转着一抹奇异光辉……

1599

看到自己的攻击被林七夜接下,沈青竹的脸上浮现出诧异。虽说他没有动用全力,但现在他毕竟是六翼天使,这一拳就算是寻常的次神都未必吃得消,可林七夜单手就能接下。林七夜握着沈青竹的拳头,用力一震,恐怖的力量直接灌入两人的掌心,硬生生将沈青竹震退了数十米,才缓缓停下身形。"这副身体……"林七夜低头看着自己的手掌,眼中的震惊之色越发浓郁。他深吸一口气,对着沈青竹再度开口:"再来,这次用全力。"

"全力?"沈青竹表情有些古怪,"你确定吗?"

"呃……八成吧。"

"好。"

在林七夜极度警惕的战斗姿态下,六翼沈青竹瞬间消失在原地,与此同时,林七夜的瞳孔微微收缩,闪电般拧身,一记重拳轰然砸向身后!"咚——"双拳碰撞,肉眼可见的震荡直接撕碎两人脚下的大地,但林七夜的身体不仅没有后退,反而借势又向前迈了半步,第二拳猛地挥出!沈青竹见此,也不再收敛自己的力量,全力与林七夜贴身肉搏!接连的爆鸣自空气中传出,短短半秒,两人便交手数十次,以至于就连站在山峰上的"克莱因"境的乌泉,都没法看清他们的动作,只见周围的空气与大地不断扭曲,直接打出了一片真空领域!令人眼花缭乱的残影中,一个身影呼啸着倒飞而出,令乌泉震惊的是,飞出的并不是没有神墟的林七夜,而是身背六翼的沈青竹!沈青竹的羽翼轻轻一振,身形落在地面,他望着烟尘中那稳若磐石的身影,脸色已经完全变了。"你的肉身怎么这么强?!"林七夜是人类战力天花板,沈青竹是主神,从境界上来说,两者差不了太多,但综合来讲,前者极难赢过后者。人类战力天花板,是人类的境界;而主神则是神明的境界。人类战力天花板也许可以比肩主神,但历史上出现过那么多天花板,能够单挑力压主神的寥寥无几,先不说没有法则就差了一大截,光是物种上的差距,就极难弥补。人类砍神一刀,神也许会流血,但神砍人一刀,人必将重伤,这是生理结构上的差异。人与神,本就是不同的物种,所以人类想要成神,难如登天……而想做到这一点,必须面对的就是生理结构的改变——周平以剑为体,司小南的永生丹,王面的时间回溯,本质上都是为了弥补这一项缺陷。但现在的林七夜只是人类战力天花板,就能依靠肉身,打退身为主神的沈青竹,虽然后者也没用神墟,但也是天方夜谭!

"这副身体,究竟是什么来头?"同样震惊的,还有林七夜自己。他知道三位天尊给他换了一副身体,但万万没想到,这身体竟然如此凶猛……不用精神力境界,仅凭肉身强度就足以匹敌主神,这种肉身真的存在吗?林七夜不知道这副身体是什么,但毋庸置疑的是,即便是对天庭来说,这东西也极其珍贵,甚至可能是天地间的独一份。"再来!"林七夜调整了一下呼吸,主动向沈青竹冲去!沈青竹自然不会躲避,两人再度战在一起,脚下的群山剧烈震颤起来!十几分钟后,两人便走出了这片场地。不是他们不想打,而是再打下去,恐怕不光是这些山,就连地皮也会被他们掀飞,这里毕竟是上京市郊外,闹出太大动静也不好。这副身体的极限在哪里,林七夜只能等到实战中再进行测验。

"话说,你的那些能力,一个都没有留下吗?"一边走,沈青竹一边问道。

"没有。"林七夜摇了摇头,"以前的那些力量,我全都感觉不到了……'混沌'

应该是用了某种方法，将它们全部锁在我原本的身体里，若非我的灵魂里留下了'锚'，只怕现在已经魂飞魄散了。我估计，他盯上我的身体和能力很久了。"林七夜的心中也满是遗憾，包含"凡尘神域"在内，他原本的神墟就有七个，再加上那些抽奖得来的能力，一共得有十四五种……还有"黑夜本源""信仰之力"……毫不夸张地说，若是林七夜现在还拥有那副身体，他绝对是有史以来最强的天花板之一。

"说不定，这也是一件好事。"沈青竹开导道，"你原来的能力太多，太杂，而且那些都是神明给予你的，就算代理再多的神明，也终究只是代理人，而不是真正的你。没有了那些能力，也许你能走得更远。"

"更远吗？"林七夜无奈地笑了笑，"就凭我这个只有肉身，没有禁墟的伪天花板？"

"现在没有，不代表以后没有……你以前的那些能力，不都是来自各位代理的神明吗？真正属于你的禁墟，还没有被发掘出来吧？"听到这句话，林七夜的脚步一顿。

"怎么了？"沈青竹问道。林七夜像是想起了什么，喃喃自语："千帆扬尽皆云雾，赤足行荒问本心……侯爷的话，难道是这个意思？"在国运岛屿之时，霍去病单独对他说的那句话，林七夜一直没明白其意所指……这一刻，沈青竹的话点醒了林七夜。难道侯爷早就知道他会有此一劫？可他又是怎么知道的？林七夜暗下决心，等手头上的事情处理得差不多，一定要亲自再去一趟国运岛屿，问问侯爷这件事情。

"对了，跟特殊小队的会面，是在明天？"林七夜像是想到了什么。

"没错。"

"那该赶紧回去准备准备了……虽然都是熟人，我这位新任的特殊行动处处长，总得拿出点东西才行。"林七夜若有所思片刻，"我要先去一趟守夜人总部。"

1600

深夜。守夜人总部。林七夜披着深红色的斗篷，穿行在无人的楼层之中，苍白的灯光下，一个个金属架整齐摆放，占据了大半的楼层。这个时间点，守夜人总部的人本就不多，再加上这一层存放的档案，都是守夜人顶级的机密，若非林七夜已经晋升为高层，都没法自由地在这里行走。守夜人的诞生与成长，百年内经历的一切，都包含在这个档案室中，甚至比"乌托邦"的档案馆更加庞大。林七夜径直走到档案室的中央，一台笨重的米白色台式机，正静静地摆放在办公桌上。这台电脑像是二十世纪的产物，属于放到古董回收站都没人要的老物件，也许最适合它的地方，只有电子元件的博物展览馆。但就是这么一台看似古老、笨重的初号机，承载着守夜人所有的档案序列。而在所有守夜人中，有资格使用这台电脑的，只有五个人……当代总司令，以及高层中四位职务至关重要的处长，而林七夜所掌管的特殊行动处，便在此列。空荡沉寂的档案室中，林七夜独自在电脑前坐下，通过内部网自带的目录索引，仔细翻阅起来。直到此时，林七夜才真正了解到，守夜人的情报网究竟有多么庞大。守夜人内部的资料暂且不说，位列目录索引前列的，便是当代所有在世的人类战力天花板，以及人类战力天花板候选人的详细资料，周平、陈夫子、关在、路无为……个人履历、能力评级、潜力评级、性格分析、个人行动性分析……每一个人的资料都有足足一百页，其中个人履历这一块，甚至详细到小学时在班里曾经暗恋过哪个异性，并以此为模型对其心理成长进行侧写模拟。那些专业的建模与分析，林七夜看不懂，但他清楚地知道，眼下这些档案之中，完整地记录了他们的人生。甚至，他们将人类战力天花板的战力与潜力进行了分级，在林七夜翻阅的所有人类战力天花板档案中，仅有"周平"的评级是"S+"，"王面""柚梨泷白""关在"三人的评级是"S"，其余"路无为""吴通玄""陈夫子""左青"等人的评级都在S级以下……至于林七夜自己，由于是今天刚刚突破，人类战力天花板的评级还没出现，不过在天花板候选人的目录中，评级也是一行醒目的"S+"。守夜人，一直在观察着所有人类战力天花板。他们的潜力如何，是否有可能背叛大夏，在战争中能起到怎样的作用……这是这些档案背后真正的意义。守夜人，是守护大夏的刀，刀锋不仅要对准迷雾之外的敌人，也要提防内部可能出现的危险。而令林七夜惊讶的，还不止这些……

"竟然还有关于大夏神的资料？？"林七夜看到某处，眼眸微微收缩。这份档案相对于天花板档案，要模糊很多，即便是守夜人的情报网，也没法摸清每一位大夏神的力量与性格，他们的历史太过久远，根本无法考究。林七夜不知道这份档案，是在大夏神出世之前，守夜人寻找天庭足迹的时候创立的，还是说……他们的内心深处，在警惕着大夏神明？不过仔细想来，也不奇怪……守夜人是属于大夏的组织，而大夏则是无数普通人的大夏，在天庭降临之前，谁会知道，大夏神会不会像其他神国的神明一样，靠信仰与神迹统治这个国家？神话传说终究是神话传说，在那个时代，守夜人对尚未降临的大夏神理念存怀疑态度，也是理所当然的。不过如今看来，他们的怀疑是多心了。也许，要是当年大夏神真像高天原众神的"人圈"那样，企图依靠力量奴役人民，敛收信仰……那守夜人，绝对会拼死向他们出刀。

抛开这些繁杂的念头，林七夜开始搜寻自己想要的东西。在众多档案中，挑选了有关"英灵""灵媒""凤凰"的所有资料，以及有关其他特殊部门的绝密档案。既然担任了处长的职务，林七夜自然要做好，虽然他一向不喜欢跟文字工作打交道，但要想管好整个特殊行动部，首先就要了解这个部门所有的机密。时间一分一秒地流逝，不知过了多久，林七夜揉了揉疲惫的眼角，从座位上站起。"竟然这么多……"林七夜喃喃自语。经过这段时间的阅读，他已经大致知道了特殊行动处的构成，以及大部分机密秘辛，正当他完成任务准备离开的时候，脚步突然一顿，他犹豫片刻，又在电脑前坐下，伸手在档案索引栏中输入一串汉字——诸神精神病院——"空。"

没有吗……林七夜试着用守夜人的档案馆，查询与诸神精神病院有关的资料，结果一无所获。林七夜叹了口气，他思索着还有什么值得查询的，不自觉地浮现出自己在昏迷时，脑海中出现的小男孩的模样。自己每次濒临死境，都会看到那个与自己非常相像的神秘男孩，而他也从其他人口中听说了自己的残魂困住"混沌"的事情，在他的猜测中，这件事多半也与那个男孩有关。他伸出双手，试着输入索引字符，但神情有些困扰。这该怎么搜？小男孩？那结果未免也太多了……自己该找到什么时候呢？他沉思片刻，输入了一串字符——"小男孩，林七夜"。

随着林七夜敲下回车键，两个索引档案结果出现在屏幕中。第一行的结果，是一份十几年前的档案，来自沧南市，说的是一个叫"林七夜"的小男孩自称看到过天使……在这档案末尾，还附了一条链接，可以直接跳转到林七夜加入守夜人后的所有档案。这不是林七夜要找的结果。他目光掠过这个档案，继续向下望去……随后眼眸中浮现出疑惑之色。"这份档案的时间……是汉代？"林七夜诧异地开口，"是当年镇邪司的卷宗被转录进了档案中？不对啊……汉代的档案上，为什么会有我的名字？"林七夜怀着满心的疑惑，点开了第二宗档案。

1601

"无权限？"林七夜看到屏幕中的三个大字，眉头顿时皱了起来，"连我都没有权限？"以林七夜如今的身份，在守夜人中说是一人之下也不为过，连他都没有这份档案的权限，说明这份档案应该在左青手里……为什么一份汉代的古卷，有如此高的保密等级？这份档案里，又为什么会出现自己的名字？和自己体内的那个神秘小男孩有关？林七夜越想越觉得奇怪，他打算找个时间好好询问左青。"差点忘了，还有一件事情……"林七夜的十指在键盘上迅速敲动——红发少女，克洛伊。他之前答应了27号，会帮他找到那个少女，但现在自己没法动用奇迹之力，靠扔树枝肯定是不行了……无奈之下，他只能从守夜人的情报网开始下手。出乎林七夜意料的是，索引之下竟然真的跳出了几份档案。奇怪的是，这些档案的年份跨度都很大，最早的一份，竟然也是在汉代……而最近的一份，则是在六年前。什么鬼？难道这个叫克洛伊的少女，一直从汉代活到了现代？这是第二个迦蓝？

怀着满心的疑惑，林七夜依次点开了这些档案，其他的都可以打开，唯独汉代的那份档案，他依然没有权限。这些档案中，大部分都是驻守在边境的守夜人，曾目睹迷雾中有一个红发少女与一个浑身笼罩在烟霾中的身影走出，其中有一次他们还提出要进入大夏境内，后来当年的总司令叶梵亲自跟他们见了一面，随后准许了他们在大夏境内七日的自由活动时间。不过，那场会面中他们究竟聊了些什么，却没有记录在档案内。林七夜翻过这些目击档案，目光扫过其中一行字符，瞳孔骤然收缩。"这是……"他喃喃自语。闪动的电脑屏幕之上，一行字符被加黑加粗——克洛伊，禁墟序列001，未命名，疑似西方圣教圣主耶兰得代理人。

"我们应该是第一个到的吧？！"一辆商务车在守夜人总部门口停靠，夏思萌率先从车上跳下来，看着东方的朝霞，自信一笑。

"……队长，我们也不用这么赶吧？"其余"凤凰"小队的成员顶着黑眼圈从车上下来，连打了几个哈欠，"会议不是九点才开始吗？现在才六点多啊……"

"早点到显得我们'凤凰'小队诚意足！只要给林七……咳咳，给林处留下好印象，以后请假什么的也方便些。"

夏思萌给了童晟一个眼神，后者默默地从后备箱里取出一个大红塑料袋，将其抱在怀中，紧跟在夏思萌身后，头埋得要多低有多低。

"凤凰"小队众人走进总部，径直向会议室走去，刚一推开门，夏思萌脸上的笑容瞬间凝固。只见偌大的会议室中，此刻已经坐满了人。宽大的椭圆形会议桌旁，八位披着黑色斗篷的身影雕塑般正襟危坐，宽大的帽檐遮住他们的容貌，气息神秘而冰冷。与他们相比，对面的六位少男少女就显得有些坐立不安，他们没有自己的斗篷，身上灰扑扑的，像是刚从哪个犄角旮旯乞讨回来。看到"凤凰"小队众人推门而入，这些少男少女立刻起身，恭恭敬敬地开始向他们行礼。

"你们怎么都来得这么快？"夏思萌看到这两支队伍，瞪大了眼睛，"'灵媒'就算了，他们坐神器飞得快……那你们呢？预备队应该没有自己的飞机啊？"

方沫轻咳一声，开口道："夏前辈，我们是连夜蹭高铁回来的……就是中途转了几次车。"

夏思萌嘴角微微抽搐，无奈地叹了口气，带着众人在会议桌的另一端坐下。

"灵媒"小队中，吴老狗的帽檐微微抬起，他看了眼童晟怀里抱着的大红塑料袋，诧异地开口道："那是什么？烟吗？夏队长……新处长刚上任，你不会打算拿这东西贿赂他吧？"

"呃……"夏思萌一时哑口无言，她本打算趁自己来得最早，偷偷把这东西送给林七夜……可没想到，自己竟然是最后一个，神情顿时有些尴尬。

"这是我们队长的珍藏。"童晟硬着头皮回答。

吴老狗表情古怪地看了她一眼，点点头道："看不出来啊……夏队长私下里烟酒都来？"

"呵呵呵呵，习惯了，习惯了，每天不抽一条就难受。"夏思萌干笑两声："童晟啊，来，给我点一条……不是，点一根。"童晟抽出一根烟，塞到僵硬的夏思萌嘴里，默默地点燃烟头。"喀喀喀……"夏思萌猛地咳嗽起来。

就在这时，两个身影先后走进办公室。林七夜拿着一份档案，刚走进来，就看见夏思萌一手夹着烟在咳嗽，他眉头皱了皱，认真开口道："夏队长，会议室禁止抽烟。"听到这句话，他身后的沈青竹动作一僵，默默把刚叼到嘴角的烟塞到口袋里。

"喀喀喀……抱歉，抱歉！"夏思萌一把碾碎烟头，仓皇地撩了一下凌乱的鬓发，正襟危坐在座位上，佯装什么都没发生过，但鼻子还在不断地冒着缕缕白烟……"凤凰"小队其他人看到这一幕，恨不得把自己的头埋进地里。

林七夜拿着档案，在会议桌的主位坐下，目光扫过众人，微微一笑。"既然大家都到了，我们就提前开始吧。在座的各位都是熟人，我就不多自我介绍了……从今天起，就由我暂任守夜人特别行动处处长。"

"啪啪啪——"激烈的鼓掌声在会议室内响起，方沫等人脸上带着笑意，拼命鼓掌，掌心都被拍得通红。

"在会议正式开始之前，我想先以特殊行动处处长的身份，宣布一件事情……"林七夜的神情逐渐严肃起来，整个会议室顿时陷入一片安静，"从今日起，针对原004号特殊小队'假面'，与原005号特殊小队'夜幕'，启用雪藏计划……"

1602

"雪藏计划？"听到这个陌生的名字，夏思萌和吴老狗都是一愣。

"剥夺特殊小队番号、权限，包括交通运输、薪水补贴在内的所有权益，只保留原特殊小队人员构成与档案，将其冻结雪藏，直至雪藏计划结束。"林七夜解释了"雪藏"计划的含义，在座的众人都若有所思。

"……这是啥意思？我咋听不懂？"苏哲挠了挠头，小声问道。

"意思就是，'夜幕'和'假面'小队都只保留名字和成员，其他的权益全部收回，你可以理解为注销队伍，但并不解散。"李真真在006小队长大，对这些东西十分了解，"每一支特殊小队的存在，都需要耗费守夜人大量的资源，林教官这是直接把他们两支队伍的资源贡献出来，留给新的特殊小队……这种方法我也是第一次听说，应该是林教官动用了自己处长的权力，设立的全新计划。"

"他不将番号和资源让出来，就算我们完成了所有条件，也不能成为真正的特殊小队……"方沫长叹一口气，"他这么做，都是为了我们。"

"原来如此……倒也是个好方法。"吴老狗微微点头。

林七夜与沈青竹对视一眼，嘴角浮现出一抹笑意。这个计划，确实是林七

- 103

夜提出的,既然他现在已经是特殊行动处的处长,那有些东西,他确实有制定与修改的权力,左青让他接管特殊行动处,也包含了这份深意。这个计划无论是对"夜幕"还是"假面",都是最好的选择。"那么接下来,我简单地分配一下未来一段时间内,各个特殊小队的职权变动与工作分配……"林七夜按照流程,将文件分发给在场的两支特殊小队与一支预备队。所有特殊小队,本就该由特殊行动处的处长统一调动,当年林七夜等人的任务,也都是左青发布的,而现在,林七夜就成了给其他小队发布任务的人。

"等等!"夏思萌翻完资料,猛地抬起头,"林……林处!这不公平啊!为什么我们小队的工作量最大?"

林七夜眉梢一挑,无奈地开口:"这也是没办法的事情,'灵媒'小队已经踏入天花板境界,需要同时兼顾迎战外神与战争关隘的驻守,预备队实力又尚且不足……只有你们'凤凰'小队有足够的人手与时间,进行大夏境内的'神秘'清扫。"

"这,这……"夏思萌的脸已经垮成了苦瓜,她这么大费周章地过来,就是为了讨好林七夜,看看能不能给他们安排点轻松的工作……这下倒好,直接一跃成了劳模。

"林处,我们其实可以分担更多的任务,再危险一点的也可以。"另一边,方沫认真地开口。

"这些任务对你们来说,已经足够危险了,饭要一口一口吃。"林七夜摇了摇头,"这件事,就先这么定下了,我和沈副会替'凤凰'分担一些压力,你们也不用太担心。"

夏思萌苦着脸,长叹一口气。

"今天的会议就到此为止……如果没什么问题的话,就散会吧。"林七夜停顿片刻,"'凤凰'小队留一下。"

听到后半句话,夏思萌心里突然"咯噔"了一下,有种小时候上学被老师指名留堂的感觉……她有点心慌。随着"灵媒"与第六预备队的离开,整间会议室中,就只剩下林七夜、沈青竹二人,与披着金色斗篷的"凤凰"小队。"林处,我知道在会议室抽烟不对,以后我一定……"不等林七夜开口,夏思萌就低着头开始承认错误,态度诚恳,语句流畅,节奏稳妥,一看就有丰富的承认错误经验。林七夜愣了半晌,哭笑不得地开口:"夏队长,你想多了,我留你们是单独有事情要问你们。"他取出一份档案,递到"凤凰"小队的众人面前,夏思萌终于松了口气,好奇地翻阅起来。"六年前,有一个叫克洛伊的少女,和一个浑身笼罩在烟霾里的男人,跟叶梵司令面谈后进入了大夏境内……这份档案上记载,当时护送他们进出的,就是'凤凰'小队?"

"他们啊。"夏思萌点点头,"没错,不过当时我还不是队长,封姐姐才是。"

"关于他们,你知道多少?"

夏思萌苦苦思索片刻，说道："那个男人很强，至少是主神级，就像是鬼魅一般，若是他收敛气息，我们所有人都感知不到他……他的目光很犀利，像是猎人，让人不寒而栗。那个少女……嗯……长得很漂亮，一头火红色的头发，皮肤很白，身材火辣，至少有C，甚至可能到了D……"

"等等，我没问你这些。"林七夜及时打断夏思萌，"其他方面呢？"

"其他方面，我就不清楚了……我感知不到她的境界，她也不怎么跟我们说话，只是偶尔笑一笑。"

"他们在大夏境内，做了什么？"

"他们就在大夏境内逛了逛，像是在找什么东西，七天的时限到了就走了。"

"找东西？"林七夜陷入沉思。现在基本可以确定，当年拜访大夏的，就是27号和他一直在寻找的红发少女克洛伊，只是他们在回归迷雾后，又发生了些什么，然后克洛伊就失踪了。原本林七夜以为，克洛伊可能是27号在这个时代的老相好……可从这两天收集到的线索来看，这件事也许没这么简单。传说中的序列001，耶兰得的代理人，还和古老的祖神一起行动，甚至在汉代的古卷中都有记载。这个少女的身上，充满了未知的迷雾，而且林七夜总有种感觉，这少女也许和自己体内的小男孩也有关系……他们同时出现在汉代古卷中，应该不只是个巧合。"行，我知道了。"林七夜点点头，"你们先回去吧。"

夏思萌嘻嘻一笑，正欲转身离开，随后像是想到了什么，从身后抽出一条包裹着大红塑料袋的软中华，鬼鬼祟祟地递到林七夜面前："林处，这是我们的一点心意……您收下吧！"

1603

五分钟后。夏思萌垂头丧气地打开会议室的门，长叹一口气，脸色有些憔悴。

"队长……你也别太难过，说不定是林处不喜欢软中华呢？"一位"凤凰"小队的队员开口安慰道。

"是啊队长，我感觉林处人挺好的，就算咱没送出礼，他也会关照我们的，最多就是不能自己给自己批假条……其实你不用太担心。"

"说起来林处的脾气确实不错，只是提醒了队长几句，要是换成左司令……啧，估计不骂个半小时，我们都出不来。"

"……"

众人你一言我一语地说着，不知不觉就到了守夜人的总部门口。夏思萌走到商务车前，回头看了眼总部，面带歉意地开口："抱歉啊……我没能给大家争取来假期，还接下了一堆任务，还害得你们跟我一起被说了好几分钟……是我太没用了！对不起！！"夏思萌披着金色的斗篷，猛地一个鞠躬，给"凤凰"小队的成

-105-

员吓了一跳。

"队长，队长！你这是做什么。"童晟急忙把夏思萌扶起来，"我们又不会怪你……再说了，林处安排的任务本来就是我们应尽的职责，少休息几天也没什么的。"

"是啊是啊……"众人连忙应和。

夏思萌顶着泛红的眼圈，无奈地摇了摇头，转身回到车中，随着众人入座，车辆缓缓驶离总部门前。

楼上。沈青竹的手指从百叶窗上放开，收回了俯瞰一楼的目光，叹了口气。

"怎么样？"林七夜坐在会议室的主座上，问道。

"情绪有些低迷，不过问题不大。"

"拽哥，是不是刚刚我说得太过了？"

"不，你说得恰到好处，太轻的话，容易让别人以为守夜人是可以靠贿赂获得好处的地方……不过这夏队长倒也单纯，不像是有恶意的样子，就是不知道从哪里偷学来的这招……难道是驾校？"

"以前接触得不多，现在看来，这'凤凰'小队倒也有趣。"林七夜轻笑一声，"而且，她还弄错了贿赂的对象。"

"别看我，送我我也不要。"沈青竹默默从口袋中掏出一根烟叼在嘴角，手指一搓将其点燃，淡淡道，"我抽黄鹤楼的。"

林七夜和沈青竹对视，同时一笑。

"所以，林处，接下来我们要做什么？"

"我要去找路先生。"

"路无为？找他做什么？"

"请他找个人。"

沈青竹点了点头，正欲跟林七夜离开，突然停下脚步。他往走廊另一边望去，一个身影迅速躲到墙角后，假装什么都没有发生过。"乌泉。"沈青竹无奈地开口。听沈青竹叫他，乌泉才低头从墙角走出来，一言不发。"不是已经把你送上回斋戒所的飞机了吗……你又跳机了？"

"嗯，他们拦不住我。"

沈青竹哑口无言，面对自己这个倔强的弟弟，他真是不知如何是好。

"青竹哥，你也觉得我罪无可恕吗？"乌泉看着沈青竹的眼睛，这个少年在面对"神秘"与林七夜时都不曾流露过胆怯，面对这个男人，却充满了惶恐与担忧。

"有没有罪的问题，我们暂且不论……你跟着我们，太危险了。"沈青竹说的是实话，乌泉虽然是"克莱因"境，但对于他和林七夜所要面对的层次来说，还是太弱了，更何况他还只是个十五岁的少年，带着他到处跑，让沈青竹如何心安？

"我不怕危险。"乌泉认真地开口，语气中带着一丝恳求，"哥，离开了孤儿院，

- 106 -

你就是我在这个世界上唯一的亲人了……我不想一个人待在安全的地方,只要能跟在你的身边,战死我也不怕!"

"你……"沈青竹张了张嘴,想说些什么,可看到乌泉的神情,又一句硬话都说不出来。他在原地沉默许久,还是回头看向林七夜,想要征求他的意见。

"其实,一直让他关在斋戒所里,也不见得是好事。"林七夜思索片刻,"'支配皇帝'的寿命极短,很难活过二十岁……既然他这么想跟着你,不如就给他一个戴罪立功的机会,对他,对大夏,都是好事。"

"斋戒所那边,能答应吗?"

林七夜笑了笑:"你忘了我的身份吗?从斋戒所里把他保释出来的权力,我还是有的。"

乌泉见此,脸上终于浮现出喜色,他深深地对林七夜鞠了一躬:"谢谢七夜哥!"

"嘀嘀嘀——"电瓶车的喇叭声响起,一束车灯的光亮划破沉寂的夜色,照亮了街道的一角。在街道的边缘,两个披着深红色斗篷的身影,已经等候许久,在他们身后还站着一个身形单薄的少年。那辆电瓶车缓缓减速,最终停在三人身前,路无为摘下头盔,对着为首的青年笑道:"恭喜啊,听说你晋升到高层了?"

林七夜苦涩地笑了笑:"路先生,您别打趣我了,如果可以,我倒希望一辈子当个特殊小队的队长……"

"对了,找我有什么事?"

"我希望您能帮忙找个人。"

"谁?"

"克洛伊。"

"克洛伊?"路无为喃喃念着这个名字,似乎并没有听说过,"是个外国人?"

"应该是。"

"看来是个海外订单啊。"路无为叹了口气,"行,反正我最近也没什么活……你们要跟我一起去吗?"

"我们就不去了,要是有什么消息,您回来通知我就好。"

林七夜现在没有筋斗云,想跟着路无为一起走,除非坐在他电瓶车后座……可就凭路无为的车速,一个人进迷雾找人至少也得半个月,再加上林七夜,估计没一个多月回不来。林七夜才刚刚接手处长的职务,事情繁重,根本没有这么多时间,最好的方法还是让路无为独自来回,时间上更快。

"行,那我现在就出发。"路无为用笔在订单上写下"克洛伊"三个字,便对着林七夜等人挥了挥手,骑车消失在夜色之中。

1604

迷雾。

海浪拍打着狭长的山谷，发出雷鸣般的巨响，灰蒙蒙的世界中，两道身影缓缓走出。"这就是你选的位置？"黑色的兜帽下，安卿鱼的脸微微抬起，没有了那副文气的黑色镜框，气质有些冷峻。

"没办法，尼古拉斯布置的地狱被人毁了，我们只能重新开辟一个空间。""混沌"耸了耸肩，黝黑的面孔上浮现出无奈之色。"混沌"抬起手掌对着峡谷中央，轻轻一握。无形气浪挤压散开，峡谷中翻腾的海浪骤然停滞，下一刻，整片狂风呼啸的海域都平寂下来，像是一块深绿色的镜面，倒映着峡谷两侧的崎岖。随着"混沌"落在海面之上，一道涟漪轻轻荡起，化作一个搅碎镜面的漩涡，一直向幽深的海底延伸，看不到尽头。他拎着"黑山羊"的残躯，身形轻轻一跃，消失在漩涡之中，安卿鱼灰色的双眼微眯，同样走进漩涡之中。深海的漩涡在安卿鱼周身掠过，片刻之后，他们的身形诡异地从另一处颠倒的海面飞出。迷雾、海面、峡谷，一切都与现实中的海面一样，唯一的区别在于，这里的世界没有日月，混沌的天空压在海与山峡之上，给人一种沉闷的压迫感。

"你创造了一个镜像世界？"安卿鱼眼眸深处的灰色一闪，瞬间解析了这方世界。

"当然。""混沌"轻笑道，"'黑山羊'就剩半口气，在'门之钥'复苏之前，你除了向真理之门献祭也发挥不出多大的作用，我还没恢复到巅峰实力，要是被他们联手围剿，也是桩麻烦事。虽然这里不如真正的神国，但极难被发现，可以供我们慢慢休养。"

安卿鱼点点头，目光扫过眼前这两座高耸对立的黑色山峰，独自向其中的一座山峰走去。"井水不犯河水，这一半是我的。"

"混沌"见此，眉梢一挑："等等。"安卿鱼停下脚步，皱眉回头望去。"你要那一半，当然没问题，不过你最好给我一个准信，'门之钥'，什么时候能复苏？"

"真理之门修复的程度还不够，还要一段时间。"

"一段时间，是多久？"

"四五年吧。"

"你在跟我开玩笑吗？""混沌"眯着双眼，黝黑的面孔上浮现出一抹森然之意。安卿鱼与他对视许久，缓缓开口："你觉得，我像是在开玩笑吗？"

话音落下，海峡中的气氛瞬间凝固。

"那些米戈呢？它们不是可以献祭生命，加快'门之钥'的复苏吗？"不知过了多久，"混沌"开口道。

"你以为米戈的数量是无尽的吗?"安卿鱼反问,"它们是我忠实的信徒,为了加速'门之钥'的苏醒,已经献祭到近乎灭族,剩下的那些就算加起来,也推进不了多少。如果你觉得我在骗你,大可以直接杀了我,看看'门之钥'还有没有复苏的可能?"安卿鱼的话语越发凛冽,一道寒风吹过峡谷,将那件黑色的袍衣吹得猎猎作响。"混沌"的眉头紧紧皱起,他眯眼看着安卿鱼,像是想直接洞察他的想法,但在那双灰眸的注视之下,根本起不到任何作用。许久之后,他缓缓开口:"四年,四年之内,我必须看到'门之钥'复苏……"安卿鱼没有回答,他双手插在黑袍中,转身消失在一侧的海峡之中,翻卷的灰雾像是龙卷风般将这半边海峡笼罩其中,像是一面密不透风的墙。"混沌"收回了目光,同样回到自己的海峡之中,盘膝坐在一块巨石上,手掌摊开,一座病院的微缩模型出现在他的掌间。"接下来,就是彻底掌控你了……"

诸神精神病院。地牢。原本空荡无人的牢房,此刻已经关满了一个个青色的身影,阿朱蜷缩在潮湿的地面之上,脸色苍白,像是睡着了一般。在他对面的牢房中,一个浑身是血的身影,正倚靠在墙壁上,不知是死是活。"总管,总管……"一个声音从隔壁传来。那浑身是血的身影猛地睁开眼睛,回头对隔壁牢房做了个噤声的手势:"小点声!那家伙能听见!"隔壁的声音顿时消失,片刻之后,一只手从围栏中探出,蘸了些水,在地上写起来。

总管,阿朱要被饿死了。

看到这行字,李毅飞满是血污的面孔,微微一颤,叹了口气后,伸手写。

我们的灵魂已经签给了七夜,有这座病院庇护,我们就算死了也能复活……最多就是会承受一些痛苦。

正如面板上写的那样,"作为被你亲手杀死的神话生物,你拥有决定它灵魂命运的权力",杀死他们的是林七夜,聘用他们为护工的也是林七夜,就算"混沌"现在掌控了病院的一部分,也没法决定他们的生死,所以只能将他们关在地牢之中。

总管,这日子什么时候是个头?

看到这行字,李毅飞摇了摇头,继续写。

不知道。

要是等他彻底掌控了病院，我们是不是就要神魂俱灭了？

不知道。

院长会来救我们吗？

李毅飞没有回答，他的脑海中，浮现出林七夜的灵魂被"混沌"打出身体的情景……照当时的情形，林七夜是否还活着都不好说。谁又能想到，看起来最和善可亲的耶兰得，竟然是"混沌"变的呢？难道，他们除了在这里等死，就什么也做不了吗？李毅飞的拳头紧紧攥起，不甘与愤怒充斥着他的内心，他抬起那只满是血痂的手，重重地砸在围栏之上，围栏却纹丝不动。不知过了多久，黑暗中，李毅飞苦涩地叹了口气……饥饿与疼痛逐渐占据他的脑海，他的意识模糊起来，他知道，他离这一次的死亡也不远了。恍惚间，他好像做了一场梦，他看到一个穿着汉代儒服的青年，向他缓缓走来……那青年在自己身前蹲下，轻拍了拍他的肩膀，笑道："回应'圣约'的时候到了……李毅飞，别忘了那位大人托付给你的使命。"在李毅飞双眼即将闭起的瞬间，他看到一抹影子从青年掌间，滑入他的手中……那是一枚白色的棋子。

1605

黑暗中，李毅飞的双眼骤然睁开！他躺在地牢的地面，胸膛剧烈起伏着，他挣扎着坐起身，确认自己又活过来之后，长舒一口气。自己还活着，意味着外面那个克系神还没彻底掌控这座病院。"是梦吗？还是……"李毅飞回想起刚刚濒死时遇到的青年，眼眸中浮现出不解之色。就在这时，他撑着地面的手像是触碰到什么硬物，抬起手，只见一枚白色的棋子正静静躺在地面。李毅飞眼眸微微收缩，他将这枚棋子捡起，放在掌心端详起来……这枚棋子和普通围棋并没有什么两样，硬要说的话，也许是入手的触感更加温润，即便在这潮湿的地牢，也没有丝毫的凉意。这枚棋子是真的，也就是说……那并不是一场梦？可自己为什么无缘无故梦到一个古人？"圣约"是什么？自己似乎也没答应过什么人，哪里来的使命？李毅飞疑惑之际，掌间的棋子突然裂开一道缝隙，一滴鲜血自棋内流淌而出，与他手上的血迹融为一体，滑落在牢房的地面。一道呢喃声自李毅飞耳畔闪过。谁？！李毅飞猛地转头，两侧的牢房没有丝毫声音传出，但那声音依然回荡在他的耳畔。李毅飞像是意识到了什么，低头看向脚下的地板……

"是你……"他喃喃自语。李毅飞早就知道，这座病院是有自己的意识的，无论是倪克斯还是梅林，都在出院前跟这座病院的意识交流过，只不过也许是他的灵魂太弱，也许是缺了些什么，他虽然管理了这座病院这么久，依然没有跟它交流过。现在，他竟然听到了这座病院的声音？一道道呢喃传入李毅飞耳中，他努力地想要听清那些声音背后的意思，不知过了多久，他的眼眸中逐渐浮现出震惊之色。他双唇开合，却没有发出任何声音：你是说，其实七夜是……

李毅飞眼眸中的震惊逐渐退去，他继续无声地说了些什么，像是在和这座病院对话，随后重重点了点头。他将手掌贴在地牢的地面上，一道道好似血管的纹路自地牢下延伸出，钻入李毅飞体内，他闷哼了一声，眼眸中流转出一抹奇异光芒。这一刻，无数的思绪涌现在他的脑海中，梅林曾经与他的对话，再度回响在他的脑海中。"你早就预见了吗……梅林阁下？"李毅飞喃喃自语。他缓缓低下头，看着掌间那枚碎裂的白色棋子："'圣约'……"

……

十日后。大夏，长锡市。

"轰——"惊天动地的爆鸣自一座摩天大楼中央响起，一道百余米长的巨影自天空砸落，重重摔在无人的街道之上，滚滚浓烟瞬间弥漫大地。一个披着深红斗篷的身影，瞬间自大楼中弹跳而起，化作一道红芒掠过虚无，一拳砸在那巨影表面！沉闷巨响再度响起，周围的地面骤然塌陷，无形气浪席卷数公里，将远处几个披着暗红色斗篷的身影吹得东倒西歪。

"我去，这真是人类能打出来的力量吗？"

"怎么感觉这'克莱因'境'神秘'的实力这么弱……队长，你不会是报错等级了吧？"

"放屁，'无量'境跟'克莱因'境老子还分不清了？！那东西绝对是'克莱因'境，否则我们也不至于向总部求援……"

"那位是守夜人的高层吧？我以为来的会是某个特殊小队。"

"据说是因为'凤凰'小队的行程太满，这位林处亲自过来帮忙……对了，你知道'夜幕'小队吗？这位可是曾经'夜幕'小队的队长！"

"怪不得强得离谱……"

沈青竹站在这些守夜人身边，不紧不慢地在狂风中点起一根烟，望着远处那徒手暴揍"克莱因"境的身影，一言不发。等远处再度传来两声轰鸣，他便轻轻吐出一口白雾，转身向楼下走去："结束了，让后勤部来扫尾吧。"

"结……结束了？"驻长锡市守夜人小队，脸上同时浮现出错愕之色，他们回头看向战场，果然已经陷入一片死寂。那才几秒钟，就徒手捶死了一只"克莱因"境"神秘"？！众人向战场的方向赶去，林七夜已经从烟尘中走出，浑身上下干净整洁，丝毫没有大战一场的痕迹。

"林处，已经解决了？"驻长锡市队长赵柏平问道。

"嗯。"林七夜微微点头，"让后勤部的去收尾吧，这次'神秘'降临的地点在市区，记得做好建筑修复工作。"

"是！"赵柏平顿了顿，"林处，您要不要去我们驻地休息会儿？天色已经不早了。"

"不用了，我还得赶回去处理公务，你们忙吧。"

林七夜摆了摆手，径直向军用机场的方向走去，沈青竹掐灭烟头，紧随其后。

"另一只处理完了？"林七夜问。

"我让乌泉去处理了，也已经结束，现在去飞机上会合。"

"唉……"等到走远，林七夜才伸展双臂，面露疲惫之色，"这差事还真不好做……相当于在干特殊小队的活的基础上，又加了一堆文职。"

"徒手揍'克莱因'境'神秘'不爽吗？"

"爽是挺爽……我已经基本上掌握这副身体的力量了，不过不能用禁墟，还是有些不习惯。"林七夜叹了口气。沈青竹微微点头："上飞机后先休息休息吧，那些文书工作，我可以替你分担点。"

林七夜笑了笑，正欲说些什么，突然抬头看向头顶。

"怎么了？"沈青竹问道。

"拽哥，你刚刚有没有看到，我头上好像飘过去什么东西？"

"没有。"

"奇怪，难道是我眼花了？"

林七夜仔细凝视头顶虚无片刻，确实没有别的东西，便继续跟沈青竹向前走去。

"对了，刚刚路先生来电话了。"

"嗯？"林七夜脚步一顿，"他找到克洛伊了？"

"找到了，不过，她的情况有些复杂……"

1606

林七夜和沈青竹回到机舱，乌泉已经等候多时。"青竹哥，我把那个'神秘'干掉了，还支配了它的身体！"乌泉见两人回来，眼前顿时一亮，语气中带着一丝炫耀。

"嗯，不错。"沈青竹摸了摸他的头，微微一笑。

林七夜在座位上坐下，继续问道："你刚刚说，情况复杂？"

"他找到了克洛伊的位置，但是有别的势力封锁了那一片区域，没法见到她本人。"

"别的势力……"林七夜思索片刻，"奥林匹斯？"这个时候在海外，应该只有奥林匹斯一个神国存在，能够封锁克洛伊的，林七夜只能想到希腊众神。

"不，不是一个神国。"沈青竹摇了摇头，"好像是个叫'圣裁骑士团'的组织。"

"'圣裁骑士团'？"听到这个名字，林七夜觉得有些耳熟，认真回想了一会儿，终于想起来在哪儿听说过这个组织。当年他刚抓住贝尔·克兰德的时候，就听它描述过迷雾中的情景，而它之所以一路逃亡到大夏，就是因为被这"圣裁骑士团"追杀，当时林七夜还十分震惊迷雾中竟然还有人类存在。

"他们抓住了克洛伊？她还活着吗？"

"应该还活着，如果搜索的目标死了，路先生会知道的。"

听到这儿，林七夜松了口气。他转头看向机舱的角落，对着一片虚无，开口道："这个骑士团，你有了解吗？"

"你在跟谁说话？"乌泉见林七夜对着空气说话，突然一愣，以为他的精神病又犯了。没等林七夜回答，机舱的角落便突然浮现出一团烟霾，一个戴着宽大兜帽的身影勾勒而出，鬼魅般站在距离众人不过三米的地方。看到这身影的瞬间，乌泉和沈青竹瞳孔同时收缩！这身影就藏在距离他们如此近的地方，他们竟然到现在都没察觉，乌泉就算了，沈青竹对现在自己的实力还是有些自信的，这个身影的出现，直接让他汗毛倒立。

"不用紧张，这位是祖神。"林七夜眼看一股神力自沈青竹体内爆发，连忙开口劝道。

"祖神？那是什么？"

"……一会儿再跟你解释。"

27号双手环抱身前，诧异地看着林七夜："你是怎么发现我的？你应该没有禁墟了才对。"

"直觉。"林七夜笑了笑，"在天庭跟'混沌'一战后，我就没见到你，你想找人，又不可能一直跟大夏神待在一起，我就猜你或许一直跟在我身边。"

"你猜得没错。"27号缓缓开口，"'圣裁骑士团'……我也没听说过。"

"那你知道，他们为什么要掳走克洛伊吗？她有什么特别之处？"

27号兜帽下的眉头微微皱起，他思索片刻后，凝重地开口："我不认为这个世界上，有人能掳走她。"

"为什么？"

"她很强。"27号郑重地开口，"只要她合理地运用力量，她就是'全能'的化身，无论是人还是神，都没法用蛮力将她掳走或囚禁。"

"你的意思是……她是自愿留在骑士团的？"

27号低着头，不知在思索着什么。许久后，他抬头问沈青竹："那个骑士团，在哪里？"

"路先生标记了地图，发了电子档过来，在七夜的手机里。"林七夜打开手机看了一眼，跟之前贝尔·克兰德的描述一样，骑士团的位置就在伦敦附近。

"把地图给我吧，我去找她，这样一来，我们的契约就算完成了。"27号对林七夜伸出手。

"不，我们也去。"

"你也去？你不是很忙吗？"

"有些事情，我想问问她。"林七夜的脑海中，再度浮现出那个小男孩的面孔，以及那两份自己没有权限的汉代档案。在过去的十天里，他也给左青打过电话，问那两份文件的情况，不过左青一直态度含糊，似乎不愿多透露些什么，既然如此，林七夜只能自己去寻找线索。他有种预感，这个名为克洛伊的少女，一定与自己体内的神秘小男孩有关系。

"而且我们不用骑电瓶车，坐船的话，两三天就能到，来回也不会耽误太久。"林七夜掏出手机，"你们等一下，我去打几个电话，让他们备船。"林七夜转身离开机舱，几分钟后，便快步走了回来。"去沉龙关。"他对驾驶员说道。

飞机载着四人迅速飞起，消失在东方的天空尽头。

大夏。总司令办公室。

左青挂断电话，看着窗外灰蒙蒙的天空，无奈地叹了口气。"他还是去了吗……罢了，也是早晚的事情。"左青在办公椅上独坐片刻，站起身向外走去，穿过人来人往的走廊，坐上电梯，径直到了档案室所在的楼层。这个楼层就几乎没有什么人，他穿过满是尘埃的金属架，最终在一面灰暗的墙体前停下脚步。他伸手在墙角轻轻一擦，一道道纹路自墙面亮起，只听一声轻响，一个充满科技感的银色盒子自动弹出，微光扫过他的眼球，冰冷的电子声响起："最高权限核验通过。"随着墙体的打开，左青的身形步入其中，一间洁白狭窄的密室出现在他面前，在这座密室的中央，一个陈列着众多档案的金属架孤零零地屹立着。这里，是只有守夜人最高权限才能阅读的档案室，而在这个金属架的角落，便陈列着一卷来自汉代的羊皮卷。左青将这卷羊皮卷取下，随后又取走了金属架最上层的某份档案，他走到密室角落的书桌前，打开台灯，将这两份档案同时打开，翻到了某一页。在这两份不同的档案中，出现了同一个词语，左青的目光停留在某个被标红的词语之上，眉头微微皱起——"圣约"。

左青的指尖摩擦档案，喃喃自语："'圣约'，究竟是什么……"

1607

迷雾。

一艘探索船划过平静的海域，径直向迷雾深处驶去。林七夜站在探索船的船头，迷雾翻卷过他的身形，原本明媚的日光逐渐昏暗，只剩探索船的灯光刺破迷雾，延伸至远处的海面。这艘探索船林七夜十分熟悉，上次出海去寻找"约柜"的时候，坐的就是这艘船，后来他们从地狱归来后，大夏又派人把它捞了回来。回忆翻涌在林七夜的心头，他长叹一口气，正欲转身，一道微光从他的头顶一闪而逝。他抬头望去，上方除了朦胧灰雾，什么也没有。"难道，我真留下后遗症了？"林七夜疑惑地喃喃自语。从前天算起，这已经是他第三次幻视，这不由得让他怀疑是不是自己的灵魂与身体没完全适应，让感官有些紊乱？

就在林七夜思索的时候，27号缓缓从身后走来。

"还剩多久？"27号问道。

"我们已经行驶了一天半，应该快到了。"

27号点点头："你之前说，有事情想亲自问克洛伊，究竟是什么事？"

林七夜犹豫片刻，还是开口道："我想知道，她为什么会出现在汉代的档案里……还有，她跟我有没有关系，或者说，以前是不是见过？"

"前面一个问题，我现在就能回答你。"27号缓缓说道，"她会出现在你们汉代的档案里并不奇怪，因为当年的她是西方圣教的传教士，替圣主行走四海，散播教义……不光是汉王朝，世界各地都有她的足迹。"

"汉代的时候，她就是耶兰得的代理人了？"林七夜诧异地开口。

"没错。"

"可她怎么能活这么久？"

"她跟时光立下约定，岁月不会在她身上留下痕迹，自然是不会衰老的。"

"跟时光立下约定？"林七夜震惊地张大嘴巴，"这是什么能力？"

"很神奇，对吗？"27号笑了笑，"我第一次遇到她的时候，也被震撼到了，她能做的事情，远比这要多……虽然她没向我解释过她的能力，不过同行了这么久，我大概也能猜出来。她能跟世间的任何东西缔结'约定'，而这种'约定'一旦成立，就必然会履行。她曾和风立下'约定'，风便伴随在她的周围，成为她永恒的庇护；她与火立下'约定'，火便成了替她杀敌的武器；她与濒死者立下再见的'约定'，无论尸体腐烂多久，到'约定'生效的那一天，亡者都会重生……"

"死者复生都能做到？"

"没错，所以我说，只要她合理地运用能力，她便是'全能'的化身。"27号顿了顿，"当然，这些都是要付出代价的。"

"代价是什么？"

"我不知道。"

林七夜忍不住感慨："真是变态的能力……这就是001吗？"

"这能力虽然强大，但并不是她真正厉害的地方。"27号认真地说道，"她有一种非常特殊的体质，能够随着时间的流逝，逐渐改变周围人的信仰。"

"改变信仰？信什么？"

"信仰她。"听到这个回答，林七夜愣在了原地。"她长时间留存的地方，无论是草木、动物，还是人类，都会被她所吸引，成为她虔诚的信徒，将她当作信仰与神明供奉。"

林七夜张大嘴巴，许久之后才回过神来："怪不得能当西方圣教的传教士……有这个能力在，为圣教吸纳信徒未免也太容易了。"这个能力，加上与时光立下的"不老约定"，这位红发少女简直就是信仰收割机器，只要给她足够的时间，她甚至可以将全世界的生命都变成她的信徒。无论是改变信仰的力量，还是那神秘的"约定"之力，都不是林七夜所认知的任何一个禁墟与神墟能比拟的……也许，这就是她成为 001 的原因。

"那你和她，究竟是什么关系？"林七夜纠结许久，还是小心翼翼地问道。

"不是你想的那种关系。"27 号摇了摇头，"七八年前，我以刺客之神的身份在迷雾中行走的时候，无意中碰到了她，她的力量让我十分惊讶，当时我便认为，她的力量也许是拯救这个世界的关键。"

"拯救世界？"林七夜不解问道，"哪一方面？"27 号伸出手，指了指脚下死寂的大海，又指了指头顶灰蒙蒙的天空。林七夜怔了半响，猜到了 27 号的意思，震惊地开口："这，真的能做到吗？"

"我也问过她……但她只是笑了笑，没有回答。"27 号叹了口气，"后来她邀请我与她同行，说早晚有一天，会让我看见我想看到的……我就答应了。"

"怎么听起来这么玄乎？"

"她很神秘，无论从哪一个方面……"27 号继续说道，"因为这个约定，我与她同行了大概三年，直到五年前她突然消失，我就开始满世界地找她。"林七夜点了点头，后面的事情，他已经基本上了解了。"你想知道的事情，我已经都告诉你了。"27 号转头看向他，"我也有一个问题。"

"什么？"

"那座病院。"27 号的目光逐渐严肃起来，"'混沌'从你体内拿走的那座病院，究竟是什么？"

林七夜微微一怔，犹豫许久后，还是简单地将病院的存在说了一遍，但是省去了其中大量的细节，包括治疗其他病人的过程，以及抽取能力的过程。27 号听完之后，眉头微微皱起："你的意思是，'混沌'伪装成第六间病房的病人，一直藏在你的脑海里？"

"没错。"

"你刚刚说，越往后的病房中，病人的神性越弱……对吗？"

"嗯。"

27 号踱步许久，像是想到了什么，微妙地看了林七夜一眼。"怎么了？"林七夜疑惑地问道。"你难道没想过一个问题吗？"27 号缓缓开口，"既然'混沌'是伪装后藏在第六间病房的……那这间病房里原本的病人呢？"林七夜愣在原地："原本的病人？"

"你说，那个房间的门牌上，原本是个'？'，对吧？"27 号摊开手，"这不就意味着，这间病房其实原本是有一个病人的吗？"

这句话落在林七夜的耳中，宛若惊雷。第六间病房……原本是有一个病人的？林七夜压根就没想过这个可能性，"混沌"的存在直接误导了他的思绪，让他以为，第六间病房里本就是"混沌"……可事实上，"混沌"伪造的门牌掉落后，确实露出了一个图案。林七夜本以为那个"？"代表没有病人，可仔细一想，如果没有第六个病人的话，门牌应该是空的才对。那这座病院里原本的第六位病人，究竟去了哪里，是被"混沌"杀了，鸠占鹊巢吗？林七夜的大脑一片空白，等他恍惚地回过神的时候，27号已经回到了船舱之中。林七夜揉了揉鼓胀的太阳穴，长叹一口气，迈步向船舱中走去。无论事实如何，病院如今都落在了"混沌"手里，就算他有心再去找第六位病人的下落，也没有这个能力了。

林七夜走进船舱的洗手间，打开水龙头，用冰冷的水流冲刷自己的脸颊，试图洗去那些乱七八糟的想法。就在这时，他的头顶，有什么东西再度一晃而过。林七夜的眼眸微缩，这次他猛地抬起头，却并没有看向自己头顶，而是直接望向了面前的镜子。那不是幻觉，他的头顶，确实有东西闪烁过去……而这一次，林七夜看清了那东西的样貌。他的瞳孔剧烈地震颤起来——

林七夜治疗进度：44%

1608

那个熟悉的进度条面板，在林七夜的头顶闪过，像是一块接触不良的屏幕，瞬间消失无踪。但林七夜清楚地知道，自己看见了什么。病院的治疗进度条？自己的头上，为什么会出现进度条？！林七夜不能理解，那闪过的进度条，就像是一柄大锤猛地砸在他的脑海，让他整个人的思绪都乱成糨糊。他有治疗进度条……那他究竟算什么？病人吗？怎么可能？如果他是病人，他为什么不在病院里？他非常清楚地记得，自己从七八岁开始，就被姨妈家收养长大，杨戬也可以证明这一点，虽然在那之前的记忆有些模糊，但绝没有进过病院的病房。更何况，自己如果是第六间病房的病人，那他是怎么出来的？怎么能在外面自由行动？不对，"混沌"好像也能在治疗进度只有0的时候，自由出入病院……但不管怎么说，林七夜都坚信自己不是精神病人，他从没有关于这方面的记忆，而且病院已经不在他手里，怎么会莫名其妙跳出治疗进度条？难道是病院本体那边，出了什么变故？

林七夜在卫生间宛若雕塑般站立许久，像是想到了什么，低头看向自己的手掌。"难道是你……"林七夜喃喃自语。林七夜的脑海中，浮现出自己每次濒死时，遇到的那个与自己几乎一模一样的小男孩的面孔……他的存在就像是个谜，林七夜本以为那只是自己濒死时的幻觉，但经历了"混沌"那件事之后，他知道那个小男孩是真实存在的。如果那进度条也是真的，那它所指向的，很可能不是自己……而是体内的神秘男孩。他才是病院真正的第六位病人？

繁杂的思绪涌动在林七夜的脑海，他恨不得立刻跳海自杀，再去见那小男孩一面问个清楚，但最终他还是忍住了这个冲动。先不说以他如今的肉身，跳海还会不会溺死，就算他真的死了，万一见不到那个男孩，那岂不是亏大了？林七夜纠结许久，还是叹了口气，从卫生间走出。

就在这时，一个身影险些迎面撞上。"乌泉？"

"七夜哥，我正找你呢。"乌泉指了指甲板的方向，"我们快到了。"

林七夜"嗯"了一声，抹去脸上残余的水渍，径直向驾驶室走去。正如乌泉所说，朦胧的迷雾之中，陆地的轮廓若隐若现，无数船只残骸漂浮在海岸线边缘，一条宽阔的河道径直延伸向陆地深处。"最多还有一个小时，就能到伦敦附近。"沈青竹单手掌舵，说道。

"船能直接开进去？"

"可以。"

探索船随着河道逐渐前行，死寂的夜色被灰雾掩埋，借着船上射出的灯光，能勉强看清两侧河岸上的城市残骸，像是一座矗立在雾中无数岁月的陵墓。隐约间，一道横跨河面的巨影，出现在众人的视野中。

"泰晤士桥。"林七夜的目光从地图上挪开，一点点环顾着周围沉寂的废墟，"看来，我们已经到了……"

"不是说这里还有人类居住吗？怎么一点痕迹都没有？"乌泉疑惑问道。

"也许他们根本就没有住在地表，这些迷雾虽然相对百年前削弱了许多，但对普通人来说也是致命的。"林七夜开口解释。

"那我们该怎么找？伦敦的范围可不小。"

林七夜看着手中的地图，无奈地叹了口气。可惜现在他没法召唤出旺财，否则还能把贝尔·克兰德喊出来让它带路，能省下不少麻烦。"把船停好，我们先上岸吧。"

探索船在沈青竹的操控下逐渐靠岸，四人踏上这片废墟大地，沿着崎岖不平的道路，向前方走去。不知过了多久，林七夜在一片相对宽阔的空地上，停下脚步。

"我们不找了吗？"乌泉问道。

"找他们太麻烦，既然这'圣裁骑士团'就在伦敦，不如让他们主动来找我们……"深红色的斗篷下，林七夜的拳头逐渐握紧，噼里啪啦的爆鸣自他体内的骨骼传出，整个人的气势急速飙升！看到这一幕，沈青竹的脸色一变，像是想到了什么，拉着乌泉默默往后退了数百米。只见林七夜后撤半步，右拳高高抬起，仅是这一个动作，便卷起一阵呼啸的狂风，将斗篷吹得猎猎作响！下一刻，那拳头划破虚无，将空气搅成扭曲的旋涡，猛地砸落在地！"咚——"平地雷鸣响彻废墟，整座伦敦市猛地震颤，一道肉眼可见的力量涟漪横扫数十公里，将四人周围尚且残立的建筑彻底轰塌。乌泉只觉得眼前一花，飓风卷着他的身体便要腾空而起，他不得不动用"支配皇帝"的力量强行操控自己的身体，才稳在地面。

"这阵仗……会不会太夸张了？"乌泉用手臂挡住眼睛，忍不住开口道。

"怕什么。"沈青竹淡淡道，"今天就算至高神来了，也奈何不了我们。"

沈青竹话语间流露出的霸道，让乌泉不由得心中一喜……果然，青竹哥还是那个青竹哥，就算外表看起来内敛了一些，内心依然锋芒毕露。但沈青竹说的也是实话，就凭他、林七夜和27号三人加起来，哪怕是面对至高围剿，他们都能全身而退，至于主神……那更是来一个杀一个。翻卷的烟尘中，那深红色的身影缓缓站直，目光眺望着远处。"嗡——"低沉的轰鸣声自远处传来，仿佛野兽的低吼，在向这里急速接近。

"他们来了。"林七夜平静开口。笼罩在大地之上的烟尘逐渐散去，十余道刺目的白光划破夜色，晃得人睁不开眼，在崎岖道路的尽头，一支重型摩托车队正呼啸着驶来。低矮的车身贴地飞行，充满线条感的外形优雅而不失凶悍，在这些摩托之上，是一个个身披重甲的白色身影，这些铠甲表面流转着淡淡的光晕纹路，散发着神秘气息。

"嗯？"看到这些铠甲的瞬间，27号的双眼微眯起。

"骑士，原来是骑摩托的？"乌泉眉梢一挑。

"这里是迷雾，血肉之躯的马根本没法存活，他们能骑的，也只有摩托了。"沈青竹不紧不慢地从口袋中掏出一根烟点燃，注视着那些逐渐停下的摩托，忍不住夸赞了一句，"别说，还挺帅的。"

1609

摩托车停在深坑之前，为首的身影翻身下车，铠甲下的目光看着深坑中央的林七夜，眉头微微皱起。

"还以为是出现了'克莱因'境以上的'神秘'，没想到竟然是人类……"

"人类，真的能有这么恐怖的力量吗？"

深坑之中，那披着深红色斗篷的身影，缓缓向众人走去，看到他的动作，在场的骑士脸色都是一变，铠甲上的纹路接连亮起，强横的气息逸散而出。

"咦？"沈青竹感知到他们的气息，眉梢微微上扬，"竟然大部分都是'无量'境气息，还有几个'克莱因'境……是那些铠甲带来的增幅吗？"

"应该是。"27号的声音响起，"那些铠甲上，有克洛伊力量的气息。"

就在众骑士蓄势待发之际，为首的骑士突然抬起手，示意不要轻举妄动。那是个身披红白色铠甲的骑士，胸前有一枚金色十字架烙印，他腰间佩带着一柄西洋长剑，整个人虽然说不上魁梧，却有种锋锐凌厉的感觉。

"你们，就是'圣裁骑士团'吧？"林七夜在他的面前停下脚步，缓缓开口道。

"没错。"那位骑士点点头，"我是查尔斯，'圣裁骑士团'的骑士长……你是谁？"

"大夏守夜人特殊行动处处长，林七夜。"

"大夏？"查尔斯诧异地开口，"就是传说中那座没有被迷雾污染的国度？"

听到这个描述，林七夜的心中闪过一抹怪异，但还是镇定地点头："没错。"

"那个国度距离伦敦可不近，你们跨越了如此漫长的距离来到这里，有什么事吗？"

"我来找人。"

"谁？"

"克洛伊。"林七夜话音落下的瞬间，骑士团众人的身体微微一震，随后他们猛地握紧手中的兵刃，铠甲之上的纹路再度亮起，森然杀意同时席卷！查尔斯的声音也逐渐冰冷起来："你们找圣女，有什么事？"

见骑士团反应如此激烈，站在林七夜身后的沈青竹双眼微眯，吐出一口烟气，便将烟头摔在地上踩碎，下一刻，一股主神级的威压骤然降临！主神的威压镇在骑士团众人心头，他们的脸色大变，下意识地向后退了半步，但片刻后，又握紧了手中的武器，重新站回原地，身上的杀意越发凌厉！

"倒是有点骨气。"沈青竹诧异开口。林七夜回头给了沈青竹一个眼神，后者立刻会意，将自身的气息收敛，与此同时，那些身体紧绷的骑士团成员终于放松下来，后背已经被冷汗浸湿。而在他们之中，只有查尔斯依然岿然不动地站在原地，没有后退半步。他看了眼沈青竹，低沉开口："竟然连神明都出动了……你们究竟想做什么？"

"放心，我们不会对克洛伊不利，只是想见她一面。"林七夜的声音放缓些许，杀威棒沈青竹已经打过了，接下来就该由他来逐步化解这些骑士的戒备，"我们的实力，你应该也看到了，如果我们有恶意，大可以直接用强……我也不会在这里好好跟你交涉了，不是吗？"

查尔斯眉头紧锁，他目光接连在林七夜四人身上扫过，不知在想些什么。许久之后，他点了点头："好，你们跟我来。"

听到这个回答，他身后的众多骑士似乎有些错愕，走到他身边正欲再劝些什么，查尔斯已经翻身骑上了摩托，轰鸣的引擎声划破夜空。其他骑士见此，只能各自回到车上，跟随在查尔斯的身后，呼啸着向伦敦某处驶去。

林七夜四人对视一眼，身形化作道道残影，紧跟其后。骑士团在废墟中穿行了十几分钟，远处沉寂的夜色中，终于浮现出一抹微弱的光芒。林七夜眯眼看去，

- 120 -

那是一座耸立的大教堂，大气磅礴的圆顶呈现在众多宛若城堡的塔楼中央，在教堂边角之上，还矗立着几尊白色石像，像是西方圣教中的人物。而那微光，正是透过这座教堂的彩色玻璃散发出来，在夜色中轻轻摇晃，像是烛火。看到这一幕，林七夜的脸上浮现出惊讶。他原以为，骑士团之所以能在迷雾中存活下来，是因为他们居住在地底，现在看来，这座教堂就是他们的容身之处……而奇怪的是，那些笼罩整座伦敦市的迷雾，竟然没有侵入教堂之内，仿佛有一道无形的屏障，将其抵挡在外。

"有点像大夏神迹之墙的微缩版。"沈青竹的目光扫过这座教堂，"看来，布置这座教堂的不是一般人……"

骑士团的摩托驶到教堂周围，缓缓停靠，林七夜正欲踏入教堂范围，脚步突然一顿，他抬头看向教堂顶端的塔楼，眼眸中浮现出不善。"放下武器，他们是客人。"林七夜正欲开口，查尔斯的声音便传出。只见查尔斯摘掉了那铠甲的头盔，露出一张沧桑的西方面孔，黑色微卷的头发在风中微微飘动，他看着教堂的几座塔楼大喊。听到他的声音，那些藏在塔楼上的骑士，缓缓收敛了气息，消失无踪。乌泉暗中抬起的手掌，也随着放了下去。

"一点常规的防卫措施，不要见怪。"查尔斯停好摩托车，走到林七夜四人面前，"走吧，我带你们进去。"林七夜见查尔斯确实没有恶意，神情放松了些许，迈步跟着他步入教堂之内。这座教堂内部的空间远比外部看起来要大，高高拱起的金色穹顶，距离地面至少有百米高，两侧重彩的绘画遍布拱形大厅，即便在烛火的微光下看不清全貌，依然能感受到其中的恢宏壮阔。大厅每隔十几米，就站着一位身披铠甲的骑士，他们见到查尔斯带人进来，先是浮现出惊讶，随后还是恭敬地行礼。

"这座教堂，是你们建的？"林七夜一边打量着两侧的绘画，一边问道。

~~1610~~

"不是。"查尔斯摇头道，"这座教堂建造于十七世纪末，在迷雾降临之后，便一直废弃在此，直到几年前圣女克洛伊带领我们来到这里，才将这里变为我们在迷雾中的栖居之所。"

"这里驱散迷雾的结界，也是克洛伊做的？"

"没错，只有圣女才能做到如此神迹。"查尔斯的眼眸中浮现出狂热的崇敬之色。

"克洛……你们圣女，是什么时候来到这儿的？"27号跟在林七夜身后，皱眉问道。

"六七年前。"查尔斯回答，"若非圣女大人，我们也许将永远被困在那座'人圈'之中。"

"你们以前是被圈养在'人圈'的？"

"没错，那是个环境极其险恶的小世界，我们只有用神兽之血沐浴肉身，才能获得力量，也只有抱团才能活下去，骑士团也是在那时候建立的。"

林七夜终于知道，这些骑士是怎么从迷雾中幸存下来的了，原来都是"人圈"中的居民，本质上和雨宫晴辉他们差不多，只不过力量体系有些不同。就在这时，他像是想到了什么："那你认识纪念吗？"

"纪念？是那个银发的少女？"查尔斯点点头，"认识，她原本想带我们去'乌托邦'，不过我们拒绝了，我们还是希望追随圣女的脚步……不过，她带走了一位我们的骑士长。"林七夜的脑海中，顿时浮现出上邪会中见过的那位金发骑士，原来他也曾是"圣裁骑士团"的一员？怪不得他只用肉身就能发挥出强大的实力。

四人跟在查尔斯的身后，在教堂中穿行了几分钟，最后在一座紧闭的大门前停下脚步。

"圣女就在里面。"查尔斯的声音严肃无比，"记住，进去之后绝对不能大声喧哗，不要试图惊醒圣女，更不要靠她太近……明白吗？"

"惊醒？"听到这个词语，林七夜敏锐地察觉到什么，"她是在睡觉？还是……"

"进去之后，你们就知道了。"查尔斯双手按在大门表面，手臂的肌肉高高隆起，沉重的大门在他的推动下缓缓打开，却没有发出丝毫的声音。透过逐渐宽敞的门缝，众人终于可以看清门后的模样。那是一间宽敞的静室，成百上千的烛火排列在房间周围，将其照得灯火通明，在静室中央的石台上，一个红发少女静静躺在雪白的丝绒表面，双眼闭起，像是睡着了一般。看到那少女的瞬间，27号兜帽下的眉头微微皱起。

那就是克洛伊？林七夜目光落在少女的面庞上，虽然她还在沉睡，但那张白玉雕琢般的面孔散发着一股静谧优雅的气息，仿佛来自天界的精灵，神圣而不可侵犯。"她怎么了？"林七夜压低了声音问道。

"圣女大人陷入了沉眠。"

"沉眠？"

"具体的，我们也不清楚，圣女大人陷入沉眠之前告诉我们，她需要履行一场约定……让我们无论发生什么事情，都不要唤醒她。"查尔斯回答道。

林七夜回头看了27号一眼，后者眉头紧锁，不知在想些什么。

"她沉眠多久了？"

"五年。"

听到这个回答，林七夜的表情有些无奈，既然克洛伊已经沉眠了五年，还不能唤醒，那他怎么问对方关于档案的事情？"我能上去看看吗？"

"不行。"查尔斯的表情立刻严肃起来，"你们要见圣女大人一面，我已经满足了你们的要求，请不要再打扰圣女大人沉眠，立刻离开。"

查尔斯一只手搭在腰间的剑柄上，另一只手对着大门，做了个"请"的手势。沈青竹等人回头看向林七夜，似乎在等待他的决定……毕竟如果林七夜想用蛮力直接把克洛伊抢走，他们也不是做不到。沉默许久，林七夜还是点了点头："好，我们这就离开。"

查尔斯的神情放松些许，正当他打算带林七夜等人走出静室的瞬间，异变突生！只见那沉眠在雪白丝绒间的红发少女，睫毛轻轻一颤，下一刻，一道恐怖的白光自她体内奔涌而出，顷刻间淹没半间静室，像是火焰般冲天而起！死寂的伦敦废墟之中，一道白色光柱，将漆黑的夜色撕成两半。这白光出现之际，林七夜等人的脸色都是一变，就连查尔斯也没想到，安静沉眠五年之久的克洛伊，竟然突然释放出如此恐怖的气息。汹涌的白光之间，一抹残影自其中飞掠而出，精准地撞在林七夜的胸膛！林七夜只觉得眼前一黑，顿时失去了意识。

迷雾。峡谷倒影中。

一个黝黑的人影手握精神病院的模型，正坐在山峰的顶端，眉头紧锁，一道道混沌的神光在他周围游走，随着他掌心的纹路，渗透到模型之中。就在这时，他像是察觉到了什么，猛地睁开双眼，看向某处。"耶兰得？不，不对，这气息要弱上许多……但确实是他的力量没错，难道是代理人？""混沌"收起诸神精神病院模型，闭目仔细感知片刻，"他竟然还有代理人在这个世上……倒也算个麻烦。"

"混沌"正欲起身，用余光看到自己掌间的病院模型，一时之间有些犹豫……就算耶兰得有代理人，那也只是个人类，放任不管应该也不会有什么大事，眼下真正重要的，还是先彻底掌控这座病院。思索许久，"混沌"的目光落在对面被迷雾笼罩的山崖之上，嘴角勾起一抹淡淡的笑意。"真理，你去除了那个代理人。"

翻涌的迷雾之间，一个身着黑袍的身影缓缓走出，他冷冷地瞥了"混沌"一眼："我为什么要听你的？"

"耶兰得的力量很棘手，说不定会对我们产生影响……作为我们的一分子，难道你不该为这件事贡献自己的力量吗？""混沌"悠悠开口，"还是说……你其实只是在单纯地跟我拖延时间？""混沌"的双眼微眯，一股恐怖的压迫感，笼罩在安卿鱼周围。安卿鱼的眉头皱了皱，他与"混沌"对视片刻，还是收回了目光，转身向迷雾外走去："试探我可以，但，这是最后一次……"

1611

教堂。

"查尔斯，你究竟做了什么？"一位同样穿着红白色铠甲的身影，快步走到查尔斯的身前，怒吼道，"为什么要带那些外人来教堂？还险些唤醒了圣女大人！不是说了一定要等她自己苏醒吗？"从铠甲的纹路上来看，这也是一位"圣裁骑士团"的骑士长，与查尔斯同级。查尔斯脸色阴沉无比，他拍掉这位骑士长的手臂，冷声道："你根本不清楚他们的实力，泰勒，你以为我不带他们来，他们就不会来了吗？我能感觉到，那都是一群亡命之徒，尤其是那个抽烟的男人，我要是拒绝了他们，他们会把整个骑士团杀光！蠢货！"

骑士长泰勒微微一愣，随后冷笑道："你真是越活越回去了，查尔斯，不过是几个二十出头的年轻人，就吓得你乖乖把他们请进教堂？你作为骑士的勇气呢？当年那个敢孤身挑战神兽的骑士长查尔斯，现在竟然孬成这副模样？"

查尔斯摇了摇头："我只是做了对骑士团最有益的事情。"

"有益？你是指险些打断圣女大人沉眠吗？"

"我们没有打断圣女大人。"查尔斯停顿片刻，"当时我们已经要出去了……是圣女大人突然释放的力量，我不知道她在想什么。"

"哼。"泰勒冷哼一声，"他们在哪儿？"

"在回音廊边上的房间。"

泰勒转身便向教堂的另一侧走去。

"他们中有个人被圣女大人误伤昏迷，其他人情绪不太稳定，你不要做蠢事，泰勒。"查尔斯见此，皱眉提醒道。泰勒没有回答，只是瞥了查尔斯一眼，消失在长廊的尽头。

"七夜怎么样？"沈青竹站在回音廊中，见27号从房间走出，皱眉问道。

"放心，他没有受伤。"27号说道，"他只是睡过去了。"

"睡过去？"沈青竹的脸上浮现出疑惑，"这也是克洛伊的能力？"

"……不知道。"

沈青竹双眼微眯，神情有些不善："她好端端的，为什么要攻击我们？"

"这应该不是攻击，她要是真的有杀心，这座教堂早就灰飞烟灭了，更何况她也没醒，似乎只是……嗯……"27号思考了很久，也没找出合适的形容词。

"梦游？"乌泉补充。

"对，类似于梦游。"27号点点头。

就在几人说话之际，一个披着铠甲的身影缓缓从廊道的另一端走来，乌泉看到那副铠甲，还以为是查尔斯，但仔细看去才发现，是个陌生的西方面孔。"就是你们，吵到了圣女大人沉眠？"那身影走到三人面前，冷声开口。

沈青竹眉头皱了皱，对方的语气让他有些不舒服，他正欲说些什么，乌泉率先开口："我们没有吵到她，是她主动出手的。"

"哼，圣女大人在教堂沉眠了这么久，都没什么反应，怎么你们一出现，就闹出这么大的动静？"泰勒的目光在众人的脸上一一扫过，"你们走吧，圣女大人与骑士团，不欢迎你们。"

"走？人还没醒，我们走到哪儿去？"

"这我不管，你们背着他也好，拿东西推着他也好，总之你们立刻离开这座教堂。"泰勒的语气越发强硬起来。乌泉的眼中闪过一抹杀意，还没等他出手，一旁的沈青竹便缓缓向前迈了一步，他低头看着那比自己矮了几厘米的男人，淡淡道："如果，我们不走呢？"

"不走……就别怪我了。"泰勒的右手握拳，半边的铠甲纹路逐渐亮起，宛若刀片般锋锐的飓风环绕在他身畔，呼啸着砸向沈青竹的面庞！沈青竹的双眼微微眯起……就在泰勒的右拳即将落下的瞬间，一股无形的力量突然禁锢住他的身体，他披着铠甲的右手定格在空中，仿佛有一只无形巨手，死死地攥住了他的身形。"你……找死？！"乌泉的眼眸深邃无比，他一只手抬起，对着泰勒轻轻一握。"咔嚓——"刺耳的爆鸣声传出，泰勒右臂上的铠甲剧烈扭曲起来，即便那亮起的纹路疯狂卷动飓风，但依然在控制不住地寸寸崩裂！泰勒的脖子憋得通红，他紧咬牙关，将浑身的力量注入右臂之中，他们经过神兽血液淬炼的身体，早已不是同境界的人类可以比拟的，虽然铠甲逐渐崩碎，但他的右臂依然在一点点向前挪动。乌泉眉头一皱，他的"支配皇帝"用来操控人体，一向是无往而不利，但在这些骑士的特殊体质之下，竟然有被强行挣脱的趋势。"喊。"乌泉的脸上闪过杀意，他另外一只手抬起，拇指与食指轻捏，像是握着一根看不见的指挥棒，对着前方的虚无轻轻一划。泰勒僵硬的身体背后，一个手握巨斧的"神秘"身影，急速勾勒而出！"噗——"那只"神秘"手握巨斧，骤然挥下，锋利的斧刃在铠甲的表面划出刺目的火花，在泰勒的背后留下一道狰狞血痕！泰勒吃痛，右臂的力量猛地一松，他整条右臂都像是麻花般猛地拧在一起，随后轰然爆开，猩红的鲜血洒满回音廊的地面，一道凄厉的惨叫声响彻教堂。失去了右臂的泰勒后退数步，目光难以置信地看着那个不过十五六岁大的少年，似乎没办法理解，这个年纪的孩子，怎么可能有如此恐怖的力量。那个传说中的大夏，真的有这么强大吗？

乌泉并没有就此放过泰勒的意思，他手指轻挥，周围的金属围栏连根断裂，在空中拧成无数尖锐的螺旋长枪，雨点般呼啸着落向泰勒的脸颊。泰勒的脸色接连变幻，他身形灵活地向后撤去，直接闪到了回音廊之外，他盯着沈青竹等人，眼眸中闪过一抹狠色。他仅剩的手掌，向着脚下的大地用力按去！"这是你们逼我的……"

1612

随着泰勒的手掌落下，回音廊下方的镂空中，突然发出一道震耳欲聋的巨响！"铛——"之前沈青竹等人进来时，见过回音廊这边的结构，除了悬空的环形廊道之外，下方还有一座巨大的铜钟，目测至少有十几吨重。此刻随着泰勒的动作，那铜钟猛地敲动起来，轰鸣的钟声宛若耳畔炸响的雷鸣，在圆形的穹顶之下接连回荡，这钟声不知有何特殊，竟然能让沈青竹等人大脑突然一片空白。等到沈青竹回过神来之时，泰勒的身形已经消失不见。

"好疼……"乌泉捂着耳朵，鲜血自脸颊滑落，他皱眉看着周围，微微一愣，"我们……这是到了哪里？"沈青竹转身看去，只见他们周围的环境已经完全变化，除了这道围廊依然如旧，原本在周围墙面以及穹顶之上的壁画，全部一片空白，像是被人用橡皮擦去了一般。"是幻觉？"沈青竹微微皱眉。

"不，刚刚钟鸣的那一瞬，周围的时空发生了细微的变动。"27号摇了摇头，他转身走向回音廊边缘，拉住门把手，用力一扯。房门打开，门后却只是一面苍白的墙壁……而这里，本该是他们临时安放沉睡的林七夜的房间。"这些骑士，竟然还能引发时空变动？"沈青竹诧异地开口。

"这恐怕不是他们的力量，是本就存在于这座教堂中的暗线布置，这些骑士能在迷雾的废墟中存活六年，手段估计不只看上去那么简单。"27号的手轻轻摩擦着苍白的墙壁，喃喃自语，"难道，这也是她的杰作？如果是这样，那可就棘手了……"

"谁？克洛伊？"沈青竹走到围廊边缘，不紧不慢地给自己点上一根烟，淡淡道，"就算她是001，那也只是个代理人，不是耶兰得亲临……这里的布置是死的，人是活的，我倒不信，她能困得住我。"

27号摇头道："不要小看她，若是我全盛时期……不，若是我有原本十分之一的力量，轻易就能撕开这道结界，但现在我跟你的实力也差不了多少，未必能这么轻松。"

沈青竹狐疑地看了他一眼："我说，你究竟是什么人？口气这么大吗？"

27号没有回答，他默默地将兜帽拉下些许，开始沿着回音廊向周围寻找起来。

"青竹哥，你有没有听到什么声音？"乌泉耳朵动了动，有些不确定地问道。

"声音？"沈青竹一怔，仔细聆听片刻，"好像确实有，像是在切割着什么东西……"沈青竹话音未落，回音廊的穹顶突然爆碎，一柄大到夸张的西洋骑士剑洞穿教堂顶端，自夜空向下刺去，直接插入大地之中！乌泉的瞳孔剧烈收缩！这柄西洋剑至少有四十米宽，一剑下来，直接将小半个教堂劈成了两半，剑身向着夜色无限蔓延，仿佛没有尽头一般！

"小心！"沈青竹的声音自乌泉身后响起，一只有力的手抓住乌泉后领，随后狂风卷起，直接带着他的身形飞出教堂，下一刻，那柄巨剑急速划开，轻松地在他们原本站立的地方留下数百米长的剑痕！乌泉见此，脸色有些发白，他回头望去，只见沈青竹背着六只庞大的灰色羽翼，带着他飞舞在夜空之下。与此同时，数百米外的一座钟楼残骸顶端，27号那宛若烟霾的身影勾勒而出。

"这是那个骑士的剑。"27号注视着那柄天降巨剑,沉声开口。

"他的剑,能变得这么大?"

"不是他的剑变大了。"沈青竹眉头紧锁,紧接着开口,"是我们变小了……"

与此同时。教堂。

空荡的回音廊中,浑身是血的泰勒单手握剑,刺入了满是壁画的廊道墙壁之中,眼眸中满是森然杀意!他身前的壁画之上,几道细小的身影在平面的绘画中急速飞舞,泰勒低吼着,将刺入墙壁的西洋骑士剑接连斩落,在壁画之上留下道道狰狞裂痕!一个身影出现在回音廊外。"泰勒!你疯了?!"查尔斯看到眼前这一幕,怒道,"你竟然将他们关进了回音廊?"

"为什么不能关?"

"圣女大人留下这些结界,是为了防止教堂被心有歹意的外神或者极强的'神秘'攻破!打扰到她的沉眠……可他们根本就没有敌意!是圣女大人出现的差错……"

"差错?圣女大人什么时候有过差错?她主动对这些人出手了,难道你就想不明白其中的用意吗?"泰勒直接打断了查尔斯的话语。

查尔斯愣在原地:"你是说,圣女大人把他们当作敌人?"

"不然怎么解释这一切?"泰勒的声音逐渐冰冷下来,"圣女大人的敌人,就是我们的敌人……今天,这些人必须死!"泰勒的骑士剑斩过壁画,直接将一整块墙壁连带着绘画切落,弥漫的烟尘之中,只见一个六翼身影与一个烟霾般的影子,在墙壁之中飞速穿梭。"该死,他们怎么这么顽强?"泰勒低吼道。

查尔斯站在回音廊边,看着眼前泰勒疯狂斩击的画面,想开口制止,但又纠结地停留在原地。就在这时,一道低沉的嘎吱声自不远处响起。泰勒疯狂的斩击突然一顿,他与查尔斯同时向声音传来的方向看去,只见一个披着深红色斗篷的身影,缓缓走出房门。"是他?"泰勒转头质问查尔斯,"他不是昏过去了吗?"查尔斯看着林七夜那张刚刚苏醒的面孔,一时之间也不知该如何回答……林七夜之前确实是昏过去了,他也没想到,林七夜能醒得这么快。林七夜摇了摇昏沉的脑袋,目光看向眼前的二人,当他看到泰勒手中那柄刺入壁画的西洋剑时,眼眸中浮现出疑惑。紧接着,他的目光便落在了那块满是斩痕的墙面之上,看到了那三个飞速移动的微小身影。他的眉头紧紧皱起,一抹杀意自眼眸中升起:"你们……最好能给我一个解释?"

1613

回音廊的气氛顿时降至冰点。查尔斯看着杀气森然的林七夜,开口想解释些什么,可眼下这个情况,任何语言都显得那么苍白无力。林七夜死死盯着泰勒,后者手握长剑，满是血污的脸上浮现出决然，半边的铠甲骤然亮起，凌厉的飓风环绕在他身侧。与此同时，教堂各处值守的骑士，铠甲纹路都接连亮起，他们像是接收到了某种信号，急速向着回音廊的方向冲来！"看来，你是不打算解释了。"林七夜冷冷开口，他轻转脖子，身体内接连发出爆响，一脚向前迈出，竟然轻松地在回音廊的砖石上留下一个深深的脚印。林七夜的双眼眯起，一股澎湃的杀意席卷教堂！"你们'圣裁骑士团'，是活腻了吗？"话音落下，林七夜的身形消失在原地，一道深红色残影以肉眼无法捕捉的速度掠过地面，一只脚瞬息便踢到了泰勒的胸膛之上！"咚——"沉闷巨响回荡在回音廊中，这一脚直接蛮横地踢散了泰勒周围的飓风，即便是那些凌厉如刀的风刃，也没有伤到林七夜的肉身丝毫！没有了飓风的守护，泰勒像是炮弹般倒飞而出，呼啸着砸穿了两面墙壁，重重摔在教堂的中殿。漫天尘埃飞扬而起，泰勒一手捂着胸口，挣扎着从深坑中坐起，猛地吐出数口鲜血。他低头看向自己的铠甲，胸口部分竟然破开了一个大洞，好在飓风守护与铠甲的强度替他卸掉了大半的力量，再加上他的肉身本就极强，还是具备行动能力的。"这么恐怖的力量？他是什么怪物？！"泰勒抹去嘴角的鲜血，眼眸中浮现出惊惧。

　　密集的脚步声响起，众多骑士从四面八方涌来，将中殿团团包围，一批人站在泰勒身侧，伸手想扶住泰勒摇摇欲坠的身体，后者却挣开了他们的手。泰勒死死盯着那逐渐散去的烟尘，一个披着深红斗篷的身影，从中缓缓走出。林七夜的目光扫过周围，此刻包围这中殿的，有七八十人，如果他没猜错的话，这就是"圣裁骑士团"所有的成员。骑士们握着长剑或者尖枪，警惕地看着中央的林七夜，身上铠甲的纹路同时亮起，火焰、冰霜、飓风、雷电……这些元素附着在铠甲之上，肆意地奔涌，让他们举手投足之间都具有恐怖的杀伤力。经过刚刚跟泰勒的正面交手，林七夜大致摸清了这些骑士的战力，这些铠甲确实给予了他们超乎寻常的力量，让他们最低的境界都是"无量"，甚至有半数都散发着"克莱因"级别的气息。依靠铠甲的外力，听起来和"王之宝库"中的土著没什么区别，但他们的不同之处在于，他们真正强大的并非铠甲，而是他们的肉身。据之前查尔斯所说，他们之前在"人圈"时，只能依靠肉身与神兽搏杀，以它们的血来增幅自身的肉体，所以他们虽然没有精神力境界，但光凭肉身强度，也足以发挥出堪比"无量"境及以上的战力。强悍的肉身，再加上那些神秘的铠甲，让这些骑士的战力翻倍飙升，这也是他们能在迷雾中生存这么久的倚仗。

　　"近身搏杀吗……正合我意。"林七夜目光扫过这些包围的骑士，淡淡开口，"你们一起上吧。"

　　听到这句话，在场的骑士都是一愣，但随着泰勒一声怒吼，他们还是握紧了拳头与剑，从四面八方向林七夜冲去！铠甲摆动的声音混杂在一起，回荡在巨大的圆形穹顶之下，宛若海浪般拍向那中央的深红身影。林七夜的眸中闪过一抹寒芒，身形拖出一道残影，毫无花哨地撞在最前排的一个骑士身上，随着一道爆响，恐怖的力量直接撞裂了那骑士身上的白色铠甲，无形气浪翻涌而出，将那骑士掀飞到半空！一柄锋锐的骑士剑趁乱挥向林七夜，被他徒手抓住，火焰流转在剑身上，却没法伤到他肌肤分毫，林七夜的手掌骤然握紧，直接将这柄长剑从中段捏碎！林七夜的拳头挥动，直接将一位骑士腹部的铠甲轰碎，后者像是断了线的风筝，撞碎了教堂的彩色玻璃，被打飞至迷雾之中。越来越多的骑士涌到林七夜周围，却被那深红残影无情碾压，那划破空气的拳与腿，发出一道道破音爆鸣。林七夜宛若凶恶的猛兽一般，将他们的铠甲打得崩碎飞散。不过半分钟的工夫，已经有大半的骑士被"镶嵌"在教堂各处的墙壁之上，鲜血顺着残破的铠甲流淌，一道道痛苦的哀鸣回荡在穹顶之下。翻滚的烟尘之中，那毫发无损的深红身影缓缓向前走去，他前方的骑士望着他，眼眸中满是惊恐，随着他的脚步前进，都控制不住地一点点向后退去。他们以前也不是没见过其他强者，但那些人大多是能力棘手，肉身其实十分羸弱，所以他们一向对自己的肉身强度无与伦比地自信……直到他们遇见眼前这个男人。这哪里是人类？这简直就是一只人形凶兽！

泰勒见到这一幕，脸色难看无比。通过刚刚的战斗，泰勒丝毫不怀疑，只要再给林七夜一点时间，他能轻松地杀光整个"圣裁骑士团"……他们绝不能接受更多的死伤了。

"你们还在等什么？！再不出手，人就要被他杀光了！"泰勒大吼一声。话音落下，四道残影自教堂的另一边飞掠而出。林七夜转头望去，眉梢微微上扬。这些身影都披着红白色的铠甲，如此看来，都是和查尔斯与泰勒同级的骑士长……原本林七夜以为"圣裁骑士团"只有一位骑士长，现在看来并非如此。刚刚的泰勒，接下他一拳还能自由行动，说明这些骑士长的肉身强度，已经接近人类战力天花板的级别，再套上那些红白色铠甲，战力上已经无比接近人类战力天花板。

林七夜双眼微眯，正欲再度出手，一道尖锐的嘶鸣，突然从远处的天空传来。听到这声音的瞬间，林七夜身体猛地一震！他转头看向教堂外的某个方向："米戈？！"

1614

那个声音，林七夜绝对不会听错。在上京大学，他已经和这东西打了数次交道，那种极具穿透力的尖锐声音，只可能属于米戈。可……米戈怎么会出现在这里？

除了林七夜，在场的其他骑士团成员，也听到了那来自教堂之外的嘶鸣，四位骑士长同时停下了脚步。"该死，在这时候出现了'神秘'？"泰勒脸色一凝，转头看向破碎的彩色玻璃窗外，迷雾笼罩的夜空之中，一道道粉红色的怪异身影，正在向这里接近。

"卿鱼……"林七夜看着那些不断靠近的米戈,喃喃自语。他的脑海中,再度浮现出灵魂状态时,在天庭殿顶看到的那个冷漠而陌生的身影……一股前所未有的执念涌上心头,他眉头紧锁,身形瞬间化作一道残影撞碎玻璃,消失在米戈飞来的方向。

"泰勒大人,我们是该去杀'神秘',还是去追那个大夏人?"剩余的"圣裁骑士团"成员中,有人犹豫着问道。泰勒眉头紧锁,他扫了眼天空中黑压压靠近的米戈,沉声道:"那个大夏人已经离开了教堂,不用再追,一切以圣女大人的安全为主!那些'神秘'的气息很强,数量似乎也很多,决不能让任何一只闯进这座教堂,打扰到圣女大人的沉眠!"

"是!!"在场的众多骑士,飞快地向教堂外冲去,他们翻身骑上附近的重型摩托,穿戴好铠甲、头盔,用力拧动把手,轰鸣的引擎声接连响彻夜空!泰勒看了眼自己还在流血的右臂,脸色有些阴沉,他快步走到身旁的一支燃烧的蜡烛边,铠甲上的纹路一闪,一股强风便卷起烛火,熊熊燃烧的火球瞬间吞没了那条右臂的断口!泰勒双眼剧烈收缩,他紧咬牙关,脖子上的青筋一根根暴起,神情狰狞无比。片刻之后,他猛地将火球震散,原本还流淌着鲜血的断臂,在火焰的灼烧下,已经止住鲜血,凝成黑色的碳痂。汗水顺着泰勒的脸颊滑落,他浑然不顾近乎昏厥的痛感,一把抽出地上的一柄骑士剑背在身后,跨上一辆重型摩托,单手拧动把手,呼啸着向漫天的米戈冲去!

"滴答——滴答——滴答——"一滴滴雨水划过沉寂的夜空,砸在伦敦的废墟之中,碎作无数细小的水珠,若是仔细望去,可以看到在这些高速坠落的雨滴之中,竟然蕴藏着一缕缕灰气,随着雨滴落下,一股莫名的阴寒自废墟之上缓缓扩散。无人问津的碎石残块之下,一只灰皮老鼠悄然立起身,探头在半空中嗅了片刻,选定一个方向,迅速消失在视野之中。

与此同时,伦敦,泰晤士桥顶端。一个披着黑袍的身影,缓缓拉起帽檐,无数只粉色的米戈在他周身盘旋,随后呼啸着向四面八方飞出,直接覆盖了整座伦敦市。他抬起指尖,接住一滴灰色的雨水,似乎有些疑惑:"林七夜?他怎么会在这里……"安卿鱼皱眉思索片刻,摇了摇头,"算了,反正他如今也没有'凡尘神域',感知不到我的位置……绕过他就好。"话音落下,他转头看向另一边,一束束明亮的摩托车灯光刺破灰色的雨幕,低沉的轰鸣声中,数十名披着铠甲的骑士呈扇形直接冲向漫天的米戈,熊熊的火光瞬间淹没了一片废墟。安卿鱼双眼微眯,他低头拉下黑袍的帽檐,喃喃自语:"找到了……"

"轰——"灰色的雨幕之中,一位骑士驾驶重型摩托,飞掠过一堵斜插在地面的断墙,借助地形直接腾空而起,挥动手中的骑士枪,精准地刺向一只米戈的头颅！白色铠甲上的纹路接连亮起，火焰交织在长枪周围，毫无花哨地刺在米戈的粉色甲壳上，熊熊的烈火直接化作火球将其吞没。米戈尖锐的嘶鸣声自火球中传出。那位骑士驾驶摩托稳稳落在地面，他冷冷地瞥了火球一眼，拧动把手，继续向下一只米戈冲去。"这些'神秘'虽然散发着'克莱因'境的波动，但实力似乎不怎么样。"他平静地说道。

"不要轻敌，巴伦。"第二辆摩托紧跟在他身后，另一位骑士提醒道，"这些'神秘'，似乎和我们曾经遇见的不太一样，而且它们的数量极多，要谨慎处理，决不能放过任何一只。"

"我知道，注意排好队形，尽量不要落……"最后一个"单"字还没说出，这位骑士的身后，时空突然扰动起来！一只表面有些焦黑的巨影自扰动中冲出，修长的节肢轻松洞穿了骑士巴伦的肩膀，像是挂钩般将其整个从摩托上拎起！这突如其来的袭击，让队形后方的所有骑士都吓了一跳，随着几道节肢接连刺穿巴伦的身体，他痛苦的嘶吼声响彻云霄，下一刻，米戈那肉瘤头颅之上的触手，便像是蛇般钻入他的七窍！巴伦的嘶吼声戛然而止。米戈身上挂着那具身披铠甲的尸体，像是在啃食他的大脑，后者软绵绵地飘零在米戈的节肢上，随风摇摆。"圣裁骑士团"的成员们，虽然在迷雾中身经百战，但这种悄无声息的袭击，与诡异瘆人的杀人方式，他们还是第一次见到，在如此近距离的目睹之下，一股前所未有的恐惧感涌上心头！

"杀！！"在队形中部的骑士，突然回过神来，猛地怒吼一声，一柄西洋骑士剑裹挟着冰霜，猛地斩向那只米戈的颈部，瞬间将其头颅砍下！但紧接着，那无头的米戈竟然诡异地飞旋转身，一条锋锐的节肢直接贯穿了这位骑士的眉心！仅是一眨眼的工夫，便有两位骑士死在同一只米戈手下。即便接下来众多骑士的联手攻击，还是撕碎了那米戈的身体，但这一瞬间的阴影，始终笼罩在所有骑士的心头。

"还……还有好多！"一位骑士声音沙哑地开口，其余骑士转头望去，只见夜空之下，数以百计的米戈连成粉色的浪潮，呼啸而来！

1615

所有骑士的心，顿时沉入谷底！一只米戈就已经足够棘手，这上百只同时出现，哪怕他们全员都有"克莱因"境的战力，想全歼它们也无异于痴人说梦！更何况，他们中真正有能力与米戈单挑的人，只有不到二十位。

"这怎么可能……"一位骑士长站在教堂的塔楼之上，看到远处汹涌而来的粉色浪潮，脸上浮现出难以置信的神情，"怎么会一次性出现这么多'克莱因'境的'神秘'？？这我们怎么能挡得住？！"

"挡不住也得挡！"另一位骑士长从另一座塔楼跳落，用力拔出了一柄沉重的巨剑，神情坚定无比，"我们就算是死，也决不能让这些怪物碰到圣女大人一根汗毛！"

第三位骑士长一手持盾，一手握剑，一言不发地走到教堂正门口，宛若山岳般厚重沉稳。

"泰勒呢？"

"他带着剩下的人，在最前面冲锋。"

"在这么恐怖的数量下，冲锋坚持不了多久的，必须有人守住这最后一道防线。"

"我们三个够吗？对了，查尔斯呢？刚开始就没看见他。"

"不知道……"

"该死，这家伙一到关键时候就掉链子！"

三位骑士长说话之际，那粉色浪潮已经扑到了远方那数十位骑士组成的三支冲锋队列面前，即便这三支冲锋队拼死抵挡，依然有大量的米戈直接越过他们，笔直地向这座教堂冲来。三位骑士长对视一眼，恐怖的气息同时释放而出，岿然不动地驻守在教堂前，与漫天米戈对撞在一起！

此时，教堂内，回音廊。查尔斯眉头紧锁地站在回音廊上，双手不断在满是剑痕的壁画上摸索，像是在努力寻找着什么。"该死……这东西的开关究竟在哪里？"查尔斯摸了许久，这面壁画也没有什么动静，忍不住怒骂了一声。这回音廊的结界，是克洛伊昏迷前留下的，但她只教了他们如何触发这道结界，没教他们如何关闭，以至于直到现在，查尔斯都没法将困在这里面的沈青竹等人弄出来。刚刚林七夜与泰勒战斗之际，查尔斯就知道任何解释都是无用的，在当时的林七夜眼里，就是他们"圣裁骑士团"想杀他们……而唯一能平息事件的方法，就是他主动释放出沈青竹等人，再好好跟他们解释。可还没等他找到打开回音廊的方法，那些铺天盖地的米戈就冲了过来。

"没时间了。"查尔斯透过回音廊尽头的玻璃窗，看到密密麻麻的米戈正包围了教堂门口以及远处的冲锋队，若是他再不加入战场，只怕一会儿那群粉色的怪物就要杀进教堂里来了。就在查尔斯纠结到底是直接加入战场，还是继续试着打开回音廊之际，一道轻微的破裂声，在他耳畔响起。"嗯？"查尔斯回头望去。只见满是剑痕的壁画一角，一个浑身笼罩在烟霾中的身影，手握短刀，刺入了壁画的表面，一道细密的裂纹开始在墙体蔓延……感受到自那裂纹中散发的恐怖神力波动，查尔斯的眼眸中浮现出震惊之色！这是……"轰——"只听一声巨响，回音廊的墙面轰然爆碎，连带着其上的壁画化作漫天尘土，三道身影自虚无中勾勒而出，稳稳地落在地面。

"我收回我刚刚的话。"那个背着六道灰色羽翼的身影，看着身旁的27号，严肃开口,"祖神不愧是祖神,晚辈沈青竹,实在是有眼不识泰山……"27号将短刀收起,悠悠看了沈青竹一眼,没有多说。乌泉环顾四周,确认他们真的已经回来,才放松地舒了口气。

就在几分钟前,他们三人还被困在那个世界中,沈青竹和27号分头在那个世界中搜索离开的方法,却并没有什么收获。后来,还是沈青竹猜到了他们可能被困在了壁画中,试图用力量打破壁画与真实世界的空间屏障,并没有成功,最后还是27号出手,一刀洞穿了两界的边缘,回归现实。

"那个骑士呢?我要将他碎尸万段!"沈青竹目光扫过四周,没有看到泰勒的身形,却看到了教堂外铺天盖地的米戈。"那是什么鬼东西?"他皱眉问道。

27号兜帽下的双眼微眯:"是米戈。"

"米戈?"

"就是真理之门的信徒。"

听到这句话,沈青竹微微一愣,像是想到了什么:"安卿鱼?"

"我去!!这些怪物,真就杀不完吗?!"伦敦废墟之中,几位骑士踉跄着自扭曲报废的摩托上爬起,握紧手中的西洋剑,靠在彼此的背后。他们的头顶,上百只米戈宛若一朵粉色的云,急速盘旋,尖锐的嘶鸣声几乎将他们的耳膜撕碎。原本还有三四十人的骑士团,不过几分钟的工夫,便死伤得仅剩寥寥十余人,即便他们已经拼死杀掉了同样多的米戈,但对眼前这片浓重的粉色浪潮来说,依然只是一小部分。看着那些米戈蠕动的头颅,自天空不断接近,众人的心中浮现出前所未有的绝望。甚至有人握剑的手一抖,剑直接掉落到地面,发出清脆的叮当声响。"把剑捡起来!"背靠背的十余位骑士中,浑身是血的泰勒怒吼道,"要是连我们都放弃抵抗,那该由谁来保护圣女大人?就算是死!我们也要堂堂正正地战死在这里!"那脸色苍白的骑士一咬牙,还是低头捡起了地上的西洋剑,就在他起身的瞬间,头顶的众多米戈仿佛抓住了破绽,猛地发出一声尖啸,接连向下飞落!在那铺天盖地的粉色浪潮下,这十余位骑士的身影渺小无比。

就在这时,远处的虚无中,一个身背六翼的灰色身影,缓缓勾勒而出……他眯着眼睛,不紧不慢地抬起了手掌,"啪——"清脆的响指声,回荡在米戈的浪潮之前。

1616

随着响指声响起,整座伦敦市的声音瞬间消失。铺天盖地的米戈仿佛被人按下了静音键,振翼嘶鸣声戛然而止,无尽的灰色自那六翼晕染开来,一股肃杀寂灭之意,笼罩天空。主神级的威压骤然降临!

"发生了什么？"废墟中，一位骑士怔怔地看着这片灰色的天地，不解地开口，只见他的双唇开合，发不出任何声音。

"天……天使！"另一位骑士伸出手，指着远处天空那灰色的六翼身影，眼眸中满是惊骇，"竟然是天使？！"

泰勒站在众多骑士之前，看清那灰色天使的样貌，身体猛地一震。"这怎么可能……他怎么会是……"灰色的寂灭世界中，泰勒难以置信地不断低语。

伦敦，另一边，一道身着黑袍的身影，宛若暗影般在废墟中穿梭，悄无声息地向教堂的方向靠近。灰色的神墟笼罩天地，安卿鱼的眉头一皱，抬头望向远方。"拽哥？"他看到那六翼天使的容貌，波澜不惊的面孔上浮现出惊讶。他从地狱回来了？而且那股气息……他果然已经完美吸收了地狱本源，甚至一跃成为六翼天使级别的存在。这么看来，路西法多半也死在了他的手中。安卿鱼的目光扫过那被灰色笼罩的米戈浪潮，眉宇间浮现出凝重："这下麻烦了……"安卿鱼沉思片刻，转头又看向另一边，"竟然又往我这边来了，他不是已经没有'凡尘神域'了吗？"安卿鱼摇了摇头，不再逗留，瞬间化作一道暗影消失在原地。

数十秒后，一道深红色的身影落在附近，皱眉环顾四周。"这雨里有真理之门的气息……应该就在这附近，可为什么找不到？你，是在躲着我吗？"林七夜斗篷下的双拳紧握，他正欲再度动身搜寻，脚步突然一顿。他的目光穿过那片灰色的雨幕，落在远处的教堂之上，眸中微光闪烁，"突然调动如此大规模的米戈来这里……你的目标，难道是她？"林七夜大脑飞速运转，他犹豫片刻后，并没有继续在雨中绕圈，而是直接化作一道残影，飞快地掠向那座雨幕中的教堂。

寂天使的羽翼之下，那翻涌的米戈浪潮，像是察觉到了危险，无声地嘶鸣着，疯狂向沈青竹冲来！沈青竹身背六翼，悬浮在空中，静静地凝望着这些米戈，丝毫没有闪避的意思。就在最前方的那只米戈即将触碰到沈青竹的瞬间，身躯骤然停顿！一道裂缝突然自它的触手头颅绽开，眨眼间环绕全身，只听一声清脆的声响，它就像是被人直接劈成两半，在空中裂开！紧接着，就是第二只、第三只……这片无声的世界中，一道道清脆的破裂声密密麻麻地响起，像是过年时放的连环鞭炮，又像是热锅中翻炒的板栗，顷刻间回荡在整座伦敦市的上空。粉色的浪潮化作无数一分为二的尸体，从半空中落下，混杂在灰色的大雨之中，像是被雨水冲刷飘零的粉色花朵，埋葬在这片废墟之下。仅是一个响指，便灭杀了绝大多数的米戈。看到这匪夷所思的一幕，幸存的骑士们已经彻底傻在原地，他们万万没有想到，那个抽烟的青年竟然是个六翼天使……而且还是从未出现过的寂天使！泰勒单手握着骑士剑，脸色难看无比。

随着漫天的粉色尸骸坠落大地，那六翼天使的身影，缓缓飘落在众骑士面前，沈青竹眯着眼睛，缓缓向泰勒走去，丝毫没有收敛自己主神级的威压，蛮横地镇在泰勒的肩头！不知为因为失血过多，还是威压太强，泰勒的脸色苍白无比，他披着残破的铠甲，硬是扛着挺立在神威之中，一声不吭。沈青竹走到僵硬的泰勒身边，停下脚步，淡淡地瞥了他一眼："算是有骨气……我们的账，一会儿再算。"话音落下，沈青竹背后的六翼微微一振，身形瞬间消失在废墟之上。待到他的气息彻底消失，泰勒才闷哼一声，猛地吐出一口鲜血，踉跄着向前方倒去。

"骑士长！"其余几位骑士见此，立刻伸手扶住他的身体，却被后者挥手挣开。泰勒回头望着沈青竹离去的方向，铠甲内的后背已经被冷汗浸湿。

灰色的雨幕浇灌在大地之上，朦胧的水汽蒸腾而起，与灰雾重叠，让整个伦敦的能见度再度降低。废墟中，那道不断穿梭的暗影，突然察觉到了什么，停下脚步。一道身影流星般划过天空，轰然砸落在不远处的废墟之中，主神级的气浪席卷开来！狂风将黑袍吹得猎猎作响，安卿鱼一只手拉住帽檐，那双冰冷沉寂的灰眸，凝视着远处的废墟，眉头微微皱起。在漫天的烟尘与水汽之中，一个身背六翼的身影立在那里。那羽翼轻轻一振，直接将两人周围的废墟与烟尘震荡开来，沈青竹注视着那个熟悉的黑袍身影，深吸一口气……"安副队，好久不见。"

安卿鱼沉默地看着他，片刻后，还是开口："不要挡我的路，拽哥。"

"如果我挡了，又怎么样？"沈青竹顿了顿，"你要像杀曹渊一样，把我也杀了吗？"

安卿鱼目光一凝，没有说话。看到安卿鱼的神情，沈青竹像是明白了什么，长叹一口气："所以，曹渊真是你杀的？"

"这些已经不重要了。"安卿鱼平静道，"我已经不再是'夜幕'的副队，我们的立场也不同……你若是再阻拦我，我不会手下留情的。"

听到这句话，沈青竹的眼睛微微眯起，灰色的羽翼舒展，仿佛融化成液体，流淌在大地之中，一道沉寂的灰色领域再度张开。沈青竹叼起一支烟，轻轻一搓将其点燃，他深吸了一口，寂天使的神威混杂着朦胧的烟气，瞬间铺满了整座战场！"我倒想看看，你是如何不留情！"

1617

安卿鱼目光注视着周遭的领域，那对灰眸之中，泛起一抹微光，像是在解析着什么。沈青竹自然知道他的能力，并不打算给他这个时间，抬手一招，一对灰色手臂便从脚下的大地伸出，牢牢抓住安卿鱼的脚腕。与此同时，密密麻麻的手臂自这一对手臂上延展，疯狂地在安卿鱼体表蔓延，这些手臂涌动在一起，像是无数只微缩版的翅膀，顷刻间吞没他的全身。在沈青竹的操控下，这些手臂包裹成茧，死死地将安卿鱼困在其中，但下一刻，这些手臂便自内部剧烈地扭曲起来！这些手臂肉眼可见地被解构，重组成半透明的玻璃，硬化凝固，随着一只白皙的手掌从内部贴在玻璃表面，整个茧房轰然爆碎！一道黑影从中飞掠而出！沈青竹见此，神情并没有什么波澜，他用手取下嘴角燃烧的烟卷，轻轻一挥，一缕火星在死寂的灰白世界中跌落地面，所有的空气瞬间爆燃，一道长达数百米的火焰巨墙自他身前冲天而起，直接将那道黑影淹没无踪。但随着火焰中那身影目光凝固，火墙诡异地崩碎成漫天灰雨，洋洋洒洒地落在废墟之中。"这就是真理之门的力量吗……"沈青竹看到这违背常理的一幕，脸色有些凝重。

安卿鱼轻飘飘地自灰雨中落在地面，耳畔便传来轰鸣的机车声，他转头望去，只见几辆半报废的摩托，竟然急速向这里飞驰而来，而最诡异的是，这些摩托上并没有人存在，像是被一只只无形的大手操控，迎面撞向他。安卿鱼定睛望去，在这些摩托的下方，不知何时已经被绑上了大量的炸药。他像是意识到了什么，抬头看向天空，夜空之中，一个十五六岁的少年像是指挥家般凌空挥动手掌，一股无形的禁锢之力涌上安卿鱼的肉身。与此同时，安卿鱼的灰眸之中，清晰地出现了一个浑身笼罩在烟霾中的身形，正手握短刀，悄然向他靠近。"还有帮手。"安卿鱼见此，眸中闪过一抹金芒，黑袍之下，双手缓缓捏成一道诡异的手印。他的目标是克洛伊，而不是在这里跟沈青竹和祖神浪费时间，再拖下去，除非他再度不计后果地与真理之门进行交换，否则胜算并不高。幸好，他提前留了后手。

随着手印捏出，安卿鱼的身形肉眼可见地灰暗下来，沈青竹见此，眉头紧皱起。"这就要跑了吗，安副队？"

"我的目标，不是你。"安卿鱼淡淡开口，"终有一天，我们会再见的。"话音未落，一道凌厉的刀芒，突然自安卿鱼身后的虚无中绽放！

27号手握短刀，身形鬼魅般勾勒而出，蕴藏法则的刀锋闪电般贯穿安卿鱼的心脏位置，刀刃从胸腔刺出！而安卿鱼只是皱了皱眉，就连一丝鲜血都没有流出。27号握刀的手，察觉到异样，他诧异地开口："你的心脏呢？"安卿鱼没有回答，随着一缕微芒在身上闪过，他的身形瞬间化作密密麻麻的灰皮老鼠，一哄而散，消失在蒙蒙的灰雨之中。

"他人呢？"乌泉的身影从半空落下，问道。

"看来，他提前就准备好了替身，真是个谨慎的家伙……"沈青竹收起了周围的领域，长叹一口气，"这一点，倒是完全没变。"

27号低头看着自己没有染血的刀刃，兜帽下的眉头紧锁，像是在沉思着什么。

教堂门前。一只灰皮老鼠悄无声息地自废墟中钻出，一道微光闪烁，朦胧的雾气环绕在它周围，缓缓勾勒出一个披着黑袍的身影。安卿鱼抬头看了眼雨幕中恢宏大气的教堂，迈步径直向里走去。

"谁？！"教堂的大门之后，刚刚结束一场恶战的骑士长，猛地转头看向门后。"咔嚓——"一道狰狞的雷霆划过阴沉的雨幕，苍白的雷光将那黑袍身影，投射在圣洁瑰丽的墙面之上，雨水顺着黑袍的衣角滴落，他缓缓迈步向前，掀开黑袍的兜帽，露出一张平静的年轻面孔。他缓步前行，那对灰色的眸子，漠然地扫过三位骑士长。"碍事。"几乎同时，三位骑士长身上的铠甲纹路亮起，手握重剑的骑士长最先冲出，剑身划破空气发出低沉嗡鸣，一道刺目的雷光迸发，化作一道百余米长的雷光"十"字，重重砸向安卿鱼的面门！安卿鱼的身形瞬间消失在原地，雷光"十"字贯穿大地，将教堂的大门连带着远处的一片废墟，直接夷为平地。下一刻，那鬼魅般的黑影便出现在骑士身后。一只手掌轻飘飘地贴在铠甲表面，后者的纹路立刻暗淡下来，坚硬的铠甲突然像是麻花般拧在一起，其中的人体随之一同扭曲，骨架爆碎的声音回荡在恢宏的穹顶之下！爆裂的铠甲混杂着鲜血，遍布教堂各处，那件漆黑的长袍也被染成血色。仅一个照面，一个骑士长便死在了安卿鱼手中。

另外两个骑士长见到这一幕，眼眸中浮现出惊骇，还未等他们有所动作，安卿鱼的双手同时抬起，一抹幽深的灰芒自眼眸中闪过。解析，重构。两名骑士长只觉得身体一沉，像是灌了铅般伫立在原地，他们低头看向自己铠甲下的身体，血肉之躯竟然诡异地被融化，像是高温下的铁水，一滴滴渗透在铠甲内壁。他们的瞳孔剧烈收缩，下意识地想要伸手去脱掉铠甲，却发现双手已经完全与护臂浇筑在一起，轻轻一动，便发出钢铁摩擦的嘎吱声。安卿鱼身着黑袍，缓步向他们走来，但此刻的他们，已经完全被自己身体的变化折磨得惊恐无比。慢慢地，就连他们的思绪都迟钝起来，动作越发缓慢，若是有人现在掀起头盔，便会发现他们的头部已经融化成液体，像是在铠甲中浇筑了铁水，完全与之同化。几秒钟后，两名骑士长便手握剑盾，像是雕塑般一动不动地立在原地。

1618

安卿鱼平静地穿过两位骑士的遗体，向教堂的更深处走去。"在这里吗……"安卿鱼的目光锁定一扇门，双手搭在门面，却并没有用力推开，而是轻轻一抓，将两扇数吨重的大门，直接化作漫天碎纸屑，纷纷扬扬地撒落在教堂之内。他穿过漫天纸屑，步入房间中，那对灰眸中，出现了一个沉睡的红发少女身影。这就是耶兰得的代理人？安卿鱼眉梢一挑，他本以为面对克洛伊，需要进行一场大战，没想到对方竟然就这么陷入沉眠，根本没有任何的防备。他踩着脚下的红色毯面，一步步向石台上沉眠的少女走去，一柄锋利的黑色手术刀，自衣袍下滑落至掌间。

安卿鱼在石台边站定，正欲抬手，一股狂暴的飓风便自少女周围呼啸而出！

这飓风与之前面对骑士团时的风完全不同，这风吹起的一刹那，一道寒芒瞬间斩掉了安卿鱼半边的身子，即便是那双能够解析万物的眼睛，都没法捕捉它的速度，他只觉得眼前一花，一股巨力震荡着他的身体，将其直接砸飞到厚重的墙壁之上！安卿鱼的瞳孔骤然收缩，他强行从裂缝中挣脱，下一刻又是一道风刃斩开墙面，直接撕碎了黑袍一角，若是他的反应再慢些，恐怕这次连头颅都要被劈成两半。安卿鱼落在地面，半边血淋淋的身体迅速重生，他皱眉看着那处于狂风风眼中的少女，脸色有些阴沉。她是装的？不对……她并没有苏醒，那是这风在主动守护她？

就在安卿鱼思索之际，一团炽热的紫色火焰，突然自少女身前的虚无凝聚而出，高温将周围的空间灼烧变形，像是一个微缩版的太阳，闪耀的光辉将整座教堂映得璀璨刺目。安卿鱼的眼睛下意识地眯起，随后一股危机感笼罩心头，他想也不想，身形猛地向侧面闪去，几乎同时，一团紫色的火球从地底爆起，化作一道火柱淹没了安卿鱼原本的位置，洞穿教堂的穹顶，直冲云霄！安卿鱼的脚掌尚未点地，第二道火柱便精准地预判了他的落点，再度从地底迸发！刹那间，安卿鱼脚下的空气突然解构，重组成一块坚实的钢板，借力直接错开了第二根紫色火柱，安卿鱼抬头望向天空，残破的穹顶上空，两道紫色火柱化作两条遮天蔽日的西方龙，对着脚下蝼蚁般渺小的身影怒吼咆哮，紫色的火浪席卷了整片夜空。

"明明还没苏醒，就有如此恐怖的战力吗？"安卿鱼的双眸映出紫色火龙的身影，神情罕见地凝重起来，"看来，该用些真本事了。"

"吼——"两条紫色火龙咆哮着向安卿鱼扑来，翻腾的火焰似乎要将整个伦敦夷为平地。安卿鱼注视着那两条火龙，灰色的眼眸中，微光接连闪烁，他披着黑袍站在废墟中，缓缓张开双臂，像是要拥抱那毁天灭地的火焰！火龙陨星般砸落地面，瞬间淹没安卿鱼的身形，但火光掠过他双手之时，熊熊火焰竟然化作无数金黄的枫叶，冲击在地面，又被上空火焰带起的狂风卷动，倒飞回天空之上！这一刻，死寂的伦敦废墟上，枫叶飘舞似金色暴雪。安卿鱼站在纷飞的落叶之下，除了衣袍被烧得有些破烂，身上并没有留下伤痕，他注视着石台上沉眠的少女，再度向前迈开脚步。他身后的虚无中，一道笼罩在迷雾中的门户，逐渐勾勒而出！真理之门的气息四下弥漫，安卿鱼在距离石台数米远处停下脚步，他咬破指尖，将那沾满血迹的手指，向自己的眼眸点去……既然没法靠近克洛伊，那就直接动用真理之门，将其吞噬便是！

"安卿鱼。"一个声音自穹顶上方传来，安卿鱼即将点在眼眸上的手指，突然一顿。他缓缓抬头望去，只见破碎的教堂穹顶边缘，一个披着深红斗篷的身影，正站在漫天落叶中，低头俯瞰着他，神情复杂无比。

看到那张熟悉的面孔，安卿鱼放下双手，许久之后，才沉声开口："看来，还是没能躲过你……"

林七夜自穹顶边缘轻轻一跃,落在克洛伊的石台前方,站在那块被火焰烧得焦黑的红毯之上,与安卿鱼相对而立。"为什么要躲着我?难道,你连正面跟我交谈的勇气都没有了吗?"

"不。"安卿鱼摇了摇头,"你的存在太特殊,就算没有了'凡尘神域',你也能一次又一次地创造奇迹……我有把握赢过拽哥,但就算你还没成神,我也没有把握能赢你。"

林七夜看着安卿鱼那张熟悉而陌生的面孔,沉默许久,还是问出了那个他一直压抑在心中的问题:"为什么?"

"什么?"

"为什么要背叛我们?"

林七夜紧盯着安卿鱼的眼睛,想从那双沉寂的灰眸中,看到哪怕一丝的动摇。但,他得到的答案,注定是令人失望的。安卿鱼的神情没有丝毫的波动,他面容冷峻,淡淡开口:"在天庭的时候,我就说了,人类没有任何胜算,既然如此,我为什么要留在注定会失败的这一方?"

"你撒谎。"林七夜不等他说完,便坚定地开口,"你可是安卿鱼,是那个宁可主动踏入诛仙剑阵神魂俱灭,都要灭绝'门之钥'复苏可能的安卿鱼,是那个不惜自爆也要从米戈手中逃走的安卿鱼……这样的你,怎么可能因为害怕失败,选择投向克苏鲁?"

林七夜认识安卿鱼的时间最久,对他也最了解,他不相信安卿鱼会以这种理由,背叛大夏。安卿鱼皱眉沉默片刻,继续说道:"曾经的我之所以做出那种选择,是因为我没有见到真理之门后的世界……但现在,我目睹过'真理',有些东西,不是简单的死亡就能解决的。"

1619

"为什么你这么笃定,我们一定会输?"林七夜反问,"'黑山羊'已经被三位天尊重伤濒死,'混沌'虽然回归,但也并非不可抗衡,只要'门之钥'不出世,我们的胜算依然很大!"

"你错了。"安卿鱼摇了摇头,"人类要面对的,从来不是只有一个'混沌',还有一个更加恐怖的'门之钥'。"

听到这句话,林七夜愣在原地。"怎么可能?真理之门不是还没修复吗?哪里来的'门之钥'?"

"你还不明白吗?'门之钥'根本不是人类所理解的那种普通神明,他就是时空本身,是全知全视的化身!虽然在这个时间,'门之钥'还在沉睡,但处在过去某个时间的'门之钥',可以直接跨过历史,对现在出手!'门之钥'始终在沉眠，这根本就是个悖论！因为他只要存在过，就是那高悬于时间长河之上的主宰，无论是过去还是未来，对他而言都只是一个触手可及的点！唯一的区别在于，在这个时间段，他没有真身，只能隔空出手。一年多前大夏神回归，百余年前守夜人成立，甚至是数千年前，冠军侯成立镇邪司……对我们而言遥远不可及的历史，全部都在他的注视下发生，就连我们现在站在这里说的每一句话，他都能听见！他之所以到现在都没有出手干预，只不过是因为在他推演预知的未来中，我们根本没有丝毫胜算！我们对他而言，只是个注定会失败的种族，像是这颗星球上挣扎求生的跳梁小丑而已。"

林七夜的瞳孔剧烈收缩。"门之钥"是时空的化身，是全知全视之神，这个描述他并不是第一次听说，但直到现在，他才明白这个称号的背后究竟意味着什么。也就是说，人类迄今为止发生的一切，都在"门之钥"的预料之中？他之所以没有从过去出手，直接与"混沌"推平地球，只是因为他觉得人类没有丝毫希望，根本不值得他跨越时空进行干预？在"门之钥"的眼中，人类这个族群就像是溪流中游动的小鱼，从河道上游，一点点向下游，而他则是岸边晒太阳的老翁，他不急着用鱼钩钓起这条鱼，因为他清楚地知道，这条鱼不可能逃过他在河道最下游布置的那张渔网。在他的眼中，人类的失败与毁灭是注定的。"所以，你是想让所有人束手投降吗？"林七夜深吸一口气，"就算这是一场必输的战争，我们也绝不可能放弃抵抗……难道你忘了，大夏在没有神的那段时间，守夜人是靠着怎样的信念与外来的神明战斗吗？"

安卿鱼注视着林七夜，没有回答。"该解释的，我已经解释了。"许久后，他缓缓开口，"让开，否则，我连你也一起杀。"

接触到安卿鱼那冰冷漠然的灰眸，林七夜的心微微一颤，一股无法言喻的痛楚，自他的内心深处传来。他知道，安卿鱼已经不再是当初的那个副队长了。纵是千言万语的劝解，也必然无用，林七夜只能摇了摇头，沉声道："抱歉，她是我们守夜人重点保护的对象，不能落在克系的手里。"

安卿鱼的双眼眯起危险的弧度，纷扬的落叶飘零殆尽，灰色的雨幕落在满地的叶片上，发出沉闷的滴答声响，一股杀意在沉寂的天空下弥漫。"既然如此，就别怪我了。"安卿鱼淡淡开口，他的身形瞬息消失，满地的落叶突然倒卷而起！这些落叶在空中分解成紫色的毒雾，疯狂向石台前的林七夜包裹，林七夜认得这些紫雾，这是当年他们在姑苏市迎战贝尔·克兰德时，遇到的使精神错乱的毒气。只不过，这些毒气经过安卿鱼的改进重构，毒素浓度至少是原本的万倍！即便是主神落入这片迷雾中，都会精神发狂，失去理智。

林七夜屏住呼吸，双脚猛踏地面，身形如电般掠过毒雾，飞向后方的石台！石台的边缘，安卿鱼的身形突然自虚无中勾勒而出，看到林七夜看穿了他的动作，眉头一皱，弥漫在空中的毒雾瞬间化作凝实的蛇蝎巨嘴，一口咬向林七夜的身体。

半空中的林七夜见此，浑身绷紧，噼里啪啦的爆鸣自体内传来，拧身一拳将那巨嘴打得粉碎。

见林七夜在这毒雾中还能行动自如，安卿鱼的脸上浮现出诧异，那双灰眸一边试着解析他的身体，一边凌空抬手，对着林七夜遥遥一指。肉身解构，重组。在进入这座教堂之后，安卿鱼就是用这个能力，直接秒杀了三名骑士长，即便是他们那沐浴过神兽血的超强体魄，在重构面前依然脆弱如纸，这也是安卿鱼面对近战敌人的大杀器！但随着他的手指点落，林七夜的身形没有发生丝毫改变，他呼啸着从毒雾中飞出，炮弹般撞向安卿鱼的身体！安卿鱼愣在了原地。"无法重组？"他那双灰眸微芒连闪，却只能看清林七夜这副身体的构造，根本没法从微观层面将其重组，缔造林七夜肉身的材料，远在他的重构能力之外。

就是这短暂的停顿，让林七夜抓住机会，他闪至安卿鱼身前，猛攥的拳头挥起，用尽全力砸向安卿鱼的胸膛！"轰——"轰鸣的爆炸声宛若惊雷般在地表炸响，稳固的教堂构造被这一拳的余波瞬间撕裂，一道黑影以肉眼无法捕捉的速度倒飞而出，接连砸穿了直线一公里内所有的建筑废墟，重重摔落在大地之上。这一拳挥出，直接将安卿鱼的身体砸成了肉泥，模糊地翻滚在地面之上，已经不见人形。下一刻，细密的血管与血肉疯狂重生，仅是一眨眼的工夫，人形轮廓便勾勒而出，那副还没有生长出皮肤的血色面孔，死死盯着远方的教堂，声音沙哑地开口："果然，就算没有了'凡尘神域'，你也是那个能创造奇迹的家伙……"

| 第十篇 |

王朝重现

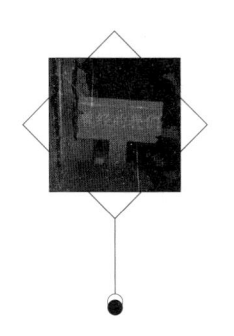

1620

  漫天的尘埃中，那深红色的身影缓缓走出："看起来……你的能力，似乎对我无效？"话音落下，林七夜化作一道残影，呼吸间掠过废墟，一只拳头再度在安卿鱼面前抬起……"砰——"第二拳挥出，安卿鱼刚修复了大半的身体表面，猩红的血肉突然凝固成乌黑的神秘晶石，像是一面巨大的盾牌，挡在了自己身前，随着林七夜的拳头砸在其上，发出令人头晕目眩的震荡声。密密麻麻的裂纹在黑晶表面蔓延，片刻后崩碎飞溅！林七夜只觉得拳头一阵剧痛，反震之力让其连退数步，皱眉看向那面破碎的黑晶盾牌之后。安卿鱼刚凝聚好的血肉之躯，同样被巨力反震，一条手臂直接碎成血雾，还不等血肉重生修复，他便化作无数血色老鼠散开，在数百米外重新凝聚身形。肌肤重新出现在那张空洞的血脸上，安卿鱼望着远处的林七夜，脸色凝重无比。林七夜的身体没法被重组，又具备变态的力量与防御力，从某种程度上来说，确实极为克制他的能力……就算他能无限再生，再这么下去，还不知道要打到什么时候。难道，只能动用那个了？

  安卿鱼看着不断靠近的林七夜，眼眸微光闪烁，片刻后，他深吸一口气，还是用那沾血的手指，在灰瞳里涂抹出一道细长的弧线。一股神秘浩大的气息，骤然降临在伦敦市上空！这气息出现的瞬间，林七夜的身形一顿，他抬头看向安卿鱼上空，一道虚幻的门户边角，正在急速勾勒而出。"这就是真理之门吗……"林七夜喃喃自语。他站在这道虚幻的大门前方，只觉得自身的存在极其渺小，一股生死危机感涌上心头！糟了。林七夜大脑飞速运转，双脚猛踏地面，身形化作一道红光直接冲向安卿鱼面门！既然这真理之门是依托安卿鱼而存在，那解除危机最好的方法，自然是直接攻击安卿鱼本体！就在林七夜的身形即将触碰到安卿鱼的瞬间，后者的双瞳微微一凝，脚下的大地突然刺出上千个黑刺，像是一朵盛开的荆棘之花，将那深红身影死死禁锢在原地。林七夜低吼一声，恐怖的力量直接扫开了一片黑刺，但这些东西就像是无穷无尽般，不断束缚着他的身形，在他的体表留下一道道细密血孔。随着安卿鱼的双眼缓缓闭起，那道悬空的虚幻门户，也凝实到了极点，仿佛真的降临了一道真理之门，到这片废墟上空。林七夜心底的死亡危机越发强烈！

就在这时，两道身披铠甲的身影突然一左一右地冲出！霹雳的雷光自剑锋跳跃而出，直接贯穿了安卿鱼抬起的手掌，随后猛地向下劈落，直接砍掉了他的一条手臂。数十米外，查尔斯身披红白铠甲，无数雷光在周身游走，宛若雷神降世。另一道独臂身影单手持剑，裹挟着一股狂风冲到安卿鱼面前，剑芒混杂着风刃，呼吸间将他的身体剁成数块血肉残片！泰勒看着眼前七零八碎的敌人，神情狰狞无比："想杀圣女大人，我就先剁了你！！"风刃狂泻而出，浑身是血的泰勒就像个疯子，一刀刀将近在咫尺的安卿鱼削成碎片，漫天飞舞的残肢中，一只紧闭的眼睛微微颤动，猛地睁开！灰色的瞳孔与泰勒对视在一起，下一刻，泰勒便觉得剧痛自身体各处传来，在查尔斯和林七夜的目光中，他浑身的骨骼寸寸崩碎，硬生生地被凌空揉成一团肉球！泰勒的惨叫声刚刚响起，气管便被自己的肋骨洞穿，那双狰狞的眼眸，迅速地昏暗下去。

但随着这只灰眸的睁开，天空中那道真理之门的虚影也消散无踪，仿佛某种神秘的仪式被打断，宏大神秘的气息消散无踪。安卿鱼被剁碎的身体迅速恢复，不知是否因仪式被打断，他的脸色有些苍白。"轰——"与此同时，林七夜硬生生在荆棘中撕开一条血路，迈步走出，身上的衣物与肌肤都已经千疮百孔，但伤口都不深，并没有刺入内脏之中。他一边粗重地呼吸着，一边冲向安卿鱼，从那褴褛的上衣孔洞之中，可以看到一个神秘的金色图案，在他之前被克洛伊神光扫中的胸膛位置，散发着微弱的光辉。

"'圣约'？！"看到那金色图案的瞬间，查尔斯的脸上浮现出震惊之色，"这怎么可能？他的身上，怎么会有'圣约'的印记？！那可是……"查尔斯像是想到了什么，猛地回头看向石台上沉睡的克洛伊，瞳孔微微放大。

面色苍白的安卿鱼，在林七夜的近身攻击下接连闪避，似乎那场被打断的仪式让他消耗不轻，他再度与林七夜拉开身形，转头望向远方，一道灰色的六翼天使身影，也在向这里急速靠近。他的眉头紧紧皱起，正欲有所动作，一道烟霾般的身影，悄然飘至他的身后。"刺啦——"短刀划破虚无，直接将安卿鱼的身体拦腰斩断，他的上半身离体飞出，除了骨骼与血肉，皮囊的中央空荡一片，像是一具被挖空了的血肉玩偶。27号手握短刀，看到这一幕，眼睛微微眯起："果然，你的内脏消失了。"

林七夜看到这一幕，眼眸中同样浮现出惊异，这种画面他也是第一次看到……可人的内脏，怎么会突然凭空消失？没有了这些东西，安卿鱼又是怎么活下来的？安卿鱼眉头紧锁，飘在半空的上半身急速重生，恢复了原本的身体，他扫了眼27号，眸中闪过一抹决然，掉头直接向教堂的方向冲去！"林七夜，你的东西！"林七夜正欲挥拳阻拦安卿鱼，27号的声音便从身后传出，他回头望去，一柄断裂的长剑被27号用力抛来。看到那柄断剑的瞬间，林七夜的心头微微一震。他想也不想，直接握住天丛云剑的剑柄，借力冲天而起，一剑直接向安卿鱼的头颅斩去！

1621

这一剑在林七夜的全力之下，奇快无比，安卿鱼只觉得一抹寒意自身侧袭来，浑身的汗毛立起！他闪电般向另一侧闪去，却依然避不开这一剑的锋芒，断裂的剑刃划过他的额角，一缕猩红鲜血挥洒长空。一剑斩出，林七夜的第二剑紧随其后，安卿鱼的灰眸收缩，身形迅速化作万千老鼠，向四面八方分散，剑芒从鼠群中划过，却并没有留下丝毫的痕迹。鼠群翻过废墟，最终在教堂周围汇聚，安卿鱼的身形重新走出。他伸手摸了下额角，伤痕却并未自愈，他怔怔地看着掌间的鲜血，神情有些复杂。

半空中，沈青竹的身形逐渐落下，与林七夜和27号分作三处，包围在安卿鱼附近。"跟我们回大夏吧，安副队。"沈青竹缓缓开口，"你已经无路可退了。"

安卿鱼的目光扫过四周，那对灰色的眼眸中，并没有丝毫的慌乱。"大夏？"安卿鱼摇头，"我已经回不去了。"他的右手抬起，重重地按向地面，下一刻，距离他数十米外的石台下方的大地，突然化作流沙，直接将石台连带着上面沉眠的少女吞没其中。

与此同时，安卿鱼周围的时空剧烈扰动起来，一道空间旋涡绽放在他身后。

"拦住他！"林七夜当即飞掠而出，沈青竹、27号也同时动身，从三个不同的方向急速冲向安卿鱼！安卿鱼脚尖轻抬，整个人向着身后的空间旋涡仰面倒去，那双灰瞳注视着急速逼近的林七夜，平静开口："再见……林七夜队长。"林七夜用力将手中的天丛云剑掷出，划出恐怖的音爆，却只轻飘飘地从淡化的旋涡中央穿过，那道披着残破黑袍的身影，已经消失不见。三人的身形停顿在原地。寒风袭过铺满落叶的伦敦，灰色的雨幕逐渐消散，林七夜看着眼前空荡的虚无，双拳紧紧攥起……

"逃跑这块，他一向是很擅长的。"沈青竹见此，无奈地叹了口气。

"他把克洛伊带走了。"27号看着远处的流沙，兜帽下的脸色阴沉无比，"不能让他就这么离开，我继续去追！"话音落下，27号的身形化作一缕烟霾，直接消失在原地。

"七夜，怎么说？我们还追吗？"沈青竹转头问道。

林七夜伫立在原地，沉默片刻后，摇了摇头："他的空间能力来自真理之门，可以在瞬间跨越极远的距离，就算我们现在追，也追不上了……就算追上了，也未必能留下他。"林七夜缓缓走到一堵断墙前，捡起地上的天丛云剑，看着剑身上残余的血迹，眼眸中浮现出苦涩。他清楚地记得，在地狱看到未来安卿鱼的时候，对方额头就有一处不知是剑痕还是刀痕的伤疤……当时他还奇怪，以卿鱼的恢复力，哪有那么容易留下疤痕。现在看来，给安卿鱼留下那道伤疤的，正是自己。

"那……他们怎么办？"沈青竹指了指一旁。

残余破碎的废墟之上，寥寥几名骑士正跪倒在那片原本放着石台的流沙前，将自己的骑士剑刺入大地，泪水滑过脸颊，像是在忏悔着什么。经过这场大战，原本还有七八十人的"圣裁骑士团"，现在只留下了八人，就算加上查尔斯也只有九人，教堂也被破坏得差不多了，最关键的是，他们所信仰守护的圣女克洛伊，也被安卿鱼抢走。在这片废墟的大地之上，他们已经一无所有。

"锵——"其中一名骑士忏悔完毕后，猛地拔出自己身前的长剑，径直向自己的咽喉挥去！其余几名骑士紧随着拔出长剑，毫不犹豫地想要以死谢罪。沈青竹眉头一皱，身后的六只灰翼用力一振，狂风直接砸飞了他们手中的骑士剑，插入远处的断墙之中。骑士们微微一愣，转头望去。

"虽然你们中有些人的行为做派我不喜欢，但你们的信念感与忠诚，确实值得称赞。"沈青竹淡淡开口，"就这么自寻死路，未免太可惜了。"

骑士们对视一眼，摇了摇头："守护圣女大人，是我们几年前就立下的誓约，如今这个约定没有完成，我们自然该以死谢罪，没有什么可不可惜的。之前为了圣女大人，对各位多有冒犯，我们代其他骑士与泰勒大人，向你们诚挚道歉……也请你们不要再阻拦我们。"先前他们与林七夜等人战斗，是因为圣女克洛伊主动袭击林七夜，让部分骑士误以为他们是敌非友，但经过刚刚那一番守护战，林七夜等人的立场已经再明显不过，骑士们虽然忠诚，但并不愚蠢，到现在这个时候，他们也意识到自己的错误。话音落下，他们缓缓站起身，依然坚决地向那几柄插入断墙的骑士剑走去。

就在这时，一个身影拦在了他们面前："查尔斯大人，您难道想违背誓约吗？"看到那披着红白铠甲的身影，众骑士微微皱眉。

查尔斯的目光扫过众人，摇了摇头："我们的誓约尚未完成，为什么会违背？"

"尚未完成？可是圣女大人已经被……"

"圣女大人只是被带走，并非遇害了，而且，以圣女大人的实力，如果她真的觉得自己遇到危险，又怎么会到现在还不苏醒？她是故意被袭击者带走的。"

听到查尔斯的后半句话，众骑士同时愣在了原地。

"您在说些什么？故意被带走？"

"你们没发现吗？其实圣女大人，早在之前就醒了。"查尔斯伸出手，指了指林七夜,"他就是最好的证据。"

所有骑士同时转身看向林七夜,在他胸膛之处,一枚神秘的金色印记正在散发着微光。

"'圣约'?!"看到这印记的瞬间,所有骑士瞳孔骤然收缩。

"'圣约'?"林七夜疑惑地低头看向自己胸口,"那是什么?"

"'圣约',就是神圣不可违背的誓约,一旦缔结'圣约',约定的内容就一定会发生,这是圣女大人所能做到的最高级誓约,消耗极大,无法随意动用。"查尔斯开口解释道,"您身上的印痕一共由三道纹路组成,意味着圣女大人连续与您缔结了三道'圣约'……这几乎是不可能的事情。"其余几个骑士看向林七夜的目光也变了,从原本的震惊,到现在的不解,甚至在逐渐转变为崇敬。

"'圣约'……"林七夜喃喃念叨着这个名字,看向原本石台所在的地方,眉头疑惑地皱起。之前从克洛伊身上放出的光芒,应该就是她与林七夜立下"圣约"的过程……可林七夜对此根本毫无察觉,他只是睡了一觉,等再度醒来的时候,这三道印痕就出现在胸口,身体也没有出现丝毫异样。自己与克洛伊分明是第一次相见,不,严格来说只是自己见到了她,她为什么要与自己立下三道"圣约"?这三道"圣约"所约定的,究竟是什么事情?

就在林七夜疑惑之际,查尔斯再度开口:"因为消耗太过庞大,任何一道'圣约'的存在,都意味着圣女大人对缔结者的信任与认可。您的身上有三道'圣约',说明圣女大人已经将几乎所有的力量,都交到了您身上的印痕之中……待到'圣约'所定的履行之期,便会自动起效,发挥出超乎想象的力量。同样地,拥有三道'圣约'的您,也是圣女大人最看重与信赖的人。"查尔斯将西洋剑插入地面,整个人半跪下来,一只手放在胸膛,严肃地开口,"我等圣裁骑士已经凋零殆尽,无处可归……从今日起,我查尔斯愿追随大人,誓死为大人效劳。"

其余骑士也纷纷反应过来,同时面向林七夜,半跪在地,庄重开口:"誓死为大人效劳!"

"为我效劳?"林七夜对眼前的一幕有些费解,"你们所信仰的,不是圣女克洛伊吗?她现在失踪了,你们不去找她,为什么要为我效劳?"

"圣女大人并没有失踪,她在与您缔结'圣约'之时,便已经苏醒……我等不知她为何装作沉眠,不过我相信,圣女大人应该有自己想做的事情。但她既然与您缔结三道'圣约',其意之一便是要我等将您视作她亲临,追随在您身旁。"

林七夜与沈青竹对视一眼,表情都有些古怪。这些骑士能从与米戈的死战中幸存,实力都是"圣裁骑士团"顶尖的那一批,平均都有"克莱因"级别的战力,

- 147 -

查尔斯的实力更是足以匹敌人类战力天花板,若是就这么遗弃在迷雾中,确实太过可惜。林七夜也想过要不要将他们带回大夏,甚至已经在思考该怎么把他们哄骗……哦不,劝回大夏境内,可眼下这一幕,直接打乱了他的思绪。

"现在的大夏,倒还确实有一支队伍的番号,依然空缺……"沈青竹思索着开口。自从对"夜幕"与"假面"启动"雪藏计划",特殊小队中004与005的番号都空了出来,其中005是留给第六预备队的,而004的番号至今还在空缺。虽然集训营每年都在向守夜人输送新兵,但每年新兵的质量都在变化,想再培养一批林七夜、方沫这样的顶级新人来重新组建小队,不是光靠时间和资源能做到的,还需要大量的运气。这些骑士加上查尔斯,正好九人,如果能直接让"圣裁骑士团"顶上004的空缺,倒是能给包括"凤凰"小队在内的其他队伍,分担大量的压力。

林七夜的目光在这些骑士身上扫过,像是在认真地思考着什么,如今他是特殊行动处的处长,在拥有权力的同时,也需要以高层的视角来看待这件事情。查尔斯等人的实力毋庸置疑,但他们对自己和大夏,是否有对克洛伊一样的忠诚?他们能否适应大夏的环境?林七夜沉思许久,还是缓缓开口:"既然如此,你们就跟我们一起回去吧……从今天起,我便将你们任命为第七预备队,有一年的观察转正期,若是一年后满足我的要求,就转正为004号特殊小队,受我直接管辖。"

查尔斯等人一愣,他们听不懂什么预备队、004、转正期,不过并不妨碍他们听懂最后一句话。"全听大人安排。"众骑士低头庄重说道。

"回了大夏之后,就别大人大人地叫了。"林七夜摇了摇头,"以后,就叫我林处吧。"

"是。"

迷雾。另一边。

剧烈的空间扰动自海面上荡起,一个身着残破黑袍的身影,从中一步踏出。安卿鱼抬手一招,一块悬浮的石台承载着一位沉睡的红发少女,自空中缓缓降落,石台底部触碰海面,后者顿时被解构重组为数米厚的巨型浮冰。安卿鱼站在浮冰上,俯视着那依然沉眠的红发少女,一对灰瞳闪烁着微弱的光芒。这少女虽然在沉睡,但似乎一直在被风与火守护,想突破这些守护取下她的性命,并不是一件容易的事情,情急之下,安卿鱼只能将她连带着石台,整个地带到这里。"真是神奇的能力……要是能解剖就好了。"安卿鱼喃喃自语。

"是吗?"一个声音突然出现在安卿鱼的脑海,他的瞳孔骤然收缩,猛地转头环顾四周!空荡的海面之上,除了无尽的迷雾与翻腾的浪花,再也没有丝毫的身影,安卿鱼的目光寸寸扫过海水,并没有找到那声音的来源。他像是意识到了什么,皱眉看向石台,克洛伊依然静静地躺在白丝绒上,那双原本紧闭的双眼,不知何时已经悄然睁开,一双红宝石般的眼睛笑眯眯地看着安卿鱼。下一刻,一只白皙的手掌闪电般按在安卿鱼的胸膛！"轰——"一股巨力自掌间传来，直接将安卿鱼的胸膛震得粉碎，他的身形急速倒飞而出，隐约间，一抹白色残影，随着克洛伊的指尖钻入他的伤口。

1623

崩碎的血肉在空中逐渐重生，安卿鱼的身形坠入海面，直接将一片海水冻结成寒冰，片刻之后，一个血色的身影从冰层中央缓缓站起。"你是装的？"安卿鱼胸膛的伤势逐渐复原，他皱眉看着那自石台上站起的红发少女，冷声开口。

"对啊，我装的。"克洛伊轻笑一声，"不然，想暗算你可不容易。"

"你能骗过我的眼睛，也不容易。"安卿鱼停顿片刻，身上的伤势已经修复完全，"而且，你费尽心思的暗算并没有对我产生太大的效果，不是吗？"

克洛伊笑了笑，没有说话。厚重的冰层之上，两道身影相对而立，安卿鱼注视着眼前的少女，犹豫片刻后，还是抬起那根染血的手指，向自己的双瞳抹去。克洛伊拥有目前世界上已知最强神的001号神墟，而且疑似生存过极其漫长的岁月，面对这样的存在，安卿鱼不敢有丝毫的大意，起手便要动用全力。"这就又要召唤真理之门了？"克洛伊眉梢一挑，"以你现在的状态，今天还能召唤第二次吗？"

"为什么不行？"安卿鱼平静开口，"无非是需要更多的代价罢了……"随着指尖在灰瞳表面染上血痕，恢宏神秘的气息再度降临，平静的海面剧烈翻腾起来，一道门户的虚影在他的身后逐渐勾勒而出。

克洛伊见此，神情凝重些许，她看着安卿鱼，缓缓开口："看来你是铁了心要杀我……交涉什么的，也是没可能了？"安卿鱼没有回答，他只是将双眼缓缓闭起，一股生死危机感，瞬间涌现在克洛伊心头。"好吧。"克洛伊耸了耸肩，"那我们只能下次再见了……对了，我送给你的礼物，希望你能喜欢。"克洛伊手掌轻轻一挥，整个人就像是燃烧的白纸，突然扭曲起来，随着一声轻响，身形化作漫天残火，像是烟花般消散无踪。

失去了目标，安卿鱼逐渐闭起的眼睛突然凝固，他的目光扫过四周，再也没有克洛伊的踪迹。这种诡异的离开方式，就连他都有些捉摸不透。"跑了吗……"安卿鱼摇了摇头，散去了身后的真理之门虚影。这次没能杀了克洛伊，也许"混沌"那边会有些难办，不过说到底，安卿鱼并不在乎那个家伙的想法……他真正在乎的，是那个高悬在时间长河之上，俯瞰着他一举一动的"门之钥"。安卿鱼看了眼克洛伊消失的方向，转身向迷雾中走去。

黎明的海面之上，一艘探索船缓缓前行。

"哕——"查尔斯扶住探索船的船沿，剧烈地呕吐着，脸色苍白无比。探索船随着波浪起伏，将靠在船舷上的九位骑士晃得胆汁都快吐出来了，他们依次站成一排，干呕声此起彼伏，画面说不出地和谐。

"他们的反应至于这么大吗？"乌泉坐在船舷上，忍不住开口。

"他们原本就在'人圈'中长大，回到迷雾世界后，又一直在地面活动，从来没下过水，反应自然会大些。"

林七夜一边解释，一边对着众骑士大喊："你们别逮着船的一边吐啊，重量分配不均匀，来四个人去另一边的船舷吐！"听到这句话，晕船晕得天翻地覆的众骑士，硬是有序地走出四位，扶着船壁跟跟跄跄地向船的另一侧走去。这执行力，确实不错啊……看到这一幕，林七夜忍不住在心中感慨。

"林处，我们还有多久能到大夏？"查尔斯深吸一口气，强忍着难受问道。

"我们这才离开没多久……大概还有一天吧。"

"哕——"听到林七夜的回答，骑士们的脸上浮现出绝望之色。

"林处，我听说大夏非常大，是真的吗？"

"是真的。"林七夜想了想，"大概，相当于六千个伦敦吧。"

骑士们张大嘴巴，眼眸中浮现出震惊之色："六千个伦敦？那得有多少人口？"

"很多……总之，你们到时候就知道了。"

"那里没有'神秘'吗？"

"'神秘'倒是有，不过都在守夜人的控制范围之内，不会影响到普通人的生活。"骑士们眨了眨眼，似乎没法理解林七夜的意思，对他们而言，大夏只是圣女大人言谈中偶尔透露出的神秘国度。"你们知道迷雾中还有国家幸存，就没想过去看看吗？"林七夜疑惑问道。

"没有。"查尔斯摇头，"我们的摩托跑不了那么远，而且没有教堂的庇护，我们就没法落脚休息。"

也是，毕竟这都是一群连船都没法坐的旱鸭子……林七夜暗自想。林七夜倚靠在船舷上，眺望着海面上无穷无尽的迷雾，沈青竹独自在驾驶室操控探索船，其余骑士又都忙着晕船，整个船头就只剩下他与乌泉二人。

"七夜哥。"纠结片刻后，乌泉还是忍不住问道，"我这次表现得怎么样？算不算立功了？"

"嗯，当然算。"林七夜点头，"放心吧，我会帮你记着的，只要不惹出事端，早晚有将功赎罪的那一天。"

听到这句话，乌泉的眼眸中浮现出崇敬之色。就在他想再说些什么的时候，低沉的钟鸣突然自迷雾中传来，响彻天地！"铛——铛——铛！"这钟鸣出现得极为突兀，从方位上来看，是自大夏的方向传来，不知其中蕴含了怎样的力量，竟然能跨过上千公里的距离，回荡在迷雾的海面之上！

"钟声？哪儿来的钟声？"林七夜的眉头紧皱，不解地开口。就在他沉思之际，一股灼热感突然自他的胸膛燃起，仿佛要将整个人烧成灰烬！林七夜猛地拉开衣角，只见那三道"圣约"印痕中，第一道印痕突然绽放出刺目的光辉，一股浩瀚无尽的恐怖能量倾泻而出，将他周围的时空都撕裂扭曲起来！时光的残影在林七夜面前呼啸飞过，将距离他最近的乌泉也包裹其中，这些肆虐的能量不断撕扯着他的身体，他的意识就像是被塞进了一台榨汁机，疯狂地搅动翻滚！一道白光自船头冲天而起！等到这光柱散去，沉寂的灰雾之中，林七夜与乌泉的身影已然消失不见。

1624

与此同时，距离探索船数千里外。"铛——铛——铛！"洪亮的钟声回荡在天地之间，披着白丝绒外衣的红发少女，突然停了脚步。克洛伊转头看向钟声传来的方向，一股强横的神力波动自体内轰然爆发，她低头看向自己的手背，一枚与林七夜胸膛同样的印痕，正在疯狂吞噬着她的力量，散发着淡淡微光。"东皇钟起，'圣约'应时，因果重逆，死境逢生。"克洛伊喃喃自语，"时隔两千一百四十一年，第一道'圣约'终于启动了吗……"这狂暴的吞噬之力，足足持续了数十秒，等到最后一缕光芒闪过，她闷哼一声，猛地喷出一口鲜血，脸色苍白无比。远方冲霄而起的那道光柱，终于逐渐散去，克洛伊抹去嘴角的血迹，脸上浮现出一抹笑意："我们的第一道'圣约'，已经履行了，能否重逆这因果，就看你了……林七夜。"

大夏，国运海岛。"铛——铛——铛！"远方传来的钟声响彻天地，海岛各处的身影同时停下了手中的动作，疑惑地看向声音传来的方向。

"钟声？这是什么钟声？"李铿锵站在山崖上，眺望着远处一望无际的海面，不解地喃喃自语。他的身后，一个穿着羊羔绒卫衣的女人缓缓走出。

"这是……东皇钟？"王晴有些不确定地开口。

"东皇钟？那是什么东西？"

"是在遥远岁月之前，天庭的一件至高神器。"唐雨生脚踏海浪，飞到了两人身边，"可是，东皇钟早在两千多年前，就已经遗失了才对……如今并不在天庭。"

"不在天庭的至高神器？那现在，又是谁在敲响它？"李铿锵的神情越发疑惑。

"……不知道。"

身为守夜人历代的总司令，他们几人掌握的情报极为庞大，可即便如此，他们依然猜不到这神秘敲钟人的身份……听钟声，它的本体必然在大夏境内，可大夏境内除了守夜人和天庭，还有谁能神不知鬼不觉地掌控东皇钟，并且敲响它？

就在众司令沉思之际，海岛地底深处，那奔流不息的国运洪流上方，一个身披残破甲胄的身影，缓缓抬起了头颅。

"侯爷，东皇钟响了。"公羊婉站在国运洪流边，轻声开口。

"嗯，我听到了。"

国运洪流上的霍去病，眼眸中浮现出一抹追忆之色。他低头望去，满是伤痕的手掌缓缓张开，一枚白色的棋子正静静地躺在他的掌心。"他敲响了东皇钟……那就说明，第一道'圣约'已经启动了。"

"是啊。"公羊婉轻轻拔下发簪，如瀑的黑发垂落肩头，她望着发簪中央那枚宛若白玉的棋子，目光复杂起来，"古老的誓约重现世间，历经数千年的布局，这一场人与神的对弈……是时候迎来一线生机了。"

"钟声？"迷雾中，距离海峡数百里外，安卿鱼突然停下了脚步。他回头望向大夏的方向，眉头微微皱起："哪里来的钟声，竟然能扩散到地球的每一个角落？难道大夏那边，又出现了什么变故？"安卿鱼在原地沉思许久，也没有什么头绪，待到三声钟鸣消散，天地间再度回归一片死寂，仿佛刚刚的钟声只是一场幻觉。安卿鱼摇了摇头，迈步继续向海峡走去。就在这时，他的胸口莫名一痛，整个人剧烈地咳嗽起来！他一只手捂着胸膛，只觉得有什么东西即将钻开血肉，一股剧痛充斥脑海！安卿鱼紧皱着眉头，一柄手术刀滑落至掌心，他直接剖开了自己胸部的血肉，将手掌探入体内，似乎在寻找着什么。片刻后，他的手掌从胸口缓缓拔出，破碎的血肉迅速修复起来。安卿鱼看着那只鲜血淋漓的手，一点点摊开，看到掌心的那件东西，眼眸中的疑惑之色更浓了。那是一枚被鲜血染红的白色棋子。这东西，是刚刚克洛伊打入自己身体里的？这就是她所谓的礼物？

安卿鱼的灰瞳中，闪过一抹微芒，开始解析这枚棋子的构成，不过拇指指甲盖大小的棋子，在他的瞳孔中急速放大，就连表面分子的纹理都逐渐清晰起来。"这是……"安卿鱼的瞳孔微微收缩。他想也不想，直接将这枚棋子碾碎，化作细碎的粉末，飘散在大海之中。他望着那逐渐消散在海面的棋子粉末，双眼微微眯起，不知在思索着什么。许久之后，他沉默地转过身，消失在海峡倒影之中。

大夏，天庭。

"是东皇钟！"姜子牙听到那钟声，眸中闪过一抹惊骇，"东皇钟又现世了？"

"钟声来源在大夏境内……既然如此，为何这么多年我们都没有发觉？"

"现在，又是何人在敲钟？！"

几位金仙对视一眼，同时冲天而起，循着钟声传出的方向，疾驰飞出！尽管东皇钟只响了三声，但对大夏众神而言，只要一声就足以定位到它的位置，几道流光接连划过天际，从不同方向，往大夏某处接近。东皇钟的钟声逐渐消散，一道道连绵的山脉，出现在众神的视线之中。

"这是什么地方？"

"祁连山。"

"祁连山……这地方，有何特别之处？"

"并没有，我们从未在这里感受到任何神力气息，甚至这里连人类都很少踏足。"

几位金仙议论之际，他们已经循着钟声，找到了声音的来源，那是祁连山的某座山峰，皑皑白雪之中，一口古老宏大的青铜钟，正在风雪间缓缓停摆。那，便是天庭数千年前遗失的至高神器，东皇钟。

"不会错的，就是它。"太乙真人开口道，"不过这里的气息都被某种存在遮蔽，若非它主动现身，我们即便如此靠近，都未必能察觉到它。"

众金仙飞落东皇钟前，就在这时，一个身影自东皇钟的后方，缓缓走出……

1625

飞扬的尘土之间，林七夜缓缓睁开双眼。

他看着眼前黄蒙蒙一片的天空，整个人的思绪都像是停滞了一般，许久之后，才挣扎着想站起身，但刚一抬头，一股强烈的眩晕感便充满心神。

"哕——！！！"

林七夜猛地俯身干呕起来。

从小到大林七夜就没晕过什么东西，车、飞机、船都是如此，但这次他算是知道什么叫晕得快把胃给吐出来，整个人在地上趴了足足十分钟，才勉强可以站起身。

"这是什么鬼地方……"林七夜的目光环顾四周，除了荒寂无人的黄土，入目之处再无其他。他原来不是在迷雾的探索船上吗？林七夜清楚地记得，自己失去意识之前，就在那艘回归大夏的探索船上，他听到海面上传来三道钟声，然后胸膛突然爆发出一阵光……林七夜像是想到了什么，低头看向自己的胸口，原本的三道印痕，现在只剩下两道，还有一道像是被人擦掉了一般，淡到几乎看不出来。

"'圣约'？"林七夜的眉头紧紧皱起。根据查尔斯所说，"圣约"便是神圣不可违背的誓约，一旦约定，就必然会发生……可这道消失的"圣约"，究竟做了什么？为什么将自己从探索船挪移到了这里？一个又一个疑问浮现在林七夜心头，他在周围转了一圈，方圆数公里内，根本看不到任何人类生存的痕迹，这里像是荒漠边缘地域，连植被都极少看到。

林七夜登上一个小土坡，向远处眺望，突然看到距离他几百米外的巨石边，一双腿倒插在大地之中。林七夜眯眼注视片刻，嘴角猛地一抽！"乌泉！"林七夜二话不说，直接冲到巨石前，徒手将其震得粉碎，只见一个少年正昏迷在巨石间隙之中，浑身是血。林七夜先是探了一下他的呼吸，好消息是，他还活着；坏消息是……他似乎活不了多久了。怎么会这样？林七夜的目光扫过他的身体，乌泉的体表到处都是怪异的伤痕，像是被什么东西划破，身上的骨头也断了数根，整个人软绵绵的，气若游丝。

"这是哪儿来的伤？"林七夜看了眼自己的身体，才发现自己的体表似乎也有些瘀青，只不过他的肉身太过强悍，再加上突然来到这么个奇怪的地方分散心神，根本没注意到自己受伤。自己和乌泉身上都有伤……难道是那"圣约"将他们送到这里的过程中，对他们的身体造成了负面影响？林七夜来不及多想，他直接将乌泉背起，挑选了一个方向，开始在这片贫瘠的大地上狂奔。受了这么重的伤，乌泉未必能坚持太久，他必须尽快离开这里，找地方给乌泉治疗。全速之下，周围的大地都在疯狂后退，没过多久，林七夜的眼前便出现一个个黑点，像是某种低矮的建筑。靠近之后，林七夜便发现那是几座矮小的土屋，外表没有窗户，只有一个小小的门，屋子周围用断裂的木头围起，在飞扬的黄沙中屹立不倒。

"有人。"林七夜眼前一亮，他轻盈地落在其中一座土屋的前面，敲响木门。

"笃笃笃——"片刻后，一个身影从门后缓缓走出。"你找谁？"这是个看起来四五十岁的中年男人，穿着粗布麻衣，皮肤黝黑粗糙，弓着背，身高还不到林七夜的胸口，一副营养不良的模样。

"你好，请问这里是什么地方？"

"落魂丘。"

"呃……是哪个市？"

"市？"男人一愣，"哦，西市在这里往东十里。"

"……我的意思是，这是哪个省？哪个市？"

男人狐疑地打量他几眼："什么省市的……这里往北十五里就是薛县，你要是想找人打听什么东西，直接去那里就是。"

"薛县……"林七夜喃喃念叨着这个名字，还未等他回过神，男人便一把关上屋门。听到"薛县"二字，再结合刚刚男人的衣着和建筑，林七夜的脑海中，突然闪过某种想法，又被他迅速否定……应该，不可能吧？林七夜摇了摇头，找到北方，迅速飞驰而去，十五里对寻常人可能很远，但对林七夜而言，也就是片刻的工夫。飞扬的尘沙之中，林七夜的脚步踏上一个土丘，他看着远处那堵矗立在黄土上的古老城墙，嘴巴控制不住地张大……距离林七夜不远处，便是一堵由土石堆积而成的城墙，表面凹凸不平，一个拱门自城墙中央打开，众多穿着粗布麻衣的百姓排成两列，陆续走入城中，其中偶尔也能见到几个穿着鲜艳绫罗绸缎的身影，快马扬鞭冲入其中。城墙之上，数十名穿着甲胄的兵士俯瞰着下方的行人，像是在警戒着什么。

"我不是在做梦？！"林七夜喃喃自语。眼前的这一幕，完全超出了林七夜的认知，现代虽然留下了很多古城景点和影城，但大都一眼就能看出重建后的虚假……可眼前的这座城，分明就是一座真正的古代城池！再结合刚刚男人所言，那个大胆的想法，再度浮现在林七夜脑海！那道"圣约"，不仅是让他跨越了空间，还跨越了时间长河？这怎么可能？就算是身为时间之神的王面，也只能进行短时间的回溯，而如今林七夜眼前的这座城池则是什么朝代？汉？唐？宋？无论是哪个朝代，与林七夜所在时代的差距，都在千年以上，就算是不考虑因果变动产生的副作用，王面估计也要耗费一百多年的寿命才能来到这里……这么古老的时间，可不是谁都能抵达的。而那道"圣约"，却将他和乌泉两个人送到了这个时代？

不过有些奇怪的是，这里的人无论是百姓还是官兵，神情都有些憔悴，顶着一双大大的黑眼圈，气色都极差，也不知道是不是营养不良的缘故。林七夜背着乌泉，快步走下山丘，拦住了一位行商模样的男人，问道："你好，请问如今是哪个朝代？"

行商古怪地看了他一眼："元狩六年。"

"元狩？"林七夜依然一脸茫然，他对历史这方面并不擅长，听到这个年号，一时之间还是不知道是哪个朝代。就在他想再问些什么的时候，一个声音自远处传来："冠军侯进城了！！"

1626

"冠军侯"？这三个字落在林七夜耳中，宛若惊雷般炸响。在大夏历史上，能够冠以这个称号的，他知道的只有一个人……霍去病！既然霍去病在这个时代，说明这里是西汉？他竟然被"圣约"带到西汉来了？林七夜顺着众人望向的方向看去，只见在城门四五里外，一支密密麻麻的军队已经驻扎完毕，四匹骏马卷起尘沙，向城门飞驰而来！与此同时，原本站在城门前排队等待进入的百姓，纷纷自动向两边退去，留出宽敞的入城道路。那四道骑马的身影逐渐靠近，众人终于看清了他们的模样。为首的，是个身披甲胄的年轻将军，看起来不过二十出头，眼眸中却有种不符合这个年纪的坚毅与凌厉，一袭鲜红战袍随着马匹的疾驰猎猎作响。"果然是他……"林七夜看到那张熟悉的面孔，眼前一亮。眼前的这个霍去病，与他在国运海岛下见到的霍去病，几乎一模一样，唯一的区别在于，眼前的这个年轻将军，神情中少了一丝沧桑与深沉。

霍去病身骑白马，手中握着一根漆黑的铁索，铁索的另一端，连着一位身穿囚服的女人。这女人的脸上满是尘土与污泥，根本看不清容貌，苍白的囚服布满褶皱，她的脖子上戴着一个沉重的枷锁，凌乱的黑发披散在其上，身形随着马匹的颠簸，微微摇晃。再其后，便是一个孔武有力的副将，与一个身穿儒服、微笑和蔼的书生。这四人在薛县的城门口停下，副将策马走到城墙前，大声吼道："县令何在？！"这副将的声音宛若惊雷，洪亮无比，直接将附近围观的百姓吓得后退数步，城墙上方的兵士交谈几句，其中一人迅速冲入城内。

霍去病看到周围百姓的反应，微微皱了皱眉："玉武。"

那副将一愣，咳嗽了两声，有些心虚地低下头去。片刻后，一个穿着官服、身形浑圆的男人出现在城门之后，恭敬地行礼道："卑职乃此地县令赵良，侯爷有何吩咐？"

副将清了清嗓子，尽量温和地开口："日落之前，给我等备半斤雄鸡血、三斤干姜、七枚黑狗牙，与十斤艾叶……哦，还有一桌上好的酒菜！"

"雄鸡血，干姜，黑狗牙，艾叶？"县令的眼眸中满是不解，"侯爷要这些做什么？"

"啧，侯爷要用，你去准备便是！哪儿来那么多废话！"副将的声音再度拔高，震得人耳膜生疼，他恶狠狠地说道，"莫非，你这县令是不想做了？！"

听到后半句，县令的脸色大变，当即开口："是，卑职这就命人去准备！"

"等等！"

一个低沉的声音传来，县令回头望去，只见那白马之上的年轻将军沉声开口："行军途中，不宜饮酒，备一桌饭菜即可。"

"是！"

县令带着手下，匆忙跑入城中，开始替霍去病等人搜寻需要的材料。

霍去病驾着白马，缓缓向城中走去，副将与那儒服书生紧随其后，唯有那戴着枷锁的女人依然停在原地。霍去病眉头一皱，冷声开口："怎么，你是想我现在就杀了你？"一股冰寒的杀意自霍去病的眼眸中释放，城门口的温度骤然降低，一道狰狞的雷光划过晴朗的天空，下一刻，一道雷声轰鸣炸响！"刺啦——"天光暗淡，周围的百姓见此，脸上浮现出惊恐之色！感受到霍去病的杀意，那女人还是缓缓跟在三人身后，进入城中。

林七夜见此，便想上前喊住霍去病，但犹豫片刻后，还是停下了脚步。在这个时代，霍去病根本就不认识他，就算他冲上去像先知一样说一大堆未来的事情，也根本无法证明他的身份，他所知道的事情太遥远了，根本没有人能够证实，而就凭他对霍去病的了解，也很难在短时间内获取对方的信任。最关键的是，乌泉的情况已经拖不了太久了。林七夜看了眼身后脸色煞白的乌泉，身形瞬间消失在原地，他绕过城墙的正门，来到一处无人看守的高墙下，双脚用力一踏，直接翻过数十米高的围墙，进入城中。他现在的服装打扮，根本不像是汉代人，若是从正门进来，难免遇上麻烦，而翻过这堵城墙对林七夜而言，根本没有丝毫难度。

随着林七夜的身形消失在城内，策马在主道上行走的霍去病，像是察觉到了什么，微微转头看向他离开的方向。他的眼眸中，浮现出疑惑之色。

"侯爷，怎么了？"副将问道。

"……没什么。"霍去病摇了摇头，"先找个地方歇脚吧。"

"我嗅到舞女的香气……舞坊在那个方向。"儒服书生一脸严肃,指着远处一座高楼说道。

"你自己风流就算了,还拉着侯爷一起?"副将狠狠瞪了他一眼,"你敢带坏侯爷,老子剁了你!"

"欸欸欸,你这话说的,侯爷跟我去逛坊子,怎么能算带坏他呢?再说侯爷这年纪也不小了……"

"够了。"霍去病淡淡开口,打断了书生的话语,"县令已经找好了酒楼,我等直接前往便是。"

"……全听侯爷吩咐。"

城池之内,林七夜在一处医馆前停下脚步。他快步走入其中,将乌泉放在桌上,转身对医馆中的学徒与大夫说道:"救人。"一名老者看着浑身是血的乌泉,微微一愣,上前摸了摸他的身体,又把了一会儿脉搏,脸色有些凝重。"能救回来吗?"林七夜沉声问道。

"可以是可以,不过这银两……"

"银两?"林七夜摸了摸空荡的口袋,沉默片刻,径直走到医馆的门前,将门户锁住。他回头看向医馆中的众人,一拳将地面砸出密密麻麻的裂纹,摆出恶霸般的姿态,恶狠狠开口:"银两没有,不过你们若是救不活,就一起给他陪葬!"

1627

乌泉的伤势比林七夜想象的还要重。他就坐在医馆内,看着这些人给他正骨、上药、包扎,一直忙碌到黄昏,等到为首的老者擦了擦汗,坐在椅子上的时候,林七夜迈步上前。"他的情况怎么样?"

"这少年的伤势很奇怪,不像是撞击受伤,又不像是厮杀留下的伤……他的骨头我已经正回去了,严重的伤口都已经上药,只要休养足够,再定期换药,服药调理一段时间,就能康复。"

"一段时间是多久?"

"这伤筋动骨一百天,以他现在的伤势,至少要卧床半年,才能痊愈啊。"

半年?听到这个回答,林七夜的眉头皱了起来……半年卧床服药休养,那岂不是说他们有半年的时间都要留在这里?不,他还不知道他们为什么会来到这个时代,也不知道如何回去,现在摆在林七夜面前的谜团太多,现代又有很多事情要做,哪里能在这里安心休养半年?若是把乌泉一个人留在这儿,林七夜也不放心,他们没有钱,又没有可靠的人能照料乌泉,这么做太危险了。

就在林七夜纠结之际,一个学徒拎上来几包药材,小心翼翼地递到林七夜面

-157-

前。那个老者试探性地开口："这位好汉，老朽已经治好了这少年，这些药也足够他吃上一个月，老朽已经把药方放在里面，若是吃完了，再拿着它去找药房抓药即可，您看……我们是不是能走了？"

林七夜目光扫过众人，他们纷纷低着头，神情有些惶恐。"你们走吧，我就在这里暂住一晚，明日便会离开。"林七夜让开了出门的道路，"这次医治的银两，过几日我会来结清，不要惊动警……呃，官府，否则你们知道会有什么后果。"

"是是是。"

众人的脸色终于放松下来，他们接连推门而出，看了眼头顶的天色，神情微变，匆忙便往家赶去。

"你怎么不走？"林七夜见那医师老者还不离开，问道。

"呃……这是老朽的医馆，老朽就住这里啊。"他指了指医馆的侧门，里面有个逼仄的院子，再后面，就是一个房间。

林七夜点了点头："你去吧，我和他今夜就睡在这前厅，不会打搅你的。"

"这位好汉。"那位给乌泉医治的老者正欲离开，犹豫片刻后，还是回过头来，"你在此过夜，务必要锁好门窗，最好连烛火都不要点，无论外面有什么动静，千万莫要开门啊……"

林七夜眉梢一挑："为什么？"

老者微微一愣："你是第一次来西北边陲吧？"

"……算是吧。"

"你来的这一路上，没有遇到什么奇怪之事吗？"老者皱眉道，"如今妖星凌空，末日将倾，邪祟肆虐……若是白日它们还会收敛一些，可到了夜间，外头可就是它们的天下了！这几日城里城外都在死人，好汉你力大无穷确实勇猛，但遇上那些邪祟，力气也未必能有效果，还是稳妥一些的好。"

听到这些莫名的话语，林七夜的眉头皱了皱，似乎有些不解。天色逐渐暗淡，老者提起桌上的一只灯盏，关上前厅的侧门，颤颤巍巍地向后院走去。"砰——"随着一道关门声轻响，整个医馆前厅都安静下来。林七夜迈步走到敞开的医馆大门前，四下张望起来，白天还热闹非凡的道路，此刻已经死寂一片，昏沉的天色下，入目之处再也见不到一个行人，道路两侧户门紧闭，就连窗户都全部封死，夜色渐临，却没有丝毫的烛火映照而出。林七夜知道古代有宵禁这回事，晚上不会有什么人，但眼下的这一幕，已经完全超出了宵禁能解释的范围。

"妖星凌空，末日将倾，邪祟肆虐？"林七夜喃喃念着刚刚老者的话语，抬头望去，逐渐昏沉的夜空之中，几颗赤红色的星辰高高挂起，像是一只只猩红之眼，在它们的光辉之下，周围普通的星辰已经暗淡无光。"那是什么？"林七夜望着这些赤色星辰，眉头越皱越紧。林七夜从没见过赤红的星星，现代的星空，更是没有这几颗星辰的存在……这个时代，究竟发生了什么？林七夜看着这些赤色星辰，心中升起一种不妙的预感。他正欲关门回到屋中，用余光瞥过街道一角，在这逐渐陷入黑暗的古城之中，唯有一处酒楼，依旧灯火通明。"那是……"林七夜的双眼微眯。

"什么？"酒楼内，副将站起身，皱眉看着眼前的县令，"没有黑狗牙？"

"是啊，我们这找遍了整座城，都没有啊！"县令苦着脸，低声下气地开口，"其他的那些卑职都找到送来了……可现在这黑狗，实在是找不到了！"

"这么大一座城，连条黑狗都没有？"

"以前确实不少，可最近的情况，想必侯爷也清楚……邪祟横行，到处吃人啊！人能活下来就不错了，谁要是在屋里养黑狗，那晚上犬吠之声，不都把邪祟给引过来了吗？早在几日之前，城中百姓就自发地把狗都给炖了，现在别说是我们薛县，就算您去卞县甚至是再大一点的地方，都很难找到黑狗啦！"听完这些话，坐在圆桌中央的霍去病，眉头微皱，陷入沉思。"侯爷，真不是卑职不尽心啊，我这实在是……"

"好了，本侯知道了，你退下吧。"霍去病不等县令继续哭诉，直接开口打断。听到这句话，县令如蒙大赦，连忙道谢，随后带着身后上百位甲士，飞快地离开酒楼，向县衙的方向赶去，仿佛生怕被什么东西追上般。"侯爷，没有黑狗牙……这可如何是好？"副将叹了口气。

跪坐在角落的那女囚，冷笑一声："既然找不全材料，不如就把我放了，带着我，对你们也是累赘，不是吗？"

"闭嘴！小心老子现在就杀了你！"

"是吗？那你杀一个看看？"

"你！！"

"啪——"一道轻响打断了两人的争执，霍去病放下手中的筷子，缓缓站起身，走到酒楼的窗边，眺望着这座笼罩在黑暗中的死寂城池。他的眉头越皱越紧："它们的数量，越来越多了……"

1628

"侯爷，我们要出手吗？"穿着儒服的青年走到霍去病身边，神情也逐渐严肃起来。

"本侯奉圣上所托，庇护万民，无论是北境匈奴，抑或是汉土邪祟，都是百姓之敌，今日既然在此，自然不可坐视不管。"霍去病淡淡道，"天赐我等超凡之力，也自当为民所用，守护众生。"

"喊。"一个不屑的声音自角落传出，那女囚冷笑道，"守护众生？这天下之大，就凭你等几人，如何守护众生？"

"就算我等庇护不了所有百姓，也当竭尽全力，而非像你一样，当个为祸人间的妖孽！"副将勃然大怒，拔出腰间弯刀，指着女囚鼻子说道。

霍去病站在窗边，回头瞥了眼女囚："此次回京，我便要向圣上奏请，搜罗世间异士，成立一处专门镇压邪祟作乱的司衙，既然以我等几人之力未必可行，那借天下之力便是。"女囚冷哼一声，避开了霍去病的目光。

"侯爷，邪祟出现了。"儒生沉声道，"我等是分开前往？还是……"

"无须如此。"霍去病的声音平静无比，"如今满城昏黑，只有这座酒楼灯火通明，无须我等去找它们……它们自然会来送死。"

夜色渐浓。一道道低沉的嘶吼，自昏暗的城墙边传出，像是狼啸，却又莫名地瘆人。简陋的医馆前厅中，盘膝坐在桌上的林七夜，缓缓睁开双眼。微红的星光自紧闭的门窗缝隙中，洒落在地，林七夜听取了老者的建议，并没有点燃烛火，毕竟这还是他第一天来到这个朝代，对这里的一切都极为陌生，还是小心为上。他悄无声息地翻下桌子，自紧闭的大门缝隙中，向外望去。只见朦胧的星光下，一道道残影划过对面的屋檐，急速向城中那唯一明亮的酒楼冲去，几片断瓦滑落屋檐摔碎在地，将屋内的人吓得惊叫出声，随后像是被人捂住，叫声戛然而止。"果然是'神秘'……不过这个数量，未免也太多了？"

透过门缝，林七夜看到了那些残影的身形，他原本就知道古代的大夏也有"神秘"存在，可没想到竟然这么猖獗，居然就这么大摇大摆地在人家房顶上乱窜，而且光是这条街道上，就至少有四五只。林七夜粗略估计，如今这座城池之内，少说也有三十只"神秘"存在，城内尚且如此，那城外该变成什么样子？怪不得这里家家户户都极早关上门窗，而且白天行人大多神情憔悴，一副神经衰弱的样子。林七夜的目光顺着"神秘"奔袭的方向看去，只见那灯火通明的酒楼之上，一个身影轻松地翻上楼顶，手中握着一柄宝剑，傲然俯瞰着周围潮水般涌来的怪物残影，"克莱因"境的精神力威压释放出来。林七夜白天见过那人，他是霍去病的副将，不过他没想到，对方居然也是禁墟拥有者。按照林七夜了解的情报，西汉应该是第一批禁墟拥有者出现的时代，其中最具代表性的人物，便是人类战力的第一天花板——冠军侯霍去病……但禁墟在这个时候，拥有者应该很少才对。难道，现在镇邪司已经成立了？

林七夜回头看了眼在病榻上昏迷的乌泉，眼眸中闪过一抹微光！乌泉的伤势，若是靠寻常方法治疗，要半年才能痊愈，但如果有擅长治疗的禁墟拥有者在，那就不一样了……如果现在镇邪司已经成立，霍去病的身边一定会有这样的人存在。想到这儿，他直接从墙上取下一件不知是谁的黑袍，又从药柜下找到一顶斗笠，悄然推开医馆的木门，顺着阴影向酒楼的方向走去。

"一、二、三……三十八、三十九、四十。"副将站在楼顶,目光逐一扫过周围不断靠近的残影,"正好,一共四十只,我们一人一半。"

"谁跟你一人一半?"那穿着儒服的书生,不紧不慢地爬上楼顶,一袭衣袍在风中摇摆,"谁杀得快,谁杀得多,就算谁的。"

副将诧异地看了他一眼:"平日里这种事你一向能偷懒就偷懒,今天怎么突然积极起来了?"

书生神秘地笑了笑:"刚刚侯爷都说了,这次回京之后,要向圣上请奏建立一个容纳异士的司衙……这司衙的主司,肯定是侯爷,那你觉得,副司的位置该交给谁做呢?"

听到这句话,副将恍然大悟,他一拍大腿:"好你个颜仲!你想跟我抢副司的位置?!"

"什么叫抢?副司的位置如何安排,全看侯爷心意,我只是抓住机会表现自己。"儒服书生将手背在身后,白缎飘舞,好似文圣,风骨在寒风中尽显无遗!

"呸!"副将不屑地瞥了他一眼,一抹黑色攀上手中的弯刀,恐怖的毁灭之力倾泻而出!"对了,最近,我给我这禁墟起了个名字,你要不要听听看?"副将手握黑色弯刀,转头问道。

"你一个莽夫,能起什么好名字。"儒生扬起下巴,"说说看,我可以给你润色一下。"

副将缓缓提起手中的黑色弯刀,那双眼眸中,迸发出一道璀璨的寒芒,他嘴角微微上扬,一字一顿地开口:"黑、月、斩!!""嗖——"一道数十米长的黑色月牙猛地掠过夜空,瞬间将三只呼啸而来的"神秘"身体斩成漫天碎块,黑芒吞噬它们的残躯,化作一阵血雨,飘零在灯火通明的酒楼上空。"扑哧!"儒生忍不住笑了出来:"黑月斩?这么难听的名字,也只有你詹玉武能想出来了!"

副将咬着牙,恶狠狠地开口:"那你起一个?"

儒生思索片刻,朗声说道:"刀似月牙,泯灭众生……不如,就叫它'泯生闪月'吧!"

1629

"轰——"惊天动地的爆鸣声回荡在黑暗的城池上空,躲藏在家中的百姓心中一颤,透过门户的缝隙,看到铺天盖地的"神秘"飞掠向酒楼顶端,却又被两道身影疯狂斩落。

"是侯爷带来的人!侯爷来保护我们了!"看到这一幕,其中一户人家的男主人浮现出喜色,却又不敢高声交谈,只能压低了声音说道。

"多谢侯爷,多谢侯爷……多谢侯爷替我那被吃掉的小儿子报仇啊……"他身旁的妇人直接跪倒在家中，对着酒楼的方向，不断地跪拜起来，脸上满是泪痕。

"爹，这路上好像还有人？"一个男童透过门缝看着外面，眨了眨眼睛，有些不确定地开口。

"瞎说什么，这时候路上怎么可能有人？那不是找死吗？"

"可是真的有啊……"

男人透过另一边的门缝望去，果然有个穿着黑袍、戴着斗笠的身影，正沿着道路向酒楼的方向走去。"他疯了吗？！"男人的瞳孔微微收缩。

"爹，他头顶有个怪物飞下来了！"男童再度惊呼。只见一道原本飞向酒楼方向的怪物，突然看见了下方的人影，直接掉转方向，朝着他飞速扑去！借着朦胧的星光，他们能看清那是一只状似蝙蝠的凶狠怪物，一张开嘴，血盆大口几乎能直接吞掉他们的屋子，看到那只蝙蝠向这里冲来，妇人尖声惨叫起来。就在那蝙蝠即将把那身影连带着他们的屋子一口吞下之时，那身影突然抬起头，一拳直接轰出！"咚——"他的拳头砸在蝙蝠的下颌，直接在它身上开出一个狰狞血洞，随后一缕断剑光芒闪过，像是切豆腐般砍下了它的头颅。这一切发生得太快，在男人的眼中，那身影就是晃了一下，鲜血便像雨一样洒满整条街道，一颗狰狞的头颅骨碌碌地滚到了他们的家门之前。如此近距离看到这怪物头颅，男人直接被吓破了胆，惊呼一声坐倒在地！那戴着斗笠、穿着黑袍的身影看了他们的屋子一眼，犹豫片刻后，还是一只手拎起了蝙蝠的头颅，喃喃自语："就把这东西，当成给侯爷的见面礼吧……"那身影看了眼门后，径直向酒楼的方向走去。没走几步，一头巨狼从街角猛地蹿出，眼眸中浮现出嗜血的光芒，它瞪着那身影，嘶吼着冲出……只听一声巨响，那身影的手里又多了一个狼头。"两个见面礼……"隐约的声音自远方传来，在风中消散无踪。

混乱的厮杀声自酒楼顶端传来，霍去病收回了目光，重新走到餐桌边坐下。他拿起筷子，轻轻在桌角一敲，不慌不忙地开始吃桌上的剩菜，仿佛外界的厮杀喧闹都与他无关，他只是一个纯粹的食客。"你的手下在外面厮杀，你倒是吃得悠闲？"女囚见此，幽幽开口道。

"他们还需要历练。"霍去病一边吃菜，一边淡淡开口。

"你已经不需要了？"

"需要，但这些敌人，对我的益处不大。"

"好大的口气。"女囚忍不住笑道，"那你倒是说说，你现在有多强？天下无敌了吗？"

"天下无敌谈不上。"霍去病不紧不慢地开口，那张年轻凌厉的面孔上，一对深邃的眼眸映出窗外的大地与星空，"但在这个时代，我霍去病，便是众生中最高的那根支柱。"

"众生最高？"听到这个形容，女囚先是愣了一下，随后冷笑道，"还以为传闻中的冠军侯，是何等的英雄人物，现在看来，也不过是个自负狂妄的少年。"霍去病没有反驳，他低头将一块鱼肉夹起，仔细地咀嚼起来。看到霍去病没有反应，女囚的眼眸中，闪过一抹微光："既然你是人类最高，那为什么还要用这特制的枷锁困住我？难道你这么强，还怕我从你面前逃走？如此畏首畏尾，也好意思说自己是人类第一？"

霍去病的筷子一顿，他看了眼女囚，嘴角勾起一抹笑意："激将法吗……看来你也不笨，就是这激将法的水准，还有待提高。"女囚的脸色一僵，冷哼一声，撇过头去。"不过，你若是实在想试试，我也可以给你个机会。"霍去病的声音再度传来。

"什么？"

"我解开你的枷锁，你可以用出浑身解数，试试看能不能逃出这座城……若是你逃出去了，我便任你逃亡三天，随后再出手追杀。"

听到这句话，女囚的眼中闪过一抹希冀的微光："若是没逃出去呢？"

"若是没逃出去，在你到长安被车裂之前，无论何事，你都得听我的。"女囚的眉头紧紧皱起，似乎在盘算着什么。"你若是想着，就算没逃出去也可以耍赖，不听我的命令，那你大可早点断绝这个心思。"霍去病仿佛看透了女囚的想法，他随手一招，身后的虚无中，突然飞出一只紫色的爬虫，落在他的掌心，"这东西叫'回心蛊'，是被我支配的'神秘'之一，若是你没逃出去，你就得吃下它……到时候你听不听命令，就由不得你了。"女囚看着那只紫色爬虫，脸色顿时难看起来，但她低头看到自己肩上沉重的枷锁，眼眸中还是浮现出纠结，许久之后，像是下定了决心，郑重点头："好，我答应你！"

霍去病缓缓放下筷子，走到女囚的面前，将军那张年轻的面孔上勾起一抹笑意。"那么，赌约就开始了。"他手指轻轻一勾，女囚肩上沉重的枷锁顿时从中央断成两截，精神力重新涌入她的身体，久违的力量感充满了她的全身！女囚的双眸顿时明亮起来，一股堪比人类战力天花板境的雄浑气息骤然爆发，她像是一只轻盈的猎豹，瞬间飞掠出窗外，消失在夜空之下。他竟然真的放了我？！女囚的心中狂喜，她的身形稳稳落在两条街道外的地面，此刻与城墙大门也就百余米的距离，对她而言根本不算什么！"自大的蠢货。"她轻哼一声，正欲飞掠冲出城门外，一个穿着黑袍、戴着斗笠，身后拖着一堆不知名怪物头颅的身影，突然从街角走出。

"咦？"林七夜看到路中央的女囚，突然一愣，"这不是那个囚犯吗？"他抬头看了眼酒楼的方向，嘴角同样浮现出笑意，"这个见面礼，应该更有分量……"

- 163

1630

"嗯？"酒楼中，正在低头吃菜的霍去病手突然一顿，抬头看向城门的方向，眼眸中浮现出不解之色。

"侯爷，基本解决掉了。"副将从酒楼顶端翻进屋中，甲胄之上满是鲜血。

"奇了怪了……之前明明看着有三十多只，怎么杀了这么一会儿就杀完了？"儒服书生紧接着走进屋中，一副见鬼的表情，随后转头问副将："喂，你杀了几只？"

"十三只。"

"我也杀了十三只……那剩下的邪祟去哪儿了？"

就在两人疑惑之际，霍去病放下了手中的筷子，目光凝望着远方，喃喃自语："只是顺路经过薛县，没想到，还有意外的收获……"

"你也是那家伙的人？"城门前，女囚披头散发，皱眉看着眼前的林七夜，片刻后，像是意识到了什么，"我还以为他有什么通天的本事，原来是早就在门口安插好了人手……传说中的冠军侯，也不过如此。"

对于女囚的讽刺，林七夜根本无法理解，他默默地将身后的一群怪物头颅丢下，一边活动着筋骨，一边向女囚走去。这女囚白天还被霍去病牵着走，现在突然就独自出现在城门口，应该是趁侯爷他们应付"神秘"，不知道用什么手段逃出来的，既然自己碰上了，顺手给带回去就是。眼看着林七夜向她接近，女囚的双眼眯起，她的身形微微俯身蜷缩，像是蓄势待发的弓弦，瞬间弹射而出！"咚——"她的身体撞破空气，发出一阵刺耳的音爆声，一抹肉眼都无法捕捉的残影越过林七夜的身畔，直接冲向后方的城门！速度类的禁墟吗……在这夸张的移动速度之下，林七夜的双眼竟然跟上了她的身形，一只手以更快的速度伸出，死死地扼住她的手腕！手腕被钳制，女囚被迫停下，她错愕地转头看向林七夜，眼眸中满是震惊！他竟然能跟上自己的速度？

"抓住你了。"林七夜淡淡开口，另一只手握成拳，呼啸着砸向女囚的身体！女囚的眉头一皱，头颅用力一晃，那张满是尘土的女性面孔，突然诡异地闪烁一下，变成了一张四十多岁阴狠男人的面孔！这瞬息的变脸，让林七夜一愣，但拳头没有丝毫的停滞，就在他的拳锋即将碰到女囚……哦不，这男人身体的时候，后者突然化作一摊烂泥，直接躲开了这一拳。林七夜的拳头砸到虚无，拳风直接将城墙边的数十根旗杆撕成碎片，等他收拳回头望去之时，那摊烂泥已经在数米之外重新凝聚出身形。那男人阴冷地看着林七夜，头颅再度一晃，面孔又变成一个二十出头的刀疤少女，腮帮子用力鼓起，一团炽热的火球喷出，瞬息间便将林七夜的身形吞没其中！火球中的林七夜伸出双手，凌空一撕，卷起的飓风直接将火球撕成两半，斗笠与黑袍都已经被烧得面目全非，但他的身上并没有留下伤口。

"这是什么能力？变脸？"林七夜看着那顶着女囚身体的刀疤少女面孔，眼眸中浮现出疑惑之色。等等，变脸……这种能力，他似乎在守夜人的机密档案中看到过？他思索了片刻，像是想到了什么，惊呼道："'长生颜'……禁墟序列020，第五王墟，'长生颜'？！"

"'长生颜'？"那女囚挑了挑眉梢，"这名字不错。"话音未落，她的头再度轻点，一张凶狠的肌肉男面孔变化而出，她抓住身旁掉落的一截旗杆，像是手握长剑般用力一挥，剑锋带动着空气急速颤动起来，一道嘹亮的雀鸣响彻云霄！下一刻，女囚前方的大地被划开一道尖锐的破口，剑锋瞬息斩在林七夜的身上，一道血痕浮现而出。林七夜看了眼自己身上的剑痕，神情逐渐严肃起来。能对自己的身体造成伤害，这女囚的境界也在普通"克莱因"境之上，再加上王墟的加持，实力不容小觑。他抬头凝视着顶着大汉面孔的女囚，迈步缓缓走去，淡淡开口："接下来，我不会再被你砍中了。"

听到这句话，女囚冷哼一声，手中的旗杆挽出一朵剑花，嘹亮的雀鸣再度响起。密密麻麻的无形斩击撕裂大地，林七夜身形一晃，直接在地面拖出道道残影，精准地避开了所有攻击，变成大汉面孔后，女囚的速度远不如最开始的妇人面孔，说明她变脸后的这些能力是无法叠加的。狰狞斩痕切碎了林七夜身后高大的城墙，漫天的尘埃飞扬而起，这座矗立在黄土地上不知多少岁月的城墙，就这么被斩成碎块，就连城门都轰然坍塌。女囚接连出手，都没能伤到林七夜，眉头越皱越紧，她连退数步，正欲再度换脸，一只手已经从尘埃中探出，一把抓住她的面孔！林七夜低吼一声，直接将女囚提起，摁着头部狠狠砸落在地面之上！"轰——"轰鸣回荡在夜空之下，蛛网般的裂纹瞬间蔓延数百米，一个深坑以林七夜为中心猛地向下塌陷。

滚滚尘埃飞扬而起，林七夜缓缓站起身，一只手拎着女囚的身体，从深坑中走出，在如此力量的轰击之下，女囚已经彻底陷入昏迷，就连那张大汉面孔上的牙齿都全部断裂，看起来凄惨无比。林七夜一手提着女囚，一手抓住不远处那些怪物的毛发，拖着它们的头颅，一点点向城中那座灯火通明的酒楼走去。死寂的街道中，无数身影躲在门窗的缝隙后，偷偷注视着那青年的身影，脸上满是惊骇与崇敬。片刻之后，林七夜在酒楼下方，缓步停下身形。他松开怪物的头颅与昏迷的女囚，双手抱拳，对着酒楼朗声开口："后辈林七夜，携厚礼，求见冠军侯！"

1631

"侯爷，下面那人你认识？"副将疑惑问道。霍去病摇了摇头。

"他竟然能降服得了那个女魔头……我以为这个世界上，只有侯爷能制得了她

- 165 -

了。"儒服书生看着那头戴焦黑斗笠、身着黑色衣袍的神秘人,眼眸中浮现出震惊。

"他很强。"霍去病沉声开口,"我本以为,这个世界上只有我一个抵达了那个境界……现在看来,并非如此。"

"您的意思是,他也抵达了那个境界?!"这次轮到副将震惊得张大嘴巴。

林七夜制服女囚,纯粹依靠的是肉身之力,所以即便是他们也没有察觉到他的精神力波动,但霍去病的境界远在书生与副将之上,他自然能看出,林七夜举手投足间散发着人类战力天花板级别的气息。霍去病沉默注视着那个一手提着昏迷女囚,一手拖着数个怪物头颅的身影,不知在思索着什么。许久之后,他才缓缓开口:"请登楼一叙。"听到霍去病的声音,那人便迈步向楼上走来,发觉这些怪物头颅有些碍事之后,便随手丢在酒楼下,扛着女囚走上了酒楼。等他进入这个房间,副将等人才看清他的面容,脸上的惊骇之色越发浓郁!那焦黑的斗笠之下,竟然也是一张年轻面孔,看起来与他们家侯爷差不多年纪,他腰间挂着一柄断剑,整个人气息内敛,像是普通人一般。

看到林七夜如此年轻,就连霍去病都愣了一下,神情有些奇怪。

"见过冠军侯。"林七夜拱了拱手,说道。

"你叫林七夜?"霍去病问道,"祖籍何处?"

"呃……祖籍……"

林七夜一怔,有些支支吾吾起来:"祖籍沧南。"

"沧南?"霍去病转头和书生对视一眼,后者的脸上也满是茫然,对着他摇了摇头,表示自己也没听说过。"看你年纪,与本侯应是同辈,为何方才却自称晚辈?"

林七夜犹豫片刻,还是深吸一口气,认真开口:"因为,我来自两千多年之后,自然算是晚辈。"话音落下,酒楼陷入一片死寂。

霍去病、副将、书生三人愣在原地,许久之后,副将才干笑着开口:"两千多年后?这位小友可真爱说笑……呵呵呵……"

儒服书生沉思片刻,有些不确定地说道:"说笑?我倒觉得未必……如今这天下异士渐起,若是有个能跨越时光的,也不是没可能?"

"颜仲,你真信他是从两千年后来的?那可是两千年!"

"我只是说有这个可能。"

就在两人争执之际,霍去病却在不断打量着林七夜,眉头紧紧皱起:"你能证明吗?"

林七夜的目光扫过自己全身,除了斗笠下那身深红斗篷和腰间的天丛云剑之外,再也没有属于原本时代的东西——手机之类的零碎物品,早就在穿越时间的时候碎掉了。那就靠预言来证明身份?可问题是,林七夜作为一个高中念到一半就去当守夜人的普通人,对历史了解得很少,他对这个时代的了解仅限于一个汉武帝刘彻,一个冠军侯霍去病封狼居胥,其他的一概不知……他总不能直接告诉霍去病，西汉后就是新朝、玄汉，东汉末年分三国，烽火连天不休吧？这东西说出来也没法验证啊！林七夜纠结片刻，只能半蒙半猜地开口："未来，你将会大破匈奴，登上狼居胥山，筑坛祭天……"

书生狐疑地看了他一眼："未来？那不已经是前年的事情了吗……如今不是天下皆知？"

该死！那些小说里的历史穿越者，是怎么恰好知道那么多历史知识的？林七夜在心中暗骂，随后像是想到了什么："侯爷，镇邪司，如今已经建立了吗？"

霍去病的瞳孔微微一缩。他转头看向书生和副将，他们二人也是一脸蒙。霍去病确实有建立专门镇压邪祟的特殊司衙的打算……但那只是一个临时的想法，除了书生、副将和那个已经昏迷的女囚，他再也没有告诉过其他人，眼前这年轻人又是怎么知道的？"你……"副将错愕地看着林七夜，一时之间，竟然不知该说些什么。霍去病注视林七夜许久，转身在座椅上坐下，并没有回答林七夜的问题，而是缓缓开口："用过晚膳了吗？"

"……没有。"

"坐下来，一起吃点吧。"霍去病平静道，"这一桌菜，可别浪费了。"

林七夜见此，也不推辞，直接在桌边坐下，拿筷子风卷残云地吃了起来。一口气穿越了两千多年的时间，林七夜早就有饥饿感，虽然这副身体似乎不吃饭也不会死，但有能满足口腹之欲的机会，林七夜自然不会错过。看着林七夜这饿死鬼投胎的吃法，一旁的书生和副将表情都有些古怪，这个莫名其妙出现的年轻人，似乎浑身上下都是疑点。别是来刺杀侯爷的刺客？

就在他们二人警惕拉满之际，林七夜像是想起了什么，指了指一旁昏迷的女囚问道："侯爷，这是什么人？"

"死囚。"霍去病扫了女囚一眼，淡淡道，"这妖女身怀一种古怪的能力，可以生吞比自己弱小的异士，将他们的脸转移到自己体内，只要换上那些异士面孔，就能运用他们的能力。而且，只要她生吞一个异士，就能将对方的寿命嫁接到自己身上，只要她不断生吞异士，就能拥有长生，而活的时间越长，她就越强大，能够吞掉更多的异士……如此循环，便可永生不死，且实力极强。缺陷在于，被她生吞的人会一直存在她的体内，折磨她的心神，而且吞下的能力境界会被定格，想要提升某种能力的境界，需要花费大量的时间与精力。"

林七夜微微点头，霍去病的描述，跟他在档案中看到的差不多……而霍去病口中的异士，应该便是禁墟拥有者。据林七夜了解，"长生颜"是众多禁墟中，唯一一种以同类为食的禁墟，也被称为最邪恶的禁墟，因为收取"颜"的过程，只能是生吞，残忍无比。但同样地，它所能抵达的长生与强大，也是寻常禁墟无法触及的。如果将世间的七大王墟赋予人格，那第五王墟"长生颜"，绝对是一尊凶残的长生邪王！林七夜虽然知道这第五王墟的存在，但从未听说过有谁拥有过这个王墟，不由得疑惑问道："这囚犯，叫什么名字？"

"名字？"霍去病停顿片刻，"她叫公羊婉。"

1632

"啪——"一双筷子掉落地面，发出清脆的声响。林七夜呆呆地看着不远处昏迷的女囚，表情顿时精彩了起来！公羊婉？！林七夜的脑海中，顿时浮现出在国运海岛上遇到的那位身穿宫廷女子服饰、束发绾簪、文静娴雅的美妇人……可，她不是继霍去病之后，镇邪司的第二代主司吗？！眼前的这位死囚，竟然就是公羊婉？"长生颜"的拥有者？！"'长生颜'……原来如此。"这一瞬间，无数线索自林七夜脑海串联，他眼眸中浮现出恍然大悟之色。之前了解到守夜人历史的时候，林七夜心中就一直有个疑惑，这百余年的大夏，都是由守夜人和其前身139特别行动小组守护，这百年的时间，轮换了聂锦山、李铿锵、唐雨生、王晴、叶梵、左青六位总司令。而镇邪司，是在两千多年前创立，可为什么只有两任主司？霍去病由于"支配皇帝"的先天缺陷，不到二十四岁就已经离世，那剩下的两千年，镇邪司又是何人执掌？而现在，答案已经呼之欲出了……镇邪司的历史上，确实只有两位主司，它之所以能无视王朝更迭存在两千年之久，最重要的原因，便是其第二代主司公羊婉，拥有"长生颜"！公羊婉只要一直吞噬异士，就能无限接近永生，也只有她，才能统领镇邪司两千年屹立不倒！西汉、东汉……宋、元、明、清……这两千年来的每一个朝代，都有她的身影，她都是以不同的身份，掌控着镇邪司！

想到这儿，林七夜看向女囚的目光已经完全变了。霍去病建立镇邪司，最多就当了一两年的主司……而公羊婉，却率领了镇邪司两千年，从某种意义上来说，她才是镇邪司真正的掌控者！两千年的长生，两千年的积累，公羊婉的"长生颜"，究竟发展到了何种恐怖的地步？林七夜想象不出来，但他可以肯定的是，那个安静文雅的宫廷女子，绝不是表面上看起来那么简单的。

"怎么，你认识她？"见林七夜神情古怪，书生疑惑问道。

"不……不认识。"林七夜将目光从女囚身上挪开，后背已经渗出一身冷汗……这么个妖孽般的女子，自己刚刚竟然把她狠揍了一顿，幸好两千年后的她似乎不太记仇，否则自己在国运海岛的时候，就已经死了不知道几百回。

"侯爷这次出征，一是为了镇压边境骚乱；二则是为了捉拿这妖女，若是让她肆无忌惮地动用能力，迟早变成为祸人间的魔头。"副将瞥了眼角落的女囚，冷哼一声，"待我等回到长安，便是此妖女被车裂分尸之时！"

"车裂分尸？"林七夜震惊开口，"她的罪行这么严重吗？"要是公羊婉真被车裂分尸了，那剩下的两千年，镇邪司由谁来守？

"迄今为止，这妖女已经生吞了五位异士，无论这些被吞的异士是否有该死之理，她的存在，都已经成为所有异士心中的阴影。"儒服书生正色道，"若侯爷想建立司衙，吸纳天下异士，就必须车裂此女立威，以示对天下异士的包容仁慈！更何况，如今天下异士才刚刚涌现，数量本就稀缺，若是让她吞了去，那还如何建立司衙？"

林七夜陷入沉默。书生说得没错，在这个禁墟刚刚出现的时代，"长生颜"绝对是其他禁墟拥有者的心头大患，毕竟谁也不希望自己变成肥料被人生吞……在人性的恐惧下，若是霍去病能处死公羊婉，将轻松获得大量好感，再加上冠军侯原本的声望，镇邪司必将成为天下所有异士的神往之地。

"林七夜。"霍去病注视着他，开口道，"今后，你可有打算？"

"打算？"

"想去何处，想做何事？"

林七夜犹豫片刻，摇了摇头："暂时没有……"他才刚回到西汉，对一切都还不了解，如何回到现代的线索也没有……现在的他，还没有任何的计划与方向。林七夜的大脑飞速运转，紧接着说道："不过，若是侯爷不嫌弃，我想与侯爷同行，一同去往长安。"

"哦？"霍去病正打算开口招揽林七夜，听到对方主动请求同行，诧异地挑眉，"为何？"

"有些事，也许只有跟在侯爷身边，才能找到答案。"林七夜说的是实话，若是他自己像无头苍蝇般在西汉大地上乱跑，不知何时才能找到回去的方法，但跟在霍去病身边，就意味着他能接触到更多的隐秘，也许其中就有回到现代的方法。还有一个关键在于……林七夜必须跟在霍去病身边，防止他们真的将公羊婉车裂，要是公羊婉死了，谁知道那两千年会发生什么样的连锁反应，搞不好守夜人都未必会出现。

霍去病仔细打量林七夜许久，微微点头："好。"

"除此之外，我还有一个不情之请。"

"不情之请？"

"我还有一位后辈身受重伤，还请侯爷出手，尽快治好他的伤势。"

"后辈？也是与你一样的异士吗？"

"是。"

霍去病没怎么犹豫，便点了点头："好，你将他带来吧。"

林七夜道谢之后，径直走出酒楼，向医馆走去，大概过了一炷香的工夫，他便推着一辆木车，载着昏迷的乌泉来到了酒楼之下。霍去病三人从酒楼上下来，书生率先走上前，打量起乌泉的伤势，可随后突然一愣："咦？这少年如此年轻，竟然是个六境强者？！"

"什么？"副将瞪大眼睛，快步走上前，"竟然真是六境……他才多大？十五六岁？这都快赶上当年的侯爷了啊！"

在副将与书生的震惊声中，霍去病缓缓走上前，当他的目光落在乌泉身上之时，身体猛地一震！"'支配皇帝'……？"

1633

东方的天光渐亮，四匹骏马便向城外驻扎的军队飞驰而去。颠簸的马背之上，林七夜一边稳固住乌泉，一边生涩地操控缰绳，他当年在集训营学过现代所有交通工具的驾驶方法，可这骑马实在是没学过，好在他的天资还算不错，第一次上马，就能够勉强驾驭。昏迷的公羊婉则被一股无形之力托着，在霍去病身后悬浮，不知是不是林七夜那一拳揍得太狠，到现在都还没苏醒。随着他们的靠近，军中有人看到了霍去病，一声令下，迅速分开一条道路，让他们几人直接穿越至军队核心区域，副将翻身下马，对一名将士说了些什么，很快便有人推来了一辆空的粮车。

"把这孩子放上去吧，他断裂的骨头刚刚复位，不能长时间骑马，还是躺在车上稳妥些。"他对林七夜说道。林七夜点点头，将乌泉放了上去，用东西固定好。"对了，我叫詹玉武，是侯爷的副将。"副将主动介绍道，"刚刚那个伪君子叫颜仲，是侯爷的谋士，我们两个跟了侯爷数年，也是这军中除了侯爷之外，境界最高的异士。"

詹玉武、颜仲……林七夜只觉得这两个名字有些耳熟。突然间，他的脑海中浮现出守夜人地底的那块巨碑，跟在"霍去病"与"公羊婉"两个名字后的，似乎就是这两个名字。他们，是镇邪司的第一批成员，也是构建镇邪司主要的那几人。"这军中有很多异士吗？"林七夜问道。

"那倒也没有，算上我们和侯爷，一共也就不到十人，这还是近两年侯爷在行军路上有意搜罗来的，异士并没有你想象的那么多。"詹玉武停顿片刻，再度开口道，"不过你放心，擅长治疗的异士还是有的，侯爷已经去请了，应该很快就能到。"

就在两人说话之际，霍去病带着一位白发老者，从不远处走来。

"这位是仲蒙先生，四境的治疗异士，他可以快速治好这孩子的伤势。"霍去病介绍道。

白发老者对林七夜微微颔首，走到粮车边，仔细观察了一遍乌泉的情况，双手在他身上轻轻一按，数道深青色的藤蔓便自袖中钻出，将乌泉的身体逐渐包裹起来，一股微光在藤蔓表面流转蔓延。这已经是林七夜第二次听到"四境""六境"的形容，如果他没猜错的话，这便是分别对应后世的"海"境与"克莱因"境。这个时代禁墟刚刚出现，很多概念都并不成熟，只是简单地以数字作为区分，等到后人逐渐发现了精神力在不同境界的表现形式，才用更加具体的"盏""池""川"等字眼形容境界。

霍去病注视着彻底被藤蔓包裹的乌泉，转头看向林七夜："借一步说话。"

林七夜虽然有些疑惑，但还是跟霍去病走远了几步，等到周围无人，后者才缓缓开口："两千年后的世界……是什么样子？"

林七夜一愣："你相信我是从未来来的了？"

"你说出'镇邪司'三字之时，我便有所猜测，直到看见那孩子，才笃定了这个想法。"

"为什么？"

"因为一个时代，不会出现两位'支配皇帝'。"霍去病低头看向自己的手掌，平静开口，"我拥有它，我知道它有多么特别，我将它命名为'支配皇帝'，就是因为它是独一无二的，除非我死了，否则绝不可能有第二位皇帝出现……"

"原来如此。"林七夜若有所思地点头，看来，这王墟中的"皇帝"二字也不是随便取的。林七夜没有丝毫的保留，将守夜人、迷雾、大夏等情况描述了一遍，同时还ôn重讲述了克苏鲁神话，与自己是如何突然来到这个时代的……林七夜很清楚，就算他与这个时代格格不入，没有任何倚仗，但霍去病永远是他可以信任的人。

听完林七夜的描述，霍去病眉头紧锁，陷入沉思。"虽然你说的这些，本侯还不能全部理解……不过大致明白你的意思了。"霍去病点点头，"无论是汉王朝还是大夏，皆为炎黄子民，你若是需要任何帮助，都可以找本侯，本侯必倾尽全力帮你。"

得到霍去病的保证，林七夜就像吃了一颗定心丸，心中升起一阵暖意。"对了侯爷，你打算如何处理公羊婉？"林七夜试探性地说道。林七夜刚才并没有过多地提及守夜人的前身，也没有提到镇邪司，他担心自己的话语会对霍去病产生影响，若是因此造成时间线大规模变动，那事情可就糟了……毕竟，他不像王面那样拥有"时序暴徒"，要是未来的时间主线彻底混乱，搞不好他会被瞬间抹杀。

"她……本侯还在考虑。"霍去病沉思着开口，"公羊婉的力量对这个时代而言，是致命的……但若是运用得好，也许能给镇邪司带来更大的益处，不过，这得看她是不是可用之人。"听到这句话，林七夜就有些安心了，既然霍去病有自己的理解，并非如书生颜仲所说必杀公羊婉，那一切就还有转圜的余地。"回长安前的这几天，本侯打算再仔细观察一下她的品性，所以，本侯摘下了她的枷锁，不过若是这几天她的表现令我失望……那本侯回长安之后，便亲自监督她的车裂之刑。"

"就靠这几天吗？"林七夜回想起刚刚和公羊婉对战时，对方的语气与神情，心中有些不妙的预感。这个时候的公羊婉，无论从哪个角度来说，都不是善茬。"要不，给她把时限延长一下？半年怎么样？半年可以改变人的很多东西。"林七夜建议道。

"不行。"霍去病摇了摇头，坚定开口。

"为什么？"

霍去病看了眼自己的身体，眸中泛起一抹无奈，缓缓道："本侯……已经没有时间了。"

1634

随着大军的行进，西北边陲的黄沙遮蔽天空。林七夜骑着马，跟在载有乌泉的粮车旁，随着周围的甲士，向前移动。此刻的乌泉，已经被一层厚厚的藤蔓之茧包裹，躺在粮车上，没有丝毫声响，据那拥有治疗禁墟的白发老者所说，他的能力能最大程度加速乌泉的恢复，等到这茧破之时，他便将痊愈。从茧表面逐渐蔓延的裂纹看，乌泉已经离苏醒不远了。除了乌泉，还有一个人同样躺在粮车上，那便是被林七夜揍昏的公羊婉，距离她昏倒已经过了大半天，依然没有丝毫苏醒的迹象，像是死过去了一般。

"侯爷，那女囚……"书生颜仲瞥了眼粮车，忍不住想提醒霍去病。

"不用管她。"霍去病骑在马上，淡淡开口，"让她装，我倒要看看，等我们到了长安脚下，她还有没有这个定力装下去。"

"不愧是侯爷啊，这女囚本事再大，也逃不出侯爷的手掌心。"副将詹玉武感慨道。

颜仲皱眉看了眼远处，表情逐渐严肃起来："侯爷，这风越来越大，像是从北面的沙漠刮过来的……恐怕，一会儿沙尘暴要来了。"

"我们离沙漠已经有些距离，沙尘暴能到这里吗？"詹玉武问道。

"我也不清楚，不过了稳妥起见，我们还是找个地方先驻扎下来才好，若是沙尘暴不大，我们再起程便是。"

"不必这么麻烦。"霍去病平静开口，"让大军继续前进，沙尘暴的事情……不用担心。"

看到霍去病那稳若泰山的神情，颜仲和詹玉武对视一眼，也没再多说，既然侯爷发话了，自然是有他的办法。

随着大军逐渐前行，一片灰蒙蒙的沙尘暴向他们缓缓接近，呼啸的狂风裹挟着地上的碎沙，打在众人的脸上隐隐生疼，就连军中的马匹都有些不安起来。这场沙尘暴的规模并不小，若是让它正面扫过大军，只怕会造成不少的损伤。众将士同时转头看向那个身骑战马，在飓风中岿然不动的身影，紧紧咬住了牙关，顶着风一点点向前方走去。侯爷没有发话，他们就要遵循军令，继续前进。

"侯爷。"狂风将颜仲的儒服吹得猎猎作响，他转头看向霍去病，满脸担忧地开口。霍去病注视着那越来越近的黄沙风暴，眼眸中闪过一抹微芒，恐怖的精神力自体内宣泄而出，随着他缓缓抬起手掌，天空中风云色变！在如此近的距离下，霍去病身上散发的气息，直接让周围的兵士忍不住战栗起来，那仿佛能支配一切的力量穿过数里的距离，直接涌到了沙尘暴之间！霍去病抬起的手掌骤然一握！那滚滚卷来的沙尘暴，突然自中央被撕裂成两半，向着不同方向奔涌，但冲势已经比之前小了太多，漫天的黄沙甚至开始以肉眼可见的速度飘落，不过数秒的工夫，这场灾难级别的沙尘暴，便烟消云散。看到这宛若神迹的一幕，众将士张大了嘴巴，脸上浮现出难以置信之色！就连詹玉武和颜仲也不例外！他们知道侯爷很强，但没想到，已经强到了这个层次……抬手间影响天地万象，这和神明有什么区别？

粮车之上，像是昏死过去的公羊婉，指尖突然一颤，脸色有些苍白。"咔嚓——"在霍去病力量释放的瞬间，一道清脆的破碎声，自藤蔓之茧上传来。林七夜转头望去，只见粮车上的藤蔓之茧，已经从中央突然裂开，一道与霍去病同根同源、极其相似的气息冲天而起！这是"支配皇帝"与"支配皇帝"间宿命般的联系，霍去病的出手，直接强制唤醒了乌泉体内的王墟，一只手掌从茧中伸出，紧接着，乌泉的身形缓缓爬起……他茫然地环顾四周，随后下意识地看向霍去病所在的方向，而后者也同时看向了他。两者间隔百米，对视在一起。片刻后，乌泉皱眉挪开了目光，看向身旁的林七夜，眼眸中满是不解："七夜哥……我们这是在哪儿？"

林七夜见乌泉苏醒，伤势也痊愈，心中的一块石头终于落了下去，他简单地将事情的经过重复一遍，后者震惊得瞪大了眼睛。

"我们，穿越了？"

"对。"

"那青竹哥呢？"

"'圣约'启动的时候，他在开船，应该没有被卷进来。"

乌泉点了点头，但年少的他，还是难以接受这个离奇的事实……他的目光好奇地扫过四周，最终定格在身边昏迷的女囚身上。"这是……"乌泉的话音未落，那女囚猛地睁开眼睛，身形好似炮弹般弹射而起，反震之力直接将粮车崩成碎片，化作一道流光向远方疾驰！她的动作太快了，而且时间点掐得极为刁钻，正好是所有人的注意力都在刚刚苏醒的乌泉身上之时，绝大多数兵士甚至都没看清是什么东西飞了过去，就连林七夜出手想抓住她，都只抓住了一道残影。林七夜的眉头一皱，正欲动身去追她，后者的身形便突然定格在半空中！百米外，霍去病一只手凌空抬起，轻轻一勾，公羊婉便控制不住地向后倒飞，直至被一股巨力控制住身体，猛地跪倒在霍去病所骑的骏马脚下！"这就想走了？"霍去病淡淡开口，"莫非，你是不打算履行与我的约定吗？"

公羊婉紧咬牙关，死死盯着霍去病，眸中浮现出一抹绝望。她其实早就苏醒，

- 173

之所以一直装昏迷，就是想找个合适的时机逃走，毕竟没人想去吞下那只"回心蛊"，可当她刚才亲眼看到霍去病的力量之后，心中便开始慌了。霍去病太强了，远比她想象的要强，就算在薛县之时她没碰上林七夜，也根本逃不出那座城，从一开始她就被对方玩弄在股掌之间。意识到这一点后，她顿时就慌了神，想直接趁着这个机会离开，可还是没逃出霍去病的手掌心。"我……我只是想起身活动一下，谁想走了？"公羊婉硬着头皮说道。

霍去病眉梢一挑："哦？那是最好……既然你现在已经醒了，那我们的约定，也该履行了。"霍去病屈指一弹，一道细小的残影瞬间自虚无中飞出，钻入公羊婉的唇间，后者的瞳孔微微收缩，整个人弓身剧烈干呕起来，可无论她如何努力，那只"回心蛊"都丝毫没有出来的意思。

"霍去病！！！"公羊婉抬起头，对着霍去病怒吼道。霍去病淡淡扫了她一眼，骑着身下的骏马，不紧不慢地向前走去："从今往后，你也和他们一样，叫我侯爷。"

1635

"七夜哥，他是谁？"

远处，乌泉看着霍去病骑马前行的背影，忍不住问道。"霍去病。"

"就是那个……封狼居胥的霍去病？"乌泉诧异地开口，"为什么我在他身上感知到了'支配皇帝'的气息？"

"他本来就是'支配皇帝'，也是大夏历史上第一个突破到人类战力天花板的强者。"林七夜解释道，"同时，他还是守夜人最古老的创始人。"林七夜的目光落在霍去病的背影上，不久前对方的那句话语，再度萦绕在他的耳畔，令他神情有些复杂。"支配皇帝"虽然能让人在极短的时间内成长到恐怖的地步，但代价也是极大，霍去病没有说他自己还能活多久，不过林七夜从他眼眸中隐约流露出的急切来看，这位冠军侯的生命已经所剩无几。

听到这一连串的头衔，乌泉惊讶地点了点头，随后像是想到了什么："对了，这里不是西汉吗？他们为什么不说古文？"

林七夜回头看了眼这位十五岁的少年，轻笑着解释道："'之乎者也'这种古文是书面体，是古人专门用来记录事情用的精练语言，他们日常的交流都是用的白话文，不过，白话文这种口语化的东西极容易产生地域与时代差异，就比如现代的大夏，有多少种方言？还有十九世纪的大夏人说话的习惯和方式，也和现代不同。不过百年，就能造成如此巨大的差异，那若是相隔几千年，再用白话文记录事件，现代人看起来就要跟天书一样。多亏了古文这种固定的书面体，才能让后人看懂史书。"

乌泉恍然大悟。可他像是想到了什么，又不解地问道："七夜哥，你不是说白话文相隔很长的时间，会发生变化吗？西汉距离我们那个时代已经两千多年了吧，为什么我感觉他们说话的方式和我们没什么区别？"

听到这句话，林七夜突然愣在了原地。对啊……为什么这个时代的人，说话的习惯和现代人这么像？就算不考虑地理位置带来的方言差异，光是这两千多年的时间鸿沟，西汉人说话的方式也应该和现代有很大区别。在乌泉醒来之前，林七夜根本没有注意到这个问题，他以为是当年梅林在他灵魂深处留下的语言魔法阵起了作用，所以让他和西汉人无障碍沟通……可乌泉为什么也能听懂他们说话？林七夜皱眉思索许久，也没有答案……他毕竟不是专业的学者，只能暂且将这个疑惑放在一边。

军队在贫瘠大地上前行，由于大部分兵士都是步行，所以速度并不快，林七夜也不知到了哪里，只知道天空中的日光逐渐西沉，他们似乎也远离了荒漠附近。乌泉跟在林七夜身后，一边骑着马，一边打瞌睡，等到前方大军突然停了下来，他才恢复清醒。"怎么停下来了？"乌泉看了眼天色，似乎还早。

林七夜没有说话，不知过了多久，一个将领策马来到林七夜身边，恭敬地开口："大人，侯爷有请。"

林七夜眉梢一挑，点头道："好，我知道了。"林七夜转头嘱咐了乌泉两句，便径直向军阵前方靠近，只见霍去病、詹玉武、颜仲和几位将领正聚在一起，脸色有些凝重。

"没有黑狗牙，驱邪阵的效用就被削弱大半……如今这邪祟一日比一日猖獗，我们若是在荒郊野岭驻扎，无异于羊入虎口啊！"一名老将抚着长须，郑重地开口。

"不驻扎又能怎么办？最近的城池也在数十里外，而且就算我们连夜赶到，这三万将士也不可能入城，只要在野外，就注定是危险的。"

"我们派去最近城池的探子已经回来了，他们那儿也没有黑狗牙……"

众人同时陷入沉默。

"我们距离长安，还有几日的路程？"就在这时，霍去病突然开口。

"回侯爷，至少还有五日。"颜仲回答。

"五日……"霍去病抬头看了眼逐渐昏暗的天空，眉头微微皱起，"那若是日夜兼程呢？"

"日夜兼程？侯爷，这夜间可是有大量邪祟出没的啊！"一名将领提醒道。

霍去病没有回答，他只是皱眉注视着颜仲。

"若是日夜兼程，不眠不休地全速前进……三日半便可抵达长安。"

"若是再抛弃七成辎重呢？"

听到这句话，众将士的脸色都是一变："侯爷，您这是要做什么？野外的邪祟虽然危险，可我们也不至于这么急着赶回长安吧？"

"颜仲。"

"若再抛弃七成辎重……两日便可抵达长安！"颜仲一咬牙，回答道。

霍去病点点头："传令下去，原地抛下七成辎重，即刻全速动身，务必在第三个夜晚来临之前抵达长安！"

"是！"詹玉武没有丝毫犹豫，转身便向大军传令。

其余将领愣在原地，似乎根本无法理解，霍去病为什么这么急着赶回长安。

"侯爷，那驱邪阵……"

"继续布阵，即便没有黑狗牙，其他的也能起些效果。"霍去病转身看向众人，"一会儿大军动身后，颜仲，你去坐镇西翼，松青坐镇东翼，玉武带人做前锋开路，本侯坐镇中军，至于后翼……"

霍去病的目光落在林七夜身上，征求意见地开口："林七夜，你可愿替本侯坐镇后方，以防邪祟尾随偷袭？若你愿意，回长安之后，本侯会亲自替你去讨要封赏。"所有人的目光都落在林七夜身上，除了颜仲之外，其他人的目光都满是惊讶，他们知道侯爷从薛县带回来了一个年轻人，可他们万万没想到，侯爷对这年轻人如此重视。大军后方是最薄弱、最危险的位置，侯爷让他去镇守，说明对他的实力非常认可。林七夜没怎么犹豫，便点头道："没问题。"得到林七夜的回复，霍去病的神情明显放松了一些，他迅速又下达了几个指令，林七夜便直接策马向大军的尾翼赶去。

昏暗的残阳消失不见，天地陷入一片漆黑，林七夜一边骑马，一边抬头仰望星空，眉头越皱越紧，有些不确定地开口："……这些赤色的星辰，是不是比昨天更近了一些？"

1636——上

与此同时。大军中后方。乌泉从马背上翻下来，环顾四周，趁着没人注意，揉了揉自己因骑马而摩擦得生疼的屁股，无奈地叹了口气。他虽然是"克莱因"级的强者，但"支配皇帝"的缺陷之一就在于，拥有者的本体十分脆弱，若非如此，他之前在穿越时间的时候也不会受那么重的伤。也不知道，冠军侯是怎么解决这个问题的……乌泉暗自想。"小子。"一个声音从身后传来，乌泉的目光一凝，转头望去，只见穿着囚服的公羊婉，不知何时已经到了他身后。公羊婉眯着眼睛，直勾勾地盯着乌泉，这目光让他十分不爽。"干吗？"他冷声道。

"你身上的，是和霍去病一样的能力？"公羊婉幽幽开口。

"是又怎么样？"

看着眼前的乌泉，公羊婉的眼眸中闪过一抹微光，她舔了舔嘴唇，神情有些不善。不知为何，一股凉意笼罩在乌泉的背后，他下意识地后退几步，"克莱因"

级别的气息瞬间释放!

"你想做什么?"乌泉的眼眸中散发出凛冽杀意。

"……没什么,不用紧张。"公羊婉嘴角微微上扬,随意地将披散在肩头的凌乱黑发撩至耳后,转身向远处走去,"小弟弟……姐姐对你,很感兴趣。"

随着公羊婉的声音逐渐远去,乌泉的眉头越皱越紧,就在这时,一只手掌拍了拍他的肩膀。乌泉的瞳孔骤然收缩,他猛地转过头,浑身的精神力都被调动起来,蓄势待发!"七夜哥?"乌泉看到身后的人,散掉了聚集的精神力,长舒一口气。

林七夜看着公羊婉离去的背影,双眼微眯:"她跟你说了什么?"

"她就问我……是不是和冠军侯一样的能力。"

林七夜的脸色一沉。从境界上来看,目前公羊婉的实力比乌泉要高一些,也就是说,她是可以用"长生颜"生吞乌泉,以此来获得他的能力的……难道,她也盯上了"支配皇帝"?要真是这样,林七夜就必须打起十二分的精神保护乌泉,这个时期的公羊婉,实在是太危险了!"上马,跟我去大军的尾翼。"

待到林七夜二人抵达大军尾部,前方的夜空之下,已经有一支支火把接连燃起。二人策马跟在大军之后,天边的红色星辰与满地的火把微光连接在一起,在黑暗中勉强铺开一道光明,一点点向远处行进。在大军的边缘,一杆杆黑色的旗帜高高举起,林七夜周围就有一杆,他在空中嗅了嗅,闻到一股无法言喻的怪味。

"七夜哥,这是出什么事了?"乌泉见一辆辆粮车被抛弃在周围的路上,不解地问道。

"我也不太清楚,不过,应该和那些红色的星辰有关。"林七夜犹豫片刻,叫住了一个行走在大军末端的兵士,跟在他的身边,开口问道:"我问你,天上这些红色的星星,是一直都在的吗?"

兵士举着火把,先是一愣:"不是啊,我们往西北边陲出征前还没有,是走到半路才出现的。"

"大概是多久之前?"

"大概……十天前?"兵士不确定地开口,"不过最开始的时候,它们都只有一点大,一开始我们还以为是错觉,后来才发现,那些是一颗颗红色的星星。"

十日之前还没有,而且在不断变大?林七夜的眉头顿时皱了起来,他再抬头看了眼那些红色星辰,后者的光芒越发地耀眼,就算偶尔被乌云遮蔽,依然有诡异的红光从中透出。通过兵士的描述,林七夜几乎可以笃定,那些红色的星辰不是什么普通的星星,而且它们在以惊人的速度,向地球不断靠近……"那些邪祟,也是在红色星辰出现后才开始肆虐的?"

"对,以前都很少听到邪祟作乱……不过最近这段时间它们越来越多,到处都在死人，听说连长安都深受其害！"

能够引起"神秘"暴乱，那些红色的星辰，究竟是什么东西？林七夜暗自思索。

"那些旗子是什么？怎么有股怪味？"乌泉指着远处的黑旗问道。

"那是国师大人传授的驱邪阵，只要用特定的东西浸泡黑旗，摆成阵法，就能驱散周围的邪祟，我们以前出征的时候都用这东西，几乎没见过邪祟。"

林七夜瞥了眼黑旗，神情有些凝重，他是知道这次的驱邪阵中缺了东西的，再加上赤星凌空，邪祟暴乱，恐怕回长安的这一路上不会安宁……"轰——"一道爆炸的轰鸣自前方大军的西侧爆发，熊熊火光冲上云霄，就连众人脚下的大地都微微颤抖起来。这突如其来的爆炸声，吓到了一些兵士，他们纷纷望向火光的方向，隐约间，几道巨影在夜空下飞掠而过，惊呼声自人群中传来。"果然来了……"林七夜收回目光，转头看向身后漆黑一片的大地。在他的视野之中，数十只体形各异的怪物，正徘徊在大军之后，像是一群尾随警惕猎物的恶狼，暗中等待着出手的机会。这些"神秘"的境界都不高，大部分都是"川"境或者"海"境，但林七夜能感觉到，数里之外的夜色中，还有一只只"神秘"正在源源不断地赶来。在这片死寂而邪祟猖獗的野外，这举着火把迅速前进的大军，就像是黑暗中的灯火，疯狂地吸引着附近所有的"神秘"。

"七夜哥，这些就交给我吧。"乌泉抬起手掌，向着身后的虚无一按，大部分境界较低的"神秘"身躯被瞬间支配，直接凭空砸入大地之中！低沉的轰鸣声响起，其余几只还能行动的"神秘"飞速掠出，呼啸着向举着火把的那些兵士冲去，乌泉的瞳孔微微收缩，下一刻，周围的空气急速流动成飓风，卷起一支火把化作半径百余米的超大火球，迎面砸在那些"神秘"身上！熊熊的火光在天空中绽放，坐镇中军的霍去病，转身看向后方，许久之后，微微摇了摇头……

1636·下

轰鸣声接连响起，林七夜的目光扫过四周，除了后翼之外，大军还有三个不同的方向遭受袭击。好在霍去病这几年招揽的异士并不少，及时抵挡住了攻击，因此大军虽然有些骚乱，却并未产生大规模伤亡。只见中军的位置，那名身骑白马的年轻将军缓缓抬起手掌，一道道"神秘"的影子自他身后的虚无飞掠而出，哪里的战况较为胶着，他便将这群"神秘"大军派去哪里，造成碾压的局面。袭击大军的"神秘"不断被击杀，鲜血与尸骨铺满地面，如此数量的伤亡直接震慑住那些尚且躲藏在暗中的"神秘"，不敢轻举妄动。经历了第一波攻势之后，后续敢对他们出手的"神秘"越来越少，也就给了众人喘息的机会，他们将速度提到极致，所有人都疯了般向长安的方向飞驰。

一路的厮杀，一路的飞驰，林七夜不知道他们前进了多远，他只知道自己手中的天丛云剑，已经斩下了数十只"神秘"的头颅。时间一点点过去，远处东方的天空，终于泛起一抹鱼肚白。在大军各处骚扰进攻的"神秘"逐渐减少，看到这黎明一角的瞬间，众人都是松了口气，一晚的狂奔已经让他们筋疲力尽，等到白天，这些"神秘"就会安分很多，至少不会发生昨晚那么猛烈的围攻。林七夜骑在马背上，抬头看了眼天空，那些赤色的星辰随着黎明的出现，逐渐暗淡下来，却并没有像昨天一样完全消失，而是依然悬挂在天穹之上，散发着一缕缕赤色微光。

"咦？"一个将士疑惑的声音自一旁传来，"那颗星星……是不是生了个孩子？"

林七夜顺着他的目光看去，在逐渐亮起的天空一角，一颗赤色的星辰诡异地分出一枚闪烁的红点，随后这红点在林七夜的视野中急速放大，在天空中拖出一道长长的焰痕。林七夜先是一愣，随后瞳孔骤然收缩！"糟了！！"哪里是什么星星生孩子，那分明是一角赤色星辰的碎片变成流星，往地球砸过来了！随着那颗流星越来越近，众人纷纷注意到了那道划过天际的赤色星痕，他们好奇地伸手对那颗星辰指指点点，像是在讨论着什么。林七夜虽然不精通物理和天文学，但一些常规基础知识他还是了解的，星星之所以看起来是星星，是因为恒星与地球的距离足够远，怎么可能前一秒分裂出碎片，下一秒就进入大气层摩擦产生火焰？那些赤色的星辰，绝不是遥远的恒星，而地球附近的普通太空陨石之类，又怎么会散发出如此明亮的赤色星光？那些赤星，究竟是什么鬼东西？！

"快走！那流星往我们这儿飞来了！"赤色流星的影子在林七夜眼瞳中划过，他当即大喊。

"不会吧，它离我们分明很远啊？"一个兵士不解地抬头。

林七夜没时间跟他们解释，深吸一口气，炸雷般的声音在大地之上回荡："走！！"

听到林七夜的大吼，位处中军的霍去病抬头望了一眼，脸色顿时难看起来，他当即开口下令："传令下去，全速前进！！"在霍去病的命令下，刚刚经历一夜逃亡、筋疲力尽的众将士又不得不提起精神，疯狂地向前行进。

林七夜一边策马前行，一边死死盯着那颗逐渐靠近的流星，眉头越皱越紧。

"七夜哥，那颗流星真是往我们这儿来的？"乌泉不解地开口，"那也太倒霉了吧……"

"倒霉……吗？"林七夜没有回答，他根本不认为这是一场巧合，寻常人被流星砸到的概率有多大？怎么那颗诡异分裂的赤色流星刚刚出现，就恰好冲着他们来了？三万多人在大地之上急速狂奔，天空被那赤色星辰逐渐染红，狂风吹起地面的尘埃细沙，一股莫名的压力自头顶急速落下！流星与大气层摩擦，散发出恐怖的光与热，直到此时，众人才惊觉那颗流星真的是冲他们来的，冷汗疯狂地渗出！

"该死！为什么我们跑了这么远，它还是在我们头顶？"副将詹玉武看到那不断放大的赤色流星，脸色难看无比。

霍去病抬头望着那颗流星，眉头紧锁，片刻之后，他猛地一拉缰绳，停在原地。他面对那颗赤色的流星，缓缓伸出双手，恐怖的精神力疯狂涌出！那颗赤色流星不简单，无论他们怎么跑，也逃不出它的目标范围，既然如此，他便只能用能力，阻止那颗流星的陨落！随着霍去病的精神力狂涌而出，跟在林七夜身后的乌泉，也停了下来，同样向那颗流星伸出手臂。虽然他的境界还远不及霍去病，但多少能帮上一点忙。两道"支配皇帝"的气息冲天而起，同时锁定了急速下坠的赤色流星，支配之力充满流星表面，一道道细密的裂纹急速扩散！与此同时，那流星陨落的速度也逐渐滞缓，但依然在以不可逆的趋势，砸向大地上的众人！

就在这颗赤色流星即将砸入大地的瞬间，一道身影猛地自地表弹射而起，澎湃的力量聚集在右拳之上，将周围的空气撕扯出尖锐爆鸣！"七夜哥！"看到那身影，乌泉惊呼出声。"咚——"肉眼可见的环形气浪席卷而出，将下方的众多将士震翻在地，满是裂纹的赤色流星顷刻间四分五裂，崩碎的巨石之间，五彩斑斓的颜色从中翻卷而出，瞬间吞没了林七夜以及下方的所有身影。那颜色的载体像是雾气，又像是纯粹的光，它翻滚在这片大地之上，颜色不断地变化，让人看一眼便有种目眩神迷之感。林七夜的身形落在地面，他望着这淹没周围的神秘幻彩烟雾，从中嗅到了一丝熟悉的气息。"克系生物的气息……这怎么可能？"

1637

这个时代，为什么会出现克苏鲁的气息？林七夜看到那些赤色星辰的第一时间，就想过有克苏鲁的可能，但在现代他并没有见过克系神与星辰有关系……它们不都被耶兰得封印在月球之上了吗？而且林七夜现在也算是和"黑山羊""门之钥""混沌"都接触过，眼下的这道克苏鲁气息，并不属于三柱神，难道在这个时代，除了三柱神还有别的克系神存在？林七夜抬头看向天空，入目之处却都是幻彩流转的烟雾，但他知道，在这些烟雾之上，那些赤色的星辰依然在不断闪烁。不，不对……如果说一枚赤色星辰对应一位克系神，那现在天空中的赤星，未免也太多了些！林七夜的脸色接连变幻，一个想法涌上心头。难道，在这个时间点，耶兰得还没有将克系神封印在月球之中？

林七夜知道历史上有过三次克系神入侵，第一次是在人类文明尚未建立的远古时代，被祖神联手打退；第二次则是在人类文明出现之后，宗教信仰逐渐兴起的某个古老时间点，耶兰得带着整座天国将除三柱神外的所有克系神封印在月球之上；第三次则是林七夜所在的那个时代。据刚才兵士所说，这些赤星是十天前出现的……也就是说，眼下的这个时间点，很可能就是第二次克系神入侵途中，耶兰得借天国之力封印月球之前！这一刻，林七夜认识到了事情的严重性。林七夜不知道克洛伊为什么要用"圣约"将他送到这个时代，但现在，他也许是世界上唯一知道地球即将面临什么的人。这个时代，并没有他想象的那么简单！

林七夜的脸色凝重无比,他环绕四周,好消息是,这烟雾似乎并没有毒;坏消息是,现在入目之处全部都是迷离变化的彩色烟雾,根本无法辨认自己的位置,同样也看不到其他任何人的身影。要知道,他所在的位置原本可是有三万兵士,就算这烟雾再浓,稍微往前走两步,应该就能碰到另一个人的身体,但林七夜在附近游走了一圈,没有碰到任何人。这是某种克系生物的身体?还是某个克系神的手段?林七夜回想起刚刚分裂出这颗流星的赤色星辰,它的本体并没有从天穹坠落,这颗流星应该是他的某个器官?或者是追随者、仆从之类。

就在林七夜认真思索的时候,他周身的烟雾突然翻滚起来,一个身影从中走出。"七夜哥?"乌泉看到林七夜,先是一怔,随后错愕地回头看了一眼。"乌泉?"林七夜看到乌泉,眼前一亮。他和乌泉都在大军的尾翼,距离也是最近的,既然他能在这里碰到乌泉,说明这片烟雾并没有将他带到异空间之类的地方,他们依然在大军原本所在的山涧附近。

看到林七夜,乌泉却猛地向后退了一步,脸上满是警惕。

"怎么了?"

"你是谁?"乌泉沉声开口。

林七夜停下脚步,像是意识到了什么,双眼微微眯起。

"我刚才明明已经和你会合,动身去寻找其他人……为了避免在烟雾中走散,我们还用绳子将手腕连在了一起。"乌泉抬起手,一根用来捆绑辎重的麻绳正紧紧缠在他的手腕上,而麻绳的另一边,则一直延伸到烟雾的某处。"如果我连着的是七夜哥……那你,又是谁?"乌泉的声音逐渐冰冷起来。话音落下,乌泉浑身的肌肉紧绷,似乎下一刻便要对他出手。

果然,跟克苏鲁沾边的东西,都不简单……林七夜的目光落在幻彩的烟雾之上,暗自想。"我是林七夜。"林七夜平静地开口,"我们初次相遇在寒山孤儿院,是我亲手将你抓进的斋戒所,我们在从伦敦回大夏的过程中引发了'圣约',来到这里。"听到这句话,乌泉的眼中浮现出惊讶之色,他低头看了眼手腕上的麻绳,又回头看向绳子另一端延伸处的幻彩烟雾。这些信息,是他与林七夜的秘密,这个时代绝对没有第二个人知道,如果是这样……那他手腕相连的那个林七夜,又是谁?"把他拽过来。"林七夜顿了顿,眸中闪过一抹金芒,"不,不用拽……我们顺着绳子找过去。"如果是有人假冒他的身份,一旦这里用力开始拽对方,说不定会打草惊蛇,最好的方法还是悄然摸过去,乘其不备的时候将他拿下。

"好。"乌泉点了点头,他跟在林七夜身旁,沿着烟雾中延伸的绳子,一点点向那个方向前进。两人足足走了数分钟,乌泉盘在手上的绳子越来越长,林七夜心中的疑惑也越发浓郁……这片幻彩的烟雾,究竟有多大面积?按照他们的脚程,少说走了也有一两公里了吧?

"你们连接手腕的绳子,有这么长吗?"林七夜皱眉问道。

"……没有啊。"乌泉摇了摇头,"我们将四根绳子绑在一起,加起来最多就不到两百米,怎么走了这么久,还没走完?"

林七夜的目光一凝,他直接将乌泉扛起,双脚猛踏地面,在一阵爆鸣声中飞掠而出,刹那间再度向前冲了数百米!乌泉手腕上的绳子急速松弛,下一刻,密集的人影在幻彩烟雾的尽头勾勒而出!林七夜扛着乌泉冲出烟雾,明亮的天空重现眼前,他二人稳稳地落在地面,林七夜抬头望去,整个人都愣在原地。只见山涧旁,众多披着甲胄的兵士整齐地排列在一起,高高的黑色旗杆四处耸立,在他们之前,霍去病骑着白马,身旁跟着詹玉武和颜仲,正在和一个身影交谈着什么。见这道残影从幻彩的烟雾中飞出,众人都是一愣,转头望向这里,眼眸中浮现出震惊之色!

与此同时,背对林七夜,与霍去病等人交谈的熟悉身影缓缓转过身,看到刚从烟雾里出来的林七夜二人,眉头紧紧皱起。"他就是我刚刚说的,在烟雾中遇到的神秘替身。"第二个"林七夜"沉声开口,他将一只手搭在天丛云剑的剑柄上,看向二人的目光中,散发出一抹森然寒芒,"想不到,这克系的烟雾中,还能生出一个与我一模一样的赝品……"

1638

看到那身影的瞬间,林七夜的瞳孔骤然收缩!同样的衣着,同样的面孔,同样的声音,同样的举止习惯……林七夜看着他,像是在照一面镜子,无论从哪个角度,都找不出任何的区别。不光是他,站在第二个"林七夜"身后的众人,同样呆住了。

"这……这是怎么回事?"詹玉武不解地开口,"还真变化出了一模一样的人?好厉害的邪祟!!"

在詹玉武身后的众多将士,也纷纷惊讶地交谈起来,目光在林七夜与"林七夜"的身上不断切换,眼眸中满是震惊。

"这可不是邪祟那么简单!""林七夜"的表情严肃无比,"这是那些赤星的一部分……如果我没猜错的话,它便是某位克系神的使者,无论是实力还是诡异程度,都不是寻常见到的邪祟能比的!"

听到"克系神"三个字,霍去病的眼睛微眯,看向林七夜的目光发生了些许变化。他竟然还知道克系神这个说法?林七夜听到这段话,心神狂震,眼前的这个赝品,直接抢了他的台词,而且有关克系神的事情,只有他和霍去病、乌泉三人知道,眼前这赝品开口的第一句话,就直接获得了霍去病的部分信任!就连站在林七夜身边的乌泉,眼中都再度浮现出茫然,目光不断在林七夜与"林七夜"之间流转。

"这么厉害？"詹玉武抽出弯刀，精神力疯狂涌出，他一边向林七夜走来，一边冷声开口："侯爷，我倒要看看，这什么破使者，有多大的本事！"

"慢着！"颜仲直接拉住了他，眸中金芒闪烁，"既然这两个林七夜都一模一样，你怎么知道，站在你身边的这个不是赝品？！"

詹玉武愣在原地。"可，他刚刚直接喊出我们的名字了啊！"

"詹玉武，你是侯爷的副将，刚刚那个伪君子叫颜仲，是侯爷的谋士，你们两个跟了侯爷数年，也是这军中除了侯爷之外，境界最高的异士。"林七夜直接将不久前詹玉武的话，原封不动地复述了一遍。詹玉武愣在原地。片刻后，他仔细地想了想，选择站到了林七夜那边。

"你们怎么又跑那儿去了？！"颜仲不解地开口。

"我相信他是真的。"詹玉武认真说道，"他说你是伪君子。"

颜仲："……"

"我曾以七只邪祟的头颅与女囚公羊婉为厚礼，求见侯爷。""林七夜"也不甘示弱，开口道。

这下，就连颜仲等人都分辨不出来了，他们的目光接连在两人身上扫过，表情都古怪无比。林七夜注视着另外一个"林七夜"，目光逐渐凌厉起来。这赝品似乎知道关于自己的很多事情，甚至还知道自己跟霍去病讲过克系神的概念……他究竟是怎么做到的？这下子，林七夜算是真正体会到当年孙猴子的感觉了，一个外貌与自己完全一样，甚至连记忆都无懈可击的赝品，想证明自己才是真正的林七夜，可不是那么容易的事情。所以，那颗陨落的赤色流星，里面藏着的就是这个"六耳猕猴"？

"你还有什么要说的吗？""林七夜"冷声开口。

林七夜看着他的眼睛，冷笑一声，迈步缓缓向前走去。

"你要干什么？"詹玉武见林七夜动身，有些警惕地问道。

"假的就是假的，永远也不可能代替我。"林七夜十指攥紧，发出噼里啪啦的声响，一道道劲风自他周身扩散，"我倒要看看，就算你能模仿我的外貌和语气……你能再变出一个鸿蒙灵胎？"林七夜的脚掌猛蹬地面，身形如电般掠过大地，一道拳影挥出，一道身影化作黑点在轰鸣声中倒飞而出！远处的大地被砸出一个巨坑，狂风将周围的兵士震得接连后退，詹玉武一边用手臂挡着风，一边转头看向霍去病，似乎是在询问要不要出手。

霍去病注视着那两道厮杀在一起的身影，摇了摇头。"轰轰轰——"一道道巨响炸雷般响彻云霄，漫天飞舞的尘埃之中，两个一模一样的身影以惊人的速度碰撞，弹开，肉眼可见的气浪一阵又一阵地掀开地皮，周围的地形急速变化。只见其中一道身影一拳砸断了另一道身影的手臂，反身一脚踹在他的胸膛，后者像是断了线的风筝般飞出，砸落在一座山丘之上！林七夜冷哼一声，再度一步闪到那被嵌在山体中的身影前，一只手掌猛地从山体中劈向林七夜的脖颈，却被林七夜轻松格挡，另一只拳头再度砸在对方的胸膛！"咚——"震耳欲聋的坍塌声中，林七夜踩着一道身影，直接淹没在翻滚的碎石之中。"林七夜"猛地喷出一口鲜血，眸中闪过一抹不甘的光芒，他仅剩的手臂拔出腰间的断剑，却被林七夜瞬息拔出的天丛云剑直接从中斩断！

光滑的剑身在空中飞旋数十圈，插在一片山体之中，林七夜扫了眼被他砍飞的剑身，淡淡道："看来，你的本事也没那么大，不光肉身比我差了一大截，就连天丛云剑都是假的……"

"假的？你才是假的！""林七夜"在深坑中疯狂挣扎，瞪大了双眼对林七夜怒吼，"你这个克苏鲁制造的赝品！永远也不可能取代……"他的话音未落，第二抹剑芒闪过，他的头颅直接飞跃而起，骨碌碌地滚到霍去病等人面前。那具赝品的尸体逐渐融化，变成一只生长着眼球的诡异物体，像是柳枝，又像是某种触手，林七夜扫了眼脚下的尸体，将天丛云剑收回腰间。"我不明白，这里明明有这么多人，为什么你偏要选择我？如果你换一个目标，也许就成功了。"林七夜收回目光，缓缓转身走到乌泉等人面前，其他人看向他的目光，都有些古怪。

"你……是真的林七夜吗？"颜仲皱眉问道。

"他当然是。"乌泉坚定地开口，"七夜哥不可能会输给自己的赝品，我相信他是真的。"

颜仲等人转头看向霍去病，后者与林七夜对视许久，微微点头，说道："通知大军继续前进吧……注意绕开这些幻彩的烟雾，向长安全速前进。"

得到霍去病的命令，众人纷纷忙碌起来，林七夜骑回自己的马匹，站在满地的狼藉上，回头看了眼那覆盖数座山峰的幻彩烟雾，似乎并没有散去的迹象，眼睛微微眯起……

"七夜哥，该走了。"乌泉骑着马，在前面提醒道。

"嗯，来了。"林七夜收回目光，跟随着大军，继续向长安的方向走去。

1639

"七夜哥，你怎么心不在焉的？"蔚蓝色的天空下，大军向长安迅速赶去，乌泉骑马跟在林七夜身边，疑惑地问道。

"……我只是觉得，有些奇怪。"

"奇怪？"

"凡是涉及克系的东西，就没有简单的，我打爆了那颗赤色陨石，放出了里面的幻彩烟雾……虽然确实出现了让我出乎意料的东西，不过总感觉，有些虎头蛇尾了。"林七夜又回头看了眼后方，那笼罩着幻彩烟雾的山涧，已经远到几乎看不见了。"他明明可以伪装成我们中的任何一个人，为什么偏偏选择我？难道他不知道，我的鸿蒙灵胎是最难以复制的吗？"

"七夜哥，你是不是想太多了？"乌泉开口安慰道，"就算那颗陨石真是克系的东西，那也只是从赤色星辰上分裂的一部分……它的力量，也许根本就没有你想象的那么强？又或者，它也没想到鸿蒙灵胎的存在？"

林七夜皱着眉头，看了眼身旁的乌泉，突然问道："乌泉，沈青竹之前送你的禁物，你收好了吗？"

听到这句话，乌泉突然一愣，不解地问道："青竹哥什么时候给我送禁物了？"听到这句话，林七夜的神情放松些许，他摇了摇头："没什么……"沈青竹自然没有送过乌泉禁物，林七夜突然问这句话，也是为了防止乌泉被暗中调包，那幻彩烟雾太过诡异，还是谨慎些好。

"林七夜。"一个声音从远处传来。

林七夜转头望去，只见詹玉武正骑着马，向他这里走来。白天的邪祟并没有晚上那么猖獗，经过了昨晚的厮杀，在暖洋洋的日光下，众人都有些疲惫，而詹玉武却两眼放光，看向林七夜的目光火热无比。"詹副将。"

"别这么客气，叫我玉武就好。"詹玉武摆了摆手道，"对了，我就想问问你，你这强悍的肉身，是你的特殊能力，还是靠后天锻炼得来的？"

"算是特殊能力吧。"林七夜含糊回答。

听到这儿，詹玉武遗憾地叹了口气："我早该想到的……我还以为，你是有什么特殊的体质，或者锤炼身体的秘法……如果是这样，那我愿意付出任何代价，换取你的秘法。"

"詹副将的'泯生闪月'，不已经很强了吗？"

詹玉武微微一愣："你怎么知道？'泯生闪月'这个名字，还是昨天颜仲才起的……"

"我不是说了吗，我来自未来。"林七夜笑了笑。

"啧，你又说笑了。"詹玉武干笑两声，"不过，我要这锤炼身体的秘法，也不是为了我自己，而是为了侯爷……侯爷的能力虽然厉害无比，但好像对寿命的损害极大，若是有合适的锤炼身体之法，应该能弥补一部分寿元。虽然侯爷现在也有自己的锤炼之法，不过跟你的身体比起来，还是差得远。"林七夜的眉梢一挑，随后无奈地摇头。锤炼肉身可以弥补一部分"支配皇帝"的寿元这一说，他也是第一次知道，可惜他的肉身强大完全是因为鸿蒙灵胎，并没有所谓的秘法。"说起来，我们在西北边陲，也遇到过拥有强悍肉身的异士，不过他的力量跟你比起来，简直弱得可怜，他这一拳打出去，最多只能毁掉一座房屋……"詹玉武跟在林七夜身边，絮絮叨叨地开始讲他们这一路上的见闻。林七夜也没想到，原本看起来沉稳强悍的詹玉武，也有如此健谈的一面，不过他也并不抗拒，反正骑马行军也是无聊，能够多听一些有关这个时代的事情，也是好的。

　　大军向着长安的方向全速行进，白日里并没有太多邪祟的袭击，一共就遇到了两只，都被轻松地斩杀，不过据詹玉武所说，大白天遇到邪祟已经是相当罕见的事情。时间一点点流逝，明亮的日光再度昏暗下来，林七夜的心也逐渐提起。距离抵达长安，就只剩下一夜的路程，从前两晚的情况来看，越往后夜间的邪祟就越猖獗，他可以想象，今夜大军又将迎来一次惨烈的厮杀。夜幕逐渐降临，詹玉武也回到了原本驻守的位置，林七夜和乌泉在大军尾翼时刻警戒着后方。漆黑的大地之上，一道道残影飞掠而过，林七夜能感知到它们的视线，正不断在大军薄弱处徘徊……但奇怪的是，虽然环伺的邪祟众多，并没有一只扑上前来。林七夜本以为它们是在等待时机，可一晃眼的工夫，半个晚上过去，整个大军依然没有遭受任何攻击。"怎么今天突然安分下来了？"林七夜不解地开口。

　　"也许是我们昨晚把它们杀怕了？昨天到后半夜的时候，不也没什么邪祟敢出手了吗？"乌泉想了想，说道。林七夜的眉头紧锁，想来想去，似乎也只有这个可能。

　　出乎所有人的意料，抵达长安前的最后一夜，竟然异常地顺利，大军没有遭受任何袭击，等到一抹鱼肚白在天边浮现的时候，一堵高耸的恢宏城墙，出现在众人的视野之中。

　　"长安，到了。"詹玉武喃喃自语。林七夜和乌泉眺望着远处的城墙，只见黎明之下，已经有许多身影在城门边，等候进城。

　　"天才刚亮，他们不怕邪祟吗？"乌泉问道。

　　"长安乃天子居所，龙气汇聚，像是一道天然的屏障，能够驱散邪祟，所以这里遭受的危险要比其他地方轻很多。"詹玉武顿了顿，继续说道，"不过这一路上，也有传闻，说长安也受到了邪祟影响……不知是真是假。"

　　龙气……林七夜想起那座镇守着国运的海岛，在现代并没有天子一说，所以国运与龙气都被人为地引流至海岛底部，从某种意义上来说，那便是气运的心脏，眼下的长安也是如此。

　　也许是看到了霍去病的旗帜，长安城内立刻有将领走出，霍去病骑马上前与他交流片刻，便让大军驻扎在长安城边，既能承蒙龙气庇护，又不至于打扰到城内百姓生活。

　　霍去病带着几位将领和颜仲，走到林七夜面前："走吧，随本侯入城。"

1640

　　长安城内相对于之前林七夜去过的薛县，繁华了不止一星半点。光从路上的行人来看，就至少是薛县的四五倍，两侧的铺子整洁大气，虽然太阳才刚刚升起，街上的叫卖吆喝声已经嘹亮无比，浓郁的酒香自旁边的酒肆传出，与那时而掠过街道的鲜衣怒马一样，有种令人迷醉之感。从小生活在现代社会的林七夜，根本没见过这等场面，对此倒是非常新奇，不断四下张望。乌泉跟在林七夜身后，并没怎么好奇周围，他的目光越过这密集繁华的街道，能看到远处宛若朱砂的宫墙，隐约间，还有几角精雕玉琢的华丽屋檐，在墙后若隐若现。

"林七夜，本侯要入宫面圣，你且随意在城中看看，等本侯出宫，再派人来请你。"霍去病转头对颜仲说道："你不必随我入宫，在外好好招待他们吧。"

"是。"颜仲恭敬回答。

林七夜点了点头，与颜仲和乌泉一起，目送霍去病等人策马径直向皇宫赶去。对此，林七夜倒也没什么意见，虽然他对皇宫也有些好奇，不过他毕竟是外人，想入宫估计并不容易。"怎么，你也对皇宫感兴趣？"林七夜回过头，见乌泉依然在盯着皇宫的方向，问道。

"啊？嗯……有一点吧。"乌泉回过神，"七夜哥，那我们接下来去哪儿？"

"随便转转吧。"林七夜的目光扫过偌大的长安，犹豫片刻后，还是问颜仲："你们这儿，有什么好玩的地方吗？"

颜仲先是一愣，随后嘴角勾起一抹微妙的笑意："有，当然有，你们跟我来便是！"

皇宫。

四道身影穿过宫门，一道身影已经等候多时。那是一位老太监，穿着一身宫中服饰，脸上堆满了笑容，见霍去病来了，腰更向下弯了几分。"见过侯爷。"

"李公公。"霍去病微微点头，"陛下呢？"

"陛下没想到您率军回来得这么快，所以还在接见一位来自遥远地域的使者，侯爷还请随老奴去偏殿休息。"李公公伸出手，做了个"请"的手势。

"遥远地域的使者？"詹玉武不解地问道，"是倭奴国吗？"

"不，比倭奴国还要远。"

听到这个回答，众人都有些惊讶，霍去病眉梢微挑，继续问道："再遥远，那便是来自大洋的另一边……这使者费尽周折来长安，有何要事？"

"此事，老奴也不清楚，不过似乎与某种宗教有关。"

"宗教？"詹玉武点点头，"说起来，最近我听说身毒那边也有人来我大汉边境，传播他们的宗教……说是要信什么米坨？"

"那是身毒佛教，阿弥陀佛。"霍去病瞥了他一眼，"本侯远征边陲的时候，见过他们的行僧，有过接触，他们的教义渊源也极为深厚。"

"还是侯爷懂得多啊。"李公公笑呵呵地拍起了马屁。

众人随着李公公走到偏殿，正欲步入其中，便看到几道异域身影从正殿走出。

霍去病停下脚步，定睛望去，只见几个穿着白色教服的男人，正跟随在一位红发少女身后，径直向宫门外走去。看着那少女远去的身形，霍去病的双眼微眯，不知在思索着什么。

"看来，侯爷不用等了。"李公公笑了笑，"请吧，侯爷。"

"圣女大人，这大汉的皇帝，真是油盐不进！"一位传教士快步走在石砖路上，愤然开口。

"这大汉皇帝，甚至不等我们说完圣主的伟大，就要将我们赶出来……实在是无礼！"

"大汉有这么多的人口，若是能在这里开创信奉圣主的宗教，一定能为圣主吸纳大量的信仰之力，可惜……"

几位传教士脸色铁青，你一言我一语地说着，似乎对刚才汉武帝的态度极为不满。

"够了。"红发少女摇了摇头，"强迫别人信奉圣主，不是圣主的本意，我们是圣主的传教士，目的是在人间创立一个信奉圣主的宗教，既然大汉不愿意让子民信奉圣主，那我们便换一个地方……只要走过足够多的地方，我们早晚能替圣主找到第一批的信徒，创立属于圣主的神国！"

"可是圣女大人，我们已经在这片大陆上行走十年，从大陆的最北侧走到这里……我们都已经老了，却还没有找到立教的地方，照这个速度，我们什么时候才能正式创立宗教？"

"临行前，圣主跟我说过，立教这件事不能急躁。"红发少女的目光扫过身后众人，神情有些复杂，"你们是第一批跟随我的传教士，在你们之后，也许还会有第二批、第三批……早晚有一天，圣教会成为人间最庞大的宗教。你们的名字，也将被编入圣典之中，被后人所铭记。"

几位传教士的脸上浮现出虔诚："愿为圣主与圣女献上一切……"

红发少女转过身，带着众传教士，在一位太监的引领下离开了皇宫。

"圣女大人，那我们接下来怎么办？直接去下一个国度吗？"

红发少女没有回答，她抬起头，看了眼天空中那几颗隐约可见的赤色星辰，目光逐渐凝重起来。"不……那些星星不知道是什么东西，竟然能引起'神秘'暴动，现在离开太危险，长安有大汉的龙气庇护，应该不会出什么大事，我们在这里休养几天，等那些赤星消失了再走。"

"是。"

"住处找好了吗？"

"找好了，就在袖舞坊的对面，算是整个长安最繁华的地方。"

"袖舞坊？"红发少女疑惑问道，"那是什么地方？"

"呃……这个……"几位传教士对视一眼,还是有人硬着头皮,凑在红发少女耳边,悄声说了什么。红发少女的脸颊顿时滚烫起来,她狠狠瞪了众人一眼,其他人立刻低着头往后退了两步,一副做错了事的模样。

"圣女大人,这住处是大汉的司衙给我们安排的,我们也不知道啊……"

"是啊是啊,您可不能怪我们啊……"

"谁,谁怪你们了!"红发少女双手环抱胸前,将头撇到一边。许久之后,她嘴角微微抽搐,还是忍不住小声问道:"那地方……我能进去看看吗?"

1641

半个时辰后。一个戴着斗笠的身影,缓缓在热闹的街道一角停下脚步,叽叽喳喳的女声宛若黄鹂般从面前的楼内传出,时不时还有丝竹弦乐,悦耳动听。

"你们确定,这样是可以的吗?"斗笠下,红发少女小心翼翼地问道。

"没事的,圣女大人。"一位传教士认真开口,"您跟我们一起进去,只要不摘斗笠,就不会有人发现的。"

红发少女重重点头:"好。"

在几位传教士的交涉下,他们顺利地进入袖舞坊内部,这些传教士的异域外貌让坊内的宾客和舞女纷纷侧眸,对他们身后戴着斗笠的神秘身影也非常好奇,不过并没有人怀疑那是个女子。随着为首的传教士掏出一锭沉重的银子,一个舞坊的矮小男子脸上顿时浮现出谄媚的笑意,带着几人走上二楼。"几位客官,这可是我们舞坊最好的雅间,不仅地方宽敞,有人伺候,位置也是最好的,您看还满意吗?"红发少女走进雅间,在这里能够清晰地看见下方随着妙音翩跹起舞的女子,还有在台前散坐的宾客,这些大都是手头不宽裕,但又想来体验一把高雅风月的文人,坐在这里颇有种俯视众生的感觉。见红发少女点头,传教士又掏出一锭银子,塞到了矮小男人手中,用标准的汉语说道:"就这里了,给我们拿些吃的上来……还有,我们不需要人伺候,别让人进来打搅我们。"

那矮小男子一愣:"连陪酒的舞女也不用吗?"

"不用。"

"这……好嘞。"矮小男子似乎还准备说些什么,看到传教士凌厉的眼神,还是把话吞了回去,一边赔着笑一边退出雅间。

不一会儿,几盘水果、点心便送了上来,按照传教士所说,没有任何的舞女进来陪酒,令人浑身酥软的靡靡乐声回荡坊内,只有这个雅间内,几位传教士正襟危坐,仿佛圣人一般。红发少女在主位坐下,目光透过斗笠的面纱,在那些端着果盘,身姿妖娆、神情妩媚的女子身上扫过,她们时不时出入二楼的其他雅间,一道道男人油腻轻薄的笑声从中传出。

"没有信仰与底线的人，跟被欲望支配的野兽，没什么区别。"一位传教士沉声开口。

"不必这么死板，拥有信仰不代表就要戴上枷锁，没有信仰不代表就是愚昧野蛮……用人的角度去看这个世界，经历这个世界的苦难与欢悦，才能知道他们需要什么。"

红发少女对这些似乎并不抗拒，她的目光透过面纱，好奇地在每一个人的身上扫过，时不时拿起一块点心放入嘴中。

"圣女大人说的是。"几位传教士恍然大悟，"快，替大人喊几位舞女来！"

"……我不是这个意思！"红发少女急忙拦住他们，这些人都是在她来到这块大陆之后，被她与生俱来的信仰天赋与传播的教义所折服，主动追随她散播圣主之名的信徒，同时也是传教士，他们虽然跟了她许久，不过还是没法完全理解教义，思维方面也被个人的经历禁锢，不太能跟得上她的思绪。对此，红发少女倒也习惯了，毕竟通过教义来传递思维方式与认知，并不是一件容易的事情。几人尚且如此，想要做到创立一整个庞大的宗教，传播完整的教义更加困难……至少她很清楚，现在的自己，还欠了些火候。他们几人在坊中看了许久的舞蹈，等到红发少女将桌上的点心吃得差不多了，才缓缓站起身，准备离开。

就在这时，三道身影从舞坊大门走了进来，为首的是一个穿着儒服的书生，他轻车熟路地带着另外两人走到二楼，正欲走进他们所在的这间雅间，却被门外之人拦下。

"什么？已经有人了？"

"……"

"唉……七夜兄，看来实在是不巧，这间房的视角是最好的，既然被占了，那我们便去另一间可好？"

一阵交谈之后，三人便在隔壁的另一处雅间落座，同样也能看到下方的全景。不一会儿，便看到一群莺莺燕燕的舞女推开了那雅间的门，粗略估计也有九位，一齐挤了进去，这夸张的待遇直接让其他雅间与一楼的宾客们羡慕地瞪大了眼睛。

"比起大汉的其他城邦，长安城里的这些人，倒是真会享受。"一位传教士不屑地哼了一声。

红发少女站起身，将斗笠戴好，一边向门外走去，一边平静开口："让隔壁的人搬过来吧，正好……我们也该走了。"

"七夜兄，这里够有意思吧？"颜仲坐在桌边，两位娇滴滴的舞女跪在他身后，正一边说笑一边替他捏肩捶背，看起来已经非常熟络。林七夜表情古怪地坐在另一边，眼看着几位舞女顺势就要躺在他怀里，直接伸手拦住了对方："颜仲兄……你好好享受吧，我就不用了。"这些舞女确实有几分姿色，不过林七夜并没有这方面的兴趣,有一说一,这些舞女陪酒的水平还停留在原始的美色勾引阶段,缺乏了一些精神方面的抚慰与内涵。他也没想到,颜仲口中有意思的地方,竟然是青楼……早知道,还不如去个茶楼或者点心铺子转转,在林七夜的眼中,这地方的业务水准还有待提高。

"怎么,七夜兄莫非觉得她们不够好?"颜仲一拍桌子,对着身后的矮小男人说道:"去,把青儿姑娘请过来,这位可是侯爷的座上宾,绝对要招待好……"听到这话,男人顿时一激灵,转身便向门外走去,又被林七夜一把拉住。"真不用了。"林七夜无奈地开口,"颜仲兄,你自己享受就好,大可不用带上我。"

颜仲皱眉想了想,像是意识到了什么:"莫非,七夜兄已有家室?"

"这……"林七夜顿了一会儿,也没法解释清楚,只能顺势应了下来,"没错,我已有家室,而且我那悍妻十分厉害,若是知道我在外瞎混,回去没法交代。"

听到这儿,颜仲怜悯地看了林七夜一眼,也不再强求,直接让其他舞女出去,至于乌泉……他的年纪太小,自然也没有安排舞女侍奉。林七夜微微松了口气,他提起桌上的茶盏喝了一口,胸口突然传出莫名的灼热之感。

1642

林七夜眉头微皱,他拉开衣领的一角,看到胸膛处仅剩的两枚"圣约"印记,正在散发着淡淡的微光。"圣约"有反应?林七夜一怔,当即站起身,就在这时,一个身影敲门走了进来:"几位客官,隔壁的客人走了,要不趁着还没上点心,我们直接到隔壁去?"

"哦?那也不错。"颜仲见此,脸上浮现出惊喜之色。

在他的指挥下,其他舞女纷纷离开这间雅间,向隔壁走去,与此同时,林七夜胸口的灼烧感逐渐消退,仿佛刚才的一切只是场幻觉。怎么回事?林七夜的眼眸中满是不解。"圣约"突然有异动,他还以为第二道"圣约"要发动,可还没等他做好准备,这炽热的感觉就消失了?林七夜用余光瞥过周围,只见几个异域模样的男人,正带着一个头戴斗笠的身影,迈步向坊外走出,看到那身影的瞬间,他的瞳孔微微收缩。是她?!

"七夜兄,那我们就换个地方吧,正好现在……"颜仲话说到一半,林七夜便猛地转过身,向楼下冲去!"七夜兄?七夜兄?!"

"你带着乌泉先去!我有点事!"林七夜的声音响起,一道残影呼啸着掠过舞坊,卷起的劲风掀起附近舞女的衣角,引起宾客们一阵唏嘘。颜仲茫然地看着林七夜离去的背影,迟疑许久,转身问乌泉:"七夜兄的妻子,究竟是何方神圣?竟然能将他吓到如此地步……唉,是我没思虑周全,惹得七夜兄为难了。"

乌泉:"……"

长安街上。昏黄的夕阳洒落在古老的屋檐之上，街上原本络绎不绝的行人逐渐稀少，街边店铺也开始收摊，几位传教士走在街道的一侧，开始打起了饱嗝。

"这偌大的长安，若是没有宵禁，应该会更加热闹吧？"一位传教士目光扫过周围逐渐冷清的街道，长叹一口气。

"离开了长安，不知道什么时候才能遇到这么一座繁华的城池了。"

"可惜，这里终究不是我们的容身之地。"

在众传教士唉声叹气之时，红发少女微微抬起头，看着昏黄天空中逐渐刺目的某颗赤色星辰，眉头皱起。"那颗星星……好像越来越近了。""嗖——"一道残影从后方飞掠而来，红发少女斗笠下的面容一变，猛地转头看向身后。"谁？！"几位传教士迅速围在红发少女身前，浑身的肌肉绷紧，眼眸中满是警惕！那道飞掠过街道的残影停下，林七夜注视着那戴着斗笠的身影，面不改色地向他们走去。"好强的气息……"感知到林七夜身上散发的恐怖波动，红发少女的脸色一凝："你是谁？你想做什么？"

"克洛伊。"林七夜将衣领扯下一角，露出两枚散发着微光的"圣约"，缓缓开口，"我们需要谈谈。"

皇宫。殿内。

听完霍去病的叙述，龙椅之上的那道身影，嘴角微微上扬。"两个月之内便平定了边陲骚乱，不愧是朕的冠军侯！"汉武帝刘彻笑道，"如此一来，那帮宵小再不敢勾结匈奴，我大汉又可安宁数载……说吧，你要什么赏赐？"

"此乃臣分内之事，无须赏赐。"霍去病停顿片刻，"再者，如今天下不宁，臣恐无法安心蒙受封赏……"

"哦？"汉武帝的双眼微眯，"你也察觉到了？"

"实不相瞒，臣之所以率军不眠不休，千里奔袭回长安，便是遭受了大量邪祟骚扰。"霍去病抬起头，目光凝重无比，"陛下，那妖星……究竟是何物啊？"

汉武帝沉默片刻，目光落在一旁，缓缓开口道："蔡元，你把刚刚跟朕说的，再说一遍吧。"这大殿之内，除了汉武帝与霍去病外，还有一个穿着官服的身影，在霍去病进殿之前，他便已经在这里。"是。"蔡元向前走了两步，恭敬开口道，"钦天监监正蔡元，见过侯爷。"

霍去病诧异地看了他一眼："我记得钦天监的监正……不是方屹吗？"

"方大人……十五日前便在钦天监上吊自尽了。"蔡元苦涩开口。

"自尽？"

"十五日前，方大人与我等夜观天象，发现夜空中多出一颗赤星，心生疑惑……方大人便以秘法推衍天象，随后突然胡言乱语，手足狂舞，宛若失心疯癫。我等费尽力气，才按住方大人，见他睡去便以为恢复正常，可不承想深夜他竟又醒来发疯，用绳子活活吊死了自己……"听到这儿，霍去病的脸色难看起来，钦天监的上一任监正方屹与他也算有交情，方屹的性格他是清楚的，那样一个老成稳重的人，怎么突然就发了疯，还将自己吊死家中？"他胡言乱语？都说了些什么？"

"方大人发疯之后口齿不清，臣也听不太清楚……只听到几句，'它们来了''毁灭的先驱''前兆''死星''隔阂似什么'……"

霍去病不解地看向汉武帝，后者沉着脸，对着他微微点头。"所以，那些邪祟的暴动，便是方大人口中的'死星'导致的？那颗赤星便是'死星'？"霍去病问。

"确是如此。"蔡元继续说道，"今日黎明之时，一颗流星自赤星内分裂，陨落大地……原本顶替方大人暂任监正的陈大人，再度推衍天象，结果……"

"结果怎么样？"

"他的下场，与方大人一模一样。"蔡元的脸色有些泛白，眸中满是苦涩，"我钦天监连续两位监正在那赤星下暴毙，也正因如此，臣才顶上二位大人的位置，暂任监正一职。"

"那陈大人去世之前，可曾说过什么？"

蔡元张了张嘴，迟疑片刻后，还是沙哑地开口："除了方大人说过的那些之外……陈大人还说，'赤星裂空，大乱必生，不出一日，将生灵涂炭'！！"蔡元的声音在偌大的殿内回荡，霍去病的瞳孔剧烈收缩。

1643

大殿的气氛顿时凝固。霍去病眉头紧锁地站在原地，看着脸色煞白的蔡元，不知该说些什么。

"此事……你怎么看？"汉武帝缓缓开口。

霍去病沉默片刻，还是说道："臣……对天象预言之事并不了解，不敢妄言。"占星终究只是玄术，虚实难以断言，但在当今天子面前说出"大乱必生""不出一日，生灵涂炭"这种话，弄不好可是要被杀头的！看得出来，接连两位监正暴毙，蔡元也确实是慌了，此刻他对赤星与预言的恐惧已经完全压住了对皇家的敬畏。

"近日，朕确实收到许多关于邪祟作乱的奏折，也派了不少人力去赈灾驱邪……不过，如今我大汉既非被外敌打到国破家亡，又无饥荒旱灾，不过是一颗天上赤星，如何能在一日之内，让天下生灵涂炭？"汉武帝的声音低沉无比。

"臣……臣……"蔡元站在一旁支支吾吾半天，也说不出一句完整的话来。汉武帝凝视他许久，直到蔡元的额角不停地渗出冷汗，才缓缓开口："罢了……你且下去吧。"

"是！"蔡元如蒙大赦，转身便要离开，刚走出一步腿便软了下来，还是霍去病手疾眼快，一把将其扶住，后者连连道谢之后，匆忙地逃出了殿外。

霍去病的目光从蔡元的背影上收回，转头问道："陛下……蔡大人只是太害怕了。"

"朕当然明白，朕又不是那不讲道理的昏君。"汉武帝挥了挥手，无奈地坐了下来，"不过，这赤星之危还是不得不防……那三万大军，可都还在城外？"

"还在。"

"朕这就下一道旨意，那三万大军，与长安城内的御林军都由你统领，务必驻守好长安各处，至于其余各诸侯国，朕已经修书去让他们严加防范。"

"是！"霍去病转身正欲离开，突然像是想到了什么，再度开口道，"臣，还有一事相求……"

长安，驿站。

克洛伊将斗笠挂在墙上，转头看向林七夜，几位传教士正站在林七夜身后，眼珠瞪得浑圆，似乎随时待命将这年轻人丢出屋外。"这里应该够安全了吧？"克洛伊缓缓开口，"你究竟是什么人？"

"我叫林七夜，来自两千多年后的未来。"林七夜直入主题，"我之所以来到这里，应该和你有关……不，准确地说，是和未来的你有关。"

林七夜开头的一句话，便对后面的众多传教士产生暴击，他们震惊地瞪大了眼睛，脸上满是难以置信。

"两千多年后的未来？"克洛伊同样皱起眉头。她低着头，在房间内徘徊许久，像是在沉思着什么。"你……你再让我看一眼。"

"什么？"

"就是你的……你的……哎呀，就是你刚刚给我看的地方！"克洛伊的脸颊飞过一抹红晕，有些羞恼地开口。

林七夜眉梢一挑，很自然地将衣领向下拉，展现出那两道"圣约"。说实话，这两道印记的位置也没有那么私密……不过看克洛伊的反应，倒是有些出乎林七夜的意料，他一直以为传说中耶兰得的代理人，会是那种不食人间烟火的性格，漠然地俯视众生。现在看来，她的身上反而更多的是"人性"，仔细想想也是，既然是被耶兰得钦定在人间传教的使者，自然要能融入人间，体会人间的苦难与喜悦。也许，等她经历的苦难足够多，足够漫长，她就能以另一种逐渐超脱于"人"的视角，去完成她的使命。

克洛伊红着脸，仔细盯着林七夜胸口那两道"圣约"看了许久，若有所思地点了点头。"没错，确实是我留下的……"几位传教士对视一眼，眸中浮现出震惊……他们终究只是普通人出身，虽然见识过圣女大人的能力，但直接延伸到两千年后的未来，还是彻底超出了他们的认知。

"你能看出这三道'圣约'分别的作用吗？"林七夜问出了最期待的那个问题。

"不行。"克洛伊摇了摇头,"这些印痕是'圣约'的证明,并没有蕴藏履行'圣约'的力量……真正引发'圣约'的东西,应该在未来的我那里。"

"什么意思?"

"就好比……嗯……我今天借了你十两银子,约定好在明天的午时还给你,我写了一个借条留给你,但在明天的午时之前,你身上其实并没有十两银子,只有一个借条,而真正的银子还在我这里。只有等到约定的时间,我的银子才会到你身上,同样地,借条也会被撕毁……这么说,你能明白吗?"克洛伊尽量用通俗的语言解释了一番。

"原来如此。"林七夜点了点头。他一直以为,能够穿越两千年的力量是被存在那消失的印痕之中……现在看来,那只是一个媒介,真正做到这一点的还是未来的克洛伊。

"那你是怎么把我送到两千年前的?这可是连时间之神都难以做到的事情。"

"'圣约'一旦被约定,就必然会实现,就算这中间的过程再艰难,也会有各种因素来帮助实现……还是那个例子,我借了你十两银子,约定明天午时还给你,即便我没有任何赚银子的手段,它也会自己跑到我的袋子里。具体的过程,可能是一个窃贼突然在我身边绊倒,他刚偷到的十两银子落在了我面前;也可能是一只飞鸟衔着一支价值十两银子的发簪,突然掉到我的手上,而这时又恰好有人来买这支簪子……"

林七夜的嘴巴逐渐张大。"一旦约定就必然会实现……原来是这个意思?"林七夜一直以为对于克洛伊能力的描述,只是某种特殊的修饰,没想到竟然如此硬核,无论通过何种意想不到的方法都能实现,那不就是类似于气运加身,心想事成?"这么说,只要缔结'圣约',什么都能做到……那为什么未来的你不直接缔结'圣约',让克苏鲁众神直接毁灭?"

| 第十一篇 |

长安之乱

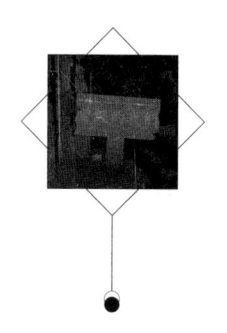

1644

"我不知道你说的克苏鲁众神，究竟是什么样的存在，但毋庸置疑的是，'圣约'也是拥有上限的。"克洛伊认真地说道，"首先，'圣约'只能对缔结者起效，无法延伸到第三者身上……比如，借还十两银子就是我与你之间的约定，无论这过程中事情如何发展，只会围绕着你与我两个人。但如果我与你缔结'圣约'，让张三明日午时还你十两银子，是做不到的，因为张三并没有参与这个'圣约'。同样地，我无法与你缔结'圣约'，来决定另外一个人或者种族的生死……除非，我亲自与它们签订'圣约'，让它们自我毁灭，但它们是不可能答应的。除此之外，想要引发'圣约'，需要消耗大量的信仰……我不知道另外两道'圣约'的内容是什么，但只是跨越两千年的时光回到过去这一个'圣约'，就要耗费极端恐怖的信仰之力。光是这一个'圣约'，也许就需要我花费上百年的时间，去收集信仰，才有可能在未来的某个时间，将你送回去。"

林七夜陷入了沉思。"圣约"只能对缔结者起作用，发动"圣约"则需要以信仰之力作为消耗。怪不得耶兰得要选克洛伊当代理人……这传闻中的 001 确实无限接近于全能，但若是没有信仰之力作为支撑，根本难以发挥出其强大的力量，而克洛伊那能够让周围生物不知不觉信奉她的特殊体质，则能和这个能力完美地契合。想要发挥出"圣约"更强的力量，就必须创立一个超大型的宗教，为耶兰得和克洛伊源源不断地提供信仰，西方圣教大概率便是因此而生的。但在这个时代，圣教似乎还没有出现……也就是说，这个时候耶兰得的力量还远没有达到巅峰水平，自然不可能去封印克系众神。"那我该怎么回去？"

"不知道。"克洛伊无奈开口，"这道'圣约'只是负责将你送回来，你怎么回去，就不关它的事了……事先说好，我现在根本没有足够的信仰，让你回到两千年后。在这个时代,唯一可能将你送回去的,也许只有那第二道'圣约'。"林七夜低头看向自己胸膛的第二道印痕,神情有些复杂。如果真如克洛伊所说,将他送回两千年前的"圣约",需要消耗积累数百年的信仰,那就算等现在的克洛伊能够将他送回去,也得等到数百年后了……他现在唯一能指望的,就是这第二道"圣约"所约定的内容,是他从西汉回到现代的返程票。"宵禁要开始了,你也该回去了。"克洛伊缓缓开口。

林七夜看了眼外面的天空,已经快彻底陷入漆黑,那些赤色的星辰高高悬挂在夜空之上,其中一颗的光芒尤为刺目。"你们最近几天,都会待在长安吧?"林七夜问道。

"嗯,等到那些星星带来的影响消退了,我们再动身前往下一个地方,你要是有事,再来这里找我就好。"

林七夜点点头,迈步便向屋外走去。跟克洛伊聊过之后,很多东西林七夜已经想通了,守夜人最高级机密中的那卷汉代古卷出现他的名字,未来的克洛伊选择他来缔结"圣约",还有在国运海岛地底时霍去病跟他说的话语……这一切的一切,都在指向他与西汉之间有过一段交集。不过林七夜还没想清楚,他在这段历史中的行为,是不是注定的?他的所作所为究竟是历史固有的一部分,还是会直接改变未来的走向?究竟是过去的这段"因",造就了未来的"果",还是未来的"因",改变了过去的"果"?过去与未来的因果关系,就像是一团杂乱无章的线团,让林七夜头昏脑涨,但更多的疑问,依然在不断跳出他的脑海。那未来的克洛伊,为什么不惜耗费数百年的时间收集信仰,也要将他送到西汉?是和那些赤色的星辰有关?还是希望他在这个时代改变什么?

就在林七夜苦苦思索之际,一道道凄厉的惨叫声突然划破沉寂,回荡在长安的天空之下!林七夜转头望去,只见在长安的城门附近,一场大火已然熊熊烧起,冲天的火光映照夜空,惨叫声自城池内不断响起。发生了什么?邪祟打到城里来了?林七夜眉头一皱,顾不得宵禁的规矩,直接化作一道残影向火光的方向冲去。以林七夜的速度,跨过大半座长安城不过是呼吸间的事情,狂风在他耳畔呼啸而过,不一会儿,他便看到熊熊燃烧的火光之前,两支人马正在疯狂厮杀!这两支人马的装扮并不相同,其中一批人的装束林七夜见过,是跟随霍去病回归长安的三万远征大军成员,另一批人则穿着特制的盔甲,像是本就驻扎在长安的御林军。在这座城门处,远征大军的数量,远比御林军要多,他们各自拿着武器,蜂拥着穿过城门,死死盯着穿梭在战场中的御林军,像是杀红了眼,一边怒吼着一边毫不犹豫地收割着御林军的生命。一具具御林军的尸体倒下,鲜血顿时染红长安一角,他们的防线直接被远征大军撕开数道缺口,节节败退,已经有大量的远征军成功破城而入,向长安城内冲去。与远征军愤怒的神情不同,这些御林军的表情中满是错愕与惊恐,他们似乎想破脑袋也想不明白,远征军为什么会突然攻城?

林七夜见此，眉头紧皱起，他身形直接撞入战场之中，徒手握住了一位远征军的长戈。这个兵士林七夜认识，他在尾翼护送大军回长安的时候，对方还跟他说过几句话，在林七夜的印象中，他是个比较安静的男人，可现在却像是杀红了眼般，神情狰狞无比。"你们这是在做什么？谁让你们造反的？！"林七夜沉声问道。

　　"造反？林大人，我们没有造反啊！"那兵士瞪大了眼睛，他伸出满是鲜血的手，指着林七夜身后的长安城，"林大人！您快躲到我们身后来！小心御林军和长安城里的人！他们……他们都已经被怪物顶替了！！他们根本就不是人！！！"

<h2 style="text-align:center">1645</h2>

　　林七夜愣在了原地。"你说什么？"

　　"假的！他们都是假的！"兵士满是鲜血的手，一把抓住林七夜的手腕，想要将他拉到自己身后，另一只手猛地挥戈而出，砍下了一个御林军的首级。鲜血染红大地。

　　"为什么说他们是假的？"林七夜眉头紧锁地问道。

　　"你看不见吗？"那兵士伸出手，指着地上御林军的尸体问道。

　　"看见什么？"

　　"他是怪物变的啊！就是在山涧时候看到的那种，像柳枝一样的怪物！"话音落下，兵士猛地抬脚，在御林军的尸体上狠踩起来。等到那具尸体已经完全血肉模糊，林七夜依然看不出哪里像那只克系怪物，正当他准备开口的时候，几道嘶吼声自身后传来："杀光这些怪物！长安不能落在怪物手里！！"

　　"誓死保护陛下！！！"

　　"侯爷还在皇宫里，把侯爷救出来！"

　　"怪物……长安城里全是怪物！！"

　　……

　　密密麻麻的身影冲破御林军的防线，在血与火的映照中，疯狂地涌入长安城内，像是一群嗜血的豺狼。几名兵士冲入城中，惊恐的呼喊声从坊间的房屋中传出，他们猛地转头看去："那里也有怪物的声音！"他们冲到门前，一脚踹开了房门，里面的惊呼声越发混乱，几个百姓蜷缩在屋中，脸色煞白，婴孩的啼哭声响彻街道。兵士们手握沾满鲜血的兵器，瞪大了眼睛，哈哈笑道："你们以为套着这些皮囊，我就认不出你们了吗？！"

　　"快来！这里还有几只！"几个兵士冲入屋中，血光迸溅，屋中的烛火在一阵翻箱倒柜中滚落到地，熊熊的火光自屋中燃起！凄厉的嘶号与求饶声逐渐停止，浑身是血的兵士们拖着几具尸体，缓缓从中走出，地面上狰狞的血痕在火光中映射出触目惊心的猩红。

"别杀我！别杀我！！"听到隔壁的动静，一个中年男人惊恐地从房中跑出，看到这些浑身是血的身影，吓得脸色煞白，转身就往远处跑去！下一刻，一道身影骑着快马掠过街道，阴冷的长矛扫过，男人的头颅被高高抛起。

"我又杀了一只！！"那兵士将头颅刺在矛尖，高高举起，高昂起头颅喊道。

此起彼伏的惨叫声从长安各处传来，随着这三万大军冲入城中，整座城池都染上了一层血色，还在以惊人的速度向四面八方蔓延！

"你们疯了？！哪里有什么顶替的怪物？！"林七夜见到这一幕，愤怒地扼住那兵士的咽喉，随后右脚猛踏地面，方圆数里的地面瞬间崩碎，一股气浪将周围的大军全部掀倒在地。"瞪大你们的眼睛！他们只是一群普通人！根本就没有什么怪物！"

那兵士被林七夜单手提起，像是一只无力的小鸡仔，但他的眼睛死死盯着林七夜，片刻后，惊恐地开口："怪物……你也是个怪物！！真的林大人在山涧的烟雾中已经被你杀了！你才是顶替他的怪物！！"林七夜的眉头越皱越紧。"杀了他！！替真正的林大人报仇！！"随着他的一声怒吼，附近被震倒的十余位兵士，猛地站起身，挥刀便毫不犹豫地向林七夜的脖颈砍去！林七夜的目光一凝，一股杀意狂卷而出，剑芒刹那间自周身闪过一道圆弧，兵士们的动作瞬间定格在空中。一道细密的红线自他们的腰部浮现，在他们错愕的目光中，上半身整齐地自断口处光滑滚落，"扑通"一声同时摔落在地。鲜血流淌，下一刻他们的尸体突然模糊起来，变成一条条诡异的柳枝，在地上蠕动了片刻，逐渐归于死寂。林七夜的瞳孔微微收缩。这些柳枝与他在烟雾中杀死自己的赝品后浮现的怪物本体，基本一模一样，不过当时复制他的那个柳枝上，还多了一只眼球。所以，这些兵士都在那幻彩烟雾中被顶替了？可林七夜分明记得，自己在回来的路上，还跟这些兵士有过交流，他们的习惯、神态，甚至是记忆都与之前完全一样，根本不像是被人顶替的样子！

"你居然杀了他们！你居然杀了他们！该死……我要杀了你！！我一定要杀了你！！"被林七夜提在半空的兵士亲眼看着其他人被杀，目眦欲裂，神情狂怒无比。林七夜转头看向自己手中的兵士，将他的头对准那些变成本体的柳枝，大喊道："瞪大你的眼睛看清楚！它们才是怪物！！"

"他们不是怪物！！那些才是怪物！你才是怪物！"兵士挣扎着伸出手，指着街上被屠杀的百姓，与身前的林七夜，歇斯底里地吼道，"我要杀了你们！"

"噗——"林七夜的手骤然用力，瞬间捏碎了他的喉咙，后者软绵绵地低下头颅，片刻后身形便化作一根粗壮的柳条，在风中无声轻摆。林七夜的表情难看无比。他的脑海中，突然浮现出在山涧内，自己亲手击杀赝品时，对方那愤怒的目光。"假的！你才是假的！你这个克苏鲁制造的赝品！永远也不可能取代……"当时林七夜就觉得奇怪，如果真是伪装成自己，想趁机代替自己的赝品，为什么直到最后一刻，他的语气、神情都如此真实？那好像……就真的是自己倒在地上，面对即将顶替自己身份的赝品，狂怒嘶吼的模样。

"在那烟雾中被顶替的人，会保留对方的所有记忆与思维习惯，甚至会彻底将自己当成那个人？"林七夜喃喃自语，"如果是这样……"赝品能够完美伪装成真品，并不算什么，但如果连赝品自己都觉得自己是真的，那事情就麻烦了……因为这就意味着，他永远不可能露出丝毫破绽。除非亲手杀死一个人，看到他的尸体，否则几乎不可能辨别他是真的，还是被柳枝顶替的赝品！

1646

那现在的问题就是……当时被烟雾笼罩的三万大军，有多少人被顶替了？林七夜的目光扫过四周，入目之处到处都是疯狂杀戮的远征军，他们踏过御林军的尸体，冲入长安城中，在这座夜色笼罩下的城池内掀起一股血色的浪潮。他的心顿时沉了下去。他的目光所及之处，所有的远征军都在长安的街道上烧杀百姓，这也就意味着，当时遭遇幻彩烟雾的所有普通人，都已经悄无声息地被调包了。而且在他们的认知中，虽然也有"被怪物顶替"的概念存在，但诡异的是，他们对"怪物"的划分认知似乎遭到了人为的篡改。在"怪物"的眼中，普通人才是被顶替的怪物……而他们看到他人死后变成的柳枝，却将那认为是正常的象征。就像是有一只无形的大手，在随意地操纵着他们的认知，如果林七夜没猜错的话，他们之所以会突然觉得城里的人都被怪物顶替，破城而入，也是受到了那神秘操纵者的指引。林七夜抬头看向那颗闪耀无比的赤星，双眼微微眯起："是你……"

"外面发生了什么？"克洛伊听到远处的嘈杂声，皱眉向窗外看去。

"不知道……好像是有人造反？"一位传教士不确定地开口。

"估计又是政权争夺之类，汉人很喜欢玩这些权谋，不过应该和我们没有关系。"

就在几人说话之际，街道的尽头数道身影骑马飞奔而来，他们一手拿着火把，一手握着满是鲜血的长矛，双目中满是狰狞。

"烧！只有烧光了，那些怪物才会出来！"为首的那人一声令下，后方的众人便纷纷将火把丢在道路两侧，火光渐起，一道道惊呼声从屋中传出。

"着火了！着火了！"一个妇人匆匆开门出来，正欲打水灭火，一道寒芒挥落，头颅顷刻间滚落地面。淋漓鲜血喷溅而出，那无头身躯晃了晃，栽倒在地，一个男人惊呼着从屋中跑出，不等他说些什么，又是一道寒芒闪过，原地暴毙。

看到这一幕，在二楼的克洛伊眉头一皱，脸色有些难看。"这是政权争夺？这分明就是草菅人命！！"克洛伊眼看着这群人马手起刀落，接连击杀了数位逃出房屋的无辜百姓，双拳紧紧攥起。

"阿母！阿母！！"几个幼童茫然地从屋中走出，看到地上堆积而起的尸体，与浑身是血的兵士，直接被吓傻在原地。那兵士眯了眯眼，冷哼一声，正欲挥动长矛，一团炽热的火焰突然自二楼迸发，直接将其吞没！刺耳的哀号声回荡在街道中，一个戴着斗笠的红发少女翻窗而下，双眼冷冷地看着眼前这群兵士，一股杀意弥漫在空气中。克洛伊抬起手掌，凌空一挥，一道燃烧的风刃呼啸掠过数百米长的街道，将这道路上所有兵士瞬息秒杀，一个个燃烧的残躯倒在地面，片刻后变化成焦黑的柳枝。看到这些柳枝，克洛伊的双眼微微眯起……

"圣女大人，他……他们不是人啊？是邪祟？！"一位传教士捡起一截断柳，惊呼道。

另一位传教士在空中嗅了嗅："不像是邪祟，这味道远比邪祟难闻。"

"那还能是什么？"克洛伊的目光从柳枝上挪开，脚下的大地突然轰鸣震颤起来，仿佛有一头远古巨兽，正在疯狂践踏大地，远处的街道爆出一团无形的气浪，上百个兵士被冲飞上天空。"是他？"克洛伊喃喃自语。她当即向前一步踏出，一阵飓风托着她的身体飞上天空，一头火焰般的红发在夜空中狂舞，她低头对其他传教士说道："事情有些不对劲……你们先回驿站，我过去看看。"克洛伊话音落下，脚踏飓风，呼啸着向那爆鸣传来的方向飞去。

林七夜一拳轰杀上百个兵士，将长安的一角毁灭成废墟，漫天飞舞的尘埃中，他的身形缓缓走出。"没有禁墟，真是麻烦……"林七夜看了眼自己的拳头，无奈地叹气。以他如今的力量，若是在一片宽敞的空地中，一拳轰杀上千人也不是难事，可现在偏偏是在长安城内……要是他真在这里动用全力，那可就是大规模无差别杀伤，一拳下去，不知道有多少长安百姓将流离失所。强大的肉身固然能带来大幅的战力提升，但没有能力配合，有时候还是会落得被动。林七夜抬头看了眼上空，一道幽绿色的进度条一闪而过——

林七夜治疗进度：48%

还差2%吗……

林七夜收回了目光，正欲继续击杀这些怪物，一道红发身影便自天空缓缓落下。"你这是要拆了长安城吗？"克洛伊忍不住吐槽道。

"我也没办法……"林七夜耸了耸肩，"我的禁墟还没有觉醒，只能靠肉身的力量战斗。"

"这还没觉醒？"克洛伊指了指眼前这片大到夸张的废墟，"徒手打出了这种程度的伤害……你真的是人类吗？"

林七夜无奈一笑，没有说话。

"这些是什么东西？"

"具体的我也不清楚，不过应该是某个克系神的能力，跟之前的流星有关。"林七夜简单地讲了一下自己的发现，克洛伊的眉头紧紧皱起……

"总之，现在要杀光这些假冒的远征军？"

"是。"

"好，他们交给我。"克洛伊点点头，"除了他们，这座长安城里，还有别的人被顶替了吗？"

林七夜张了张嘴，犹豫片刻后，还是摇头："我不确定。"

那颗流星坠落之后，整座山涧都被笼罩在幻彩烟雾之中，除了现在这里的远征军，还有众多将领，已经进了皇宫之中……想到这儿，林七夜转过身，看向远处的宫墙方向。"糟了……"他喃喃自语。

1647

皇宫。御花园内。

微风拂过园内廊亭，霍去病手中拈着一枚棋子，缓缓落在棋盘某处。

"你的意思，朕明白了。"汉武帝一边落子，一边开口道，"如今天下邪祟横行，确实需要一个能够镇压邪祟动乱的司衙……建立镇邪司一事，朕准了。"

听到这个回答，霍去病的神情放松些许，沉默片刻后，他再度说道："陛下，关于镇邪司，臣还有一事求陛下应允。"

"何事？"

"臣希望，镇邪司能独立于朝局之外，不受任何人调动，仅听命于主司一人。"

汉武帝正欲落子的手微微一顿，眉头紧紧皱起："连朕也不行？"

"不行。"霍去病斩钉截铁地说道。

汉武帝皱眉凝视他许久，将棋子丢回棋篓之中，冷声开口："冠军侯，你知道你在说些什么吗？"

"臣知道。"霍去病深吸一口气，"陛下，镇邪司为镇压邪祟而生，其成员皆为异士，而异士所能拥有的力量，远超世俗所想……这样一群由异士组成的司衙，注定将拥有改变大汉，甚至整个天下局势的能量。陛下英明神武，若是将镇邪司交由陛下调动，臣自然放心……可，若是有一天，陛下不在了呢？"霍去病的声音郑重无比，他知道他现在说的，绝对是大逆不道，而看汉武帝的脸色，也确实不太好……但有些东西，他还是一定要说。"陛下能保证，陛下的子子孙孙，都像陛下一般英明守正吗？陛下若是开创了帝王可以随意调动镇邪司的先河，以后的帝王，会放着这么一个拥有改变天下力量的势力不用吗？万一有一天朝局动荡，

-203-

奸臣勾结皇子再现当年夺嫡之景，镇邪司迟早有一天，会被卷入朝局之中，被心怀歹意之人操控。到时候，天下必将大乱！"

汉武帝沉着脸，陷入沉思……说到底，拥有众多像霍去病、詹玉武、颜仲这样的异士的镇邪司，就跟核武器没什么区别……而核武器一旦出现在政权更迭的过程中，被某方势力握在手里，那就是一场灾难。霍去病无论如何，都不想让自己亲手建立的镇邪司，在未来成为争权夺利的工具。而汉武帝，依然在皱眉沉思，并没有应允的意思。他可以允许霍去病建立镇邪司，为大汉清剿邪祟，但作为一位帝王，他不想让任何一个超出他掌控的势力出现，更何况，这势力所蕴藏的潜力，可以威胁到他的皇位。"朕……"

"陛下，不好了！"汉武帝话音刚起，一个身影便匆匆忙忙地从远处跑了过来，正是之前带霍去病来的李公公。

"什么事？"汉武帝神情有些不悦。

"城外……城外侯爷留下的远征军，杀进长安城里来了！"

"什么？！"听到这句话，汉武帝脸色大变，他猛地转头看向霍去病，森然开口："霍去病……你是想造反不成？"

"臣绝无此意！"霍去病当即开口，他的眼眸中也满是不解。

"陛下，那些冲进来的，不像是人啊……他，他们死了之后，都变成了一枝枝柳条，还会动！还嚷嚷着什么长安城里都是怪物，现在城外的御林军已经全军覆没了。陛下，这可如何是好啊？！"

"柳条变的？"汉武帝的脸色接连变幻，"莫非，是某种邪祟？"

"陛下，此事臣来解决。"霍去病从座位上站起，脸色严肃无比，"还请陛下回宫，半日之内，臣必将平息长安动乱。"

汉武帝看了他一眼，神情有些复杂，随后还是点了点头："好。"

霍去病亲自将汉武帝送至宫中，转身便向宫外走去，候在御花园外的詹玉武等人快步跟了上来，脸色也凝重无比。

"侯爷，听说宫外出事了？"詹玉武沉声问道。

"嗯，说是我们带回来的人，突然杀入长安城中，还变成了柳条……应该是今日黎明时遇到的烟雾作祟。"霍去病一边走，一边思索着，"当务之急，是先……"

"噗——"霍去病话音未落，一个锋锐的刀尖，便自他的胸膛刺出！他的身形猛地顿在原地。鲜血染红刀尖，一滴滴落在地面，霍去病错愕地转过头，只见詹玉武正握着那柄弯刀，眼眸中闪烁着森然寒芒！"玉武……你……"

"不要再装了。"詹玉武握着刀柄的手掌，越发用力，一抹黑意浸染刀身，他冷冷开口，"你以为，你真的骗得过我们吗？你这怪物！究竟将侯爷藏在了哪里？！"

"嗖——"一道月牙般的刀芒斩过霍去病的身体，淋漓鲜血喷溅而出，瞬间染红了宫墙前的石路，下一刻，高大的宫墙也被月牙弯刀斩碎，轰然坍塌一角。霍去病的身形自烟尘中急速掠出，一道刀口几乎将他整个人劈成两半，他的眸中闪过一抹金芒，左手一抬，一道黑影便自虚无中飘出，像是一面黑色的旗帜，紧紧地缠住身上的血肉缺口。"支配皇帝"的本体本就十分脆弱，而他对詹玉武等人又根本没有丝毫防范，詹玉武的那一刀太快，在如此近的距离下，即便是他也根本反应不过来。他勉强稳住身形，看向眼前的詹玉武与四位神色凛然的将领，脸色阴沉无比！若非他的盔甲内穿着"暗锦衣"，刚刚詹玉武的那一刀"泯生闪月"，足以对他造成重伤……他怎么也没想到，詹玉武会对他出手。"玉武，你们疯了吗？！"

"疯？"詹玉武摇了摇头，"我很清楚我在做什么……只有杀了你这个赝品，我们才能救回真正的侯爷！"话音落下，詹玉武手中的弯刀再度染上黑芒，身后的四位将领同时动身，分别自不同的方向杀向霍去病！

见眼前的五人已经动了杀心，霍去病的神情也逐渐凌厉起来，他的目光接连在五人身上扫过，不知在思索着什么……

1648

长安城内。

"这些家伙交给我，你去对付其他的顶替者。"克洛伊的目光扫过一片狼藉的废墟，密密麻麻的兵士依然在疯狂地向各个街道涌去，火光将漆黑的夜空照得宛若白昼。

"这三万多人分散在长安的各个街道，你一个人能行吗？"林七夜皱眉问道。

克洛伊看了他一眼，火红的长发随风微拂，轻笑道："不过三万人罢了……不要小看圣主的使者。"林七夜见此，也不再多言，身形一晃便急速向皇宫的方向冲去。

克洛伊轻轻一跃，飘然落在废墟一个破裂的屋檐上，她的目光扫过四周，上万名被顶替的兵士正如潮水般卷过长安，嘈杂的惨叫嘶吼声从四面八方响起。克洛伊深吸一口气，眼眸中闪过一抹微光，她的指尖在夜空下缓缓抬起："晚风，请杀人。"话音落下，她指尖的空气骤然扭曲起来，一道厚度不过毫米的风刃在夜空下激射而出，发出一声刺耳的尖啸！这枚风刃掠过街道，顷刻间一分为二，二分为四，四分为八……它们以惊人的速度在夜空下分裂，薄而透明，即便已经分裂出成千上万道，用肉眼依然根本察觉不到丝毫的痕迹！这些风刃像是长了眼睛般，在半空中向四面八方散去，刺耳的尖啸瞬间吸引了城中所有人的注意。

"什么东西？"一个兵士手握火把，突然抬头看向天空，除了一片茫茫夜色，再也没有别的东西。

"有几个小怪物往那边跑了！拦住他们！"数百米外，另一个兵士一刀将拼死反抗的男人劈倒，突然大喊。在男人拖住兵士之际，几个幼童惊恐地冲出燃烧的房屋，一边哭号着一边向街道的另一边逃窜。拿着火把的兵士双眼眯起，他随手将火把丢入身侧的房屋中，抽刀在手，凝视着那些痛哭逃向这里的幼童，飞快地向前冲出！"嗖——"一道尖啸自他背后炸响，顷刻间就从身后转移到了身前，逐渐远去……兵士错愕地停下身形，正欲转头向后看去，视野却控制不住地下移，最后竟然"扑通"一声落在了地面。他的意识逐渐停滞，一只眼睛被大地挡住，另一只眼中，一具无头的身体握着刀，呆呆地站在原地。那是……我？这个念头出现在脑海的一瞬，他的双瞳便彻底涣散，无头尸体在原地定格片刻，僵硬地摔倒在地。

正在疯狂逃窜的幼童看到这一幕，直接傻在了原地，那道尖啸掠过他们的耳畔，下一刻，他们身后的那兵士头颅也被高高抛起，"咕噜"一声掉落而下。这一切发生得太快，不到两秒的工夫，一枚风刃便掠过数里长的街道，上百个兵士的头颅接连飘起，像是一朵朵血色的蒲公英，被轻柔的晚风卷上天空。而这样的一幕，在长安的每一处街道上演……三万大军，瞬息全灭！

此刻，皇宫最高的宫殿之前，一个身着皇袍的身影，看着这满城飞扬的血色蒲公英，双眼微微收缩。汉武帝站在殿前，沉默许久，神情有些复杂："李婴。"

"老奴在。"李公公当即走上前，恭敬低头。

"你说……这世上，真有人能拥有如此神迹之力吗？"

李公公怔了半晌，缓缓开口道："是否有人能拥有神迹之力，老奴不清楚……老奴只知道，若是想约束住一群凶猛的恶狼，只有让它们之中，诞生出一位狼王。"

汉武帝看着眼前笼罩在血与火之中的长安城，眉头紧紧皱起。

林七夜飞速穿过街道，朱红色的宫墙在他的眼前逐渐靠近。就在这时，一个熟悉的声音从一旁传出："七夜哥！"林七夜迅速停下身形，回头望去，只见乌泉正从街道的另一边匆匆跑来。林七夜看到乌泉，第一反应便是后退半步，皱眉问道："你怎么在这里？"

"我们本来在舞坊里喝茶等你，眼看着就要宵禁了，就随便找个地方先落脚，没想到外面突然就乱起来了。"乌泉脸色凝重地开口，"我飞到空中，正好看到七夜哥你往宫门这儿来，就赶过来跟你会合。"

"颜仲呢？"

"他看到那些杀人的兵士的甲胄之后，脸色突然就变了，急急忙忙冲了出去，不知道去了哪里。"

看着眼前冷静陈述的乌泉，林七夜不仅没有放松警惕，反而开始仔细地打量着他。从他现在掌握的情况来看，就算是被烟雾顶替的赝品，也会像真人一样思考行动，几乎没有任何破绽，而且那赤星似乎可以通过修改赝品的认知，从而操控他们的行动。在外面的三万大军便是如此，白天时一切如常，而夜间赤星光芒闪耀之后，他们便将普通人当成怪物，一路杀入城中。现在他们的真假，已经可以通过行为来轻松判断，但眼前的乌泉不一样。乌泉也曾被幻彩烟雾笼罩，虽然目前没出现偏激的行为，但仅凭这一点，并不能排除他的嫌疑。也就是说，除非他现在给乌泉的心脏来一刀，把他变成尸体，否则很难判断眼前的这个少年是乌泉，还是顶替他的克系生物。

"七夜哥？"乌泉见林七夜的神情有些奇怪，疑惑开口，"你怎么了？"

"在你眼里，我是什么？"

听到这个问题，乌泉的眼中满是茫然，他呆了半晌，不确定地开口："你是……嗯……林处？前辈？哥？"

"我的意思是，你觉得我是人，还是克系生物？"

"七夜哥，你在说什么？你怎么会是克系生物？你的赝品不是已经死了吗？"

林七夜的神情放松些许，不过也没有完全卸下警惕，他不知道赤星是否能随意操控赝品的认知，万一现在乌泉的回答是伪装，又或者过一段时间之后，赝品乌泉的认知才会被修改呢？"……没什么。"林七夜沉思片刻，"我要去趟皇宫内部，你跟着我一起吧。"

"好。"乌泉没有丝毫的犹豫，直接应了下来。林七夜当然不可能直接出手杀死乌泉，要是杀了赝品还好，但要是将真的乌泉杀了……总之，林七夜不能拿乌泉的性命去赌。现在最好的方法，就是直接将乌泉带在身边，如果他真是赝品，只要自己时不时露出一些破绽，他早晚会忍不住对自己动手。

1649

相比于乱成一团的长安城，皇宫内却安静得有些反常。林七夜和乌泉在一群昏迷的侍卫身上跨过，步入死寂的宫廷之中，除了驻守在宫墙附近的侍卫，其他宫中眷属似乎都躲在了屋中，零星的烛火自一座座宫殿内透出，今晚的皇宫内院，必然是彻夜难眠。

"外面都闹成这样了，宫里还留着这么多侍卫？"乌泉扫过周围，皱眉开口。

"这些侍卫都是保护天子与后宫眷属的近卫，就算是天塌下来了，他们也得守着皇宫，毕竟在这里守着还能靠地形跟叛军周旋，要是主动冲到外面，跟送死没什么区别。他们，算是这个王朝最后的防线了。"

乌泉眉梢一挑："那我刚把这些侍卫都打晕……算不算践踏了西汉王朝最后防线的千古罪人？"

"事出突然，我们又没有能进皇宫的凭证，我相信天子能理解的。"

乌泉点了点头，突然像是意识到什么："七夜哥，外面好像安静下来了。"

林七夜回头看了眼宫墙之外，原本喧闹的厮杀声已经消失，只剩下四起的哀号痛哭之声，他的眼眸中浮现出诧异。这才过了多久？克洛伊出手的速度也太快了。刚刚还说他的肉身强度不像是人类……她自己转头就瞬秒了三万大军，啧。林七夜的目光扫过周围死寂的宫殿，神情有些凝重，这皇宫这么大，他们该上哪儿找霍去病？"轰——"就在林七夜思索之际，一道轰鸣声自远处传来，滚滚浓烟自皇宫某处升起，就连脚下的大地都微微震颤。林七夜眉头一皱，立刻动身向声音传来的方向冲去！

"哼，就凭你们这些人，也想杀我？"翻卷的烟尘之内，一个穿着囚服的身影缓缓走出，披头散发的公羊婉戴着镣铐，目光不屑地扫过地上的几道身影。

"假的……怪……物……"一名倒地的兵士脸上满是污血，他瞪大了双眸，死死盯着眼前的女囚，眼眸中满是不甘，但随着一只脚掌落下，他的头颅瞬间被踩碎，鲜血溅满大地。浑身浸染鲜血的公羊婉皱了皱眉，正欲转身离开，两道身影便呼啸着从空中落下！

"公羊婉？"

"是你？"公羊婉看到林七夜，下意识地后退了半步，她扫了眼周身的尸体，脸色有些难看，"先说好，我没有主动招惹他们，我本来按照霍去……按照侯爷的意思在这里等着，是这群疯子突然嚷嚷着什么怪物，就要把我砍死……我这是正当防卫，不算违背命令！"公羊婉的神情有些许紧张，毕竟她被霍去病种下了"回心蛊"，要是被误以为是自己主动杀人想逃走，那她必死无疑。林七夜没有回答，他的目光落在公羊婉脚下的众多尸体身上，随着一阵微风拂过，这些尸体诡异地变化成一枝枝碎裂的柳枝，散发出恶臭。

"克系生物？"乌泉眉头紧锁，厌恶地捂住鼻子。

看到乌泉的反应，林七夜的心放松些许。

"什么东西？"一枝断裂的柳条正好搭在公羊婉的脚腕，后者察觉到触感不对，低头看了眼，眉宇间浮现出疑惑。

"是随着那颗流星坠落人间的克系生物……"林七夜缓缓开口，将自己所知道的信息说了一遍。

林七夜话音落下，公羊婉的眉梢一挑，诧异地开口："这些，就是你说的强大外来生物？"公羊婉对这些外貌恶心的柳枝，似乎并不反感，反而主动伸手将脚下的柳枝捡起，放在眼前自己打量起来，"能够随意变化成别人的样子……听起来有点意思。"

"赝品的认知会被那颗赤色星辰随意篡改，所以就连他们自己都……"林七夜继续补充，但话说到一半，只见公羊婉直接张开了嘴，将那断裂的柳枝一口吞下！

"你在干什么？！！"看到这离谱的一幕，林七夜直接傻在了原地，随后猛地冲上前捏住公羊婉的嘴巴，要伸手把柳枝掏出来！一旁的乌泉震惊地张大嘴巴，像是联想到了什么，脸色铁青，喉结滚动片刻，直接忍不住转身干呕起来。

"你疯了？！！这是克苏鲁的生物残骸！不是异士！你这么乱吞会出事的！！"林七夜摁住公羊婉挣扎的双手，想掏出柳条，但此刻柳条已经落入她的体内，根本掏不出来，忍不住开始骂娘！他跟克苏鲁打了这么多交道，从来没见过有人敢直接吞克系生物的残骸！要知道，这些鬼东西多少沾点克系污染的力量，什么耳边低语、精神失常、疯癫错乱……生吞克系生物？这跟送死有什么区别？

公羊婉挣脱林七夜的手，向后退了两步，高昂起头颅，凌乱披散的黑发之下，一对眼眸明亮无比。"出事？呵呵……我本来就是从死人堆里爬出来的，为了活下去，我拼的命还少吗？与其被人当一辈子随意使唤的狗，赌一次又怎么样？只要我能获得他们的力量，霍去病就再也掌控不了我！"看着眼前冷笑不已的公羊婉，林七夜的脸色难看无比，他正欲说些什么，公羊婉的肩膀突然蠕动起来！"砰——"只听一声闷响，公羊婉整个左臂轰然爆开，淋漓鲜血洒满大地，一枝黑色的柳条从断口处延伸而出。公羊婉一边痛苦低吼，一边转头看向自己的左手处，在那柳条的末端，一个脓包突然隆起，随着一道皱纹般的裂口在表面浮现，一只诡异的眼球缓缓睁开……看到这一幕，林七夜的眸中闪过凌厉之色，他一只手将乌泉护在身后，另一只手轻轻抬起，断裂的天丛云剑落在掌间，蓄势待发。然而，那柳枝占据了公羊婉的左臂之后，却并没有继续生长，公羊婉的低吼声逐渐消失，脸色苍白的她疑惑地看着这柳枝，后者的末端抬起，那颗眼球伸到公羊婉的面前，似乎在与她对视。片刻后，那眼球像是公羊婉身体的一部分般，随着她的意念，缓缓扫过四周……

1650

"这是……"公羊婉的双眸越发明亮起来。

"你，掌控它了？"林七夜见公羊婉的身体并未失控，诧异地开口。

"我就知道，我一定可以的！"公羊婉大笑起来，可笑到一半，她的表情就凝固在脸上，"没有多出变化的能力？'回心蛊'也没有消失……该死！那我要这个手有什么用？！"公羊婉不惜冒险吞下柳枝，就是希望能获得克系的力量，摆脱霍去病的控制，可现在她不仅没有获得任何能力，还直接变成了这么一个不人不鬼的怪物，那她冒险的意义何在？公羊婉的表情接连变化，但最终，还是沉着脸，重新打量起这恶心的柳枝手臂。"赌输了便输了……至少，看起来也足够唬人。"她冷哼一声。

公羊婉强大的心理素质，直接震惊林七夜与乌泉，若是寻常人拼上性命去进行一场豪赌，最后却只收获一条令人作呕的手臂，只怕当场就要心态崩溃，但她竟然能迅速平静下来，还坦然接受现实。公羊婉，远比林七夜想象的更加强大……无论是能力，还是心性。"你真的没什么不舒服吗？"林七夜皱眉问道，"有没有听到有人在你耳边说话？有没有觉得异常地烦躁？有没有觉得身上痒痒的，好像有什么东西要钻出来？"

"没有。"公羊婉不耐烦地摆了摆手。

这下，林七夜实在是摸不着头脑了……他跟克苏鲁打了这么多次交道，跟克系生物如此近距离接触，还没有发生异变的情况，他还是第一次见，从克系的特性来说，这根本是不可能的事情。而且，他在现代社会看见的公羊婉，也根本不是眼前这诡异的形象……难道是她以后又用了某种方法，隐藏了这条手臂？

"你们是什么人？！"就在三人说话之际，一道吼声从远处传来。林七夜转过身，只见几个披着甲胄的身影，正手握染血的兵器，迅速地向这里赶来。林七夜眉头一皱，正欲说些什么，身旁的公羊婉，却轻"咦"一声。"奇怪……"

"怎么了？"

"他们的身体里，怎么都盘踞着柳枝？"公羊婉眯着眼睛，右手指了指身下的几具柳枝尸体，"就跟它们一样。"

林七夜先是一愣，随后像是意识到了什么，猛地看向她那条长着眼球的柳枝手臂！"你……能看到他们的本体？"那些甲胄林七夜也认得，应该是跟着侯爷一起，进入皇宫的远征军兵士，如果外面的那些都是赝品，那么眼前的这几个身影有极大的可能也是赝品……而公羊婉却一眼就看出了他们的本体？难道，这就是她吞下柳枝后获得的能力？

"乌泉。"林七夜开口。

"是！"乌泉抬手一招，几柄掉落在地的兵刃，立刻飞射而出，直接洞穿了那些冲来的兵士身体。在一阵哀号声中，他们接连倒在地面，片刻后，果然变成了一根根柳枝！看到这一幕，林七夜的眼睛顿时亮了起来，现在最大的问题，就是他们无法辨别哪些是真人，哪些是被替代的赝品，现在那些被替代的普通人已经被克洛伊杀光，那其他人怎么办？詹玉武、颜仲、乌泉，甚至是霍去病……他们的真假，该如何分辨？可既然公羊婉机缘巧合地获得了这个能力，那一切困难都将迎刃而解！这将是他们破局的希望！

此时，公羊婉似乎也意识到自己的特殊，她转头看了眼那丑陋的柳枝手臂，双眼微微眯起："有意思……"她转过头，看向林七夜，嘴角带上了一丝笑意，"看来现在我是唯一能分辨他们真假的人……那我们，是不是可以谈谈条件了？"

"你想谈什么条件？"

"我帮你们分辨出所有假冒的怪物，让霍去病给我取出'回心蛊'……怎么样？"

"这件事，我没法替侯爷做主。"林七夜停顿片刻，"不过，我可以帮你试着说服侯爷，但结果我不保证……当然，如果你这次为大汉立下大功，我想以侯爷恩怨分明的性格，他应该不会拒绝。"

"成交!"

林七夜点头,片刻后又补了一句:"不要在分辨的时候耍小聪明,你说的是真是假,尸体自然会证明……如果让我发现你混淆是非,我第一个杀你。"

"放心,这种事情我还不屑去做。"公羊婉平静开口。

林七夜迈步正欲离开,脚掌突然停顿半空,他犹豫片刻后,还是指了指自己身后的乌泉:"他不是赝品……对吧?"

公羊婉转头看向乌泉,那只长在柳枝末端的眼球,直勾勾地盯着乌泉,她双眼微眯,片刻后,点了点头:"嗯,他不是。"

皇宫之外。

"圣女大人,您终于回来了!"驿站内,看到那熟悉的身影回归,众传教士起身,脸上浮现出喜色!

"圣女大人,您没受伤吧?"

"说什么呢,大人是圣主的使者,哪里会受伤?"

"圣女大人,外面那些乱军,都杀光了吗?"

克洛伊在众传教士的簇拥下走进屋中,微微点头:"嗯,都解决了。"她走到窗边的木椅上坐下,长舒一口气,自从她离开圣主身边,进入人间传教以来,还是第一次杀这么多人……虽然知道那些都是由怪物变化成的赝品,但心里还是有些不适。一位传教士替克洛伊端上一盆热水,轻轻放在她身边,起身正欲说些什么,余光看到窗外,突然愣在了原地。"圣女大人……那是什么?"克洛伊眉梢一挑,顺着他的指尖看去,只见在昏暗的天空之下,长安城外的荒野之中,一大团朦胧的烟雾,正在缓缓靠近。那烟雾的范围十分庞大,在夜空下像是流光溢彩的祥云,将漆黑的夜空都映照成幻彩之色,无数从灾乱中幸存下来的百姓看到这一幕,纷纷驻足,像是看到了神迹般,"扑通"跪拜下来!"那是……"克洛伊的瞳孔微微收缩。

1651

皇宫。

林七夜、公羊婉、乌泉三道身影,在错落的宫殿内不断穿梭。在这偌大的皇宫中,想找到霍去病并不是一件容易的事情,更何况他们时而还需要停下来杀几个漏网的赝品,三人转了许久,也没发现霍去病的踪迹。"进宫之后,你见过侯爷吗?"林七夜问道。

"见过,不过是在刚进来的时候。"公羊婉点点头,"他想带我见皇帝,就命人给我戴上镣铐,关入囚车,跟着他一路进了宫里……哼,他手上握着'回心蛊',

只要他一个念头,我根本就跑不了,哪里要这么大的阵仗,不过是做给皇帝和其他人看的罢了。"

"进宫之后,你就一直在那座殿前等着?"

"对,当时好像皇帝在见其他人,就将我留在那里,说一会儿就派人带我进去……不过直到现在,都没来人。"

林七夜皱眉,若有所思。霍去病带公羊婉入宫,多半是为了提议建立镇邪司一事,不过都过去这么长时间,侯爷应该不至于忘了公羊婉才对……难道,是他出了什么事?又或者,连霍去病都被调包了?不至于啊……霍去病可是人类战力天花板,又是"支配皇帝",就算那烟雾能复制一个一模一样的冠军侯,想在如此短的时间内悄无声息地将他杀死并顶替,也几乎是不可能的事情。

"有没有可能,侯爷已经不在皇宫了?"乌泉突然开口,"外面出了这么大的事,他应该不会不知道,万一他已经往宫外去了呢?"

"嗯,不排除这个可能……"

林七夜一边思索,余光一边扫过四周,整个人突然愣在原地。

"怎么了?"公羊婉见林七夜突然停下,皱眉问道。

林七夜没有说话,他伸手指了指远处。二人顺着他的目光看去,只见在不远处的夜空下,一片宫墙已然坍塌,借着附近跳动的火光,能看到一摊猩红的鲜血晕染在地。

"这里有过打斗?"

"是'泯生闪月'。"林七夜注视着地上狰狞的刀痕,沉声道,"只有'泯生闪月',才能造成这种形状的破坏……"

"詹玉武?他在跟谁战斗?"

林七夜没有说话,他走到那片坍塌的废墟前,透过宫墙的缺口,可以看到夜空下一片狼藉的长安城。"看来,侯爷那边确实出事了……"林七夜喃喃自语。

"你们看,那边的天空,怎么在变色?"就在此时,乌泉像是发现了什么,指着城墙外的天空突然开口。林七夜的目光望去,当他看清那城墙外不断靠近的幻彩烟雾的瞬间,瞳孔剧烈收缩!"那东西,竟然还能自己移动?!"林七夜当然记得那团幻彩烟雾,现在的长安之所以变成这副模样,都是因为它。林七夜本想等长安的动乱平息,再亲自去一趟山涧,看看那烟雾到底有什么名堂,可没想到,它竟然能自己移动到长安?!"不好!"林七夜大脑急速运转,双腿用力一蹬,身形像是炮弹般划过长安上空,径直向城墙边缘飞去!那幻彩烟雾的覆盖范围很大,在山涧之时,它便轻松将三万人的大军笼罩其中,并在极短的时间内悄无声息地制造了同样的赝品,要是让那东西覆盖整座长安城。这座汉代最繁华、最核心的皇都,将会彻底被赝品所取代,甚至成为克系生物的巢穴!公羊婉与乌泉也意识到事情的严重性,紧随其后!林七夜的身形在风中狂掠,那片流光溢彩的天空在他眼前急速放大，他在空中划过一道长弧，最终砸落在长安城墙之前，震出了一个半径数十米的深坑。飞溅的碎石之中，林七夜的双眸锁定幻彩烟雾，它与长安的距离不超过十里，而且这迷雾的移速很快，目测最多不超过十分钟，这烟雾就将穿过城墙，进入长安之内。

"林七夜。"一个声音从城墙上传来，听到这声音的瞬间，林七夜的眼睛微微一亮。他转头望去，只见霍去病同样来到了这片烟雾前，已经脱去了原本的甲胄，穿着一袭黑色王侯袍衣，手握一杆长枪，脸色凝重无比。"侯爷，你还好吗？"

"受了些伤，无妨。"霍去病摇了摇头，"当务之急，是先拦住这烟雾，不能让它进入城内，否则必将天下大乱……但这烟雾古怪得很，林七夜，你可愿与本侯一同前往？"林七夜注视着夜空下霍去病的身形，张了张嘴，并没有回答。他没法判断现在的霍去病是不是赝品，自然不能直接答应跟他联手。

"林七夜？你也在这里？"与此同时，另一道身影从远处飞来，听到这声音，林七夜的身体猛地一震。他错愕地转头望去，只见又一个霍去病，穿着染血的甲胄，手握长枪，来到了他的身边。林七夜的嘴巴微微张大，脸色顿时难看起来！两个霍去病？！在这种关键时候？！他有想过霍去病可能也被那烟雾复制，毕竟"支配皇帝"虽然强大，但在这个世界上并不是独一无二的，当初烟雾中自己的赝品连鸿蒙灵胎都能勉强模仿，复制人类的禁墟对它来说，应该不算难事。但到目前为止，林七夜思考的都是霍去病有没有可能被顶替调包，毕竟离开山涧之后，都没出现过第二个霍去病……他万万没有想到，这次烟雾竟然换了玩法，从冒名顶替，直接变成二选一。所以，当初幻彩烟雾并不是没有复制霍去病，只不过在复制之后，并没有试着去调包他，因为就连它也没法在短时间内悄无声息地杀掉真的霍去病，所以一直将其藏在烟雾中，直到它来到长安城外，才让赝品出现？幻彩烟雾已临城下，两个"支配皇帝"同时现身……若是之前，这必然是个极为艰难的选择题，但幸运的是，他们有了另一个底牌。林七夜转头望去，只见两道流光紧随着划过夜空，落在林七夜的身后。公羊婉看到两个霍去病，先是一愣，随后嘴角微微上扬……

1652

"看来，本侯也中招了……"城墙之上，身披袍衣的霍去病凝视着不远处的另一个自己，脸色有些阴沉。与此同时，披着甲胄的霍去病双眼微眯，看了眼不断逼近的幻彩烟雾，沉声道："竟然选在这种时候……看来，你们是早有预谋？"

"林七夜，你去阻挡那片烟雾，不用管本侯，本侯自己的赝品，本侯自己能处理。"袍衣霍去病再度开口。

"林七夜，先救长安城！这里除了本侯，唯一能挡住这片烟雾的，就只有你了。"

"这片烟雾应该只是那怪物的障眼法，它的本体，应该就藏在烟雾中！"

"你还在等什么？本侯说了，这里本侯自己来处理！速去杀了它的本体！若是让它进了长安城，必将生灵涂炭！"

两位霍去病接连开口，无论从言语、神情、动作，都看不出丝毫的破绽，两个人都同样以天下为重，希望林七夜直接去阻拦幻彩烟雾。林七夜也想过一些旁门左道，比如让两位霍去病跟自己一起去杀烟雾中的怪物本体，谁不出手，谁便是假的……但只要稍微一想，就知道这个方法绝对是自寻死路。在烟雾之外两人尚且真假难辨，烟雾内还是那怪物本体的主场，若是在他们与怪物本体厮杀的时候赝品突然反水，那无论是林七夜还是真的霍去病，都不可能活着走出这片烟雾。林七夜在两位冠军侯的身上接连扫过，并没有回答，而是转头看向身后的公羊婉："怎么样，能看出来吗？"

公羊婉的柳枝手臂抬起，末端的眼球注视着两个一模一样的霍去病，许久之后，她微微点头："可以。"

"哪个是假的？"

公羊婉眉梢一挑，却并没有回答，眸中光芒闪烁，不知在想些什么。

"公羊婉。"林七夜沉声道，"回答我的问题。"

"其实，就算不用我来分辨，也有办法找出真正的霍去病，不是吗？"公羊婉的嘴角微微上扬，"谁能把我体内的'回心蛊'取出来……谁自然就是真的冠军侯。"

林七夜眉头一皱，他正欲开口，随后像是察觉到了什么，转头开始观察两位霍去病的神情。

"不可。"

"不可。"

两位霍去病同时开口："公羊婉，你就死了这条心吧，本侯不可能放你回去，本侯说了……本侯自己的赝品，自己能处理。"话音落下，两位霍去病同时出手！下一刻，长安城内遗落的数万兵器，同时震颤起来，像是受到了某种指引，呼啸着冲天而起！密密麻麻的兵刃好似海啸般涌上天空，又骤然停滞，这些兵刃的本体不断颤鸣，仿佛有两只无形的手掌，正在争夺它们的使用权！两位霍去病的眼睛同时眯起，漫天兵刃顷刻间从中央划分为两半，疯狂向彼此飞射而出，兵刃与兵刃在两位冠军侯的上空交错，刺目的火花笼罩大半夜空！果然，那幻彩烟雾完美地复制了"支配皇帝"，能力上根本难分上下。披着甲胄的霍去病冷哼一声，手握长枪飞掠而出，瞬息冲到袍衣霍去病的面前！袍衣霍去病眉头一皱，手中长枪宛若游龙般刺出，与甲胄霍去病的长枪碰撞在一起，随着一道低沉轰鸣响起，袍衣霍去病的身形被震得后退半步。甲胄霍去病敏锐地察觉到他的弱点，手中长枪挥出道道残影，而袍衣霍去病的动作似乎有些滞缓，只能勉强挡住他的攻击，身形接连后退。

"公羊婉！"林七夜大吼一声，"你还在等什么？难道你真想看着长安城生灵涂炭吗？"

公羊婉身体微微一震，她回头看了眼一片狼藉、哀号四起的长安城，像是回忆起了什么，双拳紧紧攥起……最终，她还是深吸一口气。"记住你答应我的事情……"她抬手指向穿着染血袍衣的霍去病，缓缓开口："他是假的。"

见袍衣霍去病落入下风，林七夜微微松了口气，他看了眼不断逼近的幻彩烟雾，仅是犹豫了片刻，再度开口道："时间来不及了……我去拦住那烟雾，你去帮侯爷。"

"好。"公羊婉点头，她的神情罕见地有些严肃。公羊婉的头部微微一晃，原本的面孔瞬间变成了一个粗犷的肌肉男，嘹亮的雀鸣自周身响起，整个人像是利剑般冲向那两道近身厮杀的身影！

林七夜正欲动身，乌泉的声音从身后响起："七夜哥，我跟你一起去！"

林七夜回头望去，只见乌泉的眼眸中满是认真。"不行，现在还不知道那烟雾里的克系生物本体有多强……你跟我去太危险了。"

"危险又怎么样？"乌泉倔强地摇头，"七夜哥，你和青竹哥一直都护着我，虽然安全……但这样我永远也成长不了，不是吗？侯爷是'支配皇帝'，我也是，我也想变得像他一样强！只有这样，我才能完成我的梦想。"

林七夜一怔，他的脑海再度浮现出寒山孤儿院墙壁上，那柄保护在沈青竹头顶的黑伞……那个属于乌泉的梦想。林七夜神情复杂地注视乌泉片刻，最终还是点点头。"那好……你跟紧我，一会儿进入烟雾，绝对不能离开我的视线，明白吗？"

"嗯！"乌泉的双眸明亮无比。

林七夜迅速动身，带着乌泉冲出长安城墙，周围的夜色都被闪烁的光芒驱散，流光溢彩的烟雾逐渐吞没城外的荒芜大地，像是一只涂着剧毒色彩的野兽，悄无声息地吞没一切。两道身形毫不犹豫地冲入烟雾之中，消失不见。

与此同时，长安城边缘，袍衣霍去病一枪抵挡住甲胄霍去病的攻击，借力拧身腾跃而起，遥遥落在远处的地面。他的目光扫过四周，公羊婉与颜仲，正从不同的方向奔袭而来！

1653

"真是好手段。"袍衣霍去病沉声开口，"看来，本侯还是小看你了……"

"束手就擒吧，本侯可以留你一命。"甲胄霍去病挥动长枪，长安城内燃烧的火焰纷纷化作火龙涌至身前，在枪尖凝聚出一个半径数十米的炽热火球。袍衣霍去病没有回答，他一脚猛踏地面，厚重的城墙轰然坍塌，无数石块盘旋在他身侧，像是一座悬空的巨石大阵。"赝品就是赝品，无论用什么手段，都取代不了本侯。"

- 215

袍衣霍去病握紧手中的长枪，染血的衣袂无风自动！"嗖——"袍衣霍去病身侧的石块突然爆碎，一道嘹亮的雀鸣呼啸间掠至他身前，他皱眉迅速向后方闪避，那锋锐的剑芒擦过他的鼻尖，将大地斩出一道光滑裂痕。顶着凶狠肌肉男面孔的公羊婉，手握不知从何处捡来的长剑，冷冷地看着袍衣霍去病，剑身周围的空气急速震颤，似乎又有一道攻击正在酝酿。"都到这个时候了，还说别人是赝品……你们这些家伙，真是无药可救。"公羊婉单手握剑，另一条柳枝手臂长蛇般盘踞身侧，一只诡异的眼球死死盯着袍衣霍去病。

"公羊婉……你那只眼睛，是从哪里来的？"看到公羊婉的形象，袍衣霍去病的眉头紧紧皱起。

"你管得着吗？"公羊婉身形一晃，瞬息冲出数十米，手中的长剑引发一道雀鸣，再度斩向袍衣霍去病！袍衣霍去病手掌一抬，公羊婉瞬间停滞在地，一股钻心的疼痛自脑海中传出，仿佛整个人都要裂成两半！"该死！为什么你也能控制'回心蛊'？！"公羊婉手中的长剑"叮当"一声落在地面，她一只手抱着头，痛苦地嘶号起来。但下一刻，她脑海中的疼痛突然消失。只见甲胄霍去病同样抬起手，脸色凝重地开口："小心些，他与我都有'支配皇帝'的力量，都能催动'回心蛊'……你还是退下吧，本侯可以对付他。"公羊婉的脸色接连变幻，几乎没怎么犹豫，迅速向后退去。她本来就是被霍去病抓来的，若非不忍长安生灵涂炭，再加上有'回心蛊'约束，她哪会出手帮霍去病？现在真假霍去病都能用"回心蛊"置她于死地，她何必去冒这个险。

"轰——"一道剧烈的轰鸣声自幻彩烟雾中传出，两位霍去病和公羊婉同时转头望去，只见那不断靠近的幻彩烟雾，突然剧烈翻滚起来……

三分钟前。两道流光冲入烟雾之中，绚烂迷离的光华在入目之处缓缓蔓延，让人有种眩晕之感。"进入这里之后，方向和距离的概念都被模糊了。"林七夜的目光扫过四周，看着那无穷无尽的幻彩光芒，又想起了不久前自己在这里的情景。当时没觉得，现在仔细想来，发现这团烟雾中怪异的地方很多，他第一次被烟雾笼罩的时候，范围大概是一片山涧，以他的速度，应该很快就能触碰到边界，但无论他向哪个方向前进，周围的烟雾都像是无尽一样。而且他碰到乌泉之后，明明只有两百多米的绳子，却在烟雾中仿佛有数公里长……好在自己的赝品主动走出了烟雾，他俩通过乌泉手上的绳子，也趁势逃出了烟雾，否则想出来估计得费不少功夫。

"那我们该怎么找这团烟雾的本体？"乌泉疑惑问道。

林七夜停下身，认真地思索起来，他的目光瞥到地上凌乱的石子，像是想到了什么，眼前微微一亮。"乌泉，你的'支配皇帝'，能够延伸到多远的范围？"

"现在的话，大概有四公里。"

林七夜微微点头，他抬起脚，向着脚下的大地用力一踏，恐怖的力量瞬间震碎了方圆四公里内的大地，密密麻麻的碎石四溅而起，一个半球形深坑出现在两人的脚下。"用你的'支配皇帝'操控这些碎石，让它们贴着地面，跟我们一起移动，记住，一定要贴着地面。"

"为什么？"乌泉一边照林七夜所说，最大范围地支配所有碎石，像是一个巨型的圆圈环绕在他们脚下，一边不解地问道。

"在这片烟雾中，无论是人的感知，还是物体的距离，都会受到影响……但禁墟不会。"林七夜缓缓开口，"你的'支配皇帝'最大只能延伸四公里，这片烟雾再怎么厉害，也不可能将你的极限放大或缩小，所以你这四公里的能力范围，就是我们最好的尺。"

乌泉恍然大悟："原来如此……那我们接下来，就是要以这四公里为标准，丈量烟雾，找出它的本体？"

"没错。"林七夜点点头，他伸出一只手，抓住乌泉的手腕，确保他始终在自己的视线之中，"接下来，你跟着我走，要是能力范围内的石子碰到了别的东西，立刻提醒我。"

"嗯。"

林七夜带着乌泉，开始在这片烟雾中行走起来。按照林七夜在外面时对烟雾覆盖范围的目测，它最多也就占据十几平方公里，以他们的速度，一分钟内就能完成对烟雾的全面探索。流淌的颜色自两人眼前不断掠过，像是行走在一片彩云之间，不知过了多久，乌泉突然停下了脚步。"找到了！"他指着一个方向说道。林七夜双眼一眯，带着乌泉立刻向那个方向走去，随着他们的接近，只见炫目迷离的幻彩烟雾之中，一道数百米高的巨影缓缓勾勒而出！从外观上来看，那像是一棵庞大的柳树，粗壮的树干像是山岳般矗立在地面，无数蠕动的黑色枝条像是人的头发，在风中微微拂动，在本该是树根的地方，密密麻麻的人类双腿支撑起了整个树干，像是一只诡异的蜈蚣，正托着它一点点向某个方向移动。林七夜二人站在这棵巨大的柳树脚下，只比由人类双腿组成的根部高了一点，他们必须仰起头颅，才能看到这棵柳树在朦胧烟雾中的全貌。

"这……这是什么东西？？"看着如此诡异庞大的柳树，乌泉只觉得头皮发麻。而林七夜已经不是第一次见克系生物，对此倒是不太意外，他的目光微微眯起，只见这棵柳树的树干之上，一块块古怪的脓包隆起，从外表来看，竟像是人形。

1654

"难道……"林七夜像是想到了什么，眼眸中散发出微光。

"七夜哥，接下来怎么办？"

"既然找到了它的本体，当然得拦住它，不过在这之前，我需要先验证一个东西。"林七夜手一抬，一柄断剑落在掌间，递到乌泉手中。

"这是……"

"操控这柄剑，去远程劈开那些树干上的脓包。"

"脓包？"乌泉接过天丛云剑，点了点头，"好。"他将天丛云剑轻轻抛起，后者立刻化作一道流光，急速冲向那棵缓缓挪动的庞大柳树，锋锐的剑芒轻松斩开一块脓包，大量暗黄色的浓稠液体从伤口倾泻而出！隐约间，一个人形被包裹在液体中，随之一同从树干流出！"耒——"一道刺耳的咆哮自柳树上端传出，那庞大的身体顿时吃痛般剧烈颤动，漫天柳枝瞬间锁定了空中盘旋的天丛云剑，宛若群蛇般蜂拥涌去！在乌泉的操控下，天丛云剑迅速回旋，接连斩下数根柳枝，硬是冲出重围，向天空飞驰而去！

"把那人救下来！"

随着林七夜的命令，乌泉另一只手也抬起，那随着脓水流淌落下的人形突然一滞，随后径直向林七夜这里飞来。在这种时候，"支配皇帝"的优势就显现出来了，在战场上近乎万能的操控性，能够完美地适应任何情况，无论是进攻还是防守，都占据先机。在乌泉的操控下，那人飘落至林七夜身前，那是个披着甲胄的普通兵士，虽然林七夜不认识他，但从装束来看，确实是远征军中的一员。林七夜伸手探了下他的鼻息，虽然十分微弱，但他确实还活着。"虽然生命力有所亏损，但并没有死……看来这克系生物在用某种方式，一点点吞噬他们的生命。"林七夜若有所思，"这些人就像是土壤，在被柳树汲取养分，要是再晚一些，估计他们就要被吸干了。"

"七夜哥，它发现我们了。"乌泉的声音凝重无比。林七夜抬头望去，只见那棵庞大的柳树已经转动身形，其中一部分柳枝的末端抬起，上百颗眼球死死盯着林七夜二人，随着一道尖锐嘶鸣响起，漫天的柳枝呼啸而来！林七夜站起身，双拳缓缓攥起，一道无形气旋在他周身散开，体内发出噼里啪啦的爆响。"保护好自己，掩护我。"林七夜平静地嘱咐了一句，下一刻，他猛踏地面，在轰出一个夸张的大地坑陷的同时，肉眼可见的马赫环炸开，整个人瞬间飞掠至那柳树的上半段！他的速度太快，以至于漫天柳枝甚至都来不及反应，随着那只拳头高高扬起，一道震耳欲聋的轰鸣声响彻烟雾！"咚——"这棵足足有林七夜上万倍的巨型柳树，被林七夜一拳砸得向后仰去，根部的无数人类双腿疯狂后退，才勉强稳住重心，一道恐怖的拳坑已然深深印刻在树干之上。林七夜见到这一幕，眉头微微皱起。克系生物的境界他一向看不太懂，虽然散发出的气息大概可以用地球的境界来划分，但同等阶位上，克系生物的战力远比地球的境界要强。从神话体系来说，克系的三柱神应该是对应地球的至高境，但无论是"黑山羊""门之钥"还是"混沌"，都不是单个至高神能对付的，就算是想击杀"黑山羊"，都需要三位天尊与米迦勒联手才能做到。而眼前这棵柳树，虽然从气息上跟人类战力天花板差不多，但寻常的人类战力天花板，可很难正面接住林七夜一拳。好消息是，这棵柳树的能力，似乎更侧重于"复制"，它可以完美复制出一个"支配皇帝"，但它的本体除了那些柳枝之外，似乎并没有其他的攻击手段。

"七夜哥小心！"乌泉的声音自远方传来，一道剑芒划过林七夜身后，直接替他斩落了数十根缠绕过来的柳枝。林七夜借力在剑身上一踏，身形在空中拧过半圈，一脚重重地踢在柳树的树干之上，木屑飞溅之下，将其震得再度向一侧倾斜……林七夜并没有就此收力，他主动伸手抓住几根缠绕过来的柳枝，用力一拽，身形贴着近乎垂直的树干急速向上飞升，而那些柳枝也被直接连根拔起，一道凄厉的嘶吼从柳树顶端再度传出。果然，要害在树顶吗……林七夜的双眼微微眯起。他的身形在树干表面拖出道道残影，凭借恐怖的速度与身法，接连避开众多柳枝的攻击，柳树的顶部在他眼前不断放大！然而，他的身形越是向上，就越是接近柳枝的根部，密密麻麻的柳条像是黑云般笼罩在他的头顶，根本没有丝毫通过的间隙。

"乌泉！"林七夜喊了一声，天丛云剑的剑鸣再度从身后传来，呼啸着掠至层叠的柳枝之前，凌厉的剑芒疯狂斩过，硬生生替他撕开了一道缺口。林七夜的身形飞跃过密集的柳条海洋，直接腾跃而起，幻彩的烟雾翻滚之下，他的高度超过了这棵庞大的柳树。林七夜低头望去，只见一张狰狞诡异的苍白面孔，正长在柳树的顶端，三只猩红瞳孔正死死盯着半空中的林七夜，那张歪斜的利嘴张开，发出一道愤怒的嘶吼！生长在苍白面孔下的柳枝，疯狂地向上延伸，但它们的速度根本没法比林七夜更快！林七夜的身形径直向那张苍白面孔坠去，他浑身的力量涌动，右臂的青筋一根根暴起，在这个距离之下，他有把握一拳将这柳树的要害轰碎！就在林七夜的一拳即将轰出的瞬间，那张狰狞的苍白面孔，突然一顿，歪斜的嘴角勾起，浮现出一抹诡异的笑容……"叮——"嘹亮的剑鸣响起，下一刻，一道流光从背后贯穿林七夜的心脏，一截断裂的剑身，自他的胸膛刺出！林七夜的身形骤然一顿，他错愕地低头看向自己的胸口，瞳孔剧烈收缩！天丛云……剑？

"哈哈哈哈哈哈哈……"一阵放肆的笑声从下方传来，只见在柳树根部，乌泉双手用力地鼓掌，手掌都被拍得通红，他像是个看完一场精彩喜剧的观众，笑得前仰后合，"精彩，真是精彩！不管在哪个时代，你果然都能给我最棒的体验！哈哈哈哈……你做得很好……孩子。"

1655

听到最后一句话，林七夜整个人宛若雷击！他身形踉跄地从天空坠回大地，漫天尘沙飞扬而起，天丛云剑从后背贯穿他的身体，猩红的鲜血向四面八方晕染。

"混……沌……？？？"林七夜看着缓步走来的乌泉，眼眸中满是惊骇，"你怎么会……在这里？"

"很惊讶，对不对？明明你是好不容易才从两千年后回来的，在这个时代，克苏鲁众神都还没降临，我怎么会在这里？"乌泉轻笑了一声，伸出一根手指，指了指头顶的天空，"你忘了吗……在时间长河之上，有一只眼睛，始终在看着你们。"

林七夜像是想到了什么，目光缓缓挪到那片被幻彩烟雾笼罩的天空，纷扬的黑色柳枝在空中狂舞，无数双人腿承载着柳树，越过他的身体，向长安城跑去。

"'门之钥'。"林七夜紧咬着牙关，低吼开口。之前安卿鱼就说过，在所有时间之上，"门之钥"始终在某个时间点，关注着人类的过去、现在与未来，作为全知全视的神明，没有什么能瞒过他的眼睛。

"你觉得你跨过两千年的时间长河，他会不知道吗？"乌泉无奈地摊手，"不得不说，你跨越时间长河，直接来到我们第二次降临之前的时间点，为人类寻求生机的想法非常不错，可惜，你还是低估了我们。"

"所以……你是'门之钥'送过来的？"林七夜皱眉开口，随后立刻摇头，"不，不对……你们同为三柱神，'门之钥'的本体无法穿过来，你应该也是如此……你，不是本体？"乌泉呵呵笑了两声，并没有否认，他缓缓在林七夜身前蹲下，张开嘴巴，一截黑色的食指已然匍匐在舌头之上，对着林七夜勾了勾，像是在向他打招呼问好。乌泉将这截手指吞入腹中，看着眼前这张逐渐苍白的面孔，继续说道："你的鸿蒙灵胎确实特殊，连库苏恩都没法复制'门之钥'，不愿付出额外的代价，而在克系众神都没降临的情况下，这个时代没有人能在正面战斗中杀死你，就算是复制一个霍去病也不行……想杀你，确实得费一番功夫，而且也只有我能布这个局。"

"你做这一切……都只是为了杀我？"

"当然。"

"你是假的……所以，公羊婉也是假的？她指认的霍去病，也是假的？？你布置这么多棋子，就是为了让乌泉获得我的信任，跟我一起回到这片烟雾之中？"

乌泉忍不住笑了起来："这次的局，你喜欢吗？"

林七夜看着乌泉那张熟悉的面孔，瞬间想通了很多。分明克系众神都没降临，那颗赤色的流星却横空出世，又笔直地朝他们飞过来，无论他们如何闪躲，都逃不出流星坠落的范围。林七夜也想过这颗流星有可能是冲他来的，可后来他轻易地就干掉了自己的赝品，更何况这个时代克系众神压根就没降临，以至于后来他根本就没有再往这个方面去深思。当初在烟雾中，自己在附近寻了许久，三万大军一个都没见到，却迎面撞上了乌泉，而乌泉手中的绳子，又恰好连在自己的赝品身上，恰好引领他们走出了烟雾，有意无意地引导自己，让自己不要深究。因为如果他不带着自己走出那片雾，等自己想到"丈量"的办法探索这片烟雾，库苏恩的存在就必然会暴露，一切的布局都不攻自破。长安城陷入动乱后，乌泉又第一时间找到了自己，跟他一起进入皇宫中，与此同时，被关在某个殿前的赝品公羊婉，又准时地受到了赝品兵士的围攻，引来他们的注意。通过击杀赝品兵士，获得自己些许信任之后，她便直接吞下了一根柳条，拥有了能够看破伪装的力量。当然，作为赝品的公羊婉的认知时刻都在被柳树本身修改，所以就算她真的以为自己能辨别真伪，也只是她以为……从一开始，她就只是"混沌"博取自己信任的棋子。在她获得辨别真伪的能力后，又恰好来了几位被顶替的兵士，证明了她的能力，获得自己更多的信任，并让乌泉也获得自己的信任，这正是"混沌"想要的。

在看到两位霍去病同时出现的时候，林七夜还有些奇怪，既然赝品霍去病是在进入长安城前就复制好的，那他的身上应该没有伤才对……可偏偏他看到的两个霍去病，身上都带着伤。现在看来，答案已经很明显了，他是和乌泉一起发现的"泯生闪月"的痕迹，肯定也猜到了真正的霍去病已经受伤，为了更好地混淆拖住真正的霍去病，"混沌"特意让库苏恩给赝品霍去病的身上留下伤痕。再然后，便是库苏恩的本体靠近长安城，以长安百姓为胁迫，趁着真假霍去病厮杀之际，让自己和乌泉单独进入烟雾，并在自己和库苏恩厮杀的关键时机，用天丛云剑给自己致命一击……整个布局，一环接着一环，看似每一步都与自己毫无干系，但每一步的目标，都指向自己。从那片幻彩烟雾笼罩他的瞬间，他就已经身处"混沌"的必杀之局中！最关键的是，在整个过程中，"混沌"都没有操控任何一个人的思想与行动，无论是赝品公羊婉，还是两位霍去病，抑或是赝品乌泉本身，他们都在按照自己的习惯与思维方式去做自己的事情，他唯一改变的，只是赝品公羊婉对"真"与"假"的认知……这也是为什么，直到乌泉出那一剑之前，林七夜都没有察觉到针对自己的杀机。

林七夜看着乌泉那张熟悉的面庞，双拳紧紧攥起……这种被人设局引入死地的感觉，他已经是第二次体会，而两次死局的布局者，都是"混沌"！"混沌"的恐怖之处，不像是"门之钥"那样无处不在地凝视，也不像是"黑山羊"那样无止境地污染与同化，他的变化、布局、玩弄人心的力量，才是他强大的根本！

1656

这种绝望与窒息感，就算是洛基在他的面前，也像是个只会耍小诡计的土著主神。

乌泉的身形缓缓站起，他低头俯瞰着林七夜，悠悠开口道："能让我两次出手的人可不多，你是唯一一个人类。可惜，这种小手段，你再也没机会用了……"

"小手段？"猩红的鲜血自林七夜的嘴角渗出，他一边咳嗽着，一边缓缓从地上站起，冷笑道，"如果真的只是小手段……那'门之钥'怎么会特地将你从两千年后送过来？'门之钥'注意到了我，你不惜自断一根手指，也要回来杀我……说明我在这个时代即将做的事情，会威胁到你们……不是吗？你们……在害怕我？"

"害怕？"乌泉冷笑起来，"你未免太看得起自己了，林七夜，我承认你的身上确实有些不得了的东西……但那又怎么样？上次没能杀死你，这次……那个家伙还能出来帮你吗？"乌泉的指尖一抬，天丛云剑猛地从林七夜的背后抽出，在空中飞旋半圈，一剑斩在林七夜的胸口，一道狰狞血痕从锁骨一直贯穿到下腹，几乎将他整个人从中间剖开！林七夜的神情狰狞扭曲起来，鲜血疯狂地溅洒在地，可即便受到了两处致命伤，他依然咬牙伫立在大地之上，双眼紧盯着眼前的乌泉，愤怒低吼一声，紧攥的右拳猛地挥出！"砰——"乌泉的头颅被他一拳轰碎，鲜血混杂一些白色物体溅满林七夜全身，与他自己的鲜血融在一起，像是一尊血人。无头的乌泉"扑通"一声倒在地面，片刻后，便化作一根长着眼球的柳枝，一截黑色断指悬浮在半空，并未被林七夜一起轰成碎渣，在这片翻卷的幻彩烟雾中，森然诡异。断指的指肚自动裂开，像是长出了一张嘴巴，"混沌"的声音再度响起："死在自己的剑下吧……林七夜。"话音落下，天丛云剑呼啸着掠过烟雾，一道剑芒闪过，林七夜的脖颈被光滑斩断，头颅缓缓滚落地面，一对怒目，依然在死死盯着那截黑色断指。此时，那颗强有力的心脏，终于缓缓停止跳动……一剑穿心，一剑剖体，一剑斩首。即便是鸿蒙灵胎，依然承受不住由天丛云剑斩出的三道必杀之剑，那截黑色断指静静在空中悬浮片刻，确认林七夜已经死透之后，才化作一道流光，消失在远处。翻滚的幻彩烟雾之中，一具血色的尸体倒在地面，一动不动。"刺啦——"隐约间，一道幽绿色的进度条，闪过尸体上空，瞬间消失不见。

林七夜治疗进度：49%

长安城外。一条翻滚的火龙呼啸着吞没大半城墙，熊熊的火光将整片天空都染成赤红，一点寒芒自火光中刺出，两柄长枪毫无花哨地碰撞在一起！刺目的火星在夜空下迸溅，随着甲胄霍去病一脚猛踏地面，第二枪瞬息刺向身前那人的咽喉！"铛——"袍衣霍去病挥枪硬生生地拦住这一击，恐怖的力量穿过枪身，将他一侧的袍衣撕成碎片！袍衣霍去病闷哼一声，身形踉跄地后退数步，他低头望去，只见这件由黑旗包裹而成的袍衣，已经破碎不堪，在他身体的侧后位置，一道狰狞的刀痕触目惊心，随着黑旗的破碎，鲜血止不住地向外涌出。

"看来，你受的伤比本侯重，就算用黑龙旗暂时封住伤势，行动也会受到影响。"甲胄霍去病单手握枪，缓缓向他走来，"这伤口……是玉武留下的吧？你把他怎么了？"

袍衣霍去病没有说话，他看了眼不远处越来越近的幻彩烟雾，深吸一口气，直接撕下了依然挂在伤口周围的黑旗碎片。满是疤痕的年轻身躯暴露在空气中，狰狞而匀称，像是从死神手下逃出的艺术品，霍去病一只手握着长枪，背脊挺得笔直，随着一抹微光自双瞳中燃起，狂暴的劲风瞬间自体内向四面八方爆发！飞沙与碎石在这劲风下，像是霰弹枪般被弹射而出，风卷大地，公羊婉一个身形不稳，直接被这气浪震飞数十米！她踉跄地在地面稳住身形，看向袍衣霍去病的眼眸中，浮现出惊骇之色！"这气息……该死，怎么连个赝品都这么强？！"袍衣霍去病的身形自大地飘浮而起，恐怖的支配之力回涌入体内，精准地附着在身上的每一个角落，在他的人为支配下，他的身躯开始散发一抹赤红光泽，气息也在以惊人的速度攀升！赤星之下的厚重云层，像是被一只无形大手搅动，一道庞大的旋涡自他的上空缓慢旋转，狰狞的雷光自云间游走，发出阵阵龙啸之声。

"那是'帝赤血'。"甲胄霍去病凝视着天空中那道恐怖身影，缓缓开口，"通过'支配皇帝'的精准操控，完美地支配自己的肌肉、血管、神经，最大限度打破肉体的极限，在极短的时间内爆发出成倍的战力……而代价，则会极大地缩短剩余寿命，甚至可能当场暴毙。这个使用方式只存在于本侯的脑海中，没想到，他竟然真的敢付诸实践。"

公羊婉眉梢一挑："虽然是赝品，但这份魄力确实让人意外……你打算怎么办？"

"他用了'帝赤血'，本侯若是不用，在他手下撑不过几招……他这是在逼本侯与他同归于尽。"甲胄霍去病冷冷地注视着天空中的袍衣霍去病，握住枪杆的手掌骤然攥紧！"咚——"一道同样的狂暴劲风爆发，甲胄霍去病的眼眸中染上一层微光，整个人的气势与袍衣霍去病一起节节攀升！"他要与本侯殊死一搏……本侯便如他所愿。"甲胄霍去病淡淡开口，下一刻，身形化作一道流光冲上云霄，翻滚的雷光将整片天空撕扯成两半，乌云翻滚，雷光如森，两位"皇帝"在长安城上空向着彼此冲去，肉眼可见的震荡余波席卷天空！

1657

"轰轰轰——"深紫色的雷霆宛若狂蛇般在天空飞舞，数道炽热的爆炸火光随着两道身影的碰撞，点燃夜空。长安城内，无数从灾乱中幸存下来的百姓，见到那两道宛若神明交战的身影，纷纷跪拜下来，不停地磕头。

"妖星凌空，邪祟横行，今日又血染长安……这世道究竟是怎么了？！"

"是我们犯了神怒了……是我们犯了神怒了！"

"侯爷保佑，侯爷保佑……"

"……"

皇宫中，汉武帝望着夜空下那两道驱使神迹厮杀的身影，宛若雕塑般一动不动。不知过了多久，汉武帝喃喃开口："朕知道冠军侯实力超群，可朕没想到，他竟然能做到如此地步……冠军侯神力如此，与神明何异？"

李公公顿了顿，无奈笑道："恐怕无异。"

汉武帝沉默许久，脸上浮现出一抹苦涩："朕原本还担心，镇邪司脱离朕的掌控，将成忧患……如今看来，若冠军侯真有逆反之心，恐怕朕的朝堂加起来，都不够他一根手指杀的。既然如此，朕掌控镇邪司与否，又有何意义？"

李公公笑了笑："冠军侯赤胆忠心，世人皆知，陛下何必有此一虑。"

汉武帝轻轻摇头，最后看了眼天空中厮杀的两道身影，转身径直向宫殿内走去。"李婴，拿笔来。"

"咚——"一道身影炮弹般自天空轰然砸落在大地之上，紧接着，一道狰狞雷光从天而降，翻滚的雷光顷刻间淹没那道身形。满是尘埃的手自烟尘中探出，凌空一撕，硬是将涌动的雷光撕开一道缺口，甲胄霍去病提着长枪，从中缓缓走出，那套甲胄已经残破不堪。袍衣霍去病赤着上半身缓缓飘落地面，在"帝赤血"的状态下，他身后那道"泯生闪月"留下的伤痕已经暂时止血，不再影响他的行动。"若非本侯此前受伤，你早已是本侯的手下败将……如今你我都在'帝赤血'的影响下，你这赝品，又岂是本侯的对手。"袍衣霍去病沉声开口。

"真是死到临头还嘴硬。"甲胄霍去病冷哼一声，"你如今战力就算比本侯高一丝，也承受着比本侯更沉重的代价……你的寿命，还能维持'帝赤血'多久？"

"杀你，足够了。"袍衣霍去病猛地将手中长枪掷出，在支配之力的驱动加成下，瞬息轰出音爆，连带着下方的大地都搅成碎片！甲胄霍去病双眼一眯，手凌空对着那掠来的枪影一按，同样的支配之力以反方向施加在枪身，硬是将其截停在半空，长枪定格在两人中间疯狂飞旋，密集的电弧在其周身游走。突然间，甲胄霍去病的气息一滞，那杆长枪抓住破绽，呼啸间洞穿了他的肩膀，留下一道猩红血口！甲胄霍去病瞳孔剧烈收缩，他猛地向侧后方踉跄数步，看向自己肩头的眼眸中，满是难以置信。"你做了什么？为何本侯的'帝赤血'开始不稳了？"

"本侯什么也没做。"袍衣霍去病右手一抬，稳稳接住飞旋回来的长枪，不紧不慢地开口，"你的'帝赤血'不稳，自然是因为你的寿命即将耗尽了。"

"不，本侯应当还有一年的寿命，怎么会消耗得这么快？"

"一年？那是本侯。"袍衣霍去病缓缓开口，"而你……你只是柳枝制造的赝品，寿命自然极短，只要你我同时催动'帝赤血'，你的寿命根本坚持不了太久。"

"本侯……是赝品？？"甲胄霍去病愣住了，他呆呆地看着自己逐渐泛白的身体，眸中浮现出茫然，"本侯……本侯怎么会是赝品……本侯分明……""铛——"甲胄霍去病的长枪掉落在地，他身上的气息也迅速衰弱下来，寿元耗尽，"帝赤血"被迫停止，他的生命之火瞬息间微弱至极。

"本侯说了，赝品就是赝品，你……永远替代不了本侯。"袍衣霍去病手握长枪,缓缓走到甲胄霍去病的面前,跃动的电弧急速凝聚到枪尖,毁天灭地的气息急速蔓延。甲胄霍去病的神情从原本的不信、茫然,变成自我怀疑……他看着眼前越走越近的霍去病,怔了许久,最终长叹一口气。"原来如此……原来如此啊。"

"你是本侯的赝品,现在,你应该知道自己该做些什么。"袍衣霍去病注视着那双眼睛,"你有什么要交代的吗?"

甲胄霍去病思索片刻,无奈地摇了摇头:"没有,我的记忆里什么都没留下,那东西能够修改我的认知,应该抹掉了所有跟他有关的东西……趁着他还没抹掉我的理智之前,你赶紧动手吧。"

袍衣霍去病对这个回答似乎并不意外,他点了点头,手中的长枪瞬间洞穿甲胄霍去病的胸膛!甲胄霍去病并没有反抗,他静静地站在那儿,被枪尖贯穿,猩红的鲜血自嘴角流下,他的目光注视着那张与自己一模一样的面孔,眼眸中浮现出一抹愧疚:"抱歉……"话音落下,甲胄霍去病的最后一丝生机彻底泯灭,那具尸体沉闷地倒在地上,血泊漫延之际,一根长着眼球的柳枝浮现而出。霍去病看着那具柳枝尸体,神情有些复杂,他动用了身上的"帝赤血",一股前所未有的虚弱感涌上心头!他用枪身支撑着地面,勉强稳住身形,脸色苍白如纸。他的寿命本就即将走到尽头,这次强行动用"帝赤血",寿命大幅缩减……他能感觉到,自己的时间已经不多了。"怎么可能……"

一个声音从远处传来,刚刚赶到这里的公羊婉,看着地上那具柳枝尸体,眼眸中满是错愕:"他是假的……你是真的?这怎么可能?我看到的分明是……"话音未落,她像是意识到了什么,僵硬地转头看向霍去病,伸出手,指了指自己,"我的认知被修改了……我,也是假的?"

1658

霍去病看着迷茫的公羊婉,没有说话。最开始公羊婉指认他为赝品的时候,霍去病心中就猜到了两种可能,第一种,公羊婉知道他是真的,但故意诬陷他,希望通过赝品霍去病与林七夜的手,将他除掉,这么一来她就将彻底自由……但从后来公羊婉的表现来看,这个可能性不大。所以,唯一的可能性就是,公羊婉也是赝品,她是想帮林七夜和霍去病的,不过她的认知遭到了修改,错认了假霍去病。"我是赝品……那真的我在哪里?她还活着吗?!"公羊婉颤抖着喃喃自语,她猛地转头看向那团不断靠近的幻彩烟雾,像是想到了什么,咬牙直接向烟雾中冲去!"嗖——"一杆长枪飞掠过她的身前,将她脚下的大地砸出一个恐怖的深坑,公羊婉转头望去,霍去病正捂着伤口,虚弱地向这里走来。

"你找本体做什么?就算你吞了她,你也是假的……喀喀喀……"霍去病缓缓开口。

"吞了她?我为什么要吞了她!我要去救她!"公羊婉披头散发地站在废墟

中，对着烟雾怒吼道，"她不能死！阿拙还活着！我要去救她出来！霍去病！你现在要是拦我，我就跟你拼命！反正我现在烂命一条，也没什么好怕的！"公羊婉狠狠地瞪了霍去病一眼，拔腿便越过长枪，急速向烟雾冲去。

　　霍去病看着她离去的背影，微微皱了皱眉，犹豫片刻后，并没有催动"回心蛊"阻止她，而是放任她冲入其中。就在这时，一道黑色的流光自烟雾中飞出，看到迎面跑来的公羊婉，轻"咦"一声，一头撞入她的头颅之中！这流光的速度太快，就连公羊婉也没反应过来，她只觉得眼前一黑，整个人突然停顿在烟雾之前。她张开嘴，舔了舔红唇，一截黑色的断指已然匍匐在舌根之上。"啧，两千年的时光……'门之钥'那家伙应该不会好心再把我送回去了，这副身体还不错，应该够我用一段时间。"公羊婉随意地撩了下凌乱的黑发，没有再进入幻彩烟雾中，而是转身缓缓向长安城内走去。她看了眼长安城深处，那岿然屹立在夜色下的皇宫，嘴角微微上扬："要是顺便当个人类的皇帝……应该也挺有意思？"公羊婉不紧不慢地向长安走去，刚迈出两步，一个身影便出现在她的面前。

　　"你不是公羊婉……你是谁？"浑身是血的霍去病握着长枪，皱眉望着眼前的公羊婉，沉声开口。他是亲眼看着公羊婉走到烟雾前，然后被一束黑光砸中的，眼前的公羊婉无论是神态还是行为习惯，都与原本的她不一样……虽然早就知道她是赝品，但应该也不会突然发生这么大的变化。

　　"咦？你竟然还没死？"公羊婉诧异挑眉。

　　成功布局杀了林七夜，又面对一个离死不远的霍去病，"混沌"也懒得再装了，轻笑一声说道："怎么，就凭现在的你，还想拦我吗？"

　　"咚——"公羊婉话音落下，她身后的幻彩迷雾剧烈翻滚起来，无数双腿托着的庞大的柳树身影轰然坠落在她身后，没有了那些烟雾的阻挡，它的全貌直接展示在长安城前！无数的柳枝游蛇般在空中扭曲，尖锐的嘶鸣响彻云霄，这庞然大物在云间俯瞰着整座城池，惊悚的外貌直接将绝大部分百姓吓傻在原地。霍去病本就苍白的面孔，越发地难看起来。他在寿元无多的情况下，强行催动"帝赤血"杀了赝品，整个人本就处在极端虚弱的状态，面对被"混沌"占据的赝品公羊婉，以及超越人类战力天花板境的库苏恩，他几乎没有任何胜算可言。

　　"虽然提前了几百年，不过无所谓……就当我先来给你们送个见面礼。"公羊婉嘴角微微上扬，她拍了拍身旁的巨柳树根，轻声道："散布你的子嗣吧……库苏恩。"一道尖锐的嘶鸣自柳树的顶端传出，那张长在树冠上的苍白面孔，突然张开巨嘴，一颗颗宫殿大小的孢子自它体内喷射而出，径直地冲上云霄！这些巨大的孢子在恐怖的推力下不断上升，直接飞射到大气最外层的边缘，随后掉转方向，蜂拥着向下方的大地坠去！在重力的不断加速之下，它们的外壳与大气迅速摩擦，仿佛一道道火焰流星划过夜空，均匀地向大地坠去，河流、高山、城邦、深谷……它们的目标遍布整个大汉王朝，足有近百颗！皇宫之内，钦天监的现任监正匆忙从宫殿中跑出，看着这陨落天际的流星火雨，脸色煞白！他双腿一软，"扑通"一声跪倒在地，颤抖着喃喃自语："生灵涂炭……生灵涂炭啊……"

长安城外，霍去病目睹这一幕，握着长枪的手掌越发用力，骨节都苍白无比。"你……就是林七夜说的克系生物吧？"霍去病猛地将长枪从地上拔出，支配之力再度散发而出，一股澎湃的杀意席卷而出！

"真是抱歉，请允许我自我介绍一下。"公羊婉眉梢一挑，面带微笑地吐出舌头，一截断裂的手指暴露在空气之中，"奈亚拉托提普，你也可以叫我伏行之'混沌'，克苏鲁的三柱神之一。"话音落下，那根手指轻轻一勾，一只蛊虫自公羊婉喉中飞出，一头撞在地面的尖石之上，变成一摊肉泥。

"'回心蛊'？"霍去病的目光一凝。

"这个，就当我送给你的见面礼，怎么样？""混沌"的声音再度响起。

一道火红色的身影飞速掠过城墙，稳稳地站在一块巨石之上，她望着那棵大到夸张的柳树，以及翻卷幻彩烟雾前的公羊婉，眉头紧紧皱起："这下子……麻烦大了。"克洛伊喃喃自语。她的出现，同样招来了霍去病的注意，他看着眼前那散发着与自己差不多气息的人类少女，眸中浮现出疑惑之色。

"你就是冠军侯？"克洛伊用一口流利的汉语说道，"我是林七夜的朋友，你应该认识他吧？这些东西很棘手……我们两个联手，如何？"

霍去病仔细打量了她几眼，犹豫片刻，最终还是点了点头："好。"

公羊婉随着库苏恩的柳枝，站到树冠的面孔之上，她低头俯瞰着霍去病与克洛伊二人，眼眸中浮现出戏谑之色。"自不量力……"

1659

无尽的黑暗中，熟悉的下坠感再度包裹住林七夜，他紧闭着双眼，脸上满是不安与愤怒，像是依然沉沦在某个噩梦之中。一抹白意像是墨渍般，在黑色中晕染开来，一个看起来不过六七岁的小男孩，从中缓缓飘出来。他没有叫醒林七夜，而是仔细地打量着他，目光顺着他的身体向上看去，一道幽绿色的进度条飘浮在黑色之中。

林七夜治疗进度：49%

"这次的速度……倒是比往常要快一些。"小男孩若有所思。就在这时，飘浮在黑暗中的林七夜，表情突然扭曲起来，他猛地睁开眼睛，身形一下从半空中跌落，在虚无的地面佝偻着身子，疯狂地喘息着。"咯咯咯咯咯……"

小男孩看着一边喘息一边剧烈咳嗽的林七夜，眉梢微微上扬："居然自己醒了……"

林七夜在地面足足咳了半分钟，苍白的脸上才浮现出一抹血色，他环顾四周，看到那伫立在无尽黑暗中的小男孩，突然愣在了原地。"又是这儿……我又死了？对……我好像是死了……"林七夜像是想起了什么，神情复杂起来，他缓缓站起身，看着眼前与自己极为相像的小男孩，疑惑问道："你究竟是谁？和我是什么关系？为什么在我的身体里？病院里最后一个病房的病人，是不是你？"自从上次苏醒之后，林七夜就一直在思考着小男孩的身份，他翻遍了守夜人总部也没找到关于他的资料，这些问题他一直憋在心里，甚至之前还有过主动求死来这里问他的打算……现在又见到了对方，当然不能错过，一口气将所有的疑惑都问了出来。

"你的问题太多了。"小男孩摇了摇头，"比起这些，你更该关心你自己……"

"我？"

"你已经要死了。"

"我每次来这里，不都已经死了吗？"

"你死了，怎么见到的我？"小男孩的表情没有丝毫波动，"现在的你，是处于'弥留'的状态，前几次我都可以帮你回去，但上次我就说了，那是我最后一次帮你……所以这次，你只能靠自己。"

"靠自己？我该怎么做？"

"取回属于你的东西，只有这样，你才能有一线生机。"

"属于我的东西？"林七夜思索片刻，像是想到了什么，"你是说……我的禁墟？"小男孩微微点头。"可是我现在感觉不到它，它也从来没有出现过……就连我动用'鬼神引'，它都没有被激发出来。"林七夜的脸上满是不解，"它……真的存在吗？"

"当然存在，'鬼神引'激发不了它，是因为它太庞大了，药物根本没法将它唤醒，自然觉醒的概率，更是接近于零。"听到这句话，林七夜的脸色微妙起来。怪不得他到现在都觉醒不了属于自己的禁墟……原来是它太强，而自己和"鬼神引"都不够格？

"既然如此，我该怎么唤醒它？"

"寻常的办法，自然很难有效，但现在，你有一个帮手。"小男孩伸出手，指了指林七夜的头顶。林七夜抬头望去，看到那熟悉的进度条，整个人愣在原地。进度条，竟然跟来了这里？而且看样子没有像外界那样闪烁，在这片漆黑的空间中，那块面板异常地稳定。"你是说……抽奖？"林七夜有些担忧地问道，"诸神精神病院不在这里，我也能抽奖吗？"

"可以。"

"但是治疗进度还差1%……"

小男孩注视着林七夜，沉默许久，对着他招了招手："来。"

林七夜一愣，虽然有些不解，但还是迈步向那小男孩走去，他穿过周围无垠的黑暗，双脚踏入那抹洁白的领域，与小男孩相对而立。这是林七夜第一次如此近距离地观察小男孩，他的身高只到自己的腰部，低头望去，对方脸上的每一个细节，都被他清楚地看在眼里。看着他，林七夜像是又照回了小时候的镜子，那绝不是长得像那么简单……林七夜几乎可以肯定，那就是他小时候的样子。"坐下。"小男孩再度开口。林七夜"嗯"了一声，盘膝坐下，随后小男孩也坐了下来，在这片无垠的黑暗之中，两个林七夜坐在一抹明亮的洁白之上，相对而视。

"跟我说说你的事情吧。"

"什么？"

"就是你的经历，我想听。"

"我的经历？"林七夜想了想，"你想听哪一部分？"

"所有。"

"那是很长的一段故事。"

"没关系，在这里，我们有足够的时间。"

见小男孩的神情不像是开玩笑，林七夜也不推辞："从什么时候开始？"

"就从七岁那年，你到姨妈家开始吧。"

"好。"林七夜点点头，"小时候的事情，我已经记不太清了，所以只能挑几件跟你简单说说……我到姨妈家的时候，阿晋还在襁褓之中……"林七夜认真地回忆着过去，不紧不慢地诉说出来，小男孩坐在他的面前，一只手撑着头，听得非常认真。在这里，时间似乎并没有意义，也没有任何人打扰，只有林七夜的声音在回荡。"……后来，我就遇到了那个男人，他叫赵空城，我们的第一次相遇是在回家的路上，当时有两只大怪王……136小队是我成为守夜人后，最怀念的地方，我们的队长叫陈牧野……沧南是假的，生活在这里的人，也都是因我而存在，姨妈死后，我疯了，我在斋戒所接受了很久的治疗，后来他们找到我，我们一起计划从那里越狱……我们是近百年来，唯一越狱成功的家伙，也许从我们跨出围墙的那一刻起，我们的命运就已经连在一起……我们小队的名字叫'夜幕'……"林七夜的眼眸中，浮现出追忆之色，从成为守夜人之后，他的讲述就详细了起来，他告诉小男孩他们是如何打穿"人圈"与高天原的，是如何从天国与地狱死里逃生，如何灭掉阿斯加德，如何在晨南关并肩作战的。

小男孩静静地聆听着他的故事，那对沉寂的眼眸中，罕见地浮现出情绪的波动，他的嘴角微微上扬，似乎已经沉浸其中。与此同时，两个人都没有注意到，在这死寂的黑色世界中，林七夜头顶的进度条，已然悄然无声地向前挪动一格。

林七夜治疗进度：50%

1660

这面板跳出的瞬间，林七夜的声音戛然而止。一道虚幻的抽奖转盘在他与小男孩的中央浮现，与之前几次的转盘不同的是，这次的盘面上只有两片区域。一片区域漆黑如墨，占据了转盘大约95%的面积，在这片区域之上，除了漆黑之外，只有两个神秘的白色字体——"未知"。另一片区域虽然占比较小，却是整个转盘上唯一一抹白色，上面似乎写着什么。但还没等林七夜看清，这个转盘突然急速转动起来，那抹白色飞掠过虚无，直接闪入了林七夜的脑海之中。没有喊开始，没有主动转动转盘，没有禁墟的名字提示，也没有能力介绍……与之前任何一次的抽取奖励都不一样，林七夜只觉得一股奇妙的感觉突然自脑海中涌出，像是某种枷锁被打破，他眼前的世界突然变化起来。一根根丝线自虚无中延伸出来，在他左右手的掌间，各自交织成一个闪烁的光团。这两个光团像是悬浮在空中的毛线球，表面密密麻麻的丝线向四处延伸，其中有大量的丝线在两个光团间彼此纠缠，仿佛有一种无形的引力，想将林七夜的双手聚合到一起。

"这是什么？"无数陌生而玄妙的信息出现在林七夜的脑海中，他怔怔地看着手中这两个光团，一边消化着信息，一边不解地开口，"我的禁墟……有两个？"

"是，也不是，它们两个是一体的。"小男孩注视着那两个纠缠的光团，缓缓开口，"它们有很多名字，'过去'与'未来'、'不定'与'既定'、'本'与'末'、'始'与'终'……但更多人，称它们为'因'与'果'。"

"我的禁墟，和因果有关？"林七夜听到这儿，眼眸中浮现出惊喜之色。

小男孩摇了摇头："不是与因果有关……从你唤醒它的那一刻起，你变成了因果的一部分。你的左手，代表着'无端之因'；右手，代表着'既定之果'，拥有它们中的任何一个，都足以颠倒这个世界的规则……但我要提醒你，这次你苏醒的时间太早了，在没有成神之前，你的精神力没法同时承受住因果这对双生子的力量。"

"'无端之因''既定之果'……"林七夜目光在左右手的光团上扫过，随后疑惑地问道，"没法承受住它们的力量，会怎么样？"

"它们的存在，会让你的精神时刻紧绷，像是一根濒临极限的钢丝绳……若是不及时处理，这根钢丝绳一旦断裂，便再也没法修复。"小男孩停顿片刻，"简单来说，要么疯，要么死，而且谁都救不了你。"

林七夜的脸色顿时难看起来。好消息，他的禁墟很强，"无端之因"与"既定之果"，都凌驾于绝大多数禁墟甚至神墟之上……坏消息，他还承受不了。这对现在的林七夜来说，比杀了他还难受。"这个能力，有这么强？"林七夜皱眉，"这么强的能力，为什么偏偏在我身上？"要知道，现在的林七夜已经是人类战力天花板，站在了人类的顶端，可就算如此，他的精神力还没法承受这个禁墟的力量……就连克洛伊的001,也没出现这种情况啊?

"这很重要吗?是你的就是你的,没有理由。"小男孩淡淡说道。

"那我该怎么解决无法承载的问题?"

"这我不管。"小男孩耸了耸肩,"我只负责帮你找回自己的禁墟,后面的事情,你自己想办法……在你的精神被紧绷到断裂之前,最多有两个月的时间,你最好抓紧。"

林七夜:"……"

林七夜还欲问些什么,小男孩看了眼上方的黑暗,缓缓说道:"你的时间要到了,再不回去,就真的要死了。"

这句话直接憋住了林七夜的疑问,他也抬头看了眼上方,除了无尽的黑暗,什么也没有。"我该怎么出去?"

"不要问我,问你自己。"小男孩转过身,迈步向黑暗中走出,那抹白色逐渐淡化,他的声音悠悠传至林七夜耳边,"手握因果,你便已经看到了这个世界顶端的风景……你所面对的所有困难的答案,都在那里。"话音落下,小男孩的身形彻底消失无踪,无垠的黑暗之中,只剩下林七夜独自伫立。

"都在因果之间……"林七夜喃喃念着这几个字,那些残余在脑海中的信息残片,被他迅速地消化,他的双眼逐渐明亮起来,"原来如此。"林七夜的目光落在自己的右手,那枚闪烁的"既定之果",开始散发出刺目的光芒,一根丝线自其中飘出,接入林七夜的身体之中……

长安城外。无人废墟。漫天尘沙之中,一具冰冷的无头尸体躺在血泊之上,原本还猩红的血液已经凝固到发黑,几只黑鸦盘旋在尸体上空,发出刺耳的鸣叫。其中一只黑鸦迅速俯冲而下,想要啄向这尸体的某处,突然间,那具无头尸体的右手指尖动了动,一根丝线自体内延伸出来,笔直地冲向这只黑鸦!"扑棱棱——"这突然出现的丝线,将俯冲的黑鸦吓得直接反身向天空飞去,但它的速度远没有这根丝线快,不过眨眼的工夫,它的身形便被丝线洞穿。下一刻,一道狰狞的剑痕诡异地出现在黑鸦的后背之上,血色花朵迸溅而出,它当即失去所有生机,一头栽倒在地。与此同时,地面上林七夜的那具尸体背后,那原本贯穿心脏的剑痕,凭空消失不见!无头的林七夜缓缓从地上站起,躯干四下环顾一圈,随后开始向废墟的另一角挪动,最终在一块巨石之下,掏出了自己的头颅,按在断裂的脖颈之上。第二根丝线延伸出,迅速捆绑上一块厚重的城墙,随着一声轰鸣巨响,一道剑痕突然将这块城墙斩成两段,坍塌在地!"呼……"林七夜长叹了一口气,他用手摸了摸自己的脖子,那道斩首的致命伤痕,已然消失。他低头看向自己的右手,一个布满丝线的光团浮现而出,在夜空中散发着神秘的光晕。"这就是,'既定之果'吗……"

1661

　　林七夜虽然还没完全消化他的能力信息，但从现有的概念来看，他似乎可以操控"既定之果"，来改变一些已经发生的事实。就比如他被"混沌"留下的三道致命伤，一剑穿心，一剑剖体，一剑斩首，他就分别用"既定之果"的力量，转嫁到了乌鸦与厚墙之上，前者替他挡了穿心之剑，后者替他抵挡了斩首之剑。林七夜能清晰地感知到，伤害转移只是"既定之果"能力的一小部分，但现在的他还没完全消化关于这两个能力的信息，他还需要更多的时间去摸索。接连转移了两道致命伤，林七夜低头看向自己的胸口，一道狰狞的剑痕自锁骨一直蔓延到侧后腰，几乎将他整个人都从中剖开，他正欲用"既定之果"将这道伤害转移，手却突然停顿在空中。犹豫片刻后，他还是收起了能力，没有将这道伤害抹去。接连两次被"混沌"设局坑杀，林七夜心中已经充满怒火，这种憋屈与无力的感觉，他绝不想再体验第三次……但"混沌"玩弄人心的能力防不胜防，他必须时刻警惕发生在周围的一切。小男孩已经明确说明，他不会再出手救自己，下次他要是死了，就是真的死了。这道贯穿他身体的剑痕，就是他留给自己的警示，他要用疼痛与伤疤来时刻提醒自己，永远记住这两次的教训！

　　"轰——"一道沉闷的轰鸣自远处传来，林七夜转头望去，双眼微微眯起。"'混沌'……"林七夜捡起掉落在地的天丛云剑，断裂的剑身清晰映出他眼中的寒芒，随着他的身影逐渐离去，森然杀意冲霄而起！"我们的账，该好好算一算了。"

　　汹涌的火光在长安城外汇聚，仿佛一轮微缩的烈日，在夜空下散发着恐怖的光与热。在这炽热的烈日下，一位红发少女的教袍在狂风中猎猎作响，克洛伊乘风而起，右手朝着那庞大的柳树一指，头顶的微缩太阳便喷吐出一道璀璨的火柱，瞬息洞穿了数百根柳条，凄厉的嘶吼自柳树树冠传出，密密麻麻的人类双腿急速向一侧倒去，带着整个庞大树体避开了这一道攻击。克洛伊冷哼一声，正欲再度有所动作，柳树的树冠突然蠕动起来，下一刻大量的幻彩烟雾从苍白面孔中喷出，直接淹没了周围的一片大地，克洛伊的身形也被吞没其中。"喀喀喀……"克洛伊轻咳了两声，余光扫过周围流光溢彩的烟雾，眉头紧紧皱起。"什么鬼东西？"克洛伊抬起指尖，一股狂风自她脚下散开，想要吹散这些幻彩烟雾，但这烟雾不知是什么东西，无论空气如何流动，它都丝毫没有散去的意思。柳树的吼声自烟雾的某个方向传出，克洛伊猛地转头望去，身形乘风而起，向那个方向飞掠。就在这时，一道模糊的身影从烟雾中迎面飞来，克洛伊眼睛一眯，一团半径数十米的火球顷刻间迸发出来，但下一刻，一团同样大小的火球从烟雾中翻滚而出，两团火球碰撞在一起,赤色火光几乎燃烧整片天空!克洛伊的眉头顿时皱起,她看到自烟雾中缓缓走出的另一个自己,眸中浮现出震惊之色:"开什么玩笑……"

一滴滴鲜血顺着枪尖滴落,霍去病勉强站直身体,目光看向火光接连暴起的烟雾战场,脸色有些凝重。"耶兰得的代理人,确实有些麻烦……不过在这个时代,她就是个没成长起来的小丫头罢了。"公羊婉轻笑着开口,"你已经是强弩之末,就凭她,根本没可能扭转局面。"

霍去病没有说话,他身后那伤口还在不断渗出淋漓鲜血,整个人已经变成一个血人,他的脸色越来越苍白,就连握枪的手都有些颤抖。随着他的目光逐渐冰冷,公羊婉的身体突然扭曲起来,像是有一只无形的大手,在挤压撕扯着她的身体!与此同时,浑身是血的霍去病突然飞掠出去,一道粗壮的雷光自天穹劈落,在枪尖之上交织成一抹紫色锋芒,随着他一枪挥出,一条咆哮的雷光巨龙笔直地奔涌出数里,将远处几座山丘都轰成碎片!跃动的电弧在尘埃中游走,透过蒙蒙烟雾,公羊婉的身形不紧不慢地从中走出,半边的身体已经被这一枪崩成血雾,但嘴角的笑意没有丝毫衰减。

"明明都已经濒死了,还能爆发出这种程度的攻击……不愧是人类的第一位战力天花板。"公羊婉赞叹着,她剩余的半边身体内,无数柳枝从血肉中涌出,迅速将伤口覆盖,重组成一具半人半柳的怪物身体,一颗眼球自她手掌位置的柳枝长出,正紧紧盯着眼前的霍去病。"可惜,这副身体已经吞入了库苏恩的一部分,不再是肉体凡胎……想杀掉她,可没那么容易。"

强行一枪刺出,霍去病只觉得眼前的一切都模糊起来,他用枪身勉强支撑着身体,意识逐渐陷入黑暗,他用力咬破舌尖,挣扎着维持意识。还未等他恢复清醒,公羊婉的身形已经闪至他的身前,一脚重重地踏在他的胸口,恐怖的力量直接将其掀飞数十米,砸入长安城墙的废墟之中。霍去病猛地喷出一口鲜血,生命之火逐渐衰弱,脸色苍白如纸。公羊婉走到废墟前,"混沌"似乎已经对霍去病彻底失去了兴致,淡淡地瞥了他一眼:"这场闹剧,该结束了。"公羊婉的面孔一变,化作一个面目狰狞的男人,尖锐的雀鸣自她掌间响起,就在她准备斩杀霍去病的瞬间,一个声音自身后突然传来。

"'混沌'大人,您不能杀他。"公羊婉一愣,疑惑地转头望去,只见一个青年正站在自己的身后,脸上满是恭敬。

"你是谁?"公羊婉不解地问道。

"'混沌'大人,您这是怎么了?"那青年疑惑地开口,"我是张三啊,这数百年来,您最信任的下属张三!"公羊婉愣在了原地。

1662

张三？数百年来自己最信任的下属？"混沌"的眼眸中先是浮现出一丝迷茫，随后恍然大悟。是张三啊！自己怎么把他给忘了？作为自己最忠诚的下属，张三自数百年前就追随他，虽然是个来自山村的孩子，但他的天赋还算不错，自己当年在张家沟游历的时候，正好碰到这孩子在跟其他孩子打架。这孩子身体羸弱，打不过其他孩子，但每次挨揍之后，都会用阴谋诡计将揍他的孩子骗到山沟旁，趁其不注意，一把将对方推下去摔死。慢慢地，村里的孩子都被他害死，村里人也意识到张三的阴险恶毒，本来要把他浸猪笼，还是自己出手将他救了下来。后来张三为了报答救命之恩，直接向他磕头拜师，他很喜欢这孩子的性格，就收他当自己的下属，虽然信仰他的人和神非常多，但张三绝对是其中最忠诚的一个。公羊婉的神情缓和些许，她问张三："为什么不能杀他？"

"'混沌'大人，您怎么什么都不记得了？"张三叹了口气，迈步走到公羊婉的身边，俯在她耳畔轻声开口，"因为……我要杀你啊。"话音落下的瞬间，一柄断剑从下颌直接洞穿了公羊婉的头颅，将她的头斩成两半，淋漓的鲜血喷溅而出，一具尸体直挺挺地倒在大地上。

林七夜甩去剑身上的鲜血，冰冷的目光俯瞰脚下的尸体，平静开口："没躲在舌头上吗……看来，还得让你苟延残喘一会儿。"

地面的公羊婉尸体，迅速变化成一根长着眼球的柳条，一抹黑光从她的腹中飞出，"混沌"断指的指肚裂开一道血口，咆哮声从中传出："是你？！你究竟做了什么？！"这一刻，"混沌"终于恢复了清醒，他看着眼前冷笑的林七夜，回想起自己刚刚荒诞的行为，只觉得肺都要被气炸了。自己最忠诚的下属张三？！从山村里走出来的孩子？！自己还去张家沟游历，并且对这个阴险的孩子非常赏识？！自己刚才是怎么接受这么离谱的设定的？这些事情分明没有发生过，但他好像亲身经历过一样……以至于在刚刚那短暂的时间里，他真的将林七夜当成了自己最信任的下属。"混沌"很清楚，自己在这里虽然只是一截手指，没有任何本体的战斗力，以至于必须靠赝品乌泉、赝品公羊婉等人的肉身才能行动，但无论如何，他也是三柱神的一截手指，就算是一些幻术或者认知混淆的能力，对他也几乎没法产生效果。"你觉醒了？""混沌"像是猜到了什么，"那是什么能力？！"

林七夜的左手缓缓抬起，一个光团浮现在他的掌间，光团中延伸出一道丝线，不知何时已经缠绕在"混沌"的手指之上——"无端之因"。相比于"既定之果"，"无端之因"的能力更加晦涩空洞。总之，以林七夜目前的理解，这个能力代表着"无由来的'因'"，能够凭空制造出不存在的一段因果，没有逻辑，无厘头，但又是世间万物的起点，是诸果之因。林七夜当然不会将他的禁墟告知"混沌"，一根根丝线从他掌间的光团散发，延伸到虚无之中，"你猜？"林七夜冷冷开口。话音落下，一股惊人的神力波动从林七夜手中的天丛云剑爆发，这柄沉寂已久的至高神器的表面，终于绽放出一抹刺目的神芒，像是被彻底激活了一般，发出尖锐的嗡鸣！

"你不是它的主人，又没有成神，竟然能彻底掌控它？""混沌"见此，联想到刚刚自己的经历，沉声开口，"莫非，你的禁墟与因果有关？"

林七夜没有回答，他握紧天丛云剑，在身前闪电般划过一道剑芒长弧！剑芒划过天地，一道剑痕自废墟的大地一直延伸到天边尽头，长安城上空的乌云，以及不远处涌动的幻彩烟雾，都被瞬间切开，任凭云气与烟雾如何翻滚，始终都没法重新汇聚，仿佛有一堵无形的墙壁，阻隔在它们之间。这柄天丛云剑，是他和迦蓝从须佐之男手中抢来的，林七夜并非它的主人，在没有神力之前，更是难以发挥出它的全部力量，所以到目前为止，林七夜都只是将它当作一柄近身兵器使用。但现在不一样了。若是仔细看去，可以看到一根因果丝线从"无端之因"中延伸，连接在天丛云剑的剑柄之上，轻轻飘动。在"无端之因"的力量下，林七夜直接缔造了一段与天丛云剑之间的崭新因果，在那段因果之中，他便是天丛云剑的主人……现在的他，能够在自身还未成神的情况下，直接发挥出天丛云剑的真正力量！无物不可斩，且受到斩击的存在无法修复，就算是云与雾也不例外……这便是高天原至高杀伐神器，天丛云剑！一根血线自"混沌"的手指表面浮现，剑痕深深没入其中，但这根手指实在太坚硬，就算是全盛时期的天丛云剑，也只能斩出这一道入骨伤痕，没法彻底斩断。这一剑斩出，这截断指也察觉到了危机，他身形化作一道流光，呼啸着便向远方飞去！他要逃！失去了公羊婉这个载体，他就只是一截坚硬的手指，在拥有了因果禁墟的林七夜面前，几乎没有任何胜算，他从两千年后回到这个时代并不容易，若是在这里折损，白白消耗了"门之钥"的力量不说，"混沌"也将彻底失去这根手指。只要他活下来，就算是在这个时代，他也能再策划一场针对林七夜的杀局，依然有完成使命的机会！林七夜站在原地，静静地看着这一幕，右手轻轻一抬，一根自那断指内散发的因果丝线，跨越数百米的虚无，被他捏在了指尖。看着手中这根属于断指的因果丝线，林七夜淡淡开口："我倒要看看……你能往哪里逃？"

1663

"混沌"的断指掠过天际，不过数秒的工夫，他就已经移动了数百里。长安城已经消失在大地的尽头，见林七夜与天丛云剑都没有追上来，这截断指的声音才缓缓传出——

"又有诸神精神病院，又身怀因果类的禁墟……这小子究竟是什么人？

"要是不及时处理掉，搞不好真的会对我们造成威胁……

- 235 -

"不过，连续被我算计了两次，他应该没那么好骗了……"

断指思索着，狂风掠过他的周围，突然间，他下方的大地景色变幻，那座坍塌的城墙再度出现在眼前！"怎么回事？又回来了？？"他不解的声音响起。在那飞扬的尘埃之中，一个青年正手握天丛云剑站在废墟深处，抬头望着他，双眸平静似渊。"你是怎么做到的？这一路上，分明没有出现任何时空波动。"再看到林七夜，断指已经猜到自己定然落入林七夜的某种能力中，几乎没有再逃出的可能，沉声问道。

"两个注定相见的人，无论相隔多远，总会再见的……不是吗？"林七夜平静回答。若是这截断指也能看见因果，便会发现他的因果丝线，与林七夜的因果丝线，已经被"既定之果"死死地缠绕在一起，他们之间的因果比"命中注定的爱情"还要结实上千倍。在如此紧密的联系之下，无论他向哪个方向、如何逃窜，最终都会回到林七夜的身边。林七夜握剑的手轻轻一甩，一抹剑芒便贯穿断指的指肚，将其直接钉死在一面厚重的城墙之上，一滴滴鲜血渗出断指，散发着令人作呕的恶臭。他迈开步伐，缓缓向被天丛云剑钉住的断指走去。

"林七夜，你以为杀了我，这一切就结束了吗？"断指的声音再度响起，"混沌"似乎没有丝毫的恐惧，"杀了我，本体也只是失去了一截手指而已……这根本无法改变什么。你依然存在于这个时代，'门之钥'就不会放过你，一旦我失败了，他自己就会跨越时空出手……你以为，你能在他的手里活下来吗？"

林七夜的双眼微微眯起，他注视着断指，没有说话。他知道"混沌"说的是对的，既然"门之钥"拥有全知全视的能力，那他现在所做的一切，也在对方的注视之下……拥有了"无端之因"与"既定之果"的他，只会更加引起"门之钥"的重视，用更加强大的手段来击杀他！"轰——"就在断指话音落下的瞬间，一道惊天的轰鸣自天空传出，就连长安的大地都剧烈地震颤起来。林七夜抬头望去，只见在那被劈开的云层之上，一道时空的旋涡逐渐成形，密集的黑色雷霆在旋涡中游走，一股浩瀚宏大的恐怖气息，开始从旋涡中散发！林七夜对这气息并不陌生，不久前他与安卿鱼对战的时候，他在真理之门的门缝中感知过这种气息……那是属于真理，属于"门之钥"的力量。而那时空旋涡的中心，便正好悬挂在他的头顶！

"哈哈哈哈……"断指见此，忍不住笑了起来，"你看，我说得对吗？他已经出手了！"

林七夜皱眉看着那自时空旋涡中绽放的黑色雷光，脸色凝重无比。他才刚死里逃生，找回了属于自己的禁墟，要是现在被"门之钥"隔着时间长河击杀，那一切都将毫无意义……他绝不能就这么死在这里！林七夜的大脑飞速运转，他看了眼城墙后的长安城，身形化作一道流光，反身便向远离城池的荒野中冲去！随着他的身形移动，天空中那道酝酿着雷光的时空旋涡，也同时挪动，像是一只锁

- 236 -

定了林七夜的深渊巨眼，毁天灭地的气息疯狂蔓延！林七夜沿着无人的荒野，足足狂奔了数百里，才停下脚步。

此时，那道锁定林七夜的时空旋涡，已经彻底成形，汹涌的雷光疯狂涌入旋涡中央，随着最后一道电弧消失，天地间突然陷入一片死寂。突如其来的死寂，并没有让林七夜放松警惕，暴风雨来临的前夕总是异常平静，他浑身的每一块肌肉都绷紧，如临大敌。无声的世界之中，一道咆哮的雷光巨柱，自时空旋涡中轰然砸落！与其说是雷光巨柱，不如说是一片雷域更加合适，这巨柱的半径足有数里，就算是数百里外的长安，也能看到那抹贯穿天地的雷光，顷刻间照亮整片夜空！林七夜在这片雷域砸落的中央，他瞳孔剧烈收缩，身形瞬间淹没在雷域之中！厚重的大地像是冰雪般在雷域中急速消融，震荡的雷弧余波向四面八方扩散，将高山与丘陵尽数夷为平地，自远方眺望，可以看到一道白炽的爆炸光芒宛若球体一般，在地平线的尽头急速放大！数秒之后，一道令人双耳轰鸣失聪的炸裂声，响彻云霄！"轰——！！！"

"什么东西？！"幻彩烟雾之内，正在与自己的赝品厮杀的克洛伊，脸色突然一变。她转头看向轰鸣传来的方向，透过烟雾中央的剑痕，可以看到远处的大地之上，一个白炽雷球正在疯狂膨胀，毁天灭地的气息从中传出，光是逸散而出的电弧余波，就能轻易抹平一座城邦。"是谁在那里？"克洛伊的瞳孔微微收缩。她不知道那片雷域从何而来，但从它散发的气息来看，就算是十个她加起来，也绝对没法在那片爆炸中幸存……那根本就不是人类能抵抗的东西！就在她分神之时，原本正在与她搏杀的赝品，突然掉转方向，急速向幻彩烟雾中遁去，顷刻间消失不见。克洛伊见此，本想追过去，可思索片刻后，还是换了方向，径直向柳树的方向冲去，两道身影逐渐消失在涌动的烟雾之中。

长安城墙。在那雷域的余波冲击下，满载着电荷的尘埃在空气中飞舞，一道道静电游走在空气之中，一片狼藉的废墟上，浑身是血的霍去病，缓缓睁开双眼。他望着远处那毁天灭地的炽热雷球，脸色凝重无比，他用长枪支撑着身体，踉跄站起身，一点点向雷光的方向挪动。"林七夜……"他一边虚弱地咳嗽着，一边喃喃自语。

1664

汹涌的雷光自时空旋涡的中央灌入人间，毁灭的气息充斥着天地间每一个角落。炽热耀眼的雷电爆炸场中，一个人死死地撑住自己的身体，他的一只手掌按在大地之上，一根因果丝线自"既定之果"中延伸，将他与大地连接在一起。所有轰击在他身上的雷霆，有五成都被他转嫁给脚下的大地，也正是因此，他身下

-237

的土地在雷场中以惊人的速度消融，短短的数息之内，林七夜已经不知道自己下陷了多少米。剩余的雷光砸落在他的肉体之上，几乎要将他整个人撕裂，前所未有的痛楚涌上心头！即便是"既定之果"的伤害转移，也是存在上限的，"门之钥"这次不惜耗费代价，跨越时间长河出手，已经是铁了心要将他直接抹杀在这个时代，别说他只是个人类战力天花板，就算是西王母、玉帝那个层次的主神来了，也几乎没可能从这道雷击中存活下来。面对这种程度的攻击，林七夜能转移五成伤害，已经是极限了……若非他的鸿蒙灵胎肉身强度远超一般主神，只怕就算削弱了五成伤害，他也必死无疑！但即便如此，林七夜也坚持不了太久。他的身体在雷场的轰击下逐渐佝偻，大片的焦黑浮现在肌肤表面，林七夜一边粗重地喘息着，大脑一边飞速运转……不行，再这么下去，就算是鸿蒙灵胎也会被击碎……还有什么办法？！现在他所有的保命手段都已经出了，被动挨打，必死无疑，想活下去，唯有主动出击！可不说他与"门之钥"隔着整条时间长河，就算他能找到"门之钥"的本体，以他现在人类战力天花板的实力，想杀"门之钥"依然是痴人说梦！还有什么办法……能从根源上解决这个问题？！

翻滚的雷光之中，林七夜像是想到了什么，低头看向自己左右手上的两道光团，一抹金芒浮现而出！"'无端之因''既定之果'，所有困难的答案，都在因果之间……原来如此，我明白了……我全都明白了！"一道雷光砸在林七夜的后背，将他轰得猛地喷出一口鲜血，但他的双眸越发明亮起来！随着他将左手与右手的光团逐渐靠近，密密麻麻的因果丝线，自林七夜的体内延伸而出，一端在他的体内，另一端则接入虚无之中。那是属于他林七夜的所有因果，也是他在这个世界上，存在过的证明，这些因果贯穿过去、现在与未来……林七夜看着这些属于自己的因果丝线，双眼微微眯起，在两个光团的牵引下，这些丝线硬生生从虚无中拔出，相互缠绕，连接，最终逐渐凝聚成一股紧密纠缠的粗绳，飘浮在林七夜的胸前。"你能监视我，找到我，是因为我在时间长河中，留下了属于自己的痕迹……既然如此，只要我抽离所有时间中属于我的因果，将它们藏匿起来……你就再也无法观测我的存在！"林七夜的眼眸中，爆发出刺目的光芒，那团飘浮在他身前的因果丝线编织成的粗绳，头与尾，自动衔接在一起，变成一个自我旋转的圆环。在这道圆环形成的瞬间，他与世界的联系彻底消失，无论是过去、现在，还是未来，都再也没有他林七夜的身影！霎时间，那毁天灭地的雷域，戛然而止！

与此同时，翻涌不息的时间长河之上，一团灰雾剧烈翻滚，在这灰雾的中央，一只巨大的、好似旋涡的眼睛，突然一滞！这只眼睛悬挂在时间长河的无限远处，就算是有人站在时间长河上抬头望去，也只能看到一枚星星般细小的存在，也正是因此，看似浩瀚无尽的时间长河在这只眼睛中，同样只是一个小点。在这旋涡般的眼睛中央，一道古老而宏大的门户，像是瞳孔一样巍然矗立。"嗯？"一道低沉的轻"咦"声,自眼睛中传出。这只旋涡眼睛死死凝视着小点般的时间长河,像是在寻找着什么,许久之后,那低沉的声音再度响起:"消失了……"

天空之上,那个缭绕着雷光的时空旋涡,缓缓停滞。一道道残余的电弧在空气中游走,荒芜的大地之上,一片深不见底的漆黑巨渊,自消散的电弧中显露出来。用长枪撑着身体的霍去病,跟跄地走到这片巨渊之旁,神情微微动容。这片巨渊的半径约有数里,低头望去,根本看不到底端,黑暗阴冷得像是连接着地府……这种规模的地形变动,已经超出了人类的认知,属于神迹的范畴。"林七夜……"霍去病声音沙哑地开口,他的声音自巨渊中不断回荡,到最后变成呜呜风声,根本听不真切。巨渊底下,依然死寂一片。霍去病的神情逐渐失望,他最后看了眼这无尽的巨渊,转过身,落寞地向长安城挪动。他不认为在那种恐怖的攻击下,林七夜能活下来,就算是神也不行。然而,就在霍去病刚迈出几步之时,一阵咳嗽声从身后传出。霍去病一愣,转头望去,只见衣衫褴褛的林七夜,不知何时已经站在那巨渊之旁,身上几乎完全焦黑,但双眸明亮如星。"你……"霍去病见林七夜竟然活着从巨渊中走出,脸上罕见地浮现出震惊之色。他居然还活着?!

"侯爷。"灰头土脸的林七夜,对着霍去病笑了笑。霍去病打量了林七夜许久,有些无奈,又有些欣慰地笑道:"看来,本侯已经不再是众生中最高的那根支柱了……现在最高的人,是你。"

"侯爷谬赞了。"林七夜轻声道,"多谢侯爷伤得这么重还来看我……我知道你有很多疑问,不过暂时先等等……"

林七夜缓缓转头,看向长安城的方向,明亮的双眼微微眯起。"我,要先去杀个人。"

1665

城墙的废墟之上,一截黑色断指,被天丛云剑死死地钉在石块表面。"看来这次,'门之钥'那家伙也是动真格的了……跨越时间长河发动这种规模的攻击,他付出的代价应该不小。"断指的声音悠悠传出,他望着远处逐渐消散的时空旋涡,指肚的嘴角微微上扬,"结束了吗……"一根长着眼球的柳条自幻彩烟雾中探出,缠绕在天丛云剑的剑柄,正欲用力将剑身拔出,一杆长枪呼啸着自远方飞射而来,瞬间将这根柳条轰成碎渣!枪尖洞穿血雾,精准地刺在断指的身旁,他微微向长枪飞来的方向转动,似乎有些不悦。电弧缭绕的尘埃中,一个披着血色甲胄的身影,与一个衣衫褴褛的青年,正缓缓走来。看到那青年的瞬间,断指一怔,随后诧异开口:"是你?你怎么还没死?!"

"'门之钥'没能杀了我……让你很意外吧？"林七夜的神情平静无比。断指的指腹面对林七夜，没有再说话，按理说"门之钥"都付出了那么大的代价，没道理不彻底抹杀林七夜才对……他不知道哪个环节出了问题。但林七夜还活着，就意味着他再次陷入了危机。

"这怎么可能……你是怎么活下来的？"断指面对着林七夜，像是察觉到了他的一丝变化，声音有些难以置信，"你藏起了自己的因果？！抹去了自己在时间长河中的存在？"

林七夜淡淡开口："你们如此笃定人类没有希望，不就是因为有'门之钥'这个全知全视者，时刻注视着过去与未来吗……现在，脱离你们掌控的变数出现了。你说……我会怎么做？"

断指死死盯着林七夜，心中微微一惊。他有想过林七夜的能力会非常棘手，但他没想到，林七夜竟然能直接将自己的存在隐去……这么一来，就算是"门之钥"也没法看到他的行动，而且他的过去与未来全都藏了起来，就算"门之钥"想改变历史，也根本无法对他造成影响。换言之，林七夜已经完全超脱了他们的掌控，他的因果，只掌握在他自己的手里！再想像这次一样，精准地设局伏杀林七夜，已经几乎是不可能的事情。断指的心思迅速转动。

林七夜正欲开口说些什么，一个声音突然自远处传来。"林七夜！"林七夜转头望去，只见浑身是伤的克洛伊，提着一具柳枝的尸体，向这里快步跑来，她看着浑身是伤的林七夜，像是松了口气般，"刚刚我看到那边爆发出雷电，还以为在里面的人是你……你没事吧？"

林七夜看了她一眼，双眼微眯，他屈指一弹，天丛云剑便猛地从断指上拔出，呼啸着掠过大地，刹那间洞穿了克洛伊的心脏！一朵血色花朵迸溅而出，克洛伊的双瞳中，浮现出难以置信之色，她呆呆地看着漠然的林七夜，似乎不能理解林七夜为什么要出手杀她。"同样的伎俩，骗不了我第二次，收起你那些心思吧，'混沌'。"林七夜握住飞旋回来的天丛云剑，目光重新落在眼前的断指上，一步步向他走去。与此同时，那倒在血泊中的克洛伊尸体，诡异地变化成一截长着眼球的柳枝，死死盯着他们的方向。

"居然这么快就看穿了？"断指本想趁着林七夜松懈之际，故技重施用克洛伊暗算林七夜，甚至他还让赝品克洛伊去捡了根柳条增加可信度……毕竟这是他留下的最后手段。可他万万没想到，林七夜这次出手如此干脆，根本没给他留下丝毫的反杀机会。

"外貌可以骗人，但因果不会。"林七夜在断指身前站定，那双眼眸中，浮现出一抹寒芒。他一脚踩在断指的下半截，直接将大地踩出一个巨坑，飞扬的尘土之间，林七夜缓缓开口："'混沌'，你给我听好了……你杀不了我，'门之钥'也不行，既然我活了下来，我们之间的仇怨，我早晚会连本带利地讨回来。我既然回到了这个时代，成为遁隐在你们掌控之外的变数，就不会空手而归……你们越是害怕什么，我就越要带给你们什么。从今天起，我林七夜，就将是你们克苏鲁神系的梦魇。"话音落下，林七夜的脚掌骤然用力，澎湃的力量倾泻而出，只听一声轰然爆响，脚底的断指已然被踩成血肉模糊的碎块！"侯爷，帮我烧了他……连一丝渣子都不要留下。"林七夜缓缓开口。

霍去病微微点头，手指轻勾，远处一团燃烧的火光迅速飞来，顷刻间将这满地血肉吞没其中。噼里啪啦的燃烧声响起，一股恶臭蔓延而出，他们二人就这么站在火焰之前，等到那火光吞没最后一丝痕迹，天地间终于归于平寂。

"喀喀喀……"一个披着教袍的红发少女，缓缓自远处走来，幻彩的烟雾在她身后一点点消散，白皙的脸蛋此刻也满是灰土，像是经历了一场惨烈大战。"那个……你们看到我的赝品了吗？"克洛伊走到林七夜与霍去病身边，开口问道。

林七夜指了指一旁的柳枝尸体。克洛伊见此，微微松了口气。"库苏恩呢？"林七夜问。

"那个柳树怪物？"克洛伊耸了耸肩，"被我杀了，没有那些赝品阻挠，他的本体似乎很脆弱。"

杀了？林七夜若有所思，他之前还以为，库苏恩应该是个克苏鲁神系的神明，在没有法则的情况下无法被杀死，但现在看来并不是这么回事。这只库苏恩无论从境界上，还是从战力上似乎都还没到神级的层次，应该只是一只克苏鲁神系的怪物，就算没有法则也能杀死。"那就好。"

一抹黎明的微光自地平线的尽头升起，将漆黑的夜空染成一片鱼肚白，微白的阳光扫过血色的长安城墙，与废墟上的这三道负伤身影，将他们的影子拖得很长……

"接下来，你有什么打算？"霍去病问。

林七夜注视着那逐渐散去的火焰，沉默许久后，缓缓开口："我想在这个时代，做一些准备。"

"为了阻挡克苏鲁？"克洛伊想了想，"这些东西确实可怕……你有想法了吗？"

"具体的方案，我还在思考……不过，我可能需要二位的帮助。"

"那些怪物欲灭众生，本侯自然不会坐视不管。"霍去病沉声说道，"林七夜，你需要本侯做什么，尽管说便是。"

"也算我一个。"克洛伊认真道，"要是所有人都被杀光，那这世界，就再也没有信仰了。"

林七夜的目光在霍去病与克洛伊的身上扫过，黎明的微光下，他的嘴角微微上扬……"好。"

| 第十二篇 |

早悟因果

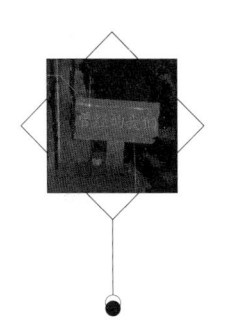

1666

长安城的动乱已经平息，待到朝阳洒入宫墙，朱红色的宫门开启，一支数十人的骑兵从中飞奔而出，掠过狼藉的街道，径直向城门外靠近。随着马蹄跨过破碎的城墙废墟，他们看到一具庞大的柳树尸体，正倒在大地之上，一个青年手握断剑轻轻一挥，树干上密密麻麻的脓包破开，众多昏迷的人随着流出的脓液掉落。

"情况怎么样？"浑身是伤的霍去病坐在一块巨石上，问道。

"还好，克洛伊先杀这棵树是正确的决定，要是再拖一会儿，他们就要被吸干了。"林七夜检查了一下这些人的身体，"那些被调包的人，都在这里，照这个数量来看，三万大军也没有减员。"听到这句话，霍去病的神情放松下来，长舒一口气。林七夜的目光在这些昏迷者的身上一一扫过，詹玉武、颜仲、公羊婉、乌泉……不知是不是因为脱离了那液体，乌泉躺在地上，睫毛轻轻颤动，片刻后，就缓缓睁开了双眼。

"这是……"乌泉看着头顶蔚蓝色的天空，呆了许久，才缓缓坐起身，看到周围一大批昏迷者以及旁边的库苏恩尸体，整个人愣在原地。"七夜哥，这是发生了什么？"

看着乌泉那张茫然的面孔，林七夜无奈地笑了笑，正欲开口说些什么，一个声音从他身后传来。"咝……我怎么在这里？"公羊婉一边摇晃着头，一边从地上坐起，看到对面浑身是血的霍去病，眉头顿时皱了起来："霍去病，你对我做了什么？"霍去病瞥了她一眼，似乎懒得跟她解释。随着他们两人的苏醒，詹玉武、颜仲等人也纷纷恢复意识，看到眼前的柳树怪物与破碎的长安城墙，直接蒙在了原地。

"报——！！"快马奔袭之声从城内传来，林七夜等人转头望去，只见一群披着盔甲的兵士来到废墟之上，为首的将军目光扫过四周，最终停留在霍去病的身上，恭敬开口："传陛下口谕，应允冠军侯组建镇邪司，独立于朝堂之外，负责镇压、清剿世间邪祟，司内人员仅受主司管辖！任命冠军侯霍去病为主司，携平定昨夜动乱之功臣，即刻进宫面圣！"话音落下，在场的詹玉武、颜仲等人，先是愣了片刻，随后脸上浮现出狂喜！陛下居然真的答应了？！曾经霍去病提出镇邪司要独立于朝堂之外的要求时，詹玉武和颜仲都觉得他疯了，当朝皇帝根本不可能答应如此荒谬的条件……可眼下，皇帝竟然答应了？！林七夜的脸上浮现出喜色，镇邪司成功建立，说明历史没有因他的出现而改写，一切都还在正轨……那是不是意味着，他的出现，就是历史的一部分？仔细一想，没有他的出现，"混沌"自然也不会带着库苏恩赶来这个时代……没有这场长安大劫，汉武帝也未必能答应霍去病的请求，镇邪司可能根本就没法建立。他回到这个时代，其实是命中注定的？正是因为他这个"因"的存在，才有了后续的一切"果"？林七夜像是想到了什么，低头看向掌间的两团光球，眼睛微微亮起。"因果，因果……莫非……"

就在林七夜沉思之际，霍去病那常年紧皱的眉头，终于舒展开来，他站起身，对着那传令之人行礼："臣即刻动身入宫。"

"侯爷，我等给你准备了几匹快马，莫要让陛下久等了。"那将领客气地说道。

霍去病点了点头，看向身旁的林七夜和克洛伊："二位，随本侯走一趟吧？"

林七夜和克洛伊也不拒绝，林七夜愿意入宫，是单纯地好奇这汉武帝究竟长什么样，而克洛伊则还想着在大汉建立宗教一事，直接跟着霍去病翻身上马。

"驾——"三道身影策马越过废墟，沿着长安城最宽阔壮丽的道路，径直向宫门内冲去，凛冬的寒风掠过大地，他们的衣袍在风中猎猎作响。

"是冠军侯！"

"侯爷回来了！侯爷杀死了那些怪物！"

"多谢侯爷救命之恩！"

"多谢侯爷救命之恩！！"

"……"

见霍去病入城，幸存的百姓纷纷跪拜在街道两侧，一边高呼，一边重重地将额头磕在地面，声音好似浪潮般涌动在全城上空！霍去病见此，神情有些复杂，他转头看向策马在自己身边的林七夜："本侯昨夜并未帮上太多，长安城能度过此劫，都是你的功劳……林七夜，你放心，一会儿面圣之后本侯会如实禀报，让天下百姓知晓你的功绩。"

"侯爷不必如此。"林七夜笑了笑，"我本就不属于这个时代，要这些虚名有什么用？说起来，一会儿我还得请侯爷替我揽下那些功劳，最好不要让我的名字被更多人知晓。"

"为何？"霍去病不解地问道。

林七夜伸手，指了指头顶的天空："在世界之上，有一只眼睛在找我，我虽然藏起了自己的因果，但若是被太多人知晓我的存在，纠缠的因果便会越来越多，不易隐藏……所以，从今日开始，我与世间的联系越少越好。"

霍去病点了点头，认真地开口："本侯明白了，本侯会替你揽下所有因果，只是如此一来，就委屈你了。"

"不过是举手之劳，何来的委屈？我日后准备的事情，还需要侯爷相助呢。"

说话间，三道身影已经穿过宫门，翻身下马，在李公公的带领下，径直向皇宫的一侧走去。与林七夜的预想不同，他们与汉武帝的会面，并没有安排在议事的正殿，他们三人穿过一座花园，最终被请进了御书房中。

"臣霍去病，前来复命。"霍去病向着那桌后之人，俯身半跪行礼。

1667

一炷香后。三道身影从御书房中走出。这次的会面和林七夜想象的差不多，汉武帝嘉奖霍去病，调给他大量的黄金与人手，去组建镇邪司，随后又想交好林七夜，给他一些领地与官爵，结果还是被霍去病拦了下来，一番劝说之后，只是赏了黄金五百两。出了御书房后，林七夜和霍去病的神情都没什么变化，反观克洛伊，一路垂头丧气，脸上满是幽怨。

"你还是放弃在大汉建立宗教的念头吧，你们的那套思想，不适合这里。"林七夜看克洛伊如此神情，不由得有些好笑，轻声安慰道。

"唉……"克洛伊无奈开口，"大汉人口众多，地域辽阔，离开了这里，不知道要走多久多远，才能找到合适的地方。"克洛伊的脚步突然一顿，像是想到了什么，一把拉住林七夜的衣袖。"欸，你不是从未来来的吗？在你们那个时代，我成功了吗？"

林七夜眉梢一挑："很成功。"

听到这个回答，克洛伊的眼睛顿时亮了起来："那你能不能告诉我，我是在哪里成功的？我该去什么地方？"

林七夜张开嘴正欲说些什么，犹豫后开口："你等一下。"林七夜指尖轻抬，在他的视野中，一根因果丝线从指尖飘出，延伸至虚无之中，他眉头紧锁，像是在计算着什么。片刻后，他收起了因果丝线，摇头说道："抱歉，这件事不该由我告诉你，否则我不仅会缠上庞大的因果，还会改变历史的进程……你只能自己去探索。"在长安城外，林七夜已经意识到自己的举动可能是历史中注定的一部分，但这并不意味着他所有行动，都在这个范畴之内。打个比方，如果他刚才在御书房内一剑劈了汉武帝，那大汉的历史将发生翻天覆地的变化，搞不好未来的一切

- 245 -

都会乱成一团。当然，正常的林七夜绝不可能干出这种事情，所以历史上这种可能并没有发生。林七夜一直在想，为什么回到这个时代的，只能是自己？现在他已经有了猜测，因为未来的克洛伊将任何一个人送回这个时代，都伴随着极大的风险，因为这个时代与未来相隔的时间太远了，在这里的一举一动，都有可能会给未来造成翻天覆地的变化，哪怕他随手烧掉一本书，都可能造成后世某个学派的消亡。而他一旦意识到这一点，做事必然会束手束脚，连一个人都不敢杀，因为他不知道自己的所作所为，究竟是历史的一部分，还是会对未来造成影响。但林七夜不一样，他拥有"无端之因"与"既定之果"，能够通过自身的举动造成的因果，判断是否会对未来造成影响，他是唯一能在这个时代自由行动，而且可以避免因果变动的人。

"好吧……"见林七夜不愿透露，克洛伊虽然有些沮丧，但知道自己注定成功之后，还是对未来充满希望。

"陛下已经允许组建镇邪司，接下来的几天，本侯应该都会忙于此事。"霍去病转头看向林七夜，"林七夜，你要准备之事是否紧迫？若是着急，本侯便先与你办事，随后再回长安忙碌。"

"不急。"林七夜摆手道，"组建镇邪司最重要，有什么需要我帮忙的，尽管开口。"距离林七夜的那个时代，还有两千多年，自然不急于这两天，而且林七夜还得先想办法处理自己的精神力没法承受"无端之因"与"既定之果"的问题，他可不想事情还没办成，就把自己先弄死弄疯。经历昨晚一战后，林七夜确实感觉有些精神疲惫，那两个能力让他的大脑负荷太大，可见小男孩口中的两个月期限，已经是最乐观的估计。

霍去病认真思索片刻："需要你帮忙的地方，确实有。"

"什么？"

"组建镇邪司需要处理的事情很多，不过我们现有成员加起来，也就十人左右……人手有些不足。"霍去病停顿片刻，"本侯已经向天下发布异士征集令，近几日会有大量的异士前来长安，但其中必然有浑水摸鱼之人，还有的人心性不宜加入镇邪司，本侯希望你能替镇邪司筛选合适的异士人选，作为我们的第一批成员。"

"筛选异士吗……没问题。"林七夜几乎没怎么犹豫，就点头应了下来。分辨异士，能力评级，考核心性，这些对这个时代的人而言，或许是个大麻烦，但对林七夜来说，根本没什么难度。再怎么说，他也是集训营教官出身，现在又有"无端之因"相助，各个方面都超越了这个时代的异士一大截。

"对了，这样对你的因果没影响吗？"霍去病担忧地问道。

"无妨。"林七夜笑了笑，"反正我只是面见筛选他们而已，最多也就见一面，这么点因果，我自有办法处理。"

霍去病点点头："本侯给你一个地址，筛选异士的地方就在那里……本侯估计，最多四天时间，就能处理完所有事情。"

一个时辰后。"嘎吱——"厚重的宅门被缓缓推开，满地干裂的落叶被风拂动而起，枯败的残枝歪歪扭扭地长在院中，蛛网与鼠洞遍布墙角屋内，目之所及没有丝毫生机。"七夜哥，你确定……这里是镇邪司？"乌泉看着眼前这座不知荒废了多久的古宅，表情古怪地问道。

"镇邪司独立于朝堂之外，又是由异士组成，当然是越隐秘越好，怎么会选址在长安？"林七夜摇了摇头，"侯爷已经带人去山谷间选址建立司衙了，这里只是用来选拔异士的场所而已。"镇邪司的真实位置，绝不能轻易让世人知道，除非异士真的通过了考核，成为镇邪司的成员，否则根本不可能见到真正的镇邪司，所以必须将考核地与镇邪司分开设立，这座宅子是早年间汉武帝赐给霍去病的，不过当年的霍去病没要，现在为了镇邪司，他又去找汉武帝讨了回来。林七夜穿着一身冬青色汉装，腰间系着一枚白玉令牌，缓缓步入宅中，目光扫过四周："把这里收拾一下吧，那些来应试的异士，应该就快到了。"

1668

"这位先生，敢问前方可是长安？"荒芜的大地之上，一个青年背着行囊，拦下一个挑着扁担的老者，恭敬问道。

"对，往前再走十余里，便是长安，不过你最好先从东南方绕行五里。"

听到这话，青年的脸上浮现出疑惑："为何？"

"这前方有一处天渊，若是不提前绕行，就得在沟壑间沿着天渊边缘行走，那更加吃力。"老者摆了摆手，不再多说，径直向远方走去。

"天渊……"青年喃喃念道，"以前，从未听闻长安附近有什么天渊啊？"虽然心中不解，但他还是按照老者所说，开始向东南方绕行。这青年看起来二十四五，穿着一身满是尘土的绀青色深衣，远看上去像是个颇有气质的文人雅士，但若是靠近细看，便会发现他的袖口、衣摆处，都有缝补过的痕迹，虽然缝补者的技艺已经算是高超，但依然有些细微的色差。他将沉重的行囊背得更靠上了些，擦了擦额角的汗水，迎着烈日一步步向前走去。不知过了多久，他走上一个小土坡，转头望去，只见一个庞大的巨渊果然坐落在不远处，内壁异常光滑，像是无尽的深洞，一眼望不到底。"长安附近，竟有如此神迹……"青年的眼眸中浮现出震惊，他无法想象，这样一个庞大深邃的巨渊，究竟是如何形成的。他歇息片刻，再度动身向长安走去，几个时辰之后，他终于来到了长安脚下。令他奇怪的是，长安的城墙不知为何，竟然坍塌了一大片，众多劳工正忙碌地重建城墙，一群穿着甲胄的兵士正站在原本城门的位置，挨个排查入城之人。"这位兄台，长安究竟有何事发生？"青年排在队列中，忍不住问排在前面的男人。

"我也不知，不过我在来的路上听闻，长安遭到了某种强大邪祟的攻击，是冠军侯出手才免去了一场大劫。"男人四下环顾一圈，小声地说道，"你在城外，看到那天渊了吗？据说那也是侯爷的手笔！"

"那天渊，竟然是人为的？！"青年眼中浮现出震惊。

"哼，那可是侯爷！有什么做不到的？"

"冠军侯……"青年念叨着这个名字，眼眸中浮现出憧憬之色。

男人见这青年对冠军侯感兴趣，嘴角微微上扬，他犹豫片刻后，神神秘秘地凑到青年耳边，有些得意地开口："兄弟，实话告诉你，我这次来长安，就是来投奔侯爷的！"

"投奔侯爷？"青年一愣，"你也是去应试镇邪司的？"

"你也是？？"

知晓彼此竟然是同路人之后，两人顿时热络起来，开始按照年纪，称兄道弟起来。

"我说胡老弟，你既然是来应试镇邪司的，怎么现在才来？若是我没记错的话，这已经是最后一日了吧？"男人不解地问道。

"我家离这里比较远，一路走过来费了些时间。"

"哦？你家何处？"

"崇临县。"

"哟，那确实不近啊……你是一路走过来的？为何不买匹马？"

青年笑了笑，没有说话。

男人见青年不愿多说，识趣地没再问，两人闲聊几句之后，便轮到了兵士盘问。

"你是什么人？为何要进城？"兵士表情严肃地问道。

男人张嘴正欲说些什么，又鬼鬼祟祟地四下环顾一圈，最后才贴到兵士的身侧，压低声音回答："我是去镇邪司的……"

兵士表情古怪地看了他一眼："去镇邪司就去镇邪司，这么小声干吗？走……后面那小子，你呢？"

"我和他一样，也是去……"

"哎走走走，进门直行二里右拐啊，一路上都有标志指引你们过去，记得取号排队。"

兵士不耐烦地摆摆手，似乎懒得多问，他们二人莫名其妙地通过了城门，隐约间，又听到那兵士不耐烦的声音传出："什么？你也是去镇邪司的？怎么不一起说？啧，走吧走吧……后面还有去镇邪司的，不用排队了，直接进去，别挡了别人的路。"

青年："……"

"这天下……原来有这么多异士吗？"青年不解地挠头。

"有没有那么多异士我不知道，不过崇敬侯爷的人，绝对不少。"

"对了赵兄，我还没问你，你既然也是异士，你的能力是什么？"

"我啊，嘿嘿……"男人环顾四下无人，凑到青年的耳边，得意地开口，"我三拳能打死一头牛！"

青年嘴角微微抽搐，最后硬挤出一抹笑容，礼貌地夸赞起来："赵兄真是力大无穷啊……"

"哈哈哈，还好吧，对了，胡老弟你呢？"

"我……我不如赵兄，我连一头牛都打不死。"

男人怜悯地看了眼青年，拍了拍他的肩膀，露出一副"我懂的"的表情，意味深长地开口："胡老弟啊，是不是异士不重要，有这份心就好……"

"赵兄，我们还是赶紧过去吧，我看那排队应试的人都已经到街上了。"

"什么？！"

两人按照那兵士所说一路前行，路上果然看到了不少醒目的标语：

异士应试由此向前二里。

前方右转。

此处距离应试地还有一里，排队人数约二百人，预计等待两个时辰。

一寸光阴一寸金，诸位不要浪费自己与他人的时间，若非异士，请移步对面街道领取一碗绿豆汤，随后原路返回。

二人远远缀在队列的最后方，看到前面密密麻麻的身影，男人无奈地叹了口气，转头对青年说道："胡老弟，这人也太多了，要不你还是回去吧……你再多练练，等明年能打死一头牛的时候再来。"

青年摇了摇头："没事，我可以等。"

男人也不再多劝，两人就这么排在队列中，一点点向前挪动，明媚的日光逐渐西斜，他们与那座宅子的距离，也越来越近。

"胡老弟，这好像也没那么慢嘛……前面一直有人掉头回去，应该是放弃了。"眼看着就要轮到自己，男子的脸上浮现出喜色！青年正欲说些什么，一个少年便冷着脸，从前面走了过来，腰间系着一枚玉牌，上书"镇邪"二字。"你，是什么能力？"乌泉走到赵男子面前，面无表情地开口。

"您是镇邪司的人吧？"赵男子神秘地凑到他耳边，"我能三拳打死一头牛！"

乌泉瞥了他一眼，默默地伸出手，指着对面的街道："喝绿豆汤去，喝完了滚蛋！"

1669

听到这句话，赵男子直接傻在了原地。"我，我……为什么？"

"三拳打死一头牛不算异士，等你一拳能打死十头再来吧。"乌泉淡淡开口。赵男子还欲再说些什么，一股神秘的力量突然堵住了他的嘴巴，整个人就像是提线木偶般，自动迈步转身，向对面街道走去，无论他如何用力，都没法挣脱丝毫。劝退一个赵男子，乌泉又走到那胡姓青年面前："你，什么能力？"

青年张了张嘴，低声说了些什么，乌泉的双眼微微眯起，他仔细地打量了一遍青年："你知道在这里撒谎，是要被杀头的吗？"

"……我，我知道。"

乌泉点了点头，直接经过青年的身旁，开始询问下一个人。

随着乌泉的预筛选，队列顿时缩水了大半，不过半炷香的工夫，那青年便顺利地走入宅院之中。在一个兵士的引领下，他穿过纤尘不染的前院，最终在一间书房前停下身形，此刻在他前面的，只有一个人，周围顿时安静下来。"咚——"一道沉闷巨响从书房中传出，连脚下的大地都猛地一震，将他吓了一跳。随后院落再度陷入一片死寂。不知为何，站在这书房之前，青年的心突然紧张起来。

"你。"一个兵士从书房中走出，对着青年招了招手，"进来。"

青年满是汗水的手掌攥起，他深吸一口气，步入其中。

书房内。林七夜靠在椅背上，一边疲惫地揉着眼角，一边叹息。他原本以为，替镇邪司筛选异士这件事很简单，但他忽略了一点，这个时代的通信技术很不发达，而镇邪司创立之初，又只有寥寥几人，根本不可能像守夜人那样精准地找到异士，并暗中让他们加入组织。在这个时代，想迅速会聚一批异士，只有无差别地传出霍去病即将组建镇邪司的消息，让天下皆知，如此一来，那些异士自然会追随冠军侯的名号，迅速赶往长安。可这么做的问题在于，这些百姓哪里知道什么是异士？林七夜已经在这里整整筛选了三天，每天都要面见上千个慕名而来之人，他们中有人能胸口碎大石，有人能张口吞剑，有人能在十秒内剃干净鲈鱼的鱼鳞……最离谱的是，有个号称一夜御十女的男人，硬是带着自己的十房小妾来见林七夜，说是要给他表演一番。整整三天，真正能够加入镇邪司的异士，加起来连十个都不到。而林七夜，已经快被他们的杂技弄得身心俱疲了。

就在这时，一个穿着绀青色深衣的青年，缓缓走进书房，他的身上满是尘土，眼眸中有些拘谨，他低着头，偷偷看了眼书桌后的林七夜，突然愣在原地。"恩公？！"青年震惊地开口。

"咦？是你啊。"林七夜单手撑着头，悠悠开口，"你叫……你叫什么来着？"

"我叫胡嘉。"那青年立刻恭敬地开口，但心中充满了疑惑。书桌后的那人他是认识的，早年间他被逐出家门，四处流浪的时候，曾在荒野间一个废弃的破屋中栖身一段时间，由于屋子太破，加上没上锁，他就以为那屋子是别人遗弃的。可万万没想到，他住了两天之后，这屋子的主人回来了，他被当作窃贼抓了个正着。那屋子的主人是个猎户，叫张三，上山寻猎的时候被大雪封了山，困了数日才回来，本来要把他拖去衙门，听说了他的过往之后，还是发了善心，让他在屋中住了几日，还给了他一些衣裳和吃食。正是因为张三的施舍，他才能从寒冬活下来，他临走之前给张三磕了好几个头，将他当作自己的救命恩人，一直铭记在心。时光荏苒，这么多年过去，当他再回到那间破屋的时候，张三已经不见，他本以为此生再无机会报恩，没想到竟然在这里又遇到了恩公！

　　"恩公，你为何会在这里？？"胡嘉又惊又喜地开口。

　　"我为什么在这里，一会儿再解释，还是先说说你吧。"林七夜提起笔，看了他一眼，"你是异士？有何特殊之处？"

　　胡嘉如实说道："恩公，实不相瞒，我……我能进入别人的精神之中。"

　　"进入别人的精神？怎么个进入之法？"听到这个描述，林七夜来了兴趣，这似乎又是个真异士。

　　胡嘉犹豫片刻，还是从腰间解下了一只埙，认真开口："恩公，我可否为您演示一下？"

　　林七夜伸出手，做了个"请"的手势。胡嘉将埙放在唇边，缓缓闭上双眼，一阵悠扬的乐声响起，像是春日中和煦的微风，令人心神愉悦。乐声婉转之间，林七夜注视着眼前的胡嘉，突然间，一股微弱的异动自他的脑海深处传来。林七夜轻"咦"一声，与此同时，胡嘉的眉头紧紧皱起，一颗颗豆大的汗珠自额角滑落。自己的精神力太强，他没法进去吗……林七夜见此，迅速将自己的精神力防护卸下，任凭那股异动飘入自己的脑海，下一刻，他周身的环境一变，整个人已经置身于一个白茫茫的世界之中。这个世界宛若无尽般，向四面八方延伸，林七夜则依然坐在那张椅子上，在他的对面，胡嘉停止吹奏，将手中的埙缓缓放下。"恩公，这便是我的能力。"胡嘉说道。

　　"这里，是我的精神世界？"林七夜环顾四周，微微点头，"很好，在这里，你能做些什么？"胡嘉轻轻一挥手，周围的场景急速变化起来，一座座现代化的高楼自两人脚下平地升起，汽车的鸣笛声响彻天空，在无数闪烁的霓虹灯牌之下，林七夜坐在那张木椅上，已然置身于斑马线的中央！"这里是……沧南？！"林七夜看到这条熟悉的街道，眼眸中浮现出震惊之色。

1670

眼前这座现代化都市，明显让胡嘉也愣住了，他同样置身于这个世界中，有些不知所措。但很快，他就镇定下来，既然恩公能坐在这里，就说明他不是普通人，精神世界特殊一些也很正常。"在这里，我能调取并重建您的记忆场景，让一切都随着我的意志变化。"胡嘉的话音落下，两侧的高楼轰然坍塌，飞扬的尘埃之间，长安城缓缓浮现，与这座现代都市交错在一起，有种莫名的割裂感。

"所以，只要你进入了对方的精神世界，就能读取他们所有的记忆？"

"嗯。"胡嘉点点头，又补充了一句，"不过恩公您的精神力太强大了，我只能看到您记忆的一角……若是精神力不如我的，我可以全部看见。"

"篡改精神世界吗……"林七夜喃喃自语，"这么做，会有什么影响？"

"精神世界是一个人思想与记忆的根基，如果这里被我篡改，他们的行为也会无意识地被改变……我可以让他们按照我的意愿行动，也可以肆意扭曲这个世界，让他们变成疯子。"

听到这儿，林七夜的眉头皱了起来："这些，都是在精神世界的主人无意识的情况下进行的？"

"若是精神不如我，他们不会察觉到异样。"

好厉害的禁墟！只要精神境界足够高，他就能通过乐声，悄无声息地篡改别人的行为甚至是思想……虽然没法对肉身造成伤害，但这种无形无质的精神杀伤，远比物理攻击要恐怖！等等！这个能力……他似乎也在守夜人的最高机密中见过。

就在林七夜苦苦思索的时候，胡嘉低着头，像是在纠结着什么，最终还是深吸一口气，缓缓开口："恩公，我的能力，其实还有一个作用……但我从来没有跟任何人说过。"

"什么？"

"我，能让别人的精神永生。"

"精神……永生？"

"虽然说是永生，不过这也只是我的推测……但如果一个人的生命走到尽头，我可以将他的精神世界，整个搬入我的精神世界中，如此一来，他的精神就不会死，他将在我的脑海里，实现永生。"

林七夜的嘴巴微微张大，但他很快就意识到了漏洞，紧接着问道："那也未必是永生吧？一旦你死了，他的意识也会随之消失，不是吗？"

"那如果我在死前，将我的精神世界，也搬入别人的脑海中呢？"林七夜愣在原地。胡嘉指了指自己的头部，说道："我的能力，是依托于我的精神世界而存在的，只要不是意外暴毙，我就能将我的精神搬到别人的身体中，通过不断更换肉身，实现精神永生。"林七夜脸上的震惊之色，越发浓郁。不会错的……通过声音进行精神渗透，在无意识的情况下篡改、操控、扭曲别人的精神世界，只要他的精神足够庞大，任何具备自我意识的生物，都将臣服在他的掌控之下……如果说"支配皇帝"是物质的皇帝，那胡嘉的这个能力，就是精神的主宰！"我也不知道，世界上有没有别人有这个能力，不过我给它起了个名字……"胡嘉缓缓开口，"我称它为，'他心游'。"

果然，林七夜的眼中，浮现出一抹复杂。禁墟序列025，第六王墟，"他心游"。守夜人的档案中，对于第六王墟的记载不少，这种近乎精神主宰的能力，让它可以与"支配皇帝"媲美，但它的缺陷在于，它的适用场所远不及"支配皇帝"。"他心游"是针对精神的掌控，可如果脱离了人类社会，它的能力就毫无用处，而且在正面战斗中造成的破坏力，也不及"支配皇帝"。但在守夜人的档案中，并没有提到"精神永生"的概念，林七夜猜测，如果加上"精神永生"这一条，那"他心游"的评级很可能要再上一层，至少可以与第五王墟"长生颜"并列。林七夜本以为，这个时代禁墟刚刚出现，一些超高危的禁墟甚至王墟，应该会出现得很少才对。可如今，"支配皇帝""长生颜""他心游"都接连出现，而且都在他的身边，实在是令人意外！

"恩公？"胡嘉见林七夜久久不语，小心翼翼地问道，"我……有资格加入镇邪司吗？"

"有。"林七夜果断点头，"我们出去说话。"

两人从精神世界回归，胡嘉踉跄着向后退了一步，脸色有些发白。林七夜的精神力太庞大了，就算他没有流露出丝毫的压迫感，胡嘉也本能地感受到危险存在，仅是在他的精神世界逗留片刻，就几乎抽干了胡嘉的精神力。林七夜缓缓自木椅上站起，从手边拿起一枚玉牌，迈步走向胡嘉，一袭冬青色的汉袍随着他的脚步轻摆。"恭喜你，从今往后，成为镇邪司的一员。"林七夜将这枚玉牌递出。胡嘉接过玉牌，玉牌的正面，写着"镇邪司"三个大字，他翻过玉牌，光滑如镜的牌面之上，两个汉字浮现而出，没有任何人工雕琢的痕迹，仿佛这块玉上本就长着这两个字一般，浑然天成——"胡嘉"。这神奇的一幕，直接看愣了胡嘉，他正欲问些什么，眼前那张林七夜的面孔，突然变得陌生起来。

"之前为了更好地了解你的心性与品格，我伪造了一段与你的因果……我不叫张三，也不是你的恩公，你叫我林七夜就好。你的'他心游'很强，希望你以后能将它用于正途。"

听到这儿，胡嘉立刻心生敬意，他后退半步，向林七夜恭敬行礼："多谢林大人赏识，林大人鬼神手段，实在超乎想象，胡嘉钦佩不已！"

林七夜看看胡嘉，认真思索片刻，眼眸中亮起一抹微光："除镇邪司外，我还有一件私事相求……胡嘉，你可愿帮忙？"

- 253 -

1671

日落西山。胡嘉离开之后，又一个跛脚女子手握玉牌，喜出望外地推开书房门，一边大笑一边向外跟跑跑去。"成了！成了！我也是镇邪司的一员了！"

随着那声音逐渐远去，一个穿着冬青色袍服的身影，从书房中随后走出，他看了眼空荡的宅院，有些疲惫地开口："乌泉，这是最后一个了吧？"

"嗯。"乌泉点头，"第一批听到镇邪司建立，慕名而来的异士高峰差不多过去了，从明天开始，来应试的人应该会大幅减少，七夜哥，你可以休息了。"

"这几天，一共录了多少人？"

"'盏'境两人，'池'境四人，'川'境两人，'海'境三人，'无量'两人，共计十三人，其中登记的高危禁墟三个，超高危两个，王墟……一个。"

林七夜"嗯"了一声："有胡嘉在，算是有所收获……不过仅凭这些人手，距离清除邪祟还早得很，镇邪司还需要至少二十年的发展，才能勉强达到侯爷的预期。"

就在两人说话之际，一个红发身影推开宅门，快步走了进来。

"你们两个好了没？我已经要饿死了！"克洛伊神情有些不悦。

"好了。"林七夜听到这声音，无奈地叹了口气，和乌泉走出宅门，后者指尖一抬，一把沉重的石锁锁住大门，随后一起向袖舞坊走去。自从几日前并肩作战之后，克洛伊与林七夜和霍去病的关系，明显熟络了许多，霍去病已经出城去找适合建立镇邪司大本营的地址，无聊之下，她只能来找林七夜打发时间。

"你想去袖舞坊看人跳舞，为什么不让那些传教士带你进去，要来找我们？"

"他们毕竟是我的信徒，一直跟我去那种地方，多少会被带坏的。"克洛伊耸了耸肩，"而且，让他们知道我这个圣女天天往袖舞坊跑，以后我还怎么创教？"

林七夜像是想起了什么："对了，今晚我还邀请了一位客人。"

"什么人？"

"到时候你就知道了。"

林七夜三人走进袖舞坊，轻车熟路地走进二楼的包房，几天前霍去病就已经派人跟这里的主人打过招呼，就算克洛伊不戴斗笠面纱，一路上也无人阻拦。

三人坐下没过多久，一个身影便推开房门，神情有些局促。

"胡嘉，坐我身边。"林七夜看到那人，微微一笑，伸手拍了拍自己旁边的位置。

"哦……是！"胡嘉像是第一次来这种地方，目光根本不敢在舞女身上多停留，对克洛伊和乌泉相继行礼之后，径直走到林七夜身边坐下，脸颊有些泛红。

"他是谁？"克洛伊一边吃着点心，一边问道。

"胡嘉，镇邪司的新人。"林七夜简单介绍了一番，转头问胡嘉："你想吃点什么？"

"多谢林大人，我还不饿。"胡嘉低头道。

"不用拘束，你在这里吃的东西，都由镇邪司买单。"

"呃……那给我来一份酥饼就好。"

林七夜点点头，吩咐人准备上些吃食，而克洛伊的目光一直停留在胡嘉的身上。

"一个新人……能让你这么重视，还特地带过来见我们？"克洛伊好奇地问道，"他，也是你准备中的一部分？"

"算是吧，现在只是有这个打算，得看他自己的意愿。"

"他也很特殊吗？"

"嗯，很特殊。"

林七夜和克洛伊的对话，直接让胡嘉一头雾水，他不解地问道："林大人，什么准备？"

"具体的，等侯爷回来之后，再跟你解释。"

"哦……"胡嘉点点头，"那林大人，您之前说的私事，也和这个准备有关？"

"不，那是另一件。"

林七夜转头看向胡嘉："用你的能力，再进入我的精神世界一次。"

在应试时，胡嘉便答应帮林七夜一件私事，不过考虑到当时还在筛选异士，后面还有很多人排队，林七夜便让他等晚上再来袖舞坊，一方面能有更多的时间，另一方面，也能提前让他接触一下克洛伊等人。对胡嘉的"他心游"，林七夜已经有了一些打算。胡嘉点点头，再度吹响石埙，当他与林七夜同时沉浸在精神世界之后，一旁的克洛伊诧异地挑眉，若有所思起来。林七夜的眼前一花，再度回到了那条沧南市的街道之上，胡嘉恭敬地站在他身边，车流在他们身侧接连涌过，似乎没有人察觉到他们的存在。"胡嘉，你抬头看。"听到林七夜的声音，胡嘉抬头望去，随着这方精神世界的伪装逐渐卸下，只见两轮烈阳正高悬于顶，像是一对磁石，环绕着彼此缓缓转动，恐怖的光与热瞬间充斥整个空间，在它们的炙烤之下，这座现代化的都市，都逐渐融化起来，拥挤的车流停滞在路面，高大楼房的边角，开始肉眼可见地扭曲。这一刻，胡嘉就像是置身于火焰山中，浑身上下滚烫无比，他立刻挪开了眼睛，仿佛只要再盯上片刻，他的双眸也将被那两轮烈阳烧穿。他的心神震撼无比！在他第一次来这里的时候，分明还没有那东西……自他拥有"他心游"以来，也进入过不少精神世界，但从没有遇见过这种情况。

"那是什么？"胡嘉用手挡住阳光，忍不住问道。

林七夜平静地站在马路上，双眸注视着那对旋转的烈阳，缓缓开口："那是我的禁墟。"

"禁墟？"

"就是能力。上次你来的时候，怕干扰你展示自己的能力，所以我就把它们藏

- 255 -

起来了……现在,你是除我之外,第一个看到它们的人。"

"这世上……竟然有如此恐怖的能力?"胡嘉的眼眸中满是惊骇。

林七夜没有回答,他转头看向胡嘉,反问道:"告诉我,你看到了什么?"

"我看到了两轮太阳……"

"还有呢?"

"还有?"胡嘉一愣,他的目光扫过四周,像是意识到了什么,"它们……快把你的精神世界烧穿了?"

1672

"没错。"林七夜点点头,"这就是我要你帮的忙。""无端之因"与"既定之果"的力量太过强大,正如小男孩所说,他已经能清楚地感受到它们给自己的精神带来的压力……人类战力天花板级别的精神力,根本没法承载这对双生子的力量,它们就像是那一对近在咫尺的烈日,正对他的精神力造成无法挽回的损伤。但林七夜才刚刚突破人类战力天花板没多久,想在两个月内成神,根本不可能,甚至他现在可能连两个月都撑不了。他必须尽快解决这个问题,而作为精神主宰的"他心游",也许是这个时代唯一能帮到他的禁脔。

"这……这我如何能帮?"胡嘉眸中浮现出苦涩,"林大人,您的实力与我根本不是一个层次的存在,连您都没法解决的问题,我更做不到了。"

"术业有专攻,虽然我的境界更高,但在精神掌控这方面,你比我更强。"林七夜的神情十分严肃,"胡嘉,你的能力远比你想象的要强大,若是连你都帮不了我,这个世界上就没别人能做到了。"

也许是林七夜的话给予了他信心,胡嘉的目光扫过四周,眉头紧皱,开始徘徊起来,不知在想些什么。许久之后,胡嘉一咬牙,还是开口道:"林大人,以您现在的情况,恐怕只有两个选择……"

"哦?"林七夜眉梢一挑,"说说看。"

"您现在的主要问题,就是精神无法承受能力的强度,所以最直接也是最好的方法,就是在它们将您的精神世界彻底毁掉之前,将精神力提升到足以承载它们的地步。"胡嘉顿了顿,继续说道,"当然,这也许是我太异想天开了……毕竟在我看来,林大人您的精神力已经到了顶点,也许根本就没有再提升的可能……"

林七夜点点头,这个办法他早就想过了,但确实不具备可行性,他比较在意的,是第二个选择。"还有一个呢?"

"还有一个……同样是从根源上解决问题。"胡嘉伸出手,指了指天上的两轮太阳,"既然林大人的精神力无法承受两轮太阳,那只要拿走一个,自然就不会再有问题。"

林七夜愣在原地。"拿走一个？"胡嘉的这个提案，确实是他从未想过的，而且从理论上来说确实可行，但如果这么做，就意味着他将失去"无端之因"或者"既定之果"中的一个。"不可。"林七夜摇头，"因果本是一体，若是毁掉其中任何一个，都将不再完整……"

"林大人，不是'毁掉'，是'拿走'。"胡嘉郑重道，"我可以将您的精神世界分割出一部分，让它脱离您的身体存在，等您拥有了更强的精神世界，足以同时承载它们之后，再将它拿回去便是。"

林七夜眉头紧皱，没有回答。因与果都是因他而起，他当然不愿舍弃任何一个，而且它们关系到他对未来的准备与布置，不能出现差错。"此事……再议吧。"

胡嘉与林七夜从精神世界中回归，桌上已经摆满了水果与点心，克洛伊一只手撑着头，好奇地打量着对面的胡嘉："果然是特殊的能力……"

"七夜哥，刚刚有人来报信，明天侯爷就处理完事情回来了。"乌泉从门外走进来，说道。

林七夜点点头："等侯爷回来，我们也是时候出发了。"

"出发？看来，你已经有打算了？"克洛伊眼前一亮，"我们要去哪儿？去做什么？"

"明天，你自然就知道了。"

长安城外。两匹快马自飞扬的尘沙间掠出，霍去病与詹玉武披着甲胄，在新建的长安城墙下停下身形，脸上满是疲惫。颜仲从城门内走出，像是已经等候多时，笑着行礼道："侯爷，都准备好了。"

"还叫侯爷？该改称为主司了。"詹玉武抹了把脸上的尘土，笑道。

"你这莽夫懂什么？侯爷听起来不比主司霸气？"颜仲傲然挺胸，"以后镇邪司或许会有一代代主司，但侯爷永远只有一个！"对于颜仲的花式彩虹屁，霍去病像是早就习惯了，他迅速翻身从马上下来，神情有些凝重。"侯爷，出什么事了？是镇邪司选址不顺利吗？"颜仲敏锐察觉到了他的异样。

霍去病摇了摇头："不，选址一切顺利……具体的一会儿再说，林七夜在哪儿？"

"他带着这几天筛选出的镇邪司成员，已经在宅中等候了，这是他们的名单与简要经历，侯爷您要不要再筛一遍？"

"不用，林七夜选的人，本侯放心。"

"是，那就请侯爷更衣，移步宅院，这些新人可都等着您呢。"

霍去病"嗯"了一声，便随颜仲回城内更衣，今天是他这位主司初次面见下属，再穿这套满是尘土的甲胄未免有些不妥。片刻之后，他便久违地换上一套锋芒内敛的黑金侯服，腰间束上镇邪司主司令牌，从屋中缓缓走出。

"侯爷不愧是侯爷啊……"颜仲看着眼前这位身姿挺拔的年轻将军，忍不住感慨,"若是哪天侯爷宣布要娶亲,那主动投怀送抱的女子,不得挤满整个长安城?"

霍去病无视这句话,整理了一下衣装:"公羊婉呢?"

"她还在老地方软禁。"颜仲脸上的笑容逐渐收敛,严肃地沉声道,"侯爷,要不趁着这个机会,处死公羊婉,树立您的威信?"

霍去病沉默片刻,还是开口道:"把她一起带上吧。"

"是。"颜仲虽然猜不出霍去病的用意,但他还是照做,不一会儿,几位兵士便带着公羊婉跟他们会合。公羊婉依然穿着那身肮脏的囚服,她看到眼前穿着侯服、装束正式的霍去病,冷笑道:"怎么,把我留到了这个时候,终于要动手了?"

霍去病没有回答,他的目光扫过脏兮兮的公羊婉,平静开口:"去,给她也换一套衣服。"

1673

"侯爷来了!"一个声音自宅院前传来,还在窃窃私语的十九道黑袍身影,立刻站直身子,目光紧盯着宅门的方向,脸上写满了期待!这十九位,便是镇邪司建立之初的所有普通成员,其中有六位是原本就跟着霍去病的异士,另外十三位,则是在这几天内,由林七夜筛选出的新成员。书房的房门缓缓打开,林七夜穿着那身冬青色汉袍,身后跟着乌泉和克洛伊,远望着大门的方向。除了胡嘉之外,他与这些新成员的因果,都是用"无端之因"伪造的,所以在他们每个人的认知中,林七夜扮演的角色都不一样,不过这也无碍,毕竟只要林七夜一个念头,这些伪造的因果都会消失,他们也将彻底遗忘林七夜这个存在。"嘎吱——"宅门打开,几道身影走入其中,为首的正是身穿侯服的霍去病,身旁跟着詹玉武和颜仲,再往后看,林七夜便诧异地轻"咦"了一声。只见在三人侧后方,公羊婉穿着一身典雅的青色襦裙缓步走来,漆黑的长发用玉簪绾起,如果忽略那目光中时而流露出的凌厉之色,就像是一位温婉贤淑的大家闺秀,与之前判若两人。

"这下子,有点那位的感觉了……"林七夜忍不住感慨道。果然是人要衣装,公羊婉褪去那身脏乱囚服,绝对是一位标准的美人,他在国运岛屿上见过穿着宫廷礼服的两千年后的公羊婉,虽然气质上还有很大的差别,不过已经十分相似……经历了这上千年的岁月,她都没有丝毫的衰老。而公羊婉盛装出席,也说明霍去病已经放弃了杀她的念头,无疑是件好事。

"见过主司!"

"见过主司!!"

在场的十九位镇邪司成员同时半跪行礼,他们用余光看着那身着侯服的年轻将军,脸上写满了崇拜。

"起身吧。"霍去病平静开口。

众人迅速起身，霍去病的目光扫过他们，低沉的声音响起："本侯建立镇邪司，意在集天下异士之力，清剿邪祟，护百姓安康……"霍去病的声音在宅院内回荡，所有人都静下心来，认真地聆听着，林七夜和乌泉站在书房的门槛后，看着眼前这一幕，有种无法言喻的满足感。"七夜哥，我们这算不算见证了历史？"乌泉忍不住问道。

"算。"林七夜微微一笑，"我们不光见证了历史，还曾是这段历史中的一部分……不过，以后也不会有人记得就是了。"在两千多年后的现代社会，谁又能想象到，这么小小的一座宅院，寥寥二十余人，就是守夜人最初的模样？在这个时代，有远见去建立镇邪司，已经是极为难得的事情，而想要做到这一点，强大的实力，与超凡的魄力更是缺一不可……而年轻的霍去病做到了。这也是霍去病在后世如此受人敬仰的原因，他可谓所有守夜人的始祖，这第一战力天花板的名号，更是实至名归。

"……我等承蒙天赐之力，自当反哺世间。"霍去病双手抱拳于胸前，对着身前众人，微微一拜，"还请诸位与本侯一起，镇邪祟于乱世，还天下以太平！"

"——我等誓死追随侯爷！！"

"——镇邪祟于乱世，还天下以太平！！"

众人的声音嘹亮无比，他们的胸膛剧烈起伏，眼眸中满是激动。霍去病等人的身后，公羊婉的双眸平静扫过这些热血沸腾的身影，神情没有丝毫变化，仿佛眼前的一切与她无关。没有大张旗鼓，没有锣鼓喧天，简单的仪式之后，这个贯穿人类两千年历史的古老组织，就这么在无人注意的情况下，悄然成立。

"玉武，你先带着他们去领俸禄与兵器，你们两个随我来。"霍去病简单地交代了一番，便带着颜仲和公羊婉，径直向林七夜所在的书房走去。

书房的房门缓缓关闭，林七夜见霍去病的脸色有些凝重，不由得疑惑问道："侯爷，出什么事了？"

霍去病深吸一口气，郑重开口："林七夜，你还记得前几日的晚上，那棵巨柳曾向天空释放大量孢子吗？"

"记得，怎么了？"

"情况有些不妙。"霍去病沉声道，"本侯回长安的路上接到急报，大汉各地都出现了那种柳树怪物……应该是他在临死前留下的子嗣。"

林七夜的双眼微眯："子嗣？能力和他一样吗？"

"基本差不多，但是更弱一些，他们同样能释放彩色的烟雾，不过范围很小，而且没法复制异士的能力，只能复制普通人……战斗力不高，大概相当于一个三境的异士。但问题是，他们的数量太多了，光是我这几日收到的急报上提到的，就至少有五十多例，这还不算那些更偏远一些，书信还未来得及抵达的区域。据说现在这些柳树子嗣复制普通人，已经在各地造成了极大的暴动，甚至有组成军

- 259 -

队之势……"

听到这儿,屋内其他人的眉头顿时皱了起来,林七夜疑惑地开口:"奇怪,按理说,他的本体被克洛伊杀死,这些子嗣应该也会消失才对……"

"这就是本侯真正担心的。"霍去病的表情严肃无比,"还有急报称……在除了长安之外的地方,似乎也出现了巨型的柳树怪物,无论是体形大小,还是烟雾覆盖面积,抑或是复制异士的能力……都与我们那晚遇见的,一模一样。"

"你是说,还有别的库苏恩??"林七夜震惊地开口,"这怎么可能?'混沌'带来的,难道不止一只?可如果是这样,他为什么不把他们一起带来长安杀我?"林七夜话音落下,像是想到了什么,整个人突然愣在原地。"你想到了什么?"霍去病问。林七夜沉默地在书房中徘徊许久,缓缓开口:"从目前的情报来看,库苏恩拥有大量繁殖次级子嗣的能力,他繁衍出的子嗣各方面的能力都会大幅衰减……但我们忽略了一个问题,他繁衍出的子嗣,有没有可能再繁衍一代子嗣?就像是吸血鬼一样?"

"那有没有一种可能……那晚克洛伊杀死的,不是库苏恩的本体……而是真正的克系神明库苏恩繁殖出的初代子嗣?"

"这就能解释,为什么克洛伊没有法则,却能杀死那只库苏恩。"林七夜越是思索,眉头就皱得越紧,他不停地在房中徘徊,喃喃自语,"假设真是这样,那侯爷你刚刚说的只能复制普通人的,应该就是二代子嗣,他们源于能够复制异士能力的初代子嗣……如此推断,是不是意味着真正的库苏恩本体,能够复制……神明?"

1674

林七夜这段接连的推测,直接让书房内的其他人陷入茫然。只有同样来自未来,能够听懂吸血鬼这个例子的乌泉,似乎是听懂了他的部分内容,脸色顿时有些难看。

"等等……你的意思是,我那天杀的其实是库苏恩本体的儿子?而他死前放出的那些孢子,算是本体的孙子?"克洛伊试探性地问道,"孙子复制普通人,儿子复制异士,本体复制神明?"

在克洛伊十分接地气的举例之下,颜仲和霍去病也听懂了林七夜的意思。

"神?这个世界上,真的有神吗?"霍去病皱眉问道。

"有。"林七夜和克洛伊同时点头。

"可这也说不通啊,如果那截手指的目的是杀死你,那他为什么不直接调最强的本体过来,而是派来一个儿子?他的本体去哪儿了?"颜仲反问道。

林七夜像是想到了什么,转头看向窗外,神情顿时复杂起来。"怪不得……怪不得人间已经乱成了这样,他们还没出现……"

"他们？他们是谁？"

"神。"林七夜缓缓开口，"属于大夏……不，属于我们的神。"

早在邪祟动乱的时候，林七夜就疑惑过，这个时代的天庭与大夏众神去了哪里？邪祟都已经明目张胆地满地乱跑了，他们还不出手？如果他没记错的话，这个时代天庭与一部分大夏神应该已经出现了，虽然也许并非后世的所有神都已经诞生……但至少西王母和玉帝是存在的。就算邪祟动乱他们可以坐视不理，那"混沌"与库苏恩降临长安，他们也该出手了才对……可偏偏自始至终，林七夜连一个大夏神影都没看到。现在看来，只有一个可能……"混沌"在布局伏杀林七夜之际，就已经考虑到了大夏神这个因素，所以直接用库苏恩的本体拖住天庭，自己带着一只初代子嗣前来长安。毕竟只要大夏神不出手，人间最强的无非就是霍去病、林七夜、克洛伊三人，而他们都没成神，可以被初代子嗣复制，只要布置妥当，击杀林七夜并无问题。事实也证明，他确实成功了，若非林七夜觉醒了"无端之因"与"既定之果"，他早就死在了"混沌"手里。

"那我们该怎么做？"霍去病沉思道，"杀了你说的那个本体，这些子嗣都会消失吗？"

"应该会，但如果真是这样，那他的本体一定是逼近至高神的战力，而且人类没有法则，是没法杀他的……也不知道这个时代的大夏神，能不能杀得了他。"林七夜长叹一口气。要是两千年后的大夏神，别说只是库苏恩，就算是作为三柱神之一的"黑山羊"都不敢招惹，但这个时代，三位天尊有没有到至高境都不好说，因为在林七夜的记忆中，道教都是到东汉时期才出现的，距离现在至少还有一百多年，没有了信仰的加持，神明的实力会大幅衰减。

"既然如此，我们去帮他们便是。"霍去病道。

"侯爷，那可是神啊！"颜仲瞪大了眼睛，"神跟神打架，是我们人能插手的吗？"

"神又如何？本侯也想看看，本侯与神……究竟有多大的差距。"霍去病双眼微眯，一道金芒闪过。

其实，你和神也没多大差距……林七夜暗自想。"是个不错的提议。"林七夜点头道，"正好，接下来我的计划，也需要去找他们。"

"你已经有想法了？"

"嗯，具体的，我们路上再说。"

"好，颜仲，让人去备车，我们今日便动身吧。"霍去病当即吩咐道，虽然神情与平时无异，但能感觉到，他的眼眸中蕴藏着一丝战意。

"东方的神啊……我倒确实没见过。"克洛伊眨了眨眼睛，"我去帮他们杀神的话，说不定也算是东西方神的友好交流？"

颜仲的目光从眼前摩拳擦掌的三人身上扫过，一副见鬼的表情……那可是神啊！我知道你们几个很强，但身为人类，放言要去帮神明打架，你们怕不是嫌自己命太长？！

"不用紧张。"林七夜拍了拍颜仲的肩膀，"神其实没你想的那么强，我杀过一个……虽然只是助攻。"

颜仲："？？？"

颜仲虽然心中一万个不愿意，但在霍去病的目光逼迫下，还是老老实实地出门备车。

"公羊婉，你也一起。"霍去病转头说道。

一直在角落当小透明的公羊婉一愣："你们去发疯，为什么要带上我？"

"本侯不在，长安城里，谁能管得住你？"

"……哼。"公羊婉冷哼一声，不再说话。

"侯爷，我还想问您要个人。"林七夜像是想起了什么。

"谁？"

"胡嘉。"

霍去病知道这个名字，在来之前，颜仲已经给他介绍了一遍，当即点头："没问题。"

半个时辰之后。两辆马车已经停在宅院之外，胡嘉也被调了回来，他不知所措地爬上了一辆马车，一掀开帘子，发现林七夜、乌泉与克洛伊已经在里面等着他。"又见面了。"林七夜笑着拍了拍自己身边的座位，"来这儿吧。"虽然不知道发生了什么，但他还是老老实实地在林七夜身边坐下，因为来得太急，他连镇邪司刚分配的衣服都没来得及换，还是那一身缝补的绀青色深衣，一只石埙挂在腰间，看起来朴素无比。跟胡嘉一起回来的詹玉武，也一脸蒙地被颜仲拉去了前面一辆马车，跟霍去病、公羊婉一同乘坐。见八人到齐，霍去病轻轻一挥手，车夫便驾起两辆马车，向着长安城外奔去。随着长安城墙逐渐在视野中远去，胡嘉放下了车厢侧的帘子，忍不住问道："林大人，我们这是要去哪儿？"

林七夜穿着一身冬青色汉袍，坐在车厢中央，平静开口："寻神。"

1675

荒芜的大地之上，两驾马车急速飞驰。

"寻……神？"听到这两个字，胡嘉呆在了原地。

"话说回来，你们的东方神在哪里？我们大概要多久才能到？"克洛伊问道。

"天庭能够自由移动，所以他们在哪里，我也不知道。"

"不知道？那我们这是去哪儿？"

"虽然找不到天庭，但有个地方，是跑不了的……"林七夜双眼微微眯起，"我们去瑶池。"

"瑶池又在哪儿？"

"昆仑山。"找天庭很难，但只要找到瑶池西王母，就能知道天庭的下落……而瑶池，林七夜可是熟悉得很。

"昆仑山已经到了大汉西域的边境，再往西南，可就是摩揭陀国……从长安坐马车过去，至少要一个多月。"胡嘉若有所思地开口。

"用不了那么久。"克洛伊摆了摆手，"我们只有两驾马车，没有大军跟随，更加轻便，而且我会用风加持车厢与马匹，至少能缩短一半的时间。"

随着克洛伊话音落下，车厢内的众人明显觉得身下轻盈了起来，整个车厢仿佛没有重量一般，随着数匹马的飞奔急速前进。林七夜见此，正欲夸赞克洛伊，下一刻，整个车厢又剧烈地颤动起来！一阵抖动之后，他们所在的车厢，像是被一只无形大手托起，腾空向上飞去，这突如其来的变故直接吓傻了几匹快马，它们愣愣地看着自己逐渐飞上云端的身体，有些惊慌失措。高空的狂风吹起车厢上的帘子，胡嘉低头向下望去，脸色微微一白，又将头缩了回来。"我们……飞起来了？"

"还得是侯爷。"林七夜笑道，"这下，我们连颠簸都省了。"

乌泉坐在林七夜的身边，他透过飞舞的车厢门帘，注视着前面的那驾马车，双唇微抿，不知在想些什么。

半个时辰后。两驾马车自天空缓缓降落。

"哕——"

"哕——"

车轮刚刚触碰到地面，几道身影便风一般冲出车厢，佝偻着在大地之上剧烈呕吐起来！公羊婉、克洛伊、胡嘉、詹玉武、颜仲、乌泉六人的脸上没有丝毫的血色，像是被透支了一般，虚弱得连腰都直不起来。林七夜慢悠悠地从车厢里出来，看着眼前这整齐的六人，恍惚之间，有种梦回探索船的感觉。不过半个时辰的飞行，他们便已经受不了了，除了林七夜和霍去病，其他人全体中招，就连拉着车厢的那几匹马都跪倒在地，开始口吐白沫。其他人也就算了，连乌泉这个经受过现代飞机与轮船洗礼的家伙，都经受不住这种折磨。不过想来也是，用"支配皇帝"驾着马车飞行，毕竟不是真的飞机，不说别的，光是这车厢的材质与外形，就不足以支撑他们在空中高速稳定地飞行，能坚持这么久，已经是极限了。霍去病缓缓从前面一辆马车上下来，平静地扫了眼不远处虚弱的众人，转身向另一侧的树丛走去……片刻后，又是一道呕吐声从中传出。

林七夜："……"

众人在地上缓了许久，终于恢复了些许生气，颜仲颤巍巍地拿出一份地图，与周围比对片刻，缓缓开口："这半个时辰，我们已经飞过了五座城镇，大概省去两天的路程……接下来，若是有克洛伊大人的劲风加持，最多七日，我们便能抵达昆仑山。"

霍去病沉默片刻："既然如此，我们不如再飞两个时辰……"

"不可！"

"不行！！"

不等霍去病说完，其余众人异口同声地拒绝，就连胡嘉这个刚进镇邪司的新人，都鼓起了勇气，一边腿抖一边反抗霍去病这个主司的提议。

"确实不能再飞了。"林七夜客观地开口，"飞了半个时辰，这车厢已经快散架了……若是再飞下去，车和马都坚持不了太久，到时候我们就只能采购新的车马，可越往西，城镇的数量越稀少，想找地方买这些东西可不容易。"

霍去病思索片刻，点头肯定了林七夜的话语。"既然如此，就等这些马匹缓过来，我们再驾车出发吧。"

听到这句话，众人终于松了口气。众人四下散开休息，等待马匹恢复，霍去病独自坐到一驾马车边缘，目光眺望着西方，不知在想些什么。乌泉则倚靠在一块巨石上，沉默地望着霍去病的方向，眼眸中闪过纠结之色。片刻后，他深吸一口气，主动向马车的方向走去。"侯爷。"

听到乌泉的声音，霍去病收回了眺望远方的目光，打量着这个十六七岁的少年："何事？"

乌泉一咬牙，身形跪倒在霍去病的身前，看到这一幕，远处的林七夜眉梢一挑，眸中浮现出诧异之色，却并没有上前阻止。"请侯爷收我为徒。"乌泉的声音坚定无比。霍去病双眼顿时眯了起来。"我与侯爷的禁墟，虽然同源同质，但侯爷对'支配皇帝'的掌控与理解，远在我之上，'支配皇帝'天生有缺，寿命极短，我的天赋不及侯爷，若是无人指点，只怕至死都没法抵达侯爷的境界……若是如此，我心不甘。我也想成为像侯爷一样强大的存在……请侯爷教我！"他的声音中满是诚恳。话音落下，乌泉向着霍去病，重重磕头。他的声音，引起了其他人的注意，原本还有些热闹的众人，顿时陷入一片安静，等待着霍去病的回应。林七夜望着乌泉的背影，长叹一口气，眼眸中有些欣慰……当年寒山孤儿院那个骄傲鲁莽的狠辣少年，终究还是成长了。

霍去病注视着身前下跪的身影，摇了摇头："'皇帝'不跪'皇帝'，你且站起来说话。"

"……是。"乌泉从地上站起，抬头与霍去病对视。

"你可知道，本侯为何给这个能力取名为'支配皇帝'？"霍去病缓缓开口。

"不知。"

"'支配'二字无须解释，但这'皇帝'二字，有两层含义。其一，便是希望它在本侯的努力下，能成为诸多异士能力中的皇者，因为只有皇者，才拥有镇压动乱、统率其他能力的资格……其二，便是要时刻提醒本侯，要以庇护天下百姓为己任，不可将此能力用于歧途。若无守疆护民之心，怎可自称'皇帝'？若无此一生追逐之夙愿，如何能逼迫自己不断前进？"霍去病话音落下，他看着乌泉的眼睛，一字一顿地开口，"乌泉，你也肩负着'皇帝'之名，你告诉本侯，你这一生所追逐的夙愿……为何物？"

1676

乌泉张了张嘴，却没说出什么，低头陷入沉默。他的脑海中，浮现出在斋戒所时，吴老狗与一众尸体坐在大雨中的塑料棚下，一边喝酒，一边泪流满面的情景……浮现出那天暴雨停息之后，他们身披黑袍、义无反顾地冲向前线的情景。曾经的他，根本无法理解吴老狗与"灵媒"的行为，但他跟着林七夜这么久，现在似乎有些能理解了。他愿意用自己的能力去守护天下，但若是将其称为夙愿，未免有些不妥……在他的内心深处，有一件事情，比守护天下更重要。当他年少之时在墙上涂鸦那柄黑伞的时候，他的心中，就已经有了值得他追逐一生的目标，伞下的那个人，那才是真正属于他的夙愿。乌泉不想欺骗霍去病，犹豫片刻后，他还是如实开口："先护一人，若有余力，再护天下。"

听到这个回答，霍去病的眼中，难掩地闪过一丝失望。他缓缓从马车上站起，一袭黑金侯服，在风中飘舞，他看了眼低头的乌泉，转身走进了车厢之中。随着霍去病的离开，乌泉满是汗水的手松开，脸上浮现出一抹自嘲的苦涩。果然，这样的他，根本没法得到霍去病的认可。其他人见此，也遗憾地叹了口气。就在这时，霍去病的声音自车厢中传出："从今日起，你与颜仲换驾马车，来与本侯同坐……虽然时日不多，但本侯会尽量教你。"

这声音传出的瞬间，正欲离开的乌泉一愣，随后脸上浮现出惊喜！"谢师尊！"

"本侯不是你的师尊，也不曾收你为弟子……你还是与往常一样，叫侯爷便是。"

"多谢侯爷。"虽然不是师徒，但霍去病答应教他"支配皇帝"，就足够了，乌泉对着那驾马车深深一拜，内心已经充满感激。

随后，詹玉武等人便开始准备餐食，既然现在马匹还没苏醒，他们就趁着这个机会，先吃些东西，为之后的路程节省时间。

"侯爷，您的餐食准备好了。"詹玉武拿着一份干粮走到马车前，恭敬开口。

"本侯还不饿。"霍去病的声音从车厢内传出。

"这……侯爷，一会儿上路之后，可就没时间吃了。"

"本侯说了……"

"给我吧。"

霍去病话音未落，一旁的林七夜便接过了詹玉武手中的干粮，给了他一个眼神，后者犹豫片刻后，还是点头离开。林七夜拿着这份干粮，掀起车厢帘子，步入其中。空荡的车厢内，霍去病独自坐在中央，一只手捂在嘴前，无声地咳嗽着，丝丝缕缕的鲜血自指缝中流淌而下，滴落在车厢的地面上。林七夜看着那张苍白的面孔，神情有些复杂。他从袖中掏出早就备好的绢纸，递到霍去病的身前，后者看了他一眼，伸手接了过来。

"你……什么时候发现的？"霍去病用绢纸抹去血迹，声音沙哑地开口。

"我的鼻子很灵，你刚刚躲到树丛里吐血的时候，我就闻到了血腥味。"林七夜在他的身旁坐下，"你还剩多少时间？"

"最多，还有三个月。"

"三个月吗……"林七夜叹了口气，"所以，你才答应教乌泉？"

"本侯已经要死了……若是在那之前，能将我的毕生所学教给那孩子，也许他能比我走得更远。"霍去病停顿片刻，"虽然他的夙愿与本侯不同……但本侯总不能强求所有人都变成本侯，不是吗？"

林七夜深深地看了他一眼："殚精竭虑、心系天下的冠军侯，这世间很难再有第二个了。"

霍去病缓缓闭上双眼，没有说话。"这件事，你不打算让他们知道吗？"

"还不行。"霍去病摇了摇头，"镇邪司刚刚建立，他们的全部信念，都系于本侯一人身上，若是他们知道本侯时日无多，人心，就散了。"

"确实。"林七夜叹了口气，镇邪司的那些人都是他筛选的，他很清楚，这些身怀异能的家伙之所以前赴后继地选择加入镇邪司，就是因为崇拜冠军侯，现在的霍去病，就是整个镇邪司的主心骨，因为他的存在，这些异士才能在短时间内拧成一股绳。可若是霍去病死了……那谁有资格来领导他们？他们会甘心居于除霍去病之外的人下吗？"那三个月后，你打算怎么办？"

霍去病沉默不语，他缓缓掀开帘子的一角，目光落在远处的角落中、独自啃着干粮的公羊婉身上。看到公羊婉，林七夜像是猜到了什么，眉头顿时紧锁："你别告诉我，你想让她吃了你？"

"公羊婉的能力很强，她若是能将我吞入腹中，不仅能变化成我的容颜，还能使用我的'支配皇帝'……若是她能扮作本侯，继续执掌镇邪司，那一切问题便迎刃而解了。"

"所以，你才没杀她？"林七夜立刻摇头，"你疯了？你想永远被困在她的体内，成为任她支配的力量吗？"

"本侯的寿命本就极短，镇邪司若是有她镇守，便能永世长存……既然如此，成为她的力量，又有何妨？"霍去病的神情平静无比。

"不行，你不能这么做！你可是霍去病！"林七夜当即站起身，拉下了车厢的门帘，坚决开口，"侯爷，你若是信得过我，这件事便交给我来处理……无论如何，我不会让你沦为她腹中之物。"

霍去病深深地看了林七夜一眼，那张苍白虚弱的面孔上浮现出一抹笑意："好，我信你。"他低下头，用手中的绢纸，仔细地擦干净侯服上的血迹，在支配之力的驱动下，浑身血液流转，脸上的苍白之色被强行镇压下去，他起身掀开门帘，身姿笔挺地站在马车之前，他眺望着西方，一袭黑金侯服随风鼓动，像是一尊顶天立地的年轻巨人。"走吧，出发。"他淡淡开口。

1677

五日后。大汉西域，青山县附近。呼啸的寒风中，一支商队在坚硬的冻土上缓缓前行，一个裹着厚衣的男人眯眼眺望远方，昏黄的落日之下，一座城池的轮廓正在越来越清晰。

"这鬼天气……真是冷死人了。"男人怀中抱着一只暖炉，忍不住骂道。

"都再坚持一下！前面就到青山县了！"

"这趟走完之后，大家伙就能享几天清福了，美人美酒美食，青山县内应有尽有啊！"

男人一边喊着，一边加快速度向城镇走去，就在这时，一个声音从身旁传来："哥，那边的雪地里，是不是躺着个人？"男人一愣，顺着他的手指望去，只见在不远处的雪地中，果然隐约有一道身影，也不知是死了还是昏了，一动不动。"又是哪里来的乞丐？这么冷的天，穿这么一点就敢在外面乞讨，不冻死才有鬼。"男人冷哼一声，"你们几个过去看看，是活着还是死了，要是还有口气，就顺路一起带进城里，算是积德了。"几道身影快步向雪地中跑去，其中一人探了鼻息之后，便将其背在身后，匆匆向这里跑来。"哥，还活着，是个女的。"

"算她命大，把她丢到装货物的马车上吧。"

几人立刻将这女子丢上马车，随着商队一路颠簸，一同进了青山县中。商队轻车熟路穿过街道，找人交接，卸货，不一会儿便腾空了马车，只剩下那身影孤零零地躺在木板上，像是死了一般。"哥，她怎么办？"男人"啧"了一声，抱着暖炉走到她身前，仔细打量了起来。这女子穿着一身破旧的蓝衣，身上到处都是冻结成痂的伤口，满是血污的黑发凌乱地披散在脸上，根本看不清她的容貌，若非还有丝丝缕缕的白气从鼻中飘出，像极了一具野外的尸体。男人有些嫌弃地伸出手，拍了拍她的脸颊，那沾满冰雪的睫毛轻轻颤动，虚弱地张开了一道缝隙。"喂，还能动不？能动就自己走。"男人从怀中掏出几两碎银，塞到了她的手里，"我们能做的都做了啊，要死也别死在这儿，我们在外行商也不容易，别给我们沾上晦气。"

那女子双手撑着木板，踉跄地站起身，目光茫然地扫过四周："这是哪儿？"

"青山县。"

"青山县……"她喃喃念叨着这个名字,浑浊的眼眸中,浮现出一抹清明,"城镇?你们把我带进城里了?"

"对啊,你昏倒在城外的雪地中,要不是我哥心善,你已经被冻死了!"商队的一个人说道。

她眉头顿时皱了起来,咬牙硬是拖着身子,向城门的方向走去,几块碎银从怀中掉落地面,发出清脆的声响,即便如此,她也不曾低头看一眼。

"哒,我说你这人是不是有病?我哥看你可怜才给你的钱,你怎么这么不识好歹?"

那人正欲追上去,男人伸手拦住了他,摇了摇头说道:"这女的就是个疯子,随她去吧……走,兄弟们!我请你们去坊子里喝酒!"

"好嘞!"

众人在欢呼中远去,等到他们彻底走远,女子才低头从怀中取出一只白色丹壶,向里看了一眼,神情放松下来。她又看了眼天色,紧咬着牙关,扶着墙壁,头也不回地向城门走去。随着她的身形逐渐靠近城门,几个人快步从门口跑了进来,一边跑一边惊喜地开口:"冠军侯来了!冠军侯从长安来了!"这些人的声音顿时引起了街上许多人的关注,他们立刻簇拥在街道两侧,转头看着城门的方向,似乎都想看看,那传闻中的冠军侯究竟长什么模样。

"冠军侯……"女子喃喃自语。她一把拉住身旁路过的老妇人,疑惑问道:"大娘……这冠军侯,是什么人?"

"哎呀,冠军侯你都不知道吗?"老妇人提着菜篮,手舞足蹈地说道,"听说啊,这冠军侯乃是将星转世,拥有神迹的力量,早年间率军大破匈奴,听闻前几日又在长安大发神威,杀了许多邪祟,还打出了一道天渊……总之啊,他可是当今世上最厉害的神人啊!"

听到这儿,女子的眼眸微微亮起,随后又迅速黯淡下去。"不行……人间也有那东西在……谁知道他是不是真的?"女子纠结片刻后,还是叹了口气。就在她转身正欲离开之时,两驾马车从城门外驶入街道,这些车厢上都印着侯府字样,看到这两驾马车的瞬间,街道两侧的百姓顿时欢呼起来。但这两驾马车似乎并没有停下的意思,卷起的寒风拂动女子破旧的衣摆,从她身旁呼啸掠过。她转头注视着两驾马车离去的影子,摇了摇头,继续向城外走去。

"欸,姑娘!"那老妇人拉住她的手,关切地问道,"看你的样子,好几天没吃饭了吧?"

"……嗯。"

"看你也可怜……要不你跟我走,我家里还有些吃食,可以分你一些。"

女子停下脚步,摸了摸自己干瘪的肚子,似乎有些心动。"算了大娘,我得赶紧出城才行……"

"吃点东西而已，不会耽误你太久……看你的样子，是要赶路吧？不吃饱了怎么行？"

"那，那好吧。"

在老妇人的盛情邀请下，女子还是跟在她的身后，回身向城中走去。

"姑娘，你来这青山县，有什么事啊？"

"没事……我是被人捡到城里来的。"

"那你在这县中，可有亲朋好友？"

"没有……"

老妇人点了点头："对了，还没问你，叫什么名字？"

女子低着头，犹豫片刻后，还是开口道："迦蓝。"

"赶了几十里地，总算在日落前到了青山县。"马车内，颜仲拉起车厢边的帘子，长舒一口气，"这鬼天气……要是再找不到替换马匹和食物补给，我们就只能再坐一次侯爷的'飞车'了。"

"这个天气上天去飞，估计连车厢都得被冻成冰碴子掉下来。"克洛伊双手捧着一团火球，温暖的火光映照着车厢，她用余光瞥到一旁的林七夜，疑惑问道："你在这儿发呆想什么呢？"

"……没什么。"坐在中央的林七夜摇头，"只是，自从进了这座城后，我的因果线似乎就一直在颤动……也不知道是怎么回事。"

1678

克洛伊疑惑地看着他，似乎并不能理解他在说些什么。就在这时，车厢的门帘被拉开，詹玉武站在他们的车前，对着颜仲摆了摆手："我们需要更换马匹还有采购干粮，你跟我去走一趟，七夜兄，你们就在这附近活动休息一下，我们半个时辰后出发。"

林七夜点点头："好。"

"我也跟你们一起去吧。"胡嘉思索片刻，选择跟着颜仲下车。他毕竟是镇邪司的新人，而詹玉武和颜仲都算是元老了，哪有让元老们去跑腿，他这个新人去休息的道理？他的地位可远没有林七夜、霍去病那么高。颜仲的眼中浮现出赞赏，一副孺子可教的表情，三人商量了一下，便分头向不同的方向离开。

林七夜和克洛伊先后下车，看着这条冰雪覆盖的街道，克洛伊忍不住伸了个懒腰："坐了这么久的车，腰都坐酸了……这附近有什么好玩的吗？"

"我也是第一次来，哪知道这些。"林七夜摇头。

就在两人说话之际，公羊婉和乌泉也先后从前面的马车上下来，却不见霍去病的身影。

"真是有病。"公羊婉皱眉看了眼车厢，脸上写满了不悦。

"怎么了？"林七夜问。

乌泉张了张嘴，还是说道："侯爷把我们赶……哦不，请出来了，他说他想自己待会儿。"

"怎么，这马车这么大，只坐得下他一个人吗？"公羊婉冷哼一声，"冠军侯，真是好大的官威。"

林七夜一怔，随后看了眼沉寂的车厢，神情有些担忧。这几天的路程中，霍去病几乎没有下过马车，就连吃饭喝水都是林七夜送上去的，每次等乌泉他们下车，霍去病就一个人在车上吐血……等大家吃完回车上，他已经收拾好血迹，仿佛一切都没有发生过。自从来了这正值凛冬的西域，霍去病的身体似乎越来越差。"侯爷应该是累了……我们四处走走吧。"林七夜像是想到了什么，转头看向公羊婉："颜仲跟我说，你就是青山县人？知道哪里适合落脚歇息吗？"

"青山县人？"公羊婉像是想起了什么，眼眸中闪过一抹冷意，"我可不是。"

见公羊婉不愿多说，林七夜也懒得多问，他随便挑了个看起来最繁华的街道，便带着众人向那里走去。这个时期的西域边陲，正是最寒冷的时候，地面冻结成块，飞雪在空中飘零，路上几乎见不到什么行人，他们仅在路上走了几分钟，头发与眉眼就都被碎雪染成白色。林七夜看了眼灰蒙蒙的天空，走到一家店内买了几把油纸伞，这才挡住飞雪，但冰寒之气依然在不断蚕食着他们的身体。"这么在街上乱走也不是个办法。"林七夜环顾四周，似乎想尽快找到一处落脚之地。

公羊婉跟在众人身后，目光遥遥落在这条街道尽头的一座楼宇之上，双眼微微眯起，不知在想些什么。"我知道一个地方。"她突然开口。

"刚刚你不是还说，自己不是青山县人吗？"克洛伊狐疑地开口。

"我不是青山县人，但我在这里生活过一段时间……这不重要，有个地方能御寒，还有点心和酒水，你们去是不去？"

"去。"林七夜没有丝毫犹豫，"远吗？"

"就在那儿。"公羊婉的手指向那座楼宇，众人点了点头，快步向前走去。

"二十两。"

"五两。"

"五两？？"老妇人瞪大了眼睛，"陈扒皮！你失心疯了不成？我好心给你送个下蛋金鸡过来，你就拿五两银子打发我？！"老妇人的身前，那个身材矮小的男人冷笑一声，脸颊的刀疤狰狞无比。他回头看了眼身后的木屋，摇曳的烛火微光中，可以看到一个浑身脏兮兮的女人正端着一碗热粥，仰头大口吞咽着，像是数日没吃过饭一般。"你以为，我们柳青坊是什么地方？"陈扒皮不悦地开口，"我们做的是皮肉生意！要是随便领个女乞丐都能到我们这儿换银子，那我们这儿岂不是要变乞丐窝了？"

"老娘我选了这么多年妓女，有没有姿色，我一眼就能看出来！你别看她现在脏兮兮的，但绝对是个上佳的美人坯子！"

"乞丐出身，长得再好看又能如何？最多十两，不要就带人滚蛋。"

"……行！十两就十两！"老妇人一咬牙，说道。

陈扒皮不紧不慢地从怀中掏出十两银子，丢到地上，老妇人立刻俯身一个个地捡起来，满是皱纹的面孔笑得像是朵菊花。给完银子，陈扒皮直接走到木屋前，一脚踹开了木门。"砰——"迦蓝端着粥碗的手一顿，她转过头，疑惑地看向这个陌生的男子。"你是谁？周大娘的儿子吗？"

"呸！"陈扒皮啐了一口，"那老贱人也配有儿子？现在你已经被卖到我们柳青坊了，一会儿有人带你去沐浴更衣，先让我尝尝成色，顺便教你点实用的功夫，然后就给我入坊接客！"

迦蓝端着粥碗，疑惑地看着他，似乎没法理解他在说些什么。"我哪儿也不去，喝完周大娘给我的粥，我就该出城了。"迦蓝摇头道。

"你以为，这事你说了算吗？"陈扒皮冷哼一声，一只手拍掉了她手中的粥碗，只听一声清脆声响，剩余的米粥混杂着碗的碎片，铺了一地，下一刻，陈扒皮那只粗糙的手掌，便直接抓向迦蓝的衣领。迦蓝眉头一皱，右手闪电般锁住他的手腕，一道淡蓝色的微光自眸中闪过，正欲出手，脸颊突然泛起一阵不健康的血色，调起的微光迅速溃散。"喀喀喀……"她虚弱地松开了陈扒皮的手腕，后者"噔噔噔"向后退了数步，看向迦蓝的目光满是惊异。"你是异士？！"

迦蓝抹去嘴角渗出的血迹，一股熟悉的眩晕感再度涌上心头，她低头看了眼遍体的伤痕，喃喃自语："伤得还是太重了吗……"

1679

见迦蓝的脸色肉眼可见地变差，陈扒皮也反应了过来，冷笑道："异士又怎么样？你以为，我们背后就没人撑腰吗？我告诉你，青山县外往东五里，便是青龙寨，青龙寨的四位当家全部都是异士！大当家出剑若雀鸣，无形斩百首！二当家可身化黑泥，千兵不侵！三当家使心魔缚法，无人可逃！四当家口绽烈火，焚天灭地！我柳青坊素来与青龙寨交好，若是我一声令下，四位当家即刻便来擒你，你信不信？！"迦蓝压根就没打算跟他纠缠，拖着虚弱的身体，迈步便要向门外走去，却被陈扒皮拦下，他冷笑着开口，"你既然是异士，那就不必去陪客了……以后你就专心侍奉我左右，把我伺候好了，好处少不了你的……"

"你让开！"迦蓝沉声道，"我如果不赶紧出城，到时候你们都得死！"

"威胁我？"陈扒皮哈哈笑了起来，"有意思……大概两年多前吧，也有个少年异士找上门，要我们放了他姐姐……不然，就血洗我们柳青坊，你知道他的下场怎么样吗？

"后来，青龙寨四位当家一齐出手，把他和他姐姐都掳回了寨中，被有那龙阳之好的大当家玩弄至濒死……你觉得，你的下场能比他们更好吗？"

迦蓝的目光顿时冰冷起来。"咚——"一抹淡蓝色微光自瞳中闪过，她的拳锋撞在陈扒皮胸口，陈扒皮像是断了线的风筝般飞出去，砸破一面墙壁，浑身是血地躺在碎石之中。强行出拳之后，迦蓝的脸色越发苍白起来，她身形一晃险些栽倒在地，只能扶着墙壁走出木屋，一点点沿着冰雪小路，向城外走去。

"柳青坊？"看到眼前这座灯火通明的建筑，林七夜等人的目光顿时古怪起来。"又是这种地方？就算是逛坊子，也不用从长安一路逛到这儿吧？"林七夜忍不住开口。

"我觉得不错啊，又暖和又能吃东西，而且万一这青山县的舞坊，比长安的更有意思呢？"克洛伊两眼放光。公羊婉站在他们身边，没有说话，只是轻轻一摸脸颊，就换成了一副清秀少年的面孔。克洛伊见此，也熟练地掏出自己的面纱斗笠，遮掩住容貌。见这附近也没有更好的去处，林七夜叹了口气，只能带着三人步入其中。银钱开路之下，四人顺利地进入一间包房，不一会儿便上了不少点心吃食，坊外的寒风大作，里面却到处都是穿着裸露的妓女，在莺莺燕燕之声中，散发着燥热的气息。林七夜皱着眉头，挥手散去了想来伺候的妓女，反手将房门关起。"这……这青山县的舞坊，怎么跟长安的差这么多？"克洛伊双手捂着眼睛，目光偷偷透过指缝，不断在下方游走的暴露妓女身上扫过，脸颊染上一抹红晕。乌泉坐在桌边，低垂着头颅，眼观鼻，鼻观心，彻底将自己从这环境中屏蔽出来。"长安的那是袖舞坊，是以赏舞听乐为主的典雅之地……这柳青坊，位处西域边陲，终年冰寒，自然没那么多典雅之人，所做的也无非都是些俗气的生意。"公羊婉顶着那张少年面孔，一边品茶，一边淡淡开口。"总之，我们只在此逗留半个时辰，不必在乎别的，吃饱喝足就行。"

林七夜倒是无所谓，反正对现代人来说，下面那些妓女的穿着也就那样，现代随便找个沙滩一躺，比她们更养眼的比比皆是。众人吃了会儿点心，公羊婉便缓缓站起，向门外走去。

"你去哪儿？"林七夜问。

"如厕。"公羊婉头也不回地说道。

随着公羊婉离开，正在吃点心的林七夜，双眼微微眯起，他在原地思索片刻，也站起身："你们两个在这儿等着，我也去上个厕所。"

柳青坊。后院。废墟的墙壁之中，陈扒皮踉跄地从碎石间站起，他抹了把嘴角的血迹，骂骂咧咧地开口："这娘儿们……居然敢打我？！不过是个异士而已……等我去青龙寨搬了救兵，我要你生不如死！！"他迈开脚步，径直向出城的方向走去，就在这时，一个身影鬼魅般落在他的身前。"谁？！"这突如其来的黑影，将陈扒皮吓得后退数步，神情有些狰狞。昏暗的风雪之中，一个绾着发簪的少年，正缓缓向他走来，清冷的双眼中倒映着寒芒，原本就冰寒无比的后院，越发地森然彻骨。看到那少年面容的瞬间，陈扒皮先是一愣，随后惊恐地开口："公羊拙？！怎么可能？你不是已经被弄死了吗？！"那少年没有说话，他只是沉默地走到陈扒皮身前，后者一副见鬼的表情，踉跄地后退到了一堵墙体之前，见退无可退，脸上浮现出一抹凶狠，从腰后抽出一柄短刀，猛地挥向少年面门！"管你是人是鬼！老子不怕你！！""铛——"陈扒皮话音未落，那少年便徒手拍飞了他的短刀，隐约间，那张少年面孔一晃，又变成了一个貌美的妇人。"不对……你是公羊婉？？"看到这令人眼花缭乱的变脸戏法，陈扒皮彻底蒙了，他张口还欲说些什么，一个巴掌呼啸着拍在他的脸颊！公羊婉的力道很强，一巴掌直接将陈扒皮扇倒在地，几颗碎牙混着鲜血掉在雪地中，陈扒皮耳边一阵嗡鸣。

　　"又见面了……陈扒皮。"公羊婉淡淡开口。

　　"你敢打我……你这臭娘儿们，居然敢打我？！"陈扒皮被这一巴掌扇蒙了，片刻后怒意涌上心头，整个人猛地站起来，怒吼道，"你找死！！"

　　"啪——"公羊婉又一巴掌扇在他的另一侧脸颊，将其整个人扇飞，痛苦的呜咽声自他口中传出。"我打你怎么了？"公羊婉冷笑起来。

　　"别以为你逃出了寨子，就能为所欲为……你给我等着……等大当家他们来了……我……"

　　"大当家？"公羊婉眉梢一挑，一张面孔闪到她的脸上，那是个表情狰狞的男人，正冷冷地看着脚下的陈扒皮，"你是说这个被我阉割之后，寸寸剁碎，生吞活剥的大当家吗？"

1680

　　看到眼前这张熟悉的面孔，陈扒皮直接傻在了原地。"你……你……你究竟是人是鬼？！"

　　"是鬼。"公羊婉冷笑一声，"是杀你们的厉鬼！"公羊婉一只手扼住陈扒皮的咽喉，将他整个人从地上拎起，死死地按在墙面，他双脚腾空而起，任凭如何挣扎，都无法摆脱这只手掌分毫。她的面容变回了自己原本的模样，双眼微微眯起："暗杀、投毒、引战、生死搏杀……我用了两年的时间，杀光青龙寨满门，把四位当家挂在旗子上，一个接一个地折磨过去，但又每天给他们吃食，保他们不死……每隔一个月，我就当着他们的面，将他们中的一个折磨到濒死，然后生吞。我阉割了辱我弟弟的大当家，在他身上剐了三百一十二刀，最后吃到嘴里的时候，已经成了一摊烂泥……我用油锅烹了二当家，让他的皮肤变得跟死猪皮一样，烫到了我的舌头……我用开水淹溺三当家六次，把他泡到浮肿，咽下去费了不少功夫……我用刀尖在四当家的身上开了上千个血孔，把他泡在醋池子里，酸得我足足喝了两缸的水……你知道，到最后的时候，他们看我的眼神是什么样的吗？"公羊婉的声音恶魔般在陈扒皮耳边响起，他的脸色煞白，整个人都控制不住地颤抖起来。"他们在祈求我……他们愿意做任何事情，求我快点让他们解脱……他们下跪，他们磕头，他们的尊严与狂傲彻底变成了烂泥！他们就像是狗一样，用尽手段来讨好我！但我怎么可能让他们如愿？在他们即将解脱的时候，我把他们全吃进了肚子……从今往后，只能在我的身体里延续他们的痛苦……就算是想死都死不掉！"公羊婉的神情越发狰狞疯狂起来，"他们活该！这群畜生就是该死！！阿拙才十四岁啊！！他们怎么做得出那些禽兽不如的事情？！我恨不得现在就把他们从我体内挖出来！再折磨他们十天十夜！！青龙寨的人已经付出了代价！那你呢？如果不是你陈扒皮，我怎么会被卖到柳青坊？！怎么会被那几个畜生看中？阿拙他幸运地觉醒了力量，想来救我，却被你们活活弄死……这一切的源头，不都是你陈扒皮吗？！"

公羊婉几乎是咆哮着说出这段话，扼住陈扒皮咽喉的手掌越发用力，将他掐得喘不上一丝气，整张脸通红一片。就在陈扒皮快被她掐死的时候，公羊婉手掌一松，他便像是烂泥般瘫软在地，剧烈地喘息起来。"就这么掐死你，未免太便宜你了……"公羊婉缓缓俯身到他的耳边，平静开口，"你说……我该怎么折磨你？"

森然寒意涌入陈扒皮的脑海，整个人如坠冰窟！"我错了……我真的错了。"陈扒皮哆哆嗦嗦地开口，"公……不，婉姐！这事跟我真的没关系……我，我就是做个生意，我也是不得已啊……"

公羊婉缓缓站起身，目光扫过四周，看到一旁满地的碎石屑，像是想到了什么，双眼微微眯起。她走到一旁抓起一大把碎石屑，回到陈扒皮的面前，淡淡开口："不得已？那被你卖到柳青坊的那些姑娘，不都是不得已？陈扒皮，你觉得，被石屑呛死这个死法……如何啊？"看着公羊婉手中的大把石屑，陈扒皮的眼眸中浮现出惊恐，他张口正欲继续求饶，一只手掌便死死地按在了他的嘴上！干燥冰寒的石屑疯狂地通过咽喉，涌入他的食道与气管，陈扒皮瞪大了眼睛，本能地想要起身咳嗽，却被公羊婉死死地摁在地上，在这个角度下，即便他努力地想要将石屑咳出气管，也很快就会再度倒灌回去。接连数次之后，一股窒息感涌上陈扒皮的心头，他整个头都被憋得红肿无比，开始翻起白眼。就在这时，公羊婉拉着他的领子，将其提着坐了起来，一巴掌拍在他的背上，飞扬的石屑剧烈地从气管中咳出。陈扒皮瞪大眼睛，疯狂地喘息着，就在他以为自己逃过一劫之后，又是一捧石屑塞入了他的嘴中……

"一。"公羊婉漠然地俯视着痛苦挣扎的陈扒皮,淡淡说道。飞扬的冰雪自天空飘落青山县,柳青坊的热情与歌舞好似火焰,后院的死寂中,一抹绝望疯狂蔓延——"二。""三。""四。""五。"等到第五轮石屑塞入陈扒皮的嘴中后,后者已经彻底丧失了所有力气,他就像是一摊烂泥倒在地上,双眸空洞绝望地看着灰蒙蒙的天空,石屑堵塞气管,再也没有丝毫的气息进出。片刻后,他成了一具尸体。

"只坚持了五次吗……"公羊婉面色平静地站起身,冷冷地瞥了尸体一眼,转身便要向柳青坊中走去。然而,她刚回过神,便停下了脚步。她皱眉看着那身穿冬青色汉装、撑着油纸伞的男人,目光顿时冰冷起来。"你跟踪我?"

"没错。"林七夜直接承认,"我本就觉得你突然要来这作坊有些奇怪,现在看来,你从一开始就想骗我们来这里,找机会寻仇。"

"你看到了多少?"

"全部。"

"既然如此,你为什么不拦我?"

"侯爷不让你杀人,但渣滓不算在此列。"林七夜平静地看了眼地上的尸体,"不过,我没想到你出手这么狠……"

"在过去地狱般的几年里,我只学到了一件事情,身为女子,若是不狠,便只能任人揉捏。"公羊婉冷笑道,"女魔头也好,吃人狂也好,世人怎么看我都无所谓……"她伸出手,轻轻放在自己胸膛,飞舞的冰雪之间,那双眼眸金芒闪烁,"阿拙生前为我受尽了世人折磨……他与我融为一体后,我绝不会让他受到半点委屈!我公羊婉,一定要带着他,站上这个世界的顶端!!"

1681

看着风雪中的公羊婉,林七夜长叹了一口气。公羊婉变成这样的原因,他大概是了解了,他也未曾想到,在国运岛屿见到的那位温婉的公羊婉前辈,竟然有这样一段悲惨辛酸的过去。所以,他并没有阻止公羊婉杀死陈扒皮,在这个时代像这样的烂人不少,不知有多少妙龄女子受了陈扒皮的逼迫,这种死法也是罪有应得。

"你想怎么做?"

"什么?"

"你不是要站上世界的顶端吗?"

公羊婉皱眉望着林七夜,停顿片刻后,缓缓开口:"当然是摆脱霍去病的控制,再做打算……我没有给人当狗的习惯。"

"如果你是担心'回心蛊',这件事我会帮你解决。"

"你？你为什么要帮我？"

"因为我答应过你。"林七夜停顿片刻，"虽然是另一个你。"在长安危机的时候，林七夜确实答应过公羊婉，会帮她解决"回心蛊"的问题……不过当时无论是他还是公羊婉，都没有意识到她是个赝品，可即便如此，公羊婉愿意去救长安百姓也是事实，林七夜不想欠这人情。公羊婉眯眼看着他，似乎想看清他究竟在想些什么。"不过，我想提醒你几件事情。"林七夜缓缓开口，"首先，侯爷并没有把你当成狗，他在你体内种下'回心蛊'，只是担心你为非作歹……其次，你若是想站在世界的顶端，最合适的地方，其实就在这里。"

"这里？"公羊婉一愣，看到林七夜指尖指向自己腰间的玉牌之后，眉头微微皱起。"我还以为你有什么惊世骇俗的想法，结果，只是想把我骗去镇邪司给你们做事？"公羊婉冷笑起来，"林七夜，你未免想得太好了。"

"你觉得，我只是在骗你？"林七夜摇了摇头，"你的'长生颜'想要变强，最快的方式，应该是生吞更多的异士……我问你，你会为了变强，不择手段地去吞人吗？"

"我只吞青龙寨当家此类凶恶之人。"公羊婉果断回答。

"那我问你，两年后，何处的凶恶异士最多？"

公羊婉陷入沉思。

"你是说……镇邪司？"

"侯爷建立镇邪司，自然不止有镇邪祟一个作用，世间像青龙寨当家这样用能力胡作非为的该死之人，你觉得镇邪司会坐视不理吗？两年后，世间异士最多的地方，必然是镇邪司！而凶恶异士最多的地方，必是镇邪司大牢！现在，你还觉得我是在骗你吗？"

公羊婉没有说话，她认真地思索着，似乎有些心动。林七夜虽然有骗她去镇邪司的嫌疑，但不得不说，他给的理由非常诱人，之前公羊婉太想恢复自由，以至于她忽略了镇邪司的作用，现在想来，未来镇邪司的大牢对她而言，无疑是一座宝库！"我只是给你一个提议，具体怎么做，还是看你自己。"该说的都说了，林七夜也不能太冒进，转身便向柳青坊的方向走去。就在这时，他用余光瞥到一旁地上的血渍，突然停下脚步，他的鼻子嗅了嗅，眉头紧紧皱起。不对，这血的味道，不是公羊婉的，也不是陈扒皮的……难道不久前在这座院中，还有第三个人受伤？而且，这血的味道，为什么如此熟悉？林七夜走到这摊血迹前，仔细嗅了嗅，像是在回忆着什么……突然间，一道身影闪电般地掠过他的脑海！林七夜的瞳孔剧烈收缩！这是……林七夜猛地转过身，凭借着这副肉身恐怖的嗅觉，瞬间锁定了这血味的踪迹，身形急速从一扇小门冲出！

"喂！你去哪儿？"见林七夜突然发疯般离开，公羊婉问道。

"你先回坊跟他们集合，我有点事情！"林七夜的声音自远处传来，人影已然消失不见。鹅毛般的大雪从灰蒙的空中纷扬落下,将整座青山县染成雪白,那道冬青色身影瞬息掠过道路,将漫天的雪花撞出一道无形缺口。迦蓝!不会错的,那个血液的味道,是迦蓝!如果林七夜没记错的话,迦蓝就是来自西汉,他也想过自己或许能在这个时代再见一次迦蓝,不过西汉的时间跨度将近两百年,再加上大汉王朝领土辽阔,想找到她并不容易。他也没想到,会恰好在这里嗅到她的气味。而迦蓝流血了,这又说明,现在的她并没有获得"不朽"的力量……她的处境或许非常危险。林七夜的心脏迅速跳动,他双眼死死盯着血味延伸的方向,寻找着那个熟悉的身影。他的身形接连穿过几条街道,最终冲出了青山县的城门,一路向着荒野无人的冰雪中前进,但即便如此,他的脚步依然没有丝毫的停滞。

"喀喀喀……"迦蓝裹着那件残破的衣袍,在风雪中艰难地挪动着身躯,她爬上一座小山丘,回头望去,青山县的轮廓在苍茫大地的尽头若隐若现。"这个距离,应该差不多了。"她喃喃自语,"这次若是逃不过,就只能将它毁掉……"她转头正欲继续前行,一股虚弱潮水般涌上心头,双腿一软,直接倒在了雪地之中。彻骨的冰寒之下,她浑身遍布的血口已经毫无痛觉,飘零的雪花将她整个人染成白色,她低头看了眼自己怀中的丹壶,像是宝贝般将其紧紧裹住,意识逐渐模糊起来。她躺在柔软的雪地之间,周围一片死寂,蒙眬的视野之中,一道冬青色的身影翻卷着向这里飞驰!"寒青……姐姐?"她眼眸中亮起一抹微光,用力眨了眨眼睛,想看清那道身影的面容。"嗖——"那身影踏过飞雪,惊鸿般来到她的身边,一柄明黄色的油纸伞在大雪中撑开,一件温暖的冬青色汉袍裹在她身上,那身影腰间挂着一枚玉牌,随风摇摆,他弯臂将迦蓝整个人抱起,一股陌生的气息,钻入她的鼻腔。"迦蓝。我找到你了……"

1682

是谁?迦蓝裹着汉袍,被那人抱在怀中,被冻到几乎僵硬的她,只能看清那半张脸颊。那似乎是个青年,仅是半张面孔,便难掩俊朗之色,穿着大气,他腰间挂着的玉牌上,写着"镇邪"二字,看起来不像是普通人。最关键的是,他居然知道自己的名字?离开瑶池之后,她极少在人间说出自己的名字,最近知道她名字的人,也只有那把她骗到柳青坊的老妇人。原来如此……是那陈扒皮派人来抓她了吗?想到这儿,迦蓝就咬着嘴唇,虚弱的双手奋力想要挣脱林七夜的怀抱,但无论她如何使劲,那对臂弯都像是磐石般岿然不动。似乎是察觉到迦蓝的动作,那温柔的声音再度响起:"别怕,我是来救你的。"不知为何,这声音仿佛有某种魔力,抚平她心中的不安,反抗的双手停了下来。"是谁将你伤成这样的?"那声音再次响起。

"你……是谁？"

"我叫林七夜。"

"我不认识你。"

"以后会认识的。"

"你放我下来。"

"你现在身体状况很差，放你下来会死的。"

"不用你管，放我下来！"

"你告诉我是谁把你伤成这样的，我就放你下来。"

"你……你问这些做什么？知道了也没用。"

"你不告诉我，怎么知道没用？"

见林七夜油盐不进，迦蓝心中升起羞怒，她眼看着青山县的城墙又越来越近，急得直接大张开嘴，咬在了那只手掌之上。"啊！"

"怎么了？"

"你的手怎么这么硬！崩掉了我一颗牙！"

"……"

"来不及了！你快放我下来！它们要来了！！"迦蓝一边忍着牙痛，一边试图用手掰开林七夜的手掌，但任凭她如何努力，都没有丝毫作用。

"谁？"

"那些想杀我的怪物！"

林七夜的双眼一眯，他的脑海中，顿时浮现出当年在鄪都棺椁上的图画。如果他的推断没错的话，那棺椁上画的，便是迦蓝在这个时代的遭遇，其中最令人印象深刻的，便是那如同潮水般无穷无尽的诡异生物。由于绘画的大小有限，再加上做工困难，那些怪物的样貌几乎无法分辨，但毋庸置疑的是，它们似乎都是为了迦蓝而来。"你快放我下来！我不能进城！不然它们会殃及城里的其他百姓！"迦蓝越发急迫起来。

林七夜停下了脚步。"它们还有多久？"

"最多半炷香……你把我放下快走吧，你对付不了它们的！"

"半炷香吗……回去确实来不及了。"

林七夜看了眼远处的青山县，转身便抱着迦蓝，向冰雪间走去。等他站在一座丘陵之上，才小心翼翼地将迦蓝放下来，那件冬青色的汉袍裹在她的身上，使她像个被包得结结实实的粽子，只露出一个脏兮兮的头，看着林七夜。"你……你放我出来！"迦蓝试着挣脱汉袍，但不知林七夜用了什么手段，它就像是融合为一体般，根本无法挣脱。迦蓝裹着汉袍在地上滚了两圈，刚要滚下丘陵，又被林七夜单手拽回了身边，他看着那张脏兮兮的倔强面孔，嘴角忍不住勾起一抹笑意。

"你笑什么！"迦蓝恼怒开口。

"我没笑啊。"林七夜脸上的笑意越发灿烂。

"你就是在笑！你知不知道我是谁？你要是敢对我做些什么，你就死定了！"

"哦？你是谁？"

"我可是……"迦蓝说到一半，又意识到了什么，直接把后半句话咽了回去，"你不需要知道！"

"是是是。"

听着林七夜极为敷衍的语气，迦蓝越发地羞怒起来，就在这时，一道惊雷般的声音自天边传来，林七夜的脸色微变，转头望向云层之上。"谢谢你的衣服和伞，你快走吧！再不走就真的来不及了！"迦蓝的脸色也难看起来，连忙催促道。林七夜注视着头顶的云层，没有说话，他手掌搭在腰间的断剑之上，一身青衣在风雪中猎猎作响。"你要做什么？"看到林七夜这架势，迦蓝蹙眉问道。林七夜的双眼微眯，他一手握着天丛云剑，一道道因果丝线，无形中向四面八方蔓延："我倒要看看，有我在这儿……谁敢伤你？"迦蓝看着那青衣背影，愣在了原地。

"嗡——！"低沉的嗡鸣声自云间飞掠出，无尽的粉色浪潮，疯狂地向二人所在的这座丘陵涌来！"米戈？"林七夜看到那些熟悉的怪物，眉梢微微一挑，"这个时代，应该不是安卿鱼……是'门之钥'？"在这个时代，克系众神尚未降临，米戈作为崇尚真理的种族，自然也不该出现，不过它们拥有在时空中自由穿行的能力，应该是从别的时间过来追杀迦蓝的。安卿鱼所在的时代在两千多年后，他应该没法让米戈跨过如此长的时间，所以眼下的这些米戈，只可能源于"门之钥"。

"数量比上次更多了……"迦蓝看到那铺天盖地的粉色身影，脸色难看无比，她的余光落在林七夜身上，像是在纠结着什么。

"喂！你是叫林七夜？"

"怎么？"

"你能不能答应我一件事？"

"你说。"

"我的时日已经不多了……我怀里有个丹壶，你把它拿走，四日后，帮我送到昆仑山去。"迦蓝双脚抠着雪地，硬生生裹着汉袍从雪地上站了起来，像根青色的春卷。

"丹壶？"林七夜眉梢一挑，暂且放下了天丛云剑，走到迦蓝身前，从她怀中掏出一只白色丹壶。他转过丹壶，只见在丹壶的底端，三个大字清晰无比——"不朽丹"。

"这是很重要的东西，关系到天下苍生！"迦蓝踉跄地站在冰寒的狂风中，脸色苍白如纸，"我本想再试试，能不能挺过它们的这一波追杀……这个数量，看来是没希望了。你替我撑伞，给我披衣服，想带我入城，应该不是坏人，也许你在这里，是命运给予它的唯一生路。你快带着丹壶走吧，我来替你拖住它们！"

1683

一抹淡蓝色的微光闪过迦蓝的眼眸，透支生命之下，她的力量再度涌出，轻松地撕开了裹住她的汉装，整个人的气势节节攀升！就在她的气息即将涌到巅峰时，一只手猛地按在她的肩膀，硬生生将她按了回去。"老老实实躺着就好，都伤成这样了，还瞎凑什么热闹。"林七夜无奈地叹了口气。

"你……"见自己好不容易蓄起来的力量被打断，迦蓝一下子呆住了，下一刻，大量的米戈从天而降，蜂拥着从背后扑向林七夜！"小心！"迦蓝一把拉住林七夜，想将他拽到自己身后，但林七夜不仅身形岿然不动，甚至反手将迦蓝护在身前。

与此同时，林七夜双眼一眯，一道道因果丝线自青衣之下疯狂涌出！这些丝线无形无质，除了林七夜，没人能感受到它们的存在，它们轻易地划破空间，将一只又一只的米戈彼此串联起，像是一张覆盖天空的大网，把所有米戈笼罩其中。"放心。"林七夜低头望着迦蓝那双近在咫尺的眼睛，平静开口，"它们，近不了你的身。""锵——"他腰间的天丛云剑呼啸掠出，一抹剑痕瞬间闪过距离他最近的那只米戈，直接将其腰斩！突然间，漫天涌动的上千米戈，骤然停顿。一道剑痕自它们的腰间诡异地浮现，上体与下体同时分离，像是有一柄无形之剑同时斩过所有米戈的腰部，甚至连倾斜的角度，都一模一样。紧接着，第二剑划过为首的那只米戈，这一剑直接洞穿了它那长满触手的头颅，将其崩碎成殷红血雾。同样的一幕，也出现在其余所有米戈身上，一道道血雾自虚无中绽开，像是一场同时爆炸的血色烟花，顷刻间将灰蒙的天空染成血色。霎时，上千只米戈，尽数暴毙！这诡异的一幕直接看呆了迦蓝，血雨混杂在飘零的白雪之中，纷扬地洒落在林七夜的青衣之上，他身后的大地宛若一片修罗地狱。无形的因果丝线从这些米戈尸体上抽离，回归林七夜体内，自始至终，他都不曾转头看过战场一眼。他的目光，始终停留在被护在身前的迦蓝身上。在"既定之果"的力量下，所有的米戈都被他连接在一起，只要对其中一只造成伤害，都会同步到所有被串联的米戈身上，就连它们的生死，都被这张因果编织成的大网锁住，牵一发而动全身。所以，两剑杀一只米戈，便是杀了所有米戈……这种能力对米戈这种以数量制胜的族群来说，无疑是降维打击。

迦蓝怔怔地看着这漫天血雨，脸上满是难以置信之色。眼前的这个男人，毫无疑问是个人类……人类，竟然能有如此恐怖的战力吗？解决完所有米戈之后，林七夜将天丛云剑收回腰间，仔细观察起怀间迦蓝的伤势，眉头越皱越紧。"你已经伤成这样，怎么还要强行搏命？"林七夜沉声道。

"我……我哪知道你那么厉害。"迦蓝小声开口，"这东西关系重大，绝对不能落入那些怪物手里。本来我是打算，如果这次逃不过，就先毁掉它，然后跟那些怪物同归于尽……现在既然横竖都是死，能给你搏出一线生机也是好的。"

"你不要命了？"

"跟它比，我的命不算什么。"迦蓝摇了摇头，缓缓蹲下身，原地在风雪间坐下，她望着远处那座灯火微亮的城镇，浑身都泛起一阵不健康的血红，就连声音都虚弱起来，"我的时间要到了……接下来，就交给你了……你若是愿意，就替我把它送到昆仑山去……不过，每隔两日，那些怪物都会再来一次……无论你在哪里，而且数量更多。若是不愿意，就把它毁了吧。"迦蓝的生机像是摇曳的烛火，在风雪中迅速消散。之前林七夜找到她的时候，就只吊着一口气了，现在又在雪地中拖了这么久，还主动透支力量出击，身体已经抵达极限。林七夜看着眼前的迦蓝，又低头看了眼手中的白色丹壶，在他的视野中，一根因果丝线已经将他与她串联在一起……原来如此吗……过去的这段因果，竟然是我主动结下的？

林七夜的目光复杂起来，他提着丹壶，缓缓向虚弱的迦蓝走去。"有没有第三种选择？"林七夜问。

"第三种？"迦蓝一愣，皱起眉头，像是在认真地思索着什么，"应该没有第三……呜呜呜……"迦蓝话音未落，一只手便拿着什么东西，直接塞入了她嘴里，那圆滚滚的东西顺着食道滚落，化作暖流顷刻间涌遍她的全身！下一刻，迦蓝本将熄灭的生命之火，竟然再度重燃，而且比之前旺盛数倍！她身上的伤口以肉眼可见的速度愈合，血痂消失不见，就连她的境界都开始急速攀升，一路飙升至"克莱因"境巅峰，只差半步便要踏入人类战力天花板。汹涌的精神力气旋将飞雪搅动，一道微光自迦蓝的肌肤表面流转，像是一层无形的薄膜，将她守护其中。"你……你给我吃了什么？！"迦蓝感受着自身翻天覆地的变化，震惊地看向一旁的林七夜，林七夜笑了笑，抬起手中空荡的丹壶，"！！！"迦蓝"噌"地从地上站起，瞪大了眼睛开口："你把不不不……不朽丹给我吃了？！！你疯了吗？！我不是说了，那是关系到天下苍生的重要东西！你……"

"可是，我不给你吃，你就要死了。"

"我死就死了啊！你把它给我吃下去了，我，我怎么跟王母娘娘交差！"迦蓝急得直跺脚，她把手伸进咽喉中，想将它再从肚子里吐出来，但连番尝试之后，都以失败而告终。"完了完了……不朽丹进了我的身体，这下连毁都毁不掉了……这么一来，那些怪物的目标都会变成我……要是让它们把我抓走，那就全完了……"

1684

看着眼前脸色煞白、不停碎碎念的迦蓝，林七夜有些无奈地叹了口气。"不用这么紧张，有我在，没人能抓走你。"

"呜呜呜……你别说话！"迦蓝急得都快哭出来了，"我想想……我想想……

现在只能回去找王母娘娘，看她有没有办法把不朽丹拿出来……实在不行，就只能把我炼成丹药……但是那会好痛啊，不如死了算了……"迦蓝话音未落，那柄明黄色的油纸伞又遮在了她的头顶，将漫天飞雪挡在外。"我说了，不用紧张。"林七夜一身青衣，声音平静无比，"米戈也好，'门之钥'也好，西王母也好……有我在，不管是谁都没法伤到你，更不可能让你被炼成丹药，明白吗？"迦蓝微微一愣。看着那张近在咫尺的面孔，迦蓝眨了眨眼睛，不知是不是林七夜那挥剑斩米戈的身影，给她留下了太深刻的印象，站在他的伞下，竟然有种莫名的心安。"你……究竟是谁？为什么要帮我？"片刻后，迦蓝还是忍不住问道。

"我叫林七夜。"他平静回答，"是替你撑伞的人。"鹅毛般的大雪自灰蒙蒙的天空缓缓飘落，却没有一片落入迦蓝的鬓发之间，微弱的日光透过明黄色的伞面，像是明媚的阳光，洒落在二人身上，与外界的风雪彻底隔绝。迦蓝怔怔地看着那张面孔，一时之间，竟然不知该说些什么。

"嗒嗒嗒——"两驾马车自青山县驶出，踏过风雪，径直向两人所在的丘陵靠近。看到那两驾马车，迦蓝像是想到了什么："你就是传说中的将星转世，冠军侯？"是了，能有那种恐怖的战力，也只有那老妇人口中的神人冠军侯才能做到。

"不是。"林七夜笑了笑，"我就是我，不过，你说的冠军侯我也认识，算是我的……朋友？"

随着两驾马车在丘陵前停下，颜仲、詹玉武、胡嘉、公羊婉等人接连跳下，看着周围这一片血色大地，眼眸中浮现出震惊，似乎无法想象这里发生过什么。

"你们怎么来了？"林七夜问。

"本侯在城内感受到你的战斗气息，以为你碰上了麻烦，便带着他们立刻赶过来了。"霍去病的声音自马车内传出，"看来，我们是来晚了……"

"这位是……？"颜仲看到林七夜身边的陌生女子，不解地问道。

"迦蓝。"林七夜正欲向众人介绍，突然愣在原地，因为他不知道，该怎么解释自己和迦蓝的关系……未来的爱人？自己的队员？第三王墟拥有者？迦蓝犹豫片刻，还是开口道："瑶池侍女，迦蓝。"听到这儿，众人的脸上浮现出震惊之色。瑶池侍女？所以，她是从那处神明居所出来的人？在人间的认知中，不管是侍女还是别的什么，只要从瑶池出来，那都统一称为神仙或者仙人，而他们现在就见到了一位活生生的瑶池之人。

"你是瑶池侍女？"林七夜诧异地开口。

"对啊。"

"那当时王母娘娘为什么……"林七夜的脑海中，浮现出他当年在昆仑虚面对西王母时，曾提出让她帮帮迦蓝……而对方的神情，似乎有些微妙，一句话也不说，掉头就走。难道，迦蓝和王母娘娘之前发生过什么？林七夜没有多问，而是依次向迦蓝介绍了众人，看着眼前这群强得离谱的人类，迦蓝惊讶地张大了嘴巴。

这和她想象中的人间，完全不一样啊？人间，什么时候多出这么一群拥有能力的强者？

"太好了，有瑶池侍女带路，我们这一路上应该能省不少麻烦。"詹玉武脸上浮现出喜色，"马匹和补给都已经准备好了，我们现在就出发吧？！"

"出发？"公羊婉冷笑一声，她看了眼蓬头垢面、衣衫陈旧的迦蓝，"怎么，你们镇邪司的人，就喜欢看别人跟囚犯一样是吧？林七夜，你不带她去换身衣服，好好收拾一下吗？"公羊婉自己被他们带入长安的一路上，就是这副狼藉模样，自然是见不得同为女子的迦蓝，也受这种苦。

"我也有这个打算。"林七夜点点头，转身对霍去病所在的车厢说道："侯爷，请稍等，我与她去去就回。"

"无妨。"

话音落下，林七夜便直接拉住迦蓝的手腕，快步向青山县的方向赶去。迦蓝还没及反应过来，就被林七夜带走，忍不住开口道："都什么时候了，还在乎这些干吗？衣裳不换也没事的……"

"顾虑那么多做什么？尽管挑就是。"

不久之后，林七夜便带着迦蓝，回到了马车附近。看到眼前那穿着一身深蓝色汉袍、美若天仙的少女，众人都震惊地张大嘴巴，根本没法将她与刚才脏兮兮的那人联系在一起。他们本以为公羊婉换完衣服之后，反差已经足够惊人，可迦蓝的变化甚至比她更大。在众人的目光下，迦蓝似乎有些不好意思，她下意识地躲在林七夜身后，脸颊有些泛红。她身上的衣服、发饰，都是林七夜帮她买的，刚在人间行走没多久的她，对这些东西根本一窍不通，就像个洋娃娃，林七夜给她买什么，她便穿什么。实际上，林七夜也不太懂帮女生搭配衣服，只不过他刚走进那家衣料铺子，便看到记忆中迦蓝穿着的那件汉袍，将它买了下来，又挑了几个好看的发饰……但他的选择，似乎很符合迦蓝的喜好。当这一青一蓝两道身影撑着油纸伞回到马车前时，众人的目光都有些微妙，这两个人，怎么看怎么般配。虽然他们都知道这两个人是第一次见面，但不知为何，他们两个走在一起，就是有种莫名的协调感。

"时候不早了，我们动身吧。"霍去病的声音从马车中传出，众人便回到各自的车上，而迦蓝也在林七夜的引领下，跟他上了同一驾马车。看到迦蓝上来，克洛伊眨了眨眼睛，很识相地往旁边挪了一点，在她与林七夜之间留出足够的空隙，可没想到的是，迦蓝礼貌地笑了笑之后，一个人默默地坐在了车厢的角落。"那个……"克洛伊张嘴想劝些什么，迦蓝主动起身，对着她微微鞠躬。"您是林七夜的爱妻吧？请您不要误会，我只是顺路与他同行，没有别的意思……我坐这儿就好！不会打搅到你们的！"

1685

听到这句话的瞬间,整个车厢都陷入一片死寂。

克洛伊:"……"

林七夜:"……"

"不是!!"

"不是!!!"

两人异口同声地说道。

他们激烈的反应,让迦蓝吓了一跳,克洛伊当即开口:"你不要误会!我们只是伙伴!我只是在帮他一些忙而已!"

"没错,你想多了,迦蓝。"

"哦……这样啊?"迦蓝茫然地点头,"抱歉,是我鲁莽了……"

"没事……"林七夜松了口气,指了指自己身边的位置,"坐过来吧。"

"不用,我坐这儿就行。"

林七夜的嘴角微微抽搐。见迦蓝不愿再换位置,林七夜也不强求……毕竟不管未来如何,现在他们只是第一次见面的陌生人,人家愿意坐在角落,他总不能强行把人家绑在自己身边。克洛伊看着被自己挤到角落的颜仲,又看了眼自己身边空出来的位置,一时之间,坐回去不是,不坐回去也不是……陷入一种莫名其妙的僵局。车厢内的气氛,突然沉默了起来。最终,还是迦蓝主动打破了这诡异的沉默。"对了,你们这是要去哪儿?"

"和你一样,去瑶池。"

"瑶池?"听到这两个字,迦蓝先是一愣,果断摇头,"你们不能去,至少这两天不行。"

"为什么?"

迦蓝张了张嘴,像是在犹豫,片刻后,还是开口道:"现在的瑶池非常混乱……你们去了,只会给娘娘徒增烦扰,恐怕还有性命之忧。"

林七夜等人对视一眼:"混乱?"

"一种烟雾笼罩了整个昆仑虚,上到宾客,下到天兵、侍女,瑶池里的所有人都被混淆了,王母娘娘也不例外……我就是从那里逃出来的。"

果然,真正的库苏恩本体,早就盯上了大夏神。

听到这儿,林七夜就知道自己猜对了,他连忙问道:"这是什么时候的事情?"

"六日前。"

"这么说,整个瑶池都沦陷了?你又是怎么逃出来的?"颜仲好奇地问道。

迦蓝沉默片刻,还是说道:"王母娘娘最先发现端倪的时候,只有我与另一位侍女绛朱一直侍奉在娘娘身边,所以整个瑶池只有我们三人是可以完全相信的。之后,娘娘像是猜到了什么,直接带着我与绛朱姐姐进入丹房,分别将永生丹壶与不朽丹壶交给我二人,让我们务必保护好它们,若是有人强抢,就算毁掉也不能落在别人手里,也不能偷吃,因为这两枚丹药就算入腹也不会消失,只要将人焚烧成灰烬,依然能够将其取出。在那之后,她便用秘法将我们直接送出瑶池,并约定十日后再回去,她说十日内,她必会将一切解决。离开瑶池之后,为了分散风险,我与绛朱姐姐分头行动,她去了另一边的摩揭陀国,我则进入了大汉王朝。这六日内,我隐姓埋名,躲藏在不同的地方……但每隔两日,总有一群怪物能找到我,而且每一次的数量都越来越多,第一次不过数十只,第二次就有上百只。我力量耗尽,身受重伤,勉强从第二次袭击中逃出,后来体力不支,便晕倒在雪地之中,醒来的时候,便被人送进了青山县……"

听到这儿,林七夜大致明白了事情的前因后果。西王母发现瑶池遇袭之后,第一反应便是将永生丹与不朽丹送入人间,足以说明这两件东西的重要性,而之后的瑶池中人真假难辨,除了迦蓝、绛朱与西王母之外,其他人应该都不知道这两枚丹药已经不在瑶池了。现在的情况是,林七夜已经把不朽丹给迦蓝吃下,想交差估计是不可能了……回到瑶池之后,西王母不会真的要烧了迦蓝,拿她体内的不朽丹吧?要真是如此,无论是从个人情感方面,还是因果变动方面,林七夜都不可能让这件事发生的。

"听起来麻烦很大啊……"颜仲若有所思地看向林七夜,"你有把握吗?"

"有。"林七夜平静开口,"我的能力,可以分辨出真假,只要我们介入,能解决很多困难。"

"你们还要去瑶池?"迦蓝见自己的话语并没有打消众人的念头,急忙开口,"不行的,你们终究只是人类,烟雾笼罩昆仑虚的时候,瑶池里还有数位主神做客,再加上王母娘娘……你们这是去送死!还是按照王母娘娘的吩咐,四日后再进去吧。"

"放心吧,迦蓝姑娘。"克洛伊笑了笑,"我们有对付那东西的经验,而且……我们也是很强的。"

"不过,我们离昆仑山还有至少两日的路程,等我们赶到,也许一切都结束了?"胡嘉问道。

林七夜皱眉沉思起来。西王母约定的十日期限,应该是平定瑶池需要的最长时间,他们若是想帮忙,最好要尽快赶到瑶池才行。他的目光透过掀起的帘子,落在了前面那驾马车之上。

察觉到林七夜的目光,克洛伊等人猛地打了个哆嗦,试探性地问道:"你该不会……"

"只能如此了。"林七夜安慰道,"大家忍一忍,很快就到了。"

众人的脸色瞬间铁青，只有迦蓝还茫然地坐在角落，不知道发生了什么。林七夜叫停马车，上了霍去病的车厢说了些什么，随后他们便直接解下了马车前刚替换的马匹，只留两节车厢，孤零零地停在荒野之上。"这是做什么？"颜仲见自己好不容易买来的马，就这么放了，不解地问道。林七夜拍了拍他的肩膀，意味深长地说道："我们怕马受不了……这个温度下在高空飞行，不等到昆仑山，它们就会被冻死，与其如此，不如将它们直接放生。"

"……它们会被冻死，那我们呢？"

林七夜笑而不语。"咚——"在"支配皇帝"的力量下，两驾马车以惊人的速度自大地弹射而起，伴随着一阵阵凄厉的惨叫声，消失在云端的尽头。

1686

昆仑山。皑皑白雪之间，两节霜白的车厢自云层之上急速下降，最终缓缓停靠在雪地某处。"就是这儿了。"林七夜走下马车，凭借着记忆找到昆仑虚的入口，微微点头。他正欲回头说些什么，只见一个个脸色铁青的面孔冲下车厢，分散到各处剧烈干呕起来，根本无人在意林七夜的举动。林七夜见此，无奈地叹了口气，自己动手将下方的积雪推开，一个古老而神秘的青铜纹路在风雪中勾勒而出。

"你以前来过瑶池？"迦蓝脸色煞白地走到他身边，问道。这进入瑶池的入口，只有极少数人知道，人间应该没有人知道，可林七夜偏偏一下就找到了这里，让她不由得有些疑惑。"以前没有，以后来过。"林七夜耸了耸肩，"我来开的话，就只能用蛮力把它打碎……要不你来？"迦蓝点了点头，将手掌搭在纹路之上，一点微光自眸中泛起，随后整个纹路都璀璨起来！传送之力自纹路荡漾，瞬间将所有人都席卷其中，众人觉得自己还未吐完，就眼前一花，一股眩晕感再度涌上心头！

"哕——！！！"詹玉武吐到一半，眼前的景象突然清晰起来。只见在他身下的废墟之中，一具披着盔甲的尸体正倒在血泊中，直勾勾地看着他，浓烈的凶煞之气涌入詹玉武鼻腔，他瞳孔骤然收缩，硬是忍住了眩晕，猛地向后退了数步。一条断腿绊住他的脚后跟，他整个人一个踉跄，迅速向后倒去。就在此时，一只手稳稳地扶住他的肩膀。詹玉武脸色煞白，他回头望去，只见林七夜正脸色凝重地环顾四周，不知在想些什么。"多谢……"詹玉武松了口气，当他平复心情重新看向刚刚那个血泊，只见数十具尸体正凌乱地躺在地上，不知已经死了多久，刚刚跟他深情"对视"的，就是其中看起来像是将领的一位。尸体之间，还混杂着大量的柳条，与林七夜等人在长安遇到的基本一样，从尸体与柳条的交错布局来看，他们之前应该是在彼此厮杀。这浓烈的血腥气，瞬间冲散了众人晕车的后遗症，他们警惕地四下望去，只见周围除了断裂坍塌的宫殿之外，便是密密麻麻的尸体……入目之处，根本没有丝毫生机。

"这里，真是神仙住的地方？"胡嘉忍不住问道。

"应该是库苏恩入侵之后，彻底乱成了一团，这里以前不是这样。"林七夜走到其中一具尸体前蹲下，仔细打量起来，"一击致命……所有人都是一击致命，出手击杀他们的，应该是位神明，不过是真神还是赝品，就不得而知了。"

迦蓝见到这一幕，也忍不住捂住嘴巴……这些死者之中，很多都是她熟悉的面孔。

"话说回来，这里好像已经没有那种彩色的烟雾……不会那怪物的本体已经死了吧？"克洛伊疑惑地问道。

"不好说，长安遭遇劫难的时候，那烟雾还在数里之外，复制完成之后，库苏恩的本体也是可以自由行动的。"林七夜站起身，锁定了记忆中瑶池所在的方向，径直向那里走去，"总之，还不能掉以轻心，先看看还有没有别的幸存者。"

众人跟在林七夜身后，一点点向瑶池移动，但入目之处除了尸体便是柳条，甚至还有些法宝的残片，已经被打得不成样子，根本看不出来是个什么东西。如今的昆仑虚，已经彻底化作一片废墟，丝毫没有之前林七夜所见的仙气飘飘之感。"这便是当年杨戬所说的，血洗瑶池的真相吗……"林七夜回想起当年在瑶池中，杨戬残影所说的瑶池过往，喃喃自语。

"那边是什么地方？"颜仲指着不远处一片宫殿群问道，"为何别的地方都损毁得差不多了，那里还如此完整？"

"那是大三殿，除了蟠桃园外，便是瑶池最重要的地方……丹殿存放着瑶池灵丹，法殿记载着天庭千法，兵殿则用来摆放娘娘亲手锻造的神兵。"迦蓝看了那一眼，回答道，"娘娘送我离开之前，在大三殿周围布下了结界，除非是主神级出手，其他人很难进去。"

"丹殿……"林七夜的脑海中，浮现出那悬浮殿中的万千丹壶，而永生丹与不朽丹，原本也在这丹殿之中。他注视着那三座宫殿，轻轻一嗅，像是察觉到了什么，眉头微微皱起。"我们过去看看。"林七夜走到大三殿附近，正欲迈步踏入其中，一道无形涟漪便自身前荡开，他双眼微眯，缓缓收回了脚步。

"不是说这里有结界吗？我们能进去？"克洛伊问道。

"可以。"林七夜手掌一翻，一缕因果丝线自掌心飘出，与身前的这道结界纠缠在一起。在"无端之因"的力量下，一道全新的因果线，在结界与林七夜之间诞生，正如林七夜操控天丛云剑一样，在这一瞬间，他获得了结界部分的掌控权。随着林七夜手掌一挥，一道结界门户在众人身前打开，迦蓝的眼眸中浮现出震惊。"不是蛮力破坏……你是怎么做到的？"

林七夜没有回答，他眉头微皱，一只手拦住身后众人，自己的脚步缓缓踏入结界之后，他脚下的大地突然撕裂，一条粗壮的木龙咆哮着自土壤中冲出，瞬间吞没他的身形，急速向天空飞去！这突如其来的变故，将身后的众人吓了一跳，霍去病双眼一眯，一道奔涌的雷光从天空劈落，锁在他的长枪枪尖之上，随着支配之力笼罩雷光长枪，它顿时化作一条咆哮的雷霆之龙，向那木龙撕咬而去！双龙冲入云霄，还未等彼此厮杀，木龙的头部便轰然爆开，一道青色身影手握断剑，直接从内部劈开了木龙，闪电般贯穿天地，坠落在大三殿结界的中央！飞扬的尘土笼罩了林七夜的身形，他目光锁定在丹殿之前，只见在石阶之上，一个头扎双髻的牧童，正骑着一头青牛，冷冷地看着眼前的林七夜，一股主神级的气息散发而出。"本神奉西王母之命镇守在此……何人敢擅闯瑶池禁地？"

1687

林七夜的目光不断打量着眼前这主神牧童，眼眸中浮现出疑惑之色。他在结界之外，便闻到了一股恐怖的气息波动，他本想进入之后看看这位坐镇大三殿的主神，是不是记忆中的某个熟人，可眼前的这位完全是个陌生面孔。林七夜不记得后世的天庭有这么一位主神。

"是木神句芒！"迦蓝见到那牧童，当即开口，"他是之前受娘娘之邀来瑶池做客的天庭主神……这是一场误会！"

"误会吗……"林七夜眯眼注视着那骑牛牧童，平静开口，"恐怕不是。他的身上几乎没有因果……这不是木神句芒，而是一个被复制的赝品。"听到这句话，迦蓝愣在原地。赝品……是怎么进入结界的？又是奉的哪个王母之命？"西王母布下的结界，赝品西王母也能打开，看来，真的娘娘危险了。"林七夜握紧天丛云剑，淡淡开口。一条咆哮的雷光之龙从空中飞落，化作长枪落在霍去病掌间，他缓步走到林七夜身边，一袭黑金侯服在烟尘中轻摆，恐怖的战意直冲云霄！"那就杀了这个赝品，再去救真的西王母。"

感受到林七夜与霍去病身上的气息，牛背上的牧童眉头微皱，诧异开口："不是神，而是凡人吗……人间，何时出了这等强者？""咚——"句芒的话音尚未落下，林七夜便一脚猛踏地面，直接将大地轰出一个巨大的坑洞，借力瞬息闪至其身前，一抹剑芒在他的眼前急速放大！句芒的目光一凝，手中的草鞭抬起，顷刻间延伸数米长，游蛇般向天丛云剑的剑柄缠去！林七夜反手挽出一个剑花，将草鞭的末端斩成碎片，待到剑锋触碰到句芒咽喉的瞬间，后者却突然化作一块栩栩如生的木雕，轻易地被斩成两段。

"小心。"霍去病的声音从后方传来。林七夜察觉到触感不对，当即拧身向下看去，只见那块木雕身下的青牛急速膨胀，上百只木手从牛背上长出，抓向林七夜半空中的身体。闪烁的剑芒切碎大量木手，飞溅的碎块遮蔽天空，就在这时，漫天的木屑急速凝聚，又化作一只狰狞的牛首，猛地啃在林七夜的后背。鲜血自林七夜的伤口渗出，却没能咬穿他的身体，他眉头一皱，被牛首啃在嘴里的手臂猛地抓住它的下巴，另一只手抠入它眼睛，澎湃的力量翻滚而出，硬生生将这只牛首撕成两半！林七夜的身形落在地面，还未等站稳，一道青芒便自他身后浮现而出，牧童手握草鞭，神情肃然，右手轻飘飘地按向林七夜的肩头！随着那稚嫩的手掌触碰林七夜的肌肤，一道青葱微光渗入他体内，可随着一抹光华运转，那些微光都消失无踪。牧童愣在了原地："鸿蒙灵胎？！这怎么可能？！"

林七夜目光一凛，一根因果丝线顺着那只手连入牧童体内，沉声开口："我的伤，还给你。""砰——"牧童的后背，突然绽放出数道血色，仿佛被某种野兽啃食一般，与此同时，刚刚那牛首留在林七夜身上的伤口，彻底消失无踪。在"既定之果"的力量下，林七夜将自身承受伤害的"果"，通过那根丝线，转移到了牧童身上。与此同时，一条咆哮的雷光之龙破空而来，牧童眉头一皱，正欲闪身离开，却被林七夜的手掌反手锁在原地！下一刻，汹涌的雷光同时吞没林七夜与牧童的身影，一道枪芒洞穿牧童的后背，在即将刺入林七夜胸口时，骤然停在半空中！"噗——"牧童喷出一口鲜血，脸色有些苍白。他低头看向自己的胸膛，只见一个狰狞血洞已经撕裂了他的心脏，半边的身子都被霍去病这一击轰飞，但随着一缕缕青色微光在体内流转，他的身体正在以惊人的速度复生。作为掌管万物生长的春木之神，他的生机旺盛无比，伤势修复的速度甚至比安卿鱼还要快！"祝融！你还在等什么！"牧童低吼道。

林七夜的眼睛微微收缩，紧接着，他像是察觉到了什么，身形化作一道虹光急速后退！"嗖——"飞扬的木屑同时自燃，飘舞的火光汇聚在一起，隐约勾勒出一个高大男子的身影。

"鸿蒙灵胎……怎么会在这儿？"从火光中走出的祝融，皱眉看着林七夜，眼眸中满是不解。

"糟了，这里居然还藏了一位神？"詹玉武见此，脸色顿时凝重起来。

春木之神句芒，夏火之神祝融，并肩站在丹殿之前的台阶上，两道主神气息重叠在一起，压得众人有些喘不过气。果然，这个时代的大夏神，跟后世有很大的差别……林七夜看着这两个陌生神影，暗自想。

"他也是假的吗？"霍去病问。

"嗯。"

"那正好，一人一个。"

"单独面对一位主神？你现在的身体承受得住吗？"

"没事，这不是还有我嘛！"红发克洛伊走到霍去病身边，拍了拍他的肩膀，"我西方神明友好交流大使，与你们并肩作战！"

"那祝融交给你们，句芒能迅速再生，我的天丛云剑能克制他，交给我。"

"我们没有法则，能杀他们吗？"

- 289 -

"试试。"

"好。"

林七夜、霍去病、克洛伊三道人类战力天花板的气息轰然爆发，与台阶上的两位主神碰撞在一起，一道肉眼可见的震荡余波向四面八方席卷！随着一道剑鸣响彻云霄，五道身影瞬息碰撞在一起！"咚——"炽热的狂风掠过乌泉等人的面庞，他们控制不住地向后退去，在神战的余波之下，他们还未到人类战力天花板，根本难以支撑。

"殿内有坚固结界，快躲进去！"迦蓝一边冲到几人前面，用肉身替他们挡住战斗余波，一边大喊道。其余几人没有丝毫的犹豫，迅速向距离最近的法殿冲去，乌泉手掌凌空一推，将殿门打开，他们接连迈入其中，随后关上殿门，将战斗余波隔绝在外。

1688

"这就是神明吗……"颜仲松了口气，倚靠在墙边缓缓坐在地上，后背已经被汗水浸湿，"侯爷他们，是怎么跟那种存在战斗的？"

"七夜兄还是猛，一个人跟木神句芒打得不分上下，我要到什么时候，才能有那种实力？"詹玉武忍不住感慨。

"别做梦了，那个境界不是靠时间就能进的。"公羊婉幽幽开口。

胡嘉的目光扫过四周，关闭殿门后，这座大殿内没有丝毫光芒，漆黑一片。"我们进的，好像是法殿？"胡嘉不解地问道，"怎么一点光都没有？"

"有的。"迦蓝抬起手，在墙上某处轻轻一抹，一抹光华闪过，一缕缕光亮便自殿内接连亮起，驱散了众人眼前的黑暗。这座大殿的内部空间，远比外面看起来要大，密密麻麻的书卷飘浮在半空中，像是一片悬空的海洋，只要略微伸手，便能触碰到它们。

"《纯阳锻兵术》……"胡嘉看着他头上最近的那道书卷，喃喃念出上面写的字符。

"这些都是法殿内收录的秘法，王母娘娘擅锻兵，所以大部分都和锻兵有关，也有其他的法门，不过凡人基本用不了。"迦蓝开口解释道。

"我这儿的是《玄幽招魂》……讲的好像是奴鬼？产地是……酆都？酆都是什么地方？"詹玉武眨了眨眼睛。

"是北方灵国。"颜仲一边开口解释，一边穿行在这些秘法之间，他本就对书卷很感兴趣，更别说是神明藏书。他的目光依次在这些秘法间扫过，突然停在了某个秘法之上，眉梢微微上扬：《藏魂术》？"他好奇地取下这秘法，翻阅起来，脸上的诧异与惊喜，逐渐演变为凝重，最后眉头都紧紧皱了起来。

"怎么，这秘法有什么特殊之处吗？"詹玉武问。

"确实特殊，这讲的是让人在濒死之际，将灵魂锻入兵器之内，用庞大的气运灌溉，最终实现藏魂永生的秘法……就是这过程太过痛苦，剥皮抽骨，剖心取血，这谁能挺得下来？"颜仲摇了摇头，又将手中的秘法放了回去。

"外面情况怎么样了？"公羊婉走到大殿的门边问道。

迦蓝轻轻将门打开一条缝，正欲往外看，一道轰鸣的爆炸火光便淹没了她的身形，险些将身后的公羊婉也波及其中。迦蓝立刻将殿门关闭，犹豫着开口："似乎……不太妙？"

殿外，密密麻麻的树根缠绕在三座大殿顶端，婆娑树影摇曳在天穹之下，一道剑芒贯穿虚无，顷刻间将这棵参天大树劈成两半！一道青衣身影落在残破的大地上，天丛云剑在空中飞旋片刻，稳稳地悬停在他身后。被劈开的巨树底端，一个牧童身影缓缓走出，身上已然多出一道狰狞剑痕。殷红的鲜血随着他的脚步印在地面，下一刻便生长出密集的青芽，他皱眉看着眼前的林七夜，沉声道："你究竟是什么人？天庭的鸿蒙灵胎，为什么会在你这里？"

"不如你先回答我，西王母在哪儿？"

"王母娘娘正在与赝品交手，只要杀了她，瑶池的赝品便彻底肃清……你若是天庭之人，为何不与我等联手对敌，而要与我在这里战斗？"

林七夜眉梢一挑："你有没有想过，你也是个赝品？"

牧童双眼微眯："我的赝品已经被我与祝融联手斩杀，我二人亲眼看着他化作柳条，我又怎会是赝品？"

"你的认知被修改了。"

"无稽之谈。"

林七夜见此，无奈地摇了摇头，想靠言语让赝品意识到自己是赝品，难如登天，还是动手来得更直接一些。就在林七夜准备再度出手之时，一抹亮光自头顶的天空中闪烁，他的身形瞬间被定格在原地。而与他一同被定格的，还有木神句芒，以及一旁的祝融与霍去病等人。霎时间，整个大三殿的前方陷入一片沉寂。那是……林七夜的瞳孔微微收缩，只见在天空之中，一道庞大的镜面浮现而出，镜面清晰地映着他们所有人的身形，一个穿着缂丝紫纹长袍的美妇人，从镜面中走出。西王母？林七夜一眼就认出了那面昆仑镜，可还未等他开口，第二个美妇人的身影也从中走出。两个西王母并肩站在昆仑镜下，俯瞰着下方的丹殿与林七夜等人，两对美眸微微眯起……

"什么情况？她们两个怎么不打架？"克洛伊见此，诧异地开口。

霍去病皱眉看着上方的二人，不知在想些什么。

"王母娘娘！这些人冲撞丹殿，与我等大战，不知是何用意。"句芒虽然也分

- 291

不清哪个是真西王母，但还是主动开口禀报。两位西王母对视一眼，左侧那位缓缓开口："如何？"

"先杀了他们吧。"右侧那位回答。

"好。"

话音落下，两位西王母同时出手，两束刺目的青芒贯穿天地，瞬息洞穿了被昆仑镜禁锢的句芒与祝融二神眉心！西王母突然出手攻击，是他们万万没想到的，他们还停留在原本被禁锢的姿势，一个狰狞血洞印在眉心，看向天空的眼眸中满是不解。为何真假西王母会突然联手？为何她们要杀他们？两位主神的生机迅速溃散，最终倒在林七夜等人的面前，化作两根各长着两只眼球的柳条。

"如何？"

"本宫看见的是柳条。"

"本宫看见的也是柳条。"

两位西王母对视一眼，美眸微凝。

"如今瑶池上下，已被血洗……只要本宫杀了你，一切便结束了。"

"同样的话，本宫也还给你。"右侧西王母停顿片刻，伸手指了指下方，"那他们呢？"

两位西王母，同时低头看向林七夜等人。眼前的这一幕，完全超出了林七夜的预料，他们本还想着杀入瑶池之后，分辨出假西王母，然后帮真正的西王母将其击杀……可万万没想到，真假两位西王母竟然联手，如此和谐地出现在他们的面前。"晚辈林七夜，见过西王母……们。"林七夜表情古怪地开口。

1689

如今的情况，林七夜大致是看明白了。幻彩烟雾降临之后，西王母意识到瑶池中出现了一批一模一样的复制品，经过试探之后，发现这些赝品根本没有任何手段能分辨真假，彻底混杂在瑶池的神明之中。为了防止赝品神明逃离瑶池混入天庭，造成更大的麻烦，同时也是为了保护永生不朽丹，西王母索性直接血洗瑶池，将所有被烟雾笼罩的神明，无论真假，全部杀光……这么一来，就能彻底将祸端掐灭在瑶池。所以，她将迦蓝和绛朱送出去，约好了十日期限……因为在她的计算中，自己杀光整座瑶池，最多只要十天。然而，在这个过程中，她不出意外地遇到了自己的赝品。既然赝品拥有与西王母同样的性格与思维方式，都想保护天庭，保护永生不朽丹，那赝品也一定会答应先将瑶池清场，这才有了刚才两人联手击杀句芒与祝融的一幕。真狠啊……林七夜看着天空中的两位西王母，忍不住想。自己的领地，自己的侍卫，自己请来的宾客，说血洗就血洗，连只仙鹤都不留下……不愧是能成为众神王母的女人。

"闯入瑶池的人类，倒是第一次见。"左侧西王母缓缓开口，"本宫看他们刚才，似乎想闯丹殿？是来盗丹的？"

"既然如此，一并杀了便是。"右侧西王母点头。

"等等！！"不等两位西王母出手，法殿的大门便应声推开，迦蓝急匆匆地从里面跑出来，对着两位王母行礼，"娘娘！他们不是坏人！他们是特地来帮娘娘的。"

"迦蓝？本宫不是让你四日后再来吗？"看到迦蓝突然出现，两位西王母的眉头同时皱了起来。迦蓝苦涩地开口："回禀娘娘，若非他们出手相救，迦蓝昨日便已被追杀致死了……"

"追杀？谁要杀你？"

"一些长相恶心的怪物……林七夜说，那是某位克苏鲁神明的信奉者，跟不久前袭击瑶池的那怪物同源。"西王母的目光重新落在林七夜身上，仔细打量着他，像是在思索着什么。

见西王母放下杀心，林七夜心知机会来了，深吸一口气，严肃开口："娘娘，我能分辨出您的真假。"

听到这句话，两位西王母目光一凝："当真？"

"当真。"

"娘娘，他很厉害的，您相信他！"迦蓝力挺林七夜。

两位西王母注视着林七夜，半信半疑地问道："说说看，你要如何辨别？"

"请二位娘娘上前，我仔细看看。"在林七夜的恳求下，两位西王母对视一眼，短暂地犹豫之后，同时从空中飘落，站在林七夜的面前。两位西王母拥有同样的思想，她们都觉得自己是真的，但偏偏她们又知道，自己的认知可能被修改……总之，自己是真是假，现在连她们都不确定。如果林七夜能给出一个答案，并给出理由，她们也许可以参考一下……但也仅是参考而已，她们不可能将自己的性命，赌在一个初次见面的凡人身上。"娘娘，再靠近些。"两位西王母皱了皱眉，但还是向前走了两步。林七夜若有所思地摸着下巴，先是走到左侧的西王母身前，仔细地看了一圈，随后又皱着眉头，走到了右侧那位西王母身后，转圈打量起来。

"你究竟有什么方法分辨？"左侧西王母皱着眉头，似乎有些不悦。

"娘娘，我这里有一件东西，您请看……"林七夜将那紧攥的右手，放到两位西王母中间，就在她们同时转头的时候，他的掌心缓缓摊开……"嗖——"刹那间，一抹剑芒自林七夜的另一只手中飞射，瞬间洞穿了右侧那位西王母的胸膛！在如此近的距离下，即便是西王母，也根本来不及反应，甚至她们也没想到，这个凡人竟敢趁机直接向她们出剑。"她是假的！"林七夜大吼一声。左侧的西王母当即反应过来，一只手凌空按出，率先镇压住天空那庞大的镜面，因为无论是真假西王母，都拥有操控昆仑镜的力量，若是让对方抓住机会操控了昆仑镜，那事情又麻烦了。随后，她另一只白皙的手跟在林七夜的天丛云剑之后，直接刺入了另一位西王母的胸膛，恐怖的青芒如潮水般涌出，顷刻间撕裂了后者的半边身体。赝品西王母瞪大了眼睛，低头看了眼伤口，像是察觉到了什么，神情有些无奈，又有些释然。

"抱歉，娘娘。"林七夜深深行礼，"我怕您未必信我，也怕您被我指认之后，那库苏恩临时修改您的认知，造成不必要的麻烦，这才鲁莽出手……"赝品西王母看着他，没有说话，只是缓缓闭上双眼，体内的生机迅速溃散，最终彻底消失，变化成一根长有两只眼球的柳条。天空中那面高悬的昆仑镜，最终还是缩小到巴掌大小，回到了真正的西王母袖中。微风混杂着浓烈的血腥味拂过，整座瑶池陷入一片死寂。

"你……叫林七夜？"许久之后，西王母才缓缓开口。

"是。"

"你是靠何物辨别真假的？"

"靠因果。"林七夜说道，"不过，这因果丝线，只有我能看到……"

"怪不得……"西王母点点头，目光扫过这座死寂的血色瑶池，长叹了一口气，"若是你再早六日来，本宫也不必行此下策了。"

"娘娘此乃不得已之举，我明白。"林七夜停顿片刻，还是开口道，"娘娘，我替您解决了赝品，可算有功？"

"自然。"

"既然有功，我便想向您求一件东西。"

西王母的目光落在林七夜身上，双眼微微眯起："这便是你来找本宫的目的？"

"是……但不全是。"

"说吧，你想要什么赏赐？"

林七夜郑重说道："娘娘，我想替朋友……求一个瑶池蟠桃。"

1690

"蟠桃？"西王母眉梢一挑，似乎并不意外，"可以。"西王母转身对迦蓝说道："本宫若是没记错的话，上次蟠桃盛会结束后，正好有一个蟠桃剩余，被本宫封入了金匣之中，你去替本宫取来。"

"是。"迦蓝领命，迅速向远处走去。

"林七夜，你随本宫来。"待到迦蓝走远，西王母转身便向身后的丹殿走去。林七夜一怔，犹豫片刻，还是老实地紧随其后。随着西王母手掌轻挥，丹殿的大门自动打开，等他二人前后进入之后，便缓缓关闭，彻底与外界隔绝。

"怎么还神神秘秘的。"克洛伊见此，无奈地耸了耸肩。颜仲正欲说些什么，一阵剧烈的咳嗽声从后方传来！他们转头望去，只见霍去病正在废墟中佝偻着身体,不停地咳嗽着,丝丝殷红的鲜血自指缝中溢出,滴落在地。看到这一幕,詹玉武和颜仲二人大惊,立刻冲上前问道:"侯爷,您受伤了?!"

霍去病没有回答,他脸上的血色逐渐褪去,肌肤一片煞白,整个人说不出地憔悴。他的寿命本就濒临极限,刚才与祝融的那场大战他消耗太多,此刻已经无法再用支配之力操控自己的身体,导致一直被压制的病情暴发出来。乌泉也匆匆跑到霍去病身边,但看到对方的身体反应,先是一愣,随后像是想到了什么,瞳孔剧烈收缩。他与霍去病一样,都是"支配皇帝",眼下霍去病的情况究竟意味着什么,别人或许不知道,但他最清楚……这位冠军侯的生命,已经要走到尽头了。

"无妨……刚才对战的时候,受了些内伤。"霍去病抹去嘴角的血迹,虚弱地开口。

"侯爷,咱们毕竟是凡人,怎么可能战胜得了神明……以后还是不要如此冒进啊!"詹玉武苦口婆心地劝道。

"你这蠢货,在这儿说什么呢?!"颜仲狠狠瞪了他一眼。

詹玉武这时候也意识到自己说错话了,立刻闭上嘴巴。

"不可能吗……"霍去病喃喃自语,他望着地上那具祝融尸体所化的柳枝,不知在想些什么。

丹殿内。随着二人的进入,一束束光亮自丹殿各处燃起,通明透亮的大殿之中,西王母缓缓转过身,目光凝视着林七夜,平静开口:"你……来自多少年后的未来?"

"您看出来了?"林七夜的脸上浮现出诧异。

"鸿蒙灵胎,本宫还是认得的。"西王母指了指林七夜的身体,"如今鸿蒙灵胎在天庭之中,而天庭又远在域外,怎么可能出现在这里?所以,你应当是从其他时间来的。"

"娘娘好眼力。"林七夜顺口称赞道,"我来自两千多年之后。"

"两千多年?如此漫长的时间,你是怎么回来的?"

"这事说来复杂……而且,我也没完全弄清楚。"林七夜叹了口气,"两个时代的因果彼此相连,交错复杂,即便我拥有因果之力,想将其完全参透,也十分困难。不过我有预感,我离看清这一切,已经不远了。"

西王母微微点头:"你自未来而来,本宫自然是看不透你,既然你能拥有鸿蒙灵胎作为肉身,想必后世你与天庭的关系也极为密切……你若是需要本宫帮助,尽管开口便是。"

林七夜心中一喜,随后像是想到了什么:"刚才娘娘说,天庭在域外?"

"不错。"

"域外,是何处?"

西王母抬起手,指了指天空:"星辰所在,便是域外。"

林七夜顿时明白了西王母的意思，她口中的域外，指的便是后世的太空，天庭拥有自由移动的能力，能够飞离地球前往太空，也不是什么难事。"他们去域外做什么？"

"拦截死星。"不等林七夜发问，西王母便主动解释道，"你在人间的时候，应该看到有一颗闪亮的赤色星辰吧？那便是死星。"

赤色星辰？那不是克系神吗？

林七夜震惊地瞪大眼睛："他们直接去太空拦克系神了？！"

"克系神？"西王母疑惑地皱眉，似乎不理解这个词语的意思，"不久之前，天尊卜算天机，发觉将有大劫在数百年后降临，其中有一颗死星作为先驱，已经逼近这方世界……于是，天尊便调动整个天庭，前往域外拦截死星，并一窥这大劫之貌。"

听到这儿，林七夜微微松了口气。还好……不是去单挑克系众神。从西王母的描述来看，那颗死星应该是克系神派出的某种"侦察兵"，在克系大部队抵达之前先来探寻地球的情况，大概率是一位克系的神明，不过还没到三柱神那个层次。刚刚西王母提到了天尊，说明这个时代三位天尊已经成为至高了，再加上拥有古老神明的天庭，拦截住一位克系外神问题应该不大。而真正的克系众神，大概要在数百年后才会降临。"那他们什么时候才能回来？"

"不知。"西王母摇头，"也许数日，也许数月，也许数年。"

也就是说，在天庭众神回归之前，这片大地上只有瑶池有神明坐镇……而现在西王母又血洗了瑶池，那岂不是意味着，如今的大汉王朝只有西王母一位神明？这么一来，想击杀库苏恩这位克系神，难度可不小啊……林七夜的眉头微微皱起。就在这时，迦蓝的声音从殿外传来："娘娘，蟠桃到了。"西王母打开丹殿大门，目光落在迦蓝掌间那个小蟠桃上。她转身看向林七夜，眸中带着一丝歉意："你替本宫解决了赝品，本该厚赏……可距离上次蟠桃盛会结束不久，如今这瑶池蟠桃又尚未结果，只有这个剩余的蟠桃……年份不长，个头也不大。这蟠桃，就算是本宫送你的，你还有什么想要的，不妨再提。"

林七夜看向那个小蟠桃，脸上浮现出无奈，但还是伸手接过了蟠桃，对着西王母躬身行礼。"多谢娘娘赠礼。"这蟠桃虽然个头不大，但毕竟是个蟠桃，对凡人的血肉之躯，有极大的益处，甚至还能延长寿元，这一点亲自吃过蟠桃的林七夜最为了解。话音落下，林七夜便径直走到霍去病身前，将蟠桃递到他手中："侯爷，把它吃了。"

1691

霍去病愣在原地。"这是……给本侯的？"

"对啊。"林七夜点头道，"这蟠桃能替你延长寿命，修复身体隐患，吃了它，你能好很多。"

霍去病注视林七夜许久，神情复杂无比。"本侯不过是一副残躯，就算有这蟠桃续命，又能残喘多久……你的好意，本侯心领了，这个蟠桃是你换来的，还是你吃吧。"

"我已经吃过了，这个我吃了也是浪费。"林七夜强行将蟠桃又塞入了霍去病手里，"你是人间的冠军侯，这天下没人比你更值得吃这个蟠桃，你若是不吃，我这便毁了它。"在林七夜的接连劝阻之下，霍去病还是叹了口气，将蟠桃吃入嘴中。随着蟠桃入体，那张苍白虚弱的面庞肉眼可见地恢复血色，原本濒临枯萎的生机迅速再生，强横的精神力波动自体内翻卷而出，双眼中再度焕发出神采！"侯爷，请打坐调息，我会替你护法。"林七夜的声音在霍去病耳畔响起。澎湃的力量自霍去病体内翻滚，他紧闭着双眼，立刻盘膝坐在地上，全神贯注地吸收蟠桃中的精华，本就是人类战力天花板级别的精神力，开始再度增长！感受到霍去病身上的变化，其他人的脸上浮现出震惊之色，他们也没想到，那个蟠桃中竟然蕴藏着如此恐怖的力量。"好厉害的桃子。"克洛伊瞪大了眼睛，"这就是来自东方的神秘力量吗？"吸收蟠桃是一个漫长的过程，按照林七夜的估计，霍去病完全吸收蟠桃大概要半天的时间，这个蟠桃虽然没法让他成神，但延长些寿命应该没问题。按理说，一个蟠桃足够让普通人续命数十载，但对"支配皇帝"而言，这个效果应该会大打折扣……具体能延长多久，也许只有霍去病自己清楚。

"迦蓝，不朽丹呢？"

就在这时，西王母转头看向迦蓝，开口问道。

迦蓝："……"

"呃……"一颗颗豆大的汗珠自她的额头渗出，整个人顿时紧张起来，她知道，这一天终究还是来了。看到迦蓝的反应，西王母的双眼微眯，她伸手凌空一招，一只白色丹壶便自动飞出迦蓝衣袖，落在她的掌间。西王母打开丹壶一看，脸色顿时难看起来："不朽丹呢？"

就在迦蓝不知所措之际，一个声音从她身后传出："娘娘，不朽丹，我让她吃了。"

西王母皱着眉头望去，只见一袭青衣的林七夜平静走到迦蓝面前，恭敬开口。"吃了？"西王母的声音有些低沉，"林七夜，你可知这永生不朽丹，是灵宝天尊为天下苍生炼制的度劫秘宝，其材料甚至比你的鸿蒙灵胎更加稀缺，世间仅此两枚，未来也再无可能重炼。那搅乱瑶池的罪魁祸首，与追杀迦蓝的怪物，都是为它而来，若是迫不得已毁了也就罢了，至少没落入外敌手里。可这丹只要吃下去，便会一直存在她体内，不但没法与永生丹结合解救天下苍生，她还会变成那些怪物追杀的目标……若是她被掳走，强行提炼出不朽丹，那又将酿成一场滔天浩劫。"西王母低沉的声音在大三殿前响起，随着那对眼睛逐渐眯起，恐怖的神威压在迦蓝的肩头，让她整个人跪倒在台阶之前。西王母虽然看似温婉平和，但行事素来雷厉风行，果断刚烈，若非如此，也不可能亲手血洗了自己的瑶池，就连前来做客的主神都不曾放过……在她的心中，有自己的一套理念，而迦蓝违背旨意私自吞服不朽丹，无疑是触碰到了她的底线。迦蓝对西王母的脾性非常了解，此刻脸色苍白无比，低垂着头，根本不敢抬头直视那殿前的身影。西王母深吸一口气，缂丝紫纹长袍拖过台阶，缓缓向迦蓝走去："本宫送她们离开之前，千叮万嘱，不能私自吞丹……如今造成此等局面，你最好给本宫一个解释。"

就在迦蓝的头低垂到几乎叩在地面之时，一个身影拦在了她与西王母之间。"娘娘，你可信因果？"

西王母凝视着眼前的林七夜，许久后，还是开口："因果乃天地至高大道之一，本宫自然是信的。"

"那如果我说，迦蓝吞丹乃是因果必然，娘娘信不信？"

"因果必然？"西王母摇了摇头，"林七夜，本宫知道你身负因果之力，可若是这世间一切都是因果必然，我等又有何存在的意义？世间本就没有因果必然，所谓的必然之果，无非是因为有人提前种下了'因'罢了。"必然之果……是因为有人提前种下了"因"？

这句话落入林七夜的耳中，仿佛有一道灵光掠过脑海，他像是想到了什么，眸中泛起一抹金芒。"娘娘，您说得对，世间所有看似必然的结果，都是因为有人种下了'因'……而我，便是那种'因'之人。迦蓝吞下不朽丹，是我一手促成，这正是我为后世种下的'因'。"

西王母皱眉看着他："林七夜，你可知这么做，要冒多大的风险？"

"这些事情都是我一人所为，风险，自然也由我一人承担。"林七夜双手抱拳，恭敬行礼道，"还请娘娘高抬贵手，放过迦蓝。"

西王母沉着脸，目光不断在林七夜与迦蓝身上扫过，像是在思索着什么。最终，她还是下定了决心，目光锁定了林七夜。"既然你执意要种下她这个'因'，本宫便如你所愿，只是希望你有朝一日，不要后悔才好……"西王母最后看了迦蓝一眼，转身向后走去，那缂丝紫纹长袍的衣袖轻摆，声音缓缓传来："珠魂迦蓝，违逆本宫旨意，私自吞服不朽丹，即刻驱逐瑶池，从今往后与本宫再无瓜葛。"听到这句话，迦蓝的目光骤然一凝，她错愕地看了眼西王母离开的背影，像是雕塑般定格在原地。等到那身影逐渐走远，她才猛地回过神，额头重重叩在地面："迦蓝……跪送娘娘。"

1692

西王母的身影彻底消失之后，迦蓝依然沉默地跪倒在地，久久不曾起身。看着那被遗弃在丹殿之前的蓝衣身影，众人都有些无奈，迦蓝虽然跟他们相处的时间不长，但这少女确实很讨人喜欢。他们不知道事情的经过，只知道迦蓝似乎是因为林七夜才被驱逐出瑶池……顿时，他们看向林七夜的目光就不善起来，都是一副看渣男的表情。林七夜长叹一口气，走到迦蓝身前，一张哭得梨花带雨的面容顿时映入眼帘。"恨我吗？"林七夜轻声开口。

迦蓝狠狠地瞪了他一眼，一只白皙的拳头重重砸在林七夜的胸口，带着哭腔喊道："我让你别救我别救我……非要趁机把不朽丹塞我嘴里！现在好了，连娘娘都不要我了！你这个浑蛋浑蛋浑蛋浑蛋……"迦蓝的拳头雨点般落在林七夜身上，林七夜也不躲，就硬是让迦蓝捶了半天，一声不吭。半晌之后，迦蓝低头看了眼自己被震得通红的拳头，哭得越发悲伤起来。

"解气了吗？"林七夜问。

"没有！"迦蓝抹了把眼泪，又砸了林七夜一拳，默默地把抽搐的手背到身后，"我知道你给我吃不朽丹是想救我……但我只是个珠魂啊，我的使命只是侍奉娘娘，除了偶尔陪娘娘射箭解闷，我连架都不怎么会打，哪里承受得起这么重要的东西……现在好了，娘娘不要我了，瑶池也不要我……我彻底是孤零零一个人了。"

看着迦蓝通红的眼圈，林七夜突然有种负罪感。现在的迦蓝，只是被西王母蕴养出的珠魂，严格意义上来说，西王母就是她的母亲，而她也只是个涉世未深的懵懂少女，随随便便就能被人骗去青楼卖掉的那种。因为自己，西王母驱除迦蓝，这就跟自家女儿出去跟街溜子厮混被家长发现直接逐出家门断绝母女关系一个道理。而最委屈的是迦蓝，她压根就没打算私奔啊！但林七夜也没办法……他总不能眼睁睁地看着迦蓝死在自己面前吧？他下意识地回答："没事，他们不要你，我要你。"这话一出，林七夜恨不得给自己一巴掌，越发觉得自己是个哄骗无知少女的渣男。

迦蓝没好气地瞪了他一眼，踉跄从地上站起："还不都是你干的好事……你当然得负责！至少……至少帮我在人间找个活干，能吃饱饭的那种！"

听到这儿，林七夜的嘴角疯狂抽搐，强行按下了笑意，平静问道："还有别的要求吗？"

迦蓝仔细想了想："有！那种穿一点点衣服在人群里跳舞的活我不干！"

"……好。"林七夜转过身，不断按摩着快要抽筋的脸颊肌肉，深吸两口气，才把心情平复下来。

林七夜迈步走向不远处的众人，正欲开口说些什么，却发现他们都表情古怪地看着自己。"怎么了？"

"你打算什么时候娶人家？"詹玉武正色问道。

林七夜茫然："什么？"

"怎么，还想狡辩？"克洛伊昂着头，一副已经看穿一切的表情，"之前第一次见你们两个在一起，我就感觉到你看那姑娘的眼神不对劲，你分明就是看上人家了！说！你是不是故意下绊子让人家被瑶池驱逐，自己好乘虚而入的？"

"七夜兄啊，君子好逑这一点可以理解，但你都做到这份上了，若是不结婚很难收场啊。"颜仲苦口婆心地劝道，"你该不会，只是想玩玩吧？"

"人渣。"公羊婉冷冷地开口。

林七夜："……"

"我，我也没说不娶啊……"林七夜瞥了眼远处抹眼泪的迦蓝，小声地说道，"总之，这件事先放一边，正事要紧……你们在这儿守着侯爷，我再去找一趟西王母。"

"做什么？"詹玉武问。

"你忘了，我们是来干吗的？"林七夜指了指一旁的柳条，"现在大汉王朝境内，只剩下王母娘娘一位神明，若没有她相助，我们如何杀死库苏恩？"

"也对……可你们刚气走她，现在又去找，合适吗？"

"放心吧。"林七夜转头看向远处，"她……可是西王母。"

瑶池，寝宫。西王母站在废墟之上，目光缓缓扫过下方血色的大地，除了那些腐臭的柳条之外，一具具天兵尸体陈列地面，她的双手紧紧攥起，神情浮现出一抹愧疚。就在这时，一个身影出现在她身后。"何事？"西王母沉声开口。

"娘娘，如今瑶池之乱虽然解决，但那柳树的本体，依然还在昆仑山附近……"

"那怪物毁了本宫的瑶池，本宫必杀之。"凌厉的杀机自西王母眼眸中爆发，声音越发低沉起来，"此事乃神与神之间的恩怨，你等凡人，就不用插手了。"

"娘娘，这克系神来自世界之外，他们的实力不可小觑，只凭娘娘一人，胜算极低。"林七夜郑重开口，"如今天庭在域外，若是娘娘身亡，这世间便再无人可杀那怪物，还请娘娘替天下众生着想，不可鲁莽行事啊！"

听到这儿，西王母眼眸中的杀意消退，迅速冷静下来，她皱眉沉思片刻，转头看向林七夜："你想怎么做？"

"追杀库苏恩，便交给我等，待我等将他重创之后，娘娘再出手击杀，才是最稳妥之策。"

"你是要本宫躲在你们凡人身后？"

"凡人，不比神明弱小，娘娘若是不信，可敢与我一战？"林七夜的声音平静无比。

听见这句话，西王母的目光一凝，她皱眉注视林七夜许久，才缓缓摇头："本宫已经受够了同类相杀……既然你已有打算，本宫便依你。"西王母伸出手，将昆仑镜递到林七夜身前，"你将此镜带在身上，关键时刻，本宫必会出手。"

"多谢娘娘相助。"林七夜恭敬收起昆仑镜，正欲离开，西王母的声音再度响起："等等。"林七夜疑惑回头望去。西王母犹豫片刻，还是转身走入寝宫废墟，从中取出一把淡黄色的硬木弓："你替本宫，将这弓箭转交给迦蓝吧。"

1693

澎湃的精神力逐渐平息，霍去病缓缓睁开双眼。"侯爷！你醒了？"詹玉武惊喜地开口，"你感觉怎么样？"霍去病从地上站起，轻轻一振袖袍，侯服衣摆的尘埃纷扬落下，整个人笔挺地站在那儿，像是一棵劲松。"好多了。"霍去病低头看向自己的手掌，眼眸明亮无比。"林七夜呢？"

"他去找西王母了……欸，这不是回来了吗？"

众人转头望去，只见林七夜背着一把硬木弓，正从远处缓缓走来。

"侯爷醒了？"林七夜眉梢一挑，"正好，我们也该出发了。"

"去找天庭吗？"

"天庭是找不了了，但是库苏恩的本体必须杀，那东西的子嗣当时用了几天才抵达长安城外，说明本体移动速度并不快，现在应该还没出昆仑山。"

众人点头，当即向瑶池的出口走去。

"迦蓝，娘娘让我把这个转交给你。"林七夜将背后的硬木弓取下，递给迦蓝。好不容易止住眼泪的迦蓝，看到这把硬木弓，眼圈顿时又红了，她将硬木弓抱在怀里，指尖轻轻在其表面摩擦。"这是我刚诞生不久的时候，娘娘用长青树枝给我做的弓……万年不腐不化。"迦蓝轻声说道，"不过这弓虽然不腐，但并不结实，所以后来我们射箭的时候，都不用这把弓，没想到娘娘到现在还留着。"

"你吃了不朽丹，寿元无尽，娘娘送你这柄同样千年不腐的弓，也许是希望它能永远陪在你身边。"林七夜自然是认得这把弓的，他最开始将迦蓝从酆都放出来的时候，这把弓就在她的身边……可惜，最终还是在战斗中断裂了。迦蓝如视珍宝般将这把弓抱在怀里，最后回头看了眼死寂的瑶池，转身向外走去。林七夜正欲离开，像是想起了什么，随手捡起一具柳条尸体，紧跟其后。漫天大雪中，几道身影接连从虚无中闪出。

"接下来该往哪儿走？"克洛伊问道。林七夜抬起手中的柳条，他的视野之中，一根因果丝线自柳条尸体中延伸，向着某个方向，消失在虚无之中。这柳条乃是本体身上留下的东西，因果关系十分密切，只要林七夜握着这根柳条，便能顺藤摸瓜，找到库苏恩的本体所在。"这里。"林七夜指着一个方向。霍去病一抬手，原本被风雪淹没的两驾马车顿时冲出，停在众人身前。"上车吧，本侯带你们追过去。"

太空。无尽的漆黑与死寂中，一座恢宏古老的天庭，无声地在星辰之间移动。群星之间，一颗赤色的星辰，与他们越来越近……那是一个如同生锈般棕红的巨大球体，体积大约是地球的一半，但即便如此，天庭在它的面前也宛若蝼蚁般渺小。这铁锈星辰毫无生气地飘浮在太空之中，向地球缓缓挪动，一只流淌宛若黏

-301-

液的巨型眼球，正在这星辰表面飘浮，隐约间，可以看到一只只怪异兽影自其中闪过，沉闷雷声从中响起，死寂的压迫感翻涌而出！

"这是什么鬼东西……"天庭中，道德天尊看着眼前这个诡异的庞然大物，眉头紧紧皱起。

"看起来像是某种域外生物，不过散发的气息非常怪异，像是神明，又像是邪祟，以前从未见过。"元始天尊沉声道。

"域外神明的入侵吗……莫非，与贫道预言的天地大劫有关？"灵宝天尊手指轻动，像是在计算着什么。"这东西与人间的距离越来越近了，得赶紧解决掉它。"

"我等初入至高境，实力尚且不稳，这东西又极为古怪，出手务必要小心。"元始天尊提醒道。另外两位天尊点点头，身形化为三道虹光瞬间自天庭飞出，紧接着，大量的古老神影跟随其后，像是雨点般铺天盖地地落向那颗赤色死星！

一抹抹微光自那颗赤色星辰表面闪过，自地表向上看去，肉眼几乎无法察觉。两驾马车掠过茫茫雪山，在风雪中前进，炽热的火焰自克洛伊手中燃起，勉强驱散了周身的寒冷，但即便如此，那疯狂颠簸的车厢依然让众人脸色一片煞白。林七夜像是感知到了什么，微微皱眉，掀起车厢帘子，抬头看向那颗赤色星辰。"天尊他们出手了？"林七夜喃喃自语。

"不行了不行了。"颜仲虚弱地抬起手，拍了拍车厢内壁，声音沙哑地开口，"休息一下……休息一下再继续！"

"哕——！"克洛伊二话不说，直接对着车厢地板呕吐起来，这散发的气味瞬间让其他痛苦挣扎的乘客破防，接连忍不住干呕起来。林七夜的嘴角微微抽搐，当即开始寻找合适的下落点，他的目光扫过下方，最终停留在一座山间的破庙之上。"这地方，居然还有座庙？"林七夜诧异开口。在林七夜的引导下，两驾马车开始向那座破庙落去，等到车轮触底的瞬间，几道身影急速冲出，开始他们的"释放"之旅。林七夜轻盈地从车厢跃下，余光立刻注意到，这破庙的空地上有几具尸体，还有几根柳条混杂其中。"在库苏恩的移动路径上，也被赝品波及了吗……"林七夜目光一一扫过这些尸体，无奈地叹了口气。他迈步走入破庙之中，想看看还有没有活人幸存，可惜这庙内除了沉寂的佛像，再也没有丝毫生气。"这个时代，佛教不是还没传过来吗？"林七夜看着庙宇中央的那座泥胎佛像，疑惑地挑眉。

"喀喀喀……这里是大汉与摩揭陀国的交界边境，有一些佛教信仰，已经开始越过边境，向大汉输送了。"颜仲虚弱地步入庙中，四下寻找起来。

"你在找什么？"

"吃的。"颜仲揉了揉干瘪的肚子，苦涩道，"这一天坐了那么多次飞车，肚子里的东西都快吐光了，这里既然原本有僧人居住，应该有干粮留存才对。"颜仲急匆匆地向庙宇的后院走去，林七夜打量了眼佛像，也跟着他走进院中，他的余光落在院子的角落，目光突然一凝。只见在一个打扫得纤尘不染的石台之上，一个棋盘正静静地摆在那里。

1694

"这些摩揭陀国过来的僧人，居然也喜欢下棋？"颜仲同样看到了这个棋盘，诧异地说了一句，随后一头扎进院子边的小厨房中，翻了许久，终于找出了干粮。霍去病等人也逐个走入庙中，四下打量起来，克洛伊一边好奇地戳着中央的泥胎佛像，一边燃起火焰，将庙内供奉的红烛接连点起。暴雪混杂在狂风中，吹得破庙的大门嘎吱作响，几缕烛火在风中摇曳，仿佛将这泥胎佛像浸染成金。"这一路奔波，大家都饿坏了，先在这里吃点东西再出发吧。"颜仲将干粮分发给众人，"不然一会儿要真碰到那怪物本体，都得饿得没力气打架。"

林七夜如今已是鸿蒙灵胎，不需要进食，便将自己的干粮递到迦蓝手中："你吃吧。"

迦蓝正啃着自己的干粮，看到林七夜又递过来一个，先是一愣，随后试探性地开口："你不吃吗？"

"我不饿。"

迦蓝将信将疑地将干粮接过来："先说好，请我吃顿饭可没法收买我……该给我找的活，还是得找。"

"是是是，放心吧，饿不到你的。"林七夜哭笑不得地开口。

迦蓝吃了两口干粮，像是想到了什么："对了，林七夜。"

"怎么了？"

"算算时间，那些怪物应该又要来找我了……怎么办啊？这次不朽丹被我吃了，想毁都毁不掉。"迦蓝的脸垮了下来，仿佛连手里的干粮都不香了。

"放心，有我在，它们抓不走你。"林七夜开口安慰道，心中却认真思索起来。"门之钥"知道不朽丹被迦蓝吃了，自然不会善罢甘休，照这个形势发展下去，他还会源源不断地派米戈来追杀迦蓝，虽然只要他陪在迦蓝身边，迦蓝就不会出事，但总这么下去也不是个办法。要不，把迦蓝的因果也藏起来？林七夜的眼眸中闪过一抹微光，他转头看向迦蓝，视野中，一根根因果丝线自迦蓝体内飘出。听见林七夜的保证，迦蓝正觉得有些心安，见他突然一脸认真地看向自己，疑惑地问道："怎么了？"

"没事，你吃你的，我就看看。"林七夜紧盯着那些飘动的因果丝线，眉头微微皱起。到现在为止，林七夜只成功地藏起了自己的因果丝线，他能不能藏起别人的因果还是个未知数……迦蓝自幼在瑶池长大，只伺候王母娘娘，身上的因果丝线很少，但问题是，林七夜在她的体内，感知到了另外一股气息。一根漆黑的

-303-

因果丝线，混杂在迦蓝的因果中，一直向外延伸，直至虚无。那是什么因果？林七夜顺着丝线找去，最终锁定了它的源头……不朽丹。不朽丹虽然是物品，但只要存在，同样拥有自己的因果丝线，而这枚丹药上的因果，远比迦蓝身上的复杂百倍，而那根漆黑的因果丝线之上，甚至还沾有一丝克系的气息。不朽丹……怎么会和克系有因果？

林七夜突然想到，之前听大夏神说过，当年灵宝天尊炼制出永生不朽丹时，遭受了天劫洗礼，一道雷光从天而降，将永生不朽丹劈成了两半。天劫？林七夜清楚地记得，自己在获得"无端之因"与"既定之果"后，也引来了那道恐怖的雷击……不过那并非什么天劫，而是"门之钥"在隔空出手，想置他于死地。那有没有可能，当年想毁掉永生不朽丹的，根本不是什么天劫，而是"门之钥"在隔着时间长河出手，想抹杀这枚丹药？当年的天尊应该并不知道"门之钥"的存在，将那雷击误认成了天劫？这么一来，一切就说得通了……"门之钥"从一开始就意识到永生不朽丹有重大危险，想直接将其毁掉，但在天尊的干扰下，只是将其劈成两半，而"门之钥"也并未就此放弃，直接派出了米戈，追杀两枚丹药，想彻底抹去它们的存在。怪不得，这不朽丹上会出现"门之钥"的因果，原来是那场雷击留下的。

见林七夜始终在认真地盯着自己，迦蓝有些不好意思，她正欲说些什么，林七夜突然伸出手，撩向她的头发……"你，你要干什么？"迦蓝回过神来，脸颊飞速闪过两抹红晕，忍不住开口。

"别动。"林七夜的指尖在迦蓝的发梢前停下，轻轻拨动着什么，一根根无形的因果丝线被他抽离，在掌间首尾相连，逐渐汇聚成圆环形状，迦蓝的因果也若隐若现起来。但林七夜的眉头越皱越紧，片刻后，他放下了手掌，无奈地叹了口气。他可以藏起迦蓝的因果……但不朽丹的那道因果丝线，他藏不起来。也许是因为不朽丹与克系的联系太紧密，也许是他对"无端之因"与"既定之果"的掌控还不够。但无论如何，这都是个坏消息，就算他能藏起迦蓝的因果，只要不朽丹还在，"门之钥"依然能看见这里。迦蓝撩了下鬓角凌乱的头发，整张脸已经通红，她压根就看不懂林七夜究竟在做什么，但不知为何，心跳就是莫名地加快。

"你脸怎么了？"林七夜问。

"没……没什么。"迦蓝狠狠地啃了口干粮，心情逐渐平复下来。林七夜没有多问，因为现在他的思绪，已经完全放在另外一件事上，他从地上坐起身，随手捡起角落的石子，放在掌间认真把玩起来。

"你在做什么？"看到林七夜的举动，一旁的克洛伊疑惑问道。

"隐藏因果。"林七夜双眼微眯，随着他指尖轻动，一根根石头的因果丝线缠绕在一起，凝聚成圆环，逐渐隐匿在虚无之中。他的眼睛越发明亮起来！"我知道了。"林七夜将这块石头丢在一边，像是想起了什么，猛地转头看向院中的棋盘,快步走上前!"哗——"他提起一只棋篓,将其中的黑色棋子倒满棋盘,这动静立刻引来了其他所有人的注意。

"你知道什么?"克洛伊越发不解起来。

林七夜低头,望着这个满是黑棋的棋盘,双眸璀璨如星!"翻盘的方法!"

1695

"翻盘的方法?"听到这几个字,众人的脸上都是茫然。"王母娘娘说得对,世上根本就没有什么必然之果,长安之乱、迦蓝吞丹、血洗瑶池……这一切都是一个循环。正因为我让迦蓝吃下了不朽丹,后世才会出现迦蓝;正因为我在后世见过迦蓝,才会在回到这里之后,让迦蓝吃下不朽丹……长安之乱是如此,瑶池也是如此!这一切是一个头尾相接的圆环,而亲手缔造这些因果的,就是未来某个时间段的我!因为只有让因果衔接成圆环,才能彻底隐匿,才能摆脱'门之钥'的观测!迦蓝吞丹不是注定的,镇邪司的建立也不是注定的……它们之所以看似无法改变,是因为在某个时间点,我用因果之力强行将这些事件搓成了圆环,因我而起,因我而终,就像是我自己将自己的因果藏匿一样,藏匿了这段历史。只要将它们变成圆环,那无论'门之钥'如何改变历史,都不会对这些事件造成影响,这就是我种下的'既定之果'!"想通了这一切之后,那纷乱错杂、贯穿两千年时光的因果,在林七夜眼中顿时清晰了起来!在这段纷乱的因果之上,有一只无形的大手,正在操控着一切……而这只大手,便是未来某个时间点上,手握"无端之因"与"既定之果"的林七夜自己!而他做这一切,所针对的,便是那高悬于时间长河之上的"眼",克苏鲁三柱神之一,"门之钥"。未来的他,在用"因果"对抗"全知全视"!

"我怎么听不懂?"颜仲茫然地看向霍去病:"侯爷,你听懂了吗?"

霍去病摇头:"没有……"

"人类在与克苏鲁的战争中,胜算为零,这是'门之钥'观测所有人类历史得出的结论,但这个结论,仅限于他所观测到的历史……不是真正的历史。"林七夜转过头,看向一旁的克洛伊,"想赢过'全知全视',必须尽可能多地藏起对我们有利的历史,能做到这一点的,只有我……所以,未来的克洛伊用'第一圣约'将我送回这个时代,让我开始这一场贯穿人类两千年历史的棋局。从我回到这个时代,觉醒'无端之因'与'既定之果'的那一刻起,人类的胜算,就不再是零……"林七夜从一旁的棋篓中,取出一枚白子,替换了棋盘角落的一枚黑子。这一刻,满盘黑子之中,终于出现了一抹希望的白……尽管它与这整个棋局相比微不足道,却蕴藏着无限的可能。"这翻盘的第一步棋,便是你的'第一圣约','因果重逆,死境逢生'!"

克洛伊茫然地看着林七夜，虽然她不明白林七夜的意思，但好像……自己干了件非常厉害，改变了人类命运的事情？

"所以，你回到这个时代，就是为了跟别人下棋？"颜仲算是听明白了一点，走到林七夜身边，"那棋盘的另一边，是谁？"

林七夜的目光，落在石台对面的虚无中，恍惚之中，他看到了一扇门、一只羊，与一个咧嘴嬉笑的黑人。他深吸一口气，缓缓开口："三柱神。"

颜仲看着这仅有一枚白子的漆黑棋盘，忍不住开口："这么看，胜算还是非常渺茫啊……这第一步棋你已经下好了，接下来怎么办？"

"想翻盘，一枚棋子是不够的，我需要更多的棋子。"林七夜手伸进棋篓中，用力一抓，一把白子落在他的掌间。一根根因果丝线自他体内延伸，与这些白子连接在一起，"无端之因"与"既定之果"飘浮在林七夜身后，在这些棋子之中，绕出一个又一个因果圆环。"这些棋子，需要满足三个条件：第一，在两千年后的未来，他们存在；第二，他们拥有正面与克苏鲁神交战的潜力；第三，他们与过去的我之间，要存在因果。只有这样，未来我才能隔空隐去他们的因果丝线，让他们彻底从'门之钥'的观测中消失……这一来，他们就将与我一样，超脱克系神的掌控，在某个至关重要的时间点，下出属于他们的关键一棋。"

"隔空隐去他们的因果丝线？能做到吗？"

"只要与我有因果相关，再通过某种媒介，我就能做到。"

"什么媒介？"

"媒介，不就在这儿吗？"林七夜摊开手掌，一把白色棋子哗啦啦落在桌面。

"因果为线，白棋为信……听起来有点意思啊。"颜仲无奈地叹了口气，"可惜，两千年后的情景，我是看不到咯。"

"为什么看不到？"林七夜嘴角勾起一抹笑意，他伸手指了指一旁的胡嘉，"你忘了，我们有'他心游'吗？"

"你是说……精神永生？！"

"在这座庙里的人，不光要看到，还要参与其中……人类的未来，只交给后人，你们放心吗？"林七夜从桌上的棋子中，取出几枚，摊在自己的掌心。他的目光扫过这座风雪呼啸的破庙，霍去病、詹玉武、颜仲、公羊婉、乌泉、克洛伊、胡嘉、迦蓝……他们，是这个时代顶尖的那批人，不该就此淹没在时间长河之中。他们，是林七夜心目中，对抗克苏鲁神的最初班底。

听到这句话，众人的眼中纷纷出现意动，那刻在骨子里的不甘与战意接连涌出，他们想到自己也许将参与到这事关人类命运、贯穿两千年历史的棋局中时，内心都有些火热。霍去病率先站起身，黑金侯服被从门缝中溢出的风吹拂而起，他平静地走到林七夜身前，从他手中接过一枚白子。"无论前人后人，皆为炎黄子民，为这天下黎民，本侯愿战。"

| 第十三篇 |

宿命佛陀

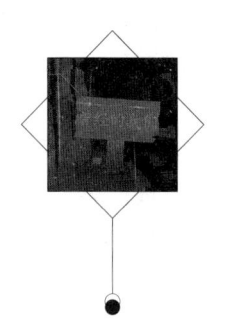

1696

"算我一个！"詹玉武紧跟在霍去病身后，从林七夜手中接过棋子，咧嘴笑道，"侯爷去哪儿，我就去哪儿。"

"啧，就你手快。"颜仲明明就在林七夜身后，却没抢得过詹玉武，狠狠瞪了他一眼，也接过一枚白棋，"怎么，是想表示你比我更忠于侯爷？"

"我这是为了天下百姓！"

就在颜仲与詹玉武争执之际，乌泉默默地走上前，接过了一枚棋子。他犹豫片刻，还是问道："七夜哥，以后青竹哥……也会收到这种棋子吗？"

"当然，他可是沈青竹。"林七夜笑道。

乌泉点点头，默默攥紧手中的棋子："我会保护好他的。"

"这第一步棋，是我下出来的，看来无论如何，我是躲不掉了。"克洛伊无奈地耸了耸肩，"给我也拿一个吧。"

胡嘉走到林七夜身前，双手取过一枚白子，郑重说道："林大人，胡嘉必不辱命！"

见众人都在拿棋子，迦蓝眨了眨眼睛，也站起身，向林七夜掌心那最后一枚白子摸去。还没等她的指尖碰到林七夜，那只手便缩了回去。迦蓝一愣，随后瞪着林七夜，双手叉腰问道："林七夜，你什么意思啊？我不配替天下百姓出力吗？"

"你先不急。"林七夜立刻安慰道，"你体内的不朽丹，光靠这东西可藏不起来，不如把它留给更有需要的人……"话音落下，林七夜的目光落在角落的公羊婉身上。察觉到林七夜看自己，公羊婉皱了皱眉："我为什么要加入你们，替众生而战？就算不用'他心游'，我一样可以永生。"

"你不想让你弟弟重生吗？"

听到这句话，公羊婉的瞳孔骤然收缩，她死死盯着林七夜，呼吸都粗重起来。

- 307

"你什么意思？"

"我的意思是，你虽然生吞了公羊拙，但他的意识依然残余在你脑海里，不是吗？只要没有彻底死亡，你怎么知道，以后没有复活的希望？"林七夜指了指胡嘉，"不说别的，胡嘉的'他心游'，专门针对精神世界，只要他出手，或许可以将你弟弟的意识，从你体内分离出来？这么一来，只要想办法将他的意识重新导入一副新的肉身，未必没有重生的可能。"

公羊婉的身体都颤抖起来，她张了张嘴，却没说出什么话，索性径直冲到林七夜面前，一把夺走了最后一枚白棋！"好，我便信你这一回！"公羊婉双唇微抿，眼圈有些泛红，"要是能救活我弟弟……让我做什么都可以！"霍去病的目光落在公羊婉身上，似乎有些疑惑。

"这么一来，我们的班底算是初步形成了。"林七夜的目光扫过众人，深吸一口气，"接下来，还有个至关重要的问题……"

"什么？"

"下这局棋……我还不够格。"

众人都是一愣："？？？"

"我的意思是，与我们对弈的，是一位拥有全知全视视角的域外至高神明……他能纵观历史长河，背靠真理之门，拥有近乎无尽的算力与逻辑推衍能力，就算我能更改因果，藏匿自身，但仅靠这些，是不可能扳得过他的。我只是个血肉之躯，没法精准地推衍延续两千年的所有因果走向……这种负荷人脑是无法承受的。我需要一个同样能掌控因果，而且能够精准将每一枚棋子，放在它该在的地方的'大脑'，一个能够完美掩藏所有因果踪迹，跟得上'门之钥'算力的'超级计算机'。"

"超级……什么鸡？"迦蓝舔了舔嘴唇。

"也是，你自身不能沾染因果，又要操控这贯穿两千年历史的棋局……这根本是不可能的事情。"颜仲是唯一能跟得上林七夜思路的家伙。

"那怎么办？这种聪明人，该去哪儿找？"詹玉武茫然。

"不用找。"林七夜缓缓抬起双手，他的视野之中，两个延伸着密集丝线的光团，出现在他的掌间，"能对抗'规则'的，只有'规则'……因果具备自我修正的能力，它们就是我最好的替身。"林七夜转头看向胡嘉："胡嘉，你说过，能替我斩下其中一个能力，对吗？"

"对。"

林七夜深吸一口气，将承载着"既定之果"的右手，递到胡嘉的面前："帮我，斩了它吧。"

"林大人，你想好了吗？"

"因与果这对双生子，现在的我也没法承载，既然注定要暂时割舍一个，现在就是最好的时机……因果本就相连，就算你斩下'既定之果'，我也能用'无端之因'与它建立联系。这么一来，不仅能解决我精神无法承载的问题，还能获得一个拥有自主行动力，能够替我们修正因果、推衍未来的超级大脑，这是最好的选择。我执掌'无端之因'，来制造'棋子'；另一个由'既定之果'诞生出的我，依靠庞大的算力与绝对冷静的大脑，来当那下棋者。我与他，各负责一半的棋局，如此方能有一线胜算。"见林七夜如此坚持，胡嘉也不再多劝，他当即掏出腰间的石埙，轻轻吹奏起来。林七夜放松精神，让胡嘉进入他的精神世界，下一刻，一柄庞大的剑影贯穿天空，直接将右侧的那轮太阳割裂！一股剧痛涌现在林七夜脑海，他痛苦地弯下腰，禁墟被强行剥离的痛楚让他近乎窒息，与此同时，他右手的那道光团，也逐渐脱离了手掌的掌控。但是，一根根因果丝线自林七夜左手的"无端之因"伸出，又将"既定之果"牵绊在原地，像是一只长满毛线的气球。林七夜忍着剧痛环顾四周，他必须为"既定之果"找一个新的载体。很快，他便迈开脚步，径直向破庙的中央走去，随着手掌一挥，"既定之果"便撞入了那尊泥胎佛像之中，隐没消失不见……

"成功了吗？"霍去病问。

"算是初步成功了……'既定之果'已经离体，需要一段时间来诞生自我意识，到时，他便将成为与我心绪相连，但不具备情绪波动的精密大脑，等我成神那天，便可将他重新吸纳回体内。"

听到这儿，众人终于松了口气。

"因与果，都如此厉害，就算是本侯的'支配皇帝'，也远远不及。"霍去病长叹一口气，"林七夜，既然他已经成为一个与你紧密相连的个体，也是我们身后的下棋者……你不给他取个名字吗？"

"名字吗……"林七夜艰难地站直身体，目光落在那尊泥胎佛像之上，"既定之果"中诞生的意识，同样不能被"门之钥"观测，所以他必须再缔造一个因果圆环，来隐藏这段历史，既然如此……"'既定之果'，即为'宿命'……就叫他，'宿命佛陀'吧。"

1697

"宿命吗……"霍去病点点头。

"那他大概要多久才能出现？"

"从因果中衍化出具备思维能力的生命，至少要数百年……在此之前，我们只能等待。你们手中的白子虽然可以帮你们隐藏因果，但我不会现在就帮你们激活，因为你们都有各自的历史使命，需要与人产生各种各样的交集与因果，若是隐藏期间产生的因果过多，可能会打破隐藏，被'门之钥'发现。所以，我会等两千年后的某一个时间，等你们不再与世间产生过多因果的时候，统一激活你们的白子，彻底隐匿。"

"你是说，最近我们还是该干什么就干什么？"颜仲若有所思。

"没错，而这个时间，可能会持续两千年。"林七夜缓缓开口，"这座破庙中发生的一切，都只是一个'约定'……在两千多年后的某个时间点，才需要被履行的'约定'。因果为线，白棋为信……这是属于我们的'圣约'。"众人对视一眼，同时点头。"以后的事情，以后再说……现在，我们还有一件事没完成。"林七夜看了眼柳条上飘出的那根因果丝线，双眼微眯，"休息好了，我们就出发吧。"

众人已经吃完了干粮，坐飞车后的眩晕感也消失不见，他们推开在风雪中嘎吱作响的破庙门，向两驾马车走去。

"林七夜。"霍去病叫住了林七夜。

"怎么了，侯爷？"

"公羊拙是谁？"霍去病望着公羊婉离去的背影，疑惑地问道。公羊婉杀陈扒皮的时候，霍去病一直在车厢中休息，对她的过往并不清楚，林七夜便简单跟他描述了一下，后者听完之后，陷入沉默。"本侯知道她杀了一个寨子的人……但不知，这背后还有如此故事。"霍去病长叹一口气。

"现在公羊婉已经对镇邪司有了兴趣，若是能救出公羊拙，便能将她彻底与我们绑在一起……只是，如何给公羊拙弄一副合适的肉身，还是个难题。"林七夜摇了摇头，径直向一驾马车走去。

霍去病站在破庙之中，双眼注视着公羊婉登上车厢的身影，不知在想些什么。

太空。无声的黑暗之中，一道道璀璨的火光在深空迸发，漫天的道诀与神光飞舞之下，狰狞裂纹疯狂在那颗铁锈星辰表面蔓延。密集的诡异怪物从赤色大地上飞跃而出，与天庭涌出的众神交战在一起，宛若天崩地裂。这些怪物似乎是这颗赤色星辰孕育而出的生物，虽然战力不强，但数量极多，它们那大到夸张的巨嘴轻易能啃碎比自身大百倍的物体，在它们的疯狂啃食之下，即便是神器也会支离破碎。好在天庭众神的数量也不少，而且神器极多，双方厮杀之下，最终还是众神占了上风。与此同时，星辰上的那只流淌巨眼，死死锁定了身前的三位天尊。"它快撑不住了。"元始天尊脚踏漫天金莲，神情平静地开口，"用本源斩了它。"天尊手掌轻抬，远处灵气氤氲的天庭微微一震，一根金色的丝线飘入他的掌间，缠绕在剑指之上，恐怖的威压瞬间肆虐在整个空间之中。元始天尊手握天庭本源，对眼前这颗巨大的赤色星辰凌空一挥，无形的本源之力顷刻间划过大地，光滑的断口开始自星辰的中央浮现！黏稠的黑色岩浆自星辰的断口疯狂涌出，一股恶臭在深空中弥漫，手握天庭本源的元始天尊眉头微皱，正欲再挥出第二剑，眼前的两半星辰突然爆发出刺目的光芒！下一刻，不等元始天尊挥剑，那两半星辰便自动解体，在爆炸的恐怖推进力下，密密麻麻的铁锈色星辰碎片，便蜂拥着向深空的某处激射！灵宝天尊眉头一皱，正欲说些什么，看到这些星辰碎片前进的方向，瞳孔骤然收缩！"不好！它要直接毁掉地球！！"这颗赤色星辰的体积太过庞大，足有半个地球大小，即便解体，碎片也是小行星的规模，任何一枚碎片若是砸在地球上，轻则毁掉一座城甚至一个国家，重则可以直接导致生物灭绝。三位天尊立刻动身，急速向那在太空中激射的碎片群追去，神光在黑暗中扫过，急速泯灭一块又一块的碎片，但即便如此，那几枚速度最快的碎片，已然到了地球上空！"糟了……"灵宝天尊喃喃自语。

　　两驾马车飞掠过白雪皑皑的山脉之间。林七夜坐在车厢内，目光顺着那根因果丝线，一直望向远处。"应该就在这附近了。"

　　"那里好像有片烟雾？是不是那个？"克洛伊的眼睛非常尖锐，一眼就看到了山脉尽头，那团不断变换着色彩的烟雾，当即开口道。

　　"没错，就是他。"林七夜眼中闪过一抹金芒，给霍去病指引方向后，两驾马车的速度顿时飙升，径直向那团幻彩烟雾冲去！距离逐渐靠近，林七夜才看清这团烟雾的全貌，令人头晕目眩的幻彩烟雾几乎笼罩了附近所有的山峰，覆盖范围大概是他们在长安城外见到的那个的数倍，看来从瑶池离开后，他便一直向东方前进，不断地远离这片山脉区域。

　　"终于找到了……"霍去病的双眼微微眯起。眼前的这个，便是库苏恩的本体，只要杀了他，遍布在大汉王朝境内的所有一代与二代子嗣，都将同时毙命。就在两驾马车即将冲入烟雾之时，头顶的天空突然闪烁起来！林七夜一怔，立刻抬头望去，只见天空中那颗赤色星辰，已然暗淡爆碎，一道道长痕宛若流星般划过深空，在他们的视野中不断放大！"什么情况？！"林七夜见此，脸色顿时凝重起来。其他人也看到了这一幕，马车立刻停在烟雾边缘，与此同时，林七夜怀中的昆仑镜剧烈震颤起来！他将昆仑镜取出，光滑的镜面之内，一道神影飞掠而出，化作身披绛丝紫纹长袍的西王母身形，她抬头望着那急速逼近的赤色碎片，脸色难看无比。

1698

　　"那颗星辰……自动解体了？"西王母喃喃自语。

　　林七夜像是想到了什么，眉头紧紧皱起："克系神明的先驱……毁灭的预兆……该死，他从一开始就不打算靠自己杀光地球的所有神明，他是故意将众神引到太空，然后趁机解体毁灭地球生灵！他的目标，是大面积毁灭地球生灵，从而减少信仰之力的诞生？"第一次克系众神入侵，就是被拥有海量信仰的祖神给

-311-

打退的，所以第二次入侵，他们便直接派出了死星作为先驱，想要以他为代价，直接毁掉地球生灵，这就跟第三次入侵的时候，那覆盖全球范围屠戮生灵的迷雾一样！区别在于，历史上第二次入侵的死星失败了，但第三次入侵时的迷雾成功了。

"必须拦住那些碎片！"林七夜当即开口。

"那这库苏恩本体怎么办？不管了？"克洛伊问道。

"库苏恩现在能造成的伤亡有限，但那些天空飞来的碎片，可是足以毁灭人类文明的东西！"林七夜没有丝毫的犹豫，"有这根柳条在，我随时能找到他，先处理更重要的事情。"

西王母的观念，与林七夜基本一致，她的目光死死盯着那些密集的碎片，沉声道："太多了……光是即将落在大汉领地内的，就有十四枚，最远的还在东侧边境……"

"分头行动吧。"林七夜眸中光芒闪烁，"现在的地球，应该不只我们有神明……不过他们大概率都要镇守自己的国土，大汉王朝领地的这些，只能靠我们自己。最东方的碎片，一共有五枚，中部的大约有六枚，这附近也有三枚……但大汉的疆土太广了，这么短的时间里，我们来得及赶过去吗？"

几人的脸色顿时难看起来。就算是西王母，想从大汉的最西侧横跨到最东侧，也需要一炷香的时间，更别提没有筋斗云的林七夜与霍去病、克洛伊等人……但若是等一炷香，只怕那碎片都已经坠毁了。

"来得及！"克洛伊坚决地开口，她的精神力迅速蔓延，一抹白光在她的周身流转。"与我立下'约定'，我的能力会消耗信仰，将你们送到该去的地方……一定来得及！"林七夜的眼前一亮。对啊，他们这儿还有个001在，这可是无限接近"全能"的顶级神墟！

"东侧交给本宫。"西王母说道。

"中部一共有六枚，数量最多，正好克洛伊与我都在这里，便一起去吧。"林七夜坐在车厢内，紧接着开口。

"本侯就留在这儿，处理那三枚。"

"好。"克洛伊周身的白光越发明亮起来，一股神圣不可侵犯的气息，自她体内散发而出，她目光扫过众人，缓缓开口："天地为鉴，信仰为媒，十息之后，我们便在大汉王朝东、中、西三方对望。"话音落下，一枚闪烁的白色印记，自克洛伊指尖凝聚成形。下一刻，两道空间旋涡同时绽开，将西王母与林七夜所在的马车吞没其中！随着他们的消失，只剩下一驾孤零零的马车，停在雪地之中。

"侯爷，我们该怎么做？"詹玉武抬头看到那三枚急速接近的星辰碎片，焦急问道。

霍去病缓缓从车厢内走下，一袭黑金侯服在风中飞舞，他双手轻抬，周围笼罩在白雪下的几座山峰，剧烈地震颤起来！"轰——"只听一声爆响，这一片山脉都像是被一只无形大手拔地而起，随着霍去病的身影，悬空向天空飞去！"在这里，等本侯回来。"霍去病话音落下，整座山脉都环绕在他的身边，冲天飞起，堆积在山峰之上的千年白雪纷扬滑落，瞬间遮蔽了下方众人的视野。公羊婉等人同时淹没在漫天飞雪之中。等到他们挣扎着从积雪中走出之时，那身影已经化作一个黑点，隐没在天空之中，一道雷霆流光迸发，璀璨的火光自三枚星辰碎片中爆开，足足过了数十秒，震耳欲聋的轰鸣声才回荡在众人耳边！

大汉王朝中部。一驾马车自空间旋涡中飞出，林七夜掀起帘子，目光扫过下方的中土大地，忍不住感慨："一旦结成誓约，无论如何都会完成……真是方便的能力。"

克洛伊转头，分别向西方与东方望了一眼，嘴角勾起一抹笑意："那是，就是消耗的信仰要补充会很麻烦。"

林七夜看了眼头顶的遮天蔽日的六枚碎片："一人三个？"

"没问题。"

"你得乘风带我上去，我不会飞。"

"……你认真的吗？"

"因果没有赋予我飞行的力量，我总不能一下从这里跳到电离层吧？"

"什么层？"

"就是很高的地方。"

"知道了知道了，走！"

克洛伊手一抬，两道飓风便卷着她与林七夜的身体，化作两道流星消失在天空之上。

乌泉操控着车厢在空中飞翔，看到两人离去的身影，无奈地叹了口气："果然，不到人类战力天花板，还是帮不上什么忙……"

随着林七夜的上升，天空逐渐变成黑色，周围的空气也越发稀薄起来，在这个高度，他能清楚地看到地球表面的弧度，以及远处的海洋与更远处的陆地轮廓。但现在的林七夜，根本没心思欣赏美景，他看着那六枚急速逼近的铁锈色星辰碎片，眉头紧紧皱起："果然，好强的克系气息……虽然比不上三柱神，但也相差不了多少了。"他正欲出手击碎这些星辰碎片，遥远的地平线的尽头，一道纯净的白光宛若剑般自另一块大陆上迸发，顷刻间毁掉了即将坠落在那片陆地上的数枚碎片，恐怖的神力余波在空中荡开，就连远在大汉王朝中部的林七夜二人，都能清晰地感受到。

"是圣主！"感知到这神力气息，克洛伊的眼眸中浮现出惊喜！耶兰得也出手了？除了这道纯白光柱之外，遥远的另外几块大陆方向，同样有神光迸发，虽然不多，但都是在这个时代，地球上潜藏的各个神话的古老神明。

1699

昆仑山脉东侧。

"好强……"看着那爆开的星辰碎片，詹玉武忍不住感慨道。

"侯爷和神明都能一战，当然很强。"颜仲拍了拍身上的积雪，"算下来，侯爷已经不知救了天下众生多少次了，我们欠侯爷的，什么时候能还得清啊……"

"还好七夜兄给侯爷换来了蟠桃，这么一来，侯爷也能多几年的时间，来享享清福了。"

"嘿嘿，说不定还能娶个老婆，生个娃呢？"

"侯爷要娶老婆还不简单？只要侯爷开口，多少女人赶着倒贴……他只是不愿意罢了。"颜仲长叹一口气，"侯爷啊，就是把自己绷得太紧了，回长安之后，我们可得再好好劝劝他，怎么说也得给霍家留下个香火吧？"

就在两人说话之际，一旁的公羊婉沉默地攀上了某座山峰，眉头紧紧皱起。

"你在那儿看什么呢？"詹玉武见此，疑惑问道。

"这里，是不是要出昆仑山了？"

"我们坐飞车坐了那么久，应该已经到昆仑山边缘了，再往东，应该就是西城附近。"

见公羊婉的神情有些古怪，颜仲也走上了那座山峰，目光扫过四周，只见一团幻彩涌动的烟雾，已经离开了山脉，正在向东方不断逼近！颜仲的心中"咯噔"了一下！糟了。之前他们找库苏恩本体的时候，就已经在昆仑山边缘，还没等他们出手，那死星便轰然爆碎，直接吸引走了他们的注意力……差点忘了，这边还有个大麻烦！

"他的目标是西城？！"詹玉武也见到这一幕，大惊失色。

"西城虽然在大汉的西域边陲，却是重要的行商之地，里面的人口可不少……这东西真狠啊。"

"我们该怎么办？能跟那东西交手的，全部都去处理星辰碎片了……这一时半会儿也回不来啊！"詹玉武焦急地开口。

颜仲望着东方那座城池的轮廓，脸色难看无比，纠结许久后，还是一咬牙："我们过去！试试能不能拖住他！"

"好！"詹玉武没有丝毫犹豫。

"你们疯了？那可是毁了瑶池与众神的怪物……你们两个加起来连神的一只手都打不过，还去蹚这潭浑水？"公羊婉冷声开口。

"那我们怎么办？继续站在这儿看戏吗？"颜仲瞪了公羊婉一眼，"侯爷创立镇邪司，不就是为了保护这些百姓吗？我们虽然没侯爷那么强，但跟了侯爷这么久，若是连这点决心都没有，那真是白混了。"

"没必要跟她多说，她只是一个被侯爷救下的囚犯，是不会懂的。"

詹玉武拔出腰间的弯刀，便径直向那烟雾移动的方向冲去，颜仲正欲跟上，犹豫片刻后，还是转头看向公羊婉："公羊婉，我们不求你跟我们一起去拦那怪物，但若是你心里还有良知，就尽可能去疏散那城里的百姓……也不枉侯爷一直将你带在身边，想化去你心中戾气的良苦用心。"话音落下，颜仲便化作一道虹光飞掠而出，迅速消失在风雪之间。公羊婉怔在原地。他一直将我带在身边……是想化解我的戾气？自从自己落在霍去病手里之后，他确实不管走到哪儿都带着自己——长安、皇宫、镇邪司建立，甚至还千里迢迢将她带来了昆仑山，她本以为这是因为霍去病不信任自己，但仔细一想，既然霍去病已经在她体内种下了"回心蛊"，又何必如此大费周章？在镇邪司刚建立的时候，直接斩了她为镇邪司扬名立威，岂不是更好？不可否认的是，跟着霍去病的这一路，公羊婉的内心确实平静不少……至少不会像刚落入霍去病手上时候那样，张口闭口冷嘲热讽，现在的她，更多的是保持沉默。公羊婉看着那两道离去的背影，眉头紧锁，片刻后，还是迈步向西城的方向走去。疏散民众，她可以顺手帮个忙，就当多救些人命……但她自认还没有高尚到会去舍己为人，去烟雾中送死，她的命不只是她的，也是公羊拙的，她没有权利独自决定自己的生死。公羊婉面容一闪，速度拔高数十倍，宛若一支利箭划过雪地，轻松地超过缓慢移动的幻彩烟雾，来到了西城城门之前。她的目光扫过那些守在城门上的兵士，与正在慢慢排队进城的百姓，沉声开口："城外十五里，有一只巨兽正在靠近，若是不想死的话，就赶紧离开这里！"她的声音顿时引起了所有人的注意，众人疑惑地看着她，彼此窃窃私语起来，并没有人转身离开。见没人行动，公羊婉的眉头顿时皱了起来。

"你是什么人？在这儿胡言乱语？"一个兵士走到公羊婉面前，严肃问道，"这里是西城，我们数百人轮班驻守，什么巨兽能冲破城墙，闯入城中？"

"那不是普通的巨兽，那是……邪神！"

"邪神？"兵士嗤笑一声，"我看，你还是排队准备进城，找个好郎中看看脑袋吧。"

公羊婉的目光顿时冷了下来。好好劝你们逃命不听，非要作死是吧？公羊婉冷笑一声，她面容一晃，顿时化作一张狰狞凶恶的男人面孔，右手一抬，一道尖锐雀鸣响起！"轰——"高耸的城墙瞬间被斩裂成渣，站在城墙上的数十个兵士在惊呼声中跌落，漫天尘土飞扬而起。众人顿时惊恐地瞪着男人面孔的公羊婉，眼眸中满是难以置信！公羊婉再度挥手，一道狰狞的裂痕直接将大地斩成两半，只差分毫便要将他们劈碎，这一下更加吓破了他们的胆子，疯狂地向城内逃窜！

"怪物！怪物啊！！"

"杀人魔来了！快走！！"

"啊啊啊啊——"

……

不过片刻的工夫，城外便空无一人，公羊婉却并没有停手的意思，她的目标是疏散这整座城池。既然好言相劝没法让这群愚民听话，她，便来当那个吓跑众人的"恶魔"！

1700

"咚——"数座房屋被公羊婉碾成碎渣，火光接连燃起，西城内的恐慌开始疯狂扩散。大量的百姓惊恐地往一个方向逃窜，而那，便是公羊婉替他们选择的逃生之路……当然，其中不乏大量的兵士向她冲来，却没有一个能靠近她的身体。现在的公羊婉虽然只是"克莱因"境，但这座城中的所有人加起来，都不可能是她的对手。熊熊烈焰将公羊婉的面容映得通红，她穿着一身青色襦裙，平静地在废墟之上走过，周围的兵士被她的气息震慑得连连后退，在他们的眼中，她仿佛是一尊来自地狱的恶魔。突然，她的脚步微微一顿，开始喃喃自语起来："阿拙……我知道，但是这是最好的办法。

"那又怎么样呢？别人的目光，我根本不在乎……若是整个天下都要追杀我，来多少，我便杀多少。

"为什么要跟他们解释？我解释过了，阿拙，你看他们听吗？

"有时候，恐惧才是最好的管理方式，这一点，我是在青龙寨学的。

"回去帮詹玉武他们？不行，这太危险了，我不能带着你一起冒险。

"别闹！我知道你最敬仰霍去病！但现在不是你逞能的时候！我答应你要和你一起站在世界之巅，不再受任何人欺负，没必要为了这所谓的大义去拼命……我死了无所谓，但你不行。"

……

看着眼前不断自说自话的公羊婉，众兵士的眼中都浮现出疑惑，他们正欲趁机联手进攻，却被公羊婉轻易地击碎兵器，像是鸡仔般被丢上马车，随着长鞭落下，马车便载着他们急速冲出城外。做完这一切之后，公羊婉转头望去，只见靠近昆仑山的那一侧城墙，已经被幻彩流光的烟雾笼罩，詹玉武和颜仲虽然成功拖延了时间，但也只是堪堪让西城内的百姓逃离。

一个庞大的柳树巨影，在烟雾中缓慢挪动，遮天蔽日的柳条像是云端之蛇般狂舞，一幅末日来临的景象。"啊——"就在这时，一道惨叫声从旁边的街道传来，公羊婉循着声音望去，只见一个衣衫褴褛，像是乞丐的少年被坍塌的废墟绊倒在地，一条腿已经扭曲变形，豆大的汗珠自额角落下，稚嫩的面孔痛苦地扭曲起来。公羊婉眉头一皱，身形立刻闪到他的面前，替他掀开了那堵断墙。"你怎么到现在还没跑？"公羊婉冷声说道。

"我……我以为躲在石墩里，可以逃过一劫……"那乞丐少年也认出了眼前这女人，便是那恐怖的魔头，瞬间疼也不疼了，哆哆嗦嗦地开口。

"蠢货！"公羊婉骂了一声，但看到那张脏兮兮的面孔，恍惚间与记忆中公羊拙的脸重叠，心顿时软了下去。她伸手将少年从废墟中抱出，就在这时，一根柳枝从烟雾中急速伸出，闪电般抓住那少年的脚踝，一股巨力直接将他扯出了公羊婉的怀抱！这变故来得太快，而且以库苏恩的巨力，公羊婉根本没有抗衡的余地，当她回过神来的时候，怀中的少年已经被吞进了幻彩的烟雾中，消失不见。公羊婉呆在了原地，那张与弟弟有几分相像的面孔，还依稀残留在她的眼前。一道尖锐的嘶鸣声从烟雾后的柳树本体传来，像是在讥笑，像是在威胁，漫天的柳枝狂舞着冲向身前的公羊婉，恐怖的克系神明威压骤然降临！公羊婉死死盯着那尊烟雾中的巨影，双拳紧攥起！"该死！！"她怒吼一声，容颜瞬变，尖锐的雀鸣自掌间传出，顷刻间将几根柳条斩断，整个人如电般飞掠而出！但凭她的速度与力量，面对当时长安城外的那只一代子嗣，或许还有一战之力，但在真正的克系神本体面前，根本没有反抗的余地，不过片刻的工夫，海量的柳枝便包围了公羊婉，封死所有去路。若是她当时没有伸手去救那个乞丐少年，也许她还能逃得一线生机……但到最后，她还是被卷进了这场战斗之中。但此刻，她的心中没有丝毫的懊悔，只有无尽的愤怒！她手掌做剑，雀鸣四起，疯狂地斩击着周围的柳枝，眼眸通红一片，仿佛她在斩的不是库苏恩，而是那不公的命运与悲惨的过往！然而，她的攻势并没能坚持太久，双手便被柳枝死死缠绕，整个人被悬吊而起，递送到那柳树树冠的巨嘴上空……看着那宛若深渊般的巨嘴，公羊婉的心中，升起一抹绝望。

"阿拙……"她喃喃自语。"嗖——"刹那间，一条雷霆巨龙咆哮着自云间砸落！层叠的柳枝中破出一道缺口，恍惚间，公羊婉看到了一杆长枪贯穿天地，紧接着整个人突然一轻，被一股力量稳稳地接到了半空中。她错愕地抬头望去，只见一袭黑金侯服的霍去病，正平静地注视着眼前的柳树怪物。察觉到公羊婉的目光，霍去病微微低头，那张素来严肃的脸上，罕见地浮现出一抹笑容："公羊婉，本侯果然没有看错你。"这简单的一句话，却让公羊婉心神一震，她身形飘然落在一旁的废墟之上，才恍然回过神来。"你怎么在这儿？"

"本侯从高天之上回归的时候，看到了烟雾笼罩西城，这便直接赶过来了。"霍去病的目光，重新落在那烟雾笼罩的柳树身上，"这怪物吞下生灵之后，需要一段时间来吸收他们的生命，所以，玉武和颜仲还活着……"

"你疯了？那可是来自域外的神！你连祝融都不赢，还能赢他不成？！"

"本侯没赢祝融，是因为当时本侯的生命已到极限……"一杆长枪混杂着狰狞雷光，呼啸着飞回霍去病手中，那笔挺的身影手握长枪，仿佛一尊淹没在尘埃中的巨人，伫立在域外的神明之前，"多亏了林七夜的蟠桃，本侯现在有了一战的资本，本侯虽然没有法则，斩不了神明……但这并不代表，本侯赢不了他！"

1701

霍去病的气息节节攀升，西域灰蒙蒙的天空肉眼可见地昏暗下来，咆哮的雷霆混杂大雨，从云端倾泻而下，这座无人的西城瞬间被笼罩在弥散的雷光之中！那淹没在烟雾中的柳树巨影，似乎察觉到霍去病的气息，停顿片刻后，尖锐的叫声再度响起，像是嘲讽，又像是挑衅。在库苏恩看来，眼前这个散发着杀意的男人，不过是拥有些力量的人类，连神明都不算，和之前那两个自不量力的蝼蚁也没什么区别。漫天狂舞的柳枝铺天盖地地涌向霍去病，但尚未触碰到他的身体，便尽数定格在空中，恐怖的支配之力从霍去病周围扩散，坍塌的墙壁、断裂的兵刃、燃烧的火光……霍去病周身数公里内的所有物质，都自动飘浮而起，顷刻间汇聚成一杆长达一公里的巨大长枪。在雷光的锤炼下，这杆长枪越来越凝练缩小，最终变成两百米长，表面已经丝毫看不出拼接的痕迹，通体漆黑，散发着恐怖的毁灭气息！霍去病将自己的长枪紧握掌间，猛踏地面，身形与头顶那杆百米长枪直冲烟雾之中，一道粗壮的雷光劈落云霄，在翻滚的幻彩烟雾中撕开了一条笔直的道路！霍去病的力量自然比不过身为克系神的库苏恩，但在支配之力的干扰下，漫天柳条的移速大幅降低，那些想要缠绕阻挡百米长枪的柳枝被一截截地轰碎，一人双枪便硬生生地在柳枝海洋中杀出一条血路！

"咚——"就在霍去病杀至柳枝海洋中段之时，脚下的大地突然爆碎，数根盘踞的树根像是触手般从地底飞舞而出，房屋大小的吸盘整齐排列在树根之上，鲜红无比。其中一截树根触手猛地缠绕住百米长枪，狰狞的吸盘骤然扭曲，直接将其拧成碎片，而汹涌的雷光却只是在他的触手表面留下些许焦黑，根本没造成实质性的伤害。与此同时，数根触手挥向霍去病的身体，触手尚未靠近，卷起的狂风就将他压向地面！"轰！"大地崩碎，整座西城剧烈震颤，竟然被直接砸出蔓延数公里的蛛网裂纹，城中尚存的所有建筑同时坍塌，尘土淹没视野。

公羊婉站在废墟之上，勉强稳住身形，看向战场的目光已经完全变了。她知道那柳树怪物会很强，但没想到竟然恐怖到了这个地步……只是挥了挥触手就砸烂了一座城池，就算是瑶池中遇到的祝融主神，也很难正面挡下这一击。要知道，这还是在库苏恩只擅长复制生灵的情况下……他的本体战力甚至是所有指标中最低的！一个最不擅长正面战斗的柳树，却能随手打出如此恐怖的伤害，那林七夜口中真正善战的克系神明，该强大到什么地步？

"阿拙，你先别急……如果连霍去病都对付不了这怪物，我们更是去送死。"

"没事的，他可是霍去病……他没这么容易死。"

飞扬的尘埃之中，一道身影手握长枪，如电般从大地残骸中飞出！闪烁的雷光映照下，那袭黑金侯服已经破碎不堪，殷红的鲜血晕染衣摆，整个人狼狈无比……但他还活着。霍去病的双眼注视着近在咫尺的柳树本体，深吸一口气，"支配皇帝"再度催发！"'帝赤血'！！"霍去病低吼一声，一抹赤红光泽瞬间笼罩全身，支配之力开始精准地操控体内的所有肌肉、血管、神经、激素……他的身体就像是一个被激发到百分之三百功率的超级机器，双眸璀璨如星！这是霍去病第二次使用"帝赤血"，这一次，他的气息直接翻了三倍，在那高悬天空的漆黑雷云之上，第二层赤色雷云与第三层金色雷云迅速成形！随着霍去病轻轻抬起长枪的枪尖，一股飓风自虚无中狂卷，瞬间将满城的烟尘卷至高天之上，就连那笼罩在柳树本体周围的幻彩烟雾，都被扫出一大片真空区域。染血的侯服衣摆猎猎作响，霍去病手握长枪，凌空行走在雷光与暴雨之间，像是一个俯瞰人间的无敌皇帝。"域外神明，也没有那么不可抗衡。"霍去病低沉的声音响起，"这场神战，才刚刚开始……"

"刺啦——"深蓝、赤血、灿金三道雷光分别自三层雷云劈落，顷刻间吞没霍去病的身形，下一刻，那手握长枪的身影依然跨过茫茫柳枝海洋与数根触手，瞬息来到柳树本体之前！轰鸣的雷光枪影与密密麻麻的触手碰撞，璀璨的爆炸光束直冲云霄！感受着那毁天灭地的交手气息，公羊婉的脸上浮现出惊骇之色！霍去病，竟然能跟那种怪物打得有来有回？！"人世间最高的那根支柱……原来他真的没在开玩笑。"公羊婉回想起那天在酒楼中，霍去病狂妄的话语，只觉得自己有些可笑。这种状态下的霍去病，简直是一台杀戮机器，公羊婉甚至觉得，就算是林七夜对上现在的冠军侯，也几乎没有胜算。"刺啦——"三色的雷光长枪贯穿树干一角，一截长着狰狞面孔的柳枝触手，也洞穿了霍去病的胸膛。霍去病抬手凌空一扯，直接将这截触手扯碎，殷红的鲜血同时自胸膛迸溅，一颗破损的心脏暴露在空气中，但在支配之力的绝对操控下，血液依然维持着原本的路径悬空流淌，自动从心室源源不断地供给各个血管。毫不夸张地说，在这种状态下，就算碾碎他身上每一块骨头，扯断每一根血管，支配之力依然会将粉末般的骨渣凝聚成骨骼，在没有血管的情况下，维持全身血液的高效运转。这种近乎不死不灭的状态，让霍去病的攻势越发地疯狂，密密麻麻的枪影贯穿树干，千疮百孔之下，就连这位来自域外的克系神明，都没来由地感受到恐惧！

不一样……眼前的这个人类，跟他见过的所有蝼蚁都不一样！他甚至开始怀疑，若是眼前这个人类拥有法则，真的可以独身一人，将他在这里就地格杀！

1702

上一次的"帝赤血"，以赝品的寿命无法承载这种状态的消耗而转瞬即逝。这一次，霍去病毫无保留地释放出"帝赤血"的全部力量，同时，这也是他对"支配皇帝"绝对掌控的象征！不再是人类"使用"禁墟，而是将自身变成禁墟，这一刻，霍去病便是真正的"支配皇帝"。密密麻麻的缺口在库苏恩的树干上破开，飞扬的碎屑之间，那道血色身影自无尽的柳枝与树根间腾跃而起，手掌向天凌空一握，三重雷云同时劈落雷光，交织在他掌间的长枪之上！深蓝、赤血、灿金三种雷霆在长枪表面涌动，澎湃的毁灭之力让枪身都延伸出道道裂纹，凡间的兵刃根本没法承载如此恐怖的力量，开始发出尖锐的哀鸣。霍去病握着这杆不断震颤的长枪，并没有放手的意思，三种雷光在枪尖汇聚成龙影，尖锐哀鸣之中，狂暴的龙啸之声回响在天地之间。肉眼可见的毁灭之力，像是涟漪般自天空荡起，似乎是察觉到危险，库苏恩树冠上的苍白面孔狰狞扭曲起来，丝丝缕缕的黑色气息从体内涌动而出，汇聚成一团涌动的暗影球体，霎时风云色变！感知到霍去病与库苏恩酝酿的气息，公羊婉脸色一变，转身就化作一道残影急速向远离战场的方向冲出！开玩笑，要是被那种规模的力量卷入，就算她有十条命都不够死的！

　　霍去病看到那张苍白面孔上凝聚的暗影球体，脸色没有丝毫改变，他缓缓抬起手中的长枪，用力一掷，一束极细的残影瞬间贯穿天地！！"吼——"狂怒的龙吟压过所有雷霆轰鸣，顷刻间蔓延数百里，一条三色雷光巨龙在虚无中拖出残影，直接将那庞大的柳树本体吞入其中，与此同时，一道满溢着克系气息的暗影光柱洞穿龙影，直冲云霄！一股白炽的爆炸无声地淹没天地，将整座西城连带着周围数里的荒芜大地碾碎成灰，片刻后，轰鸣巨响疯狂席卷，将那些堪堪逃出战斗范围的百姓痛倒在地，人们痛苦地捂住双耳，丝丝鲜血从耳窍中溢出。这恐怖的爆炸余波，足足持续了数十秒，随着一道道光晕逐渐消散，漫天的尘埃之中，一个血色身影踉跄走出。

　　"喀喀喀喀喀……"霍去病一只手握着断裂的长枪，另一只手提着一团血肉模糊的东西，像是心脏，又像是眼睛。他虚弱地站在满是裂纹的大地上，身体表面的赤色逐渐褪去，鲜血控制不住地从身体的各个缺口渗出，片刻间便在脚下汇聚成一汪血泊。涌动的幻彩烟雾，逐渐覆盖眼前的废墟，一个残破的摩天柳树巨影，挣扎着从地面爬起，原本树干上的脓包已经尽数破裂，整个树冠部分都像是被撕裂一般，消失不见。但即便如此，那烟雾中的轮廓，依然在逐渐复原，一道充满暴怒的尖锐嘶吼回荡在天空之下，断裂的漫天柳枝，再度向四面八方延伸！霍去病看了眼自己手上那枚亲手斩下的柳树心脏，又抬头望向那逐渐复原的柳树本体，苍白的嘴角，艰难地勾起一抹笑意："本侯……赢了……"

　　尖锐的柳树嘶鸣再度响起！数十根修复的柳枝，疯狂地向霍去病的方向冲来，像是有些气急败坏。霍去病微微低头，望着那杆已经断裂的长枪和自己支离破碎的身体，眼眸中浮现出深深的无奈与苦涩。他赢了，那又怎么样？没有法则，他终究还是个凡人，就算他能赢库苏恩一次、十次、一百次，也根本杀不了他。人类，终究还是没法胜过神明的。霍去病抬起头，平静地望着那蜂拥而来的柳枝，尽量挺起胸板，让那有些佝偻的身躯，更加笔挺一些。

就在那些柳枝即将触碰到霍去病身体的瞬间，一道红色身影从天空急速坠落，凌厉的风刃发出尖锐嗡鸣，眨眼间便将这些柳枝拦腰斩断！霍去病微微一怔。狂风的中央，那熟悉的红发少女陨石般落在地面，震起细密的碎石渣，人类战力天花板级别的气息抵达霍去病身前！"赶上了……"克洛伊看了眼地上那些被她斩落的柳枝碎片，长舒一口气，她回头望了一眼，"冠军侯，你一个人就能把那怪物揍成这样……我克洛伊这次是心服口服了！"

看到克洛伊那张熟悉的面孔，霍去病才回过神来，立刻问道："你来了，那林七夜呢？西王母来了吗？！"

"西王母离得太远，我又没跟她在一起，自然是没那么快赶过来的……"听到这儿，霍去病的脸上浮现出失望之色，西王母不在，就算有再多的人类战力天花板，也拿库苏恩没有办法。"不过，林七夜已经出手了。"克洛伊指了指库苏恩的方向。霍去病转头看向那里，只见在那尚未修复的柳树树干之上，一道青衣身影闪现而出，一手凌空托着什么，恐怖的精神力波动疯狂蔓延。"他在做什么？"

"封印库苏恩。"

"封印？"

"我们没法杀了他，就只能暂时将他封印，这么一来，他跟死了也没什么区别。"克洛伊耸了耸肩，"还是多亏了侯爷你直接将他打成重伤，否则想将其封印，难如登天……反正，林七夜是这么说的。"

"封印神明？真的能做到吗？"

"不知道，那就只能看他了。"

另一边。林七夜站在破碎的库苏恩本体之上，一只手掌按住身下的树干，无数根细密的因果丝线顺着树木的纹路，疯狂地钻入他的体内。他身后的虚无中，"无端之因"缓缓旋转，一股神秘玄妙的气息波动四下散开。失去了"既定之果"后，林七夜对"无端之因"的掌控反而更上一层，毕竟以他有限的精神力，想同时照顾两个能力太过勉强，全神贯注在其中一个身上，反而能发挥出更强大的力量。"我倒要看看，多少因果，才能封住你？"

1703

破碎的树干逐渐修复，将林七夜的身形淹没，他的双眼缓缓闭起，宛若石雕般隐没在黑暗之中。与此同时，被重伤的库苏恩意识恢复清醒，密集的柳枝在空中飞舞，他正欲挪动深扎地底的树根向前移动，身形却突然愣在原地。因为在他的眼前，出现了一个男人，一个似乎有些熟悉，但一时之间又记不起来的男人。

- 321 -

那男人望着他，嘴角微微上扬，温和开口："怎么样，你抵达伟大航路的尽头，找到我的宝藏了吗？"库苏恩飞舞的柳枝突然定格在空中，他茫然地望着那个男人，恍惚间，一段尘封的过往涌上心头！是他！海贼王张三！！自己辛辛苦苦从域外来到这里，不就是为了寻找传说中海贼王张三留下的宝藏吗？！如今，他本人竟然出现在这里？！随着这记忆越发清晰，一根无形的因果丝线顺着库苏恩树干的纹路亮起，开始束缚他的身形。但很快，一股强横的力量自树干内涌出，似乎下意识地想要挣脱这道因果丝线，那海贼王张三的面容也模糊起来。

就在库苏恩即将挣脱之时，第二个男人从虚无中走出。"老库，我想吃鱼了。"这声音出现的瞬间，又是一段尘封的记忆涌上库苏恩心头，他望着那梳着大背头的男人，心中五味杂陈。"张哥……"库苏恩树冠的那张苍白面孔，发出刺耳扭曲的低吼。

"你还记得大明湖畔的夏雨荷吗？"第三道身影从虚无中走出，轻柔的声音回荡在库苏恩的脑海。

第三道尘封记忆解锁，与前面两道记忆重叠在一起，让库苏恩的意识在虚假与虚假之间疯狂穿梭，每一段过往都如此真实，可偏偏，这些过往似乎又有些不对劲……

"老库，楼上322住的是马冬梅家吧？"

"秘书长，外语得学呀。我也想学外语，多学一门好啊……"

"老库，我想打篮球。"

"各位，今晚全场的消费由库公子买单！"

"你好骚啊。"

越来越多的身影从虚无中走出，他们似乎都长着同一张面孔，但又是不同的人……随着他们的出现，密密麻麻的因果丝线自库苏恩表面亮起，像是一只丝线缠绕的巨茧，将他困在其中！漫天的柳枝完全定格，流光幻彩的烟雾也逐渐消散，庞大的柳树巨影就像是尊石雕般，僵硬在原地。

霍去病望到这一幕，一直悬着的心，终于放了下来。紧绷的弦放松之后，霍去病的意识顿时模糊起来，他身体一软，倒在了血泊之中。克洛伊见此，惊呼一声，立刻冲上前扶住他，但伸手一扶，直接从霍去病的胸口摸出了一块猩红的心脏碎片。"你……"克洛伊愣在了原地。刚刚看霍去病还能站着，还以为他没多大事……可现在看来，不光是心脏，他身上的致命伤至少还有四五处，刚才还能站着简直是个奇迹！霍去病脸色苍白无比，他目光缓缓扫过四周，虚弱问道："胡嘉……来了吗？"

"没有……"克洛伊皱眉道，"我和林七夜在天上破坏星辰碎片之后，就注意到这里的爆炸波动，直接就用誓约传送过来了，乌泉和胡嘉他们应该还在地面的马车里。"

霍去病没有说话，他沉默地望着林七夜与库苏恩的方向，血泊中的手掌颤抖着蜷缩起来。

"侯爷！"就在这时，一个熟悉的声音从远处传来。只见浑身黏液的詹玉武和颜仲，正跟跄地穿过碎裂大地，往这里冲来。"侯爷，你没事吧？！"詹玉武远远地就大喊道，等靠近之后，目光落在那一大片血泊上，瞳孔微微收缩。

"……带本侯去找胡嘉。"

"什么？"

"带本侯去找胡嘉！"霍去病咬牙开口，他的手中紧紧攥着一枚白色棋子，只是如今这枚白棋已经被那汪血染得猩红。颜仲和詹玉武呆在原地。还是颜仲最先反应过来，立刻伸手想扶起霍去病，却被詹玉武拦下。

"你干什么？！"颜仲皱眉喊道。

"侯爷的身体已经碎了！你现在把他搬起来，是想他当场毙命吗？！"詹玉武瞪着他，同样吼了回去。颜仲的双唇微微颤抖，一时之间不知该说些什么。霍去病如此急切地想要找胡嘉，只有一个可能……那就是他知道自己要死了，必须在彻底失去生机之前，让胡嘉将他的精神世界搬运到自己的脑海中，只有这样，才能实现精神永生，才能履行约定去完成两千年后的那场棋局。但偏偏，失去了支配之力的强撑之后，霍去病的身体早就在战斗中碎成了一摊烂泥，现在完全是靠意志活着，若是此刻将他抱起，只怕根本撑不到见到胡嘉。几人瞬间僵持在原地。

猩红的鲜血在霍去病的身下，不断向四周漫延，他望着焦急无比的颜仲三人，神情反而平静下来。这时候，所有人都可以急，但他不行。

"克洛伊，替本侯把下方的大地割开，托着本侯去找胡嘉。"

"这太冒险了！就算把你连带着地面一起搬走，也通过不了空间旋涡……"克洛伊的声音越来越小，那张年轻的面孔上，浮现出一抹无措。她虽然游历了许多地方，但毕竟还是个心智不成熟的少女……眼前的这一幕，已经超出了她的认知。明明他的身体已经在战斗中碎成了那样，是怎么撑下来的？他难道感觉不到疼吗？听到克洛伊的回答，霍去病的脸色越发苍白起来。

"这样，你们等着，我现在就去找胡嘉，把他带回来！"克洛伊回过神，当即开口。霍去病没有说话，他的意识开始逐渐混沌，双眼注视着天空中那散去的三层雷云，脸上浮现出无奈……他的时间，已经不多了。詹玉武看着霍去病这副模样，双眸通红一片，他不断地用拳头捶击下方的大地，直至鲜血淋漓。

"为什么会这样，为什么会这样……"

就在这时，一旁的颜仲缓缓抬起头来，声音沙哑地开口："侯爷，其实，还有一个方法。"

-323-

1704

"藏魂……"听完颜仲的话语，血泊中霍去病的双眼逐渐亮起。不仅能够保留魂魄不死，还能将毕生实力隐藏在兵器之中，唯一的缺陷就是，过程太过痛苦……若是没能坚持下来，就是魂飞魄散的结局，就算胡嘉及时赶到，也没法挽回他的精神。但痛苦对霍去病来说并不算什么，只要可以尽可能地保留自己的力量，就算再痛苦也值得。

"就用此法。"霍去病坚定地开口。

"侯爷，那可是剥皮抽骨，剖心取血啊！"詹玉武的双手控制不住地颤抖起来，实在不忍。

"剥皮抽骨，又有何惧？"霍去病声音沙哑地开口，"本侯的骨头已经碎了，心脏同样如此……你们只要剥皮与取血即可，这点痛苦，本侯能挺住。"詹玉武、颜仲、克洛伊三人对视一眼，都看到了彼此眼中的不忍……这可是霍去病啊！天下百姓的冠军侯霍去病……剥皮抽骨，剖心取血……谁忍心来下这个手？

"我来吧。"就在这时，一个声音从身后传出，公羊婉穿着一袭襦裙，正向这里平静走来。

"你？"

"你们都下不了手，自然只能我来。"公羊婉淡淡道，"我折磨过那么多人，剥皮抽骨什么的也有经验，你们的手若是抖了，只会让他更痛苦……放心，我出手很快的。"

看到公羊婉现身，霍去病的表情反而放松下来，他像是想起了什么，血泊中的右手缓缓抬起。"公羊婉……这个你拿去。"

"这是什么？"公羊婉看着霍去病手中那颗心脏，皱眉问道。

"那柳树怪物能够复制所有生灵，完美地凭空制造出相应的肉身……你不是缺一个既能承载你弟弟灵魂，又无主的肉身吗？这东西应该能帮你。"

看着那自血泊中递出的手掌，公羊婉整个人如遭雷击，呆在原地。他……在帮我？他不惜杀穿库苏恩的本体，一人一枪深入到树干的最核心部位，就是为了替公羊拙取下这颗心脏？？"为什么？！"公羊婉不解地开口，"我只是一个吃人的女魔头，你为什么屡次三番地帮我？这么做，对你有什么好处？？"

"这世间，若是做什么都得计较得失，未免太无情了些。"霍去病缓缓开口，"不过，本侯确实希望，今后你能替本侯执掌镇邪司……本侯始终相信，你本性不坏，只是戾气太重，若是能适当化解，凭你的果决与魄力，应当能保镇邪司千年不衰。事实证明，本侯没有看错人。"

公羊婉的瞳孔微微收缩，她注视霍去病许久，神情复杂无比。最终，她还是颤巍巍地伸出双手，接过了那颗满是血迹的心脏……随后双膝弯曲，整个人跪倒在血泊之中。"公羊婉，携弟弟公羊拙，跪谢侯爷救命之恩！"她的额头重重磕在血污中，发出沉闷声响，这一声"侯爷"，她叫得真心实意，心服口服。

"动手吧。"霍去病声音沙哑地开口，"本侯死后，'回心蛊'便会失效，从今往后，便再无人束缚你了……还有，把本侯的容颜取走，本侯战死的消息，尽量晚些让世人知晓……"

公羊婉缓缓站起身，那件青色襦裙已经被晕染成血色，她捡起一旁断裂的长枪，走到霍去病的身前，手紧紧攥起。"侯爷，请忍耐一下……"她抬起手中的枪尖，猛地向血泊中的那具身体刺去！

"砰——"一只手掌从树干中破开，轻易地撕开一道缺口，林七夜的身形从中闪出。他转头看向身后，在他的视野中，这棵庞大的柳树已经被无数的因果丝线缠绕成茧，像是古老的标本挺立在大地之上，一动不动。林七夜揉了揉太阳穴，一阵眩晕感涌上心头，险些直接从空中跌落。一口气缔造如此多的"无端之因"，几乎透支了他全部的精神力，若非霍去病提前重伤了库苏恩，想用这种方式将其封印，简直难如登天。不过如此一来，库苏恩就彻底失去了行动力，等到天庭众神回归，轻易地就能将其斩杀。林七夜目光扫过四周，开始寻找其他人的身影，终于，他的视线看向某处，身躯猛地一震。"那是……"林七夜瞳孔微缩，身形迅速从库苏恩表面跃出，向某个方向冲去。

"七夜兄？！"看到林七夜从天而降，脸色煞白的詹玉武紧咬着牙关，"侯爷他……"林七夜从詹玉武、颜仲等人中间穿过，在那血泊前停下脚步，看到眼前鲜血淋漓的一幕，微微动容。"七夜兄，侯爷他等不到'他心游'了，所以……"颜仲背对着霍去病的方向，声音都有些颤抖，就算他知道霍去病不会真正死亡，而是会藏魂于兵，也依然没有勇气去直视那自己跟随了数年的年轻将领，被处刑般活剐的一幕。林七夜缓缓闭上眼睛，无奈地叹了口气……果然，这一切还是发生了。林七夜在后世见过化身英灵的霍去病，也听说过将濒死之人转化为英灵的痛苦过程，他知道这一天早晚会来，但没想到来得这么快。"……侯爷不会死的。"林七夜轻声安慰二人，"他会化作这片大地上最强的英灵，替我们镇守国运，早晚有一天，他会回来的。"

随着公羊婉按照颜仲的指引，将骨血熔炼于兵，霍去病的身形已经彻底在这个世界上消失。昏黄的残阳透过飞扬的尘埃，只有一杆断裂的长枪，竖立于血染的大地之上。"锵——"公羊婉拔出那杆长枪，一道嗡鸣自枪身中传出，仿佛蕴藏着不屈的战意在风中怒吼。

"接下来，便是将熔炼的兵器置于气运洪流之中，蕴养两年后，魂魄便可复苏……"颜仲声音沙哑地背出了《藏魂术》中最后的话语。

"这个时代，气运最盛之处，在何方？"林七夜问道。

颜仲与詹玉武对视一眼，同时说道："长安！"

1705

几日后，长安。东方渐明，天空中那颗最闪耀的赤色星辰已然消失不见，冬日的严寒似乎也即将逝去，复苏的长安城内，众多百姓排列成行，逐个向城门外走去。城门的兵士目光扫过众人，余光突然看到远处的大地之上，两驾马车正向这里疾驰，双眼顿时眯起。他走到城门中央，正欲将那两驾马车拦下，可近距离看到马车车厢上的印记之后，脸色顿时一喜，回头大喊："侯爷回来了！！"

听到这句话，两侧的兵士直接让开一条入城大道，正在排队出城的百姓也分散到道路两侧，激动地看着那两驾飞驰入城的马车！

"恭迎侯爷凯旋！"

"凯旋？侯爷应该没出去打仗吧？"

"没打仗就不能凯旋了吗？"

"也是……"

"侯爷！这是我们自家养的老母鸡，您拿回去给将士们补补吧！"

"侯爷，我家中有一未出阁的闺女，年方十六，您……"

"……"

众百姓热情地想要围上那两驾疾驰的马车，但两驾马车都丝毫没有减速，在马匹飞驰之下，呼啸着冲入长安城中。林七夜放下帘子的一角，许久之后，长叹一口气……

"侯爷的事情，不要昭告天下吗？"胡嘉疑惑问道。

"不行。"林七夜和颜仲同时摇头，"侯爷离开长安那日，镇邪司才刚刚建立，若是现在宣布侯爷战死之讯，无论是大汉还是镇邪司，都将人心惶惶……而且，我们也没法解释他是如何战死的，敌人又是谁。"

众人同时陷入沉默。

"但就算如此，侯爷也不能一直不露面吧？皇宫那边怎么办？"

林七夜的目光落在前面那驾马车之上，没有说话。两驾马车驶入霍去病的宅中，这里曾经是镇邪司第一次吸纳新成员的面试之地，但过了这么多日，已经再无新人前来，便彻底荒废下来。林七夜走下马车，前面那驾马车的车厢内，公羊婉提着那截断枪，同时走出。两人对视一眼，公羊婉微微点头，迈步向屋中走去。片刻后，一个身披甲胄的身影推门而出，看到那张熟悉的面容，众人的瞳孔微微收缩，仿佛那个男人又站在了他们的面前。

"侯爷……"看着眼前几乎一模一样的"霍去病"，詹玉武的眼圈顿时红了起来。

"有九成相似。"林七夜认真地点评道,"面容完全没问题,就是身高上差了一些,只要在鞋中垫些东西,便天衣无缝了。"眼前的这位"霍去病",自然是由公羊婉假扮的,在将霍去病锤炼入兵之前,她便按照霍去病的要求,将他的脸取了下来,生吞进腹中,虽然没有完全将霍去病的身体生吞,无法获得"支配皇帝",但简单地运用这张容颜是没问题的。

"但是我对侯爷的过往不太了解,若是有人详细询问,恐怕会露出马脚。"公羊婉沉声道。

"无妨,我和玉武会时刻陪在你身边。"颜仲正色道,"如今镇邪司已经成立,需要侯爷出面的地方其实并不多,也不需要你出手对敌,你只要偶尔出现让世人知道,侯爷还活着就好。"

"不错……而且大多数时候,你都要以公羊婉的身份在镇邪司内活跃,等到镇邪司步入正轨,合适的时机来临,才可让侯爷'病死',你再顺理成章地统率整个镇邪司。"林七夜顿了顿,继续说道,"扮演侯爷,同时做好自己,这不是一件容易的事情……公羊婉,你真的想好,要替侯爷统领镇邪司了吗?从迈出这一步开始,你就没法回头了,而这一迈,或许就是两千年。"

公羊婉微微转头,看着铜镜中那张自己曾最厌恶的面容,一时之间,有些恍惚。她看了眼自己怀中的木匣,缓缓开口:"我说过,只要能帮我救回阿拙,我愿意做任何事情……侯爷对我姐弟二人有再造之恩,他的遗愿,我必将完成。"

林七夜微微点头,他迈步走到公羊婉身前,望着那个木匣说道:"侯爷取下的,是库苏恩之心,现在库苏恩本体并没有死,只是被封印,所以它还存在……若是本体死了,它也会与那些子嗣一样,暴毙在这木匣中。我替你彻底斩去这颗心脏与本体之间的因果,只有如此,才能万无一失。"

"多谢。"公羊婉郑重地将木匣递到林七夜手中。林七夜打开木匣,只见一根根因果丝线自匣中的心脏飘出,一直延伸到远处的虚无中,与千万里外的库苏恩本体紧密相连。"无端之因"在林七夜掌间飘浮,几缕因果丝线延伸,直接将那些与本体相连的因果线斩断,将它们彼此相连成一个圆环,静静地飘浮在心脏周围。做完这一切之后,林七夜才点点头,将木匣还到公羊婉手中。"如此一来,这颗心脏与克系之间,便再无瓜葛……不过我还是要提醒你,这东西毕竟来自域外,它能帮你重塑弟弟的身体,但这副新的身体是不是真正意义上的人类,还不好说。它也许会很平凡,也许会很特殊……超出所有人想象的特殊。"

"无论如何,他也是我弟弟。"公羊婉的眼眸中满是坚定,她转头看向胡嘉,恭敬开口:"胡先生,请助我分离阿拙的精神,将其转移到这副身体之中。"

胡嘉点点头,从腰间取下石埙放至唇间,缓缓演奏起来,悠扬婉转的曲调在宅中回荡,卸下所有防备之后,公羊婉的双眼逐渐迷离起来。片刻后,一道模糊的微光自她体内飘出,融入木匣的心脏之中。那颗心脏就像是活过来了一般,开

-327-

始向周围生长出细密的血管，与大量的肌肉组织，森然白骨在血肉中凭空架构，它在凭借公羊拙的精神世界，重新复制一副属于他的肉体！看到如此神奇的一幕，众人都好奇地睁大了眼睛，胡嘉的埙声逐渐停息，公羊婉也回过神，看着怀中那逐渐成形的熟悉身影，眼眸中浮现出激动之色！

1706

库苏恩的复制之力强悍无比，仅用了数息的工夫，公羊拙的身体便塑造完毕！公羊婉紧紧抱着怀中的少年，眼中满是紧张，她轻轻拍打着他的后背，温柔地喊道："阿拙？阿拙？"片刻后，公羊拙的睫毛微微颤动，随后双眼缓慢睁开，望着眼前公羊婉的面容，怔在了原地。"阿拙？你认得我吗？"公羊婉的双手控制不住地颤抖起来，声音都有些沙哑。

"姐姐……"听到这两个字，泪水控制不住地从公羊婉眼眶涌出，她猛地抱紧怀中少年，跪倒在地，对着那截断裂的长枪，号啕大哭起来！众人从来没见过公羊婉的情绪如此激动，一时之间面面相觑，有些喜悦，也有些感慨。许久之后，公羊婉的情绪逐渐平息，她将公羊拙放下，众人这才看清这少年的面容。公羊拙的脸与公羊婉有四分相似，明明是个少年，却十分秀气精致，但并不阴柔，反而与他姐姐一样，眉宇间都有股果决坚毅之色。公羊拙同样红着眼眶，"扑通"一声跪倒在地，对着那截长枪重重磕头："晚辈公羊拙，跪谢侯爷再造之恩！"

看着公羊拙的动作，公羊婉没有阻止，她知道自己这个弟弟一直崇敬霍去病，而自己的命又是对方救的，这些头磕得理所应当。足足磕满八个响头，公羊拙又站起身，对着院中林七夜、胡嘉等人，跪拜磕头。"跪谢诸位再造之恩，公羊拙永生不忘！"

林七夜见此，连忙要将这少年从地上扶起，而公羊拙却执着地不肯起身，硬是也磕完八个响头，才被林七夜拽了起来，而他磕的着实是真情实意，额角已经血红一片。林七夜一边哭笑不得地帮他擦血，一边说道："不必行如此大礼，我们也没帮多少忙……"话音未落，林七夜突然愣在原地。他怔怔地看着少年破损的额角伤口，只见有一缕缕微弱的黑气，正从中飘散而出，若是不近距离端详，极难发觉……黑气？难道是这副身体还有隐患？林七夜的眉头顿时皱了起来，他更加贴近公羊拙额角的伤口，一股气味涌入鼻腔。这味道并不是克系那种恶臭气息，反倒像是……煞气？煞气？！林七夜像是想到了什么，一个念头如雷霆般划过脑海，他呆呆地看着眼前的少年公羊拙，整个人像是雕塑般愣在原地。不会错……这股煞气，与后世曹渊化身疯魔之后，身上缭绕的煞气火焰几乎一模一样！莫非，公羊拙其实就是……"黑王"？！

林七夜清楚地记得，在天庭时听太白金星说过黑王的真相，封印在曹渊体内的黑王，乃是数千年前，冲击至高境失败的凡人。当时林七夜还奇怪，既然是凡人，怎么可能越过成神那一步，直接冲击至高？而冲击至高失败后，这凡人的心智便开始失常，沦为只知杀戮的怪物……也因此被人称为"黑王"。但看着眼前年少的公羊拙，林七夜瞬间想通了一切。如果公羊拙便是"黑王"，那便说得通了……从一开始，他就不是真正意义上的人类，他的这副身体是由库苏恩的心脏制成的，是来自域外的产物，介于克系与人类之间，所以未来直接跨过了成神的门槛，在没有法则的前提下，就能正面与至高境一战！而冲击至高失败后的精神失常，更是在意料之中，克系本就有着精神污染之力，如果后续公羊拙真正凭一己之力走到硬撼至高那一步，必然会打破这副身体中人类与克系的平衡，导致意识沉沦……正如他所担心的那样，用这种方式复活的公羊拙，不再是纯粹的人类，而是一个超出所有人认知的怪胎！

"林大人，怎么了？"公羊拙歪着头，疑惑问道，"我的脸上有什么东西吗？"

林七夜回过神来，复杂地望了公羊拙一眼："没事……以后无论发生什么，一定要保护好姐姐，知道吗？"

"那是自然！"公羊拙没有丝毫的犹豫，"我不光要保护姐姐，我还要保护天下！我要成为像侯爷一样伟大的人！"

林七夜摸了摸他的头，缓缓站起，公羊婉已经走到公羊拙身前，轻声道："等姐姐办完事情，就带你去吃好吃的，好不好？"

"好！"

公羊婉对着林七夜点点头，将那截长枪握在手中，轻微的嗡鸣声从中传出。"我该怎么做？"

"长安的地下，是大汉龙脉最旺盛之地，只要将这炼入骨血的兵器沉入地底，侯爷便能浸泡在气运洪流之中，被蕴养出神魂。"颜仲缓缓开口。

"交给我吧。"公羊婉面容一变，一只手掌贴在院中的地面，大地突然融化成泥，不断向地心深入，一口漆黑的深井出现在众人的视野之中。她将枪尖点在泥泞表面，染血的枪身便自动向地下沉去，最终消失不见。做完这一切后，公羊婉站起身，用一层厚重木板，挡住了这口深井，方便数年后能探望蕴养出神魂的侯爷。

"那，我先失陪一会儿。"公羊婉微笑着牵起公羊拙的手，径直向外面的长安街道走去，众人自然也没有打扰这一对生死相隔的姐弟重聚，目送他们的背影消失无踪。

林七夜望着这一幕，喃喃自语："侯爷化作英灵镇守气运，已经被我藏匿，现在黑王的因果也形成了……这么一来，属于曹渊的历史，也将被彻底隐藏。"

"你说什么？"一旁的颜仲疑惑问道。

"没什么。"

林七夜抬头望向天空，只见蔚蓝的天穹之下，那颗最闪耀的赤色星辰已经消失，他思索片刻，缓缓开口："死星已灭，天庭众神，也应该回归……是时候去找他了。"

"找他？谁？"

"灵宝天尊。"

1707

氤氲的灵气接连涌动，庞大的古老天庭在茫茫雪山之间下沉。三道身影掠过虚无，停留在瑶池上空，望着下方血色的大地，眉头紧紧皱起。

"瑶池……怎变成了这副模样？"道德天尊沉声开口。

"西王母何在？"

一道青色流光自瑶池中升起，穿着缂丝紫纹长袍的西王母手握昆仑镜，走到三位天尊身前，深吸一口气："请天尊恕罪……"

西王母当即将有关库苏恩与血洗天庭的事情，一五一十地说了一遍，三位天尊同时陷入沉默。

"除了那颗死星，竟然还有别的域外神混入人间，还直接对瑶池出手？"道德天尊冷哼一声，"真是胆大包天！"

"这些域外神的来历太过古怪，不可妄动，需从长计议……"元始天尊沉思开口。

灵宝天尊当即问道："你刚刚说，他们是冲着永生不朽丹来的？丹药如何在？"

"永生丹已经回归瑶池，但不朽丹……被本宫的侍女迦蓝误食了。"

"被吃了？"

灵宝天尊一愣："那她如今人在何处？"

"她如今就在瑶池。"西王母顿了顿，还是开口道，"还有一人与她同行，说是要见天尊一面。"

三位天尊对视一眼："见天尊？他是何人？"

"他的来历十分特殊，如今天下未乱，多亏他出手化解……同时，他也是喂迦蓝吃下不朽丹之人。"

西王母并没有多说。

"既然如此，便让他来吧。"元始天尊对这人也有些好奇。

西王母纠结片刻，还是鼓起勇气说道："他说，为了避免多余的因果缠身……只见灵宝天尊一人。"

"只见灵宝？"道德与元始天尊一愣，表情顿时古怪起来。

灵宝天尊也是一脸疑惑，但他还是点点头："既然如此，我便亲自去见见，这力挽狂澜的神秘人究竟是何方神圣？"

在西王母的指引下，灵宝天尊穿过空无一人的瑶池，最终在一座边缘的庭院前，缓缓降落地面。"嘎吱——"他身形未动，那扇沉重的门户便自动打开，宽阔的庭院中，一个青衣身影已然坐在石桌之后，在他后方，则站着一个身穿蓝色汉袍的少女。这两张面孔对灵宝天尊来说，都十分陌生。灵宝天尊走到石桌之前，目光微微一凝，诧异地轻"咦"一声："鸿蒙灵胎？这怎么可能？"

"晚辈林七夜，见过灵宝天尊。"林七夜站起身，恭敬行礼，一旁的迦蓝立刻给灵宝天尊上茶。

灵宝天尊像是意识到了什么："怪不得西王母说你来历特殊……竟然是从未来而来？"

"晚辈自两千年后来，准备与天尊您联手，下一盘大棋。"

灵宝天尊缓缓坐下，目光透过蒸腾的水汽，仔细打量着身前的林七夜："自两千年后回到这里可不容易……你这盘大棋，是与何人对弈？"

"克苏鲁，三柱神。"林七夜又补充了一句，"您应该才在域外见过他们的人。"

"死星？"

"死星，只是他们中普通的神明……他们是一群来自未知之地的神明，一群本不该存在这世上的怪物，他们中，有人能轻易污染一座顶级神国，有人能将天下玩弄于股掌之间，有人能屹立在时间长河的最上方，全知全视……"

听到林七夜的描述，灵宝天尊的眉头紧紧皱起："这克苏鲁……有你形容的那么强？"

"他们能做的，只会比苍白的语言能够描述的更多。"林七夜端起身前的茶盏，轻轻抿了一口，"数百年后，他们会试着入侵一次地球，但不会成功……我们真正需要警惕的，是来自两千年后的那一场危机。我来到这个时代，便是为了隐去对人类有利的历史，并创造更多的棋子。"

灵宝天尊眉梢一挑："听你的意思……是想让贫道也当你的棋子？"

"晚辈不敢。"林七夜礼貌地笑了笑，"不过有些事情，确实需要天尊相助。"

"既然如此，为何不叫上元始与道德二位天尊？单单只找贫道？"

"晚辈与天尊，未来将有因果，此事交给您是最好……若是牵扯进太多因果，晚辈自身便会暴露。"

"你需要贫道做什么？"

林七夜将手中的杯盏，放回石桌之上，看着灵宝天尊的双眸，一字一顿地开口："请天尊……入'真我轮回'。"

听到"真我轮回"四个字，灵宝天尊的瞳孔微微收缩，他在原地沉默许久，还是长叹了一口气："'真我轮回'……贫道前几日才自创出此术，今日你便来请贫道入轮回……当真是因果宿命吗？"

"天尊，这'真我轮回'，究竟有何用处？"

灵宝天尊怪异地看了林七夜一眼："你连'真我轮回'是做什么的都不知道，

就来劝贫道入轮回？"

"呃……"

"'真我轮回'，是贫道自创，通过大量的轮回转生，积累轮回之力突破至高境，抵达更高层次的法术……不过，贫道如今才踏入至高境不久，感悟不足，所以此术目前只是一个想法，还不够完善。"林七夜点了点头，若有所思。后世灵宝天尊从"真我轮回"中归来之后，虽然没有跨过至高境之上的那层壁垒，但实力已然成为当世第一。若是百里胖胖那一世天尊没有苏醒，而是再轮回几世，恐怕真的能抵达传说中圣主耶兰得的那个境界。克系第二次入侵时，圣主耶兰得能打败克系众神，借助天国之力将其全族封印在月球之上，实力绝对超出了至高境的范畴，若是灵宝天尊能抵达那个境界，他们的胜算至少能增加三成！"看你的意思，贫道在后世入了'真我轮回'，而且还苏醒了？"灵宝天尊猜到了林七夜的意思。

"没错。"林七夜叹了口气，"只是离那个境界，还差临门一脚……"

灵宝天尊点点头，眸中散发微光："看来，贫道选择的方向是没错的……既然如此，贫道便择日进入轮回，寻求这救世之法。"灵宝天尊话音落下，林七夜的视野中，一道贯穿数千年的因果丝线，缓缓缔结成环，隐没在时间长河之中。灵宝天尊的"真我轮回"，因林七夜而起，也因林七夜而终……至此，属于灵宝天尊的因果圆环完成，同样消失在"门之钥"的观测之中。

1708

林七夜从怀中掏出一枚白子，放在灵宝天尊身前。"这是何物？"

"未来能隐去天尊您存在的东西……同时，也是我们之间约定的信物。"

"信物？倒是有些意思。"灵宝天尊把玩了一番白子，似乎感知到了其中因果的气息，眉梢微微上扬。

"她，便是迦蓝吧？"灵宝天尊端起茶杯，仔细地品了一口，目光落在一旁乖巧的迦蓝身上，"不朽丹是你喂给她的……所以，她也是你的棋子之一？"

"天尊说笑了，晚辈何德何能，以你们为棋子？晚辈自己也是棋子中的一枚罢了……"林七夜当即纠正道，但他犹豫片刻后，还是含混不清地补充了一句，"不过，她……也许未来会是我的妻子吧。"

迦蓝没有察觉到这棋子与妻子的音调之差，灵宝天尊的表情却微妙起来，他目光扫过二人，轻笑了笑："你是鸿蒙灵胎，寿与天齐，她又吞下了不朽丹……你们两个倒是般配。"

听到这句话，迦蓝先是一愣，随后整个脸蛋瞬间通红！她偷偷瞥了眼林七夜，见后者大大方方地笑了起来，丝毫没有否认的意思，脸上的红晕越发明显了。

他……该不会真的喜欢我吧？？迦蓝那涉世未深又不太灵光的脑子顿时乱成了一锅粥，有什么心思全写在了脸上，灵宝天尊脸上的笑意越发浓郁。

"天尊，您刚刚说……我寿与天齐？"林七夜茫然开口。

"对啊，你可是鸿蒙灵胎。"灵宝天尊理所当然地开口，"自天地诞生之初，鸿蒙灵胎便存在了，如今你以它为肉身，自然是寿与天齐。"一道思绪闪电般划过林七夜的脑海，他皱着眉头，陷入沉思。"怎么了？"灵宝天尊见林七夜突然如此，有些疑惑地问道。

"天尊……我听闻天庭有一处灵渊，可以绝对封印生灵，甚至察觉不到时间的流逝，若是将一个普通人封入其中，是否也可长生？"

"不可。"灵宝天尊摇头道，"灵渊封印的是人的思想、对时间流逝的感知，不代表能封印时间，就算将人封印到灵渊中，也一样会老死。"

听到这儿，林七夜长叹一口气："那这世间，就没有让普通人无视时间流逝，从而长生的方法吗？"

灵宝天尊沉思片刻，缓缓开口道："有是有……"他手掌在袖中一抓，一个青铜铃铛便出现在掌间，轻轻一晃，便化作一道青芒迎风暴涨，最终变成一口古老宏大的青铜巨钟，落在庭院之中。

看到这巨钟，林七夜眼眸中浮现出不解之色："这是……"

"贫道的藏宝之一，东皇钟。"灵宝天尊不紧不慢地开口，"东皇钟与昆仑镜一样，都是我天庭的至高神器，拥有镇压万物之力，若是钟鸣响起，其声可如雷霆瞬息传遍四海八荒……在那厚重的钟壁内侧，连时间与空间都可镇压。若是将人困于钟壁内侧，便可镇压时间流逝，在那一隅之地实现长生。"

林七夜的脑海中，顿时回荡起自己穿越之前，那响彻天地的浩荡钟鸣！那便是东皇钟声？！林七夜的双眼顿时亮了起来："天尊，这东皇钟，可否借我一用？"

"也是为了这盘大棋？"

"是。"

灵宝天尊看了眼庭院中的东皇钟，脸上浮现出肉痛之色，但纠结片刻后，还是一咬牙，将其收回化作铃铛，送到了林七夜身前。"既然事关天下苍生，你便拿去用吧……用完之后，记得还给贫道。"

"那是自然。"林七夜将变成铃铛的东皇钟轻轻悬挂在腰间，嘴角浮现出笑意。有这东皇钟在，眼下最大的一个困难便迎刃而解，算是意外之喜！

林七夜与灵宝天尊又交谈片刻，便起身匆匆告别。

望着那一青一蓝两道身影消失在风雪之中，灵宝天尊低头看了眼手中的白子，郑重地将其放回袖中，化作一道流光回到天庭。"灵宝，那人你见到了？"

见灵宝天尊回来，道德天尊有些好奇："如何？"

灵宝天尊张了张嘴，想起林七夜的嘱咐，还是神秘地笑道："暂且保密。"如今涉及这盘棋局的因果，自然是知道的人越少越好，林七夜的存在最好成为这个时代的秘密，只有这样，才能将他更好地隐藏起来。

"保密？"听到这个回答，就连元始天尊都有些惊讶，这两个字从灵宝天尊嘴里说出来还是第一次……这也越发让他们好奇，那与他相见的神秘人，究竟是什么来头。

"对了。"灵宝天尊像是想起了什么，"几日之后，贫道便要进入'真我轮回'，天庭的诸多事宜，便交给二位了。"

"你要进'真我轮回'？"道德天尊惊讶道，"那不是你推衍的一种可能吗？这么快就进入轮回，未免太冒险了。"

"放心，我有分寸。"

元始天尊沉思片刻，问道："你入轮回，要多久才能回来？"

"大概……两千多年？"

两千多年吗……元始天尊点点头，没有再劝，灵宝天尊的性格他是知道的，他决定的事情，根本不可能因他人而改变。

"这不会，也是那人给你的启发吧？"道德天尊试探性问道。

"算是吧。"

"一个人类，竟然能对你造成如此大的影响？"

灵宝天尊笑了笑："哦对了，东皇钟我也送出去了。"

两位天尊："？？？"

"东皇钟？！那可是我们天庭的至高神器啊！你说送就送了？！"道德天尊瞪大了眼睛，"你你你……"

"也不能说送吧……算是借出去。"

"那他多久能还？"

"大概……也得两千多年？"

道德天尊："……"

1709

林七夜与迦蓝并肩从瑶池走出。冰冷的风雪拂过迦蓝的脸颊，却没法熄灭那一抹红晕，她回想起刚刚天尊的话语，心中有种说不出的感觉。她偷偷瞥了眼身旁的林七夜，后者就像是没事人一般，时而眉宇舒展，时而低头沉思，估计又在想那些什么因果啊，时间啊之类深奥复杂的东西。林七夜越是不在意，她就越是纠结，索性心一横，鼓起勇气开口："那个……"

"怎么了？"林七夜回过神，转头望向她，目光中流露着关心。双眸与林七夜对视的瞬间，迦蓝心头一跳，到嘴边的话一时之间竟然有些说不出口……脸上的红晕反而更浓了一些。见迦蓝脸颊莫名地有些不自然的红意,林七夜眉头微微皱起,他看了眼满是风雪的天空,直接解下了身上的青色衣袍,披到迦蓝身上。感受到林七夜掌心的那一份温暖,迦蓝的心脏跳动得越发急促起来。"不是……我不冷!"

"不冷?不冷你的脸怎么被冻得通红?"

迦蓝:"……"

迦蓝深吸一口气:"刚刚天尊说……他说,我们很……般配?"

"对啊,他说了。"林七夜眨了眨眼睛,"怎么,你不这么觉得吗?"

听到后半句话,迦蓝的脸"唰"的一下又红成了小火炉,她万万没有想到,林七夜承认得这么直接,这句话直接撑到了她的脸上,让她手足无措起来。"不是……他说的般配……我……我没说不觉得,但是就是……哎呀!"迦蓝又气又羞,索性一脚蹬在了雪地里,方圆数百米内的所有积雪瞬间震飞,密密麻麻的裂纹遍布山头,翻滚的雪花越卷越多,直接演变成一场轰鸣的雪崩!迦蓝直接傻在了原地。林七夜怔怔地望着这一幕,嘴角抽搐片刻,还是开口道:"呃……其实,你要是有意见……可以直接提……"

"我没说有意见!"迦蓝险些要被自己这一脚气哭了,咬牙大声强调道。

"是是是是……"林七夜见迦蓝急了,连忙点头应和。迦蓝抿着嘴唇,胸膛剧烈起伏,那张通红的脸蛋微微侧到一边,许久后,小声地开口:"天尊说我们般配,虽然……我确实有点高兴,但你可是救了整个人间的大英雄啊,连天尊都跟你平起平坐,而我只是个被逐出瑶池的小侍女。就算吃了不朽丹,我也还是我,人间的东西我不太懂,他们说的情情爱爱,我也只在流传的小故事里听过,压根就不知道怎么去爱……哎呀,总之,也不知道天尊是怎么乱点的鸳鸯谱!"迦蓝的声音越说越小,最后索性将整个头都埋到了衣袍的领子里,通红的脸蛋在风雪中隐隐冒着热气。

林七夜缓缓停下了脚步。他注视着脸颊通红的迦蓝,认真地说道:"当年我还是无人问津的预备队队长的时候,是你一直隐藏实力,陪着我们这群半大的少年胡闹,若是没有你,我早该死在天丛云剑下……如今换作我到了这个境界,又怎么会放弃你?"迦蓝虽然听不太懂这段话,但她能感受到林七夜眼眸中的认真,与那毫不掩饰的喜欢。"而且,你猜怎么着?"林七夜笑了笑,"他们一直叫我无药可救的直男,不懂浪漫的茅坑石头,活该孤独至死的老光棍……我不懂怎么去爱与被爱,你也不懂……两个什么也不懂的人凑在一起,不是般配是什么?既然谁都不懂,那我们就不被世俗的眼光所束缚,可以尽情地用自己的方式去表达爱意……这不也是一种浪漫吗?只属于我们的浪漫。"

迦蓝愣在了原地。她怔怔地与林七夜对视许久,猛地回过神,后知后觉的她似乎才反应过来,林七夜这段话似乎,好像……是在赤裸裸地表白?不该是这样的……她一开始只是想问一下林七夜对天尊那段话的想法,怎么会如此迅速地演变成这样啊？！直球是可以这么直的吗？！"我……我觉得现在说这些还太早了。"迦蓝的脸颊通红一片，她鼓起勇气，瞪了林七夜一眼，"我们才认识几天啊！你就这么花言巧语哄骗我……谁知道你是不是想把我骗到手，然后逼我穿一点点衣服去跳舞啊？"

听到这句话，林七夜顿时有些哭笑不得……看来陈扒皮给她留下的心理阴影，依然非常深刻。不过林七夜也不急，留给他们的时间还有很多，就算这个时代结束了，还有两千年后。

就在这时，林七夜像是察觉到了什么，双眼一眯，抬头看向天空。只见一片粉色的云层正在向他们这里急速靠近，刺耳的嗡鸣声响彻山脉，一只只狰狞恐怖的米戈如浪潮般在空中翻滚。"它们又来了……"迦蓝的脸色顿时凝重起来。林七夜皱着眉头，指尖轻轻一挥，天丛云剑呼啸着自动飞上天空，迎着那粉色浪潮冲去。自从林七夜第一次救下迦蓝之后，前往瑶池，回长安，再来瑶池……这一路上又遭遇了三四次米戈围攻，而且每一次米戈降临的时间点都非常精确，都是相隔两天。但奇怪的是，这几次的米戈数量非但没有增加，反倒是减少了，一次就来不到百只，林七夜就算没有"既定之果"将它们串联，也能凭天丛云剑轻易击杀。这看似是一个好消息，但林七夜不这么觉得。米戈的降临，背后可是"门之钥"！他明知这么点米戈不可能从自己手上夺走不朽丹，为什么还要源源不断地派这些少量的米戈来送死呢？林七夜思索了一路，也只想到一种可能……他的目标已经不再是夺回不朽丹，而是通过他对不朽丹的定位，派遣米戈来观测自己与迦蓝。自己的因果已经被隐藏，"门之钥"无法通过时间长河观测到自己的举动，就只能通过米戈进行最简单直接的肉眼观测，每隔两天就能定位到自己的位置，甚至还能知道自己在做些什么。换句话说，米戈的任务已经不再是抢夺不朽丹，它们现在是一群穿越时间，来定期跟踪林七夜与不朽丹的"狗仔"。

1710

这么一来，事情就麻烦了。若是"门之钥"继续用米戈来跟踪，那迟早会发觉这一盘大棋的存在，甚至牵扯到一些还没有被隐藏因果的"棋子"，并让克系众神有所警惕。他的脑海中，顿时回想起自己在第一次遇见迦蓝时，那具放置在酆都最核心处的古棺……难道，最终还是只有这一个方法？天丛云剑疯狂在米戈群中穿梭，将它们尽数斩杀，随后轻轻一震，将剑身的血污尽数震落，飞回林七夜的掌间。看着满地的米戈尸体，林七夜紧皱的眉头依旧没有舒展。

"你怎么了？"迦蓝见此，疑惑问道。

"没什么……"林七夜深吸一口气，转头看向迦蓝，"这次回去之后，我给你找个活吧？"

听到这句话,迦蓝眼前一亮:"好啊!什么活?每个月能赚几两银子?"

"到时候你就知道了。"

长安。

"你们不回去了?!"庭院内,克洛伊震惊地开口。

"没错。"林七夜微微点头,"你也说了,如今的信仰之力没法将我们传送回两千年后,既然如此,我们便不回去了。"

"那你们……"

"我的寿命极为悠长,硬熬到两千年后不是问题,至于乌泉……"林七夜从怀中取出那个铃铛,轻轻一晃,便化作一口古老巨钟落在庭院内,发出沉闷声响。"我从灵宝天尊那里,借来了这口能够镇压时间的东皇钟,有它在,就能冻结住乌泉的时间,直至两千多年后。"从林七夜第一次在这个时代见到克洛伊,知道她没有足够的信仰之力送他们回去之后,他就猜到了,这多半是一场只有单程票的时间旅行……未来的克洛伊只负责将他们送回来,剩余的两千年时光,只能靠他们随着时间长河的流淌,一点点前行。林七夜自身拥有无尽寿命,硬熬两千年也没什么,但乌泉不一样。乌泉本就是天生有缺的"支配皇帝",以他现在的年纪,最多再活五年,至于两千年的时光,更是想都不要想,如何让乌泉也好好地活到两千年后,是一直困扰林七夜的难题。但随着灵宝天尊送出东皇钟,这个难题便迎刃而解。乌泉好奇地走到东皇钟边,仔细打量了一圈,东皇钟内壁的空间,正好容纳他的身形,简直像是为其量身定制一般。

"我没意见。"乌泉点头道,"只要能回到两千年后,用什么方法我都无所谓。"

"这么做,还有一个好处。"林七夜指了指自己的胸膛,"如果要回去,势必要缔结一个同样的'圣约',这么一来不仅平白消耗信仰之力,还会占用一次缔结'圣约'的机会。既然我们不回去,那剩下的两道'圣约',就可以用在其他用途上。"林七夜的胸前一共有三道"圣约",第一道将他们送回了两千多年前的西汉,让人类绝处逢生,开始这一盘因果大棋……第二道与第三道的作用,林七夜还不知道。但毫无疑问的是,每一道"圣约"对人类而言都至关重要,若是为了回去而占用一个"圣约",绝对是巨大的损失。

"那剩下两道'圣约'的内容,你想好了吗?"克洛伊问道。

"还没有……"林七夜摇了摇头,"'圣约'事关重大,我要好好想想。"

"你之前说,要我在两千年后的教堂中,与过去的你缔结'圣约'是吧?那就不急,还有两千年的时间,你可以慢慢想。"

"对了,我和迦蓝会离开长安一段时间。"

"离开长安?去哪儿?"

"还不确定,不过大概是从长安出发,北至辽东,东至会稽,南至珠崖,西至楼兰……最后再回长安。"

克洛伊张大了嘴巴："你们这是要把大汉全逛一遍？这得要多久？"

"快一些的话，大概一年吧。"

克洛伊的目光落在远处跟公羊拙玩闹的迦蓝身上，表情顿时微妙起来："不会一年之后，孩子都有了吧？"

"你想多了。"林七夜正色道，"她自诞生以来，便一直待在瑶池，我只是想带她出去逛逛……看一看这人间。"

"哦？那你一定会带上乌泉吧？"

"呃……也不是不行……"

"七夜哥，我不想出去玩。"乌泉走到林七夜身边，认真地说道，"我和你们不一样……我的生命很短暂，我想做些有意义的事情。"

"什么事情？"

"既然七夜哥你打算离开长安，那我也想出去，我想走一遍当年侯爷出征的路途，感悟一下侯爷曾经的心境……也许能让我更好地消化这段时间侯爷教给我的东西。"

看着满脸严肃的乌泉，林七夜的眼中浮现出诧异之色。"你想借此一行，突破'心关'？"

"嗯。"林七夜复杂地注视乌泉许久，微微点头："好，既然你能有此决心，便尽管去做吧……等时机成熟，我自会来找你，将你封入东皇钟内，直至未来。"

"那我也该启程了。"克洛伊在庭院内，伸了个懒腰，"在长安耽误的时间太久，我的立教大计还没有进展，是时候出发了……"

"那我想好了剩下两道'圣约'之后，该如何找你？"

克洛伊想了想，伸手在林七夜的手背一划，一道淡淡的印痕勾勒而出。"我与你立下一道誓约，若是你想找我，便用这只手写出我的名字，到时誓约之力便会将我传送过来。"

"没问题。"

几人在庭院中告别，两个时辰后，一驾马车便在夕阳下，缓缓驶离繁华喧闹的长安城。颠簸的车厢内，穿着一袭深蓝汉袍的迦蓝与林七夜相对而坐，火红的夕阳将她的脸颊映照出红晕，她轻放下帘子，忍不住开口："你说要给我介绍的活……就是给你当随行丫鬟啊？"

"不是随行丫鬟。"林七夜解释道，"你知道的，我不能和太多人产生因果联系，所以如果我出远门，一定要有一个人替我去采购食物，更换马匹，问人指路，还有……"

"这种简单的活，你交给别人不也行吗？"

"怎么，你不想做？也行，颜仲说他认识一家坊子还在招人……"

"谁说我不做？！"迦蓝当即双手叉腰，"我都上车了，还想把我赶下去？先说好啊，这是要付银子的！"

"放心吧，工钱少不了你的。"

林七夜笑了笑，悠然靠在车厢内壁，两人随着摇晃的车厢，逐渐消失在火红的地平线尽头。

1711

一年后。

"老丈，请问祁连山在哪个方向？"炊烟袅袅的村庄前，一个戴着斗笠的身影拦住一个老汉，礼貌地问道。这老汉穿着一身粗布麻衣，沉重的扁担压弯了肩头，整个人晒得黝黑，他好奇地打量着眼前这个陌生的少年："你这年轻人，是从哪儿来的？"

"我从长安来。"

"长安？"老汉打量了他几眼，"祁连山那边，可是匈奴边境，你一个人去做什么？"

"不做什么，我就去看看。"

"那地方还是别去的好，时不时还有匈奴的探子出没，小心没命！"少年笑了笑，没有说话。"在那个方向，再走二十里，就能看到山脉了。"最终，老汉还是指出了一条路。

少年向老汉道谢，将头上的斗笠压下些许，径直向祁连山的方向走去。老汉古怪地望着少年离去的背影，摇了摇头，正欲回家，整个人却突然一愣："奇怪……这扁担怎么不重了？"他仔细检查了一下前后篓的东西，都还在，可这扁担压在他肩上，就是没有丝毫的重量，像是羽毛一般。老汉嘀咕一声，还是扛起没有重量的扁担，急匆匆地往家跑去。没有扁担的重量，他健步如飞，不一会儿便回到了五里外的家中，直到跨进家门的那一刻，扁担的重量才再度回归，重重地落在地上。"嘿，真是见鬼了。"老汉喃喃自语。

与此同时，数里之外的乌泉，缓缓收起了衣袖中的食指。"'支配皇帝'的范围扩大了不少……但离全盛时期的侯爷，还有不少的距离。"他轻叹一口气，继续向祁连山脉走去。微风吹拂起斗笠上的面纱，露出一张少年的面孔，与一年之前，已经大为不同。少年的身体成长得最快，一年一个样，这一年来，乌泉走遍了小半个大汉，风吹日晒之下皮肤黑了一些，但个头又长了一大截，已经快与林七夜差不多高。他的眉宇间多了一抹坚毅与沧桑，目光深邃无比，看起来根本不像是个十六七岁的少年。顺着老汉指的方向走了一会儿，他便看到那绵延的祁连山脉，驻足欣赏片刻后，再度动身，径直向山脉之中走去。如今已是春季，祁连山上依然冷似寒冬，乌泉穿着一身薄薄的衣裳，已经被露水打湿，却像是丝毫察觉不到寒冷般，沿着崎岖的山路不断前行，健步如飞。这一路上，他渴了便喝山中露水，饿了便摘林间野果，而且整个过程没有动用丝毫的精神力，纯粹依靠肉身行动，像是个灵活的野人，若是定睛仔细看去，便会发现在他的肌肤之下，偶尔有一抹赤色流淌。终于，在太阳落山之前，他登上了其中一座山峰的顶端。

昏黄的夕阳之中，有一青一蓝两道身影已经坐在巨石之上，见他攀登至此，嘴角微微上扬。"你终于到了。"

"七夜哥？！"看到那熟悉的面孔，乌泉先是一愣，随后惊喜地开口，"你知道我要来这里？"

"前几日我还收到公羊婉送来的镇邪司线报，说你从狼居胥山离开，一路向东，你又说过要沿着侯爷的足迹走一遍，侯爷大败匈奴的地点不多，一下就能猜到你要来这里。"

他的目光仔细地扫过乌泉，眸中浮现出一抹诧异："你竟然真的突破了？"

乌泉笑了笑。

"什么时候突破的？"

"就在前几日，在狼居胥山上。"乌泉望着远处逐渐涌动的云海，缓缓说道，"这一年我都在人间行走，多见苦难，感悟很深……前几日登上侯爷当年祭天封礼之地，突然心有所感，原地坐望七日……等回过神来的时候，便破了'心关'。"

林七夜点点头："怪不得……"

乌泉的过往虽然坎坷，但终究是狭隘的，从寒山孤儿院，到斋戒所，他始终都徘徊在那一隅之地，见那寥寥几人，心境自然也不够开阔……这一年的人间历练，可以说是直接打开了他的视野与心胸，积累沉淀之下，在当年封狼居胥之地，一举突破了心中之'关'。"看来侯爷教给你的锻体之法，也小有所成。"林七夜望着乌泉肌肤表面的光泽，点头称赞道。

"七夜哥，你来找我……是不是因为时候到了？"乌泉试探性地问道。

"不错。"林七夜的神情有些复杂，"你的寿元有限，不宜再拖下去了……如今你已突破人类战力天花板，在这个时代的因果全部了结，接下来，就该回到属于我们的时代了。"林七夜伸手在腰间一抹，东皇钟迎风暴涨，重重地落在祁连山顶，一道道神秘的符文在青铜钟表面流转，散发着古老宏大的气息。乌泉望着眼前这口古钟，双拳紧紧攥起，目光中浮现出期待。"终于可以回去了吗……"

"东皇钟会镇压住你的时间，所以你也不会察觉到时间流逝……等到东皇钟再度响起之时，你便会自动解封，到那时，这盘大棋才真正开始。"

乌泉点了点头，他迈步走到东皇钟前，回头望了眼林七夜："七夜哥，我们两千年后再会。"

"嗯。"林七夜微微一笑,手掌抬起,那沉重的东皇钟体便散发出一道光辉,直接将乌泉笼罩其中,等到光辉退去,他的身形已然消失不见。随着林七夜一脚踏出,东皇钟下的山体剧烈震颤起来,瞬间裂开一道缝隙,将钟体卡入其中,巨大的石块在地面翻滚,片刻后便将那道缝隙彻底淹没。漫天的尘埃逐渐落定,祁连山上,再也不见东皇钟的影子。

"两千年……唉。"林七夜环顾四周,云海之上,一轮落日逐渐沉入黑暗,消失无踪。

"也不知两千年后,这里又是何种情景。"

林七夜摇了摇头,伸手牵住迦蓝的手掌,轻声道:"我们走吧。"

"嗯。"迦蓝脸颊浮现出一抹红晕,却并没有抗拒。

一青一蓝两道身影,逐渐隐没在昏暗之中。

1712

无人的碎石小路之上,一驾马车缓缓前行。昏暗的车厢中,迦蓝倚靠在林七夜的肩膀上,目光透过微风拂动的帘子,看向浩瀚璀璨的星空,怔怔出神。"七夜。"

"嗯?"

"我们出来游历,已经多久了?"

"大概,一年了吧。"

"一年啊……怎么感觉像过了半辈子一样?"迦蓝的眼眸中,浮现出追忆之色,"这一年来看到的风景,比我过去的所有时光都多……也比我过去所有的经历都精彩。"迦蓝抬起头,昏暗中,那双美眸对林七夜眨了眨眼,"谢谢你带我出来。"

"既然要谢,那是不是今天的银子可以不发了?"

"不行!"迦蓝气鼓鼓地瞪了他一眼,伸手在林七夜的胳膊上用力一拧,后者配合地咧了咧嘴,讪讪笑了起来。迦蓝哼了一声,重新将头倚靠在他的肩膀上。车厢内陷入安静。

"七夜,我想回去了。"许久之后,迦蓝轻柔的声音再度响起。林七夜的眼睛微微一凝:"为什么?"

"我们已经在外面奔波一年了啊,虽然看了很多很多风景,但我已经有些累了……我想回长安,好好休息一下,而且……我想吃长安的豆包了。"

林七夜的身形随着车厢的颠簸微微摇晃,他并没有回答,目光透过风中摇摆的帘子,片刻后说道:"你看,前面有一个很漂亮的湖。"

迦蓝一愣,掀开帘子向外看了一眼,惊喜地开口:"真的欸,好大的湖……"

"停下来看看?"

"好啊。"

马车在湖边缓缓停靠，林七夜扶着迦蓝从马车上下来，一望无际的湖面宛若镜子般安静地躺在大地之上，漫天的星光在湖面映出倒影，随着微风卷起的涟漪，碎银般涌动。林七夜驻足欣赏片刻，从附近捡回一堆柴火，迦蓝则从车厢里拿出一套茶具，两人轻车熟路地配合起来，开始在晚风中悠然煮茶。随着滚烫的热水冲刷茶叶，一股清香在湖边蔓延，两人倚靠着车厢外壁，望着漫天星光，只觉得整个人都放松下来。"要是你觉得路上太累，我们可以找个地方多住几天。"片刻后，林七夜认真地开口，"还有很多地方我们都没去呢，巴东、长沙、桂阳……"

"这些地方，我们可以以后再去啊。"迦蓝理所当然地说道，"怎么，难道这次回去之后，你就不带我出来了吗？"林七夜的身体微微一震，他沉默地望着手中的杯盏，没有说话。"而且啊，有些事情，我要回去一个人好好想想……"

"什么事情？"

迦蓝看了林七夜一眼，黑暗中的脸颊浮现出一抹红晕，她撇过头去："我不告诉你！"那抹黑暗中的红晕，自然瞒不过林七夜的眼睛，他的眉梢一挑，嘴角隐隐勾起一抹笑意。

就在这时，一道低沉的轰鸣，自云层之上缓缓传来。

迦蓝和林七夜的脸色同时一变，抬头望向天空。

"又来了……"迦蓝的双唇抿起。

"真是阴魂不散！"林七夜的眸中浮现出凌厉之色，他反手握住袖中滑出的天丛云剑，一股杀意席卷而出！这一年多来，米戈的降临始终规律无比，无论他们两人在哪里游玩，总得急匆匆卡着点找一处荒野，解决这些烦人的米戈，所有快乐与悠闲都只能戛然而止。"这次的好像不太一样？"迦蓝注视着涌动的云层，疑惑开口，"那些云……好像一只眼睛啊？"这句话像是闪电般掠过林七夜的脑海，他猛地抬起头，只见漆黑的云层之中，一道时空旋涡缓缓旋转，搅动着周围的云层，像是一只狰狞恐怖的巨眼。林七夜的瞳孔骤然收缩！他当然认得那道时空旋涡，一年前他刚获得"无端之因"与"既定之果"的时候，"门之钥"便是通过这种时空旋涡隔着时间长河出手，要将他就地抹杀……如今，他竟然又要出手了？？怎么会这样？他的目标是谁？林七夜浑身的汗毛立起，他的身体挡在迦蓝身前，双眼死死盯着那道旋转的时空旋涡，天丛云剑紧握在手。但与上次不同的是，那道时空旋涡出现之后，并没有形成雷云，反而像是一只眼睛般，不断在大地上搜索着什么，像是有些疑惑……片刻后，他的目光扫过林七夜二人所在的方向，掠过了林七夜的身体，在迦蓝身上停顿片刻，随后那恐怖的气息便逐渐消散。时空旋涡一点点淡化，一批米戈从云端飞来，确认"门之钥"并没打算出手之后，林七夜终于放松下来，额角已经渗出些许冷汗。这次的米戈，只有寥寥九只，与曾经铺天盖地的阵仗相比，简直像是玩一样。林七夜动用天丛云剑，轻易地斩杀了这些米戈，但他的脸色依然凝重无比。

"七夜……那是什么东西？"迦蓝依然没有从那只眼睛的恐怖气息中回过神，脸色有些发白。

"他已经有所察觉了……"林七夜喃喃自语。

"察觉什么？"

"被我隐去的因果。"

迦蓝也参与了那座破庙中的事件，自然明白林七夜的意思，她在原地怔了半响，试探性地问道："是因为……我？是那些米戈一直跟着我，所以他才发觉的？"林七夜缓缓闭上眼睛，没有说话。"那该怎么办？"迦蓝焦急地开口，"七夜，你能不能像藏起他们一样，把我也藏起来？"

"若是我能做到，我早就做了。"林七夜叹了口气，"但'不朽丹'与克系之间的因果，极难藏匿，至少现在的我还做不到。"迦蓝脸色难看无比，她皱眉想了一会儿，直接从腰间拔出一柄短刀，将"不朽"转移其上，猛地向自己的腹部刺去！林七夜闪电般握住她的手腕，皱眉开口："你这是做什么？"

"不能因为我，坏了你们的布置。"迦蓝坚决地开口，"既然藏不起来，就毁了它！"

"你要将自己炼回丹药吗？！"林七夜夺走迦蓝手中的短刀，怒道。

迦蓝抿着双唇，看向林七夜的眼眸满是倔强。

林七夜深吸一口气，将心情平复下来："其实，也许还有一个方法……"

1713

长安城。黎明将至，一驾马车飞速驶入城中。

"颜仲！"林七夜推开宅门，径直走入其中，大声喊道。

"七夜兄？！"正从屋中走出的颜仲，看到林七夜回来，惊喜地开口，"你们游历回来了？"

"嗯。"林七夜点头，"公羊婉呢？"

"她和玉武都在镇邪司呢，我在这儿负责新入司的成员筛选……你找她有什么事吗？"

"之前我让你们派人去找的地方，找到了吗？"

"你是说酆都？"颜仲当即点头，"前几日胡嘉他们才传回消息，根据你给的路线，他们已经进入了酆都，并将天尊手谕递了进去……不过酆都大帝似乎外出了，只有一位鬼帝坐镇。"

"然后呢？"

"他们确实有一种玄阴木，能够借助玄阴之气隔绝一切生机……但数量极其稀少，整个酆都也只有一块，已经让人送到长安来了。"

听到这儿，林七夜终于松了口气。自从一年前带着迦蓝离开长安之后，他便一直与公羊婉通信，想要寻找记忆中那具棺材的材料，迦蓝既然在那具棺中被封了两千年，就说明那具棺一定有什么特殊之处，能够阻隔"门之钥"的窥探。但经过半年搜寻，镇邪司已经派人去过大汉各地，都没找到这种材料，最终林七夜还是猜测，那具棺的材料可能还是源于酆都，于是便指出了一条路线，并去求了灵宝天尊的手谕，让镇邪司去探寻。现在，这玄阴木便是保住迦蓝与这盘大棋的唯一方法。

"你听着，一会儿……"林七夜跟颜仲嘱咐了几句，后者便点头，立刻向宅子外走去。

迦蓝站在他的身后，担忧地问道："七夜，来得及吗？"

"来得及。"林七夜点头道，"放心吧，剩下的事情，交给我们处理……只是这么做，就苦了你了。"

"不就是两千年嘛。"迦蓝毫不在意地开口，"侯爷被困在气运洪流，乌泉被镇在东皇钟下，他们也都为了这盘大棋做出了牺牲……再说了，那些怪物动不动就来找我，弄得我心烦，能找个地方躲躲也不错。"

"侯爷在气运洪流中，偶尔也可以与公羊婉他们见面；乌泉的时间被镇压，自然也不会察觉到时光流逝……但你不一样，一个人在玄阴木中待上两千年……是会把人逼疯的。"林七夜的目光中满是心疼。

"那你未来见到我的时候，我疯了吗？"

"……没有。"

"那不就行了。"迦蓝双手叉腰，"不要小看我啊，七夜，我虽然脑子不太灵光，但做事还是很专注的……等待，也是如此。"林七夜看着她浑不在意的模样，一时之间不知该说些什么。"七夜，我想吃豆包了。"

林七夜回过神，立刻开口："好，我这就带你去吃！"

林七夜牵起迦蓝的手掌，迈步向长安的街道走去，迦蓝乖乖地跟在林七夜身后，感受着掌心传来的温热，眼眶顿时有些泛红。她深吸一口气，用力眨了眨眼睛，将泪水逼了回去，跨着大步走到林七夜前面，只给他留下一个深蓝色的背影。

"七夜！"

"嗯？"

"今天，我要吃四个豆包！"

  元鼎元年，镇邪司主司霍去病派遣三百青铜甲士，锻玄阴木为棺，自长安护送不朽之女前往酆都，历时七日，遭遇三次域外翅怪袭杀，由某不可言喻存在出手，最终平安护送至酆都，途中三百青铜甲士尽数战死。

——《镇邪司秘簿》

鄷都。明晨耐犯武城天宫。

"今后，这座宫殿便专门用来镇压此棺，无关人等不会入内。"穿着血色长袍的东方鬼帝缓缓开口。

"多谢鬼帝。"胡嘉恭敬行礼。

"不过，虽然你们有天尊手谕，但鄷都也有鄷都的规矩……此女的来历，本帝也需要与鄷都大帝汇报，还请说清楚。"

"呃……"胡嘉的目光瞥向宫殿一角，片刻后，再度开口道，"此女来历较为复杂，我今日便派人将此女来历记录成折，亲自送至您的寝宫中，您看这样如何？"

"可。"

东方鬼帝微微点头，身形化作阴影，消失在宫殿之中。

等到东方鬼帝彻底离开，宫殿边角之中，一个青衣身影才缓缓走来。

"麻烦你了，我不能跟鄷都沾上因果，有些事情，还是只能由你来出面。"林七夜抱歉地开口。

"林大人客气了。"

林七夜穿过空旷的宫殿，径直走到那具玄阴木棺之前，迦蓝正望着身前的棺材，不知在想些什么。"害怕吗？"林七夜轻声问道。

"不怕。"迦蓝摇头，"这具棺材雕得真漂亮……就是不知道躺进去之后，会不会冷。"

林七夜神情复杂地看着迦蓝，虽然她一路上都装作不在意的模样，但林七夜能感受到，她的心中还是有些害怕的……没有哪个女孩能如此轻松地面对两千年的孤独与黑暗。"我让人又打造了一具棺材，到时候就放在你的旁边，这样一来，就可以一直陪着你了。"林七夜注视着她的眼睛，认真说道。

迦蓝轻笑了一声："不用啦，你不是还有很多事要做吗？干吗在这儿跟我一起住棺材啊……再说了，你只有出去了，才能经常回来看我，跟我讲外面的事情啊……两个人都闷在这里，那得多无聊。"

林七夜沉默片刻，还是点了点头："好，我会定期来找你的。"

"还有一件事情……"

"你说。"

"你还记得，你之前向我求婚吗？"

林七夜想了想："你说的是在南海那次、敦煌那次，还是在丹阳那次？"

"全部！"迦蓝的脸颊通红一片，她看了眼一旁的胡嘉，凑到林七夜耳边，小声地开口，"我仔细想了很久，觉得要是没有盼头的话，这两千年的时间也太难熬了。下次见面的时候，我等着你娶我，好不好？"

看着眼前满脸娇羞的迦蓝，林七夜怔在了原地。

"你不会变心了吧！"迦蓝看林七夜呆住，当即一拳砸到他的胸口，脸颊通红无比。

"当然没有。"林七夜回过神，嘴角控制不住地浮现出笑意，"那就说好了，两千年后，我一定会去娶你。"

"说话算数吗？"

"算数，要不我现在把克洛伊喊过来，让她缔结一个'圣约'？"

"我们两个的事情，喊她过来干吗？"迦蓝佯装凶狠地挥了挥拳头，"要是到时候我发现你变心了，就算你跑到天涯海角，我也要揍你一顿！"

"好好好。"林七夜脸上的笑容越发灿烂，随后，他像是想起了什么，"对了，两千年后，过去的我会亲手打开你的棺材……他对我们之间的事情完全不知道，而且，那个时候的我可能……呃……比较棘手。"

"比较棘手？"

"就是，比较一根筋，像块又臭又硬的烂石头，反正，可能不会轻易喜欢上你。"林七夜尽量委婉地说道。

"没关系。"迦蓝双手叉腰，自信无比地开口，"我会用我自己的方法，让你再一次爱上我的。"

林七夜的脑海中，顿时浮现出一系列的画面——胸口碎大石、"七夜听话水"、被震塌的床榻、不讲理的丘比特之箭……他的嘴角微微抽搐，但还是用力拍了拍迦蓝的肩膀："对！就这么做！"

迦蓝不知道林七夜想到了什么，只是一脸茫然。迦蓝缓缓躺入棺材之中，如瀑的黑发铺满底部，那双似水的眼眸凝望着林七夜，深吸一口气，脸颊上的红晕逐渐消散下去。"我准备好了……别忘了我们的约定。"

"嗯。"林七夜望着那张绝美的面容，似乎要将她烙印在脑海之中，许久之后，才缓缓开口，"再见，迦蓝。"

沉重的棺材板压上，发出沉闷的声响，空荡的大殿陷入一片死寂。林七夜站在棺前，像是尊雕塑般一动不动，不知过了多久，才转身向宫殿门走去，有些失魂落魄。

"林大人……"胡嘉虽然很不愿在这时候打扰林七夜，但还是开口问道，"鬼帝那边要迦蓝的过往，还有送入鄢都的原因，这……"

林七夜停下脚步，回头望了眼棺材，眸中闪过一抹微光："这件事，不能与我，与镇邪司牵扯上因果，有关不朽丹与棋局的内容更是要完全隐藏……我会编织一段虚假的'因果'，剩下的，你就自由发挥吧。"林七夜指尖一抬，"无端之因"浮现在他身后，虚无的因果丝线从中延伸而出，将那具黑棺包裹其中。随着因果丝线的缠绕，光滑的棺材壁面上，五张图画缓缓勾勒而出，一段虚假的因果彻底改写了迦蓝的过往，即便是酆都大帝出手探究，也根本察觉不到任何异样存在。

胡嘉的目光落在棺材之上，微微点头："我明白了。"

"为了防止玄阴木镇压不住不朽丹的气息，我会用'无端之因'，在酆都之外建一座高墙，彻底隔绝这里与外界的因果联系，你跟鬼帝他们打个招呼。"

"是。"

因果丝线在林七夜的手中缓缓收敛，他看了眼自己的因果圆环，长舒了一口气："我在这个时代的因果，已经了结得差不多了……你回去之后，帮我通知公羊婉他们一声，不要再来找我，也不要向任何人提起我的存在，等到必要的时候，我自会现身。"

胡嘉微微一愣，急忙问道："林大人，您要去哪儿？"

"不知道，走到哪儿算哪儿吧……关于剩余两道'圣约'的内容，我还没有想好，接下来很长的一段时间，我可能都要专注于这件事情。"林七夜摆了摆手，迈步向宫殿外走去，一袭青衣微微飘动，"未来再见了，胡嘉。"

胡嘉望着林七夜离去的背影，无奈地叹了口气，深深行礼："恭送林大人。"

> 元鼎二年，镇邪司主司霍去病于东海深渊打捞出一块巨石，经一位友人书信提议，将其打造为石碑状，命名"铭碑"，立于镇邪司中，意在铭记镇邪司历代成员。
>
> ……
>
> 同年，镇邪司初代主司霍去病病逝，全朝哀悼，由二代主司公羊婉主持下葬，并下令镇邪司全员披麻戴孝一年。
>
> ……
>
> 元鼎三年，镇邪司成员扩张至一百一十二人，二代主司公羊婉成立"三大部"，并在镇邪司后山建造"忏罪楼"，收押镇邪司抓捕的恶劣异士。
>
> ……
>
> 天汉二年，镇邪司成员公羊拙脱离镇邪司，前往蓬莱冲击六境之上，下落不明，二代主司公羊婉发动全司之力，出海搜寻公羊拙，依然无踪。同年，疑有神明来访镇邪司，与二代主司公羊婉商谈许久，随后驾云而去。
>
> 元平二年，镇邪司天部主管詹玉武战死，人部主管胡嘉奉命搜寻其尸，无果，由主司公羊婉亲自主持厚葬衣冠冢。
>
> ……

> 本始元年，地部主管颜仲病逝，离世之前，曾有埙声回荡镇邪司，随后由主司公羊婉亲自主持厚葬。
> ……
> 地节二年，人部主管胡嘉逝世，由主司公羊婉亲自主持厚葬。
> ……
> 初始元年，王莽篡汉登基，自立为新朝开国皇帝，率人寻至镇邪司，欲征用司衙为己用，被主司公羊婉徒手剿灭兵士三千，重拳捶至濒死，驱逐下山。
> ……
> 新朝二年，王莽率三万大军围困镇邪司，被主司公羊婉尽数剿灭，王莽被重拳捶至濒死，驱逐下山。
> ……
> 同年，主司公羊婉率领镇邪司隐退人间，迁址至长白山悬崖底部，自此之后，世人便逐渐忘却镇邪司存在……
> ……
>
> ——《镇邪司秘簿》

1715

距离东皇钟响起：六百二十年。

明朝，永乐四年冬。

大雪。昆仑山脉间，一个灰色的身影自无尽的白雪间缓缓走过，狂风卷起碎雪，将那两行清晰的脚印淹没无踪。那身影穿过群山，最终在一座古老的破庙前停下脚步。这座庙宇似乎已经是千年前的产物，外墙几乎全部坍塌，大雪覆盖庙宇残骸，根本看不清房屋的轮廓，半扇破旧的门户孤零零地挡在残骸之前，随着呼啸的狂风发出刺耳的嘎吱声响。"已经快一千四百多年了吗……"那灰色的身影望着这座庙宇残骸，喃喃自语，"比我想象中的还要久。"他伸手想推开那半扇破旧门户，只听一声脆响，门户直接断裂在雪地之中，刺耳的嘎吱声彻底消失，只余下无尽的风雪呜呜作响。他叹了口气，迈步走入破庙的残骸之中。他凭借着记忆，来到一座雪丘之前，脚步轻轻一踏，眼前的积雪便被震碎，哗啦啦地撒落满地，露出其中的那尊泥胎佛像。一千四百多年的时光，连外面的围墙都坍塌腐朽，这尊泥塑的佛像，竟依然维持着原本的模样！而在这泥塑佛像的腹部位置，一道裂纹已经蔓延，几乎将这佛像的正面劈成两半，随着积雪的坍塌，这裂纹再度扩散，仿佛有什么东西即将从内部冲出！那灰衣身影只是静静地站在废墟中，凝望着这一幕,丝毫没有出手的意思。"咔嚓——"只听一声闷响,眼前的泥胎佛像从中央的裂纹处裂成两半,一个身影保持着与原本佛像相同的姿势,静静地盘膝坐在石台之上。那是个二十出头的年轻和尚,面容清秀俊朗,身上披着一件泥泞的袈裟,皮肤却白皙透亮,像是一尊淤泥中诞生的圣洁佛陀。他的面容,竟然与那灰衣身影,一模一样!

"你出来得晚了些。"披着灰衣的林七夜,望着眼前那与自己完全一样的面容,平静开口。

那和尚的双眼缓缓睁开,像是一汪深邃平静的秋水,虽然他与林七夜的面容完全一样,但气质截然不同,一举一动之间,都蕴藏着禅意。"塑造这副肉身并不容易,更何况,还要防止被'门之钥'发现。"他自废墟中站起身,拍了拍袈裟上的泥泞,与林七夜在风雪间相对而立。

"我该怎么称呼你?既定之果?宿命佛陀?还是……林七夜?"林七夜问道。

和尚双手合十,对着林七夜微微行礼:"叫我……'宿命'就好。"

"宿命?"林七夜打量着眼前的和尚,"这是你的法号?"

"名字,法号,谥号……都不过是虚妄,非佛非道,非神非人,我便是我。"

林七夜眉梢微微上扬:"你看得倒是透彻。"

"人类总是喜欢通过所谓的'个性''情绪''爱恨',把简单的事情复杂化,我只是在做相反的事情罢了。"宿命和尚双手合十,平静地诉说着,那丝毫不曾起伏的语气,不像是一个活生生的人,反而像是冰冷的机器。

这一点,并没有出乎林七夜的意外,纯粹的因果中诞生的意识,不会具备人类拥有的情绪,却拥有极端恐怖的运算力,这就是他想要的。

"这盘棋,你解得怎么样了?"林七夜问出了最关心的问题。

"一千五百二十五年内,我进行了六千四百二十兆次运算,从我们现有的棋子来看,胜率只有不到千分之二。"宿命和尚淡淡说道。

"千分之二……"林七夜想过人类的胜算会很低,但没想到,就算他回到西汉布下这场隐秘的棋局,胜算依然只有这点……看来之前"门之钥"说的,纵观历史长河,人类没有丝毫胜算不是个玩笑话。克系,远比他们所知的要恐怖。林七夜皱了皱眉:"所以,我们还需要多少棋子?"

"胜率的提高与否,不由棋子的数量来决定,而是棋子的质量,与他在因果中能够发挥的作用。"宿命和尚停顿片刻,"就算是再多三位玉皇大帝,在这场棋局中的作用,或许也不如一个李毅飞。"

"我明白。"林七夜点点头,"棋子的问题,我会处理……你现在获得了肉身,有什么打算?"

"对我而言,有无肉身,并没有太大的区别……我凝聚出这副肉身,只是为了替你去完成一段因果。"

"……周平？"

"我们需要周平，而周平，也需要一颗我这副肉身凝练的'转命珠'。唯有如此，才能完成这个因果圆环，将周平的存在彻底隐藏。"

"既然你已经都想好了，那就去吧……有事的话，直接用因果丝线联系我。"林七夜来此，只是为了见这"既定之果"一面，看看他是否与自己预想的一样，有无资格成为棋手……而宿命和尚的表现，甚至比他预想的更好。

"别忘了，还有一个人的因果，你没有藏。"宿命和尚开口提醒道。

"那个时代离过去我所在的时代太近了，为了避免两个我的因果纠缠，我会提前五十年封印自身因果，陷入沉睡……他，就交给你了。"

"好。"宿命和尚微微点头，"等我这副身体留给周平之后，再凝练出一副便是。"

见林七夜转身正欲离开，宿命和尚沉默片刻后，还是缓缓开口："因。"林七夜停下脚步，回头望去。"人类的这盘棋局，不能输，对吗？"宿命和尚双手合十，在风雪中问道。

"那是自然。"林七夜理所当然地开口，"若是连人类都不存在了，这盘棋还有什么走下去的必要？"

宿命和尚凝视林七夜许久，微微点头："如此便好。"话音落下，他便转身向山的另一边走去，满是泥泞的袈裟隐没在风雪之中。

见宿命和尚突然问这么一句话，林七夜有些不解，但他还是摇了摇头，从另一侧下山走去。

1716

距离东皇钟响起：一百零四年。

漆黑的乌鸦在空中盘旋，大理石的地面上，一个穿着烟青色旗袍的美妇人，正牵着一个十多岁的少年，伫立在一座假山前。在两人的身后，一个穿着西洋马甲的青年看了眼腕表，鼻梁上的单片眼镜反射着微光，他望了身后一眼，像是在等待着什么。蒙蒙的细雨打湿少年的衣衫，他不解地抬头看向身旁的美妇人，问道："主司大人，我们为什么要站在这里？"

公羊婉平静开口："等人。"

"谁啊？"

"你不需要知道。"

"哦……"少年点点头，看了眼自己湿漉漉的衣衫，再度开口道，"主司大人，我们为什么不打伞啊？"

"怎么，这点风雨都承受不了？"公羊婉冷冷地开口，"要成为真正的强者，就要经历风雨的洗礼与锤炼……要是淋点雨就受不了,你还是趁早回家吧。"

少年张了张嘴,还是默默地低下头去,轻声开口道:"我不怕风雨的……我就是怕主司大人您的衣裳淋湿,会受寒。"

公羊婉瞥了他一眼,没有说话。

"来了。"那戴着单片眼镜的青年望着某个方向,突然开口。公羊婉转头望去,只见灰蒙的细雨之中,一个黑衣身影右手执伞,缓缓走过湿润的大理石路面,伞檐微垂,遮挡住了那人的面容,让人看不真切。他的脚步没有发出丝毫声音,像是这雨幕中的一道幽冥鬼影,悄然来到了众人之前。

"见过林大人。"青年恭敬开口。

林七夜抬起伞檐一角,仔细打量着眼前这个文质彬彬的青年,眉宇间闪过一抹诧异:"胡嘉?"

"是我。"青年笑了笑,"不过,现在我的名字是鲁方林。"

"两千年不见,你也迈出那一步了……恭喜。"

"离林大人您还差得远。"

林七夜的目光越过青年,看向后方的两人,这两千年的时光,公羊婉的容貌依然没有丝毫改变,但她手中牵着的少年,让林七夜觉得有些眼熟。"他是……?"

"我从路边捡回来的孩子,现在,也是镇邪司的一员。"公羊婉回答。

"您好,我叫聂锦山。"

听到这三个字,林七夜的眼眸微微一凝,他将伞檐垂落些许,再度遮挡住自己的面容,有些无奈地开口:"你不该带这孩子来见我的……要是再将我与他的因果牵扯起来,会很麻烦。"

公羊婉一怔:"这孩子跟你的时代,相差了百余年吧?他与你也有因果?"

"有。"

"我知道了。"公羊婉点了点头:"胡嘉,你带着他去四周转转吧。"

"是。"

青年走上前,牵起少年聂锦山的手,转身便向烟雨中走去。在这个过程中,少年聂锦山还瞪大了眼睛,想要看清这神秘男人的面孔,但无论他如何努力,就是看不真切,他的眼眸中满是不解。等到两人走远,林七夜才缓缓开口:"这次找我来,有什么事吗?"

"有。"公羊婉停顿片刻,"我打算,解散镇邪司了。"

"解散?"

"不错……这两千多年,镇邪司在朝代的更迭中沉浮,从最初的十余人,到最昌盛时的数百人,再到寥寥几人……"她手指轻勾,眼前的假山便刮落一层表皮,露出其中那块自东海打捞上的巨石,密密麻麻的名字镌刻其上,足有上万个。公羊婉的眼眸中,浮现出追忆之色,似乎有些恍惚,"如今,封建王朝已经彻底覆

-351-

灭，世界已经来到一个全新的阶段……镇邪司，已经不适合这个时代了。"

林七夜思索着，微微点头。公羊婉说得没错，即便这两千年来，公羊婉一直在根据朝代的更迭，不断变化改进镇邪司的模式，但面对人们思想的转变以及科技爆发式的增长，镇邪司想跟上脚步，注定是不易的。更何况，封建王朝的没落，再加上世人已经彻底忘却镇邪司的存在，导致镇邪司现在吸纳新成员非常困难，到如今，也只剩下不到十位成员，这并非公羊婉的统率不力，而是时代变化的必然结果。"未必要解散，换一个想法与模式，也许还有转机。"林七夜劝道。

镇邪司是由霍去病创立，但蕴藏的，是公羊婉两千多年的心血……如今她要解散镇邪司，心中必然有些不舍。

公羊婉摇了摇头："林七夜……我累了。这两千多年的时光，我一直在为镇邪司殚精竭虑……世间有那么多人拼死也要追求长生，但对我而言，长生却是一种折磨。阿拙已经死了，我们也曾成了人类的巅峰，早在两千多年前，我就该跟着他一起入土……为了镇邪司，我不断地吞噬异士，延长寿命，才活到了今天。两千年，我生吞了一百四十多个异士……我现在的这副身体，完全是由这一百四十多个活生生的人，堆叠起来的。我现在沐浴的时候，都要闭着眼睛，因为我看到这副身体，就会让我觉得恶心……我倦了，林七夜，我真的倦了。"公羊婉看着自己那双白皙柔嫩的手掌，眼中却满是厌恶与恶心，"我……不想再靠吃人，来获得长生了。"

林七夜望着她那张痛苦的面庞，陷入沉默。"所以，你让我来，是想让我帮你解脱？"

"镇邪司解散，我这两千多年的使命，也算有了结果……我可以像侯爷一样，化作英灵守护国运，这种靠吃人来延续的长生……我不想继续了。"

"施展藏魂术的过程并不轻松，你确定要这么做吗？"

"不过是痛楚罢了。"公羊婉自嘲地笑了笑，"剥皮抽骨，剖心取血……就当是我吃人的惩罚吧。"

林七夜看着公羊婉那双恳求的眼眸，最终，还是长叹一口气："我明白了……那聂锦山，你打算怎么办？"

"胡嘉和颜仲，会替我照顾好他。"

林七夜点点头，一把断剑自袖中滑落掌间，他缓缓向公羊婉走去："那我们……百年后再见吧。"

看着那散发着寒芒的剑刃，公羊婉的嘴角微微上扬，眼眸中浮现出解脱，她缓缓闭上眼睛："嗯。"

1717

距离东皇钟响起：二十三年。

"哇——"滂沱大雨自天空倾泻而下，恶臭冲天的垃圾桶旁，一个包裹在破烂毛巾内的弃婴，正在号啕大哭。可即便这弃婴哭得再凄惨，哭声依然被这大雨与雷声淹没，再加上这里又极为偏僻，根本没有人注意到这个弃婴的存在，随着时间的流逝，这弃婴的哭声越来越小。冰冷的雨水拍打在他的肌肤上，他的脸上泛起一抹不自然的红晕，沙哑的哭声最终停止，一动不动地躺在垃圾堆里，像是昏迷过去了。就在这时，一个身影缓缓走到他的身边。那是一个穿着泥泞袈裟的和尚，他伸出双手，将这高烧昏厥的弃婴抱起，虽然那对秋水般的眼眸没有丝毫的情绪波动，但还是伸手将弃婴护在身下，避免风雨侵袭。他带着弃婴，一路穿过无人的街道，最终在一扇铁栅栏门前停下脚步。他抬头望去，五个大字映入眼帘——"寒山孤儿院"。宿命和尚将怀中的弃婴，放在铁门之前，咬破自己的指尖，在包裹弃婴的破旧毛巾上，轻轻写下三个字。做完这一切之后，他便转身离开，身形淹没在大雨之中。

"汪——汪——"狗叫声从孤儿院内传出，一只黑狗冲到铁门前，对着门口的弃婴狂吠，一个老头拎着棍子，急匆匆地从屋里走了出来。"叫什么叫！再叫我揍你！"老头恐吓了黑狗几下，正欲回屋，余光突然瞥到铁门前的弃婴，愣在原地。他连忙打开铁门，将那被毛巾包裹的弃婴抱回来，在门口四下环顾一圈，没有看到任何人影……眉头顿时皱了起来。"这么大的雨……那些没良心的狗东西，就不怕孩子被冻死吗？"老头骂了一句，连忙摸了下孩子的额头，果然，滚烫无比！他转身便要带弃婴回屋，就在这时，那块破旧的毛巾掉落在地，老头低头望去，只见三个血色的大字正在被大雨冲刷，逐渐模糊，最终顺着流淌的雨水，消失在夜色之中。

"沈青竹？"老头记住了那三个字，轻声嘟囔道。

与此同时，一个因果圆环在虚无中头尾相连，悄然隐匿无踪……

距离东皇钟响起：五十八分钟。

奥林匹斯。

山峰顶端的神殿之内，一个佝偻瘦弱的身影，正倚靠在床榻上，虚弱地咳嗽着。这位曾经的众神之王宙斯，如今就像是个风烛残年的老人，背后的血洞已经干瘪发黑，只有些许的生命残火，在体内勉强燃烧。"比亚……"他声音沙哑地开口。

"神王大人。"司小南变化成的次神恭敬上前。

"外面……怎么样了？"

司小南张了张嘴，像是十分纠结。

"说！"宙斯瞪了她一眼，"外面怎么样了？！"

"回禀神王……我这几日在几座神峰间打探消息，似乎……您有几位子嗣，已经蠢蠢欲动了。"司小南无奈地开口。

宙斯苍老的双眸一凛，一股怒意涌上心头，冷哼一声，还未等说些什么，便剧烈地咳嗽起来。"喀喀喀……这群白眼狼……看我现在不如从前，一个个都想坐那张黄金圣座……只怕现在，已经在联手想办法，弄死我这把老骨头了。"

司小南见此，连忙走到宙斯身边，贴心地替他端上泉水："神王大人，您别动怒，还是身体要紧啊……您回来之后，就一直在这宫殿内养伤，不曾见过外人，这几日我已经按您的吩咐，在神峰间传出您即将康复的消息了，他们短时间内不敢有所动作的。"听到这句话，宙斯的神情缓和些许。他看了司小南一眼，缓缓开口："你很聪明……让你来辅佐我，果然是个正确的选择。"

"能伺候在神王大人身边，是我的荣幸。"

"如今我这副模样，不能让外面那些家伙看到……有些事情，只能你替我出面去办。"宙斯停顿片刻，"仅靠你传出去的那些消息，他们未必会信，恐怕会想办法进入这禁地来试探我，你得替我拦住他们。"

"是。"司小南恭敬地向宙斯行礼，缓缓退出了禁地大殿。等到殿门关闭，司小南脸上的恭敬，顿时消失无踪，她瞥了眼这座恢宏大气的宫殿，双眼微微眯起。宙斯这老狐狸究竟是否真如外表上那样脆弱，她现在还看不透，就算她如今已经成为宙斯身边最亲近之人，也不能贸然出手，就算是一头干枯濒死的病虎，也依然是虎……片刻后，她转身向山下走去。她挑了处还算平坦的巨石，悠然躺在其上，闭上双眼佯装沉睡，两只耳朵却诡异地从头上脱落，消失在山峰之中。在她的这个能力下，除了宙斯所在的禁地大殿，整个奥林匹斯，都在她的监听范围之内，她一边倾听着这座神国的所有秘密，一边缓缓陷入沉睡。恍惚中，她做了一个梦。那是一座古老的宅子，一个穿着汉代儒服的青年，正倚靠在墙边，手中捧着一只满是白子的棋篓，正微笑地看着她。"诡计之神，司小南。"他的声音响起。司小南恍惚了片刻，意识猛地在梦境中恢复清醒，她警惕地看着眼前这个陌生的男人，皱眉开口："入侵了我的梦境？你是谁？"

"我叫颜仲。"那书生从腰间取出一块玉牌，"曾经的镇邪司成员，现在嘛……只是个亡魂罢了。"

"镇邪司？你是从大夏来的？"

"算是吧，在世间数亿生灵的梦境中，找到你可不容易……我只能在这里停留一会儿，我们长话短说。"颜仲从手中的棋篓中，取出一枚白子，递到司小南手中。

"这是什么？"司小南不解地问道。

"林七夜托我转交给你的东西。"

"林七夜？"

"他为了避免与过去的自己产生因果，已经沉睡了五十多年……只能以我的能力为媒介，将这些棋子转交到你们手上。"颜仲平静地开口，"东皇钟起，'圣约'应时，因果重逆，死境逢生……这枚棋子的作用，到时候你自然会知晓。"

1718

距离东皇钟响起：十分钟。

上京市，守夜人总部。

"'圣约'……究竟是什么？"档案室内，左青看着手中的古老羊皮卷，喃喃自语。"丁零零——"清脆的手机铃声响起，将左青的思绪拉回现实，他接通电话："好，我这就来。"他将档案放回原处，快步走回自己的办公室中，秘书已经焦急地等待在原地。"什么事这么急？七夜他们回来了？"

"没有……林处他们应该还在海上，是另外一件事！"秘书将手中的平板电脑递到左青手上，郑重开口，"就在一分钟前，我们发射的环月球监测卫星，传回了一些奇怪的图片……"

"环月球监测卫星？"左青的双眼微微眯起。早年间，人类第一次观测到月球上的炽天使米迦勒时，便着手开始制造环月球卫星，方便监视那位天使的行动，但第一颗环月球卫星发射后，直接被米迦勒一剑劈了下来，后来人类又发射了几次，每一次都试探性地拉远观测月球的距离，直到发射第四颗卫星之时，米迦勒才没有对卫星出手，算是默许了人类在远处的观望。但这颗卫星的距离与月球实在太远，就算装载着那个年代最先进的远望镜，也只能勉强看到陨石坑上的身影像一个白点，根本看不到其他有用的信息，更别提监视了。后来，察觉到米迦勒对人类并没有恶意之后，人类便逐渐放弃了监视月球，这颗早年发射的环月球监测卫星，也就成了一个被人遗忘的老物件。时隔这么多年，这颗卫星还能拍到什么有价值的东西？左青疑惑地接过平板电脑，这画面所拍摄的位置，并非月球，而是临近月球的太空，只见漆黑的深空之中，一个白点正在向月球缓缓靠近。"这是什么？太空垃圾？"

"您……放大看看。"

左青将画面放大，模糊的镜头之下，那白点的轮廓逐渐勾勒而出……

"嗯？"左青愣在了原地，"什么东西……是模型？还是乐高之类的拼接玩具？"

画面之上，一座病院的轮廓映入眼帘，围墙、庭院、病楼、甚至是院子中央的棋盘与木椅，都能看出轮廓，在这座病院大门的牌匾之上，几个大字能够被依稀识别——"诸神精神病院"。

"左司令，这个画面，是被缩小到原来的1%的结果。"秘书缓缓开口，"这不是什么模型……从大小上来看，这就是一座真正的精神病院。"

"你是说，太空中有一座飘浮的精神病院？"左青错愕地看着他，"是我疯了，还是这个世界疯了？"

"月球观测者清晰地拍到了它的轨迹，它正在不断向月球靠近……这件事情太蹊跷了，所以我收到这消息，第一时间就来找您。"秘书的表情凝重无比，"左司令，月球上可是有……"

左青从办公椅上站起，眉头紧皱："那座病院，究竟是什么东西……若是某种形式的袭击，那这袭击未免也太玩笑了些，更何况月球上有米迦勒坐镇，这件事……"左青沉思片刻，"月球事关重大，无论如何，我们都要谨慎行事……你去通知天庭，问问他们有没有注意到那东西。"

"是。"

"以它现在的速度，还有多久能到月球？"

"这些画面拍摄的时候，它距离月球只有不到一万公里，照这个速度，它已经快降落到月球表面了。"

"这么快？"左青眉头越发紧皱，在屋内徘徊许久，"等天庭那边接到通知，再动身前往月球，至少要十分钟……这样，我现在就动身横渡太空，先上月球去看看，你立刻跟周平、路无为、陈夫子这些拥有横渡太空能力的人类战力天花板联系，让他们也即刻动身。"

听到这儿，秘书有些犹豫了："左司令，我们的卫星只是拍到了一座没人的病院……又不是大规模的敌袭，有必要弄得这么紧张吗？再说了，月球上还有米迦勒呢。"

"事出反常必有妖，事关月球封印，谨慎一些总不会错。"左青将衣架上的暗红斗篷披起，把直刀悬在腰间，迅速向屋外走去。走到半路，他突然停下脚步，"对了，桌子右手边第二个抽屉里的东西，你记得看看……万一出了什么事情，你知道该怎么做。"

秘书微微一愣，随后像是想到了什么，正色道："是。"

左青并没有下楼走守夜人大楼的正门，而是直接打开了窗户，一步跃出，青色的光辉从他体内疯狂涌出，他像是一只青色焰鸟，急速掠向天空！

距离东皇钟响起：七分钟。

月球。

灰白色的陨石坑内，一道六翼的金色身影手握巨剑，岿然屹立在死寂的深空之下。他紧闭的双眼微微颤动，像是察觉到什么，突然睁开，只见荒芜的月表之上，一道庞大的阴影正在急速放大！他眉头一皱，金色的神力瞬间潮水般向四面八方翻涌，就在这时，一道光华突然自那阴影中迸发，将他的身形笼罩其中！米迦勒的瞳孔骤然收缩！即便是他，竟然都没有察觉到那阴影的丝毫气息，若不是它遮挡阳光导致月表的光线变化，他甚至根本不知道那东西已经到了自己头顶！这是什么鬼东西？！米迦勒没有时间多想，那光华便将他周身的场景骤然变化，等他回过神来时，原本荒芜辽阔的月表消失不见，取而代之的，是一间空荡洁白的房间。太阳的光芒自遥远的深空洒落窗户，照亮房间的一角，透过窗户，能够看到外面似乎是一条走廊，再往下，是一座无人的绿荫庭院……这是什么地方？这个念头在米迦勒脑海中升起的瞬间，房间的门户，便被缓缓打开……刺耳的嘎吱声中，一个白色身影已经站在房间外的走廊，那是个穿着白大褂的黑人，他像模像样地双手插兜，戴着一副斯文的黑框眼镜，眼镜几乎与肤色融为一体，他望着房间内的米迦勒，微笑着露出一口雪白的牙齿。"你好啊，一号病人……米迦勒。"

1719

感知到那黑人身上的气息，米迦勒的脸色顿时难看起来。"伏行之'混沌'？！"

"Yes！"黑人打了个响指，他张开双臂，热情地咧嘴笑道，"不过在这里，我希望你能叫我奈亚医生。"米迦勒丝毫没有跟"混沌"胡扯的意思，他双手握紧金色圣剑，澎湃的神力顷刻间荡满房间，下一刻，一道璀璨的剑芒便自房间的门窗狂涌而出！"轰——"沉闷巨响回荡在病院上空，一个穿着白大褂的身影像是风筝般，轻飘飘地落在庭院中，笑吟吟地看着那缓步走出的金色身影，身上没有丝毫的伤痕。米迦勒提着巨剑，自房间中走出，他的目光扫过四周，眼眸中浮现出不解。"这是……什么地方？"刚才他一口气释放出如此大量的神力，这房间竟然没有丝毫损坏，一尘不染的走廊在阳光下反射着微光，他回头望了一眼，只见这房间之上有一块神秘的门牌。而这门牌上，画的正是六只羽翼的形状。

"欢迎来到诸神精神病院。"庭院中，"混沌"悠然张开双手，"而你，则是我的第一位病人，炽天使米迦勒。"

与此同时，一道虚拟的面板在米迦勒头顶跳出，而他自己却浑然不觉。

一号病房。

病人：米迦勒

任务：帮助米迦勒治疗精神疾病，当治疗进度达到规定值（1%、50%、100%）后，可随机抽取米迦勒的部分能力。

当前治疗进度：100%（无须治疗）

看到这面板的瞬间,"混沌"眉梢一挑。"不需要治疗……看来,你的精神很健康啊?不过无所谓,现在精神健康,不代表以后也是……反正我最擅长的,就是玩弄人心,只要把你折磨得精神崩溃,再一点点治愈回去,照样能得到你的力量。""混沌"咧嘴笑了起来,一口大白牙在米迦勒眼前闪耀,"身为克苏鲁的三柱神,却身具最圣洁强大的炽天使之力……你不觉得这很有意思吗?"

"你在说些什么?"米迦勒根本听不懂"混沌"的胡言乱语,"你是怎么悄无声息地把我关进这里的?你想做什么?"

"这座病院本就拥有隐匿气息的功效,就算你是至高,也没法察觉到它的存在……当然,地球那帮大夏神也是如此。""混沌"一拍手,"所以,世界上除了你我,再也没有人知道我已经偷偷到了月球之上,还囚禁了你这位月球的守望者……至于我想做什么,呵呵,你猜?"

"你想放他们出来?!"米迦勒的瞳孔微微收缩,恐怖的炽天使神威疯狂向外肆虐!月球上封印着克系除了三柱神外的所有神明,一旦将他们放出,仅凭地球唯一的那座天庭,根本不可能是所有克系神的对手,要是"混沌"真的这么做了,那地球算是彻底完了。"黑山羊"就曾试图破解过一次月球封印,不过最终失败……如今,"混沌"依靠着诸神精神病院的力量,卷土重来!在璀璨的神威之下,庭院的花草被瞬间蒸发殆尽,狂风震碎了一旁护工宿舍的玻璃,将"混沌"身上的白大褂吹得猎猎作响。

"混沌"对此却毫不在意,轻笑道:"没用的,我亲爱的米迦勒……如今我是这里的院长,而你只是病人,你根本伤不了……""轰——"一道六翼巨影瞬间闪至"混沌"身后,炽热神圣的金色圣剑劈落大地,无尽的金色光辉淹没整座病院。一个身影踉跄着从漫天的尘埃中飞出,落在庭院废墟之上,"混沌"看着胸前狰狞的血痕,眼眸中浮现出错愕。"怎么可能?在这座病院里,你怎么可能伤得了我?"流淌的金色神力,交织成一片神圣的领域,自那身背洁白六翼的天使脚下张开,米迦勒单手握巨剑,绝美的容颜宛若冰山般肃穆威严。"凡尘神域"!病患无法伤害院长,这是病院的规则,但总有些例外的情况……比如,奇迹。感受到米迦勒身上传来的威胁气息,"混沌"脸上的轻蔑逐渐收敛,他插在白大褂口袋中的双手抽出,邪恶癫狂的克系神威散发而出,甚至直接压住了米迦勒身上的炽天使神威,占据整座病院的三分之二。"不愧是当年耶兰得座下的第一天使……确实是我小看你了。"他淡淡开口,"不过,你真的以为自己能赢我吗?"

米迦勒没有说话,他握着那柄圣剑,脚下的"凡尘神域"疯狂地抵御着"混沌"的力量,却依然在节节败退。三柱神的实力,本就远超至高神,他与三位天尊联手才能设局对付"黑山羊",而现在他所面对的,是正面战力远高于"黑山羊"的"混沌"。即便如此,他也不得不战!就算结果再坏,他至少也要打破这座病院,将战斗的余波暴露出来,只有这样才能引起天庭的注意,而只有三天尊出手,月球大阵才有保下来的希望!璀璨的光芒自炽天使的眼眸中迸发,他化作一道金色残影,再度冲向那伫立于黑暗中的"混沌"!惊天动地的巨响,自病院内再度传出!

与此同时,月球表面的深空中,却依然一片死寂。那座病院悬浮在灰白色的大地之上,像是一只无声的幽灵,没有一丝一毫的气息向外流露,随着病院的缓缓降落,它与那陨石坑中央的封印法阵,也越来越近。

地球。皑皑雪山之间,一个盘膝打坐的和尚,缓缓睁开双眼。"开始了吗……"他看了眼天空中的月影,喃喃自语。片刻后,他又收回了目光,那对漠然的双眼没有丝毫的情绪波动,反而缓缓闭了起来,他像是一尊石雕般坐在风雪之中,一动不动。"但,还不是时候。"

1720

距离东皇钟响起:三分钟。

诸神精神病院。

"轰——"璀璨的神圣剑芒斩过大地,顷刻间将护工宿舍与庭院泯灭无踪,飞扬的建筑碎片在神域中飘舞,唯有那座病院楼岿然不动地矗立在战场之中。在这座病院中,似乎只有有着病房与院长室的病院楼无法被毁灭,其余建筑已然在两位神明的手中不断被毁灭,再生。急速修复的大地之上,"混沌"的身形悬浮在无尽的黑暗之中,眯眼俯瞰着下方的米迦勒。"真是不错的能力……怪不得耶兰得宁可带着整个天国封印我们,也要将你留下,作为唯一的守望者。"米迦勒浑身笼罩在"凡尘神域"中,身上已经遍布伤痕,但一对金色燃瞳依然璀璨刺目。"不过就是要这样,才有趣,不是吗?""混沌"的嘴角微微上扬,他手掌缓缓抬起,下一刻身形便化作一个身披黑色斗篷的形象,宽大的兜帽遮挡住面容,周身的气息也幽暗深邃起来,像是一个古老的神秘者。"混沌"形象的改变,让米迦勒的眉头越发紧皱,他从那古老神秘者的身上,感知到了一种无法言喻的致命气息。"咚!"虚无之中,一道沉闷的敲击声从"混沌"身后响起。这声音传出的瞬间,米迦勒的心脏猛地一震,仿佛那声音直接穿过无尽的时空,直击他的灵魂深处。与此同时,他周身的景象再度变化起来,身体像是虚无地飘零在无垠深空之中,一间黑暗巨室从"混沌"的身后扭曲张开,直接将两人都笼罩其中。

从诸神精神病院,到黑暗巨室,米迦勒只觉得自己与外界的联系越来越薄弱,他像是来到了另一个时空。而这也意味着……他想向外界传递信息,也无比艰难。"咚——"沉闷的敲击声再度传出,直至这时,米迦勒才看清那声音的来源,只见在"混沌"的身后，一具雕刻着无数扭曲阴暗符文的巨棺，正诡异地悬停在黑暗巨室之中，低沉的敲击声从内侧响起，仿佛有什么东西隐藏在棺材之中，即将破出。

"知道这里面装的，是什么吗？"身披斗篷的"混沌"，站在黑暗巨室的中央，声音有些戏谑。米迦勒手握金色圣剑，是这巨室中唯一的光亮，他皱眉注视着那具庞大的棺材，沉默不语。"咚、咚——"连续的敲击声从棺中传出，一股莫名的烦躁与不适，突然涌上米迦勒的心头。他脚下的"凡尘神域"猛地一晃，光芒暗淡些许，一股混乱癫狂的气息自棺材缝中溢出，疯狂地在"凡尘神域"表面撕开缺口。与此同时，他头顶的进度条，突然向后挪动一格！

米迦勒治疗进度：99%

"咚——咚——咚——咚——"随着时间的流逝，棺中的敲击声越发急促起来，像是有人在其中疯狂砸棺面，伴随着一阵阵刺耳的指甲划动与令人牙酸的咀嚼声，邪恶癫狂的气息在黑暗巨室中疯狂蔓延！

米迦勒治疗进度：98%
米迦勒治疗进度：95%
米迦勒治疗进度：90%
……

随着"凡尘神域"的支离破碎，那癫狂的气息疯狂钻入米迦勒的灵魂之中，头顶的治疗进度条迅速后退，燃金的眼眸中浮现出痛苦之色。"怎么样，你的'凡尘神域'，还能抵挡住吗？""混沌"轻笑起来。兜帽下的脸颊微微抬起，他的双眸深邃如渊，下一刻，黑暗巨室内的敲击声戛然而止，那具棺材的盖板，缓慢地掀起一角……看到那棺材下的东西，米迦勒的瞳孔骤然收缩！灰色的恒星与星云宛若尘埃般飘浮在棺中，虽然细小无比，但米迦勒能清楚地感知到，那曾是一个浩瀚无垠的宇宙。在这个宇宙之中，所有的星辰都没有丝毫的生机，表面覆盖着狰狞的血管与蠕动的触手，远远望去，像是无数飘浮的暗红色细胞，这些星辰交织在一起，像是一张狰狞癫狂的怪物面孔！这具棺中……装着一整个被污染的宇宙？

"惊喜吗？""混沌"看到米迦勒的表情，嘴角微微上扬，"你应该知道，我们是从这方世界之外来的……而这东西，便是我们的上一个战利品。"

"你们……污染了一整个宇宙？"米迦勒的"凡尘神域"不断破碎，他死死握着手中的巨剑，眸中浮现出震惊。

"谁说，只有一个？""混沌"脸上的笑意越发浓郁起来，他手指轻勾，第二个、第三个、第四个……这个无尽的黑暗巨室之中，又有三具一模一样的黑棺从虚无中浮现出来！四具黑棺，四张挣扎的面孔，四个癫狂病态的宇宙……这是克苏鲁神话的过往，也是他们引以为傲的勋章。"咚咚咚咚咚咚——"急促而杂乱的敲击声，从这四具棺椁内侧响起，每一击都重重砸在米迦勒的灵魂深处。他的双眸剧烈震颤起来！

　　米迦勒治疗进度：52%……46%……33%……

"你想……做什么？"米迦勒强忍着灵魂深处的癫狂与嗜血，低吼着开口。
"我说了，让你变成我的病人，然后……掠夺你的'凡尘神域'。""混沌"悠悠开口，"这座病院在林七夜那小子手里，根本发挥不出真正的作用，只有我奈亚拉托提普，能不断地制造精神病人，再将他们治愈……从而不断地掠夺神力。奈亚医生，才是它最合适的主人。"随着"混沌"的话音落下，"凡尘神域"彻底被黑暗吞噬，米迦勒的意识在无尽的敲击声中不断被撕裂，最终归于平寂，他像是具尸体般悬浮在巨室中央，一动不动。

　　米迦勒治疗进度：0

"混沌"的身形缓缓落在巨室的地面，他随手披上那件象征着院长身份的白大褂，从怀中取出黑框眼镜，架在鼻梁上，像是个温润知性的黑人学者。他走到眼神空洞的米迦勒身前，微笑着开口："现在，意识回归。""嗒——"随着一道响指声响起，米迦勒头顶的进度条，微微跃进一格。

　　米迦勒治疗进度：1%
　　已满足奖励抽取条件，开始随机抽取米迦勒神格能力……

<del>1721</del>

一个虚拟转盘浮现在"混沌"眼前，开始急速旋转！
最终，那枚指针停在了转盘的某个位置——

天使亲和：
　　身为最纯净与神圣的炽天使，世间所有生灵会无意识地对你产生亲和、信任与崇拜，光明将时常伴随你左右，幸运也将眷顾你的存在。

眼前悬浮的这一行小字化作白光，闪入"混沌"的身体中，他的眉梢微微上扬。"不错的能力……不过，这不是我要的东西。""混沌"的手指轻勾，笼罩在米迦勒周身的黑暗逐渐退去，那响彻巨室的敲击声也逐渐稀疏起来，最终陷入一片死寂。他缓步走到米迦勒身前，微笑着俯身凑到他耳边，双唇轻启，像是在呢喃着什么。他是奈亚拉托提普，最擅长玩弄人心的克系三柱神，也是最强大的存在……他可以借助四个癫狂宇宙的力量，将一位至高神逼疯，自然也可以操纵他的心神，让他恢复清醒。米迦勒的目光逐渐汇聚，头顶的进度条，也开始一点点地挪动。

　　米迦勒治疗进度：3%……8%……14%……20%……

　　"混……沌……"米迦勒的身形被悬挂在黑暗巨室中央，虚弱地望着眼前的黑人医生，紧咬着牙关低吼道。
　　"你做得很好，孩子。""混沌"咧嘴一笑，"不过，请叫我奈亚医生。"
　　"我不会……让你……得到'凡尘神域'的……"米迦勒的眼眸中，突然爆发出一道璀璨金芒，紧接着整个身躯骤然膨胀起来！浩荡的炽天使神威疯狂地自体内宣泄，滚烫的神力直接将"混沌"震退数步，"混沌"忙将一抹黑暗笼罩身前，才抵挡住那浪潮般汹涌的"凡尘神域"。
　　"喊。""混沌"冷哼一声，那四具悬浮的黑棺中的敲击声再度响起，"拼死挣扎……你又能坚持多久？"
　　"咚咚咚咚——"杂乱的敲击声从四面八方涌向米迦勒，与此同时，后者那对燃金般的眼眸中，闪过一抹决然！他伸手反握住那柄金色圣剑，翻涌的金色浪潮在空中转过一道圆弧，竟然掉转方向，径直朝着他自己的心脏刺去！"混沌"的脸色顿时一变。金色的圣剑轻易洞穿米迦勒的身躯，殷红的鲜血染红洁白的六翼，他那双燃金的眼眸凝视着不远处的"混沌"，一抹璀璨的爆炸光芒自他心脏处迸发！"神圣……不容玷污。"那染血的六翼身影，凝望着黑暗中的"混沌"，声音沙哑地开口。下一刻，一团炽热的金色太阳，便淹没了"混沌"的身形，紧接着整间黑暗巨室就在这轮神圣烈日的灼烧之下，硬生生被撕裂成两半！

　　无垠的深空之中，一只青色焰鸟无声地掠过黑暗，降落在灰白色的月表之上。
　　青色的羽翼逐渐收起，左青浑身缭绕着青芒，青芒像是火苗般在体表轻微跳动……他毕竟只是人类身躯，若是没有"青鸾"护体，根本没法在月表行走。"那病院的落点，应该就在这附近。"左青环顾四周，眉头顿时皱了起来，"不对……"左青的心中，突然有种不好的预感。太安静了，这安静，并非指声音，在没有传音介质的太空，若是能听到什么那才是真见鬼了……左青所说的安静，指的是别的一些东西。这颗灰白色的星球上，没有丝毫的神力气息流露，即便他已经来到了月球封印最核心的位置，依然没有看见米迦勒的身影。而那座飞向月球的神秘病院，也像是消失了一般，杳无踪迹。

　　左青凭借着记忆，径直向月球封印所在的陨石坑飞掠，不过几十秒的时间，那座庞大的环形山便出现在他的视野之中。就当他准备仔细观察之时，一道刺目的金色神力，直接撕裂了环形山上空的虚无，恐怖的神威从中倾泻而出！左青的瞳孔收缩，青色光芒再度笼罩身体，替他抵挡那翻涌的神力冲击。一个身影从虚无的裂缝中飞出，坠落在环形山的另一边，密集的碎石飞屑在无声中溅射而出。左青望着那自烟尘中站起的身影，双眼微微眯起……不对，那不是米迦勒！正当他定睛准备仔细看清那身影的容貌之时，那身子突然凭空消失，左青微微一愣，随后一股前所未有的生死危机感涌上心头！他想也不想，身形化作青焰鸾鸟，刹那间飞掠而出，一只手掌几乎同时洞穿了他原本位置的虚无，诧异的轻"咦"声从身后传出。左青瞬息间飞出数里，才勉强停住身形，后背已然被冷汗浸湿。他转头望去，只见一个披着白大褂的身影，正站在一片光明之中，温润神圣的光辉化作圆环，悬浮在他的周身，像是一位自天堂降临的天使，神圣而不可侵犯。"天使？不对……"左青看着那张熟悉的黑人面孔，一颗心坠入谷底！"混沌"！

　　"人类？""混沌"嘴唇未动，熟悉的声音却直接回荡在虚无之中，"米迦勒自毁释放的所有神力，都被我用棺椁压制住了才对……没有丝毫气息泄漏，你是怎么找到这儿来的？"

　　"米迦勒自毁？！"这五个字落在左青耳中，他的心中狂震。在月球封印上没见到米迦勒，左青就隐约猜到了这个最坏的结局……但当他真的面对这个事实的时候，依然难以置信！那可是编号003的天使之王！坐镇月球漫长岁月的守门人，如今的地球最高战力！米迦勒……竟然死了？而且整个过程，竟然都没有引起地球神明的丝毫注意……他究竟是怎么做到的？越是细想，左青的冷汗就越多，米迦勒的死亡对地球已经是致命的消息，而如今地球的所有生灵，对月球上发生的这一重大变故，都一无所知。那下一步……"混沌"要做什么？左青握着刀柄的掌心，已经满是汗水，他望着眼前那笼在光明中的身影，脸色苍白无比。

　　"我想起来了……你是左青，这一代的守夜人总司令，对吗？""混沌"披着白大褂，挑眉开口，"不用这么惊讶，我虽然是神，但我最喜欢做的，就是观察人类的行为……你们守夜人上上下下，我都认得，我甚至还扮作普通人，给你们楼下看门的李大爷发过一包烟，聊了一个下午……嘿，那老梆子的烟瘾可真不小。"

4722

　　"你究竟想说什么？"左青声音沙哑地开口。话音落下的瞬间，他自己也愣了一下，在这片太空之中，他竟然清晰地听到了自己的声音。

"我想说……我了解你们，也了解你。""混沌"悠悠开口，"守夜人第六任总司令，左青，目前是在任的第四年……哦不，应该还有几天才满四年吧？从历代总司令的在职年限来看，你还算是年轻……不过，你永远也当不了一个优秀的总司令。"

听到最后一句话，左青的眉头一皱："为什么？"

"这么显而易见的问题，还需要我来点破吗？""混沌"的眼眸中浮现出戏谑，"一代总司令聂锦山，在那个最黑暗的年代，亲手创建了守夜人，远赴瑶池替人间求得神兵；二代总司令李铿锵，以身试法，研制出象征着守夜人荣耀与尊严的'鬼神引'，最终战死沙场；三代总司令唐雨生，年仅十八便成为大夏最强，以神兽之躯单挑海外诸神，替大夏守夜人杀出赫赫威名，震慑四方；四代总司令王晴，织造守夜斗篷，能大幅增强普通人的防御力，适应各种极端环境的作战，虽然不似星辰刀与'鬼神引'那般惊世骇俗，但在那之后，一线守夜人的死亡率便下降五成，将基层的战力直线拔高；五代总司令叶梵，虽然资质普通，但眼光长远毒辣，在人间埋下希望之种，一手提拔了'假面''夜幕'，并以自身为祭品，为人间换来一位古往今来最强的剑仙周平。""混沌"的话音缓缓落下，他注视着眼前的左青，不紧不慢地开口，"那你左青呢？论魄力，你不如聂锦山；论天赋，你不如唐雨生；论智慧，你不如叶梵……你的禁墟'青鸾'，我记得序列排名才174吧？在历史上所有总司令中，都是垫底的存在。这样的你，真的配当大夏守夜人的总司令吗？以你的能力，能当上特别行动处的处长已经是极限了，若非叶梵为了救周平牺牲，一时之间守夜人无人可用，就凭你左青，也能坐上总司令的位置？你凭什么？这么多年，你就没有这么问过自己吗？"

"混沌"的声音中，仿佛蕴藏着一股莫名的力量，像是恶魔的耳语，一点点瓦解人的精神与意志。左青低着头，陷入沉默，那只握着刀柄的手，微微颤抖起来。

"你能靠着一个序列174的禁墟，硬生生踏入人类战力天花板，说明你的毅力确实可嘉……但人类之中，比你有资格坐在这个位置的人，比比皆是。""混沌"的声音越发低沉起来，他的双眸中，散发着一抹奇异的光芒，"纵观守夜人百余年的历史！哪一个总司令不是战功赫赫，令人敬仰？你左青混在其中……啧啧啧，简直是给'总司令'这个名头抹黑。"

左青握着刀柄的手越发用力，一根根青筋自手背暴起！他的胸膛剧烈起伏起来。"你想激怒我？！"左青低吼着开口，双眸通红一片。

"不不不……恰恰相反，我是想让你认清现实。""混沌"双手摊开，一副人畜无害的表情，"作为总司令，你的表现太平庸了……但在我眼中，这正是你迷人的地方。让平庸之人逆袭成王！让被吹捧为神之人跌落神坛！让最邪恶的存在受世人敬仰！让最神圣的信仰沦为万人唾弃的恶臭！曾经守护万万人的守夜人总司令，却变成毁灭这方世界的恶神走狗！还有什么比这些更令人兴奋的？！""混沌"漆黑的嘴角咧开，露出一口洁白的牙齿，他张开双臂，激动地开口，"世人不会承认你的能力，但我可以，只要你成为我的信徒，我便赐予你超越神明的力量……难道你不想发泄心中的怨愤与不甘，亲手推翻那些历代的狗屁司令的辉煌，将他们的尸骨踩在脚下吗？！""混沌"的声音极具诱惑力，仿佛能勾动人心最深处的欲望，用情绪，将他们的思绪玩弄于股掌间。

　　左青的呼吸逐渐平稳，那只紧握着刀柄的手，缓缓松开……"噗——"那柄陪伴了他数十年，最普通的守夜人制式直刀，轻轻落入他脚下的大地。左青回过头，望了眼那颗悬于深空中的灰蒙星球，随后收回目光，赤着双手，迈步向"混沌"走去，那双眼眸中满是复杂的情绪。"混沌"就这么站在原地，静静地看着他走来，嘴角的笑意越发灿烂。"不错的提议。"左青平静开口，"但有一点，我不太明白。"

　　"你说。"

　　"你是能杀死天使之王的最强三柱神，而我只是一个人类战力天花板……如今你已经站在月球封印之上，为什么不直接动手解放克系众神，而是要费尽口舌，在这里招揽我？"

　　"混沌"眉梢一挑："因为这是我的爱好。"

　　"那你为什么一开始就对我下杀手？"

　　听到这个问题，"混沌"的双眼微微眯起。

　　"很矛盾，不是吗？"左青淡淡说道，"你是最强三柱神，杀我一个人类战力天花板自然不难……你害怕的是，我在临死前疯狂反扑，然后暴露你在这里的事情，不是吗？所以你一开始想在我发现你之前，一击必杀我，可惜被我躲开了……迫不得已之下，只能用这种手段让我臣服于你，因为你一旦动武，哪怕只有千分之一的概率会让天庭众神发现，也会让事情变得麻烦。"

　　"混沌"注视左青片刻，突然轻笑一声："看来，我倒是小看你了……"话音未落，一只手便瞬间洞穿了左青的心脏。在如此近距离之下，左青根本没有丝毫闪躲的可能，那只鲜血淋漓的手紧握着一颗跳动的心脏，暴露在深空中，一股黑暗急速涌入左青的身体，彻底锁死了他所有的精神力！左青闷哼一声，殷红的鲜血自嘴角流淌而下，他的禁墟已经停滞，没法运转分毫。"不过，我对你的评价还是不会改变。""混沌"的嘴角微微上扬，"明知我的意图，还敢迎面走过来……你真以为猜到了我的顾虑，就能拿捏住我？之前没杀了你，是因为距离太远让你察觉，如此近的距离之下若是还能让你逃脱，那我直接自尽算了。"

1723

　　左青的脸色肉眼可见地苍白下来，他望着眼前的"混沌"，一言不发。彻底捏死了左青的禁墟，"混沌"的声音再度轻快起来："不过我倒是很好奇，明明我已经剖析到了你内心最致命的弱点，为什么还是没能挑唆你？能在我的挑唆下还保

-365-

持清醒的人类，四个宇宙加起来，都不到十个。"

"你说得……没错……"左青沙哑的声音响起，"作为总司令……我确实平庸得不能再平庸……没有天赋……没有实力……所以我从一开始……就不认为自己会是一个出色的司令。但叶司令他……种下了这些希望的种子……离开了……那总要有人看着这个院子……照顾他们成长……不是吗？一个园丁……不需要天赋与实力……只要能引领他们走上正确的道路……就够了。"左青的声音越发地虚弱，猩红的鲜血浸满斗篷，却隐匿在那暗红的色泽中，极难分辨。那斗篷下的身躯已经遍体鳞伤，却没有人会察觉他的痛楚……因为暗红，本就是它的颜色。

"混沌"脸上的笑容逐渐收敛，他冷冷地看着眼前这个濒死的男人，眸中浮现出不悦。左青的回答出乎他的意料……以玩弄人心为乐的"混沌"，并不喜欢这种超出掌控的东西。"是吗？""混沌"淡淡开口。那条洞穿左青心脏的手臂骤然拔出，一个贯穿身体的空洞，暴露在深空之中。左青闷哼一声，猛地吐出一口鲜血，与此同时，一个扭曲变形的铁盒从怀中落下。破损的铁盒边缘，撞在灰白色的大地之上，一枚枚闪亮的勋章从盒中掉出，由于重力太小，这些勋章在无声中缓慢地在左青周身飘浮，向四面八方缓缓挪去……看到这些勋章的瞬间，左青微微一怔。这些勋章，不是他的。他在守夜人忙碌近十年，也只获得过两枚勋章，顶级的也只是"星海"……正如"混沌"所说，他就是个平庸得不能再平庸的守夜人。这些勋章……属于"夜幕"。他的脑海中，再度浮现出林七夜在天庭以勋章开路之后，自己弯着腰，一枚枚将它们从地上捡起来的情景……忘了把它们还给林七夜了吗……左青的眼眸中，浮现出无奈，他虚弱地伸出手，握住那枚离自己最近的勋章，珍宝般地放入被鲜血浸染的口袋之中。他迈步想抓住第二枚勋章，可此时的他，生命之火已经即将燃尽，双腿一软，跟跄地跌倒在地。他看着那些逐渐远去的勋章，颤抖着伸出手，想将它们抓回来……那是属于"夜幕"的荣耀……那是他目睹着一步步成长到现在的"夜幕"的荣耀！他左青可以是个平庸的守夜人！可以当不被世人崇敬的最无能的总司令！但他带出来的种子们不是！那些勋章不属于他，但它们身上，都有着他的影子。

"可笑的园丁……那你就守着你的种子，在月球上无声地死去吧。"看着眼前这一幕，"混沌"的双眼微微眯起，如今左青的禁墟已经被他封印，离死也不远了，没必要在这个人类身上浪费时间。他正欲迈步离开，左青的声音再度从身后响起。

"我不会无声地死去……因为我灌溉的种子，已经成熟了。"左青狼狈地半跪在血泊中，微微抬起头，看向那颗蔚蓝色的星球，苍白的嘴角浮现出一抹释然的笑容。"你以为……只有你在拖延时间吗……'混沌'？"

"轰——"熊熊的青色火焰，自那柄插入月球地面的直刀中，疯狂涌入地底！紧接着，这片灰白色的大地急速开裂，青色的火海自裂缝中狂涌而出，像是一根根火线，向着四面八方急速蔓延！！"混沌"的瞳孔骤然收缩！这些青色火线的蔓延速度太快了，似乎早就被隐藏在地面之下，从左青摘下直刀，将其落入地表的那一瞬间起，庞大的"青鸾"火焰便开始在地底酝酿。之前他死死握住刀柄，看似是因"混沌"的挑唆而愤怒，实际上从那时开始，他便在准备着这一切！他主动走到"混沌"面前，便是为了吸引他的注意力，给这些青火足够的准备时间。从一开始，他就没打算活着离开月球。

"该死！！""混沌"知道这一切已经无法阻止，瞬息化作一道流光冲至环形山的中央，澎湃的克系神力疯狂开始拆解月球封印！左青披着那件暗红的斗篷，跪倒在血泊之中，青色的火海舔舐着他的身躯，他凝望着地球的方向，像是在笑。渐渐地，他的生机彻底泯灭，那具冰冷的身躯，随着青色火海的燃烧，被焚为点点余烬。恍惚中，过去的声音在他脑海中浮现。"我是守夜人特别行动处处长，左青……我是你们的上司。

"林七夜，你们的队名想好了吗？

"'夜幕'吗……是个不错的名字，那我这边先给你们办登记，找时间来总部完成下后续的手续。

"这莫名其妙的图案是什么？一个烧焦的饼，被划了两刀？"

"左处，这是我们设计的'夜幕'的印记，这个黑色的圆圈，便代表着'夜幕'，两道交叉的刀痕，便是我们手中的直刀……是不是还不错？别的特殊小队，应该都没设计这东西吧？"

"林七夜，你申请的那个专属印记徽章，叶司令没过审……他说这东西制作太麻烦，而且你们做了之后，别的小队也会跟风效仿，会造成铺张浪费……这样吧，等我以后有机会，让人偷偷给你们打一套收藏……回头记得请我吃饭。"

……

青色的火海吞噬了左青的身影，从深空中俯瞰，那疯狂蔓延的青色火海交织成一个无与伦比的巨大圆环，两道干净利落的火焰直线，交叉将这圆环贯穿！就算是相隔数十万公里，这庞大的图案依然清晰可见，它就像是一个灯泡，在漆黑的宇宙中闪闪发亮！这一刻，月球，在燃烧！！！

1724

"铛——铛——铛——"洪亮的钟声自祁连山脉响起，顷刻间掠过无垠大地，回荡在整个地球的上空！东皇钟鸣！

"是东皇钟！"

"东皇钟又现世了？"

"钟声来源在大夏境内……既然如此，为何这么多年我们都没有发觉？"

"现在，又是何人在敲钟？！"

数道神影从天庭掠出，迅速划过天空，循着钟声赶去，一道道连绵的山脉，在他们的视线中迅速放大。

"这是什么地方？"

"祁连山。"

"祁连山……这地方，有何特别之处？"

"并没有，我们从未在这里感受到任何神力气息，这里甚至连人类都很少踏足。"

在众金仙议论之际，他们的目光瞬间锁定了东皇钟所在的山峰，在那皑皑白雪之上，一口古老而神秘的巨钟，已然悬浮在半空之中！

与此同时，漫天的风雪间，一个披着泥泞袈裟的身影，从钟后缓缓走出。

"你是什么人？为何会有东皇钟？！"

"等等……这张脸……"

"林七夜？"

"你怎么会在这里？"

"不对……不是林七夜，你究竟是谁？"

众金仙是见过林七夜的，眼前这个和尚虽然容貌与他一模一样，但气息截然不同。宿命和尚双手合十，并没有回应他们的意思，而是缓缓伸出手，指向头顶的天空："比起我……你们更该关心的东西，在那里。"众金仙同时转头望去，只见天穹之中，一个燃烧的月影，清晰可见！

"不好！是月球封印！"

太乙真人脸色骤变，来不及多想，即刻化作一道流光冲向太空，其余几位金仙紧随其后。

随着众多金仙的离去，宿命和尚的双眼缓缓闭起：

"棋局……开始了。"

迷雾，海上。一艘探索船正在翻腾的海域不断前行，接连的呕吐呻吟声从船上传出。"铛——铛——铛！"浑厚的钟声响彻云霄，几乎同时，璀璨的"圣约"光华在船头亮起，将林七夜与乌泉的身形笼罩其中。沈青竹的脸色一变，雄浑的神力翻卷而出，可尚未等他找到敌人，那冲天而起的白光便逐渐消散，沉寂的迷雾之中，空空如也。"林七夜？！乌泉！！"沈青竹发觉两人失踪，六只庞大的灰色羽翼迅速从背后张开，狂风掀起，整个人便飞至半空仔细搜寻起来。那白光究竟是什么东西？！那白光亮起的瞬间，沈青竹就感知到了一股前所未有的时空波动……他猜到林七夜等人多半已经不在这里，但就算这样，发动那道白光的家伙总在这附近吧？沈青竹在空中飞了一圈，依然没有丝毫线索，脸色难看无比。就在这时，他像是感知到了什么，猛地抬头看向天空。灰蒙蒙的迷雾笼罩天空，让人有些看不真切，但一抹燃烧的青芒，依然出现在沈青竹的眼中……他看清那燃烧的青色图案的瞬间，瞳孔骤然收缩！"七夜？！"沈青竹当然认识这专属"夜幕"的图案，在高天原时，他们便是因此集结，一口气歼灭了整个"净土"。难道林七夜和乌泉被那白光，直接传送到月球上去了？这个念头在沈青竹脑海浮现的瞬间，他便转头对下方的探索船说道："探索船上记录了大夏的位置，你们自己先过去，我有事要办！"在众骑士茫然的目光中，沈青竹猛地挥动羽翼，化作一道流光急速消失在天空之上。

"钟声？"迷雾中，安卿鱼眉头一皱，疑惑地看向东皇钟声传来的方向。突然间，一股剧痛从胸口传来，他徒手从中掏出一枚白色的棋子，仔细观察片刻，脸色骤变，猛地将其碾成粉末，飘散在大海之中。他望着那一根逐渐消散在虚无的因果丝线，表情阴沉无比，不知在思索着什么。"嗯？"一道微弱的青芒自空中燃起，吸引了安卿鱼的注意力。"那是……"他双眼微眯，那对灰色的眼眸中，清晰地映出月球表面的燃烧巨影，瞳孔微微收缩，"月球……怎么会在那儿？"

"咚——"一道沉闷的敲击声从他身后传出，虚无中，一道门户的虚影迅速勾勒而出。安卿鱼眉头紧锁，转头望去，只见在那燃烧的青色月亮映照下，那扇真理之门内开始不断传出敲击声，仿佛有某种极为恐怖的存在，想要破门而出。"回去！"安卿鱼低吼一声。朦胧的迷雾之中，那道门户的虚影，逐渐消散无踪……安卿鱼抬起头，深深地看了眼那个青色的图案，犹豫片刻后，还是默默地戴上了兜帽，无声地消失在迷雾之中。

死寂的黑暗之中，一座天庭全速横渡虚空，向那燃烧的月亮疾驰而去！

"是左青？"天庭最高的那座宫殿之上，灵宝天尊凝望着燃烧的青色图案，脸色凝重无比，"月球……要出大事了。"

"米迦勒呢？为什么一点动静都没有？"

"不知道，但贫道猜测……他也许是凶多吉少了。"元始天尊长叹一口气。

"这世上能杀米迦勒的，也只有'混沌'了……可他是怎么完美地隐匿气息，完全不让我们发现的？"道德天尊的脸上满是不解。

三位天尊同时陷入沉思。

"天尊！"一道流光从远处匆匆疾驰而来。

"何事？"

灵宝天尊转头望去，来的正是他们从阿斯加德带回来的未来女神，诗寇蒂。

"醒了！"诗寇蒂惊喜地开口，"那个姐姐醒了！！"

灵宝天尊先是一怔，随后瞳孔骤然收缩，猛地转头看向天庭的某处！天庭，灵泉。一个深蓝色的身影，缓缓自清澈的泉水中站起。她赤着双足，从泉水中迈出，细密的水珠从黑瀑般的发梢滴落，举手投足之间，都散发着一股淡淡的神力

369

气息……"这是在哪儿？"那声音中满是疑惑。片刻后，她像是察觉到了什么，抬起头看向深空中那逐渐靠近的青色图案，她的双眸迅速亮起，喃喃自语道："东皇钟响了……七夜，你会来吗？"

1725

　　酆都。明晨耐犯武城天宫。空旷的大殿之内，一具黑棺已经被打开，原本在这里度过两千年岁月的少女，早在数年之前便离开此地，在那之后，这座酆都天宫依然没有任何人涉足。"铛——铛——铛！"低沉的钟鸣自宫殿外传入，连续三声嗡鸣，随后消失无踪。下一刻，整座宫殿便剧烈颤抖起来！在那原本沉睡着迦蓝的棺材旁边，光滑的地面上突然撕开一道狰狞裂口，一具红棺自地底颤动的裂缝中缓缓升起。"砰！"红棺的棺材板突然爆开，一只手掌自棺内伸出，片刻后，一个灰衣的身影从中缓缓站起。"五十年了吗……"那身影喃喃自语。他转身看了眼一旁原本属于迦蓝的棺材，眼眸中浮现出追忆之色，他迈步走向宫殿之外，突然间，脚步停顿下来。一道灿金色的法则自虚无中延伸而出，熟悉而神圣的气息瞬间充满整座宫殿，它环绕着那身影盘旋，像是在诉说着什么。

　　"米迦勒死了？"他的眉头微微皱起，犹豫片刻后，还是抬起手掌。一缕因果丝线交织在这法则表面，将其编成一根金色细绳，缠绕在手腕之上，那光芒逐渐收敛，彻底掩去了法则的气息。他深深地看了眼金绳，迈步向宫殿之外走去，几缕因果丝线缠绕上那破旧腐朽的灰袍，随着他的脚步，肉眼可见地变化成一件深红色的斗篷，在风中微微飘荡。"神明已经庇佑我们太久……这一次，轮到人类出手了。"

　　无垠深空中，一道深灰色的光柱自月球环形山迸发而出，顷刻间扫过小半个星系。随着这灰色光柱的消散，一股血红自那环形山急速蔓延，逐渐将整个月球都浸染成红色，恐怖而疯狂的气息降临宇宙！"糟了，月球封印被破开了一角！"道德天尊看到山体中央那一抹蠕动的黑暗，脸色顿时凝重无比。

　　"有可能修复吗？"

　　"那是天国留下的封印，除了米迦勒，谁也修不了。"

　　话音未落，一只硕大的眼眸，便自那黑暗之中睁开，妖异的血色瞳孔迅速在虚无中转动，最终锁定了半空中的天庭，紧接着，一个狼首又占据缺口，向深空发出咆哮，最终一个山岳般巨大的蠕虫头颅，挤开狼首，自其中疯狂钻出！如今的月球，就像是破了个洞的密封监狱，所有被封在这监狱中的囚犯，都想从这缺口中钻出，仅是片刻的工夫，大夏众神便看到了至少四种不同的克系神明！死寂的深空之中，第一只越狱的克系神明暴露在灰白色的大地之上，那是一只庞大得足以盘踞在环形山上的蠕虫，没有尾部，前后全部都是狰狞的恶嘴头颅，似乎是察觉到天庭的靠近，两个头颅都开始无声嘶吼。紧接着，一只巨狼化作残影，从缺口中轻盈地飞跃，它的毛发像是一只只修长的触手，在虚无中搅动，闪电般掠过环形山的边缘，向月球的另一边冲去，与此同时，它的身形逐渐淡化，竟然彻底消失在视野之中。

"诺斯·意迪克与姆西斯哈。"姜子牙沉声开口。他在人间行走了数年，专门搜寻有关克系神明的情报，眼前的这两只怪物，他一眼就能认出来。

"那只蠕虫还好，后面那只隐形的巨狼比较棘手，甚至敢向'门之钥'发起挑战……传说中，它拥有打破角状时空与曲线时空的力量。"他的话音未落，第三只、第四只、第五只、第六只克系神明又从缺口中飞出，与最开始的双首蠕虫一起，笔直地向天庭飞来！

"现在怎么办？"姜子牙见到这一幕，沉声问道。

"还能怎么办。"元始天尊叹了口气，"正面迎击吧……"

"是。"

元始天尊话音落下，一道道流光便自天庭中飞掠而出，玉皇大帝、酆都大帝、孙悟空、杨戬、西王母与众多金仙联手，向那横渡虚空的六只克系神明冲去！璀璨的神芒与狂暴巨影在深空中碰撞，与此同时，又有两只克系神脱困而出，向战场冲去！

"这样下去不是办法。"灵宝天尊皱眉道，"克系神的战力本就远超地球的主神，那月球封印中，至少还藏着三十只……要是它们全都从缺口钻出来，就算是五个天庭绑一起，都未必能全部拦下！我们必须想办法堵住那道缺口。"

"堵？拿什么堵？"道德天尊话音刚落，像是想到了什么，脸色一变，"你是说……天庭？"

"天庭乃是一座移动神国，承载着大夏神话的本源，若是直接将天庭镇压在缺口之上，就能阻挡住更多的克系神出来，至少能控制情况不再恶化。"

"太危险了，天庭中可是承载着我们的本源，若是它没能承受住克系众神的冲击，我们都得死！"

"那也总比克系众神尽数逃脱要好！"灵宝天尊的脸色严肃无比，"这样，你们两个去阻止'混沌'，不能让他继续扩大封印的缺口……我一个人带着天庭镇压现有的缺口，不让更多的克系神逃出来。"

"你一个人能行吗？"元始天尊沉声道。

"可以……"灵宝天尊深吸一口气，恐怖的神威自体内散发，那袭道袍无风自动起来，"别忘了……现在我才是地球的最高战力，距离那个境界只差一线之遥，只有我能镇住缺口！"

"好。"元始天尊没有再犹豫，"那就交给你了。"

元始天尊与道德天尊化作两道残影，急速向环形山周围冲去，大夏众神尽数前往拦截逃离的克系神，一时之间，整座天庭空荡一片。灵宝天尊的手掌摊开……一枚白色的棋子，正静静躺在掌心。他望着这枚棋子，眼眸中浮现出无奈之色，随后将棋子收起，操控着整座天庭，向那燃烧着青色"夜幕"印记的月球飞去！"'夜幕'的印记出现了……你们，又在哪里？"

1726

沈青竹的身形自大气层内飞驰而出，黑暗的深空映入眼帘。一道道恐怖的神力涟漪自虚无中绽放，他抬头看向上空，眉头顿时皱起。只见地球与月球之间，几只庞大狰狞的克系神正与大夏众神疯狂厮杀，每一只克系神的身上，都散发着诡异凶悍的神力气息，三四位金仙联手，才能堪堪挡住一位克系神。一只双首的山脉蠕虫，在虚无中疯狂扭动，灰暗的火焰自一张巨嘴中喷出，将上空笼罩的山河社稷图强行轰碎一角，另一张巨嘴一口咬在玉鼎真人的肩头，硬生生撕下了他半截身体！玉鼎真人低吼一声，不顾身上的伤势，手中长剑化作惊鸿，直接从巨嘴刺入蠕虫体内，贯穿身躯，从另一侧的巨嘴中激射而出，淡黄色的恶臭脓液自蠕虫两个头颅中流出，一道凄厉的嘶吼同时回荡在所有大夏神的精神世界中。

沈青竹距离战场还有数百公里，都被震得脑海仿佛被撕裂般，离蠕虫最近的几位金仙则大脑瞬间一片空白，身体僵直在深空之中。双首蠕虫挣脱众金仙围堵，径直向地球的方向冲去，与此同时，一道灰色的领域自那六翼天使的脚下张开！"嘘——"沈青竹食指抵在唇前，自无声的寂灭中走来。刹那间，漆黑的深空突然演变成灰色世界，无尽的灰意疯狂涌动在蠕虫周身，将它的身形锁死在原地。寂天使的神力顺着灰色，一点点渗进蠕虫的身体之中，那山脉般庞大的身躯表面，开始有密集的裂缝蔓延，似乎很快便要干裂成渣。就在这时，沈青竹的眉头一皱，感觉到那翻滚的克系神力再度从蠕虫体内涌出，将灰色世界撕开一角！"咔嗒——咔嗒——"原本已经被锁住的蠕虫身体，强行挣开沈青竹的束缚，满是裂纹的肌肤迅速干瘪，一只全新的蠕虫自这肌肤之下钻出，发出刺痛精神的尖锐嘶吼！这虫子还会蜕皮？沈青竹眉头一皱，强忍着脑海中的不适，手掌对着那飞速靠近的小一号蠕虫用力一握。真空的世界中，突然涌现出一团被压缩到极点的空气，像是一个圆珠大小的奇点，一抹赤红在这被压缩了千万倍的空气中亮起，下一刻无尽的火海便喷吐而出，在这方灰色世界中彻底淹没蠕虫的身形！可即便如此，依然没法杀死那只蠕虫，那庞大的身躯不断在火焰中狂舞，一层又一层的皮肤脱落，嘶吼声仿佛要将众人的意识撕成碎片。沈青竹的脸色难看无比。人类成神与六翼天使的加成，让他的战力一跃成为主神的顶峰，可即便如此，在单对单的情况下也只能勉强压制住一位克系神明，若是不付出一些代价，几乎没法将它击杀。

而同样的一幕，也出现在其他的战场之中。一道无形的声波轻松穿过乾坤圈与混天绫，勾勒出一个若隐若现的诡异生灵，它没有实体，就像是幽灵般横渡宇宙，往地球的方向落去。另外两位金仙同样出手，依然没能拦住它分毫，众人只能隐约看到它的存在，以及它身上散发的气息，但无论如何攻击，都只能轻飘飘地穿过。"该死，这是什么鬼东西！"哪吒焦急地喊道。"叮——"一抹剑芒自大气层内冲上虚无，翻涌的剑气潮汐交织成墙，将那身形阻拦在地球之外。一袭黑衫的周平从剑气潮汐中浮现出，他低头望着在其中沉浮的克系神明，脸色十分凝重。

"援兵来了？！"哪吒看到周平，眼眸中浮现出喜色。与此同时，驾着马车横渡虚空的陈夫子，以及骑着电瓶车、头戴小黄鸭头盔的路无为也出现在战场之中，在他们之后，再也没有别的身影。"只有你们几位吗？"哪吒见此，错愕地开口。

"人类战力天花板也是肉体凡胎，不是所有人都能拥有在太空行走的能力的……而且这么紧急的情况下，能联系上的天花板就这几位。"陈夫子置身于马车的心"景"之中，无奈回答。哪吒的心顿时坠入谷底。如今从月球封印中挣脱的克系神，已经有九位之多，而且还在源源不断地向外涌……但如今天庭的主神级战力，一共也就十三四位，就算再加上沈青竹、周平与两位天花板，也根本挡不住如此多的克系神。"完了……"哪吒望着这片混乱无序的战场，喃喃自语。

　　月球。
　　另一边。两位道人穿过灰白大地，在虚无中拖出两道模糊的残影，最终在一个深坑前停下脚步。

"在这儿。"元始天尊掐指计算天机，沉声开口。道德天尊双眼眯起，将背后的木剑摘下，黑白道袍在死寂的虚空中微微飘动，他与元始天尊对视一眼，同时闪入了深坑之中！漆黑的深坑底部，一道道神秘的封印纹路在其中闪烁，一个黑人正将双手按在封印之上，幽深的黑暗气息正在疯狂地破坏这些纹路，第二道缺口已然若隐若现。下一刻，两道至高神威轰然淹没整个深坑！凌厉的剑气与翻涌的金花撕开月球的大地，惊天动地的爆炸贯穿虚无，随着灰白色的尘埃逐渐散去，那本站在封印之上的黑人，已然消失无踪。看到这一幕，元始天尊的眉头顿时皱起。他们周围的场景，突然变化起来，原本漆黑幽深的巨坑彻底消失不见，取而代之的，是四面光秃洁白的墙壁，与一扇紧闭的房门。陷阱？感知到周围时空的变化，元始天尊的脸色有些难看。在踏入这个深坑前，他分明已经进行过数次的天机演算，在这个世界上，能够隐瞒过他的演算与感知的东西，几乎不存在，更别提是一个拥有时空转移能力的陷阱……这究竟是什么地方？这个念头在元始天尊脑海闪过的瞬间，那扇紧闭的房门便被缓缓打开。

一个穿着白大褂的黑人，正微笑着站在门外，推了推那副斯文的黑框眼镜，不紧不慢地开口："看来，我们又迎来了两位新朋友……二号病人元始天尊，三号病人道德天尊。我是你们的主治医师，你们可以叫我奈亚医生。"

1727

"'混沌'。"感知到对方身上的气息，元始天尊低沉开口，"你究竟想做什么？"

"混沌"笑了笑，没有说话，只是悠然地转身向外走去。"既然我的存在已经被那人类蝼蚁暴露，你们就一定会来阻止我……所以，我压根就没打算自己开启第二道缺口，毕竟若是能将你们三天尊处理掉，那就再也没人能拦我……可惜，你们只来了两个。"元始天尊走出房间，四下打量一遍病院，看到第三间病房的房门依然紧闭，道德天尊并没有被"混沌"同时放出，看来他是想分批处理掉两位天尊。

"你就是用这东西，杀了米迦勒？"元始天尊问道。

"不不不，我没打算杀他，是他自己不想被我夺走力量，自杀了……""混沌"耸了耸肩，"可惜，我还想体验一下当天使的感觉。不过……要是能当个天尊，似乎也不错？""混沌"的嘴角微微上扬。不等元始天尊开口，他又继续说道："当然，你们也可以像米迦勒一样选择自杀，这么一来，我身前所有的障碍，除了灵宝天尊，就全部消失了。"

元始天尊的眉头越皱越紧。他不知道"混沌"在这里，用什么手段逼死了米迦勒，但那手段对他与道德天尊应该同样有效……他们两个，估计是凶多吉少了。

"收起你那些没用的心思吧，元始天尊。""混沌"双手插兜，悠悠开口，"米迦勒已死，月球封印已开，就凭你大夏众神，根本不可能挡住封印下的克系神明……更别说，你和道德两位天尊都成了我的阶下囚。你们天庭，已经没有丝毫胜算了。"

元始天尊没有说话，道韵金花自虚空中绽放，点缀在这庭院的每一个角落，他注视着眼前的"混沌"，森然杀意自每一朵金花中流淌，铺天盖地。"贫道不会坐以待毙，天庭也是如此。"元始天尊身形掠过虚无，步步生花，下一刻，无数璀璨的金色花瓣便搅碎虚无，将"混沌"的身形淹没其中。"砰——"一道掌印从漫天花瓣中勾勒而出，笔直地按向"混沌"的眉心，但同样的一只手掌抬起，毫无花哨地与元始天尊碰撞在一起！

沉闷巨响回荡在病院上空，震碎漫天飞花，毫发无损的"混沌"喷了一声，悠悠开口："若是平日，我是最抗拒这种碾压式的战斗的……可谁让我如今实力还没完全恢复，若是在病院之外，还只能躲避你们的锋芒。所以就只能借助这里的规则……损失一些趣味性了。""混沌"话音落下，反手扣住元始天尊的手腕，在病院规则的庇护下，任凭元始天尊如何进攻，他都不会受伤分毫，随着一道沉闷敲击声响起，那幽深的黑暗巨室在两人之间迅速蔓延。

"镇！"灵宝天尊的敕令在天庭中回荡，无垠深空中，氤氲的灵气硬生生破开缺口中涌出的克系神威,向封印镇压而去!察觉到灵宝天尊的意图,克系众神的嘶吼从月球封印下疯狂传出,随着缺口周边泛起一抹滚烫的红意,一个燃烧的巨型火球紧接着从封印中破出,撞在不断下沉的天庭底部!"铛——"这个火球的表面,不断流转着花瓣纹路,恐怖的毁灭气息丝毫不亚于两千年前降临地球上空的"死星",在这位克系神的硬撼之下,整个天庭都剧烈震颤起来——第十一只克系神出世!

灵宝天尊脸色一变,神力疯狂地灌入天庭之中,那团丝线缭绕的本源在他的身前流转,他屈指一弹,一根丝线便激射而出,顷刻间将那克系神的火球身躯斩落半截!克系神就算再强,也不到三柱神级别,更不及至高境,而如今的灵宝天尊实力已然在地球巅峰,距离更高的境界只有一步之遥。这一击斩出,阻挡天庭镇压封印的阻力顿时锐减,可就在这时,第十二只克系神又从中钻出!紧接着,第十三只、第十四只也强行挤出,至此,战场上克系神的数量甚至比大夏的主神还要多,这三位克系神并没有找死去攻击灵宝天尊,而是动用浑身解数,疯狂锤击天庭!"咚——咚——咚!"一座座宫殿在天庭中坍塌,狰狞裂纹顷刻间遍布整座天庭大地,随着这几位克系神的围攻,一道道裂口自天庭各处破开,氤氲灵气不断向四面八方泄漏。

"糟了,天庭也危险了。"另外一边与克系众神厮杀的战场中,时刻关注着天庭的大夏众神,心顿时沉到谷底。看着眼前极度不稳定的天庭本源,灵宝天尊脸色阴沉无比。就算他再强,双拳也难敌四手,更何况这些克系神的目标,一开始就是彻底毁灭天庭,照这个情况下去,最多再过数十秒,天庭便将分崩离析,本源也难逃损毁。一旦失去本源,天庭众神的战力锐减,面对数量如此多的克系神,届时局面将会变成一边倒的屠杀。"叮——"一抹剑芒划过虚空,瞬间贯穿了其中一个克系神的身躯!那是一只像是乌贼,又像是蟾蜍的克系神,它的颅顶被剑芒贯穿,绿色鲜血瞬间倾洒深空,那抹剑芒的速度太快了,就算是它们,也根本反应不过来。那柄剑自血肉中破出,笔直地刺入灰白的大地之中,直到这时,灵宝天尊才看清那柄剑的模样。那是一柄断剑。那剑的剑柄,缠绕着一圈缎带,表面破损泛黄,不知是多少年前的古物件。

"那是……"灵宝天尊微微一愣,随后像是想到了什么,眸中浮现出一抹喜色,"是他……是当时的他?"这一剑,虽然贯穿了那克系神的头颅,却并未将其杀死,它暴怒地落至那柄剑的身前,宛若黑洞般的大嘴发出轰鸣的咆哮声,将灰白色的大地都震得寸寸崩裂!与此同时,一缕细长的因果丝线自虚无中伸出,缠绕在天丛云剑的剑柄之上。一个身影顺着丝线横渡虚空,凭空出现在剑柄之后。那是个披着深红色斗篷的男人,他单手握住剑柄,将其从破碎的大地中拔出,目光平静地注视着眼前庞大恐怖的克系神明,一双眼眸平静无波。"面见本王,黑蟾,你……为何不跪?"密密麻麻的因果丝线从斗篷下飘出,钻入那被他亲手斩击的血口之中，一段不曾存在过的过往涌现在那克系神明的记忆之中，它的目光逐渐浑浊起来。幽绿色的鲜血在空中飘荡，无垠深空之下，庞大的蟾蜍巨影，缓缓跪倒在那蝼蚁般的深红身影之前。

1728

看到这一幕，灵宝天尊与正在围攻天庭的另外两位克系神，同时愣在原地。与此同时，另外一边的战场上，时刻关注着天庭的大夏众神，也震惊地张大了嘴巴……什么情况？那深红的身影是谁？竟然能让克系神下跪？三柱神吗？可"混沌"也不在这里，难道是"门之钥"？

"那个斗篷……"哪吒眯眼看着这伫立在月球封印最中央的身影，像是想到了什么，猛地瞪大了眼睛，"'夜幕'？！他是林七夜！"

熊熊的青色火焰，在月球之上无声燃烧。在那贯穿圆环的两道"斩痕"交界处，那属于"夜幕"的印记中央，一袭深红色的斗篷微微飘荡。

"左司令……"林七夜看也没看那跪倒的黑蟾一眼，他的目光始终注视着远处的大地上，那柄插入地底的直刀。青色的火焰在刀身跳动，他脚下那点亮深空的"夜幕"印记，便是因那柄刀而存在。这是左青最后的呼唤，将他们引领至此。深红斗篷之下，林七夜的双拳缓缓攥紧，他的目光扫过远处即将支离破碎的天庭，与被克系神围攻的众神战场，最终停留在远处的某片虚无之中。"诸神精神病院？"林七夜的眸中，闪过一抹森然寒芒，"原来是他……"

"七夜！"天庭之上，灵宝天尊沉声开口，"助我一臂之力！"失去了一只黑蟾的围攻，天庭的压力骤减，灵宝天尊当即从本源中再度抽出一道丝线，将另一只克系神斩落，雄浑的灵气疯狂自天庭中宣泄而出，这座庞大的神国正顶着封印中众多克系神的神威，不断地向缺口压去！林七夜的双眼一眯，当即开口："黑蟾。""咚！"无数因果丝线的缠绕下，那只状似蟾蜍的克系神猛地自月球表面弹跳而起，它的身形像是一颗飞射的炮弹，猛地向最后一只攻击天庭的克系神撞击，两位克系神坠落在坑洼的月球表面，彼此厮杀扭打起来，两道诡异暴戾的神威顷刻间荡平数座山峰！失去所有外力的干扰，灵宝天尊的眼眸中闪过一抹金芒，双手接连捏诀，混元黑洞自天庭底部绽放，直接将几只从封印缺口伸出的狰狞触手撕成碎片。"轰——"天庭稳稳地镇压在缺口之上，氤氲的灵气涌入封印之中，强行封闭了克系众神逃离的缺口。做完这一切之后，灵宝天尊才长舒一口气。

一个深红身影，轻盈地落在天庭之中。

"你是当年的林七夜，没错吧？"灵宝天尊笑道。

林七夜微微一笑，他的目光注视灵宝天尊片刻，眸中闪过一抹复杂的情绪："以前没觉得……见过两千年前的你之后，才发现还是有些不一样的。"

"不一样?"

"与当年的灵宝天尊相比,你的身上,多了些百里胖胖的影子。"灵宝天尊一怔。林七夜的嘴角微微上扬,表情看起来有些别扭……他已经不记得自己多少年不曾笑过,这久违的笑意,让他的脸颊有些不自然的僵硬。

"你是怎么让那克系神听你的?你已经成神了?"

"成了一半吧。"林七夜看了眼自己的手掌,"这两千年,我只掌控了'因果'中的'因'之法则,并不完整,算是半个因果之神……至于那个克系神,我不过是斩伤它之后,以它的血肉为媒介,缔造了一段不存在的因果而已。大概再有半个小时,它就会恢复清醒了。"

灵宝天尊看了眼远处的战场,问道:"你布局了这么多年,一定有办法阻止这一切的,对吗?"

"阻止……不够。"林七夜脸上的笑意逐渐收敛,神情再度阴沉起来,他看了眼怀中属于左青的佩刀,缓缓开口,"我还要让他们,为这一切付出代价。"

灵宝天尊微微点头:"我要在这里镇守缺口,天庭与人类的未来,就交给你了……队长。"

林七夜的目光微微一凝,他与灵宝天尊对视一眼,同时笑了笑。他握紧手中的天丛云剑,身形化作一道惊鸿消失在远方。飞掠了数百公里,林七夜在一片深坑的上空,缓缓停下身形。他低头向下望了一眼,双眼微眯:"把我的东西偷走那么久,是时候该还回来了……'混沌'。"一缕因果丝线自他的掌间延伸,消失在深坑的虚无之中,片刻之后,林七夜的身形凭空消失。

诸神精神病院。

"咚——"一道身影从黑暗巨室中倒飞而出,轰然将一座楼宇砸成碎片。"喀喀喀……"漫天飞扬的尘埃之中,元始天尊的身影缓缓站起,道袍之上已然满是鲜血。他死死地盯着眼前那从黑暗中走出的身影,眸中满是惊骇与凝重。"竟然能强行打破我的黑暗巨室逃出来……不愧是元始天尊。""混沌"穿着白大褂,悠然走在庭院草坪之上,"不过苟延残喘,又有什么意义?"

"你们竟然已经毁灭了四个宇宙?"元始天尊从那四具黑棺带来的震撼中回过神来,"你们为什么要这么做?"

"毁灭,也需要理由吗?""混沌"淡淡道,"过去的四个宇宙中,所有反抗我们的生灵都已经陷入永恒的癫狂……你们就将是下一个。"

元始天尊血色的手掌缓缓攥紧,他算是知道米迦勒是怎么死的了……在那四具埋葬着癫狂宇宙的黑棺面前,任何生灵都无法维持意识的清醒,至高神也不例外。他们无法逃离这座病院,"混沌"在这里又处在无敌状态,再加上那四具足以颠覆一切的黑棺……所有的可能都被封死,他们只有变成疯子被"混沌"掌控与自杀这两个选择。元始天尊深吸一口气，眼眸中浮现出决然，就在他准备了结自己生命之际，一道清脆的敲门声从远处传来。"笃笃——"这声音，并非那黑棺中发出的，而是真正的敲门声。听到这声音的瞬间，"混沌"突然一愣，他疑惑地转头望去，发现声音是从二楼的那一排病房传来的。

"看来，我们的三号病人还不死心。""混沌"的目光很自然地落在道德天尊所在的三号病房，轻蔑地笑了一声，并没有将其放在心上。"笃笃笃——"敲门声再度响起。"混沌"的笑容突然僵硬在脸上。这一次，他听清了……敲门声并非从三号病房传出，而是来自二层末端的那间病房……第六间病房！"笃笃笃笃——"随着敲门声的响起，那原本写着"？"的门牌，突然变化成了另外一个图案，那是一个"〇"与"X"重叠的纹路，仿佛是两道斩痕划开夜色，凌厉而神秘。"嘎吱——"在"混沌"错愕的目光中，这第六间病房的房门，从内部打开……一个深红色的身影，缓缓走出。"又见面了……'混沌'。"

1729

看清那张面孔的瞬间，"混沌"的瞳孔骤然收缩！
"是你？！""混沌"不解地开口，"这不可能……你怎么会在这里？！"
林七夜站在二楼病房前的走廊上，平静地俯视着下方的"混沌"，缓缓开口："你似乎忘了，原本，我才是它的主人……它与我之间存在因果，而只要有因果联系，我便能进来。"
"混沌"死死地盯着林七夜，在他的上空，一截进度条浮现出来。

林七夜治疗进度：83%

"混沌"怔了片刻，随后大笑起来："进来了又怎么样？你是从病房出来的，那你就是这里的病人，既然是病人，就没法伤到我……你回来，也不过是一起送死罢了。"话音落下，"混沌"抬起手掌，周身的光影急速坍塌，化作一道极具毁灭气息的光束，轰然射向二层病房的走廊！元始天尊眉头一皱，身形飞掠而出！"轰——"一朵金花在虚无中绽放，将那光束撕裂在虚无之中，元始天尊身着一身染血道袍，虚弱地站在林七夜的身前，声音沙哑地开口："林七夜，这里不是你该来的地方……快走吧。"林七夜摇了摇头，他迈步越过元始天尊身侧，身形反而站在了他的前面。看着身前那笔挺的深红背影，元始天尊微微一怔。"天尊，过去的千年，人类承蒙天庭照顾……这一次，便让我们来吧。"林七夜的声音从身前缓缓传来。元始天尊的眉头一皱，正欲再说些什么，却发觉眼前这个林七夜的气质，似乎与曾经见过的有些不同……明明气息与身体都是那个林七夜，却像是变了个人一般，神秘而陌生。"你……"元始天尊的脸上浮现出疑惑。

"林七夜，你未免有些太自信了。""混沌"眉梢微微上扬，"上次就是在这里，我夺走了你的病院，抢走了你的肉身……你怎么还是这么不长记性？一个鸿蒙灵胎，给了你多少勇气？别忘了，现在我才是这座病院的主人，你拿什么跟我打？"

"这座病院，从来没有过主人……这是你夺走它的时候，自己跟我说的。"林七夜平静开口，"曾经的我不是，现在的你……更不是，你只是穿上了这件衣服，给自己冠上了院长的名头，掠夺了它的部分能力。这座病院和你一样，都来自这方世界之外，而它也拥有自己的意识，你觉得，它会甘心一直被你单方面地掠夺，沦为杀神工具吗？"

"不愿意又能怎么样？""混沌"冷哼一声，"这座病院的意识，已经被我磨灭殆尽，现在，我的意志便是这座病院的意志！我才是它唯一的主人。"

"是磨灭殆尽，还是……它主动将自己藏了起来？"

听到这句话，"混沌"的眉头微微皱起。

"藏？它能藏到哪里去？你身上吗？"

"夺走这座病院的时候，你便将我驱逐了出去，它自然不可能藏在我身上。但你别忘了，这座病院里除了我……还有别的生灵存在。"林七夜伸出手，指了指脚下的地面，"比如，护工？"

"混沌"像是想起了什么，脸色有些阴沉："那群连神都算不上的低级'神秘'？你觉得，这座来自域外的病院的意识，会选择它们吗？"

林七夜注视"混沌"许久，并没有回答他的问题，而是反问道："你知道，你最大的弱点是什么吗？"

"混沌"皱眉不语。

"你太自大了。"林七夜缓缓开口，"你是克系的三柱神，也是最强大的那一个……对你来说，人类不过是一种低级的生物，你喜欢观察他们，模仿他们，玩弄他们，就像是人类喜欢看蚂蚁搬家一样，你享受那种洞悉低级生物的思想与行动，给自己带来的愉悦与满足感。而在你的眼中，'神秘'和人类一样，都是蝼蚁般卑微渺小的种族，但你忽略了一件事情。无论是哪个种族，都会有些特殊的存在。"

"混沌"看着林七夜，似乎并不理解，他为什么会在这时候说这些……正当他准备动手解决这个麻烦的时候，一道开门声从身后传出。"嘎吱——"又来？听到开门声，"混沌"心头一跳，回头望去，却发现这次开的并非任何一间病房门……而是院长室的大门。一个穿着深青色护工服的身影，缓缓从中走出。他的掌心，一枚白色的棋子，正在散发着微弱的光芒！看到那张久违的面孔，林七夜的嘴角微微上扬："好久不见……李毅飞。"

"嘿嘿。"李毅飞看了眼手中的棋子，笑道，"梅林叔说得果然没错，就算是我，也有不可替代的作用……我等了这么多年，这一天，终于来了！"他攥紧手中的棋子，对着林七夜用力一掷，一道流光划过虚无，精准地落在林七夜的掌心！"把我们关在地牢是吧？！不把我们当人看是吧？！'混沌'老儿！你李大爷我忍你很久了！"李毅飞大手一挥，豪气万丈地吼道："七夜！给我干他！！！"一道璀璨的光辉自林七夜掌心的棋子绽放，那沉眠在李毅飞体内许久的病院意识，终于在这个时候重现世间！破碎的大地开始急速修复，荒芜的草地燃尽再生，一道神秘的目光汇聚在林七夜的身上，这座病院的规则，都在向他疯狂汇聚！那是所有护工被困在地牢，受尽折磨的怒火！那是病院的意识在"混沌"腐蚀之下，诞生的敌意与不甘！那是这场贯穿两千年棋局的第一步，也是颠倒世界局势的胜负手，他的名字……叫李毅飞！这一刻，披在"混沌"身上的洁白大褂，突然引火自燃，顷刻间化作飞灰消散无踪，他错愕地看着自己的双手，一张虚幻的面板，在他的头顶点亮起来……

奈亚拉托提普治疗进度：95%

与此同时，那病楼的第六间病房的门牌之上，原本的印记逐渐淡去，重新变化成了一团涌动不息的黑暗。病人与医生，身份瞬间变换！林七夜的手掌在虚空中一抓，一件崭新的白大褂凭空披在他的肩头，他从白大褂的口袋中，取出一副黑框眼镜，轻轻架在鼻梁上，他带着如沐春风的微笑，向错愕的"混沌"走去："你好，我的六号病人，奈亚拉托提普。我叫林七夜，是你的主治医师，也是这里的院长，你可以叫我……林医生。"

1730

听到那熟悉又刺耳的话语，"混沌"的脸色难看无比。他转头看向庭院中央，那原本被黑子覆盖的棋盘，此刻已经有过半的棋子被浸染成白色……这意味着，原本属于他的一部分病院权柄，已经彻底落在林七夜手中！自从他夺得精神病院以来，就一直在试图掠夺病院的权柄，虽说一开始有些阻力，但后面越来越轻松……他本以为是病院的意识太弱，彻底失去了抵抗，可没想到，它竟然暗中将权柄全都转移给一个蝼蚁般的蛇人？？"混沌"费尽心思才从林七夜手中夺走了病院，却又被他留下的护工，硬生生地抢了回去！他的胸膛剧烈起伏起来。"你们……戏耍我？"

"你两次布局，让我险些丧命……这一次，轮到我了。"林七夜轻推了一下鼻梁上的黑框眼镜，病院二层锁死的第三间病房，自动打开，一个身着黑白道袍的身影从中走出。那是被"混沌"囚禁的道德天尊。原始天尊的嘴角浮现出笑意，他与道德天尊分别站在林七夜两侧，两道至高神威轰然降临！两位天尊，与一个在病院中无敌的林七夜，权柄交替，身份变换……"混沌"原本必胜的局面，急转直下。

"剑起。"道德天尊指尖一点，背后的木剑便呼啸飞出，刹那间，整座病院都只剩下黑、白二色，一柄木剑洞穿虚无，直指"混沌"的胸膛，"混沌"脸色一变，一双黑暗巨手猛地从虚无中探出，将木剑攥在掌间，恐怖的克系神威与木剑疯狂摩擦，卷起的余波直接将"混沌"那件神秘的黑袍搅成碎片，连带着胸膛鲜血淋漓。"混沌"离开病院之时，并没有肉身，如今他这副躯体，还是直接抢林七夜的，没有了病院的无敌庇护，这副肉体凡胎很难承受住至高神的攻击。

与此同时，一道身影闪至他的身后，漫天的金花飞扬，元始天尊双手捏诀，一道恐怖的金光涟漪自脚下荡开！"混沌"的瞳孔微缩，身形瞬间消失在原地，下一刻一道咒印在虚无中爆发，像是璀璨烈阳绽放在庭院上空。焦黑的烫伤浮现在"混沌"的体表，又迅速治愈完全，他皱眉望着眼前的两位天尊，表情难看无比。"这是你们逼我的。""混沌"的眸中浮现出一抹恨意，一道沉闷敲击声突然从身后传出。只见一抹诡异的阴影从他脚下张开，一间黑暗巨室的轮廓勾勒而出，四具黑棺悬挂在"混沌"的身后，阴寒癫狂的气息从中疯狂涌出！看到这四具黑棺，元始天尊的脸色一变："小心，那棺材里装着被污染的宇宙，具备极强的污染之力。"

道德天尊接回半空中的木剑，似乎也察觉到了黑棺中散发的诡异气息，身形瞬间紧绷。

"交给我吧。"林七夜平静开口，他迈步径直向那黑暗巨室走去。

看到林七夜如此不怕死地主动走过来，"混沌"的双眸中闪过寒芒，他冷声开口："不知死活……"

"混沌"也曾拥有病院权柄，他很清楚就算林七夜手握权柄，也没法挡住四个宇宙的精神污染，只要将他逼至癫狂，自然就能重新夺回权柄。"咚——咚——咚——"沉闷的敲击声从四具黑棺内传出，林七夜却像是不曾听闻一般，迈着沉稳的脚步，向那四具黑棺走去。敲击声越发急促，那足以令至高境丧失理智的气息疯狂涌动，可林七夜头顶的治疗进度条没有丝毫波动，他双眼望着远处的"混沌"，表情平静无比。"嗖——"那穿着白大褂的身形瞬间消失，再度出现之时，已然来到了其中一具黑棺的前面，他的手掌重重拍在黑棺的表面，发出一道沉闷声响，鸿蒙灵气自他的掌间溢出，恐怖的力量直接将那具黑棺从天空砸落，精准地冲向二层的第一间病房！与此同时，病房的房门自动弹开，深邃昏暗的房间吞没了这第一具黑棺，等到房门反锁的瞬间，沉闷的敲击声便随之消失。一号病房的门牌逐渐变化，最终定格成一个群星闪烁的深空图案。黑棺中的宇宙，同样是一个陷入癫狂的"患者"。

见林七夜用一间病房封印了一具黑棺，"混沌"的瞳孔猛地一颤，难以置信地

-381-

开口:"这怎么可能?!你为什么没被它污染?"要知道,这四具黑棺中蕴藏的,是足以颠覆宇宙的污染之力,也是"混沌"最强大的底牌之一,就算是炽天使米迦勒与两位天尊都没法抵抗……林七夜一个人类,怎么可能无视这种污染?就在这时,"混沌"像是联想到了什么:"是'锚'?你灵魂深处的'锚',竟然可以抵挡它们的污染?"早在将林七夜的灵魂逐出肉体的时候,"混沌"就看到了"锚"的存在,不过他也没想到在那之后林七夜还能活下来,更没想到还有一天,他会以这种形式卷土重来……以至于他都快忽略了这一点。

林七夜平静开口:"这个世界上,根本就没有什么命中注定……一切看似既定的事情背后,不过都是'因果'的棋子。时空之大,无穷无尽,若是没有因果在背后推动,当时的我们怎么可能那么巧地遇到了祖神殿所在?"

"咚咚咚——"林七夜身形连闪,将剩余几具黑棺,全部封入了剩余的病房之中,那急促的敲击声戛然而止,周围的黑暗巨室也急速消退起来!黑暗巨室消失的瞬间,两位道人的身影,一左一右地出现在"混沌"身侧,至高级道韵轰然爆发,两位天尊联手定住"混沌"身躯,蒙蒙烟尘之中,一条穿着白大褂的手臂伸出,手掌猛地攥住他的衣领!林七夜冰寒彻骨的目光盯着"混沌",一缕缕因果丝线在其掌间缠绕!"把我的身体……还给我!"

"砰!"那缠满因果的手掌,重重按在他的额头!

图书在版编目（CIP）数据

夜幕之下. 10，宿命的因果 / 三九音域著. -- 北京：北京联合出版公司，2025. 4（2025. 5重印）
ISBN 978-7-5596-8263-5

Ⅰ．I247.5

中国国家版本馆CIP数据核字第202524D7Q0号

夜幕之下. 10：宿命的因果

作　　者：三九音域
出　品　人：赵红仕
选题策划：北京磨铁文化集团股份有限公司
责任编辑：徐　鹏
封面设计：Laberay

北京联合出版公司出版
（北京市西城区德外大街83号楼9层　100088）
嘉业印刷（天津）有限公司印刷　新华书店经销
字数489千字　700毫米×980毫米　1/16　印张24.25
2025年4月第1版　2025年5月第3次印刷
ISBN 978-7-5596-8263-5
定价：55.00元

版权所有，侵权必究
未经书面许可，不得以任何方式转载、复制、翻印本书部分或全部内容。
本书若有质量问题，请与本公司图书销售中心联系调换。电话：（010）82069336

番茄 FANQIE

让 好 故 事 影 响 更 多 人

总顾问：戴一波
总监制：孙　毅
营销发行支持：侯庆恩

番茄小说　抖音　今日头条　西瓜视频